T0166189

CLASSIQUES JAUNES

Littératures francophones

Du Pape

Réimpression de l'édition de Paris, 1918.

Joseph de Maistre

Du Pape

Préface de Jules d'Ottange

PARIS
CLASSIQUES GARNIER
2021

© 2021. Classiques Garnier, Paris.
Reproduction et traduction, même partielles, interdites.
Tous droits réservés pour tous les pays.

ISBN 978-2-8124-2333-8
ISSN 2417-6400

Trop de chefs vous nuiraient ; qu'un seul homme ait l'empire,
Vous ne sauriez, ô Grecs ! être un peuple de rois ;
Le sceptre est à celui qu'il plût au ciel d'élire
Pour régner sur la foule et lui donner des lois.

HOMÈRE, *Iliade*, II, v. 204 et suiv.

PRÉFACE

———

Le comte Joseph-Marie de Maistre naquit en 1754 à Chambéry. Son père, le comte François-Xavier, était président du Sénat de Savoie et conservateur des apanages des princes. La famille de Maistre est originaire du Languedoc; on trouve son nom répété plusieurs fois dans la liste des anciens capitouls de Toulouse. Au commencement du XVIIe siècle, elle se divisa en deux branches dont l'une vint s'établir en Piémont, c'est celle dont le comte Joseph descend; l'autre demeura en France. Le comte Joseph attachait beaucoup de prix à ses relations avec la branche française et il eut soin de les cultiver constamment.

Joseph de Maistre était l'aîné de dix enfants, cinq filles et cinq garçons. Trois de ces derniers suivirent la carrière des armes, un autre entra dans les ordres, tandis que lui-même suivit l'exemple de son père en devenant magistrat.

Il s'adonna à l'étude avec un goût marqué, sous la direction des jésuites. Il montra dès lors l'indice de ce ferme caractère, de ce puissant esprit dont l'éloquence hautaine a si souvent heurté de front les idées de son siècle. Il laissa entrevoir également tout ce que devait avoir de bon et d'humain cette nature fortement trempée. Ses *Lettres*, dès leur publication, modifièrent l'opinion qu'on s'était faite de l'homme sur la foi de ses sciences littéraires et de ses emportements d'homme de parti. L'impression qui s'en est dégagée est des plus favorables à l'éloquent écrivain.

Sa mère, Christine de Motz, femme d'une haute distinction, sut gagner entièrement le cœur et l'esprit de son fils, et exerça sur lui la sainte influence maternelle. Aussi rien n'égalait la vénération et l'amour du comte

de Maistre pour sa mère. Il avait coutume de dire : « **Ma**
« **mère** était un ange à qui Dieu avait prêté un corps ;
« mon bonheur était de deviner ce qu'elle désirait de
« moi, et j'étais dans ses mains autant que la plus jeune
« de mes sœurs. »

En 1774, après avoir pris tous ses grades à l'univer-
sité de Turin, de Maistre entra comme substitut-avocat
fiscal général surnuméraire au sénat de Savoie. Il
épousa, en 1786, Mlle de Morand, dont il eut un fils,
le comte Rodolphe, qui suivit la carrière des armes,
et deux filles, Adèle, mariée à M. Terray et Constance,
qui épousa le duc de Laval-Montmorency.

En 1788, il fut promu au siège de sénateur, mais cette
vie parlementaire paraît avoir été peu de son goût. A
l'opposé de ces tribuns révolutionnaires qui, après
s'être élevés comme publicistes contre la peine de mort,
devaient ensuite en faire un si effroyable usage, de
Maistre, le futur théoricien de l'expiation sanglante,
l'auteur des pages célèbres sur le bourreau, était vive-
ment ému toutes les fois qu'il s'agissait d'une condamnation capitale. Ce fut une raison pour lui de ne pas
rentrer dans cette carrière de judicature lors de la res-
tauration de la maison en Savoie.

En tout, chez Maistre, il y eut loin de ses théories
sévères et un peu farouches à l'application. Ouvert, gai,
plein de mouvement et d'expansion, ne retrouvant que
dans les discussions où il s'animait ce ton impétueux et
supérieur qui est la marque de ses écrits, aucun homme
n'eut moins de penchant à la cruauté, à l'inhumanité,
même à la dureté. Nous insistons sur ce contraste si
opposé aux idées courantes qui longtemps trompèrent
l'opinion sur le grand écrivain aux allures quasi-féo-
dales. Tel est l'appréciation impartiale de tout homme
de bonne foi sur l'éminent publiciste, si bienveillant, si
cordial, mais que ses ennemis, dupés, il est vrai, par
ses écrits, ont voulu faire passer pour un inquisiteur,
au moins par son caractère et par ses intentions.

Lorsque la révolution éclata, le comte de Maistre

s'était fait connaître dans le monde de Turin comme un partisan modéré des idées libérales, ce qui l'avait rendu suspect à la cour arriérée et à la noblesse de Turin. Sa franchise et ses hardiesses d'appréciation, qui tranchaient avec l'esprit étroit et routinier de son parti, devaient lui laisser cette réputation d'esprit indépendant et singulier, qui n'était pas exempt d'allures et sur quelques points d'idées révolutionnaires, dans la manière même dont il combattait la révolution.

La réputation d'écrivain commença pour Joseph de Maistre quand il publia en 1796 les *Considérations sur la Révolution française*. La même année les *Considérations sur la France* l'élèvent d'emblée au rang de publiciste européen et fondent sa renommée qui désormais ira croissant. Remarquons que la philosophie actuelle de l'histoire date en grande partie de Joseph de Maistre, cet ennemi véhément des idées modernes. Il a mis à la mode et déterminé avec un certain effort de précision le rôle providentiel de la France, son génie sympathique, universel, son esprit de prosélytisme et sa langue qui s'y prête admirablement.

Après un séjour de trois années à Lausanne, de Maistre revint à Turin d'où il dut se retirer à Venise où il vécut dans la gêne jusqu'au moment où il reçut sa nomination au poste de régent de la chancellerie royale en Sardaigne. Les travaux assujettissants qui l'accablèrent dans ces fonctions l'obligèrent à renoncer pour un temps à ses occupations littéraires. A la fin de 1802 il se rendit à Saint-Pétersbourg en qualité d'envoyé extraordinaire et plénipotentiaire.

C'était au commencement du règne d'Alexandre. Son amabilité enjouée, son esprit de conversation, ses connaissances profondes et variées lui attirèrent une grande considération personnelle dans les hautes classes de la société.

C'est à Saint-Pétersbourg que furent publiées ou du moins écrites la plupart des grandes compositions qui devaient illustrer la fin de la carrière de Joseph de

Maistre. C'est là qu'il composa : *Des délais de la justice
divine. — Essai sur le principe générateur des institutions humaines. — Du Pape. — De l'Eglise anglicane.
— Les Soirées de Saint-Pétersbourg. — Examen de la
philosophie de Bacon.*

Joseph de Maistre lisait beaucoup, et il lisait avec
ordre, la plume à la main. Travaillant régulièrement
quinze heures par jour, il ne se délassait d'un travail
que par un autre. Toutes les branches de la haute philosophie lui étaient devenues de bonne heure très fami-
lières. Comme diplomate un de ses collègues qui avait
traité avec lui s'exprimait ainsi sur son compte : « Le
« comte de Maistre est le seul homme qui dise tout haut
« ce qu'il pense, et sans qu'il y ait jamais imprudence. »
En 1817, après vingt-cinq années d'absence, il revint
dans sa patrie en passant par Paris où il s'arrêta quelque temps. Il y fut dignement accueilli par l'élite de la
société parisienne. A son arrivée à Turin, le roi de Sardaigne le nomma, en récompense de ses services, premier président de ses cours suprêmes. En 1819, l'Académie des sciences de Turin saisit l'occasion de la première place vacante de la classe des sciences morales,
historiques et philologiques, à laquelle il appartenait,
pour l'admettre au nombre des membres résidants. Les
grandes publications du comte de Maistre, dès longtemps composées, datent de ces années finales.

Il est important de remarquer que de Maistre a composé tous ses grand écrits en vue de la France. Il aimait
la France, c'est toujours elle qu'il admire, en elle qu'il
espère.

Joseph de Maistre mourut d'apoplexie le 26 février 1821, après une lente paralysie qui l'avait envahi
depuis quelque temps.

Joseph de Maistre est le plus grand des écrivains
absolutistes du xixe siècle. Il est aussi remarquable par
la sincérité de ses convictions, la franchise souvent
brutale de ses opinions, que par la vigueur et la netteté
de son style. Ballanche l'appelait le *prophète du passé,*

parce que, tout en heurtant de front le siècle où il vivait, tout en paraissant retarder sur son époque, il lui prêta beaucoup de vues hardies, fécondes, aventureuses et justes à la fois. Cet esprit plein de contrastes, indépendant et singulier, est surtout étudié aujourd'hui comme écrivain. Sa langue est en effet l'une des plus abondantes, des plus vives et des plus pittoresques qui aient enrichi la littérature française depuis la fin du XVIIIe siècle.

Lamartine disait qu'en Joseph de Maistre l'écrivain était bien supérieur au penseur, et l'homme très supérieur encore à l'écrivain et au penseur.

A un autre point de vue, le cardinal Pie n'a pas craint de dire en chaire en parlant de Joseph de Maistre :
« Homme du monde, il fut une des lumières de l'Eglise ;
« et notre siècle n'a point vu se lever d'autre génie com-
« parable à ce génie chrétien. »

Jules d'Otlangi.

DISCOURS PRÉLIMINAIRE

§ Iᵉʳ.

Il pourra paraître surprenant qu'un homme du monde s'attribue le droit de traiter des questions qui, jusqu'à nos jours, ont semblé exclusivement dévolues au zèle et à la science de l'ordre sacerdotal. J'espère néanmoins qu'après avoir pesé les raisons qui m'ont déterminé à me jeter dans cette lice honorable, tout lecteur de bonne volonté les approuvera dans sa conscience et m'absoudra de toute tache d'usurpation.

En premier lieu, puisque notre ordre s'est rendu, pendant le dernier siècle, éminemment coupable envers la religion, je ne vois pas pourquoi le même ordre ne fournirait pas aux écrivains ecclésiastiques quelques alliés fidèles qui se rangeraient autour de l'autel pour écarter au moins les téméraires, sans gêner les lévites.

Je ne sais même si dans ce moment cette espèce d'alliance n'est pas devenue nécessaire. Mille causes ont affaibli l'ordre sacerdotal. La révolution l'a dépouillé, exilé, massacré ; elle a sévi de toutes les manières contre les défenseurs-nés des maximes qu'elle abhorrait. Les anciens athlètes de la milice sainte sont descendus dans la tombe; de jeunes recrues s'avancent pour occuper leur place; mais ses recrues sont nécessairement en petit nombre, l'ennemi leur ayant d'avance coupé leurs vivres avec la plus funeste habileté. Qui sait d'ailleurs si, avant de s'envoler vers sa patrie, Elisée a jeté son manteau, et si le vêtement sacré a pu être relevé sur-le-champ ? Il est sans doute probable qu'aucun motif humain n'ayant pu influer sur la détermination des jeunes héros qui ont donné leurs noms dans la nouvelle armée, on doit tout attendre de leur noble

résolution. Néanmoins, de combien de temps auront-ils
besoin pour se procurer l'instruction nécessaire au
combat qui les attend ? Et quand ils l'auront acquise,
leur restera-t-il assez de loisir pour l'employer ? La plus
indispensable polémique n'appartient guère qu'à ces
temps de calme où les travaux peuvent être distribués
librement, suivant les forces et les talents. Huet n'aurait pas écrit sa *Démonstration évangélique,* dans
l'exercice de ses fonctions épiscopales ; et si Bergier
avait été condamné par les circonstances à porter pendant toute sa vie, dans une paroisse de campagne, *le
poids du jour et de la chaleur,* il n'aurait pu faire présent à la religion de cette foule d'ouvrages qui l'ont
placé au rang des plus excellents apologistes.

C'est à cet état pénible d'occupations saintes, mais
accablantes, que se trouve aujourd'hui plus ou moins
réduit le clergé de toute l'Europe, et bien particulièrement celui de France, sur qui la tempête révolutionnaire a frappé plus directement et plus fortement.
Toutes les fleurs du ministère sont fanées pour lui; les
épines seules lui sont restées. Pour lui, l'Eglise recommence ; et, par la nature même des choses, les confesseurs et les martyrs doivent précéder les docteurs. Il
n'est pas même aisé de prévoir le moment où, rendu à
son ancienne tranquilité, et assez nombreux pour faire
marcher de front toutes les parties de son immense
ministère, il pourra nous étonner encore par sa science
autant que par la sainteté de ses mœurs, l'activité de
son zèle et les prodiges de ses succès apostoliques.

Pendant cette espèce d'interstice qui, sous d'autres
rapports, ne sera point perdu pour la religion, je ne
vois pas pourquoi les gens du monde, que leur inclination a portés vers les études sérieuses, ne viendraient
pas se ranger parmi les défenseurs de la plus sainte des
causes. Quand ils ne serviraient qu'à remplir les vides
de l'armée du Seigneur, on ne pourrait au moins leur
refuser équitablement le mérite de ces femmes coura-
geuses qu'on a vues quelquefois monter sur les rem-

parts d'une ville assiégée, pour effrayer au moins l'œil
de l'ennemi.

Toute science, d'ailleurs, doit toujours, mais surtout
à cette époque,une espèce de *dîme* à celui dont elle pro
cède; car *c'est lui qui est le Dieu des sciences, et c'est
lui qui prépare toutes nos pensées* (1). Nous touchons
à la plus grande des époques religieuses,où tout homme
est tenu d'apporter, s'il en a la force, une pierre pour
l'édifice auguste dont les plans sont visiblement arrêtés.
La médiocrité des talents ne doit effrayer personne; du
moins elle ne m'a pas fait trembler. L'indigent, qui ne
sème dans son étroit jardin que la *menthe*, l'*aneth* et le
cumin (2), peut élever avec confiance la première tige
vers le ciel, sûr d'être agréé autant que l'homme opulent qui, du milieu de ses vastes campagnes, verse à
flots, dans les parvis du temple, *la puissance du fro-
ment et le sang de la vigne* (3).

Une autre considération encore n'a pas eu peu de
force pour m'encourager : Le prêtre qui défend la religion fait son devoir, sans doute, et mérite toute notre
estime; mais auprès d'une foule d'hommes légers ou
préoccupés, il a l'air de défendre sa propre cause; et
quoique sa bonne foi soit égale à la nôtre, tout observateur a pu s'apercevoir mille fois que le mécréant se
défie moins de l'homme du monde, et s'en laisse assez
souvent approcher sans la moindre répugnance : or,
tous ceux qui ont beaucoup examiné cet oiseau sau-
vage et ombrageux savent encore qu'il est incomparablement plus difficile de l'approcher que de le saisir.

Me sera-t-il encore permis de le dire ? Si l'homme qui
s'est occupé toute sa vie d'un sujet important, qui lui a
consacré tous les instants dont il a pu disposer, et qui
a tourné de ce côté toutes ses connaissances; si cet
homme, dis-je, sent en lui je ne sais quelle force indé-

1. *Deus scientiarum Dominus est, et ipsi præparantur cogitationes.* (Reg.
I, cap. ii, v. 3.)
2. Matth. XXIII, 23.
3. *Robur panis... sanguinem uvæ.* (Ps. CIV, 16. Isaïe, III, 1.)

finissable qui lui fait éprouver le besoin de répandre
ses idées, il doit sans doute se défier des illusions de
l'amour-propre; cependant il a peut-être quelque droit
de croire que cette espèce d'inspiration est quelque
chose, si elle n'est pas dépourvue surtout de toute
approbation étrangère.

Il y a longtemps que j'ai *considéré la France* (1), et si
je ne suis totalement aveuglé par l'honorable ambition
de lui être agréable, il me semble que mon travail ne lui
a pas déplu. Puisque, au milieu de ses épouvantables
malheurs, elle entendit avec bienveillance la voix d'un
ami qui lui appartenait par la religion, par la langue et
par des espérances d'un ordre supérieur, qui vivent
toujours, pourquoi ne consentirait-elle pas

> A me prêter encore une.oreille attentive,

aujourd'hui qu'elle a fait un si grand pas vers le
bonheur, et qu'elle a recouvré au moins assez de calme
pour s'examiner elle-même et se juger sagement ?

Il est vrai que les circonstances ont bien changé
depuis l'année 1796. Alors chacun était libre d'attaquer
les brigands à ses périls et risques : aujourd'hui que
toutes les puissances sont à leur place, l'erreur ayant
divers points de contact avec la politique, il pourrait
arriver à l'écrivain qui ne veillerait pas continuellement
sur lui-même le malheur qui arriva à Diomède sous les
murs de Troie, celui de blesser une divinité en poursui-
vant un ennemi.

Heureusement il n'y a rien de si évident pour la conscience que la conscience même. Si je ne me sentais
pénétré d'une bienveillance universelle, absolument
dégagée de tout esprit contentieux et de toute colère
polémique, même à l'égard des hommes dont les systèmes me choquent le plus, Dieu m'est témoin que je
jetterais la plume; et j'ose espérer que la probité qui
m'aura lu ne doutera pas de mes intentions. Mais ce

1. *Considérations sur la France*, in-8o, Bâle, Genève, Paris, 1795 1796
Lyon, 1830.

sentiment n'exclut ni la profession sólennelle de ma croyance, ni l'accent clair et élevé de la foi, ni le cri d'alarme en face de l'ennemi connu ou masqué, ni cet honnête prosélytisme enfin qui procède de la persuasion.

Après une déclaration dont la sincérité sera, je l'espère parfaitement justifiée par tout mon ouvrage,quand même je me trouverais en opposition directe avec d'autres croyances,je serais parfaitement tranquille. Je sais ce que l'on doit aux nations et à ceux qui les gouvernent; mais je ne crois point déroger à ce sentiment en leur disant la vérité avec les égards convenables. Les premières lignes de mon ouvrage le font connaître : celui qui pourrait craindre d'en être choqué est instamment prié de ne pas le lire. Il m'est prouvé, et je voudrais de tout mon cœur le prouver aux autres, *que sans le Souverain Pontife, il n'y a point de véritable christianisme, et que nul honnête homme chrétien, séparé de lui, ne signera sur son honneur (s'il a quelque science) une profession de foi clairement circonscrite.*

Toutes les nations qui se sont soustraites à l'autorité du Père commun ont sans doute, pris en masses, le droit (les savants ne l'ont pas) de crier au paradoxe ; mais nulle n'a celui de crier à l'insulte. Tout écrivain qui se tient dans le cercle de la sévère logique ne manque à personne. Il n'y a qu'une seule vengeance honorable à tirer de lui : c'est de raisonner contre lui, mieux que lui.

§ II.

Quoique dans le cours entier de mon ouvrage je me sois attaché, autant qu'il m'a été possible, aux idées générales, néanmoins on s'apercevra aisément que je me suis particulièrement occupé de la France. Avant qu'elle ait bien connu ses erreurs, il n'y a pas de salut pour elle ; mais si elle est encore aveugle sur ce point, l'Europe l'est peut-être davantage sur ce qu'elle doit attendre de la France.

Il y a des nations privilégiées qui ont une mission dans ce monde. J'ai déjà tâché d'expliquer celle de la France, qui me paraît aussi visible que le soleil. Il y a dans le gouvernement naturel, et dans les idées nationales du peuple français, je ne sais quel élément théocratique et religieux qui se retrouve toujours. Le Français a besoin de la religion plus que tout autre homme ; s'il en manque, il n'est pas seulement affaibli, il est mutilé. Voyez son histoire. Au gouvernement des druides, qui pouvaient tout, a succédé celui des évêques, qui furent constamment, mais bien plus dans l'antiquité que de nos jours, *les conseillers du roi en tous ses conseils.* Les évêques, c'est Gibbon qui l'observe, *ont fait le royaume de France* (1); rien n'est plus vrai. Les évêques *ont construit* cette monarchie comme les abeilles construisent une ruche. Les conciles, dans les premiers siècles de la monarchie, étaient de véritables conseils nationaux. Les *druides chrétiens,* si je puis m'exprimer ainsi, y jouaient le premier rôle. Les formes avaient changé, mais toujours on retrouve la même nation. Le sang teuton qui s'y mêla, par la conquête, assez pour donner un nom à la France, disparut presque entièrement à la bataille de Fontenay, et ne laissa que les Gaulois. La preuve s'en trouve dans la langue, car lorsqu'un peuple est *un,* la langue est *une* (2); et s'il est mêlé de quelque manière, mais surtout par la conquête, chaque nation constituante produit sa portion de la langue nationale, la syntaxe et ce qu'on appelle le *génie de la langue* appartenant toujours rigoureusement proportionné à la quantité de

1. Gibbon, *Hist. de la Décad.*, t. VII, ch. xxxviii. Paris, Moradan, 1812, in-8°.
2. De là vient que plus on s'élève dans l'antiquité, et plus les langues sont *ra-dicales,* et, par conséquent, *regulières.* En partant, par exemple, du mot *maison,* pris comme racine, le Grec aurait dit *maisonniste, maisonnier, maisonneur, maisonnerie, maisonner, emmaisonner, démaisonner,* etc. Le Français, au contraire, est obligé de dire: *maison, domestique, économe, casanier, maçon, bâtir, habiter, démolir,* etc. On reconnaît ici les poussières de différentes nations, mêlées et pétries par la main du temps. Je ne crois pas qu'il puisse y avoir une seule langue qui ne possède quelque élément de celles qui l'ont précédée; mais il y a principalement de grandes masses constituantes et qu'on peut, pour ain dire, toucher.

sang respectivement fourni par les diverses nations constituantes et fondues dans l'unité nationale. Or, l'élément teutonique est à peine sensible dans la langue française ; considérée en masse, elle est celtique et romaine. Il n'y a rien de si grand dans le monde. Cicéron disait : « Flattons-nous tant qu'il nous plaira, nous ne « surpasserons ni les Gaulois en valeur, ni les Espa- « gnols en nombre, ni les Grecs en talents, etc., mais « c'est par la religion et la crainte des dieux que nous « surpassons toutes les nations de l'univers. »

Cet élément *romain,* naturalisé dans les Gaules, s'accorda fort bien avec le druidisme, que le christianisme dépouilla de ses erreurs et de sa férocité, en laissant subsister une certaine racine qui était bonne; et de tous ces éléments il résulta une nation extraordinaire, destinée à jouer un rôle étonnant parmi les autres, et surtout à se retrouver à la tête du système religieux en Europe.

Le christianisme pénétra de bonne heure les Français, avec une facilité qui ne pouvait être que le résultat d'une affinité particulière. L'Eglise gallicane n'eut presque pas d'enfance; pour ainsi dire en naissant elle se trouva la première des Eglises nationales et le plus ferme appui de l'unité.

Les Français eurent l'honneur unique, et dont ils n'ont pas été à beaucoup près assez orgueilleux, celui d'avoir constitué humainement l'Eglise catholique dans le monde, en élevant son auguste Chef au rang indispensablement dû à ses fonctions divines, et sans lequel il n'eût été qu'un patriarche de Constantinople, déplorable jouet des sultahs chrétiens et des autocrates musulmans.

Charlemagne, le *trimégiste* moderne, éleva ou fit reconnaître ce trône, fait pour ennoblir et consolider tous les autres. Comme il n'y a pas eu de plus grande institution dans l'univers, il n'y en a pas, sans le moindre doute, où la main de la Providence se soit montrée d'une manière plus sensible ; mais il est beau d'avoir été choisı par elle pour être l'instrument éclairé de cette merveille unique.

Lorsque, dans le moyen âge, nous allâmes en Asie, l'épée à la main, pour essayer de briser sur son propre terrain ce redoutable croissant qui menaçait toutes les libertés de l'Europe, les Français furent encore à la tête de cette immortelle entreprise. Un simple particulier, qui n'a légué à la postérité que son nom de baptême, orné du modeste surnom d'*ermite*, aidé seulement de sa foi et de son invincible volonté, souleva l'Europe, épouvanta l'Asie, brisa la féodalité, anoblit les serfs, transporta le flambeau des sciences, et changea l'Europe.

Bernard le second; Bernard, le prodige de son siècle et Français comme Pierre, homme du monde, et cénobite mortifié, orateur, bel esprit, homme d'Etat, *solitaire, qui avait lui-même au dehors plus d'occupations que la plupart des hommes n'en auront jamais; consulté de toute la terre, chargé d'une infinité de négociations importantes, pacificateur des États, appelé aux conciles, portant des paroles aux rois, instruisant les évêques, réprimandant les papes, gouvernant un ordre entier, prédicateur et oracle de son temps* (1).

On ne cesse de nous répéter qu'aucune de ces fameuses entreprises ne réussit. Sans doute *aucune croisade ne réussit*, les enfants même le savent; mais *toutes ont réussi*, et c'est ce que les hommes même ne veulent pas voir.

Le nom français fit une telle impression en Orient, qu'il y est demeuré comme synonyme de celui d'*Européen*, et le plus grand poète de l'Italie, écrivant dans le seizième siècle, ne refuse point d'employer la même expression (2).

Le spectre français brilla à Jérusalem et à Constantinople. Que ne pouvait-on pas en attendre? Il eût agrandi

---

1. Bourdaloue, Sermon sur la fuite du monde, première partie.
2. *Il popol Franco* (les croisés, l'armée de Godefroi). Tasso.

l'Europe, repoussé par l'islamisme et suffoqué le schisme; malheureusement il ne sut pas se maintenir.

. . . . Magnis tamen excidit ausis.

Une grande partie de la gloire littéraire des Français, surtout dans le grand siècle, appartient au clergé. La science s'opposant en général à la propagation des familles et des noms (1), rien n'est plus conforme à l'ordre qu'une direction cachée de la science vers l'état sacerdotal et par conséquent célibataire.

Aucune nation n'a possédé un plus grand nombre d'établissements ecclésiastiques que la nation française, et nulle souveraineté n'employa plus avantageusement pour elle un plus grand nombre de prêtres que la cour de France. Ministres, ambassadeurs, négociateurs, instituteurs, etc., on les trouve partout. De Suger à Fleury, la France n'a qu'à se louer d'eux. On regrette que le plus fort et le plus éblouissant de tous se soit élevé quelquefois jusqu'à l'inexorable sévérité ; mais il ne la dépassa pas ; et je suis porté à croire que, sous le ministère de ce grand homme, le supplice des Tem pliers et d'autres événements de cette espèce n'eussent pas été possibles.

La plus haute noblesse de France s'honorait de remplir les grandes dignités de l'Eglise. Qu'y aurait-il en Europe au-dessus de cette Eglise gallicane, qui possédait tout ce qui plaît à Dieu et tout ce qui captive les hommes : la vertu, la science, la noblesse et l'opulence ?

Veut-on dessiner la grandeur idéale ? qu'on essaye d'imaginer quelque chose qui surpasse Fénelon, on n'y réussira pas.

Charlemagne, dans son testament, légua à ses fils la tutelle de l'Eglise romaine. Ce legs, répudié par les

1. De là vient sans doute l'antique préjugé sur l'incompatibilité de la science et de la noblesse, préjugé qui tient, comme tous les autres, à quelque chose de caché. Aucun savant du premier ordre n'a pu créer une race. Les noms mêmes du seizième siècle, fameux dans les sciences et les lettres, ne subsistent déjà plus.

empereurs allemands, avait passé comme une espèce
de fidéicommis à la couronne de France. L'Eglise
catholique pouvait être représentée par une ellipse.
Dans l'un des foyers on voyait saint Pierre, et dans
l'autre Charlemagne; l'Eglise gallicane avec sa puissance, sa doctrine, sa dignité, sa langue, son prosélytisme, semblait quelquefois rapprocher les deux cen-
tres, et les confondre dans la plus magnifique unité.

Mais, ô faiblesse humaine ! ô déplorable aveuglement ! des préjugés détestables que j'aurai occasion de
développer dans cet ouvrage avaient totalement per-
verti cet ordre admirable, cette relation sublime entre
les deux puissances. A force de sophismes et de criminelles manœuvres, on était parvenu à cacher au roi
très chrétien l'une de ses plus brillantes prérogatives,
celle de présider (humainement) le système religieux, et
d'être le protecteur héréditaire de l'unité catholique.
Constantin s'honora jadis du titre d'*évêque extérieur.*
Celui de *souverain pontife extérieur* ne flattait pas l'ambition d'un successeur de Charlemagne; et cet emploi,
offert par la Providence, était vacant ! Ah ! si les rois de
France avaient voulu donner main-forte à la vérité, ils
auraient opéré des miracles ! Mais que peut le roi, lorsque *les lumières de son peuple sont éteintes ?* Il faut
même le dire à la gloire immortelle de l'auguste maison, l'esprit royal qui l'anime a souvent et très heureusement été plus savant que les académies, et plus juste
que les tribunaux.

Renversée à la fin par un orage surnaturel, nous
avons vu cette mission, si précieuse pour l'Europe, se
relever par un miracle qui en promet d'autres, et qui
doit pénétrer tous les Français d'un religieux courage :
mais le comble du malheur pour eux serait de croire
que la révolution est terminée, et que la colonne est
replacée, parce qu'elle est relevée. Il faut croire, au
contraire, que l'esprit révolutionnaire est sans comparaison plus fort et plus dangereux qu'il ne l'était il y a
peu d'années. Le puissant usurpateur ne s'en servait

que pour lui. Il savait le comprimer dans sa main de
fer, et le réduire à n'être qu'une espèce de monopole au
profit de sa couronne. Mais depuis que *la justice et la
paix se sont embrassées*, le génie mauvais a cessé
d'avoir peur; et au lieu de s'agiter dans un foyer unique, il a produit de nouveau une ébullition générale
sur une immense surface.

Je demande la permission de le répéter: la révolution
française ne ressemble à rien de ce qu'on a vu dans les
temps passés. Elle est *satanique* dans son essence (1).
Jamais elle ne sera totalement éteinte que par le principe contraire, et jamais les Français ne reprendront
leur place jusqu'à ce qu'ils aient reconnu cette vérité.
Le sacerdoce doit être l'objet principal de la pensée
souveraine. Si j'avais sous les yeux le tableau des ordi-
nations, je pourrais prédire de grands événements. La
noblesse française trouve à cette époque l'occasion de
faire à l'Etat un sacrifice digne d'elle. Qu'elle offre
encore ses fils à l'autel comme dans les temps passés.
Aujourd'hui,on ne dira pas qu'elle n'ambitionne que les
trésors du sanctuaire. L'Eglise jadis l'enrichit et l'illus-
tra; qu'elle lui rende aujourd'hui tout ce qu'elle peut
lui donner, l'éclat de ses grands noms, qui maintiendra
l'ancienne opinion, et déterminera une foule d'hommes
à suivre des étendards portés par de si dignes mains :
le temps fera le reste. En soutenant ainsi le sacerdoce,
la noblesse française s'acquittera d'une dette immense
qu'elle a contractée envers la France, et peut-être même
envers l'Europe. La plus grande marque de respect et
de profonde estime qu'on puisse lui donner, c'est de lui
rappeler que la révolution française, qu'elle eût sans
doute rachetée de tout son sang, fut cependant en
grande partie son ouvrage. Tant qu'une aristocratie
pure, c'est-à-dire professant jusqu'à l'exaltation les
dogmes nationaux, environne le trône, il est inébranlable, quand même la faiblesse ou l'erreur viendrait à

1. *Considérations sur la France*, chap. x, § 3.

s'y asseoir; mais si le *baronnage* apostasie, il n'y a plus
de salut pour le trône, quand même il porterait saint
Louis ou Charlemagne; ce qui est plus vrai en France
qu'ailleurs. Par sa monstrueuse alliance avec le mauvais principe, pendant le dernier siècle, la noblesse
française a tout perdu; c'est à elle qu'il appartient de
tout réparer. Sa destinée est sûre, pourvu qu'elle soit
bien persuadée de l'alliance naturelle essentielle,
nécessaire, *française,* du sacerdoce et de la noblesse.

A l'époque la plus sinistre de la révolution, on dit :
*Ce n'est plus pour la noblesse qu'une éclipse méritée.
Elle reprendra sa place. Elle en sera quitte pour em-
brasser un jour, de bonne grâce,*

> Des enfants qu'en son sein elle n'a point portés (1).

Ce qui fut dit il y a vingt ans se vérifie aujourd'hui.
Si la noblesse française est soumise à un recrutement,
il dépend d'elle d'en ôter tout ce qu'il pourrait avoir
d'affligeant pour les races antiques. Quand elle saura
pourquoi il était devenu nécessaire, il ne pourra plus
lui déplaire ni lui nuire ; mais ceci ne doit être dit qu'en
passant et sans aucun détail approfondi.

Je rentre dans mon sujet principal, en observant que
la rage antireligieuse du dernier siècle contre toutes les
vérités et toutes les institutions chrétiennes, s'était
tournée surtout contre le Saint-Siège. Les conjurés
savaient assez, et le savaient malheureusement bien
mieux que la foule des hommes bien intentionnés, que
le *christianisme repose entièrement sur le Souverain
Pontife.* C'est donc de ce côté qu'ils tournèrent leurs
efforts. S'ils avaient proposé aux cabinets catholiques
des mesures directement antichrétiennes, la crainte ou
la pudeur, au défaut de motifs plus nobles, aurait suffi
pour les repousser ; ils tendirent donc à tous les princes le piège le plus subtil.

> Hélas ! ils ont des rois égaré les plus sages!

---

1. Considérations sur la France, chap. X, § 3.

Ils leur présentèrent le Saint-Siège comme l'ennemi naturel de tous les trônes ; ils l'environnèrent de calomnies, de défiances de toute espèce ; ils tâchèrent de le brouiller avec la raison d'Etat ; ils n'oublièrent rien pour attacher l'idée de la dignité à celle de l'indépendance. A force d'usurpations, de violences, de chicanes, d'empiétements de tous les genres, ils rendirent la politique romaine ombrageuse et lente; et ils l'accusèrent ensuite des défauts qu'elle tenait d'eux. Enfin, ils ont réussi à un point qui fait trembler. Le mal est tel, que le spectacle de certains pays catholiques a pu quelquefois scandaliser des yeux étrangers à la vérité, et les détourner d'elle. Cependant, sans le Souverain Pontife, tout l'édifice du christianisme est miné,et n'attend plus, pour crouler entièrèment, que le développement de certaines circonstances qui seront mises dans tout leur jour.

En attendant, les faits parlent. A-t-on jamais vu des protestants s'amuser à écrire des livres contre les Eglises grecque, nestorienne, syriaque, etc., qui professent des dogmes que le protestantisme déteste ? Ils s'en gardent bien. Ils protègent, au contraire, ces Eglises grecque, nestorienne, syriaque, etc., qui protrent prêts à s'unir à elles, tenant constamment pour véritable allié tout ennemi du Saint-Siège (1).

L'incrédule, de son côté, rit de tous les dissidents et se sert de *tous*, parfaitement sûr que *tous*, plus ou moins, et chacun à sa manière, avancent son *grand œuvre*, c'est-à-dire la destruction du christianisme.

Le protestantisme, le philosophisme et mille autres sectes plus ou moins perverses ou extravagantes, ayant prodigieusement *diminué les vérités parmi les hommes* (2), le genre humain ne peut demeurer dans

---

1. Voyez les *Recherches asiatiques* de M. Claudius Buchanan, docteur en théologie anglaise, où il propose à l'Église anglicane de s'allier, dans l'Inde, à la syriaque, *parce qu'elle rejette la suprématie du Pape*, in-8°, Londres, 1812, ,. 283 à 287.

2. *Diminutæ sunt veritates a filiis hominum.* (Ps. XI, v. 2.)

l'état où il se trouve. Il s'agite, il est en travail, il a
honte de lui-même, et cherche, avec je ne sais quel
mouvement convulsif, à remonter contre le torrent des
erreurs, après s'y être abandonné avec l'aveuglement
systématique de l'orgueil. A cette époque mémorable
il m'a paru utile d'exposer dans toute sa plénitude une
théorie également vaste et importante, et de la débarrasser de tous les nuages dont on s'obstine à l'enve-
lopper depuis si longtemps. Sans présumer trop de mes
efforts, j'espère cependant qu'ils ne seront pas absolument vains. Un bon livre n'est pas celui qui persuade
tout le monde, autrement il n'y aurait point de bon
livre; c'est celui qui satisfait complètement une certaine classe de lecteurs à qui l'ouvrage s'adresse particulièrement, et qui du reste ne laisse douter personne
ni de la bonne foi parfaite de l'auteur, ni de l'infatigable travail qu'il s'est imposé pour se rendre maître
de son sujet, et lui trouver même, s'il était possible,
quelques faces nouvelles. Je me flatte naïvement que,
sous ce point de vue, tout lecteur équitable jugera que
je suis en règle. Je crois qu'il n'a jamais été plus nécessaire d'environner de tous les rayons de l'évidence
une vérité du premier ordre, et je crois de plus que la
vérité a besoin de la France. J'espère donc que la
France me lira encore une fois avec bonté; et je m'esti-
merais heureux surtout si ses grands personnages de
tous les ordres, en réfléchissant sur ce que j'attends
d'eux, venaient à se faire une conscience de me réfuter.

Mai, 1817.

DU PAPE

CHAPITRE PREMIER

De l'Infaillibilité.

Que n'a-t-on pas dit sur l'infaillibilité considérée sous le point de vue théologique ! Il serait difficile d'ajouter de nouveaux arguments à ceux que les défenseurs de cette haute prérogative ont accumulés pour l'appuyer sur des autorités inébranlables et pour la débarrasser des fantômes dont les ennemis du christianisme et de l'unité se sont plu à l'environner, dans l'espoir de la rendre odieuse au moins, s'il n'y avait pas moyen de faire mieux.

Mais je ne sais si l'on a assez remarqué, sur cette grande question comme sur tant d'autres, que les vérités théologiques ne sont que des vérités générales, manifestées et divinisées dans le cercle religieux, de manière qu'on ne saurait en attaquer une sans attaquer une loi du monde.

L'*infaillibilité* dans l'ordre spirituel, et la *souveraineté* dans l'ordre temporel, sont deux mots parfaitement synonymes. L'un et l'autre expriment cette haute puissance qui les domine toutes, dont toutes les autres dérivent, qui gouverne et n'est pas gouvernée, qui juge et n'est pas jugée.

Quand nous disons que l'*Église est infaillible*, nous ne demandons pour elle, il est bien essentiel de l'observer, aucun privilège particulier ; nous demandons seulement qu'elle jouisse du droit commun à toutes les souverainetés possibles qui toutes agissent nécessairement comme infaillibles ; car tout gouvernement est absolu ; et du moment où l'on peut lui résister sous prétexte d'erreur ou d'injustice, il n'existe plus.

La souveraineté a des formes différentes, sans doute. Elle ne parle pas à Constantinople comme à Londres ; mais quand elle a parlé de part et d'autre à sa manière, le *bill* est sans appel comme le *fetfa*.

Il en est de même de l'Église : d'une manière ou d'une autre, il faut qu'elle soit gouvernée, comme toute autre association quelconque ; autrement il n'y aurait plus d'agrégation, plus d'ensemble, plus d'unité. Ce gouvernement est donc de sa nature infaillible, c'est-à-dire *absolu* ; autrement il ne gouvernera plus.

Dans l'ordre judiciaire, qui n'est qu'une pièce du gouvernement, ne voit-on pas qu'il faut absolument en venir à une puissance qui juge et n'est pas jugée ; précisément parce qu'elle prononce au nom de la puissance suprême, dont elle est censée n'être que l'organe et la voix ? Qu'on s'y prenne comme on voudra, qu'on donne à ce haut pouvoir judiciaire le nom qu'on voudra, toujours il faudra qu'il y en ait un auquel on ne puisse dire : *Vous avez erré*. Bien entendu que celui qui est condamné est toujours mécontent de l'arrêt et ne doute jamais de l'iniquité du tribunal ; mais le politique désintéressé, qui voit les choses d'en haut, se rit de ces vaines plaintes. Il sait qu'il est un point où il faut s'arrêter ; il sait que les longueurs interminables, les appels sans fin et l'incertitude des propriétés, sont, s'il est permis de s'exprimer ainsi, plus injustes que l'injustice.

Il ne s'agit donc que de savoir où est la souveraineté dans l'Église ; car dès qu'elle sera reconnue, il ne sera plus permis d'appeler de ses décisions.

Or, s'il y a quelque chose d'évident pour la raison autant que pour la foi, c'est que l'Église universelle est une monarchie. L'idée seule de l'*universalité* suppose cette forme de gouvernement, dont l'absolue nécessité repose sur la double raison du nombre des sujets et de l'étendue géographique de l'empire.

Aussi, tous les écrivains catholiques et dignes de ce nom conviennent unanimement que le régime de l'Église est monarchique, mais suffisamment tempéré d'aristocratie, pour qu'il soit le meilleur et le plus parfait des gouvernements (1).

Bellarmin l'entend ainsi: et il convient avec une candeur parfaite que le gouvernement monarchique tempéré vaut mieux que la monarchie pure (2).

On peut remarquer à travers tous les siècles chrétiens, que cette forme monarchique n'a jamais été contestée ou déprimée que par les factieux qu'elle gênait.

Dans le xvi° siècle, les révoltés attribuèrent la souveraineté à l'*Église*, c'est-à-dire au peuple. Le xviii° ne fit que transporter ces maximes dans la politique ; c'est le même système, la même théorie, jusque dans ses dernières conséquences. Quelle différence y a-t-il entre l'*Église de Dieu, uniquement conduite par sa parole, et la grande république une et indivisible, uniquement gouvernée par les lois et par les députés du peuple souverain ?* Aucune. C'est la même folie, ayant seulement changé d'époque et de nom.

Qu'est-ce qu'une république, dès qu'elle excède certaines dimensions ? C'est un pays plus ou moins vaste commandé par un certain nombre d'hommes, qui se nomment la *république*. Mais toujours le gou-

---

1. *Certum est monarchicum illud regimen esse aristocratia aliqua tempe-ratum.* (Duval, *De sup. Potest. Papæ*, part. I, quæst. 1.)

2. Bellarmin, *De Summo Pontif.*, cap. III.

vernement est un ; car il n'y a pas, et même il ne peut y avoir de république disséminée.

Ainsi, dans le temps de la république romaine, la souveraineté républicaine était dans le *forum ;* et les pays soumis, c'est-à-dire les deux tiers à peu près du monde connu, étaient une monarchie, dont le *forum* était l'absolu et l'impitoyable souverain.

Que si vous ôtez cet état dominateur, il ne reste plus de lien ni de gouvernement commun, et toute unité disparaît.

C'est donc bien mal à propos que les Églises presbytériennes ont prétendu, à force de parler, nous faire accepter, comme une supposition possible, la forme républicaine, qui ne leur appartient nullement, excepté dans le sens divisé et particulier ; c'est-à-dire que chaque pays a son Église qui est républicaine ; mais il n'y a point et il ne peut y avoir d'*Église chrétienne républicaine ;* en sorte que la forme presbytérienne efface l'article du symbole, que les ministres de cette croyance sont cependant obligés de prononcer, au moins tous les dimanches : *Je crois à l'Église, une, sainte,* universelle *et apostolique.* Car dès qu'il n'y aura plus de centre ni de gouvernement commun, il ne peut y avoir d'unité, ni par conséquent d'*Église universelle* (ou catholique), puisqu'il n'y a pas d'Église particulière qui ait seulement, dans cette supposition, *le moyen constitutionnel* de savoir si elle est en communauté de foi avec les autres.

Soutenir qu'une foule d'Églises indépendantes forment une Église *une et universelle,* c'est soutenir, en d'autres termes, que tous les gouvernements politiques de l'Europe ne forment qu'un seul gouvernement *un et universel.* Ces deux idées sont identiques ; il n'y a pas moyen de chicaner.

Si quelqu'un s'avisait de proposer *un royaume de France sans roi de France, un empire de Russie sans empereur de Russie,* etc., on croirait justement qu'il **a** perdu l'esprit ; ce serait cependant rigoureusement la même idée que celle d'*une Eglise universelle sans chef*.

Il serait superflu de parler de l'aristocratie ; car n'y ayant jamais eu dans l'Église de corps qui ait eu la prétention de la régir sous aucune forme élective ou héréditaire, il s'ensuit que son gouvernement est nécessairement monarchique, toute autre forme se trouvant rigoureusement exclue.

La forme monarchique une fois établie, l'infaillibilité n'est plus qu'une conséquence nécessaire de la *suprématie*, ou plutôt, c'est la même chose absolument sous deux noms différents. Mais, quoique cette identité soit évidente, jamais on n'a vu ou voulu voir que toute la question dépend de cette vérité ; et cette vérité dépendant à son tour de la nature même des choses, elle n'a nullement besoin de s'appuyer sur la théologie ; de manière qu'en parlant de l'unité comme nécessaire, l'erreur ne pourrait être opposée au Souverain Pontife, quand même elle serait possible, comme elle ne peut être opposée aux souverains temporels, qui n'ont jamais prétendu à l'infaillibilité. C'est en effet absolument la même chose, dans la pratique, de n'être pas sujet à l'erreur, ou de ne pouvoir en être accusé. Ainsi, quand même on demeurerait d'accord qu'aucune promesse divine n'eût été faite au Pape, il ne serait pas moins infaillible, ou censé tel, comme dernier tribunal ; car tout jugement dont on ne peut appeler est et doit être tenu pour juste dans toute association humaine, sous toutes les formes du gouvernement imaginables ; et tout véritable homme d'État m'entendra bien, lorsque je dirai qu'il ne s'agit pas seulement de savoir si le Souverain Pontife *est*, mais s'il *doit être* infaillible.

Celui qui aurait le droit de dire au Pape qu'il s'est trompé aurait, par la même raison, le droit de lui désobéir, ce qui anéantirait la suprématie (ou l'infaillibilité) ; et cette idée fondamentale est si frappante, que l'un des plus savants protestants qui aient

écrit de notre siècle (1) a fait une dissertation pour
établir que l'*appel du Pape au futur concile* détruit
l'*unité visible*. Rien n'est plus vrai ; car d'un gouvernement habituel, indispensable, sous peine de la dissolution du corps, il ne peut y avoir appel à un pouvoir intermittent.

Voilà donc d'un côté *Mosheim*, qui nous démontre
par des raisons invincibles que l'appel au futur concile détruit l'*unité visible de l'Église*, c'est-à-dire le
catholicisme d'abord, et bientôt après, le christianisme même ; et de l'autre Fleury, qui nous dit, en
faisant l'énumération des *libertés* de son Église :
*Nous croyons qu'il est permis d'appeler du Pape au
futur concile*, nonobstant les bulles de Pie II et de
Jules II, qui l'ont défendu (2).

C'est un étrange spectacle, il faut l'avouer, que
celui de ces docteurs gallicans, conduits par des exagérations nationales à l'humiliation de se voir enfin
réfutés par des théologiens protestants ; je voudrais
bien au moins que ce spectacle n'eût été donné qu'une
fois.

Les novateurs que *Mosheim* avait en vue ont soutenu « que le Pape avait seulement le droit de pré-
« sider les conciles, et que le gouvernement de
« l'Église est aristocratique. » *Mais*, dit Fleury, *cette
opinion est condamnée à Rome et en France*.

Cette opinion a donc tout ce qu'il faut pour être
condamnée ; mais si le gouvernement de l'Église
n'est pas aristocratique, il est donc monarchique ; et
s'il est monarchique, comme il l'est certainement et
invinciblement, quelle autorité recevra l'appel de ses
décisions ?

Essayez de diviser le monde chrétien en patriarcats, comme le veulent les Églises schismatiques

---

1. Laur. Mosheimii dissert, *De appel. ad. concil. univ. Ecclesiæ unitatem
spectabilem tollentibus.* (Dans l'ouvrage du docteur Marchetti, t. II, p. 208.)

2. Fleury, *sur les Libertés de l'Église gallicane.* Nouv. Opusc., Paris, 1807
in-12, p. 30.

d'Orient, chaque patriarche, dans cette supposition, aura les privilèges que nous attribuons ici au Pape, et l'on ne pourra de même appeler de leurs décisions ; car il faut toujours qu'il y ait un point où l'on s'arrête. La souveraineté sera divisée, mais toujours on la retrouvera ; il faudra changer le symbole et dire : *Je crois aux Églises divisées et indépendantes.*

C'est à cette idée monstrueuse qu'on se verra amené par force ; mais bientôt elle se trouvera perfectionnée encore par les princes temporels, qui, s'inquiétant fort peu de cette vaine division patriarcale, établiront l'indépendance de leur Église particulière, et se débarrasseront même du patriarche, comme il est arrivé en Russie, de manière qu'au lieu d'une seule infaillibilité, qu'on rejette comme un privilège trop sublime, nous en aurons autant qu'il plaira à la politique d'en former par la division des États. La souveraineté religieuse, tombée d'abord du Pape aux patriarches, tombera ensuite de ceux-ci aux synodes, et tout finira par la suprématie anglaise et le protestantisme pur, état inévitable, et qui ne peut être que plus ou moins retardé ou avoué partout où le Pape ne règne pas. Admettez une fois l'appel de ses décrets, il n'y a plus de gouvernement, plus d'unité, plus d'Église visible.

C'est pour n'avoir pas saisi des principes aussi évidents que des théologiens du premier ordre, tels que Bossuet et Fleury, par exemple, ont manqué l'idée de l'infaillibilité, de manière à permettre au bon sens laïque de sourire en les lisant.

Le premier nous dit sérieusement que *la doctrine de l'infaillibilité n'a commencé qu'au Concile de Florence* (1) *;* et Fleury, encore plus précis, nomme le dominicain *Cajetan* comme l'auteur de cette doctrine, sous le pontificat de Jules II.

On ne comprend pas comment les hommes,

1. *Hist. de Bossuet,* Pièces justific, du VIe liv., p. 392.

d'ailleurs si distingués, ont pu confondre deux idées
aussi différentes que celles de *croire* et de *soutenir* un
dogme.

L'Église catholique n'est point argumentatrice de
sa nature : elle croit sans disputer, car la *foi* est *une
croyance par amour*, et l'amour n'argumente point.

Le catholique sait qu'il ne peut se tromper ; il sait
de plus que s'il pouvait se tromper, il n'y aurait plus
de vérité révélée, ni d'assurance pour l'homme sur
la terre, puisque *toute société divinement instituée
suppose l'infaillibilité*, comme l'a dit excellemment
l'illustre Malebranche.

La foi catholique n'a donc pas besoin, et c'est ici
son caractère principal qui n'est pas assez remarqué,
elle n'a pas besoin, dis-je, de se replier sur elle·
même, de s'interroger sur sa croyance et de se
demander pourquoi elle croit ; elle n'a point cette
inquiétude dissertatrice qui agite les sectes. C'est le
doute qui enfante les livres : pourquoi écrirait-elle
donc, elle qui ne doute jamais ?

Mais si l'on vient à contester quelque dogme, elle
sort de son état naturel, étranger à toute idée conten-
tieuse ; elle cherche les fondements du dogme mis
en problème ; elle interroge l'antiquité ; elle crée
des mots surtout, dont sa bonne foi n'avait nul
besoin, mais qui sont devenus nécessaires pour
caractériser le dogme et mettre entre les novateurs
et nous une barrière éternelle.

J'en demande bien pardon à l'illustre Bossuet ;
mais lorsqu'il nous dit que la doctrine de l'*infaillibilité* a commencé au xive siècle, il semble se rapprocher de ces mêmes hommes qu'il a tant et si
bien combattus. Les protestants ne disaient-ils pas
aussi que la doctrine de la *transsubstantiation* n'était
pas plus ancienne que le nom ? Et les ariens
n'argumentaient-ils pas de même contre la *con-
substantialité* ? Bossuet, qu'il me soit permis de le
dire sans manquer de respect à un aussi grand

homme, s'est évidemment trompé sur ce point important. Il faut bien se garder de prendre un mot pour une chose, et le commencement d'une erreur pour le commencement d'un dogme. La vérité est précisément le contraire de ce qu'enseigne Fleury ; car ce fut vers l'époque qu'il assigne que l'on commença non pas à *croire*, mais à disputer sur l'*infaillibilité* (1). Les contestations élevées sur la suprématie du Pape forcèrent d'examiner la question de plus près, et les défenseurs de la vérité appelèrent cette suprématie *infaillibilité*, pour la distinguer de toute autre souveraineté ; mais il n'y a rien de nouveau dans l'Église, et jamais elle ne croira que ce qu'elle a toujours cru. Bossuet veut-il nous prouver la nouveauté de cette doctrine ? qu'il nous assigne une époque de l'Église où les décisions dogmatiques du Saint-Siège n'étaient pas des lois ; qu'il efface tous les écrits où il a prouvé le contraire avec une logique accablante, une érudition immense, une éloquence sans égale ; qu'il nous indique surtout le tribunal qui examinait ces décisions et les réformait.

Au reste, s'il nous accorde, s'il nous prouve, s'il nous démontre *que les décrets dogmatiques des Souverains Pontifes ont toujours fait loi dans l'Église*, laissons-le dire *que la doctrine de l'infaillibilité est nouvelle* : qu'est-ce que cela nous fait ?

---

1. Le premier appel au futur concile est celui qui fut émis par *Taddée* au nom de Frédéric II, en 1245. On dit qu'il y a du doute sur cet appel, parce qu'il fut fait *au Pape et au Concile plus général*. On veut que le premier appel incontestable soit celui de Duplessis, émis le 13 juin 1303 ; mais celui-c est semblable à l'autre, et montre un embarras excessif. Il est fait *au concile et au Saint-Siège apostolique, et à celui et à ceux* à qui et auxquels il peut et doit être le mieux porté de droit. (Nat. Alex. in sec. XIII et XIV, art. 5, § 11.) Dans les quatre-vingts ans qui suivent, on trouve huit appels dont les formules sont : *Au Saint-Siège, au sacré Collège, au Pape futur, au Pape mieux informé, au concile, au tribunal de Dieu, à la très sainte Trinité, à Jésus-Christ enfin.* (Voyez le doct. Marchetti, *Crit. de Fleury*, dans l'appendice, p. 257 et 260.) Ces inepties valent la peine d'être rappelées ; elles prouvent d'abord la nouveauté de ces appels, et ensuite l'embarras des appelants, qui ne pouvaient confesser plus clairement l'absence de tout tribunal supérieur au Pape, qu'en portant sagement l'appel *à la très sainte Trinité*.

CHAPITRE II

Des Conciles.

C'est en vain que, pour sauver l'unité et la main tenir le tribunal visible, on aurait recours aux conciles, dont il est bien essentiel d'examiner la nature et les droits. Commençons par une observation qui ne souffre pas le moindre doute : *C'est qu'une souveraineté périodique ou intermittente est une contradiction dans les termes ;* car la souveraineté doit toujours veiller, toujours agir. *Il n'y a pour elle aucune différence entre la vie et la mort.*

Or, les conciles étant des pouvoirs intermittents dans l'Église, et non seulement intermittents, mais, de plus, extrêmement rares et purement accidentels, sans aucun retour périodique et légal, le gouvernement de l'Église ne saurait lui appartenir.

Les conciles, d'ailleurs, ne décident rien sans appel, s'ils ne sont pas universels, et ces sortes de conciles entraînent de si grands inconvénients, qu'il ne peut être entré dans les vues de la Providence de leur confier le gouvernement de son Église.

Dans les premiers siècles du christianisme, les conciles étaient beaucoup plus aisés à rassembler, parce que l'Église était beaucoup moins nombreuse, et parce que l'unité des pouvoirs réunis sur la tête des empereurs leur permettait de rassembler une masse suffisante d'évêques pour en imposer d'abord, et n'avoir plus besoin que de l'assentiment des autres. Et cependant que de peines, que d'embarras pour les rassembler !

Mais dans les temps modernes, depuis que l'univers policé s'est trouvé, pour ainsi dire, *haché* par tant de souverainetés, et qu'il a été immensément agrandi par **nos hardis navigateurs**, un concile œcu-

ménique est devenu une chimère. Pour convoquer
seulement tous les évêques, et pour faire constater
légalement de cette convocation, cinq ou six ans ne
suffiraient pas.

Je ne suis point éloigné de croire que si jamais une
assemblée générale de l'Église pouvait paraître nécessaire, ce qui ne me semble nullement probable,
on en vînt, suivant les idées dominantes du siècle, qui
ont toujours une certaine influence dans les affaires,
à une assemblée représentative. La réunion de tous
les évêques étant moralement, physiquement et géo-
graphiquement impossible, pourquoi chaque province catholique ne députerait-elle pas aux états
généraux de la monarchie ? Les *communes* n'y ayant
jamais été appelées, et l'aristocratie étant de nos
jours trop nombreuse et trop disséminée pour pouvoir y comparaître réellement, et même à beaucoup
près, que pourrait-on imaginer de mieux qu'une
représentation épiscopale ? Ce ne serait au fond
qu'une forme déjà reçue et seulement agrandie ; car
dans tous les conciles on a toujours reçu les pleins
pouvoirs des absents.

De quelque manière que ces saintes assemblées
soient convoquées et constituées, il s'en faut de beaucoup que l'Écriture sainte fournisse, en faveur de
l'autorité des conciles, aucun passage comparable à
celui qui établit l'autorité et les prérogatives du Souverain Pontife. Il n'y a rien de si clair, rien de si
magnifique que les promesses contenues dans ce dernier texte ; mais si l'on me dit, par exemple : *Toutes
les fois que deux ou trois personnes sont assemblées
en mon nom, je serai au milieu d'elles;* je demanderai
ce que ces paroles signifient, et l'on sera fort empêché pour m'y faire voir autre chose que ce que j'y
vois, c'est-à-dire une promesse faite aux hommes,
*que Dieu daignera prêter une oreille plus parti-
culièrement miséricodieuse à toute assemblée
d'hommes réunis pour le prier.*

D'autres textes prêteraient à d'autres difficultés ;
mais je ne prétends pas jeter le moindre doute sur
l'*infaillibilité* d'un concile général ; je dis seulement
que ce haut privilège, il ne le tient que de son chef, à
qui les promesses ont été faites. Nous savons bien
que *les portes de l'enfer ne prévaudront pas contre
l'Église ;* mais pourquoi ? A cause de *Pierre,* sur qui
elle est fondée. Otez ce fondement, comment serait-
elle infaillible, puisqu'elle n'existe plus ? Il faut *être,*
si je ne me trompe, pour *être quelque chose.*

Ne l'oublions jamais : aucune promesse n'a été
faite à l'Église séparée de son chef, et la raison seule
le devinerait, puisque l'Église, comme tout autre
corps moral, ne pouvant exister sans unité, les promesses ne peuvent avoir été faites qu'à l'unité, qui
disparaît inévitablement avec le Souverain Pontife.

CHAPITRE III

Définition et autorité des Conciles.

Ainsi les conciles œcuméniques ne sont et ne peuvent être que le *parlement ou les états généraux du
christianisme rassemblés par l'autorité et sous la présidence du Souverain.*

Partout où il y a un souverain, et dans le système
catholique le souverain est incontestable, il ne peut y
avoir d'assemblées nationales et légitimes sans lui.
Dès qu'il a dit *veto,* l'assemblée est dissoute, ou sa
force colégislatrice est suspendue ; si elle s'obstine,
il y a révolution.

Cette notion si simple, si incontestable, et qu'on
n'ébranlera jamais, expose dans tout son jour l'immense ridicule de la question si débattue, *si le Pape
est au-dessus du concile,* ou *le concile au-dessus du*

Pape. Car c'est demander en d'autres termes, *si le Pape est au-dessus du Pape,* ou *le concile au-dessus du concile.*

Je crois de tout mon cœur, avec Leibnitz, *que Dieu a préservé jusqu'ici les conciles véritablement œcuméniques de toute erreur contraire à la doctrine salutaire* (1). Je crois de plus qu'il les préservera toujours ; mais puisqu'il ne peut y avoir de concile œcuménique sans Pape, que signifie la question, *s'il est au-dessus* ou *au-dessous du Pape ?*

Le roi d'Angleterre est-il au-dessus du parlement, ou le parlement au-dessus du roi ? Ni l'un, ni l'autre ; mais le roi et le parlement réunis forment la législature ou la souveraineté ; il n'y a pas d'Anglais qui n'aimât mieux voir son pays gouverné par un roi sans parlement, que par un parlement sans roi.

La demande est donc précisément ce qu'on appelle en anglais un *non-sens* (2).

Au reste, quoique je ne pense nullement à contester l'éminente prérogative des conciles généraux, je n'en reconnais pas moins les inconvénients immenses de ces grandes assemblées, et l'abus qu'on en fit dans les premiers siècles de l'Église. Les empereurs grecs, dont la race théologique est un des grands scandales de l'histoire, étaient toujours prêts à convoquer des conciles, et lorsqu'ils le voulaient absolument il fallait bien y consentir ; car l'Église ne doit refuser à la souveraineté qui s'obstine rien de ce qui ne fait naître que des inconvénients. Souvent l'incrédulité moderne s'est plu à faire remarquer l'influence des princes sur les conciles, pour nous apprendre à mépriser ces assemblées, ou pour les séparer de l'autorité du Pape. On lui a répondu mille et mille fois sur l'une

---

1. Leibnitz, *Nouv. essais sur l'Entend. humain,* p. 461 et suiv., *Pensées,* t. II, p. 45. — *N. B.* Le mot *véritablement* est mis là pour écarter le concile de Trente dans sa fameuse correspondance avec Bossuet.

2. Ce n'est pas que je prétende assimiler en tout le gouvernement de l'Église à celui de l'Angleterre, où les *états généraux* sont permanents. Je ne prends de la comparaison que ce qui sert à établir mon raisonnement.

et l'autre de ces fausses conséquences ; mais, du reste, qu'elle dise ce qu'elle voudra sur ce sujet, rien n'est plus indifférent à l'Église catholique, qui ne doit ni ne peut être gouvernée par des conciles. Les empereurs, dans les premiers siècles de l'Église, n'avaient qu'à vouloir pour assembler un concile, et ils le voulurent trop souvent. Les évêques, de leur côté, s'accoutumaient à regarder ces assemblées comme un tribunal permanent, toujours ouvert au zèle et au doute ; de là vient la mention fréquente qu'ils en font dans leurs écrits, et l'extrême importance qu'ils y attachèrent. Mais s'ils avaient vu d'autres temps, s'ils avaient réfléchi sur les dimensions du globe, et s'ils avaient prévu ce qui devait arriver un jour dans le monde, ils auraient bien senti qu'un tribunal accidentel, dépendant du caprice des princes et d'une réunion excessivement rare et difficile, ne pouvait avoir été choisi pour régir l'Église éternelle et universelle. Lors donc que Bossuet demande avec ce ton de supériorité qu'on peut lui pardonner plus qu'à tout autre homme : *Pourquoi tant de conciles, si la décision des Papes suffisait à l'Église ?* le cardinal Orsi lui répond fort à propos : « Ne le demandez point à « nous, ne le demandez point aux papes Damase, « Célestin, Agathon, Adrien, Léon, qui ont fou- « droyé toutes les hérésies, depuis Arius jusqu'à « Eutychès, avec le consentement de l'Église, ou « d'une immense majorité, et qui n'ont jamais ima- « giné qu'il fût besoin de conciles œcuméniques pour « les réprimer. Demandez-le aux empereurs grecs, « qui ont voulu absolument les conciles, qui les ont « convoqués, qui ont exigé l'assentiment des Papes, « qui ont excité inutilement tout ce fracas dans « l'Église (1). »

Au Souverain Pontife seul appartient essentiellement le droit de convoquer les conciles généraux, ce

---

1. Jos. Aug. Orsi, *De irreformabili rom. Pontificis in definiendis fidei controversiis Judicio*, Romæ, 1772, in-4°, t. III, lib. II, cap. xx. p. 181, 384.

qui n'exclut point l'influence modérée et légitime des
souverains. Lui seul peut juger des circonstances qui
exigent ce remède extrême. Ceux qui ont prétendu
attribuer ce pouvoir à l'autorité temporelle n'ont pas
fait attention à l'étrange paralogisme qu'ils se permettaient. Ils supposent une monarchie universelle
et de plus éternelle ; ils remontent toujours sans
réflexion à ces temps où toutes les mitres pouvaient
être convoquées par un sceptre seul ou par deux.
L'empereur seul, dit Fleury, *pouvait convoquer les
conciles universels, parce qu'il pouvait seul commander aux évêques de faire des voyages extraordinaires, dont le plus souvent il faisait les frais, et dont
il indiquait le lieu... Les Papes se contentaient de
demander ces assemblées..., et souvent sans les
obtenir* (1).

Eh bien ! c'est une nouvelle preuve que l'Église ne
peut être régie par les conciles généraux, Dieu
n'ayant pu mettre les lois de son Église en contradiction avec celles de la nature, lui qui a fait la nature et
l'Église.

La souveraineté politique n'étant de sa nature ni
universelle, ni indivisible, ni perpétuelle, si l'on
refuse au Pape le droit de convoquer les conciles
généraux, à qui donc l'accorderons-nous? Sa Majesté
très chrétienne appellerait-elle les évêques d'Angleterre, ou Sa Majesté britannique ceux de France ?
Voilà comment ces vains discoureurs ont abusé de
l'histoire ! Et les voilà encore bien convaincus de
combattre la nature des choses, qui veut absolument,
indépendamment même de toute idée théologique,
qu'un concile œcuménique ne puisse être convoqué
que par un pouvoir œcuménique.

Mais comment les hommes subordonnés à une
puissance, puisqu'ils sont convoqués par elle, pour-
raient-ils être, quoique séparés d'elle, au-dessus

1. Nouv. Cpusc. de Fleury, p. 138.

d'elle ? L'énoncé seul de cette proposition en démon
tre l'absurdité.

On peut dire néanmoins, dans un sens très vrai,
que le concile universel est au-dessus du Pape ; car,
comme il ne saurait y avoir de concile de ce genre
sans Pape, si l'on veut dire que le Pape et l'épiscopat
entier sont au-dessus du Pape, ou, en d'autres termes, que le Pape *seul* ne peut revenir sur un dogme
décidé par lui et par les évêques réunis en concile
général, le Pape et le bon sens en demeureront
d'accord.

Mais que les évêques séparés de lui et en contradiction avec lui soient au-dessus de lui, c'est une proposition à laquelle on fait tout l'honneur possible en
la traitant seulement d'extravagante.

Et la première supposition même que je viens de
faire, si on ne la restreint pas rigoureusement au
dogme, ne contente plus la bonne foi, et laisse subsister une foule de difficultés.

*Où est la souveraineté dans les longs intervalles qui
séparent les conciles œcuméniques ? Pourquoi le
Pape ne pourrait-il pas abroger ou changer ce qu'il
aurait fait en concile, s'il ne s'agit pas de dogmes, et
si les circonstances l'exigent impérieusement ?* Si les
besoins de l'Église appelaient une de ces grandes
mesures qui ne souffrent pas de délai, comme nous
l'avons vu deux fois pendant la révolution française (1), que faudrait-il faire ? Les jugements du
Pape ne pouvant être réformés que par le concile
général, qui assemblera le concile ? Si le Pape s'y
refuse, qui le forcera ? et, en attendant, comment
l'Église sera-t-elle gouvernée, etc., etc. ?

Tout nous ramène à la décision du bon sens, dictée
par la plus évidente analogie, *que la bulle du Pape,*

1. D'abord, à l'époque de l'Église constitutionnelle et du Serment civique,
et, depuis, à celle du Concordat. Les respectables prélats qui crurent devoir
résister au Pape, à cette dernière époque, pensèrent que la question était de
savoir *si le Pape s'était trompé*, tandis qu'il s'agissait de savoir *s'il fallait
obéir quand même il se serait trompé ;* ce qui abrégeait fort la discussion.

parlant seul de sa chaire, ne diffère des canons prononcés en concile général que comme, par exemple,
l'ordonnance de la *marine* ou des *eaux et forêts* différait, pour des Français, de celle de Blois ou
d'Orléans.

Le Pape, pour dissoudre un concile comme concile, n'a donc qu'à sortir de la salle en disant : *Je n'en
suis plus ;* de ce moment ce n'est plus qu'une *assemblée,* et un conciliabule s'il s'obstine. Jamais je n'ai
compris les Français lorsqu'ils affirment que les
décrets d'un concile général ont force de loi, indépendamment de l'acceptation ou de la confirmation
du Souverain Pontife (1).

S'ils entendent dire que les décrets du concile,
ayant été faits sous la présidence et avec l'approbation du Pape ou de ses légats, la bulle d'approbation
ou de confirmation qui termine les actes n'est plus
qu'une affaire de forme, on peut les entendre (cependant encore comme des chicaneurs) ; s'ils veulent
dire quelque chose de plus, ils ne sont pas supportables.

Mais, dira-t-on peut-être d'après les disputeurs
modernes, si le Pape devenait hérétique, furieux,
destructeur des droits de l'Église, etc., *quel sera le
remède ?*

Je réponds, en premier lieu, que les hommes qui
s'amusent à faire, de nos jours, ces sortes de suppositions, quoique pendant dix-huit cent trente-six ans
elles ne se soient jamais réalisées, sont bien ridicules
ou bien coupables.

En second lieu, et dans toutes les suppositions
imaginables, je demande à mon tour : Que ferait-on
si le roi d'Angleterre était incommodé au point de ne
pouvoir plus remplir ses fonctions ? On ferait ce

---

1. Bergier, *Dict. théol.*, art. *Conciles*, nᵒ IV; mais, plus bas, au nᵒ V, § 3, il
met au rang des caractères de l'œcuménicité la convocation faite par le Souverain Pontife ou son consentement. Je ne sais comment on peut accorder ces
deux textes.

qu'on a fait, ou peut-être autrement ; mais s'ensui-
vrait-il par hasard que le parlement fût au-dessus du
roi, ou qu'il pût être convoqué par d'autres que le
roi, etc., etc., etc. ?

Plus on examinera la chose attentivement, et plus
on se convaincra que, *malgré* les conciles, et *en vertu*
même des conciles, sans la monarchie romaine, il n'y
a plus d'Église.

Veut-on s'en convaincre par une hypothèse très
simple? Il suffit de supposer qu'au xvie siècle, l'Église
orientale séparée, dont tous les dogmes étaient alors
attaqués ainsi que les nôtres, se fût assemblée en concile *œcuménique*, à Constantinople, à Smyrne, etc.,
pour dire anathème aux nouvelles erreurs, pendant
que nous étions assemblés à Trente pour le même
objet ; où aurait été l'Église ? Otez le Pape, il n'y a
plus moyen de répondre.

Et si les Indes, l'Afrique et l'Amérique, que je
suppose également peuplées de chrétiens de la même
espèce, avaient pris le même parti : la difficulté se
complique, la confusion augmente, et l'Église disparaît.

Considérons, d'ailleurs, que le caractère œcuménique ne dérive point, pour les conciles, du nombre
des évêques qui les composent ; il suffit que tous
soient convoqués, ensuite vient qui veut. Il y avait
cent quatre-vingts évêques à Constantinople en 381 ;
il y en avait mille à Rome en 1139, et quatre-vingt-
quinze seulement dans la même ville en 1512, en y
comprenant tous les cardinaux. Cependant tous ces conciles sont généraux, preuve évidente que le concile
avait une autorité propre et indépendante, le nombre
ne pourrait être indifférent, d'autant plus que, dans
ce cas, l'acceptation de l'Église n'est plus nécessaire,
et que le décret, une fois prononcé, est irrévocable.
Nous avons vu le nombre des votants diminué jusqu'à quatre-vingts ; mais comme il n'y a ni canons
ni coutumes qui fixent des limites à ce nombre, je

suis bien le maître de diminuer jusqu'à cinquante, et même jusqu'à dix ; et à quel homme à peu près raisonnable fera-t-on croire qu'un tel nombre d'évêques ait le droit de commander au Pape et à l'Église ?

Ce n'est pas tout : si, dans un besoin pressant de l'Église, le même zèle qui anima jadis l'empereur Sigismond s'emparait à la fois de plusieurs princes, et que chacun d'eux rassemblât un concile, où seraient le concile œcuménique et l'infaillibilité ?

La politique va nous fournir de nouvelles analogies.

CHAPITRE IV

Analogies tirées du pouvoir temporel.

Supposons que, dans un interrègne, le roi de France était absent ou douteux, les états généraux se fussent divisés d'opinion et bientôt de fait, en sorte qu'il y eût eu, par exemple, des états généraux à Paris et d'autres à Lyon ou ailleurs, *où serait la France ?* C'est la même question que la précédente, *où serait l'Église ?* Et de part et d'autre il n'y a pas de réponse, jusqu'à ce que le Pape ou le roi vienne dire : *Elle est ici.*

Ôtez la *reine* d'un essaim, vous aurez des abeilles tant qu'il vous plaira, mais de *ruche*, jamais.

Pour échapper à la comparaison si pressante, si lumineuse, si décisive des assemblées nationales, les chicaneurs modernes ont objecté *qu'il n'y a point de parité entre les conciles et les états généraux, parce que ceux-ci n'avaient que le droit de représentation.* Quel sophisme ! quelle mauvaise foi ! Comment ne voit-on pas qu'il s'agit ici d'états généraux, qu'on suppose tels qu'on en a besoin pour le raisonnement ? Je n'entre donc point dans la question de savoir si de

droit ils étaient colégislateurs ; je les suppose tels,
que manquerait-il à la comparaison ? Les conciles
œcuméniques ne sont-ils pas des états généraux
ecclésiastiques, et les états généraux ne sont-ils pas
des conciles œcuméniques civils ? Ne sont-ils pas
colégislateurs, par la supposition, jusqu'au moment
où ils se séparent, sans l'être un instant après ? Leur
puissance, leur validité, leur existence morale et
législatrice ne dépendent-elles pas du souverain qui
les préside? Ne deviennent-ils pas séditieux, *séparés*,
et par conséquent nuls du moment où ils agissent
sans lui ? Au moment où ils se séparent, la plénitude
du pouvoir législatif ne se réunit-elle pas sur la tête
du souverain ? L'ordonnance de Blois, de Moulins,
d'Orléans, fait-elle quelque tort à l'ordonnance de la
marine, à celle des *eaux et forêts*, *des substitu-*
tions, etc. ?

S'il y a une différence entre les états et les conciles
généraux, elle est toute à l'avantage des premiers ;
car il peut y avoir des états généraux *au pied de la*
lettre, parce qu'ils ne se rapportent qu'à un seul
empire, et que toutes les provinces y sont représentées, au lieu qu'un concile général, au *pied de la*
lettre, est rigoureusement impossible, vu la multi-
tude des souverainetés et les dimensions du globe
terrestre, dont la superficie est notoirement égale à
quatre grands cercles de trois mille lieues de dia-
mètre.

Que si quelqu'un s'avisait de remarquer que les
états généraux n'étant pas permanents, ne pouvant
être convoqués par un supérieur, ne pouvant opiner
qu'avec lui, et cessant d'exister à la dernière session,
il en résulte nécessairement, et sans autre considération, qu'ils ne sont pas colégislateurs dans toute la
force du terme, je m'embarrasserais fort peu de répondre à cette objection ; car il n'en demeurerait pas
moins sûr que les états généraux peuvent être infiniment inutiles pendant qu'ils sont assemblés, et que,

durant ce temps, le souverain législateur n'agit qu'avec eux.

Je serais bien le maître, cependant, de parler des conciles aussi défavorablement qu'en a parlé saint Grégoire de Nazianze : *Je n'ai jamais vu*, disait ce grand et saint personnage, *de concile rassemblé sans danger et sans inconvénient... Si je dois dire la vérité, j'évite, autant que je puis, les assemblées des prêtres et d'évêques ; je n'en ai jamais vu finir une d'une manière heureuse et agréable, et qui n'ait servi plutôt à augmenter les maux qu'à les faire disparaître* (1).

Mais je ne veux point pousser les choses trop loin, d'autant que le saint homme même que je viens de citer s'est expliqué, si je ne me trompe. Les conciles peuvent être utiles ; ils seraient même de droit naturel quand ils ne seraient pas de droit ecclésiastique, n'y ayant rien de si naturel, en théorie surtout, que toute association humaine se rassemble comme elle peut se rassembler, c'est-à-dire par ses représentants présidés par un chef, pour faire des lois et veiller aux intérêts de la communauté. Je ne conteste nullement sur ce point ; je dis seulement que le corps représentatif intermittent, s'il est surtout accidentel et non périodique, est, par la nature même des choses, partout et toujours inhabile à gouverner, et que, pendant ses sessions même, il n'a d'existence et de légitimité que par son chef.

Transportons en Angleterre la scission politique que j'ai supposée tout à l'heure en France. Divisons le parlement ; où sera le véritable ? Avec le roi. Que si la personne du roi était douteuse, il n'y aurait plus de *parlement*, mais seulement des *assemblées* qui chercheraient le roi ; et, si elles ne pouvaient s'accorder, il y aurait guerre et anarchie. Faisons une supposition plus heureuse et n'admettons qu'une assem-

---

1. *Greg. Naz. Epist. LV ad Procop.* Ce texte est vulgaire.

blée ; jamais elle ne sera *parlement* jusqu'à ce qu'elle
ait trouvé le roi ; mais elle exercera licitement tous
les pouvoirs nécessaires pour arriver à ce grand but,
car ses pouvoirs sont nécessaires, et par conséquent
de droit naturel. A toutes les époques d'anarchie, un
certain nombre d'hommes s'empareront toujours
du pouvoir pour arriver à un ordre quelconque : et
si cette assemblée, en retenant le nom et les formes
antiques, avait de plus l'assentiment de la nation,
manifesté au moins par le silence, elle jouirait de
toute la légitimité que ces circonstances malheureuses comportent.

Que si la monarchie, au lieu d'être héréditaire,
était élective, et qu'il se trouvât plusieurs compéti-
teurs élus par différents partis, l'assemblée devrait
ou désigner le véritable, si elle trouvait en faveur de
l'un d'eux des raisons évidentes de préférence, ou les
déposer tous pour en élire un nouveau, si elle n'apercevait aucune de ces raisons décisives.

Mais c'est à quoi se bornerait sa puissance. Si elle
se permettait de faire d'autres lois, le roi, d'abord
après son accession, aurait droit de les rejeter ; car
les mots d'*anarchie* et de *lois* s'excluent réciproque-
ment, et tout ce qui a été fait dans le premier état ne
peut avoir qu'une valeur momentanée et de pure cir-
constance.

Que si le roi trouvait que plusieurs choses auraient
été faites *parlementairement*, c'est-à-dire suivant les
véritables principes de la constitution, il pourrait
donner la sanction royale à ces différentes positions,
qui deviendraient des lois obligatoires, même pour le
roi, qui se trouve, en cela surtout, *image de Dieu sur
la terre ;* car, suivant la belle pensée de Sénèque,
Dieu obéit à des lois, mais c'est lui qui les a faites.

Et c'est dans ce sens que la loi pourrait être dite
au-dessus du roi, comme le concile est *au-dessus du*
Pape, c'est-à-dire que ni le roi ni le Souverain Pontife ne peuvent revenir contre ce qui a été fait *parle*

mentairement et *conciliairement*, c'est-à-dire par eux-mêmes en *parlement* et en *concile*, ce qui, loin d'affaiblir l'idée de la monarchie, la complète, au contraire, et la porte à son plus haut degré de perfection, en excluant toute idée accessoire d'arbitraire ou de versatilité.

M. Hume a fait sur le concile de Trente une réflexion brutale, qui mérite cependant d'être prise en considération : *C'est le seul concile général*, dit-il, *qu'on ait tenu dans un siècle véritablement éclairé et observateur ; mais on ne doit pas s'attendre à en voir un autre, jusqu'à ce que l'extinction du savoir et l'empire de l'ignorance préparent de nouveau le genre humain à ces grandes impostures* (1).

Si l'on ôte de ce morceau l'insulte et le ton de scurrilité (2) qui n'abandonne jamais l'erreur (3), il reste quelque chose de vrai : plus le monde sera éclairé, moins on pensera à un concile général. Il y en a eu vingt et un dans toute la durée du christianisme, ce qui assignerait à peu près un concile œcuménique à chaque époque de quatre-vingt-six ans ; mais l'on voit que, depuis deux siècles et demi, la religion s'en est fort bien passée, et je ne crois pas que personne y pense, malgré les besoins extraordinaires de l'Église

---

1. *It is the only general council (of Trente), which has been held in an age truly learned and inquisitive... No one expect to see another general council, till the decay of learning and the progress of ignorance shall again fit mankind for these great impostures.* (Hume's Elisabeth, 1653, ch. xxxix, note K.)

2. C'est-à-dire basse plaisanterie.

3. C'est une observation que je recommande à l'attention de tous les penseurs. La vérité, en combattant l'erreur, ne se fâche jamais. Dans la masse énorme des livres de nos controversistes, il faut regarder avec un microscope pour découvrir une vivacité échappée à la faiblesse humaine. Des hommes tels que Bellarmin, Bossuet, etc., ont pu combattre toute leur vie, sans se permettre, je ne dis pas une insulte, mais la plus légère personnalité. Les docteurs protestants partagent ce privilège et méritent la même louange toutes les fois qu'ils combattent l'incrédulité ; car, dans ce cas, c'est le chrétien qui combat le déiste, le matérialiste, l'athée, et, par conséquent, c'est encore la vérité qui combat l'erreur ; mais s'ils se tournent contre l'Église romaine, dans l'instant même ils l'insultent ; car l'erreur n'est jamais de sang-froid en combattant la vérité. Ce double caractère est également visible et décisif. Il y a peu de démonstrations aussi bien senties par la conscience.

auxquels le Pape pourvoira beaucoup mieux qu'un
concile général, pourvu que l'on sache se servir de sa
puissance.

Le monde est devenu trop grand pour les conciles
généraux qui ne semblent faits que pour la jeunesse
du christianisme.

———

CHAPITRE V

Digression sur ce qu'on appelle la jeunesse des nations.

Mais ce mot de *jeunesse* m'avertit d'observer que
cette expression et quelques autres du même genre
se rapportent à la durée totale d'un corps ou d'un
individu. Si je me représente, par exemple, la république romaine, qui dura cinq cents ans, je sais ce
que veulent dire ces expressions : *La jeunesse* ou *les
premières années de la république romaine ;* et s'il
s'agit d'un homme qui doit vivre à peu près quatre-
vingts ans, je me réglerai encore sur cette durée
totale ; et je sais que si l'homme vivait mille ans, il
serait jeune à deux cents. Qu'est-ce donc que la jeunesse d'une religion qui doit durer autant que le
monde ? On parle beaucoup des *premiers siècles du
christianisme :* en vérité, je ne voudrais pas assurer
qu'ils sont passés.

Quoi qu'il en soit, il n'y a pas de plus faux raisonnement que celui qui veut nous ramener à ce qu'on
appelle les *premiers siècles,* sans savoir ce qu'on dit.

Il serait mieux d'ajouter, peut-être, que dans un
sens l'Église n'a point d'âge. La religion chrétienne
est la seule institution qui n'admette point de décadence, parce que c'est la seule divine. Pour l'extérieur, pour les pratiques, pour les cérémonies, elle
laisse quelque chose aux variations humaines. Mais
l'essence est toujours la même, *et anni ejus non defi-*

cient. Ainsi, elle se laissera obscurcir par la barbarie
du moyen âge, parce qu'elle ne veut point déranger
les lois du genre humain ; mais elle produit cependant à cette époque une foule d'hommes supérieurs,
et qui ne tiendront que d'elle leur supériorité. Elle se
relève ensuite avec l'homme, l'accompagne et le per-
fectionne dans toutes les situations ; différente en
cela, et d'une manière frappante, de toutes les institutions et de tous les empires humains, qui ont une
enfance, une virilité, une vieillesse et une fin.

Sans pousser plus loin ces observations, ne parlons pas tant des *premiers siècles ni des conciles
œcuméniques*, depuis que le monde est devenu si
grand ; ne parlons pas surtout des *premiers siècles*,
comme si le temps avait prise sur l'Église. Les plaies
qu'elle reçoit ne viennent que de nos vices : les
siècles, en glissant sur elle, ne peuvent que la perfectionner.

Je ne terminerai point ce chapitre sans protester de
nouveau expressément de ma parfaite orthodoxie au
sujet des conciles généraux. Il peut se faire sans
doute que certaines circonstances les rendent nécessaires, et je ne voudrais point nier, par exemple, que
le concile de Trente n'ait exécuté des choses qui ne
pouvaient l'être que par lui ; mais jamais le Souverain Pontife ne se montrera plus infaillible que sur la
question de savoir si le concile est indispensable, et
jamais la puissance temporelle ne pourra mieux faire
que de s'en rapporter à lui sur ce point.

Les Français ignorent peut-être que tout ce qu'on
peut dire de plus raisonnable sur le Pape et sur les
conciles a été dit par deux théologiens français, en
deux textes de quelques lignes, pleins de bon sens et
de finesse ; textes bien connus et appréciés en Italie
par les plus sages défenseurs de la *monarchie légitime*. Écoutons d'abord le grand athlète du xvi° siècle,
le fameux vainqueur de Mornay :

« L'infaillibilité que l'on présuppose être au pape

« Clément, comme au tribunal souverain de l'Église,
« n'est pas pour dire qu'il soit assisté de l'esprit de
« Dieu, pour avoir sa lumière nécessaire à décider
« toutes les questions ; mais son infaillibilité consiste
« en ce que toutes les questions auxquelles il se sent
« assisté d'assez de lumière pour les juger, il les
« juge ; et les autres, auxquelles il ne se sent pas
« assez assisté de lumières pour les juger, il les
« remet au concile (1). »

C'est positivement la théorie des états généraux, à
laquelle tout bon esprit se trouvera constamment
ramené par la force de la vérité.

*Les questions ordinaires dans lesquelles le roi se
sent assisté d'assez de lumières, il les décide lui-
même ; et les autres, auxquelles il ne se sent pas assez
assisté, il les remet aux états généraux présidés par
lui.* Mais toujours il est souverain.

L'autre théologien français, c'est Thomassin, qui
s'exprime ainsi dans une de ses savantes dissertations :

« Ne nous battons plus pour savoir si le concile
« œcuménique est au-dessus ou au-dessous du Pape.
« Contentons-nous de savoir que le Pape, au milieu
« du concile, est au-dessus de lui-même, et que le
« concile *décapité de son chef* est au-dessous de lui-
« même (2). »

Je ne sais si jamais on n'a mieux dit. Thomassin
surtout, gêné par la déclaration de 1682, s'en est tiré
habilement, et nous a fait suffisamment connaître ce
qu'il pensait des conciles *décapités ;* et les deux textes
réunis se joignent à tant d'autres pour nous faire
connaître la doctrine *universelle* et *invariable* du

---

1. *Perroniana*, article *Infaillibilité*.
2. *Ne digladiemur major sydono Pontifex, vel Pontifice sydonus œcume-
nica sit, sed agnoscamus succenturiatum synodo Pontificem se ipso mojorem
esse ;* TRUNCATAM PONTIFICE *synodum se ipsa esse minorem.* (Thomassin, *In
Dissert. de Conc. Chalced.,* n° XIV. — Orsi, *De Rom. Pont. Auctor .* lib. I,
cap. **xv, art. 3,** . 100 et lib. II, cap. **xx,** p. 1 4 , Romæ, 1772, in-4*,

clergé de France, si souvent invoquée par les apôtres des quatre articles.

————

CHAPITRE VI

**Suprématie du Souverain Pontife reconnue dans tous les temps.
Témoignages catholiques des Églises d'Occident et d'Orient.**

Rien dans toute l'histoire ecclésiastique n'est aussi
invinciblement démontré, pour la conscience surtout
qui ne dispute jamais, que la suprématie monarchique du Souverain Pontife. Elle n'a point été sans
doute, dans son origine, ce qu'elle fut quelques
siècles après ; mais c'est en cela précisément qu'elle
se montre divine ; car tout ce qui existe légitimement
et pour des siècles existe d'abord en germe et se développe successivement (1).

Bossuet a très heureusement exprimé ce germe
d'unité, et tous les privilèges de la chaire de Saint-
Pierre, déjà visibles dans la personne de son premier
possesseur :

« Pierre, dit-il, paraît le premier en toute manière :
« le premier à confesser la foi ; le premier dans
« l'obligation d'exercer l'amour ; le premier de tous
« les apôtres qui vit le Sauveur ressuscité des morts,
« comme il en avait été le premier témoin devant tout
« le peuple ; le premier quand il fallut remplir le
« nombre d'apôtres ; le premier qui confirma la foi
« par un miracle ; le premier à convertir les Juifs ;
« le premier à recevoir les Gentils ; le premier par-
« tout. Mais je ne puis tout dire ; tout concourt à
« établir sa primauté ; oui, tout, jusqu'à ses fautes...
« La puissance donnée à plusieurs porte sa restric-

————

1. C'est ce que je crois avoir suffisamment établi dans mon *Essai sur*
principe régénérateur des institutions humaines.

« tion dans son partage, au lieu que la puissance
« donnée à un seul, et *sur tous*, et *sans exception*,
« emporte la plénitude... Tous reçoivent la même
« puissance, mais non au même degré ni avec la
« même étendue. Jésus-Christ commence par le pre-
« mier, et dans ce premier, il développe le tout...,
« afin que nous apprenions... que l'autorité ecclé-
« siastique, premièrement établie en la personne
« d'un seul, ne s'est répandue qu'à condition d'être
« toujours ramenée au principe de son unité, et que
« tous ceux qui auront à l'exercer se doivent tenir
« inséparablement unis à la même chaire (1). »

Puis il continue avec sa voix de tonnerre :

« C'est cette chaire tant célébrée par les Pères, où
« ils ont exalté comme à l'envi *la principauté de la*
« *chaire apostolique, la principauté principale, la*
« *source de l'unité, et dans la place de Pierre, l'émi-*
« *nent degré de la chaire sacerdotale ; l'Eglise mère,*
« *qui tient en sa main la conduite de toutes les autres*
« *églises ; le chef de l'épiscopat, d'où part le rayon*
« *du gouvernement ; la chaire principale, la chaire*
« *unique, en laquelle seule tous gardent l'unité.*
« Vous entendez dans ces mots saint Optat, saint
« Augustin, saint Cyprien, saint Irénée, saint Pros-
« per, saint Avit, saint Théodoret, le concile de
« Chalcédoine et les autres ; l'Afrique, les Gaules, la
« Grèce, l'Asie, l'Orient et l'Occident unis ensem-
« ble... Puisque c'était le conseil de Dieu de per-
« mettre qu'il s'élevât des schismes et des hérésies,
« il n'y avait point de constitution, ni plus ferme pour
« se soutenir, ni plus forte pour les abattre. Par cette
« constitution, tout est fort dans l'Eglise, parce que
« tout y est divin et que tout y est uni ; et comme cha-
« que partie est divine, le lien aussi est divin, et
« l'assemblage est tel que chaque partie agit avec la
« force du tout... C'est pourquoi nos prédécesseurs

---

1. *Sermon sur l'unité*, 1re partie.

« ont dit... qu'*ils agissaient au nom de saint Pierre,*
« *par l'autorité donnée à tous les évêques en la per-*
« *sonne de saint Pierre, comme vicaires de saint*
« *Pierre,* et ils l'ont dit lors même qu'ils agissaient
« par leur autorité ordinaire et subordonnée ; parce
« que tout a été mis premièrement dans saint Pierre,
« et que la correspondance est telle dans tout le corps
« de l'Église, que ce que fait chaque évêque, selon la
« règle et dans l'esprit de l'unité catholique, toute
« l'Église, tout l'épiscopat et le chef de l'épiscopat,
« le fait avec lui. »

On ose à peine citer aujourd'hui les textes, qui,
d'âge en âge, établissent la suprématie romaine de la
manière la plus incontestable, depuis le berceau du
christianisme jusqu'à nos jours. Ces textes sont si
connus, qu'ils appartiennent à tout le monde, et
qu'on a l'air, en les citant, de se parer d'une vaine
érudition. Cependant comment refuser, dans un
ouvrage tel que celui-ci, un coup d'œil rapide à ces
monuments précieux de la plus pure tradition ?

Bien avant la fin des persécutions, et avant que
l'Église, parfaitement libre dans ses communications,
pût attester sans gêne sa croyance par un nombre
suffisant d'actes extérieurs et palpables, Irénée, qui
avait conversé avec les disciples des apôtres, en appelait déjà à la chaire de Saint-Pierre comme à la règle
de sa foi, et confessait cette principauté régissante
(Πλεμονία) devenue célèbre dans l'Église.

Tertullien, dès la fin du IIe siècle, s'écrie déjà :
« Voici un édit, et même un édit péremptoire, parti
« du *Souverain Pontife*, de l'ÉVÊQUE DES ÉVÊ-
« QUES (1). »

Ce même Tertullien, si près de la tradition apostolique, et, avant sa chute, si soigneux de la recueillir,

---

1. Tertullien, *De Pudicitia*, cap. I : *Audio edictum et quidem peremptorium Pontifex scilicet maximus, episcopus episcoporum dicit*, etc. (*Tertull. Oper.* Paris, 1808, in-f°, edit. Pamelli, p. 999.) Le ton irrité et même un peu sarcastique ajoute sans doute au poids du témoignage.

disait : « Le Seigneur a donné les clefs à Pierre, et
« PAR LUI à l'Église (1). »

Optat de Milève répète : « Saint Pierre a reçu SEUL
« les clefs du royaume des cieux, *pour les communi-*
« *quer aux autres pasteurs* (2).

Saint Cyprien, après avoir rapporté les paroles
immortelles : *Vous êtes Pierre,* etc., ajoute : « C'est
« de là que découlent l'ordination des évêques et la
« forme de l'Église (3). »

Saint Augustin instruisant son peuple, et avec lui
toute l'Église, ne s'exprime pas moins clairement :
« Le Seigneur, dit-il, nous a confié ses brebis, PARCE
« QU'IL les a confiées à Pierre (4). »

Saint Éphrem, en Syrie, dit à un simple évêque :
« Vous occupez la place de Pierre (5) ; » parce qu'il
regardait le Saint-Siège comme la source de l'épiscopat.

Saint Gaudence de Bresse, partant de la même
idée, appelle saint Ambroise *le successeur de
Pierre* (6).

Pierre de Blois écrit à un évêque : « Père, rappe-
« lez-vous que vous êtes *le vicaire du bienheureux*
« *Pierre* (7). »

Et tous les évêques d'un concile de Paris déclarent
n'être que *les vicaires du prince des apôtres* (8).

Saint Grégoire de Nysse confesse la même doc-

1. *Memento claves Dominum Petro et* PER EUM, *Ecclesiæ reliquisse.* (Idem,
In Spectac., cap. x ; *Oper. ejusd.,* ibid.)

2. *Bono unitatis* Γ. *Petrus... ei præferri apostolis omnibus meruit, et
claves regni cœlorum communicandas cæteris* solus *accepit.* (Lib, XII, contra
Parmenianum nº 3. *Oper S. Opt.,* p. 104.)

3. *Inde... eipiscoporum ordinatio et Ecclesiarum ratio decurrit.* (Cyp. Epist.
XXXIII, ed. Paris. XVII, Pamel. *Oper.* S. Cyp., p. 216.)

4. *Commendavit nobis Dominus oves suas, quia Petro commendavit.*
(Serm. CCXCVI, nº 11, *Oper.* t. V, coll. 1202.)

5. *Basilius locum Petri obtinens, etc.* (S. Ephrem. Oper., p. 725.)

6. *Tanquam Petri successor, etc.* (Gaud. Brix. Tract. hab, in die suæ ordin.
Magna Biblioth. PP., tom. II, coll. 59, in-fol. edit. Paris).

7. Recolite, pater, quia beati Petri vicarios estis (Epist. CXLVIII, *Op. Petri
Blesensis,* p. 233.)

8. *Dominus B. Petro cujus vices indigni gerimus, ait :* Quodcumque liga-
verit, etc. (Concil. Paris. VI, tom. VII, Concil col. 1661.)

trine à la face de l'Orient : « Jésus-Christ, dit-il, a
« donné par Pierre, aux évêques, les clefs du
« royaume céleste (1).

Et quand on a entendu sur ce point l'Afrique, la
Syrie, l'Asie Mineure et la France, or entend avec
plus de plaisir un saint Écossais déclarer, dans le
vi⁰ siècle, que *les mauvais évêques usurpent le siège
de saint Pierre* (2).

Tant on était persuadé de toutes parts que l'épiscopat entier était, pour ainsi dire, concentré dans le
siége de saint Pierre dont il émanait !

Cette foi était celle du Saint-Siège même, Innocent Iᵉʳ écrivait aux évêques d'Afrique : « Vous
« n'ignorez pas ce qui est dû au siège apostolique,
« *d'où découlent l'épiscopat et toute son autorité...*
« Quand on agite des questions sur la foi, je pense
« que nos frères et coévêques ne doivent en référer
« qu'à Pierre, *c'est-à-dire à l'auteur de leur nom et
« de leur dignité* (3). »

Et dans sa lettre à Victor de Rouen, il dit : « Je
« commencerai avec le secours de l'apôtre saint
« Pierre, *par qui l'apostolat et l'épiscopat ont com-
« mencé en Jésus-Christ* (3). »

Saint Léon, fidèle dépositaire des mêmes maximes,
déclare que tous les dons de Jésus-Christ ne sont parvenus *aux évêques que par Pierre* (5)... *afin que de*

1. Per Petrum episcopis dedit Christus claves cœlestium bonorum. (*Op. S.
Greg. Nyss.*, edit. Paris, in-fol. tom. III, p. 314.)

2. Sedem Petri apostoli immundis pedibus... usurpantes... Judæam
quodammodo in Petri cathedra... statuunt. (Gildæ sapientis presb. in
Eccles. ordinem acris Correptio (*Biblioth. PP.*, Lugd., in-fol., tom. VIII,
p. 715.)

3. *Scientes quid apostolicæ sedi, quum omnes hoc loco positi ipsum sequi
desideremus apostolum, debeatur, a quo ipse episcopatus et tota auctoritas
hujus nominis emersit.* (Epist. XXIX Inn. I ad. conc. Carth., n⁰ 1, inter
Epist. Rom. Pont. edit. D. Constant, col. 388.)

4. *Per quem* (Petrum) *et apostolatus et episcopatus in Christo cœpit exor-
dium* (Ibid., col. 747.)

5. *Nunquam nisi per ipsum* (Petrum) *dedit quidquid, aliis non ne-
gavit.* (S. Leo, Serm. IV, in ann. Assumpt. *Oper.*, edit. Ballerini, t. II
col. 16.)

*lui comme du chef les dons divins se répandissent
dans tout le corps* (1).

Je me plais à réunir d'abord les textes qui établissent la foi antique sur le grand axiome si pénible
pour les novateurs.

Reprenant ensuite l'ordre des témoignages les plus
marquants qui se présentent à moi sur la question
générale, j'entends d'abord saint Cyprien déclarer,
au milieu du iii° siècle, qu'*il n'y avait des hérésies* et
des schismes dans l'Église que parce que tous les
yeux n'étaient pas tournés sur le prêtre de Dieu, sur
ce Pontife qui juge dans l'Église A LA PLACE DE JÉSUS-
CHRIST (2).

Au iv° siècle, le pape Anastase appelle tous les peuples chrétiens *mes peuples*, et toutes les Églises
chrétiennes *des membres de mon propre corps* (3).

Et, quelques années après, le pape Célestin appelait ces mêmes Églises *nos membres* (4).

Le Pape saint Jules écrit aux partisans d'Eusèbe :
*Ignorez-vous que l'usage est qu'on nous écrive
d'abord, et qu'on décide ici ce qui est juste ?*

Et, quelques évêques orientaux, injustement déposs-
sédés, ayant recours à ce Pape, qui les rétablit dans
leur siège, ainsi que saint Athanase, l'historien qui
rapporte ce fait observe que *le soin de toute l'Église
appartient au Pape, à cause de la dignité de son
siège* (5).

Vers le milieu du v° siècle, saint Léon dit au con-

---

1. *Ut ab ipso* (Petro) *quasi quodam capite dona sua velit in corpus omne
manare.* (S. Leo, Epist. X ad episc. prov. Vienn., cap. i, col. 633.) Je dois
ces précieuses citations au savant auteur de la *Tradition de l'Église sur l'institution des évêques*, qui les a rassemblées avec beaucoup de goût. (introduction, p. xxxiij.)

2. Neque aliunde hæreses obortæ sunt, aut nata sunt schismata, quam dum
SACERDOTI DEI non obtemperatur, nec unus in Ecclesia ad tempus judex vice
CHRISTI cogitatur. (*S. Cyp. Epist.* LV.)

3. Epist. Anast. ad Joh. Hieron, apud Const. Epist., decret. in-fol., p. 739.
— Voyez les *Vies des Saints*, trad. de l'angl. d'Alban Butler, par M. l'abbé
Godescard, in-8°, tome III, p. 689.

4. *Ibid.*

5. *Espist. Rom. Pont.*, t. I. Sozomène, liv. III, c. viii.

cile de Chalcédoine, en lui rappelant sa lettre à Flavien : *Il ne s'agit plus de discuter audacieusement, mais de croire ma lettre à Flavien, d'heureuse mémoire, ayant pleinement et très clairement décidé tout ce qui est de foi sur le mystère de l'Incarnation* (1).

Et Dioscore, patriarche d'Alexandrie, ayant été précédemment condamné par le Saint-Siège, les légats ne voulant point permettre qu'il siégeât au rang des évêques, en attendant le jugement du concile, déclarent aux commissaires de l'empereur que *si Dioscore ne sort pas de l'assemblée, ils en sortiront eux-mêmes* (2).

Parmi les six cents évêques qui entendirent la lecture de cette lettre, aucune voix ne réclama ; et c'est de ce concile même que partent ces fameuses acclamations qui ont retenti dès lors dans toute l'Église : *Pierre a parlé par la bouche de Léon, Pierre est toujours vivant dans son siège.*

Et dans ce même concile, Lucentius, légat du même Pape, disait : *On a osé tenir un concile sans l'autorité du Saint-Siège, ce qui* NE S'EST JAMAIS FAIT, *et n'est pas permis* (3).

C'est la répétition de ce que le pape Célestin disait peu de temps auparavant à ses légats partant pour le concile général d'Éphèse : *Si les opinions sont divisées, souvenez-vous que vous êtes là pour juger, et non pour disputer* (4).

---

1. *Unde, fratres carissimi, rejecta penitus audacia disputandi contra fidem divinitus inspiratam, vana errantium infidelitas conquiescat, nec liceat defendi quod non licet credi, etc.*

2. *Si ergo præcipit vestra magnificentia, aut ille egrediatur, aut nos eximus.* (Sacr. Conc., tom. IV.)

3. Fleury, *Hist. eccl.*. liv. XXVIII, nº 11. — Fleury, qui travaillait à bâtons rompus, oublia ce texte et un autre tout semblable (liv. XII, nº 10); et il nous dit hardiment, dans son IVe Discours sur l'hist. ecclés., nº 11 : *Vous qui avez lu cette histoire, vous n'y avez rien lu de semblable.* M. le docteur Marchetti prend la liberté de le citer lui-même à lui-même. (*Critica.* etc., t. I, art. § 1, p. 20 et 21.)

4. *Ad disputationem si ventum fuerit, vos de eorum sententiis dijudicare debetis non subire certamen.* (*Voy.* les Actes du conc.)

Le Pape, comme on sait, avait convoqué lui-même le concile de Chalcédoine, au milieu du ve siècle ; et cependant le vingt-huitième canon ayant accordé la seconde place au siège patriarcal de Constantinople, saint Léon le rejeta. En vain l'empereur Marcien, l'impératrice Pulchérie et le patriarche Anatolius lui adressent sur ce point les plus vives instances, le Pape demeure inflexible. Il dit que le troisième canon du premier concile de C. P., qui avait attribué précédemment cette place au patriarche de C. P., n'avait jamais été envoyé au Saint-Siège. Il casse et déclare nul, *par l'autorité apostolique*, le vingt-huitième canon de Chalcédoine. Le patriarche se soumet, et convient que le Pape était le maître (1).

Le Pape lui-même avait convoqué précédemment le deuxième concile d'Éphèse, et cependant il l'annula en lui refusant son approbation (2).

Au commencement du vi^e siècle, l'évêque de Patare, en Lycie, disait à l'empereur Justinien : *Il peut y avoir plusieurs souverains sur la terre, mais il n'y a qu'un Pape sur toutes les églises de l'univers* (3).

Dans le viie siècle, saint Maxime écrit, dans un ouvrage contre les Monothélites : « Si Pyrrhus pré-« tend n'être pas hérétique, qu'il ne perde point son « temps à se disculper auprès d'une foule de gens, « qu'il prouve son innocence au bienheureux Pape « de la très sainte Église romaine, c'est-à-dire au « Siège apostolique à qui appartiennent l'empire, « l'autorité et la puissance de lier et délier, sur tou-« tes les Églises qui sont dans le monde, EN TOUTES « CHOSES ET EN TOUTES MANIÈRES (4). »

---

1. De là vient que le XVIIIe canon de Chalcédoine n'a jamais été mis dans les collections, pas même par les Orientaux : *ob Leonis reprobationem.* (Marca, de Vet. Can. Coll., cap. iii, § XVII.) Voyez encore M. le docteur Marchetti. *Appendice alla critica di Fleury.* t. II, p. 236.

2. Zaccaria, *Anti-Febronius*, t. II, in-8, cap. xi, n° 3.

3. *Liberat. In Breviar, de causa Nest. et Eutych.* Paris, 1675, in-8, c. xxii, p. 775.

4. IN OMNIBUS ET PER OMNIA. S. Maxime, abbé de Chrysophe, était né à C. P.,

Au milieu de ce même siècle,les évêques d'Afrique, réunis en concile, disaient au pape Théodore, dans une lettre synodale : *Nos lois antiques ont décidé que de tout ce qui se fait, même dans les pays les plus éloignés, rien ne doit être examiné ni admis avant que notre Siège illustre en ait pris connaissance* (1).

A la fin du même siècle, les Pères du sixième concile général (troisième de C. P.) reçoivent, dans la quatrième session, la lettre du pape Agathon, qui dit au concile : « Jamais l'Église apostolique ne s'est « écartée en rien du chemin de la vérité. Toute « l'Église catholique, tous les conciles œcuméniques, « ont toujours embrassé sa doctrine comme celle du « *Prince des apôtres.* »

Et les Pères répondent : *Oui ! telle est la véritable règle de la foi, la religion est toujours demeurée inaltérable dans le siège apostolique. Nous promettons de séparer à l'avenir de la communion catholique tous ceux qui oseront n'être pas d'accord avec cette Église.* — Le patriarche de C. P. ajoute : *J'ai souscrit cette profession de ma propre main* (2).

Saint Théodore Studite disait au pape Léon III, au commencement du IXᵉ siècle : *Ils n'ont pas craint de tenir un concile hérétique de leur autorité, sans*

---

en 480. *Ejus. op. græce et latine.* Paris, 1575, 1 vol. in-fol. — *Biblioth. PP.*, tom. XI, p. 76. — Fleury, après avoir promis de donner un extrait de ce qu'il y a de remarquable dans l'ouvrage de S. Maxime qui a fourni cette citation, passe en entier sous silence tout le passage qu'on vient de lire. Le docteur Marchetti le lui reproche justement. (*Critica*, etc., tom. I, cap. ii, p. 107.)

1. *Antiquis regulis sancitum est, ut quidquid, quamvis in remotis vel in longinquis agatur provinciis, non prius tractandum vel accipiendum sit, nisi ad notitiam almæ Sedis vestræ fuisset deductum.* Fleury traduit : « Les trois « primats écrivirent en commun une lettre synodale au pape Théodore, au « nom de tous les évêques de leurs provinces, où, après avoir reconnu l'auto- « rité du Saint-Siège, ils se plaignent de la nouveauté qui a paru à C. P. » (*Hist eccl.*, liv. XXXVIII, nᵒ 41.) La traduction ne sera pas trouvée servile.

2. *Huic professioni subscripsi mea manu,* etc. Joh. episc. C. P. (Voyez le tome V des conc., édit. de Coletti, col. 622.) Bossuet appelle cette déclaration du VIᵉ concile général, *un formulaire approuvé par toute l'Eglise catholique.* (Formulam tota Ecclesia comprabatam) ; *le Saint Siège, en vertu des promesses de son divin Fondateur, ne pouvant jamais faillir.* (Defensio cleri gallicani, lib. XV, cap. vii.)

*votre permission, tandis qu'ils ne pouvaient en tenir
un, même orthodoxe, à votre insu,* SUIVANT L'ANCIENNE
COUTUME (1).

Weitstein a fait, à l'égard des Églises orientales en
général, une observation que Gibbon regarde justement comme très importante : « Si nous consultons
« l'histoire ecclésiastique, nous verrons que dès le
« IV⁰ siècle (2), lorsqu'il s'élevait quelque contro-
« verse parmi les évêques de la Grèce, le parti qui
« avait envie de vaincre courait à Rome pour y faire
« sa cour à la majesté du Pontife, et mettre de son
« côté le Pape et l'épiscopat latin... C'est ainsi
« qu'Athanase se rendit à Rome bien accompagné,
« et y demeura plusieurs années (3). »

Passons à une plume protestante, *le parti qui avait
envie de vaincre :* le fait de la suprématie pontificale
n'en est pas moins clairement avoué. Jamais l'Église
orientale n'a cessé de la reconnaître. Pourquoi ces
recours continuels à Rome? Pourquoi cette importance décisive attachée à ses décisions ? Pourquoi ces
caresses à *la majesté du Pontife ?* Pourquoi voyons-
nous en particulier ce fameux Athanase venir à
Rome, y passer plusieurs années, apprendre la langue latine avec une peine extrême, pour y défendre
sa cause ? A-t-on jamais vu *le parti qui voulait vaincre* (4) faire sa cour de même à la majesté des autres
patriarches ? Il n'y a rien de si évident que la suprématie romaine, et les évêques orientaux ont cessé de

1. Fleury, *Hist eccl.*, tome X, liv. XLV, n⁰ 47.
2. C'est-à-dire depuis l'origine de l'Église ; car c'est depuis cette époqu
seulement qu'on la voit agir extérieurement comme une société publiquement
constituée, ayant sa hiérarchie, ses lois, ses usages, etc. Avant son émancipation, le christianisme était trop gêné pour admettre le cours ordinaire des
appels. Tout s'y trouve cependant, mais seulement en germe.
3. Wetstein, *Proleg. in Nov. Test.*, p. 19, cité par Gibbon, *Hist. de la
décad.*, etc., in-8, t. IV, c. xxi.
4. Comme si *tout parti ne voulait pas vaincre!* Mais ce que Wetstein ne
dit pas, et ce qui est cependant très clair, c'est que le parti de l'orthodoxie,
qui était sûr de Rome, s'empressait d'y accourir ; tandis que le *parti de
l'erreur, qui aurait bien voulu vaincre,* mais que sa conscience éclairait suffisamment sur ce qu'il devait attendre de Rome, n'osait pas trop s'y présenter.

la confesser par leurs actions autant que par leurs
écrits.

Il serait superflu d'accumuler les autorités tirées
de l'Église latine. Pour nous, la primatie du Souve-
.ain Pontife est précisément ce que le système de
Copernic est pour les astronomes. C'est un point fixe
dont nous parlons : qui balance sur ce point n'entend
rien au christianisme.

Point d'unité d'Église, disait saint Thomas, *sans
unité de foi... mais point d'unité de foi sans un chef
suprême* (1).

LE PAPE ET L'ÉGLISE C'EST TOUT UN ! Saint François
de Sales l'a dit (2), et Bellarmin l'avait déjà dit avec
une sagacité qui sera toujours plus admirée à mesure
que les hommes deviendront plus sages : *Savez-vous
de quoi il s'agit lorsqu'on parle du Souverain Pontife ? Il s'agit du christianisme* (3).

La question des mariages clandestins ayant été
décidée à une très grande majorité de voix dans le
concile de Trente, l'un des légats du Pape n'en disait
pas moins aux Pères rassemblés, après même que
ses collègues avaient signé : Et moi aussi, légat du
Saint-Siège, je donne mon approbation au décret,
s'il obtient celle de N. S. P. (4).

---

1. S. Thomas, *Adversus gentes,* liv. IV, cap. LXXVI.
2. *Épitres spirituelles de S. François de Sales.* Lyon, 1634, liv. VII, ép.
XLIX. — D'après S. Ambroise, qui a dit : « Où est Pierre, là est l'Église. »
Ubi Petrus, ibi Ecclesia. (Ambr. *in Psalm* XL.)
3. Bellarmin. *De Summo Pontifice,* in præf.
4. *Ego pariter legatus Sedis apostolicæ adprobo decretum si S. D. N.
adprobetur.* (Pallav., *Hist. concil. Trident.,* lib. XXXII, cap. IV et IX; lib.
XXIII, cap. IX. — Zacarria, *Anti Frebonius vindicatus,* in 8, t. II. dissert. IV,
cap. VII, p. 187 et 188.)

CHAPITRE VII

Témoignages particuliers de l'Église gallicane

Dans son assemblée générale de 1626, le clergé de France appelait le Pape *chef visible de l'Église universelle, vicaire de Dieu en terre, évêque des évêques et des patriarches ; en un mot, successeur de saint Pierre, en qui l'apostolat et l'épiscopat ont eu commencement, et sur lequel Jésus-Christ a fondé son Église, en lui donnant les clefs du ciel avec l'infaillibilité de la foi, que l'on a vue durer immuable en ses successeurs jusqu'à nos jours* (1).

Vers la fin du même siècle, nous avons entendu Bossuet s'écrier, d'après les Pères de Chalcédoine : *Pierre est toujours vivant dans son siège* (2).

Il ajoute : « Paissez mon troupeau, et avec mon « troupeau, paissez aussi les pasteurs, QUI A VOTRE « ÉGARD SERONT DES BREBIS (3). »

Et dans ce fameux sermon sur l'Unité, il prononce sans balancer : « L'Église romaine ne connaît point « d'hérésie ; l'Église romaine est toujours vierge....., « Pierre demeure dans ses successeurs le fondement « des fidèles (4). »

Et son ami, le grand défenseur des maximes gallicanes, ne prononce pas moins affirmativement : L'ÉGLISE ROMAINE N'A JAMAIS ERRÉ... *Nous espérons que Dieu ne permettra jamais à l'erreur de prévaloir dans le Saint-Siège de Rome, comme il est arrivé dans les autres sièges apostoliques d'Alexandrie, d'Antioche et de Jérusalem, parce que Dieu a dit : J'ai prié pour vous, etc.* (5).

---

1. Ce texte se trouve partout. On peut le lire, si l'on n'a point les *Mémoires* du clergé sous la main, dans les *Remarques sur le système gallican*, etc. In-8, Mons, 1801, p. 173 et 174.
2. Bossuet, *Sermon sur la Résurrect.*, II° partie.
3. *Ibid.*
4. *Idem, Ibid* Ire partie.
5. Fleury, *Disc. sur les libertés de l'Église gallicane,*

Il convient ailleurs *que le Pape n'est pas moins notre supérieur pour le spirituel que le roi pour le temporel*, et les évêques mêmes qui venaient de souscrire les quatre articles de 1682 accordaient cependant au Pape, dans une lettre circulaire adressée à tous leurs collègues, *la souveraine puissance ecclésiastique* (1).

Les temps épouvantables qui viennent de finir ont encore présenté en France un hommage bien remarquable aux bons principes.

On sait qu'en l'année 1810 Bonaparte chargea un conseil ecclésiastique de répondre à certaines questions de discipline fondamentale, très délicates dans les circonstances où l'on se trouvait alors. La réponse des députés sur celle que j'examine maintenant fut très remarquable.

Un concile général, disent les députés, *ne peut se tenir sans le chef de l'Eglise, autrement il ne représenterait pas l'Eglise universelle. Fleury le dit expressément* (2) ; *l'autorité du Pape a toujours été nécessaire pour les conciles généraux* (3).

A la vérité, une certaine routine française conduit les députés à dire, dans le courant de la discussion, que *le concile général est la seule autorité dans l'Eglise qui soit au-dessus du Pape ;* mais bientôt ils se mettent d'accord avec eux-mêmes, en ajoutant tout de suite: *Mais il pourrait arriver que le recours* (au concile) *devînt impossible, soit parce que le Pape refuserait de reconnaître le concile général, soit, etc.*

1. *Nouv. Opusc.* de Fleury, Paris, 1807, in-12, p. 111. Corrections et additions aux mêmes opuscules, p. 32 et 33, in-12.
2. IV⁰ *Disc. sur l'Hist. eccl.* — Qu'importe que Fleury l'ait dit ou ne l'ait pas dit? Mais Fleury est une idole du Panthéon français. En vain mille plumes démontreraient qu'il n'y a pas d'historien moins fait pour servir d'autorité, bien des Français n'en reviendront jamais. FLEURY L'A DIT.
3. Voyez les *Fragments relatifs à l'hist. eccl. des premières années du dix-neuvième siècle.* Paris, 1814, in-8, p. 115. Je n'examine point ici ce que l'une ou l'autre puissance peut avoir à démêler avec tel ou tel membre de cette commission. Tout homme d'honneur doit de sincères applaudissements à la noble et catholique intrépidité qui a dicté ces réponses.

En un mot, depuis l'aurore du christianisme jusqu'à nos jours, on ne trouvera pas que l'usage ait
varié, toujours les Papes se sont regardés comme les
chefs suprêmes de l'Église, et toujours ils en ont
déployé les pouvoirs.

CHAPITRE VIII

Témoignage janséniste, texte de Pascal, et Réflexions sur le poids de certaines autorités.

Cette suite d'autorités, dont je ne présente que la
fleur, est bien propre sans doute à produire la conviction ; néanmoins il y a quelque chose peut-être de
plus frappant encore, c'est le sentiment général qui
résulte d'une lecture attentive de l'histoire ecclésiastique. On y sent, s'il est permis de s'exprimer ainsi,
on y sent, je ne sais quelle *présence rélle* du Souverain Pontife sur tous les points du monde chrétien. Il
est partout, il se mêle de tout, comme de tous côtés
on le regarde. Pascal a fort bien exprimé ce sentiment : *Il ne faut pas*, dit-il, *juger de ce qu'est le Pape
par quelques paroles des Pères... mais par les actions
de l'Église et des Pères, et par les canons. Le Pape
est le premier. Quel autre est connu de tous ? Quel
autre est reconnu de tous, ayant pouvoir d'influer par
tout le corps, parce qu'il tient la maîtresse branche
qui influe partout* (1) ?

Pascal a grandement raison d'ajouter : Règle
importante (2) ! En effet, rien n'est plus important
que de juger non par tel fait isolé ou ambigu, mais
par l'ensemble des faits; non par telle ou telle phrase

---

1. *Pensées de Pascal.* Paris, 1803, in-5; tome II, II° partie, art. XVII,
n°. XCII et XCIV, p. 118.
2. *Ibid.*, n° XCIII.

échappée à tel ou tel écrivain, mais par l'ensemble et l'esprit général de ses ouvrages.

Il faut, de plus, ne jamais perdre de vue cette grande règle qu'on néglige trop en traitant ce sujet, quoiqu'elle soit de tous les temps et de tous les lieux, que *le témoignage d'un homme ne saurait être reçu, quel que soit le mérite de celui qui le rend, dès que cet homme peut être seulement soupçonné d'être sous l'influence de quelque passion capable de le tromper.* Les lois repoussent un juge ou un témoin qui leur devient suspect, par cette raison, ou même par une simple considération de parenté. Le plus grand personnage, le caractère le plus universellement vénéré, n'est point insulté par ce soupçon légal. En disant à un homme quelconque : *Vous êtes un homme,* on ne lui manque point.

Lorsque Pascal défend sa secte contre le Pape c'est comme s'il ne parlait pas ; il faut l'écouter lorsqu'il rend à la suprématie du Pape le sage témoignage qu'on vient de lire.

Qu'un petit nombre d'évêques choisis, animés, effrayés par l'autorité, se permettent de prononcer sur les bornes de la souveraineté qui a droit de les juger eux-mêmes, c'est un malheur, et rien de plus ; on ne sait pas même ce qu'ils sont.

Mais lorsque des personnages du même ordre, légitimement assemblés, prononcent avec calme et liberté la décision qu'on vient de lire sur les droits et l'autorité du Saint-Siège (1), alors on entend véritablement le corps fameux dont ils se disent les représentants ; *c'est lui* véritablement ; et lorsque, quelques années après, d'autres évêques fulminent contre ce qu'ils appellent si justement LES SERVITUDES DE L'ÉGLISE GALLICANE, *c'est encore lui ;* c'est cet illustre corps qu'on entend, et auquel on doit croire (2).

---

1. Voy. *sup.*, p. 46, note 4.
2. *Servitutes potius quam libertates.* (Voyez le tome II de la Coll. des procès-verb. du clergé, Pièc. just., n° 1.)

Lorsque saint Cyprien dit, en parlant de certains brouillons de son temps : *Ils osent s'adresser à la chaire de Saint-Pierre, à cette Église suprême où la dignité sacerdotale a pris son origine... ; ils ignorent que les Romains sont des hommes auprès de qui l'erreur n'a point d'accès* (1), c'est véritablement saint Cyprien qu'on entend ; c'est un témoin irréprochable de la foi de son siècle.

Mais lorsque les adversaires de la monarchie pontificale nous citent, *usque ad nauseam*, les vivacités de ce même saint Cyprien contre le pape Étienne, ils nous peignent la pauvre humanité au lieu de nous peindre la sainte tradition. C'est précisément l'histoire de Bossuet. Qui jamais connut mieux que lui les droits de l'Église romaine, et qui jamais en parla avec plus de vérité et d'éloquence ? Et cependant ce même Bossuet, emporté par une passion qu'il ne voyait pas au fond de son cœur, ne tremblera pas d'écrire au Pape, avec la plume de Louis XIV, *que si Sa Sainteté prolongeait cette affaire par des ménagements qu'on ne comprenait pas, le roi saurait ce qu'il aurait à faire ; et qu'il espérait que le Pape ne voudrait pas le réduire à de si fâcheuses extrémités* (2).

Saint Augustin, en convenant franchement des torts de saint Cyprien, *espère que le martyre de ce saint personnage les a tous expiés* (3) ; espérons aussi qu'une longue vie consacrée tout entière au service de la religion, et tant de nobles ouvrages qui ont illustré l'Église autant que la France, auront effacé quelques fautes, ou, si l'on veut, quelques mouvements involontaires, *quos humana parum cavit natura.*

Mais n'oublions jamais l'avertissement de Pascal,

---

1. *Navigare audent ad Petri cathedram atque ad Ecclesiam principalem, unde dignitas sacerdotalis orta est,... nec cogitare eos esse Romanos ad quos perfidia habere non possit accessum.* (S. Cyp. Ep. LV.)

2. *Hist. de Bossuet,* tome III, liv. X, n° 18, p. 33.

3. *Martyrii falce purgatum.* C'est encore un texte vulgaire.

de ne pas faire attention à *quelques paroles des Pères*, et, à plus forte raison, à d'autres autorités qui valent bien moins encore que les paroles fugitives des Pères, en considérant de sang-froid *les actions et les canons* (1), en s'attachant toujours à la masse des autorités, en élaguant, comme il est de toute justice, celles que les circonstances rendent nulles ou sus- pectes : toute conscience droite sentira la force de ma dernière observation.

CHAPITRE IX

Témoignages protestants.

Il faut que la monarchie catholique soit bien évi- dente, il faut que les avantages qui en résultent ne le soient pas moins, puisqu'il serait possible de faire un livre des témoignages que les protestants ont rendus à l'évidence comme à l'excellence de ce système ; mais sur ce point, ainsi que sur celui des autorités catholiques, je dois me restreindre infiniment.

Commençons, comme il est de toute justice, par Luther, qui a laissé tomber de sa plume ces paroles mémorables :

« Je rends grâce à Jésus-Christ de ce qu'il con-
« serve sur la terre une Église unique par un grand
« miracle..., en sorte que jamais elle ne s'est éloi-
« gnée de la vraie foi par un décret (2). »

« Il faut à l'Église, dit Mélanchton, des conduc-
« teurs pour maintenir l'ordre, pour avoir l'œil sur
« ceux qui sont appelés au ministère ecclésiastique
« et sur la doctrine des prêtres, et pour exercer les
« jugements ecclésiastiques, de sorte que, s'il n'y

1. Pascal, *sup.*, p. 52.
2. Luther, cité dans l'*Hist. des Variations*, liv. I, n° 21, etc,

« n'y avait point de tels évêques, IL EN FAUDRAIT
« FAIRE. LA MONARCHIE DU PAPE servirait aussi beau·
« coup à conserver entre plusieurs nations le con-
« sentement dans la doctrine (1). »

Calvin leur succède : « Dieu, dit-il, a placé le
« trône de sa religion au centre du monde, et il y a
« placé un Pontife unique, vers lequel tous sont obli-
« gés de tourner les yeux pour se maintenir plus
« fortement dans l'unité (2).

Le docte, le sage, le vertueux Grotius prononce
sans détour que, « sans la primauté du Pape, il n'y
« aurait plus moyen de terminer les disputes et de
« fixer la foi (3). »

Casaubon n'a point fait difficulté d'avouer « qu'aux
« yeux de tout homme instruit dans l'histoire ecclé-
« siastique, le Pape était l'instrument dont Dieu s'est
« servi pour conserver le dépôt de la foi dans toute
« son intégrité pendant tant de siècles (4). »

Suivant la remarque du Puffendorf, « il n'est pas
« permis de douter que le gouvernement de l'Eglise
« ne soit monarchique et nécessairement monar-
« chique, la démocratie et l'aristocratie se trouvant
« exclues par la nature même des choses, comme

1. Mélanchthon s'exprime d'une manière admirable lorsqu'il dit : *La monarchie du Pape, etc.* (Bossuet, *Hist. des Variat.*, liv. V, § 24.)

2. *Cultus sui sedem in medio terræ collocavit, illi* UNUM ANTISTITEM *præ-
fecit quem omnes respicerent, quo melius in unitate continerentur.* (Calv
nst. VI, § 11.) Je suis tout prêt à regarder, avec Calvin, Rome comme *le
centre de la terre.* Cette ville a bien, je crois, autant de droit que celle de
Delphes de s'appeler *umbilicus terræ.*

3. *Sine tali primatu exire a controversiis non poterat, sicut hodie apud
protestantes,* etc. (Grot., Volum. pro pace Eccl., art. VII, *Oper.* tom. IV,
Bâle, 1751, p. 658.) Une dame protestante a commenté ce texte avec beaucoup
d'esprit et de jugement : « Le droit d'examiner ce qu'on doit croire est le fonde-
« ment du protestantisme. Les premiers réformateurs ne l'entendaient pas
« ainsi. Ils croyaient pouvoir placer les colonnes d'Hercule de l'esprit humain
« aux termes de leurs propres lumières ; mais ils avaient tort d'espérer qu'on
« se soumettrait à leurs propres décisions, comme infaillibles, eux qui
« rejetaient toute autorité de ce genre dans la religion catholique. » (*De l'Allemagne,* par mad. de Staël, IVᵉ partie, chap. II.)

4. *Nemo peritus rerum Ecclesiæ ignorat opera Rom. Pont. per multa
sæcula Deum esse usum in conservanda... fidei doctrina.* (Casaub.. Exerc. XV,
in *Annal. Bar.*)

« absolument incapables de maintenir l'ordre et
« l'unité au milieu de l'agitation des esprits et de la
« fureur des partis (1). »

Il ajoute avec une sagesse remarquable : « La
« suppression de l'autorié du Pape a jeté dans le
« monde des germes infinis de discorde ; car n'y
« ayant plus d'autorité souveraine pour terminer les
« disputes qui s'élevaient de toutes parts, on a vu les
« protestants se diviser entre eux, *et de leurs propres*
« *mains déchirer leurs entrailles* (2). »

Ce qu'il dit des conciles n'est pas moins raisonnable :

« *Que le concile*, dit-il, *soit au-dessus du Pape*,
« c'est une proposition qui doit entraîner sans peine
« l'assentiment de ceux qui s'en tiennent à la raison
« et à l'Écriture (3) ; mais que ceux qui regardent le
« siège de Rome comme le centre de toutes les Égli-
« ses, et le Pape comme l'évêque œcuménique, adop-
« tent aussi le même sentiment, *c'est ce qui ne doit*
« *pas sembler médiocrement absurde ;* car la propo-
« sition qui met le concile au-dessus du Pape établit
« une véritable aristocratie, *et cependant l'Eglise*
« *romaine est une monarchie* (4). »

Mosheim, examinant le sophisme des Jansénistes,
que le Pape est bien le supérieur de chaque Église
prise à part, mais non de toutes les Églises réunies ;
Mosheim, dis-je, oublie son fanatisme anticatholique,
et se livre à la droite logique, au point de répondre :
« On soutiendrait avec autant de bon sens que la tête
« préside bien à chaque membre en particulier, mais
« non point du tout au corps qui est l'ensemble de
« tous ces membres ; ou qu'un roi commande, à la
« vérité, aux villes, aux villages et aux champs qui

1 Puffendorf, *de Monarch. Pont. Rom.*

2. *Furere protestantes in sua ipsorum viscera cœperunt.* (Ibid.)

3. Par ces mots, Puffendorf entend désigner les protestants.

4. ... *Id quidem non parum absurditatis habet, quum status Ecclesiæ mo-*
rarchicus sit. (Puffendorf, De Habitu relig. christ. ad vitam civilem, § 38.)

« composent une province, mais non à la province
« même (1). »

C'est un docteur anglais qui a fait à son Église cet
argument si simple et si pressant, qui est devenu
célèbre : *Si la suprématie d'un archevêque* (celui de
Cantorbéry) *est nécessaire pour maintenir l'universalité de l'Église anglicane, comment la suprématie
du Souverain Pontife ne le serait-elle pas pour maintenir l'unité de l'Église universelle* (2) ?

Et c'est encore un aveu bien remarquable que celui
de Candide Seckenberg, au sujet de l'administration
des Papes : « Il n'y a pas, dit-il, un seul exemple dans
« l'histoire entière, qu'un Souverain Pontife ait per-
« sécuté ceux qui, attachés à leurs droits légitimes,
« n'entreprenaient point de les outrepasser (3). »

Il me serait aisé de multiplier ces textes, mais il
faut abréger. Je terminerai par une citation intéressante, qui n'est pas aussi connue qu'elle mérite de
l'être, et qui peut tenir lieu de mille autres. C'est un
ministre du saint Évangile qui va parler ; je n'ai pas
le droit de le nommer, puisqu'il a jugé à propos
de garder l'anonyme ; mais je n'éprouve point l'embarras de ne savoir à qui adresser mon estime :

« Je ne puis m'empêcher de dire que la première
« main profane portée à l'encensoir l'a été par Luther
« et par Calvin, lorsque, sous le nom de protestan-
« tisme et de réforme, ils opérèrent un schisme dans
« l'Église, schisme fatal qui n'a opéré que par une
« scission absolue ces modifications qu'Érasme
« aurait introduites d'une manière plus douce par le
« ridicule qu'il maniait si bien.

1. *Id tam mihi scitum videtur, ac si quis affirmaret membra quidem a
capite regi*, etc. (Mosheim, tom. I, Diss. ad hist. eccles. pertin., p. 542.)

2. *Si necessarium est ad unitatem in Ecclesia (Angliæ) tuendam unum
archiepiscopum aliis præesse ; cur non pari ratione toti Ecclesiæ Dei unus
præerit archiepiscopus?* (Cartwrith, In defens. Wirgisti.)

3. *Jure affirmari poterit ne exemplum quidem esse in omni rerum memoria
ubi Pontifex processerit adversus eos qui, juribus suis intenti, ultra limites
vagari, in auimum non induxerunt suum.* (Henr. Christ. Seckenberg. *Méthod
jurispr.* addit. IV. D Libert. Ec I. germ., § III.)

« Oui, ce sont les réformateurs qui, en sonnant le
« tocsin sur le Pape et sur Rome, ont porté le pre-
« mier coup au colosse antique et respectable de la
« hiérarchie romaine, et qui, tournant les esprits des
« hommes vers la discussion des dogmes religieux,
« les ont préparés à discuter les principes de la sou-
« veraineté, et ont sapé de la même main le trône et
« l'autel.

« Le temps est venu de reprendre en sous-œuvre
« ce palais superbe détruit avec tant de fracas... Et
« le moment est venu peut-être de faire rentrer dans le
« sein de l'Église les Grecs, les Luthériens, les Angli-
« cans et les Calvinistes... C'est à vous, Pontife de
« Rome..., à vous montrer le père des fidèles, en ren-
« dant au culte sa pompe, à l'Eglise son unité (1) ;
« c'est à vous, successeur de saint Pierre, à rétablir
« dans l'Europe incrédule la religion et les mœurs...
« Les mêmes Anglais qui, les premiers, se sont sous-
« traits à votre empire, sont aujourd'hui vos plus
« zélés défenseurs. Ce patriarche qui, dans Moscou,
« rivalisait avec vous de puissance, n'est peut-être
« pas fort éloigné de vous reconnaître (2)... Profitez
« donc, Saint-Père, profitez du moment et des dispo-
« sitions favorables. *Le pouvoir temporel vous*
« *échappe*, reprenez le spirituel ; *et*, *faisant sur le*
« *dogme des sacrifices que les circonstances exigent,*
« unissez-vous aux sages dont la plume et la voix
« maîtrisent les nations ; rendez à l'Europe incrédule
« une religion *simple* (1), mais uniforme, et surtout

1. Toujours le même aveu : *sans lui point d'unité,*
2. L'auteur pouvait avoir des espérances légitimes à l'égard des Anglais, qui
doivent, en effet, suivant toutes les apparences, revenir les premiers à l'unité ;
mais combien il se trompe au sujet des Grecs, qui sont bien plus éloignés de la
vérité que les Anglais ! Depuis un siècle, d'ailleurs, il n'y a plus de patriarche
à Moscou. Enfin, l'archevêque ou métropolite qui occupait le siège de Moscou
en 1797 était bien, sans contredit, parmi tous les évêques qui ont porté la mitre
rebelle, le moins disposé à la reporter dans le cercle de l'unité.
3. Combien j'aurais désiré que l'estimable auteur nous eût dit, dans une
note, ce qu'il entend par une religion *simple* ! Si c'était par hasard une religion
corrigée et *diminuée*, le Pape donnerait peu dans cette idée,

« une morale épurée, et vous serez proclamé le digne
« successeur des apôtres (1). »

Passons sur ces vieux restes des préjugés, qui se
laissent si difficilement arracher des têtes les plus
saines où ils se sont une fois enracinés. Passons sur
ce *pouvoir temporel qui échappe au Souverain Pon-*
tife, comme si jamais il n'avait dû se rétablir ; passons sur ce conseil de reprendre le pouvoir spirituel,
comme si jamais il avait été suspendu, et sur le conseil bien plus extraordinaire *de faire sur le dogme*
les sacrifices que les circonstances exigent, c'est-
à-dire, en d'autres termes parfaitement synonymes,
de nous faire protestants, afin qu'il n'y en ait plus...
Du reste, quelle sagesse ! quelle logique ! quels aveux
sincères et précieux ! quel effort admirable sur les
préjugés nationaux ! En lisant ce morceau, on se
rappelle la maxime :

D'un ennemi l'on peut accepter les leçons :

Si pourtant il est permis d'appeler *ennemi* celui
qu'une conscience éclairée a si fort rapproché de
nous.

————

CHAPITRE X

Témoignages de l'Église russe, et, par elle, témoignages
de l'Église grecque dissidente.

On ne lira pas enfin sans un extrême intérêt les
témoignages lumineux, et d'autant plus précieux
qu'ils sont peu connus,que l'Église russe nous fournit
contre elle-même sur l'importante question de la
suprématie du Pape. Ses livres spirituels présentent
à cet égard des confessions si claires, si expresses, si

1, *De la nécessité d'un culte pu*~~----~~*.*-Lyon, 1797, in-8. (Conclusion.)

puissantes, qu'on à peine à comprendre comment la
science qui consent à les prononcer refuse de s'y rendre (1). Si ces livres ecclésiastiques n'ont point
encore été cités, il ne faut pas s'en étonner. Embar-
rassants par le format et le poids, écrits en slave,
langue, quoique très riche et très belle, aussi étrangère que le sanscrit à nos yeux et à nos oreilles,
imprimés en caractères repoussants, enfouis dans les
églises et feuilletés seulement par des hommes profondément inconnus au monde, il est tout simple que,
jusqu'à ce moment, on n'ait pas fouillé cette mine ; il
est temps d'y descendre.

L'Église russe consent donc à chanter l'hymne suivante : « *O saint Pierre, prince des apôtres ! primat*
« *apostolique ! pierre inamovible de la foi, en récom-*
« *pense de la confession, éternel fondement de*
« *l'Eglise, pasteur du troupeau parlant* (2) *; porteur*
« *des clefs du ciel, élu entre tous les apôtres pour*
« *être, après Jésus-Christ, le premier fondement de*
« *la sainte Eglise, réjouis-toi ! — réjouis-toi! colonne*
« *inébranlable de la foi orthodoxe, chef du collège*
« *apostolique* (3) *!* »

Elle ajoute : « *Prince des apôtres, tu as tout quitté*
« *et tu as suivi le Maître en lui disant : Je mourrai*
« *avec toi ; avec toi je vivrai d'une vie heureuse : tu*
« *as été le premier évêque de Rome, l'honneur et la*

1. J'ai su que, depuis quelque temps, on rencontre dans le commerce, tant à
Moscou qu'à Saint-Pétersbourg, quelques exemplaires de ces livres mutilés dans
les endroits trop frappants ; mais nulle part ces textes décisifs ne sont plus
lisibles que dans les exemplaires d'où ils ont été arrachés.

2. Pastuir slovesnago stada (loquentis gregis), c'est-à-dire *les hommes* suivant le génie de la langue *slave*. C'est *l'animal parlant* ou *l'âme parlante* des
Hébreux, et *l'homme articulateur* d'Homère. Toutes ces expressions de langues
gues antiques sont très justes : *l'homme* n'étant *homme*, c'est-à-dire *intelli-*
gence que par la parole.

3. Akaphisti sedmitchnii (Prières hebdomadaires). *N. B.* On n'a pu se procurer ce livre en original. La citation est tirée d'un autre livre, mais très
exact, et qui n'a trompé dans aucune des citations qu'on a empruntées de lui, et
qui ont été vérifiées. Suivant ce dernier livre, les Akaphisti sedmitchnii furent
imprimées à Mohiloff en 1698. L'espèce d'hymne dont il s'agit porte ici le nom
grec d'ιρμος (c'est-à-dire *série*) ; elle appartient à l'office du jeudi, dans l'octave
de la fête des apôtres.

« gloire de la très grande ville : sur toi s'est affermie
« l'Eglise (1). »

La même Église ne refuse point de répéter dans sa
langue ces paroles de saint Jean Chrysostome :

« *Dieu dit à Pierre : Vous êtes Pierre, et il lui*
« *donna ce nom parce que sur lui, comme sur la*
« *pierre solide, Jésus-Christ fonda son Eglise, et les*
« *portes de l'enfer ne prévaudront point contre elle ;*
« *car le Créateur lui-même en ayant posé le fonde-*
« *ment qu'il affermit par la foi, quelle force pourrait*
« *s'opposer à lui* (2) ? Que pourrai-je donc ajouter
« aux louanges de cet apôtre, et que peut on ima-
« giner au delà du discours du Sauveur, qui appelle
« *Pierre* heureux, qui l'appelle *Pierre*, et qui déclare
« que sur cette *pierre*, il bâtira son Église (3) ? *Pierre*
« *est la pierre, est le fondement de la foi* (4) *; c'est à*
« *ce Pierre, l'apôtre suprême, que le Seigneur lui-*
« *même* a donné l'autorité, en lui disant : *Je te donne*
« les clefs du ciel, etc *Que dirons-nous donc à*
« *Pierre ?* O Pierre, objet des complaisances de
« l'Église, lumière de l'univers, colombe immaculée,
« prince des apôtres (5), source de l'orthodoxie (6). »

1. Minbia mesatcrnaia. (Vies des Saints pour chaque mois.) Elles sont divisées en douze volumes, un pour chaque mois de l'année : ou en quatre, un pour
trois mois. Aux vies des saints les dernières éditions ajoutent des hymnes et
autres pièces, de manière que le tout serait peut-être nommé plus exactement
Office des Saints. Moscou 1813, in-fol., 30 juin. Recueil en l'honneur des saints
apôtres.

2. Saint Chrysostome traduit en slave, dans le livre rituel de l'Église russe,
intitulé Pnolog. Moscou 1677, in-fol. C'est un abrégé de la vie des saints dont
on fait l'office chaque jour de l'année. On y trouve aussi des sermons, des
panégyriques de saint Chrysostome et autres Pères de l'Église, des sentences
tirées de leurs propres ouvrages, etc. La citation rappelée par cette note
appartient à l'office du 29 juin. Elle est tirée du IIIe sermon de saint Jean
Chrysostome, pour la fête des apôtres saint Pierre et saint Paul.

3. Saint Jean Chrysostome. *Ibid.* Second sermon.

4. Trio dpostinaia. (*Ritualis liber quadragesimalis.*) Ce livre contient les
offices de l'Église russe, depuis le dimanche de la septuagésime jusqu'au samedi
saint. (Moscou, 1811, in-fol.) Le passage cité est tiré de l'office du jeudi de la
deuxième semaine.

5. Pholog. (*ubi supra*). 29 juin. Ier, IIe et IIIe discours de saint Jean Chrysostome.

6. Natchalo pravoslavaiia. Le pholog., d'après saint Jean Chrysost., ibid,
29 juin.

L'Église russe, qui parle en termes si magnifiques du prince des apôtres, n'est pas moins diserte sur le compte de ses successeurs ; j'en citerai quelques exemples.

Premier et deuxième siècles. — « *Après la mort* « *de saint Pierre et de ses deux successeurs, Clément* « *tint sagement à Rome le gouvernail de la barque,* « *qui est l'Église de Jésus-Christ* (1) *;* et dans une « hymne en l'honneur de ce même Clément, l'Église « russe lui dit : *Martyr de Jésus-Christ, disciple de* « *Pierre, tu imitas ses vertus divines, et te montras* « *ainsi le véritable héritier de son trône* (2). »

Quatrième siècle. — Elle dit au pape saint Sylvestre : « *Tu es le chef du sacré concile ; tu as illustré* « *le trône du prince de apôtres* (3) *; divin chef des* « *saints évêques, tu as confirmé la doctrine divine,* « *tu as fermé la bouche impie des hérétiques* (4). »

Cinquième siècle. — Elle dit à Léon : « *Quel nom* « *te donnerai-je aujourd'hui ? Te nommerai-je le* « *héros merveilleux et le ferme appui de la vérité ;* « *le vénérable chef du suprême concile* (5) *; le succes-* « *seur au trône suprême de saint Pierre ; l'héritier* « *de l'invincible Pierre et le successeur de son* « *empire* (6) ? »

Septième siècle. — Elle dit à saint Martin : « *Tu* « *honoreras le trône divin de Pierre, et c'est en main-* « *tenant l'Église sur cette pierre inébranlable, que tu* « *as illustré ton nom* (7). *Très glorieux maître de* « *toute doctrine orthodoxe ; organe véridique des pré-* « *ceptes sacrés* (8), *autour duquel se réunirent tout le*

---

1. Mineia mesatchnaia. Office du 15 janvier. *Kondak* (hymne). Stroph. II.

2. Minei tchethiki. C'est la *Vie des Saints*, par Demitri Rotofski, qui est un sain de l'Église russe (Moscou, 1815), 25 novembre. Vie de saint Clément, pape et martyr.

3. Mineia mesatchnaia. 29 novembre. Hymne VIII, τρμος.

4. *Ibid.*, 2 janvier. S. Sylvestre, pape. Hymne II.

5. *Ibid.*, 18 février. S. Léon, pape. Hymne VIII. — *Ibid.* extrait du IVᵉ disc. au concile de Chalcédoine.

6. *Ibid.*, 18 février. Hymne VIII, strophes Iʳᵉ et VIIᵉ, τρμος.

7. *Ibid.*, 14 avril. Saint Martin, pape, hymne VIII, τρμος.

8. Pholog. 10 avril. Stichiri (*Cantiq.*), hymne VIII.

« sacerdoce et toute l'orthodoxie, pour anathéma-
« tiser l'hérésie (1). »

Huitième siècle. — Dans la vie de saint Grégoire II, un ange dit au saint pontife : « Dieu t'a
« appelé pour que tu sois l'évêque souverain de son
« Église, et le successeur de Pierre, le prince des
« apôtres (2). »

Ailleurs, la même Église présente à l'admiration
des fidèles la lettre de ce saint pontife, écrivant à
l'empereur Léon l'Isaurien, au sujet du culte des
images : « C'est pourquoi nous, comme revêtus de la
« puissance et de la souveraineté (godspodstvo) de
« saint Pierre, nous vous défendons, etc. (3). »

Et dans le même recueil qui a fourni le texte pré-
cédent, on lit un passage de saint Théodore Studite,
qui a dit au Pape Léon III (4) : « O toi, pasteur su-
« prême de l'Église qui est sous le ciel, aide-nous
« dans le dernier des dangers ; remplis la place de
« Jésus-Christ ! Tends-nous une main protectrice
« pour assister notre Église de Constantinople !
« Montre-toi le successeur du premier pontife de ton
« nom. Il sévit contre l'hérésie d'Eutychès ; sévis à
« ton tour contre celle des iconoclastes (5) ! Prête
« l'oreille à nos prières, ô toi, chef et prince de l'apos-
« tolat, choisi de Dieu même pour être le pasteur du
« troupeau parlant (6) ; car tu es réellement Pierre,
« puisque tu occupes et que tu fais briller le siège de
« Pierre ! C'est à toi que Jésus-Christ a dit : Confirme
« tes frères. Voici donc le temps et le lieu d'exercer
« tes droits. Aide-nous, puisque Dieu t'en a donné le
« pouvoir, car c'est pour cela que tu es le prince de
« tous (7). »

1. Prolog. 14 avril. Saint Martin, pape.
2. Minei tchethiki. 12 mars. Saint Grégoire, pape.
3. Sobornic. In-fol. Moscou, 1804. C'est un recueil de sermons et d'épitres
des Pères de l'Église, adopté pour l'usage de l'Église russe.
4. C'est ce même Théodore Studite qui est cité plus haut.
5. Sobornic. Vie de saint Théodore Studite, 11 nov.
6. Vid. sup. 60.
7 . Sobornic. Lettres de saint Théodore Studite, liv. II, Ep. xii.

Non contente d'établir ainsi la doctrine catholique par les confessions les plus claires, l'Église russe consent encore à citer des faits qui mettent dans tout son jour l'application de la doctrine.

Ainsi, par exemple, elle célèbre le pape saint Célestin, « *qui, ferme par ses discours et par ses* « *œuvres dans la voie que lui avaient tracée les apô-* « *tres, déposa Nestorius, patriarche de Constanti-* « *nople, après avoir mis à découvert dans ses lettres* « *les blasphèmes de cet hérétique* (1) ; »

Et le pape saint Agapet, « *qui déposa l'hérétique* « *Antime, patriarche de Constantinople, lui dit ana-* « *thème, sacra ensuite Mennas, personnage d'une* « *doctrine irréprochable, et le plaça sur le même* « *siège de Constantinople* (2) ; »

Et le pape saint Martin, « *qui s'élança comme un* « *lion sur les impies, sépara de l'Église de Jésus-* « *Christ Cyrius, patriarche d'Alexandrie ; Serge,* « *patriarche de Constantinople ; Pyrrhus et tous* « *leurs adhérents* (3). »

Si l'on demande comment une Église qui récite tous les jours de pareils témoignages nie cependant avec obstination la suprématie du Pape, je réponds qu'on est mené aujourd'hui par ce qu'on a fait hier ; qu'il n'est pas aisé d'effacer les liturgies antiques, et qu'on les suit par habitude, et même en les contredisant par système ; qu'enfin les préjugés à la fois les plus aveugles et les plus incurables sont les préjugés religieux. Dans ce genre, on n'a droit de s'étonner de rien. Les témoignages, au reste, sont d'autant plus précieux, qu'ils frappent en même temps sur l'Église grecque, mère de l'Église russe, qui n'est plus sa fille (4). Mais les rites et les livres

---

1. Pholog. 8 avril. Saint Célestin, pape.
2. *Ibid.* Saint Agapet, pape. — Article répété 25 août. Saint Mennas (ou Minnas), suivant la prononciation grecque moderne, représentée par l'orthographe slave
3. Mineïa mesatchnaia. 14 avril. Saint Martin, pape.
4. Il est assez commun d'entendre confondre dans les conversations l'Église usse et l'Église grecque. Rien cependant n'est plus évidemment faux. La pre-

liturgiques étant les mêmes, un homme passablement
robuste perce aisément les deux Églises du même
coup, quoiqu'elles ne se touchent plus.

On a vu d'ailleurs, parmi la foule de témoignages
accumulés dans les chapitres précédents, ceux qui
concernent l'Église en particulier : sa soumission
antique au Saint-Siège est au rang de ces faits historiques qu'il n'y a pas moyen de contester. Il y a
même ceci de particulier, que le schisme des Grecs
n'ayant point été une affaire de doctrine, mais de pur
orgueil, ils ne cessèrent de rendre hommage à la
suprématie du Souverain Pontife, c'est-à-dire de se
condamner eux-mêmes jusqu'au moment où ils se
séparèrent de lui, de manière que l'Église dissidente,
mourant à l'unité, l'a confessée néanmoins par ses
derniers soupirs.

Ainsi, l'on vit Photius s'adresser au pape Nicolas Ier, en 859, pour faire confirmer son élection ;
l'empereur Michel demander à ce même Pape des
légats pour *réformer* l'Église de C. P., et Photius lui-
même tâcher encore, après la mort d'Ignace, de

---

mière fut, à la vérité, dans son principe, province du patriarcat grec ; mais il lui
est arrivé ce qui arrivera nécessairement à toute Église non catholique, qui, par
la seule force des choses, finira toujours par ne dépendre que de son souverain
temporel. On parle beaucoup de la *suprématie anglicane ;* cependant elle n'a
rien de particulier à l'Angleterre, car on ne citera pas une seule Église séparée
qui ne soit pas sous la domination absolue de la puissance civile. Parmi les
catholiques mêmes, n'avons-nous pas vu l'Église gallicane humiliée, entravée,
asservie par les grandes magistratures, à mesure et en proportion *juste* de ce
qu'elle se laissait follement émanciper envers la puissance pontificale ? Il n'y a
donc plus d'Église grecque hors de la Grèce, et celle de Russie n'est pas plus
grecque qu'elle n'est cophte ou arménienne. Elle est seule dans le monde
chrétien, non moins étrangère au Pape qu'elle méconnaît, qu'au patriarche
grec, qui passerait pour un insensé s'il s'avisait d'envoyer un ordre quelconque
à Saint-Pétersbourg. L'ombre même de toute coordination religieuse a disparu
pour les Russes avec leur patriarche ; l'Église de ce grand peuple, entièrement
isolée, n'a plus même de chef spirituel qui ait un nom dans l'histoire ecclésiastique. Quant *au saint synode,* on doit professer, à l'égard de chacun de ses
membres pris à part, toute la considération imaginable ; mais en les contemplant
en corps, on n'y voit plus que le consistoire national perfectionné par la présence d'un représentant civil du prince qui exerce précisément sur ce comité
ecclésiastique la même suprématie que le souverain exerce sur l'Église en
général.

séduire Jean VIII, pour en obtenir cette confirmation qui lui manquait (1).

Ainsi, le clergé de C. P. en corps recourait au pape Étienne en 886, reconnaissait solennellement sa suprématie, et lui demandait, conjointement avec l'empereur Léon, une dispense pour le patriarche Étienne, frère de cet empereur, *ordonné par un schismatique* (2).

Ainsi l'empereur romain qui avait créé son fils Théophilacte patriarche à l'âge de seize ans recourut en 993 au pape Jean XII pour en obtenir les dispenses nécessaires, et lui demander en même temps que le *pallium* fût accordé par lui au *patriarche*, ou plutôt à l'Eglise de C. P., une fois pour toutes, sans qu'à l'avenir chaque patriarche fût obligé de le demander à son tour (3).

Ainsi, l'empereur Basile, en l'an 1019, envoyait encore des ambassadeurs au pape Jean XX, afin d'en obtenir, en faveur du patriarche de C. P., le titre de *patriarche œcuménique* à l'égard de l'Orient, *comme le Pape en jouissait sur toute la terre* (4).

Etrange contradiction de l'esprit humain ! Les Grecs reconnaissaient la souveraineté du Pontife romain en lui demandant des grâces; puis ils se séparaient d'elle parce qu'elle leur résistait : c'était la reconnaître encore, et se confesser expressément rebelles en se déclarant indépendants.

Saint François de Sales terminera ce chapitre. Il eut jadis l'ingénieuse idée de réunir les différents titres que l'antiquité ecclésiastique a donnés aux Souverains Pontifes et à leur siège. Ce tableau est piquant, et ne peut manquer de faire une grande impression sur les bons esprits.

---

1. Maimbourg. *Hist. du schisme des Grecs*, t. I, liv. I, an 859. *Ibid.* Le Pape dit dans sa lettre qu'ayant *pouvoir et l'autorité de dispenser des décrets des conciles et des Papes ses prédécesseurs, pour de justes raisons*, etc; (Joh. Epist. CXCIX, CC et CCII, t. IX. Conc., edit. Par.)

2. *Ibid.*, liv. III, an 1054.

3. *Ibid.*, an 933, p. 256.

4. *Ibid.*, p. 271.

Le Pape est donc appelé :

Le très saint Evêque de l'Eglise catholique.	*Concile de Soissons, de 300 évêques.*
Le très saint et très heureux Patriarche.	*Ibid., t. VII, Concil.*
Le très heureux Seigneur.	*S. August. Epist. XCV.*
Le Patriarche universel.	*S. Léon P., Epist. LXII.*
Le chef de l'Eglise du monde.	*Innoc. ad PP. Concil. milevit.*
L'Evêque élevé au faîte apostolique.	*S. Cyprien, Epist. III, XII.*
Le Père des Pères.	*Concil. de Chalcéd., sess. III.*
Le Souverain Pontife des Evêques.	*Idem. in præf.*
Le Souverain Prêtre.	*Concil. de Chalcéd., sess. XVI.*
Le Prince des Prêtres.	*Etienne, évêque de Carthage.*
Le Préfet de la maison de Dieu, et le Gardien de la Vigne du Seigneur.	*Concile de Carthage, Epist. ad Damasum.*
Le Vicaire de Jésus-Christ, le Confirmateur de la Foi des chrétiens.	*S. Jérôme, Præf. in Evang. ad Damasum.*
Le Grand Prêtre.	*Valentinien, et avec lui toute l'antiquité.*
Le Souverain Pontife.	*Concil. de Chalcéd., in Epist. ad Theod. imper.*
Le Prince des Évêques.	*Ibid.*
L'Héritier des Apôtres.	*S. Bernard, lib. De Consid.*
Abraham par le patriarcat.	*S. Ambroise, in I Tim. III.*
Melchisédech par l'ordre.	*Concil. de Chalcéd., Epist. ad Leonem.*
Moïse par l'autorité.	*S. Bernard. Epist. XC.*
Samuel par la juridiction.	*Id. ibid., et in lib. De Consid.*
Pierre par la puissance.	*Ibid.*
Christ par l'onction.	*Ibid.*
Le Pasteur de la Bergerie de Jésus-Christ.	*Id., lib. II, De consid.*
Le Porte-Clef de la Maison de Dieu.	*Id., ibid. c. 8.*
Le Pasteur de tous les Pasteurs.	*Ibid.*
Le Pontife appelé à la plénitude de la puissance.	*Ibid.*
Saint Pierre fut la Bouche de Jésus-Christ.	*S. Chrysostome, Hom. II, in divers. serm.*
La Bouche et le Chef de l'Apostolat.	*Orig., Hom. LV, in Matth.*
La Chaire et l'Eglise principale.	*S. Cyprien, Epist. LV, ad Cornel.*
L'Origine de l'unité sacerdotale.	*Id., Epist. III, 2.*
Le Lien de l'unité.	*Id. ibid. IV, 2.*
L'Eglise où réside la puissance principale (*potentior Principalitas*).	*Id. ibid., III, 8.*
L'Eglise, Racine, Matrice de toutes les autres.	*S. Anaclet, pape, Epist. ad omn. Episc. et Fideles.*
Le siège sur lequel le Seigneur a construit l'Eglise universelle.	*S. Damase, Epist. ad univ. Episc.*
Le Point cardinal et le Chef de toutes les Eglises.	*S. Marcellin, R. Epist. ad Episc. Antioch.*
Le Refuge des Evêques.	*Concil. d'Alex., Epist. ad Felic. P.*
Le Siège suprême apostolique.	*S. Athanase.*
L'Eglise présidente.	*L'empereur Justin. in l. VIII, Cod., de sum. Trinit.*

Le Siège suprême qui ne peut être jugé par aucun autre.	*S. Léon, in Nat. SS. Apost.*
L'Eglise proposée et préférée à toutes les autres.	*Victor d'Utique, in lib. de Perfect.*
Le premier de tous les Sièges.	*S. Prosper, in lib. de Ingrat.*
La Fontaine apostolique.	*S. Ignace, Epist. ad Rom. in subscr.*
Le port très sûr de toute Communion catholique.	*Concile de Rome, sous S. Gélase.*

La réunion de ces différentes expressions est tout
à fait digne de l'esprit lumineux qui distinguait le
grand évêque de Genève. On a vu plus haut quelle
idée sublime il se formait de la suprématie romaine.
Méditant sur les analogies multipliées des deux Tes-
taments, il insistait sur l'autorité du grand prêtre des
Hébreux. « Le nôtre, dit saint François de Sales,
« porte aussi sur sa poitrine l'*Urim* et le *Thummin*,
« c'est-à-dire la *doctrine* et la *vérité*. Certes, tout ce
« qui fut accordé à la servante *Agar* a bien dû l'être
« à plus forte raison à l'épouse *Sara* (1). »

Parcourant ensuite les différentes images qui ont
pu représenter l'Église sous la plume des écrivains
sacrés : « Est-ce une maison ? dit-il. Elle est assise
« sur son *rocher* et sur son fondement ministériel,
« *qui est Pierre*. Vous la représentez-vous comme
« une *famille ?* Voyez Notre-Seigneur qui paye le
« tribut comme chef de la maison, et d'abord après
« lui saint Pierre comme son représentant. L'Église
« est-elle une *barque ?* Saint Pierre en est le véri-
« table patron, et c'est le Seigneur lui-même qui me
« l'enseigne. La réunion opérée par l'Église est-elle
« représentée par une pêche ? Saint Pierre s'y mon-
« tre le premier et les autres disciples ne *pêchent*
« qu'après lui. Veut-on comparer la doctrine qui
« nous est prêchée (pour nous retirer des *grandes*
« *eaux*) au filet d'un pêcheur ; c'est saint Pierre qui
« le jette ; c'est saint Pierre qui le retire : les autres
« disciples ne sont que ses aides ; c'est saint Pierre

1. *Controverses* de saint François de Sales. Discours XL, p. 247. J'ai cité les
sources d'après lui. On ne peut avoir de doute sur un tel transcripteur ; et
d'ailleurs une vérification détaillée m'eût été impossible.

« qui présente *les poissons* à Notre-Seigneur. Vou-
« lez-vous que l'Église soit représentée par une
« *ambassade ?* saint Pierre est à la tête. Aimez-vous
« mieux que ce soit un royaume ; saint Pierre en
« porte les clefs. Voulez-vous enfin vous la repré-
« senter sous l'image d'un *bercail* d'agneaux et de
« *brebis ?* saint Pierre est le *berger* et le *pasteur*
« *général* sous Jésus-Christ (1). »

Je n'ai pu me refuser le plaisir de faire parler un
instant ce grand et aimable saint, parce qu'il me
fournit une de ces observations générales si précieuses dans les ouvrages où les détails ne sont pas
permis. Examinez l'un après l'autre les grands docteurs de l'Église catholique : à mesure que le principe de sainteté a dominé chez eux, vous les trouverez toujours plus fervents envers le Saint-Siège,
plus pénétrés de ses droits, plus attentifs à les défendre. C'est que le Saint-Siège n'a encore contre lui que
l'orgueil, qui est immolé par la sainteté.

En contemplant de sang-froid cette masse entraînante de témoignages, dont les différentes couleurs
produisent dans un foyer commun le *blanc* de l'évidence, on ne saurait être surpris d'entendre un
théologien français des plus distingués, nous confesser franchement *qu'il est accablé par le poids des
témoignages que Bellarmin et d'autres ont rassemblés pour établir l'infaillibilité de l'Église romaine,
mais qu'il n'est pas aisé de les accorder avec la déclaration de 1682, dont il ne lui est pas permis de
s'écarter* (2).

C'est ce que diront tous les hommes libres de préjugés. On peut sans doute disputer sur ce point
comme on dispute sur tout, mais la conscience est

---

1. *Controverses* de saint François de Sales, disc. XII.
2. *Non dissimulandum est in tanta testimoniorum mole, quæ Bellarminus
et alii congerunt, nos recognoscere apostolicæ Sedis seu Rom. Eccl. certam
et infallibilem auctoritatem ; at longe difficilius et ea conciliare cum declara-
tione cleri gallicani, a qua recedere non permittitur.* (Tournely, *Tract. de
Eccl.*, part. II, quæst. V, art. 3.)

entraînée par le nombre et par le poids des témoignages.

CHAPITRE XI

Sur quelques textes de Bossuet.

Des raisonnements aussi décisifs, des témoignages aussi précis, ne pouvaient échapper à l'excellent esprit de Bossuet ; mais il avait des ménagements à garder ; et pour accorder ce qu'il devait à sa conscience avec ce qu'il croyait devoir à d'autres considérations, il s'attacha de toutes ses forces à la célèbre et vaine distinction du *siège* et de la *personne.*

Tous les Pontifes romains ensemble, dit-il, *doivent être considérés comme la seule personne de saint Pierre, continuée, dans laquelle la foi ne saurait jamais manquer ; que si elle vient à trébucher ou à tomber même chez quelques-uns* (1), *on ne saurait dire néanmoins qu'elle tombe jamais* ENTIÈREMENT, *puisqu'elle doit se relever bientôt ; et nous croyons fermement que jamais il n'en arrivera autrement dans toute la suite des Souverains Pontifes, et jusqu'à la consommation des siècles* (2).

Quelles toiles d'araignée ! Quelles subtilités indignes de Bossuet ! C'est à peu près comme s'il avait dit *que tous les empereurs romains doivent être considérés comme la personne d'Auguste, continuée ; que*

---

1. Que veut dire *quelques-uns,* s'il n'y a qu'une personne ? et comment de plusieurs personnes *faillibles* peut-il résulter une seule personne *infaillible ?*

2. *Accipiendi romani Pontifices tanquam una persona Petri, in qua* N - QUAM *fides Petri deficiat, atque ut in* ALIQUIBUS *vacillet aut concidat, non tamem deficit* IN TOTUM *quæ statim revictura sit, ne porro aliter ad consummationem usque sæculi in tota Pontificum successione eventurum esse certa fide credimus.* (Bossuet, *Defensio,* etc., t. II, p. 191.) Il n'y a pas un mot, dans toutes les phrases de Bossuet, qui exprime quelque chose de précis. Que signifie *trébucher ?* Que signifie *quelques-uns ?* Que signifie *entièrement ?* Que signifie *bientôt ?*

*si la sagesse et l'humanité ont paru quelquefois tré-
bucher sur ce trône dans les personnes de quelques-
uns, tels que Tibère, Néron, Caligula, etc., on ne
saurait dire néanmoins qu'elles aient jamais manqué
ENTIÈREMENT, puisqu'elles devaient ressusciter bientôt
dans celle des Antonin, des Trajon, etc.*

Bossuet, cependant, avait trop de génie et de droiture, pour ignorer cette relation d'essence qui ratta-
che l'idée de souveraineté à celle d'unité, et pour ne
pas sentir qu'il est impossible de déplacer l'infaillibilité sans l'anéantir. Il se voyait donc obligé de
recourir, à la suite de Vigor, de Dupin, de Noël
Alexandre et d'autres, à la distinction du *siège* et de
personne, et de soutenir *l'indéfectibilité* en niant *l'infaillibilité* (1). C'est l'idée qu'il avait déjà présentée
avec tant d'habileté dans son immortel sermon sur
l'unité (2). C'est tout ce qu'on peut dire sans doute,
mais la conscience seule avec elle-même repousse ces
subtilités, ou plutôt elle n'y comprend rien.

Un auteur ecclésiastique, qui a rassemblé avec
beaucoup de science, de travail et de goût, une foule
de passages précieux relatifs à la sainte tradition, a
remarqué fort à propos que *la distinction entre les
différentes manières d'indiquer le chef de l'Eglise
n'est qu'un subterfuge imaginé par les novateurs, en
vue de séparer l'épouse de l'époux... Les partisans
du schisme et de l'erreur... ont voulu donner le
change en transportant ce qui regarde leur juge et le*

---

1. « Que, contre la coutume de tous leurs prédécesseurs, un ou deux Souve-
« rains Pontifes, ou par violence, ou par surprise, n'aient pas assez constam-
« ment soutenu, ou assez pleinement expliqué la doctrine de la foi... Un vais-
« seau qui fend les eaux n'y laisse pas moins de *vestiges de son passage.* »
(Serm. sur l'Unité, Ier point.) — O grand homme ! par quel texte, par quel
exemple, par quel raisonnement établissez-vous ces subtiles distinctions ? La
foi n'a pas tant d'esprit. La vérité est simple, et *d'abord on la sent.*

2. De là vient encore que, dans tout ce sermon, il évite constamment de
nommer le Pape ou le Souverain Pontife. C'est toujours le *Saint-Siège, le
siège de saint Pierre, l'Eglise romaine.* Rien de tout cela n'est visible ; et
néanmoins toute souveraineté qui n'est pas visible n'existe pas. C'est un être
de raison.

centre visible de l'unité à des noms abstraits, etc. (1).

C'est le bon sens en personne qui s'exprime ainsi ; mais, à s'en tenir même à l'idée de Bossuet, je vou drais lui faire un argument *ad hominem ;* je lui dirais : *Si* le Pontife abstrait *est infaillible, et s'il ne peut broncher dans la personne d'un individu, sans se relever avec une telle prestesse qu'on ne saurait dire qu'il est tombé, pourquoi ce grand appareil de* concile œcuménique, *de* corps épiscopal, *de* consentement de l'Église ? *Laissez relever le Pape, c'est l'affaire d'une minute. S'il pouvait se tromper pendant le temps seulement nécessaire pour convoquer un concile œcuménique, ou pour s'assurer du consentement de l'Église* universelle, *la comparaison au vaisseau clocherait un peu* (2).

La philosophie de notre siècle a souvent tourné en ridicule ces *réalistes* du xiie siècle, qui soutenaient l'existence et la réalité des *universaux,* et qui ensanglantèrent plus d'une fois l'école dans leurs combats. avec les *nominaux,* pour savoir si c'était l'*homme* ou l'*humanité* qui étudiait la dialectique, et qui donnait ou recevait des gourmades ; mais ces *réalistes,* qui accordaient l'existence aux *universaux,* avaient au moins l'extrême bonté de ne pas l'ôter aux individus. En soutenant, par exemple, la réalité de l'*éléphant abstrait,* jamais ils ne l'ont chargé de nous fournir l'ivoire ; toujours ils nous ont permis de le demander aux éléphants palpables que nous avions sous la main.

Les théologiens *réalistes* dont je parle sont plus hardis ; ils dépouillent les *individus* des attributs dont ils parent l'*universel ;* ils admettent la souveraineté d'une dynastie dont aucun membre n'est souverain.

Rien cependant n'est plus contraire que cette

1. *Principes de la doctrine catholique,* in-8, p. 235. L'estimable auteur, qui n'est point anonyme pour moi, évite de nommer personne, à cause sans doute de la puissance des noms et des préjugés qui l'environnaient ; mais on voit assez de quoi il croyait avoir à se plaindre.

2. *Sup.,* p. 70, note 1.

théorie au système divin (s'il est permis de s'exprimer ainsi) qui se manifeste dans l'ensemble de la
religion. Dieu qui nous a faits ce que nous sommes,
Dieu qui nous a soumis au temps et à la matière, ne
nous a pas livrés aux idées abstraites et aux chi-
mères de l'imagination. Il a rendu son Église visible,
afin que celui qui ne veut pas la voir soit inexcusable ;
sa grâce même, il l'a attachée à des signes sensibles.
Qu'y a-t-il de plus divin que la rémission des péchés ?
Dieu, cependant, a voulu, pour ainsi dire, la *maté-
rialiser* en faveur de l'homme. Le fanatisme et l'enthousiasme ne sauraient se tromper eux-mêmes en se
fiant aux mouvements intérieurs ; il faut au coupable
un tribunal, un juge et des paroles. La clémence
divine doit être sensible pour lui, comme la justice
d'un tribunal humain.

Comment donc pourrait-on croire que sur le point
fondamental Dieu ait dérogé à ses lois les plus évidentes, les plus générales, les plus humaines ? Il est
bien aisé de dire : *Il a plu au Saint-Esprit et à nous.*
Le quaker dit aussi qu'*il a l'Esprit,* et les puritains de
Cromwel le disaient de même. Ceux qui parlent au
nom de l'Esprit-Saint doivent le montrer ; la colombe
mystique ne vient point se reposer sur une *pierre*
fantastique ; ce n'est pas ce qu'elle nous a promis.

Que si quelques grands hommes ont consenti à se
placer dans les rangs des inventeurs d'une dangereuse chimère, nous ne dérogerons point au respect
qui leur est dû, en observant qu'ils ne peuvent déroger à la vérité.

Il y a, d'ailleurs, un caractère bien honorable pour
eux, qui les discerne à jamais de leurs tristes collègues : c'est que ceux-ci ne posent un principe faux
qu'en faveur de la révolte ; au lieu que les autres,
entraînés par des accidents humains, je ne saurais
pas dire autrement, à soutenir le principe, refusent
néanmoins d'en tirer les conséquences, et ne savent
pas désobéir.

On ne saurait croire, du reste, dans quel embarras se jettent les partisans de la *puissance abstraite*, afin de lui donner la réalité dont elle a besoin pour agir. Le mot d'*Eglise* figure dans leurs écrits comme celui de *nation* dans ceux des révolutionnaires français.

Je laisse à part les hommes obscurs, dont l'embarras n'embarrasse pas ; mais qu'on lise, dans les *Nouveaux Opuscules* de Fleury, la conversation intéressante de Bossuet et l'évêque de Tournay (Choiseul-Praslin), qui nous a été conservée par Fénelon (1) ; on y verra comment l'évêque de Tournay pressait Bossuet, et le conduisait par force de l'*indéfectibilité* à l'*infaillibilité*. Mais le grand homme avait résolu de ne choquer personne, et c'est dans ce système invariablement suivi que se trouve l'origine de ces angoisses pénibles qui versèrent tant d'amertume sur ses derniers jours.

Il faut avoir le courage d'avouer qu'il est un peu fatigant avec ses *canons*, auxquels il revient toujours.

Nos anciens docteurs, dit-il, *ont tous reconnu d'une même voix dans la chaire de Saint-Pierre* (il se garde bien de dire *dans la personne du Souverain Pontife*) *la plénitude de la puissance apostolique. C'est un point décidé et résolu.* Fort bien, voilà le dogme. *Mais*, continue-t-il, *ils demandent seulement qu'elle soit réglée dans son exercice* PAR LES CANONS (2).

Mais, premièrement, les docteurs de Paris n'ont pas plus de droit que d'autres d'exiger telle ou telle chose du Pape ; ils sont sujets comme d'autres, et obligés comme d'autres de respecter ses décisions souveraines. Ils sont ce que sont tous les docteurs du monde catholique.

A qui en veut d'ailleurs Bossuet, et que signifie cette restriction : *Mais ils demandent*, etc. ? Depuis quand les Papes ont-ils prétendu gouverner sans lois ? Le plus frénétique ennemi du Saint-Siège

1. *Nouv. Opusc.* de Fleury. P: is, 1807, in-12
2. *Sermon sur l'unité*, II° poin

n'oserait pas nier, l'histoire à la main, que sur aucun
trône de l'univers il ait existé, compensation faite,
plus de sagesse, plus de vertu et plus de science que
sur celui des Souverains Pontifes (1). Pourquoi donc
n'aurait-on pas autant et plus de confiance en cette
souveraineté qu'en toutes les autres, qui jamais n'ont
prétendu gouverner sans lois ?

Mais, dira-t-on sans doute, *si le Pape venait à abu-*
ser de son pouvoir ? C'est avec cette objection puérile
qu'on embrouille la question et les consciences.

Et si la souveraineté temporelle abusait de son
pouvoir, que ferait-on ? C'est absolument la même
question. On se crée des monstres pour les combattre. Lorsque l'autorité commande, il n'y a que
trois partis à prendre : l'obéissance, la représentation
et la révolte, qui se nomme *hérésie* dans l'ordre spirituel, et *révolution* dans l'ordre temporel. Une assez
belle expérience vient de nous apprendre que les plus
grands maux résultant de l'obéissance n'égalent pas
la millième partie de ceux qui résultent de la révolte.
Il y a d'ailleurs des raisons particulières en faveur du
gouvernement des Papes. Comment veut-on que des
hommes sages, prudents, réservés, expérimentés par
nature et par nécessité, abusent du pouvoir spirituel,
au point de causer des maux incurables ? Les représentations sages et mesurées arrêteraient toujours les
Papes qui auraient le malheur de se tromper. Nous
venons d'entendre un protestant estimable avouer
franchement qu'un recours juste, fait aux Papes, et

---

1. « Le Pape est ordinairement un homme de grand savoir et de grande
« vertu, parvenu à la maturité de l'âge et de l'expérience, qui a rarement ou
« vanité ou plaisir à satisfaire aux dépens de son peuple, et n'est embarrassé
« ni de femme, ni d'enfants... » (Addisson, *Suppl. aux voyages de Misson*
p. 126.) Et Gibbon convient, avec la même bonne foi, que « si l'on calcule de
« sang-froid les avantages et les défauts du gouvernement ecclésiastique, on
« peut le louer, dans son état actuel, comme une administration douce, dé-
« cente et paisible, qui n'a pas à craindre les dangers d'une minorité, ou la
« fougue d'un jeune prince ; qui n'est point minée par le luxe, et qui est affran-
« chie des malheurs de la guerre. » (*De la Décad.*, tome XIII, chap. LXX,
p. 210.) Ces deux textes peuvent tenir lieu de tous les autres, et ne sauraient
être contredits par aucun homme de bonne foi.

cependant méprisé par eux, était un phénomène
inconnu dans l'histoire. Bossuet, proclamant la
même vérité dans une occasion solennelle, confesse
qu'*il y a toujours eu quelque chose de paternel dans
le Saint-Siège* (1).

Un peu plus haut il venait de dire : *Comme ç'a toujours été la coutume de l'Eglise de France de pro
poser* LES *canons* (2), *ç'a toujours été la coutume du
Saint-Siège d'écouter volontiers de tels discours.*

Mais *s'il y a toujours eu quelque chose de paternel
dans le gouvernement du Saint-Siège, et si ç'a toujours été sa coutume d'écouter volontiers les Eglises
particulières qui lui demandent des canons,* que
signifient donc ces craintes, ces alarmes, ces restrictions, ce fatigant et interminable appel *aux canons ?*

On ne comprendra jamais parfaitement le sermon
si justement célèbre *Sur l'unité de l'Eglise,* si l'on ne
se rappelle constamment le problème difficile que
Bossuet s'était proposé dans ce discours. Il voulait
établir la doctrine catholique sur la suprématie
romaine, sans choquer un auditoire exaspéré, qu'il
estimait très peu, et qu'il croyait trop capable de
quelque folie solennelle. On pourrait désirer quelquefois plus de franchise dans ses expressions, si
l'on perdait de vue en instant ce but général.

, Que veut-il dire, par exemple, lorsqu'il nous dit
(II⁰ point) : *La puissance qu'il faut reconnaître dans
le Saint-Siège est si haute et si éminente, si chère et
si vénérable à tous les fidèles, qu'il n'y a rien au-dessus de* TOUTE *l'Eglise catholique ensemble ?*

Voudrait-il nous dire, par hasard, que TOUTE
l'Eglise peut se trouver là où le Souverain Pontife
ne se trouve pas ? Il aurait avancé dans ce cas une
théorie que son grand nom ne pourrait excuser.
Admettez cette théorie insensée, et bientôt vous
verrez disparaître l'unité en vertu du *Sermon sur*

1. *Sermon sur l'unité,* ii⁰ point.
2. Ce est une distraction, lisez : DES *canons.*

l'unité. Ce mot d'*Église* séparée de son chef n'a point de sens. C'est le parlement d'Angleterre *moins le roi.*

Ce qu'on lit d'abord après sur le *saint concile* de Pise et sur le *saint concile* de Constance explique trop clairement ce qui précède. C'est un grand malheur que tant de théologiens français se soient attachés à ce concile de Constance, pour embrouiller les idées les plus claires. Les jurisconsultes romains ont fort bien dit : *Les lois ne s'embarrassent que de ce qui arrive souvent, et non de ce qui arrive une fois.* Un événement unique dans l'histoire de l'Église rendit son chef douteux pendant quarante ans. On dut faire ce qu'on n'avait jamais fait et ce que peut-être on ne fera jamais. L'empereur assembla les évêques au nombre de deux cents environ. C'était un *conseil,* et non un *concile.* L'assemblée chercha à se donner l'autorité qui lui manquait, en levant toute incertitude sur la personne du Pape : elle statua sur la foi. Et pourquoi pas ? Un concile de province peut statuer sur le dogme ; et si le Saint-Siège l'approuve, la décision est inébranlable. C'est ce qui est arrivé aux décisions du concile de Constance sur la foi. On a beaucoup répété que *le Pape les avait approuvées.* Et pourquoi pas encore, si elles étaient justes ? Les Pères de Constance, quoiqu'ils ne formassent point du tout un concile, n'en étaient pas moins une assemblée infiniment respectable par le nombre et la qualité des personnes ; mais dans tout ce qu'ils purent faire sans l'intervention du Pape, et même sans qu'il existât un pape incontestablement reconnu, un curé de campagne ou son sacristain même était théologiquement aussi infaillible qu'eux : ce qui n'empêchait point Martin V d'approuver, comme il le fit, tout ce qu'ils avaient fait *conciliairement ;* et par là, le concile de Constance devint œcuménique, comme l'étaient devenus anciennement le second et le cinquième concile général, par l'adhésion des Papes qui n'y avaient assisté ni par eux ni par leurs légats.

Il faut donc que les personnes qui ne sont pas assez versées dans ces sortes de matières prennent bien garde à ce qu'elles lisent, lorsqu'on leur fait lire que *les Papes ont approuvé les décisions du concile de Constance.* Sans doute ils ont approuvé les décisions portées dans cette assemblée contre les erreurs de Wiclef et de Jean Huss ; mais que le corps épiscopal séparé du Pape, et même en opposition avec le Pape, puisse faire des lois qui obligent le Saint-Siège, et prononcer sur le dogme d'une manière divinement infaillible, cette proposition est un *prodige*, pour parler la langue de Bossuet, moins contraire peut-être à la saine théologie qu'à la saine logique.

CHAPITRE XII

Du Concile de Constance.

Que faut-il donc penser de cette fameuse session IVe, où le concile (le conseil) de Constance se déclare supérieur au Pape ? La réponse est aisée. Il faut dire que *l'assemblée déraisonna*, comme ont déraisonné depuis le Long-Parlement d'Angleterre, et l'Assemblée constituante, et l'Assemblée législative, et la Convention nationale, et les Cinq-Cents, et les derniers Cortès d'Espagne, en un mot, comme toutes les assemblées imaginables, nombreuses et *non présidées.*

Bossuet disait en 1681, prévoyant déjà le dangereux entraînement de l'année suivante : *Vous savez ce que c'est que les assemblées, et quel esprit y domine ordinairement* (1).

Et le cardinal de Retz, qui s'y entendait un peu, avait dit précédemment dans ses *Mémoires*, d'une

1. Bossuet, Lettre à l'abbé de Rancé. Fontainebleau, septembre 1681. — *Hist. de Bossuet*, liv. VI, n° 3, t. II, p. 94.

manière plus générale et plus frappante : Qui assemble le peuple l'émeut ; maxime générale que je
n'applique au cas présent qu'avec les modifications
qu'exigent la justice et même le respect ; maxime,
du reste, dont l'esprit est incontestable.

Dans l'ordre moral et dans l'ordre physique, les
lois de la fermentation sont les mêmes. Elle naît du
contact, et se proportionne aux masses fermentantes.
Rassemblez des hommes rendus *spiritueux* par une
passion quelconque, vous ne tarderez pas à voir la
chaleur, puis l'exaltation, et bientôt le délire ; précisément comme dans le cercle matériel, la fermentation *turbulente* mène rapidement à l'*acide* et celle-ci
à la *putride*. Toute assemblée tend à subir cette loi
générale, si le développement n'en est arrêté par le
froid de l'autorité qui se glisse dans les interstices et
tue le mouvement. Qu'on se mette à la place des évêques de Constance, agités par toutes les passions de
l'Europe, divisés en nations, opposés d'intérêt, fati-
gués par le retard, impatientés par la contradiction,
séparés des cardinaux, dépourvus de centre, et, pour
comble de malheur, influencés par des souverains
discordants : est-il donc si merveilleux que, pressés
d'ailleurs par l'immense désir de mettre fin au
schisme le plus déplorable qui ait jamais affligé
l'Eglise, et dans un siècle où le compas des sciences
n'avait pas encore circonscrit les idées comme elles
l'ont été de nos jours, ces évêques se soient dit à eux-
mêmes : *Nous ne pouvons rendre la paix à l'Eglise
et la réformer dans son chef et dans ses membres
qu'en commandant à ce chef même : déclarons donc
qu'il est obligé de nous obéir ?* De beaux génies des
siècles suivants n'ont pas mieux raisonné. L'assemblée se déclara donc, en premier lieu, *concile œcuménique* (1) ; il le fallait bien pour en tirer ensuite la

1. Comme *certains états généraux* se declarèrent assemblée nationale en
ce qui regardait la constitution et l'extirpation des abus. Jamais il n'y eut de
parité plus exacte.

conséquence que *toute personne de condition et de dignité quelconque, même papale* (1), *était tenue d'obéir au concile en ce qui regardait la foi et l'extirpation du schisme* (2).

Mais ce qui suit est parfaitement plaisant :

« Notre Seigneur le pape Jean XXII ne transférera « point hors de la ville de Constance la cour de « Rome ni ses officiers, et ne les contraindra ni direc- « tement ni indirectement à le suivre, sans la délibé- « ration et le consentement du concile, surtout à « l'égard des offices et des officiers dont l'absence « pourrait être cause de la dissolution du concile ou « lui être préjudiciable (3). »

Ainsi, les pères avouent que, par le seul départ du Pape, le concile est dissous, et, pour éviter ce malheur, ils lui défendent de partir, c'est-à-dire, en d'autres termes, qu'*ils se déclarent les supérieurs de celui qu'ils déclarent au-dessus d'eux.* Il n'y a rien de si joli.

La cinquième session ne fut qu'une répétition de la quatrième (4).

Le monde catholique était alors divisé en trois parties ou obédiences, dont chacune reconnaissait un Pape différent. Deux de ces obédiences, celles de Grégoire XII et de Benoît XIII, ne reçurent jamais le décret de Constance prononcé dans la quatrième session ; et, depuis que les obédiences furent réunies, jamais le concile ne s'attribua, indépendamment du Pape, le droit *de réformer l'Église dans le chef et dans ses membres.* Mais dans la session du 4 octobre 1417, Martin V ayant été élu avec un concert

---

1. Ils n'osent pas dire rondement : *le Pape.*
2. Session IVᵉ.
3. Fleury, liv. CII, nᵒ 175.
4. Il y aurait une infinité de choses à dire sur ces deux sessions, sur les manuscrits de Scheelestrate, sur les objections d'Arnauld et de Bossuet, sur l'appui qu'ont tiré ces manuscrits des précieuses découvertes faites dans les Bibliothèques d'Allemagne, etc., etc.; mais si je m'enfonçais dans ces détails, il m'arriverait un petit malheur que je voudrais cependant éviter s'il était possible, celui de n'être pas lu.

dont il n'y avait pas d'exemple, le concile arrêta *que le Pape réformerait lui-même l'Église, tant dans le chef que dans ses membres, suivant l'équité et le bon gouvernement de l'Église.*

Le Pape, de son côté, dans la quarante-cinquième session du 22 avril 1417, approuva tout ce que le concile avait fait CONCILIÈREMENT (ce qu'il répète deux fois) *en matière de foi.*

Et, quelques jours auparavant, par une bulle du 10 mars, il avait défendu les appels des décrets du Saint-Siège, qu'il appela le *souverain juge.* Voilà comment le Pape *approuva le concile de Constance.*

Jamais il n'y eut rien de si radicalement nul, et même de si évidemment ridicule, que la quatrième session du *concile* de Constance, que la Providence et le Pape changèrent depuis en concile.

Que si certaines gens s'obstinent à dire : Nous *admettons la quatrième session,* oubliant tout à fait que ce mot *nous,* dans l'Église catholique, est un solécisme s'il ne se rapporte à *tous,* NOUS les laisserons dire ; et, au lieu de rire seulement de la quatrième session, nous rirons de la quatrième session et de ceux qui refusent d'en rire.

En vertu de l'inévitable force des choses, toute assemblée qui n'a pas de *frein* est *effrénée.* Il peut y avoir du plus ou du moins ; ce sera plus tôt ou plus tard ; mais la loi est infaillible. Rappelons-nous les extravagances de Bâle : on y vit sept à huit personnes, *tant évêques qu'abbés,* se déclarer au-dessus du Pape, le déposer même, pour couronner l'œuvre, et déclarer tous les contrevenants déchus de leur dignité, *fussent-ils évêques, archevêques, patriarches, cardinaux* ROIS OU EMPEREURS.

Ces tristes exemples nous montrent ce qui arrivera toujours dans les mêmes circonstances. Jamais la paix ne pourra régner ou se rétablir dans l'Église par l'influence d'une assemblée *non présidée.* C'est toujours au Souverain Pontife, ou seul ou accompagné,

qu'il en faudra venir, et toutes les expériences parlent pour cette autorité.

On peut observer que les docteurs français qui se
sont crus obligés de soutenir l'insoutenable session
du concile de Constance ne manquent jamais de se
retrancher scrupuleusement dans l'assertion générale
de la supériorité du concile universel sur le Pape,
sans jamais expliquer ce qu'ils entendent par le *concile universel ;* il n'en faudrait pas davantage pour
montrer à quel point ils se sentent embarrassés.
Fleury va parler pour tous :

« Le concile de Constance, dit-il, établit la maxime
« *de tout temps enseignée en France* (1), que tout
« Pape est soumis au jugement de tout concile uni-
« versel en ce qui concerne la foi (2). »

Pitoyable réticence, et bien digne d'un homme tel
que Fleury ! Il ne s'agit pas de savoir *si le concile
universel est au-dessus du Pape,* mais de savoir *s'il
peut y avoir un concile universel sans Pape, ou indépendant du Pape.* Voilà la question. Allez dire à
Rome que le Souverain Pontife n'a pas droit d'abroger les canons du concile de Trente, sûrement on ne
vous fera pas brûler. La question dont il s'agit ici est
complexe. On demande : 1° *quelle est l'essence d'un
concile universel, et quels sont les caractères dont la
moindre altération anéantit cette essence ?* On demande : 2° *si le concile ainsi institué est au-dessus
du Pape ?* Traiter la deuxième question en laissant
l'autre dans l'ombre ; faire sonner haut la supériorité du concile sur le Souverain Pontife, sans savoir,
sans vouloir, sans oser dire ce que c'est qu'un concile œcuménique : il faut le déclarer franchement, ce
n'est pas seulement une erreur de simple dialectique,
c'est un péché contre la probité.

1. Après tout ce qu'on a lu, et surtout après la déclaration Jn 626, quel nom
donner à cette assertion ?
2. Fleury, *Nouv. Opusc.,* p. 44.

CHAPITRE XIII

Des Canons en général, et de l'appel à leur autorité.

Il ne s'ensuit pas, au reste, de ce que l'autorité du
Pape est souveraine, qu'elle soit au-dessus des lois,
et qu'elle puisse s'en jouer ; mais ces hommes qui ne
cessent d'en appeler *aux canons* ont un secret qu'ils
ont soin de cacher, quoique sous des voiles assez
transparents. Ce mot de *canons* doit s'entendre, suivant leur théorie, des canons qu'ils ont faits, ou de
ceux qui leur plaisent. Ils n'osent pas dire tout à fait
que si le Pape jugeait à propos de faire de nouveaux
canons, ils auraient, eux, le droit de les rejeter ;
mais qu'on ne s'y trompe pas,

> Si ce ne sont leurs paroles expresses,
> C'en est le sens...

Toute cette dispute sur l'observation des canons
fait pitié. Demandez au Pape s'il entend gouverner
sans règle et se jouer des canons ; vous lui ferez
horreur. Demandez à tous les évêques du monde
catholique s'ils entendent que des circonstances
extraordinaires ne puissent légitimer des abroga-
tions, des exceptions, des dérogations, et que la souveraineté, dans l'Église, soit devenue stérile comme
une vieille femme, de manière qu'elle ait perdu le
droit, inhérent à toute puisance, de produire de nouvelles lois à mesure que de nouveaux besoins les
demandent ; ils croiront que vous plaisantez.
Nul homme sensé ne pouvant donc contester à
nulle souveraineté quelconque le pouvoir de faire des
lois, de les faire exécuter, de les abroger et d'en dispenser *lorsque les circonstances l'exigent*; et nulle
souveraineté ne s'arrogeant le droit d'user de ce pouvoir *hors de ces circonstances ;* je le demande sur

quoi dispute-t-on ? Que veulent dire certains théologiens français avec leurs *canons* ? Et que veut dire, en particulier, Bossuet, avec sa grande restriction, qu'il nous déclare à demi-voix comme un mystère délicat du gouvernement ecclésiastique ? *La plénitude de la puissance appartient à la chaire de Saint-Pierre ; mais nous demandons que l'exercice en soit réglé par les canons.*

Quand est-ce que les Papes ont prétendu le contraire ? Lorsqu'on est arrivé, en fait de gouvernement, à ce point de perfection qui n'admet plus que les défauts inséparables de la nature humaine, il faut savoir s'arrêter et ne pas chercher, dans de vaines suppositions, des semences éternelles de défiance et de révolte. Mais, comme je l'ai dit, Bossuet voulait absolument contenter sa conscience et ses auditeurs ; et, sous ce point de vue, le sermon *Sur l'unité* est un des plus grands tours de force dont on ait connaissance. Chaque ligne est un travail ; chaque mot est pesé ; un *article* même, comme nous l'avons vu, peut être le résultat d'une profonde délibération. La gêne extrême où se trouvait l'illustre orateur l'empêche souvent d'employer les termes avec cette rigueur qui nous aurait contentés, s'il n'avait pas craint d'en mécontenter d'autres, lorsqu'il dit, par exemple : *Dans la chaire de Saint-Pierre réside la plénitude de la puissance apostolique, mais l'exercice doit en être réglé par les canons, de peur que, s'élevant au-dessus de tout, elle ne détruise elle-même ses propres décrets ;* AINSI LE MYSTÈRE EST ENTENDU (1). J'en demande bien pardon encore à l'ombre fameuse de ce grand homme, mais pour moi le voile s'épaissit, et, loin d'*entendre le mystère*, je le comprends moins qu'auparavant. Nous ne demandons point une décision de morale ; nous savons déjà depuis quelque

1. Un peu plus bas, il s'écrie : *La comprenez-vous maintenant cette immortelle beauté de l'Eglise catholique ? — Non, monseigneur, point du tout, à moins que vous ne daigniez ajouter quelques mots.*

temps qu'*un souverain ne saurait mieux faire que de
bien gouverner.* Ce mystère n'est pas un grand mys
tère ; il s'agit de savoir si le Souverain Pontife, étant
une *puissance suprême* (1), est, par là même, législateur dans toute la force du terme ; si, dans la conscience de l'illustre Bossuet, cette puissance était
capable de *s'élever au-dessus de tout ;* si le Pape n'a
droit, dans aucun cas, d'abroger ou de modifier un
de ses décrets ; s'il y a une puissance dans l'Église
qui ait droit de *juger* si le Pape a bien *jugé,* et quelle
est cette puissance ; enfin, si une Église particulière
peut avoir, à son égard, d'autre droit que celui de la
représentation.

Il est vrai que, vingt pages plus bas, Bossuet cite,
sans le désapprouver, cette parole de Charlemagne,
que, *quand même l'Église romaine imposerait un
joug à peine supportable, il faudrait souffrir plutôt
que de rompre la communion avec elle* (2). Mais
Bossuet avait tant d'égards pour les princes, qu'on
ne saurait rien conclure de l'espèce d'approbation
tacite qu'il donne à ce passage.

Ce qui demeure incontestable, c'est que si les évêques réunis *sans le pape* peuvent s'appeler l'*Église,*
et s'attribuer une autre puissance que celle de certi-
fier la personne du Pape dans les moments infiniment rares où elle pourrait être douteuse, il n'y a
plus d'unité, et l'Église visible disparaît.

Au reste, malgré les artifices infinis d'une savante
et catholique condescendance, remercions Bossuet
d'avoir dit, dans ce fameux discours, que la puissance du Pape est *une puissance suprême* (3) ; *que
l'Église est fondée sur son autorité* (4), *que dans la
chaire de Saint-Pierre réside la plénitude de la puissance apostolique* (5) ; *que lorsque le Pape est atta-*

---

1. *Les puissances suprêmes* (en parlant du Pape) *veulent être instruites.*
(Sermon sur l'unité, IIIe point.)
2. IIe point.
3. Sermon sur l'unité de l'Eglise, *Œuvres de Bossuet,* t. VIII, p. 41.
4. Ibid., p. 31. — 5. Ibid., p. 14.

qué, l'épiscopat tout entier (c'est-à-dire l'Église) est en péril (0) ; qu'il y a TOUJOURS *quelque chose de paternel dans le Saint-Siège* (1) *; qu'il peut tout, quoique tout ne soit pas convenable* (2) *; que, dès l'origine du christianisme, les papes ont* TOUJOURS *fait profession, en faisant observer les lois, de les observer les premiers* (3) *; qu'ils entretiennent l'unité dans tout le corps, tantôt par d'inflexibles décrets, et tantôt par de sages tempéraments* (4) *; que les évêques n'ont tous ensemble qu'une même chaire, par le rapport essentiel qu'ils ont tous avec* LA CHAIRE UNIQUE *où saint Pierre et ses successeurs sont assis ; et qu'ils doivent en conséquence de cette doctrine, agir tous dans l'esprit de l'unité catholique, en sorte que chaque évêque ne dise rien, ne fasse rien, ne pense rien que l'Église universelle ne puisse avouer* (5) *; que la puissance donnée à plusieurs porte sa restriction dans son partage ; au lieu que la puissance donnée à un seul, et sur tous, et sans exception, emporte la plénitude* (6) *; que la chaire éternelle ne connaît point d'hérésie* (7) *; que la foi romaine est toujours la foi de l'Église ; que l'Église romaine est toujours vierge ; et que toutes les hérésies ont reçu d'elle ou le premier coup, ou le coup mortel* (8) *; que la marque la plus évidente de l'assistance que le Saint-Esprit donne à cette mère des Églises, c'est de la rendre si juste et si modérée, que jamais elle n'ait mis* LES EXCÈS *parmi les dogmes* (9).

Remercions Bossuet de ce qu'il a dit, et tenons-lui compte, surtout, de ce qu'il a empêché, mais sans oublier, que, tandis que nous ne parlerons pas plus clair qu'il ne s'est permis de le faire dans ce discours, l'unité qu'il a si éloquemment recommandée et célébrée se perd dans le vague, et ne fixe plus la croyance.

---

0. Ibid., p. 25.
1. Sermon sur l'unité de l'Église, p. 31. — 2. Ibid., p. 31. — 3. Ibid., p. 32, — 4. Ibid., p. 29. — 5. Ibid., p. 10, — 6. Ibid. p. 4. — 7. Ibid., p. 9. — 8. Ibid., p. 10. — 9. Ibid., p. 32.

Leibnitz, le plus grand des protestants, et peut-être le plus grand des hommes dans l'ordre des sciences, objectait à ce même Bossuet, en 1690, qu'*on n'avait pu convenir encore dans l'Église romaine du vrai sujet ou siège radical de l'infaillibilité ; les uns la plaçant dans le Pape, les autres dans le concile, quoique sans Pape, etc.* (1).

Tel est le résultat du système fatal adopté par quelques théologiens au sujet des conciles, et fondé principalement sur un fait unique, mal entendu et mal expliqué, précisément parce qu'il est unique. Ils exposent le dogme capital de l'infaillibilité, en cachant le foyer où il faut la chercher.

CHAPITRE XIV

Examen d'une difficulté particulière qu'on élève contre les décisions des Papes.

Les décisions doctrinales des Papes ont toujours fait loi dans l'Église. Les adversaires de la suprématie pontificale, ne pouvant nier ce grand fait, ont cherché du moins à l'expliquer dans leur sens, en soutenant que ces décisions n'ont tiré leur force que du consentement de l'Église ; et pour l'établir, ils observent que souvent, avant d'être reçues, elles ont été examinées dans les conciles avec connaissance de cause. Bossuet, surtout, a fait un effort de raisonnement et d'érudition pour tirer de cette considération tout le parti possible.

Et en effet, c'est un paralogisme assez plausible que celui-ci : *Puisque le concile a ordonné un examen préalable d'une constitution du Pape, c'est une*

---

1. Voyez sa correspondance avec Bossuet.

preuve qu'il ne la regardait pas comme décisive. Il
est donc utile d'éclaircir cette difficulté.

La plupart des écrivains français, depuis le temps
surtout où la manie des constitutions s'est emparée
des esprits, partent tous, même sans s'en apercevoir,
de la supposition d'une loi imaginaire, antérieure à
tous les faits et qui les a dirigés ; de manière que si le
Pape, par exemple, est souverain dans l'Église, tous
les actes de l'histoire ecclésiastique doivent l'attester
en se pliant uniformément et sans effort à cette supposition, et que, dans la supposition contraire, tous les
faits de même doivent contredire la souveraineté.

Or, il n'y a rien de si faux que cette supposition,
et ce n'est point ainsi que vont les choses : jamais
aucune institution importante n'a résulté d'une loi, et
plus elle est grande, moins elle écrit. Elle se forme
elle-même par la conspiration de mille agents, qui
presque toujours ignorent ce qu'ils font ; en sorte que
souvent ils ont l'air de ne pas s'apercevoir du droit
qu'ils établissent eux-mêmes. L'institution végète ainsi
insensiblement à travers les siècles : *Crescit occulto
velut arbor ævo ;* c'est la devise éternelle de toute
grande création politique ou religieuse. Saint Pierre
avait-il une connaissance distincte de l'étendue de sa
prérogative et des questions qu'elle ferait naître
dans l'avenir ? Je l'ignore. Lorsque, après une sage
discussion, accordée à l'examen d'une question
importante à cette époque, il prenait le premier la
parole au concile de Jérusalem, et que *toute la multi-
tude se tut* (1), saint Jacques même n'ayant parlé à
son tour, du haut de son siège patriarcal, que pour
confirmer ce que le chef des apôtres venait de décider, saint Pierre agissait-il *avec* ou *en vertu* d'une
connaissance claire et distincte de sa prérogative ; ou
bien, en créant à son caractère ce magnifique témoignage, n'agissait-il que par un mouvement intérieur

1. *Actes,* XV,

séparé de toute contemplation rationnelle? Je l'ignore encore.

On pourrait, en théorie générale, élever des questions curieuses ; mais j'aurais peur de me jeter dans les susceptibilités, et d'être nouveau au lieu d'être neuf, ce qui me fâcherait beaucoup : il vaut mieux, s'en tenir aux idées simples et purement pratiques.

L'autorité du Pape dans l'Eglise, relativement aux questions dogmatiques, a toujours été marquée au coin d'une extrême sagesse ; jamais elle ne s'est montrée précipitée, hautaine, insultante, despotique. Elle a constamment entendu tout le monde, même les révoltés, lorsqu'ils ont voulu se défendre. Pourquoi donc se serait-elle opposée à l'examen d'une de ses décisions dans un concile général ? Cet examen repose uniquement sur la condescendance des Papes, et toujours ils l'ont entendu ainsi. Jamais on ne prouvera que les conciles aient pris connaissance, *comme juges proprement dits*, des décisions dogmatiques des Papes, et qu'ils se soient ainsi arrogé le droit de les accepter ou de les rejeter.

Un exemple frappant de cette théorie se tire du concile de Chalcédoine, si souvent cité. Le Pape y permit bien que sa lettre fût examinée, et cependant jamais il ne maintint d'une manière solennelle l'*irréformabilité* de ses jugements dogmatiques.

Pour que les faits fussent contraires à cette théorie, c'est-à-dire à la supposition de pure condescendance, il faudrait, comme le savent surtout les jurisconsultes, qu'il y eût à la fois contradiction de la part des Papes, et jugement de la part des conciles, ce qui n'a jamais eu lieu.

Mais ce qu'il faut bien remarquer, c'est que les théologiens français sont les hommes du monde auxquels il conviendrait le moins de rejeter cette distinction.

Personne n'a plus fait valoir qu'eux le droit des évêques de recevoir les décisions dogmatiques du

Saint-Siège *avec connaissance de cause, et comme juges de la foi* (1). Cependant aucun évêque gallican ne s'arrogerait le droit de déclarer fausse et de rejeter comme telle une décision dogmatique du Saint-Père. Il sait que ce jugement serait un crime et *même un ridicule.*

Il y a donc quelque chose entre l'obéissance purement passive, qui enregistre une loi en silence, et la supériorité qui l'examine avec pouvoir de la rejeter. Or, c'est dans ce milieu que les écrivains gallicans trouveront la solution d'une difficulté qui a fait grand bruit, mais qui se réduit cependant à rien lorsqu'on l'envisage de près. Les conciles généraux peuvent examiner les décrets dogmatiques des Papes, sans doute, pour en pénétrer le sens, pour en rendre compte à eux-mêmes et aux autres, pour les confronter à l'Écriture, à la tradition et aux conciles précédents ; pour répondre aux objections ; pour rendre ces décisions agréables, plausibles, évidentes à l'obstination qui les repousse ; pour en *juger*, en un mot, comme l'Église gallicane *juge* une constitution dogmatique du Pape avant de l'accepter.

A-t-elle le droit de *juger* un de ses décrets dans toute la force du terme, c'est-à-dire de l'accepter ou de le rejeter, de le déclarer même hérétique, s'il y échoit ? Elle répondra non ; car enfin le premier de ses attributs, c'est le bon sens (2).

---

1. Ce droit fut exercé dans l'affaire de Fénelon avec une pompe tout à fait amusante.

2. Bercastel, dans son *Histoire ecclésiastique*, a cependant trouvé un moyen très ingénieux de mettre les évêques à l'aise, et de leur conférer le pouvoir de juger le Pape. *Le jugement des évêques*, dit-il, *ne s'exerce point sur le jugement du Pape, mais sur les matières qu'il a jugées*. De manière que, si le Souverain Pontife a décidé, par exemple, qu'une telle proposition est scandaleuse et hérétique, les évêques français ne peuvent dire qu'il s'est trompé (*ne/as*) : ils peuvent *seulement* décider que la proposition est édifiante et orthodoxe. « Les évêques, continue le même écrivain, consultent les mêmes règles que le « Pape, l'Écriture, la tradition, *et spécialement la tradition de leurs propres* « *Églises*, afin d'examiner et de prononcer, selon la mesure d'autorité qu'ils ont « reçue de Jésus-Christ, si la doctrine proposée lui est conforme ou contraire. »

Mais, puisqu'elle n'a pas droit de juger, pourquoi discuter ? Ne vaut-il pas mieux accepter humblement et sans examen préalable une détermination qu'elle n'a pas droit de contredire ? Elle répondra encore NON, et toujours elle voudra examiner.

Eh bien ! qu'elle ne nous dise plus que les décisions dogmatiques des Souverains Pontifes, prononcées *ex cathedra*, ne sont pas sans appel, puisque certains conciles en ont examiné quelques-unes avant de les changer en canons.

Lorsqu'au commencement du siècle dernier, Leibnitz, correspondant avec Bossuet sur la grande question de la réunion des Églises, demandait, comme un préliminaire indispensable, que le concile de Trente fût déclaré *non œcuménique*, Bossuet, justement inflexible sur ce point, lui déclare cependant que tout ce qu'on peut faire pour faciliter le *grand œuvre*, c'est de revenir sur le concile par *voie d'explication*. Qu'il ne s'étonne donc plus si les Papes ont permis quelquefois qu'on revînt sur leurs décisions par *voie d'explication*.

Le cardinal Orsi lui adresse sur ce sujet un argument qui me paraît sans réplique :

« Les Grecs nous accusaient, dit-il, en commençant
« par l'exposition des faits, d'avoir décidé la ques-
« tion sans eux, et ils en appelaient à un concile
« général. Sur cela le Pape Eugène leur disait : *Je*
« *vous propose le choix entre quatre partis : 1° Êtes-*
« *vous convaincus, par toutes les autorités que nous*
« *avons citées, que le Saint-Esprit procède du Père*
« *et du Fils ? la question est terminée. 2° Si vous*
« *n'êtes pas convaincus, dites-nous de quel côté la*
« *preuve vous paraît faible, afin que nous puissions*
« *ajouter à nos preuves, et porter celles de ce dogme*

(Hist. de l'Église, t. XXIV, p. 93, citée par M. de Barral, n° 31, p. 305.) Cette théorie de Bercastel prêterait le flanc à des réflexions sévères, si l'on ne savait pas qu'elle n'était, de la part de l'estimable auteur, qu'un innocent artifice pour échapper aux parlements et faire passer le reste.

« *jusqu'à l'évidence.* 3° *Si vous avez de votre côté des*
« *textes favorables à votre sentiment, citez-les. Si*
« *tout cela ne vous suffit pas, venons-en à un concile*
« *général.* Jurons tous, Grecs et Latins, de dire libre-
« ment la vérité, et de nous en tenir à ce qui paraîtra
« vrai au plus grand nombre (1). »

Orsi dit donc à Bossuet : *Ou convenez que le concile de Lyon* (le plus général de tous les conciles
généraux) *ne fut pas œcuménique, ou convenez que
l'examen fait des lettres des Papes dans un concile ne
prouve rien contre l'infaillibilité, puisqu'on consentit
à ramener, et qu'en effet on ramena sur le tapis, dans
le concile de Florence, la question décidée dans celui
de Lyon* (2).

Je ne sais ce que la bonne foi pourrait répondre à
ce qu'on vient de lire ; quant à l'esprit de contention,
aucun raisonnement ne saurait l'atteindre : attendons
qu'il lui plaise de penser sur les conciles comme les
conciles.

———

CHAPITRE XV

Infaillibilité de fait.

Si du droit nous passons aux faits, qui sont la
pierre de touche du droit, nous ne pouvons nous
empêcher de convenir que la chaire de Saint-Pierre,
considérée dans la certitude de ses décisions, est un
phénomène naturellement incompréhensible. Répon-

1. *Jusjurandum demus, Latini pariter ac Græci... Proferatur libere
veritas per juramentum, et quod pluribus videbitur, hoc amplectemur, et nos
et vos.*

2. *Jes August. Orsi De Irreform. Rom. Pontific. in definiendis fidei con,
ronemiis Judicio.* (Romæ, 1772, 3 vol. in-4, t. I, lib. I, cap. xxxvii. art. I.
p. 81.) On a vu même très souvent, dans l'Eglise, les évêques d'une Eglise nationale, et même encore des évêques particuliers, confirmer les décrets des
conciles généraux. Orsi en cite des exemples tirés des quatrième, cinquième et
sixième conciles généraux. (*Ibid.*, lib. II, cap. I, art. civ., p. 104.)

dant à toute la terre depuis dix-huit siècles, combien
de fois les Papes se sont-ils trompés *incontestablement?* Jamais. On leur fait des chicanes, mais sans
pouvoir jamais alléguer rien de décisif.

Parmi les protestants et en France même, comme
je l'ai observé souvent, on a amplifié l'idée de l'infaillibilité, au point d'en faire un épouvantail ridicule ; il est donc bien essentiel de s'en former une
idée nette et parfaitement circonscrite.

Les défenseurs de ce grand privilège disent donc
et ne disent rien de plus, que *le Souverain Pontife
parlant à l'Église librement* (1), *et, comme dit l'école,*
ex cathedra, *ne s'est jamais trompé et ne se trompera
jamais sur la foi.*

Par ce qui s'est passé jusqu'à présent, je ne vois
pas qu'on ait réfuté cette proposition. Tout ce qu'on
a dit contre les Papes pour établir qu'ils se sont
trompés, ou n'a point de fondement solide, ou sort
évidemment du cercle que je viens de tracer.

La critique qui s'est amusée à compter les fautes
des Papes ne perd pas une minute dans l'histoire
ecclésiastique, puisqu'elle remonte jusqu'à saint
Pierre. C'est par lui qu'elle commence son catalogue ;
et quoique la faute du Prince des apôtres soit un fait
parfaitement étranger à la question, elle n'est pas
moins citée dans tous les livres de l'*opposition* comme
la première preuve de la faillivilité du Souverain
Pontife. Je citerai sur ce point un écrivain, le dernier
en date, si je ne me trompe, parmi les Français de
l'ordre épiscopal qui ont écrit contre la grande prérogative du Saint-Siège (2).

Il avait à repousser le témoignage solennel et
embarrassant du clergé de France, déclarant en 1626

---

1. Par ce mot *librement*, j'entends que ni les tourments, ni la persécution, ni
a violence enfin, sous toutes les formes, n'aura pu priver le Souverain Pontife
de la liberté d'esprit qui doit présider à ses décisions.
2. *Défense des libertés de l'Église gallicane et de l'assemblée du clergé de
France, tenue en* 1682. Paris, 1817, in-4, par feu M. Louis-Mathias de Barral,
archevêque de Tours. Pages 327, 328 et 329.

que l'*infaillibilité est toujours demeurée ferme et inébranlable dans les successeurs de saint Pierre.*

Pour se débarrasser de cette difficulté, voici comment le savant prélat s'y est pris : « *L'indéfectibilité,* « dit-il, *ou l'infaillibilité qui est restée jusqu'à ce jour* « *ferme et inébranlable dans les successeurs de saint* « *Pierre,* n'est pas sans doute d'une autre nature que « celle qui fut octroyée au chef des apôtres en vertu de « la prière de Jésus-Christ. Or, l'événement a prouvé « que l'indéfectibilité ou l'infaillibilité de la foi ne le « mettait pas à l'abri d'une chute ; donc, etc. » Et plus bas il ajoute : « On exagère faussement les effets « de l'intercession de Jésus-Christ, qui fut le gage de « la stabilité de la foi de Pierre, sans néanmoins « empêcher sa chute humiliante et prévenue. »

Ainsi, voilà des théologiens, des évêques même (je n'en cite qu'un, *instar omnium*), avançant ou supposant du moins, sans le moindre doute, que l'Église catholique était établie, et que saint Pierre était Souverain Pontife avant la mort du Sauveur.

Ils avaient cependant lu, tout comme nous, que *là où il y a un testament, il est nécessaire que la mort du testateur intervienne, parce que le testament n'a lieu que par la mort, n'ayant point de force tant que le testateur est encore en vie* (1).

Ils ne pouvaient se dispenser de savoir que l'Église naquit dans le cénacle, et qu'avant l'effusion du Saint-Esprit, il n'y avait point d'Église.

Ils avaient lu le grand oracle : *Il vous est utile que je m'en aille ; car si je ne m'en vais pas, le Consolateur ne viendra point à vous ; mais si je m'en vais, je vous l'enverrai. Lorsque cet Esprit de vérité sera venu, il rendra témoignage de moi, et vous me rendrez témoignage vous-mêmes* (2).

Avant cette mission solennelle, il n'y avait donc point d'Église, ni de Souverain Pontife, ni même

1. *Hebr.* IX, v. 16 et 17.
2. Joan. XVI, 7 ; XVI, 26 et 27.

d'apostolat proprement dit ; tout était en germe, en puissance, en expectative, et dans cet état les hérauts mêmes de la vérité ne montraient encore qu'igno-rance et que faiblesse.

Nicole a rappelé cette vérité dans son catéchisme raisonné : « Avant d'avoir reçu le Saint-Esprit, dit-il, « le jour de la Pentecôte, les apôtres paraissaient « faibles dans la foi, timides à l'égard des « hommes, etc..... Mais depuis la Pentecôte, on ne « voit plus en eux que confiance, que joie dans les « souffrances, etc. (1). »

On vient d'entendre la vérité qui parle ; mainte-nant elle va tonner : « Ne fut-ce pas un prodige bien « étonnant de voir les apôtres, au moment où ils « reçurent le SaintEsprit,aussi pénétrés des lumières « de Dieu... qu'ils avaient été jusque-là ignorants et « remplis d'erreurs..., tandis qu'ils n'avaient eu pour « maître que Jésus-Christ ? O mystère adorable et « impénétrable ! Vous le savez : Jésus-Christ, tout « Dieu qu'il était, n'avait pas suffi, ce semble, pour « leur faire entendre cette doctrine céleste, qu'il était « venu établir sur la terre..., *et ipsi nihil horum in-* « *tellexerunt* (2). Pourquoi ? parce qu'ils n'avaient « point encore reçu l'Esprit de Dieu, et que toutes « ces vérités étaient de celles que le seul Esprit de « Dieu peut enseigner. Mais dans l'instant même que « le Saint-Esprit leur est donné, ces vérités qui leur « avaient paru si incroyables se développent à « eux, etc. (3). » C'est-à-dire le *testament est ouvert* et l'Église commence.

Si j'ai insisté sur cette misérable objection, c'est parce qu'elle se présente la première, et parce qu'elle sert merveilleusement à mettre dans tout son jour

---

1. Nicole, *Instruct. théol. et mor. sur les sacrements*. Paris, 1725, t. l. *De la Confess.*, ch. ii, p. 87.

2. Luc. XVIII, 34.

3. Bourdaloue, *Serm. sur la Pentecôte*, Iʳᵉ partie, sur le texte : *Repleti sunt omnes Spiritu Sancto*. (Myst., t. I.)

l'esprit qui a présidé à cette discussion de la part des adversaires de la grande prérogative. C'est un esprit de chicane qui meurt d'envie d'avoir raison; sentiment bien naturel à tout dissident, mais tout à fait inexplicable de la part du catholique.

Le plan de mon ouvrage ne me permet point de discuter une à une les prétendues erreurs reprochées aux Papes, d'autant plus que tout a été dit sur ce sujet : je toucherai seulement les deux points qui ont été discutés avec le plus de chaleur, et qui me paraissent susceptibles de quelques nouveaux éclaircissements ; *le reste ne vaut pas l'honneur d'être cité.*

Les docteurs italiens ont observé que Bossuet qui, dans sa *Défense de la déclaration* (1), avait d'abord argumenté, comme tous les autres, de la chute du pape Libère, pour établir la principale des quatre propositions, a retranché lui-même tout le chapitre qui y est relatif, comme on peut le voir dans l'édition de 1745. Je ne suis point à même de vérifier la chose de ce moment, mais je n'ai pas la moindre raison de me défier de mes auteurs ; et la nouvelle histoire de Bossuet ne laisse d'ailleurs aucun doute sur le repentir de ce grand homme.

On y lit que Bossuet, dans l'intimité de la conversation, disait un jour à l'abbé Ledieu : *J'ai rayé de mon traité* de la puissance ecclésiastique *tout ce qui regarde le pape Libère,* COMME NE PROUVANT PAS BIEN CE QUE JE VOULAIS ÉTABLIR EN CE LIEU (2).

C'était un grand malheur pour Bossuet d'avoir à se rétracter sur un tel point : mais il voyait que l'argument de Libère était insoutenable.

Il l'est au point que les centuriateurs de Magdebourg n'ont pas osé condamner ce Pape, et que même ils l'ont absous.

« Libère, dit saint Athanase, cité mot par mot par « les centuriateurs, vaincu par les souffrances d'un

1. Liv. IX, chap. xxxiv.
    T. II. Pièces justific. du quatrième livre, p. 390.

« exil de deux ans et par la menace du supplice, a
« souscrit enfin à la condamnation qu'on lui deman-
« dait ; mais c'est la violence qui a tout fait, et l'aver-
« sion de Libère pour l'hérésie n'est pas plus dou-
« teuse que son opinion en faveur d'Athanase ; c'est
« le sentiment qu'il aurait manifesté s'il eût été
« libre (1). » Saint Athanase termine par cette phrase
remarquable : *La violence prouve bien la volonté de
celui qui fait trembler, mais nullement celle de celui
qui tremble* (2), maxime céleste dans ce cas.

Les centuriateurs citent avec la même exactitude
d'autres écrivains, qui se montrent moins favorables
à Libère, sans nier cependant les *souffrances de
l'exil.* Mais les historiens de Magdebourg penchent
évidemment vers l'opinion de saint Athanase : *Il
paraît*, disent-ils, *que tout ce qu'on a raconté de la
souscription de Libère ne tombe nullement sur le
dogme arien, mais seulement sur la condamnation
d'Athanase* (3). *Que sa langue ait prononcé dans ce
cas plutôt que sa conscience, comme l'a dit Cicéron
dans une occasion semblable, c'est ce qui ne semble
pas douteux. Ce qu'il y a de certain, c'est que Libère
ne cessa de professer la foi de Nicée* (4).

Quel spectacle que celui de Bossuet accusateur
d'un Pape excusé par l'élite du calvinisme ! Qui
pourrait ne pas applaudir aux sentiments qu'il confiait à son secrétaire ?

---

1. *Liberium post exactum in exilio biennium, inflexum minisque mortis ad
subscriptionem contra Athanasium inductum fuisse... Verum illud ipsum et
corum violentiam et Liberii in heræsim odium et suum pro Athanasio suffra-
gium, quum liberos effectus haberet, satis coarguit.*

2. *Quæ enim per tormenta contra priorem ejus sententiam extorta sunt,
eo jam non metuentium, sed cogentium voluntates habendæ sunt.*

3. *Quanquam hæc de subscriptione in Athanasium ad quam Liberius im-
pulsus sit, non de consensu in dogmate cum Arianis dici videntur.*

4. *Lingua eum superscripsisse magis quam mente, quod de juramenti,
cujusdam Cicero dixit, omnino videtur, quemadmodum et Athanasius eum
excusavit, Constantem certe in professione fidei Nicææ mansisse indicat.*
(Centuriæ ecclesiasticæ Historiæ, per aliquos studiosos et pios viros in urb
Madgeburgica et Basileæ per Joannem Oporinum, 1562. Cent. IV, c. x,
p. 1814.)

Le plan de mon ouvrage ne me permettant point les détails, je m'abstiens d'examiner si le passage de saint Athanase, que je viens de citer, est suspect en quelques points, si la chute de Libère peut être niée purement et simplement comme un fait controuvé (1) ; si, dans la supposition contraire, Libère souscrivit la première ou la deuxième formule de Sirmium. Je me bornerai à citer quelques lignes du docte archevêque Mansi, collecteur des conciles ; elles prouveront peut-être à quelques esprits préoccupés

Qu'il est quelque bon sens aux bords de l'Italie.

« Supposons que Libère eût formellement sous
« crit à l'arianisme (ce qu'il n'accorde point), parla
« t-il dans cette occasion comme pape, *ex cathedra* ?
« Quels conciles assembla-t-il préalablement pour
« examiner la question ? S'il n'en convoqua point,
« quels docteurs appela-t-il à lui ? Quelles congréga
« tions institua-t-il pour définir le dogme ? Quelles
« supplications publiques et solennelles indiqua-t-il
« pour invoquer l'assistance de l'Esprit Saint ? S'il
« n'a pas rempli ces préliminaires, il n'a plus ensei
« gné comme maître et docteur de tous les fidèles.
« Nous cessons de reconnaître, et que Bossuet le
« sache bien, nous cessons, dis-je, de reconnaître le
« Pontife Romain comme infaillible (2). »

Orsi est encore plus précis et plus exigeant (3). Un grand nombre de témoignages semblables se mon-

---

1. Quelques savants ont cru pouvoir soutenir cette opinion. Voy. *Dissert. sur le pape Libère, dans laquelle on fait voir qu'il n'est pas tombé.* Paris, chez Lemesle, 1726, in-12. — *Francisci Antonii Zachariæ. P. S. Dissertatio de commentitio Liberii Lapsu.* In thes. theol., Venet., 1762, in-4, t. II, p. 580 et seqq.)

2. *Sed ita non egit ; non definivit ex cathedra, non docuit tanquam omnium fidelium magister ac doctor. Ubi vero ita non se gerat, sciat Bossuet, romanum Pontificem infallibilem a nobis non agnosci.* (Voy. la note de Mansi, dans l'ouvrage cité, p. 568.)

3. Orsi, t. I, lib. III, cap. xxiv, p. 118.

trent dans les livres italiens, *sed Græcis incognita qui sua tantum mirantur.*

Le seul Pape qui puisse donner des doutes légitimes, moins à raison de ses torts qu'à raison de la condamnation qu'il a soufferte, c'est Honorius. Que signifie cependant la condamnation d'un homme et d'un Souverain Pontife, prononcée quarante-deux ans après sa mort ? Un de ces malheureux sophistes qui déshonorèrent trop souvent le trône patriarcal de Constantinople, un fléau de l'Église et du sens commun, Sergius, en un mot, patriarche de C. P., s'avisa de demander, au commencement du vii⁰ siècle, *s'il y avait deux volontés en Jésus-Christ ?* Déterminé pour la négative, il consulta le pape Honorius en paroles ambiguës. Le Pape, qui n'aperçut pas le piège, crut qu'il s'agissait de deux volontés humaines, c'est-à-dire de la double loi qui afflige notre malheureuse nature, et qui certainement était parfaitement étrangère au Sauveur. Honorius, d'ailleurs, outrant peut-être les maximes générales du Saint-Siège, qui redoute par-dessus tout les nouvelles questions et les décisions précipitées, désirait qu'on ne parlât point de deux volontés, et il écrivit dans ce sens à Sergius, en quoi il put se donner un de ces torts qu'on pourrait appeler *administratifs ;* car, s'il manqua dans cette occasion, il ne manqua qu'aux lois du gouvernement et de la prudence. Il calcula mal si l'on veut, il ne vit pas les suites funestes des moyens économiques qu'il crut pouvoir employer ; mais dans tout cela on ne voit aucune dérogation au dogme, aucune erreur théologique. Qu'Honorius ait entendu la question dans le sens opposé, c'est ce qui est démontré d'abord par le témoignage exprès et irrécusable de l'homme même dont il avait employé la plume pour écrire sa lettre à Sergius ; je veux parler de l'abbé Jean Sympon, lequel, trois ans seulement après la mort d'Honorius, écrivait à l'empereur Constantin, fils d'Héraclius : « Quand nous par-

« lâmes d'une seule volonté dans le Seigneur, nous
« n'avions point en vue sa *double nature*, mais son
« humanité seule. Sergius, en effet, ayant soutenu
« qu'il y avait en Jésus-Christ deux volontés con-
« traires, nous dîmes qu'on ne pouvait reconnaître
« en lui ces deux volontés, savoir celle de la *chair* et
« celle de l'*esprit*, comme nous les avons nous-
« mêmes depuis le péché (1). »

Et qu'y a-t-il de plus décisif que ces mots d'Honorius lui-même cités par saint Maxime : « Il n'y a
« qu'une volonté en Jésus-Christ, puisque *sans doute*
« la divinité s'était revêtue de notre nature, mais non
« de notre péché, et qu'ainsi toutes les pensées *char-*
« *nelles* lui étaient demeurées étrangères (2) »

Si les lettres d'Honorius avaient réellement contenu le venin de monothélisme, comment imaginer
que Sergius, qui avait pris son parti, ne se fût pas
hâté de donner à ses écrits toute la publicité imaginable ? Cependant, c'est ce qu'il ne fit point. Il cacha
au contraire les lettres (ou la lettre) d'Honorius pendant la vie de ce Pontife, qui vécut encore deux ans,
ce qu'il faut bien remarquer. Mais d'abord après la
mort d'Honorius, arrivée en 638, le patriarche de
C. P. ne se gêna plus, et publia son exposition ou
ecthèse, si fameuse dans l'histoire ecclésiastique de
cette époque. Toutefois, ce qui est encore très remarquable, il ne cita point les lettres d'Honorius. Pendant les quarante-deux ans qui suivirent la mort de ce
Pontife, jamais les monothélites ne parlèrent de la
seconde de ces lettres : *c'est qu'elle n'était pas faite.*
Pyrrhus même, dans la fameuse dispute avec saint
Maxime, n'ose pas soutenir qu'*Honorius eût imposé*
le silence sur une ou deux opérations. Il se borne à

1. Voy. *Car. Sardagna Theolog. dog. polem.*, in-8, 1810. T. I, Controv.
IX, *in Append. de Honorio*, n° 305. p. 293.

1. *Quia profecto a divinitate assumpta est natura nostra, non culpa...
absque carnalibus voluntatibus.* Extrait de la lettre de saint Maxime, *ad Mari-
num presbyterum.* (Voy. *Jac. Sirmondi, Soc. Jesu presb. Opera varia* in-fol
ex typogr. regia, t. III, Paris. 1696, p. 461.)

dire vaguement que *ce Pape avait approuvé le sentiment de Sergius sur une volonté unique.* L'empereur
Héraclius se disculpant, l'an 641, auprès du pape
Jean IV, de la part qu'il avait prise à l'affaire du
monothélisme, garde encore le silence sur ces lettres,
ainsi que l'empereur Constant II, dans son apologie
adressée en 619 au pape Martin, au sujet du *type*,
autre folie impériale de cette époque. Or, comment
imaginer encore que ces discussions, et tant d'autres
du même genre, n'eussent amené aucun appel public
aux décisions d'Honorius, si on les avait regardées
alors comme infectées de l'hérésie monothélique !

Ajoutons que si ce pontife avait gardé le silence
après que Sergius se fut déclaré, on pourrait sans
doute argumenter de ce silence et le regarder comme
un commentaire coupable de ses lettres ; mais il ne
cessa au contraire, tant qu'il vécut, de s'élever contre Sergius, de le menacer et de le condamner. Saint
Maxime de C. P. est encore un illustre témoin sur ce
fait intéressant. *On doit rire*, dit-il, *ou pour mieux
dire on doit pleurer à la vue de ces malheureux* (Sergius et Pyrrhus), *qui osent citer de prétendues décisions favorables à l'impie ecthèse, essayer de placer
dans leurs rangs le grand Honorius, et se parer aux
yeux du monde de l'autorité d'un homme éminent
dans la cause de la religion... Qui donc a pu inspirer
tant d'audace à ces faussaires ? Quel homme pieux
et orthodoxe, quel évêque, quelle Église ne les a pas
conjurés d'abandonner l'hérésie ; mais surtout que
n'a pas fait le DIVIN Honorius* (1) !

1. *Quæ hos* (monothelitas) *non rogavit Ecclesia*, etc. ; *quid autem et* DIVINUS
Honorius? (S. Max. Mart. *Epist. ad Petrum illustrem*, apud Sirm., ubi suprà,
p. 489.) On a besoin d'une grande attention pour lire cette lettre, dont nous
n'avons qu'une traduction latine faite par un Grec qui ne savait pas le latin.
Non seulement la phrase latine est extrêmement embarrassée, mais le traducteur se permet de plus de fabriquer des mots pour se mettre à l'aise, comme
dans cette phrase par exemple : *Nec adversus apostolicam sedem mentiri* pigri-
tati *sunt*, où le verbe *pigritari* est évidemment employé pour rendre celui
d'όκνεῖν, dont l'équivalent latin ne se présentait point à l'esprit du traducteur.
Il ignorait probablement *pigror*, qui est cependant latin. *Pigritor*, au reste, ou
pigritir, est demeuré dans la basse latinité. (*De Imit. Christi*, lib. I, cap. XXV n° 8.)

Voilà, il faut l'avouer, un singulier hérétique !

Et le pape saint Martin, mort en 655, dit encore dans sa lettre à Arnaud d'Utrecht : *Le Saint-Siège n'a cessé de les exhorter* (Sergius et Pyrrhus), *de les avertir, de les reprendre, de les menacer, pour les ramener à la vérité qu'ils avaient trahie* (1).

Or, la chronologie prouve qu'il ne peut s'agir ici que d'Honorius, puisque Sergius ne lui survécut que deux mois, et qu'après la mort d'Honorius le siège pontifical vaqua pendant dix-neuf mois.

Avant d'écrire au Pape, Sergius écrivait à Cyrus d'Alexandrie « que, pour le bien de la paix, il parais-
« sait utile de garder le silence sur les deux volontés,
« à cause du danger alternatif d'ébranler le dogme
« des deux natures, en supposant une seule volonté,
« ou d'établir deux volontés opposées en Jésus-
« Christ, si l'on professait deux volontés (1). »

Mais où serait la contradiction, s'il ne s'agissait pas d'une double volonté humaine ? Il paraît donc évident que la question ne s'était engagée d'abord que sur la volonté humaine, et qu'il ne s'agissait que de savoir si le Sauveur, en se revêtant de notre nature, s'était soumis à cette double loi, qui est la peine du crime primitif et le tourment de notre vie.

Dans ces matières si élevées et si subtiles, les idées se touchent et se confondent aisément si l'on n'est pas sur ses gardes. Demande-t-on, par exemple, sans aucune explication, s'il y a deux volontés en Jésus-Christ ? Il est clair que le catholique peut répondre oui ou non, sans cesser d'être orthodoxe. Oui, si l'on envisage les deux natures unies sans confusion ; non, si l'on n'envisage que la nature humaine, exempte, par son auguste association, de la double

1. *Joh. Dom. Mansi sac concil. nov. et ampliss. Collectio. Florentiæ*, 1764, in-fol., t. X, p. 1186.

2. Ce sont les propres paroles de Sergius, dans sa lettre à Honorius (*Apud Petrum Ballerinum de vi ac ratione primatus summorum Pontificum*, etc. *Veronæ*, 1766, in-4, cap. xv, n° 35, p. 305.)

loi qui nous dégrade : non, s'il s'agit uniquement
d'exclure la double volonté humaine ; oui, si l'on
veut confesser la double nature de l'Homme-Dieu.

Ainsi, ce mot de *monothélisme* en lui-même
n'exprime point une hérésie ; il faut s'expliquer et
montrer quel est le sujet du mot : s'il se rapporte à
l'humanité du Sauveur, il est légitime ; s'il se dirige
sur la personne théandrique, il devient hétérodoxe.

En réfléchissant sur les paroles de Sergius, telles
qu'on vient de les lire, on se sent porté à croire que,
semblable en cela à tous les hérétiques, il ne partait
pas d'un point fixe, et qu'il ne voyait pas clair dans
ses propres idées, que la chaleur de la dispute rendit
depuis plus nettes et plus déterminées.

Cette même confusion d'idées qu'on remarque
dans l'écrit de Sergius entra dans l'esprit du Pape,
qui n'était point préparé. Il frémit en apercevant,
même d'une manière confuse, le parti que l'esprit
grec allait tirer de cette question pour bouleverser de
nouveau l'Église. Sans prétendre le disculper parfaitement, puisque de grands théologiens pensent
qu'il eut tort d'employer dans cette occasion une
sagesse trop politique, j'avoue cependant n'être pas
fort étonné qu'il ait tâché d'étouffer cette dispute au
berceau.

Quoi qu'il en soit, puisque Honorius disait solennellement à Sergius, dans sa seconde lettre produite
au sixième concile : « Gardez-vous bien de publier
« que j'ai rien décidé sur une ou sur deux vo-
« lontés (1), » comment peut-il être question de l'erreur d'Honorius qui n'a rien décidé ? Il me semble
que pour se tromper il faut affirmer.

Malheureusement sa prudence le trompa plus
qu'il n'eût osé l'imaginer. La question s'envenimant

---

1. *Non nos oportet unam vel duas operationes* DEFINIENTES *prœdicare.*
(Baller., *loco citato*, nᵒ 35, p. 306.) Il serait inutile de faire remarquer la tour-
nure grecque de ces expressions traduites d'une traduction. Les originaux latins
es plus précieux ont péri. Les Grecs ont écrit ce qu'ils ont voulu.

tous les jours davantage à mesure que l'hérésie se déployait, on commença à mal parler d'Honorius et de ses lettres. Enfin, quarante-deux ans après sa mort, on les produit dans les douzième et treizième sessions du sixième concile, et sans aucun préliminaire ni défense préalable, Honorius est anathématisé, du moins d'après les actes tels qu'ils nous sont parvenus. Cependant lorsqu'un tribunal condamne un homme à mort, c'est l'usage qu'il dise pourquoi. Si Honorius avait vécu à l'époque du sixième concile, on l'aurait cité, il aurait comparu, il aurait exposé en sa faveur les raisons que nous employons aujourd'hui, et bien d'autres encore, que la malice du temps et celle des hommes ont supprimées... Mais que dis-je ? il serait venu présider lui-même le concile ; il eût dit aux évêques si désireux de venger sur un pontife romain les taches hideuses du siège patriarcal de Constantinople : « Mes frères, « Dieu vous abandonne sans doute, puisque vous « osez juger le Chef de l'Église, qui est établi pour « vous juger vous-mêmes. Je n'ai pas besoin de votre « assemblée pour condamner le monothélisme. Que « pourrez-vous dire que je n'aie pas dit ? Mes déci- « sions suffisent à l'Église. Je dissous le concile en « me retirant. »

Honorius, comme on l'a vu, ne cessa, jusqu'à son dernier soupir, de professer, d'enseigner, de défendre la vérité ; d'exhorter, de menacer, de reprendre ces mêmes monothélites dont on voudrait nous faire croire qu'il avait embrassé les opinions ; Honorius, dans sa seconde lettre même (prenons-la mot à mot pour authentique), exprime le dogme d'une manière qui a forcé l'approbation de Bossuet (1). Honorius

---

1. Mais la manière dont il s'exprima est remarquable. Bossuet convient *Honorii verba orthodoxa* sixxime *videri* (lib. VII. al. XII, defens. c. xvii). Jamais homme dans l'univers ne fut aussi maître de sa plume. On croirait, au premier coup d'œil, pouvoir traduire en français : *l'expression d'Honorius semble très orthodoxe.* Mais l'on se tromperait. Bossuet n'a pas dit *maxime orthodoxa videri;* mais *orthodoxa maxime videri.* Le *maxime* frappe sur

mourut en possession de son siège et de sa dignité,
sans avoir jamais, depuis sa malheureuse correspondance avec Sergius, écrit une ligne ni proféré une
parole que l'histoire ait marquée comme suspecte.
Sa cendre tranquille reposa avec honneur au Vatican ; ses images continuèrent de briller dans l'Église,
et son nom dans les diptyques sacrés. Un saint
martyr qui est sur nos autels l'appela, peu de temps
aprJs sa mort, *homme divin*. Dans le huitième concile
général tenu à C. P., les Pères, c'est-à-dire l'Orient
tout entier, présidé par le patriarche de C. P., professent solennellement *qu'il n'était pas permis d'oublier les promesses faites à Pierre par le Sauveur, et
dont la vérité était confirmée par l'expérience, puisque la foi catholique avait toujours subsisté sans
tache, et que la pure doctrine avait été* INVARIABLE-
MENT *enseignée sur le siège apostolique* (1).

Depuis l'affaire d'Honorius, et dans toutes les
occasions possibles, dont celle que je viens de citer
est une des plus remarquables, jamais les Papes
n'ont cessé de s'attribuer cette louange et de la recevoir des autres.

Après cela, j'avoue ne plus rien comprendre à la
condamnation d'Honorius. Si quelques Papes ses
successeurs, Léon II, par exemple, ont paru ne pas
s'élever contre les *hellénismes* de Constantinople, il
faut louer leur bonne foi, leur modestie, leur prudence surtout ; mais tout ce qu'ils ont pu dire dans
ce sens n'a rien de dogmatique, et les faits demeurent ce qu'ils sont.

Tout bien considéré, la justification d'Honorius
m'embarrasse bien moins qu'une autre ; mais je ne

---

videri, et non sur *orthodoxa*. Qu'on essaye de rendre cette finesse en français.
Il faudrait pouvoir dire : *L'expression d'Honorius très semble orthodoxe*. La
vérité entraîne le grand homme qui *très semble* lui résister un peu.

1. *Hæc quæ dicta sunt rerum probantur effectibus, quia in sede apostolica
est semper catholica servata Religio et sancte celebrata doctrina*. (Act. I,
Syn.) *Vid*. Nat. Alexandri Dissertatio de Photiano schismate, et VIII Syn. **C.
P.** in *Thesauro theologico*. Venetiis; 176ᵒ ¹⁴⁻4, t. II, § XIII, p. 657.

veux point soulever la poussière, et m'exposer au risque de cacher les chemins.

Si les Papes avaient souvent donné prise sur eux par des décisions seulement hasardées, je ne serais point étonné d'entendre traiter le pour et le contre de la question, et même j'approuverais beaucoup que, dans le doute, nous prissions parti pour la négative, car les arguments douteux ne sont pas faits pour nous. Mais les Papes, au contraire, n'ayant cessé pendant dix-huit siècles de prononcer sur toutes sortes de questions avec une prudence et une justesse vraiment miraculeuses, en ce que leurs décisions se sont invariablement montrées indépendantes du caractère moral et des passions de l'oracle qui est un homme, un petit nombre de faits équivoques ne saurait plus être admis contre les Papes sans violer toutes les lois de la probabilité, qui sont cependant les reines du monde.

Lorsqu'une certaine puissance, de quelque ordre qu'elle soit, a toujours agi d'une manière donnée, s'il se présente un très petit nombre de cas où elle serait paru déroger à sa loi, on ne doit point admettre d'anomalies avant d'avoir essayé de plier ces phénomènes à la règle générale ; et, quand il n'y aurait pas moyen d'éclaircir parfaitement le problème, il n'en faudrait jamais conclure que notre ignorance.

C'est donc un rôle bien indigne d'un catholique, homme du monde même, que celui d'écrire contre ce magnifique privilège de la chaire de Saint-Pierre, Quant au prêtre qui se permet un tel abus de l'esprit et de l'érudition, il est aveugle, et même, si je ne me trompe infiniment, il déroge à son caractère. Celui-là même, sans distinction d'état, qui balancerait sur la théorie, devrait toujours reconnaître la vérité du fait, et convenir que le Souverain Pontife ne s'est jamais trompé ; il devrait, au moins, pencher de cœur vers cette croyance, au lieu de s'abaisser jusqu'aux ergoteries de collège pour l'ébranler. On dirait, en lisant certains écrivains de ce genre, qu'ils défendent un droit personnel contre un usurpateur étranger, tandis qu'il s'agit d'un privilège également plausible et favorable, inestimable don fait à la famille universelle autant qu'au père commun.

En traitant l'affaire d'Honorius, je n'ai pas touché du tout à la grande question de la falsification des actes du sixième concile, que des auteurs respectables ont cependant regardée comme prouvée. Après avoir dit assez pour satisfaire tout esprit droit et équitable, je ne suis point obligé de dire tout ce qui peut être dit ; j'ajouterai seulement, sur les écritures anciennes et modernes, quelques réflexions que je ne crois pas absolument inutiles.

Parmi les mystères de la parole, si nombreux et si profonds, on peut distinguer celui d'une correspondance inexplicable entre chaque langue et les caractères destinés à les représenter par l'écriture. Cette analogie est telle, que le moindre changement dans le style d'une langue est tout de suite annoncé par un changement dans l'écriture, quoique la nécessité de ce changement ne se fasse nullement sentir à la raison. Examinons notre langue en particulier : l'écriture d'Amyot diffère de celle de Fénelon autant que le style de ces deux écrivains. Chaque siècle est reconnaissable à son écriture, parce que les langues changeaient ; mais quand elles deviennent stationnaires, l'écriture le devient aussi ; celle du XVIIe siècle, par exemple, nous appartient encore, sauf quelques petites variations dont les causes du même genre ne sont pas toujours perceptibles. C'est ainsi que la France, s'étant laissé pénétrer, dans le dernier siècle, par l'esprit anglais, tout de suite on put reconnaître dans l'écriture des Français plusieurs formes anglaises.

La correspondance mystérieuse entre les langues et les signes de l'écriture est telle, que si une langue balbutie l'écriture balbutiera de même ; que si la langue est vague, embarrassée et d'une syntaxe difficile, l'écriture manquera de même, et proportionnellement, d'élégance et de clarté.

Ce que je dis ici ne doit cependant s'entendre que de l'écriture cursive, celle des inscriptions ayant toujours été soustraite à l'arbitraire et au changement ; mais celle-ci, par cette raison même, n'a point de caractère relatif à la personne qui l'employa. Ce sont des figures de géométrie qu'on ne saurait contrefaire, puisqu'elles sont les mêmes pour tout le monde.

Les auteurs de la traduction du Nouveau Testament, appelé *de Mons*, remarquent, dans leur aver·tissement préliminaire, que *les langues modernes sont infiniment plus claires et plus déterminées que les langues antiques* (1). Rien n'est plus incontesta·ble. Je ne parle pas des langues orientales, qui sont de véritables énigmes ; mais le grec et le latin même justifient la vérité de cette observation.

Or, par une conséquence nécessaire, *l'écriture moderne est plus claire et plus déterminée que l'ancienne.* Ce que nous appelons *caractère* dans l'écriture, ce *je ne sais quoi* qui distingue les écritures comme les physionomies, était bien moins distingué et moins frappant dans l'antiquité que parmi nous. Un ancien qui recevait une lettre de son ancien ami pouvait n'être pas bien sûr, à l'inspection seule de l'écriture, si la lettre était de cet ami. De là, l'importance du *sceau*, qui l'emportait de beaucoup sur le *chirographe* ou l'apposition du nom (2). Le Latin qui disait : *J'ai signé cette lettre* voulait dire qu'il y avait apposé son sceau ; la même expression, parmi nous, signifie que nous y avons apposé notre nom, d'où résulte l'authenticité (3).

---

1. Mons, chez Mignot. (Rouen, chez Viret.) 1673, in-8. A   **iij.**

2. *Nosce signum.* (Plaut. *Bacch.* IV, 6, 19 ; IV, 9, 62.) Le personnage théâtral ne dit point : « Reconnaissez *la signature*, » mais : « Reconnaissez *le signe* ou *le sceau*. »

3. La langue française, si remarquable par l'étonnante propriété des expressions, a fait e mot *cachet*, qu'elle a tiré de *cacher*, parce que le sceau parmi

De cette supériorité du *signe* sur la *signature*
naquit l'usage, qui nous paraît aujourd'hui si extraordinaire, d'écrire des lettres au nom d'une personne
absente qui l'ignorait. Il suffisait d'avoir le sceau de
cette personne, que l'amitié confiait sans difficulté.
Cicéron fournit une foule d'exemples de ce genre (1).
Souvent aussi il ajoute dans ses lettres : *Ceci est de
ma main* (2), ce qui suppose que son meilleur ami
pouvait en douter. Ailleurs il dit à ce même ami :
« J'ai cru reconnaître dans votre lettre la main
« d'Alexis (3), » et Brutus écrivant dans son camp
de Verceil à ce même Cicéron, lui dit : « Lisez d'abord
« la dépêche ci-jointe, que j'adresse au sénat, et
« faites-y les changements que vous jugerez conve-
« nables (4). » Ainsi, un général qui fait la guerre
charge son ami d'altérer ou de refaire une dépêche
officielle qu'il adresse à son souverain. Ceci est plaisant dans nos idées ; mais ne voyons ici que la possibilité matérielle de la chose.

Cicéron ayant ouvert *honnêtement* une lettre de
Quintus son frère, où il croyait trouver d'affreux
secrets, la fait tenir à son ami, et lui dit : « Envoyez-la
« à son adresse, si vous le jugez à propos. Elle est
« ouverte, mais il n'y a pas de mal ; Pomponia votre
« sœur (femme de Quintus) a bien sans doute le
« cachet de son mari (5). »

nous est destiné à *cacher*, et point du tout à *authentiquer* l'écriture. C'était
tout le contraire chez les anciens.

1. *Tu velim et Basilio, et quibus præterea videbitur, etiam Servitio con-
scribas, ut tibi videbitur, meo nomine.* (Ad. Att., XI, 5 ; XII, 19.) *Quod litteras quibus putas opus esse curas dandas facis commode.* (Ibid., XI ; item,
XI, 8, 12, etc., etc.)

2. *Hoc manu mea.* (XIII, 28, etc.)

3. *In tuis quoque epistolis Alexin videor cognoscere.* (XV, 151.) Alexis était
l'affranchi et le secrétaire de confiance d'Atticus ; et Cicéron ne connaissait pas
moins cette écriture que celle de son ami.

4. *Ad senatum quas litteras misi velim prius perlegas, et, si qua tibi vide-
buntur, commutes.* (Brutus Ciceroni, *Epist. ad Fam.*, XI, 19.)

5. *Quas* (litteras) *si putabis illi ipsi utile esse reddi, reddes ; nil me læ-
det : nam quod resignatæ sunt, habet, opinor, ejus signum Pomponia.* (Ad.
Attic. XI, 9)

Je n'ai rien à dire sur la morale de cette aimable famille ; tenons-nous-en au fait. Il ne s'agissait, comme on voit, ni de *caractère*, ni de *signature ; ce* brigandage révoltant, *qui ne faisait point de mal*, s'exécutait sans la moindre difficulté, au moyen d'une simple empreinte.

Je ne dis pas cependant que chacun n'eût son caractère (1) ; mais il était beaucoup moins déterminé, moins exclusif que de nos jours ; il se rapprochait davantage du caractère lapidaire, qui ne change point, et se prête par conséquent sans difficulté à toute espèce de falsification.

De ce vague qui régnait dans les signes cursifs, ainsi que du défaut de morale et de délicatesse sur le respect dû aux écritures, naissait une immense facilité, et, par conséquent, une immense tentation de falsifier les écritures.

Et cette facilité était portée au comble par le matériel même de l'écriture ; car, si l'on écrivait sur des tablettes enduites de cire, il ne fallait que *tourner le poinçon* (2) pour effacer, changer, substituer impunément. Que si l'on écrivait sur la peau (*in membranis*), c'était pis encore, tant il était aisé de ratisser ou d'effacer. Qu'y a-t-il de plus connu des antiquaires que ces malheureux *palimpsestes* qui nous attristent encore aujourd'hui, en nous laissant apercevoir des chefs-d'œuvre de l'antiquité effacés ou détruits pour faire place à des légendes ou à des comptes de famille ?

---

1. *Signum requirent aut manum ; dices iis me propter custodius eas "itasse*. Ad. Att. XI, 2.) — Le *signe*, au reste, ou le *caractère gravé*, était d'une telle mportance, que le fabricateur d'un cachet *faux* était puni par la loi Cornelia sur le faux Testamentaire), comme s'il avait contrefait une signature. (*Leg. XXX, Dig. de lege Corn. de Fals.*) On voit que, par ce mot de cachet faux *signum adulterinum*), il faut entendre *tout cachet fait pour celui qui n'avait jas droit de s'en servir ;* de manière que le graveur était tenu à peu près aux mêmes précautions imposées aux serruriers à qui un inconnu commande une .lef. Si l'on ne veut point l'entendre ainsi, je ne comprends pas trop ce que .'est qu'un *sceau contrefait*. Peut-on le *faire* **sans** le *contrefaire* ?

2. *Sæpe stylum vertas.* (Hor.)

L'imprimerie a rendu absolument impossible, de nos jours, la falsification de ces actes importants qui intéressent les souverainetés et les nations ; et, quant aux actes particuliers mêmes, le chef-d'œuvre d'un faussaire se réduit à une ligne, et quelquefois à un mot altéré, supprimé, interposé, etc. La main à la fois la plus coupable et la plus habile se voit paralysée par le genre de notre écriture, et surtout encore par notre admirable papier, don remarquable de la Providence, qui réunit, par une alliance extraordinaire, la durée à la fragilité ; qui s'imbibe de la pensée humaine, ne permet point qu'on l'altère sans en laisser des preuves, et ne la laisse échapper qu'en périssant.

Un testament, un codicille, un contrat quelconque *forgé* dans son entier, est aujourd'hui un phénomène qu'un vieux magistrat peut n'avoir jamais vu ; chez les anciens, c'était un crime vulgaire, comme on peut le voir en parcourant seulement le code Justinien au titre *du Faux* (1).

De ces causes réunies, il résulte que toutes les fois qu'un soupçon de faux charge quelque monument de l'antiquité, en tout ou en partie, il ne faut jamais négliger cette présomption ; mais que si quelque passion violente de vengeance, de haine, d'orgueil national, etc., se trouve dûment *atteinte et convaincue* d'avoir eu intérêt à la falsification, le soupçon se change en certitude.

Si quelque lecteur était curieux de peser les doutes élevés par quelques écrivains sur l'altération des actes du sixième concile général et des lettres d'Honorius, il ne ferait pas mal, je pense, d'avoir toujours présentes les réflexions que je viens de mettre sous ses yeux. Quant à moi, je n'ai pas le temps de me livrer à l'examen de cette question superflue.

1. De lege Corn. de Falsis. (*Cod.*, lib. IX, tit. XXII.)

CHAPITRE XVI

Réponse à quelques objections.

C'est en vain qu'on crierait au despotisme. Le despotisme et la monarchie tempérée sont-ils donc la même chose ? Faisons, si l'on veut, abstraction du dogme, et ne considérons la chose que politiquement. Le Pape, sous ce point de vue, ne demande pas d'autre infaillibilité que celle qui est attribuée à tous les souverains. Je voudrais bien savoir quelle objection le grand génie de Bossuet aurait pu lui suggérer contre la suprématie absolue des Papes, que les plus minces génies n'eussent pu rétorquer sur-le-champ et avec avantage contre Louis XIV.

« Nul prétexte, nulle raison ne peut autoriser les
« révoltes : il faut révérer l'ordre du ciel et le carac-
« tère du Tout-Puissant dans tous les princes, quels
« qu'ils soient ; puisque les plus beaux temps de
« l'Église nous le font voir sacré et inviolable, même
« dans les princes persécuteurs de l'Évangile... Dans
« ces cruelles persécutions qu'elle endure sans mur-
« murer, pendant tant de siècles, en combattant pour
« Jésus-Christ, j'oserai le dire, elle ne combat pas
« moins pour l'autorité des princes qui la persé-
« cutent... *N'est-ce pas combattre pour l'autorité*
« *légitime que d'en souffrir tout sans murmurer* (1)? »

A merveille ! le trait final surtout est admirable. Mais pourquoi le grand homme refuserait-il de transporter à la monarchie ces mêmes maximes qu'il déclarait sacrées et inviolables dans la monarchie

---

1. *Sermon sur l'unité*, I⁰ʳ point. — Platon et Cicéron, écrivant l'une et l'autre dans une république, avancent, comme une maxime incontestable, que *si l'on ne peut persuader le peuple, on n'a pas le droit de le forcer*. La maxime est de tous les gouvernements, il suffit de changer les noms. *Tantum contende in monarchia quantum principi tuo præbere potes. Quum persuaderi princeps nequit, cogi fas esse non arbitror.* (Cicer. *Epist. ad Fam.*, I, 9.)

temporelle ? Si quelqu'un avait voulu mettre des bornes à la puissance du roi de France, citer contre lui
certaines lois antiques, déclarer qu'on voulait bien
lui obéir, mais qu'*on demandait* seulement qu'*il gou-
vernât suivant les lois*, quels cris aurait poussés
l'auteur de la *Politique sacrée !* « Le prince, dit-il,
« ne doît rendre compte à personne de ce qu'il or-
« donne. Sans cette autorité absolue, il ne peut ni
« faire le bien ni réprimer le mal ; il faut que sa
« puissance soit telle que personne ne puisse espérer
« de lui échapper... Quand le prince a jugé, il n'y a
« pas d'autre jugement ; c'est ce qui fait dire à
« l'Ecclésiastique : *Ne jugez pas contre le juge,* et, à
« plus forte raison, contre le souverain juge, qui est
« le roi ; et la raison qu'il en apporte, c'est qu'*il juge
« selon la justice.* Ce n'est pas qu'il y juge toujours,
« mais c'est qu'il est réputé y juger, et que personne
« n'a droit de juger ni de revoir après lui. Il faut
« donc obéir aux princes comme à la justice même,
« sans quoi il n'y a point d'ordre ni de fin dans ses
« affaires... Le prince se peut redresser lui-même
« quand il connaît qu'il a mal fait ; mais contre son
« autorité il ne peut y avoir de remède que dans son
autorité (1). »

Je ne conteste rien, dans ce moment, à l'illustre
auteur ; je lui demande seulement à juger suivant les
lois qu'il a posées lui-même. On ne lui manque point
de respect en lui renvoyant ses propres pensées.

L'obligation imposée au Souverain Pontife de ne
juger que suivant les canons, si elle est donnée
comme une condition de l'obéissance, est une puéri-
lité faite pour amuser des oreilles puériles, ou pour
en calmer de rebelles. Comme il ne peut y avoir de
jugement sans juge, si le Pape peut être jugé, par qui
le sera-t-il ? Qui nous dira qu'*il a jugé contre les
canons*, et qui le forcera *à les suivre ?* L'Église mé-

---

1. *Polit. tirée de l'Écriture*, Paris, 1809, in-4, p. 118, 120.

contente apparemment, ou ses tribunaux civils, ou
son souverain temporel, enfin. Nous voici précipités
en un instant dans l'anarchie, la confusion des pouvoirs et les absurdités de tout genre.

L'excellent auteur de l'*Histoire de Fénelon* m'enseigne, dans le panégyrique de Bossuet, et d'après
ce grand homme, que, *suivant les maximes gallicanes, un jugement du Pape, en matière de foi, ne
peut être publié en France qu'après une acceptation
solennelle, faite dans une forme canonique, par ies
archevêques et évêques du royaume, et entièrement
libres* (1).

Toujours des énigmes ! Une bulle dogmatique non
publiée en France est-elle sans autorité en France ?
Et pourrait-on y soutenir en sûreté de conscience une
proposition déclarée hérétique par une décision dogmatique du Pape, confirmée par le consentement de
toute l'Église ? Les évêques français ont-ils le droit
de rejeter la décision, s'ils viennent à ne pas
l'approuver ? De quel droit l'Église de France, qui
n'est, on ne saurait trop le répéter, qu'une province
de la monarchie catholique, peut-elle avoir, *en matière de foi*, d'autres maximes et d'autres privilèges
que le reste des Églises ?

Ces questions valaient la peine d'être éclaircies ;
et, dans ces sortes de cas, la franchise est un devoir.
Il s'agit des dogmes, il s'agit de la constitution essentielle de l'Église, et l'on nous prononce d'un ton
d'oracle (je parle de Bossuet) des maximes évidemment faites pour violer les difficultés, pour troubler
les consciences délicates, pour enhardir les malin-
tentionnés.

Fénelon était plus clair lorsqu'il disait, dans sa
propre cause : *Le Souverain Pontife a parlé ; toute
discussion est défendue aux évêques ; ils doivent*

---

1. *Hist. de Bossuet*, t. III, liv. X, n° 31, p. 340 Paris, 1815, 4 ol. in-8.
Les paroles en caractères italiques appartiennent à Bossuet même.

*purement et simplement reconnaître et accepter le
décret* (1).

Ainsi s'exprime la raison catholique ; c'est le langage unanime de tous nos docteurs sincères et non
prévenus. Mais lorsque l'un des plus grands hommes
qui aient illustré l'Église proclame cette maxime fondamentale dans une occasion si terrible pour l'orgueil humain, qui avait tant de moyens de se défendre, c'est un des plus magnifiques et des plus encou-
rageants spectacles que l'intrépide sagesse ait jamais
donnés à la faible nature humaine.

Fénelon sentait qu'il ne pouvait se roidir sans
ébranler le princip   unique de l'unité ; et sa soumission, mieux que nos raisonnements, réfute tous les
sophismes de l'orgueil, de quelque nom qu'on prétende les étayer.

Nous avons vu tout à l'heure les centuriateurs de
Magdebourg défendant d'avance le Pape contre
Bossuet ; écoutons maintenant le compilateur   i-
protestant des libertés de l'Église gallicane réfutant
encore d'avance les prétendues *maximes* destructives
de l'unité :

« Les maximes particulières des Églises, dit-il, ne
« peuvent avoir lieu que dans le cours ordinaire des
« choses ; *le Pape est quelquefois au-dessus* de ces
« *règles pour la connaissance et le jugement des*
« *grandes causes qui concernent la foi et la reli-*
« *gion* (2). »

Fleury, qu'on peut regarder comme un personnage intermédiaire entre Pithou et Bellarmin, tient
absolument le même langage : *Quand il s'agit*, dit-il,

---

1. « Le Pape ayant jugé cette cause (*les Maximes des Saints*), les évêques
« de la province, quoique juges naturels de la doctrine, ne peuvent, dans la
« présente assemblée et dans les circonstances de ce cas particulier, porter
« aucun jugement, qu'un jugement de simple adhésion à celui du Saint-Siège,
« et d'acceptation de sa constitution. » (Fénelon à son assemblée provinciale
des évêques, 1699. Dans les *Mémoires du clergé*, t. I, p. 461.)

2. Pierre Pithou, XLVIᵉ art. de sa rédaction. Cet écrivain était protestant, et
ne se convertit qu'après la Saint-Barthélemy.

de faire observer les canons et de maintenir les règles, la puissance des Papes est souveraine, et s'élève au-dessus de tout (1).

Qu'on vienne maintenant nous citer les *maximes* d'une Église particulière, à propos d'une décision souveraine rendue *en matière de foi !* C'est se moquer du sens commun.

Ce qu'il y a de plaisant, c'est que, tandis que les évêques s'arrogeraient le droit d'examiner *librement* une décision de Rome, les magistrats, de leur côté, soutiendraient la nécessité préalable de l'enregistrement : *Ouïs les gens du roi ;* de sorte que le Souverain Pontife serait jugé non seulement par ses inférieurs, dont il a le droit de casser les décisions, mais encore par l'autorité laïque, dont il dépendrait de tenir la foi des fidèles en suspens tant qu'elle le jugerait convenable.

Je terminerai cette partie de mes observations (2) par une nouvelle citation d'un théologien français ; le trait est d'une sagesse qui doit frapper tous les yeux :

« Ce n'est, dit-il, qu'une contradiction apparente
« de dire que le Pape est au-dessus des canons, ou
« qu'il y est assujetti ; qu'il est le maître des canons,
« ou qu'il ne l'est pas. Ceux qui le mettent au-dessus
« des canons, l'en font maître, prétendent seulement
« qu'*il en peut dispenser,* et ceux qui nient qu'il soit
« au-dessus des canons ou qu'il en soit le maître,
« veulent seulement dire qu'*il n'en peut dispenser que
« pour l'utilité et dans les nécessités de l'Église* (3). »

1. Fleury, *Discours sur les libertés de l'Église gallicane.* Nouv. Opusc. p. 34.

2. S'il m'arrive quelquefois de ne pas entrer dans tous les détails que pourrait exiger une critique sévère et minutieuse, tout lecteur équitable sentira, sans doute, que n'écrivant point sur l'infaillibilité exclusivement, mais sur le Pape en général, j'ai dû garder sur chaque objet particulier une certaine mesure, et m'en tenir à ces points lumineux qui entraînent tout esprit droit.

3. Thomassin, *Discipline de l'Église,* tome V, p. 295. Ailleurs, il ajoute avec une égale sagesse : « Rien n'est plus conforme aux canons que le violement « des canons qui se fait pour un plus grand bien que l'observation même des canons. » (Liv. II, ch. LXVIII, n° 6.) On ne saurait ni mieux penser, ni mieux dire.

Je ne sais ce que le bon sens pourrait ajouter où ôter à cette doctrine, également contraire au despotisme et à l'anarchie.

CHAPITRE XVII

De l'infaillibilité dans le système philosophique.

J'entends que toutes les réflexions que j'ai faites jusqu'à présent s'adressent aux catholiques systématiques comme il y en a tant dans ce moment, et qui parviendront, je l'espère, à produire tôt ou tard une opinion invincible. Maintenant je m'adresse à la foule, hélas ! trop nombreuse encore, des ennemis et des indifférents, surtout aux hommes d'État qui en font partie, et je leur dis : « Que voulez-vous et que
« prétendez-vous donc? Entendez-vous que les peu-
« ples vivent sans religion, et ne commencez-vous
« pas à comprendre qu'il en faut une ? Le christia-
« nisme, et par sa valeur intrinsèque, et parce qu'il
« est en possession, ne vous paraît-il pas préférable
« à tout autre ? Les essais faits dans ce genre vous
« ont-ils contentés, et les douze apôtres, par hasard,
« vous plairaient-ils moins que les théophilanthropes
« ou les martinistes ? *Le sermon sur la montagne*
« vous paraît-il un code passable de morale ? Et si
« le peuple entier venait à régler ses mœurs sur ce
« modèle, seriez-vous contents ? Je crois vous enten-
« dre répondre affirmativement. Eh bien ! puisqu'il
« ne s'agit plus que de maintenir cette religion que
« vous préférez, comment auriez-vous, je ne dis pas
« l'impéritie, mais la cruauté d'en faire une démo-
« cratie, et de remettre ce dépôt précieux aux mains
« du peuple ?— Vous attachez trop d'importance à
« la partie dogmatique de cette religion. — Par
« quelle étrange contradiction voudriez-vous donc

« agiter l'univers pour quelque vétille de collège,
« pour de misérables disputes de mots (ce sont vos
« termes)? Est-ce donc ainsi qu'on mène les
« hommes ? Voulez-vous appeler l'évêque de Québec
« et celui de Luçon pour interpréter une ligne du
« catéchisme? Que des croyants puissent disputer sur
« l'infaillibilité, c'est ce que je sais, puisque je le
« vois ; mais que l'homme d'État dispute de même
« sur ce grand privilège, c'est ce que je ne pourrai
« jamais concevoir. Comment, s'il se croit dans le
« pays de l'opinion, ne chercherait-il pas à la fixer ?
« comment ne choisirait-il pas le moyen le plus expé-
« ditif pour l'empêcher de divaguer ? Que tous les
« évêques de l'univers soient convoqués pour déter-
« miner une vérité divine et nécessaire au salut, rien
« de plus naturel si le moyen est indispensable ; car
« nul effort, nulle peine, nul embarras ne devraient
« être épargnés pour un but aussi relevé ; mais s'il
« s'agit seulement d'établir une opinion à la place
« d'une autre, les frais de poste d'*un seul infaillible*
« sont une insigne folie. Pour épargner les deux cho-
« ses les plus précieuses de l'univers, le temps et
« l'argent, hâtez-vous d'écrire à Rome, afin d'en faire
« venir une décision *légale* qui déclarera le doute
« *illégal*; c'est tout ce qu'il vous faut ; la politique
« n'en demande pas davantage. »

———

CHAPITRE XVIII

Nul danger dans les suites de la suprématie reconnue.

Lisez les livres des protestants ; vous y verrez l'infaillibilité représentée comme un despotisme épouvantable qui enchaîne l'esprit humain, qui l'acable, qui
le prive de ses facultés ; qui lui ordonne de **croire**

et lui défend de penser. Le préjugé contre ce vain
épouvantail a été porté au point qu'on a vu Locke
soutenir sérieusement *que les catholiques croient à
la présence réelle sur la foi de l'infaillibilité du
Pape* (1).

La France n'a pas légèrement augmenté le mal en
se rendant en grande partie complice de ces extravagances. Les exagérateurs allemands sont venus à
la charge. Enfin il s'est formé au delà des Alpes, par
rapport à Rome, une opinion si forte, quoique très
fausse, que ce n'est pas une petite entreprise que
celle de faire seulement comprendre aux hommes de
quoi il s'agit.

Cette épouvantable juridiction du Pape sur les
esprits ne sort pas des limites du Symbole des apôtres : le cercle, comme on voit, n'est pas immense, et
l'esprit humain a de quoi s'exercer au dehors de ce
périmètre sacré.

Quant à la discipline, elle est générale ou locale.
La première n'est pas fort étendue ; car il y a fort peu
de points absolument généraux et qui ne puissent
être altérés sans menacer l'essence de la religion. La
seconde dépend des circonstances particulières, des
localités, des priviléges, etc. Mais il est de notoriété
que sur l'un et sur l'autre point, le Saint-Siège a toujours fait preuve de la plus grande condescendance
envers toutes les Églises ; souvent même, et presque
toujours, il est allé au-devant de leurs besoins et de
leurs désirs. Quel intérêt pourrait avoir le Pape de
chagriner inutilement les nations réunies dans sa
communion ?

---

1. « Que l'idée de l'infaillibilité, et celle d'une certaine personne, viennent à
« s'unir inséparablement dans l'esprit de quelques hommes, et bientôt vous les
« verrez AVALER le dogme de la présence simultanée d'un même corps en deux
« lieux différents, sans autre autorité que celle de la personne infaillible qui
« leur ordonne de croire SANS EXAMEN. » (Locke, *Sur l'Entend. hum.*, liv. II
ch. XXXIII, § 17.) Les lecteurs français doivent être avertis que ce passage ne se
trouve que dans le texte anglais. Coste, quoique protestant, trouvant la niaiserie
un peu forte, refusa de la traduire.

Il y a d'ailleurs, dans le génie occidental, je ne sais quelle raison exquise, je ne sais quel tact délicat et sûr, qui va toujours chercher l'essence des choses et néglige tout le reste. Cela se voit surtout dans les formes religieuses ou les rites, au sujet desquels l'Église romaine a toujours montré toute la condescendance imaginable. Il a plu à Dieu, par exemple, d'attacher l'œuvre de la régénération humaine au signe sensible de l'eau, par des raisons nullement arbitraires, très profondes au contraire, et très dignes d'être recherchées. Nous professons ce dogme, comme tous les chrétiens, mais nous considérons qu'il y a de l'*eau* dans une burette comme il y en a dans la mer Pacifique, et que tout se réduit au contact mutuel de l'eau et de l'homme, accompagné de certaines paroles sacramentelles. D'autres chrétiens prétendent *que pour cette liturgie on ne saurait se passer au moins d'un bassin ; que si l'homme entre dans l'eau, il est certainement baptisé ; mais que si l'eau tombe sur l'homme, le succès devient très douteux.* Sur cela on peut leur dire ce que ce prêtre égyptien leur disait déjà il y a plus de vingt siècles : *Vous n'êtes que des enfants !* Du reste, ils sont bien les maîtres : personne ne les trouble. S'ils voulaient même une rivière, comme les baptistes anglais, on les laisserait faire.

L'un des principaux mystères de la religion chrétienne a pour matière essentielle le *pain.* Or, une *oublie* est du pain, comme le plus énorme pain que les hommes aient jamais soumis à la cuisson : nous avons donc adopté l'*oublie.* D'autres nations chrétiennes croient-elles qu'il n'y a pas d'autre *pain* proprement dit que celui que nous mangeons à table, ni de véritable *manducation* sans *mastication ?* Nous respectons beaucoup cette logique orientale ; et, bien sûrs que ceux qui l'emploient aujourd'hui feront volontiers comme nous dès qu'ils seront aussi sûrs que nous, il ne nous vient pas seulement dans l'esprit de les troubler, contents de retenir pour nous l'azyme

léger qui a pour lui l'analogie de la pâque antique,
celle de la première pâque chrétienne, et la conve-
nance, plus forte peut-être qu'on ne pense, de consacrer un pain particulier à la célébration d'un tel
mystère.

Les mêmes amateurs de l'immersion et du levain
viennent-ils, par une fausse interprétation de l'Écriture et par une ignorance visible de la nature
humaine, nous soutenir que la profanation du mariage en dissout le lien ; c'est dans le fait une exhor-
tation formelle au crime : n'importe, nous n'avons
pas voulu pour cela chicaner des frères qui s'obstinent ; et, dans l'occasion la plus solennelle, nous leur
avons dit simplement : *Nous vous passerons sous
silence ; mais au nom de la raison et de la paix, ne
dites pas que nous n'y entendons rien* (1).

Après ces exemples et tant d'autres que je pourrais citer, quelle nation, en vertu de la suprématie
romaine, pourrait craindre pour sa discipline et
pour ses privilèges particuliers? Jamais le Pape ne
refusera d'entendre tout le monde, ni surtout de satisfaire les princes en tout ce qui sera chrétiennement
possible. Il n'y a point de pédanterie à Rome ; et s'il
y avait quelque chose à craindre sur l'article de la
complaisance, je serais porté à craindre l'excès plus
que le défaut.

Malgré ces assurances tirées des considérations
les plus décisives, je ne doute pas que le préjugé ne
s'obstine ; je ne doute pas même que de très bons
esprits ne s'écrient : « Mais si rien n'arrête le Pape,
« où s'arrêtera-t-il ? L'histoire nous montre comment
« il peut user de ce pouvoir ; quelle garantie nous
« donne-t-on que les mêmes événements ne se pro-
« duiront pas ? »

A cette objection, qui sera sûrement faite, je réponds d'abord, en général, que les exemples tirés de

---

1. *Si quis dixerit Ecclesiam errare quum docuit et docet.* (Concil. Trident.
Sess. XXIV, *De Matrim.*, can. VII.)

l'histoire contre les Papes ne peuvent rien et ne doivent inspirer aucune crainte pour l'avenir, parce qu'ils appartiennent à un autre ordre de choses que celui dont nous sommes les témoins. La puissance des Papes fut excessive par rapport à nous, lorsqu'il était nécessaire qu'elle fût telle, et que rien dans le monde ne pouvait la suppléer. C'est ce que j'espère prouver, dans la suite de cet ouvrage, d'une manière qui satisfera tout juge impartial.

Divisant ensuite par la pensée ces hommes qui redoutent de bonne foi les entreprises des Papes, les divisant, dis-je, en deux classes, celle des catholiques et celle des autres, je dis d'abord aux premiers : « Par quel aveuglement, par quelle défiance ignorante et coupable, regardez-vous l'Église comme « un édifice humain dont on puisse dire : *Qui le sou-* « *tiendra ?* et son chef, comme un homme ordinaire « dont on puisse dire : *Qui le gardera ?* » C'est une distraction assez commune et cependant inexcusable. Jamais une prétention désordonnée ne pourra séjourner sur le Saint-Siège ; jamais l'injustice et l'erreur ne pourront y prendre racine et tromper la foi au profit de l'ambition.

Quant aux hommes qui, par naissance ou par système, se trouvent hors du cercle catholique, s'ils m'adressent la même question : *Qu'est-ce qui arrêtera le Pape ?* je leur répondrai : Tout ; les canons, les lois, les coutumes des nations, les souverainetés, les grands tribunaux, les assemblées nationales, la prescription, les représentations, les négociations, le devoir, la crainte, la prudence, et, par-dessus tout, l'opinion, *reine du monde.*

Ainsi, qu'on ne me fasse point dire que *je veux* DONC *faire du Pape un monarque universel.* Certes, je ne veux rien de pareil, quoique je m'attende bien à ce DONC, argument si commode au défaut d'autres. Mais comme les fautes épouvantables commises par certains princes contre ιa religion et **contre son chef**

ne m'empêchent nullement de respecter autant que
je le dois la monarchie temporelle, les fautes possibles d'un Pape contre cette même souveraineté ne
m'empêcheraient point de le reconnaître pour ce
qu'il est. Tous les pouvoirs de l'univers se limitent
mutuellement par une résistance réciproque : Dieu
n'a pas voulu établi une plus grande perfection sur
la terre, quoiqu'il ait mis d'un côté assez de caractères pour faire reconnaître sa main. Il n'y a pas
dans le monde un seul pouvoir en état de supporter
les suppositions possibles et arbitraires ; et si on les
juge par ce qu'ils peuvent faire (sans parler de ce
qu'ils ont fait), il faut les abolir tous.

CHAPITRE XIX

Continuation du même sujet. Éclaircissements ultérieurs sur l'infaillibilité.

Combien les hommes sont sujets à s'aveugler sur
les idées les plus simples ! L'essentiel pour chaque
nation est de conserver sa discipline particulière,
c'est-à-dire ces sortes d'usages qui, sans tenir au
dogme, constituent cependant une partie de son droit
public, et se sont amalgamés depuis longtemps avec
le caractère et les lois de la nation, de manière qu'on
ne saurait y toucher sans la troubler et lui déplaire
sensiblement. Or, ces usages, ces lois particulières,
c'est ce qu'elle peut défendre avec une respectueuse
fermeté, si jamais (par une pure supposition) le
Saint-Siège entreprenait d'y déroger, tout le monde
étant d'accord que le Pape, et l'Église même réunie
à lui, peuvent se tromper sur tout ce qui n'est pas
dogme ou fait dogmatique ; en sorte que, sur tout ce
qui intéresse véritablement le patriotisme, les affec-

tions, les habitudes, et, pour tout dire enfin, l'orgueil national, nulle nation ne doit redouter l'infaillibilité pontificale, qui ne s'applique qu'à des objets d'un ordre supérieur.

Quant au dogme proprement dit, c'est précisément sur ce point que nous n'avons aucun intérêt de mettre en question l'infaillibilité du Pape. Qu'il se présente une de ces questions de métaphysique divine qu'il faille absolument porter à la décision du tribunal suprême : notre intérêt n'est point qu'elle soit décidée de telle ou telle manière, mais qu'elle le soit sans retard et sans appel. Dans l'affaire célèbre de Fénelon, sur vingt examinateurs romains, dix furent pour lui et dix contre. Dans un concile universel, cinq ou six cents évêques auraient pu se partager de même. Ce qui est douteux pour vingt hommes choisis est douteux pour le genre humain entier. Ceux qui croient qu'en multipliant les voix délibérantes on diminue le doute connaissent peu l'homme, et n'ont jamais siégé au sein d'un corps délibérant. Les Papes ont condamné plusieurs hérésies pendant le cours de dix-huit siècles. Quand est-ce qu'ils ont été contredits par un concile universel ? On n'en citera pas un seul exemple. Jamais leurs bulles dogmatiques n'ont été contredites que par ceux qu'elles condamnaient. Le janséniste ne manque pas de nommer celle qui le frappa, *fameuse bulle Unigenitus*, comme Luther trouva sans doute *trop fameuse* la bulle *Exurge, Domine*. Souvent on nous a dit que *les conciles généraux sont inutiles, puisque jamais ils n'ont ramené personne.* C'est par cette observation que Scarpi débute au commencement de son *Histoire du concile de Trente.* La remarque porte à faux sans doute, car le but principal des conciles n'est point du tout de ramener les novateurs, dont l'éternelle obstination ne fut jamais ignorée ; mais bien de les mettre dans leur tort. La résipiscence des dissidents est une conséquence plus que douteuse, que l'**Église désire**

ardemment sans trop l'espérer. Cependant j'admets l'objection, et je dis : *Puisque les conciles généraux ne sont utiles ni à nous qui croyons,, ni aux novateurs qui refusent de croire, pourquoi les assembler ?*

Le despotisme sur la pensée, tant reproché aux Papes, est une pure chimère. Supposons qu'on demande de nos jours, dans l'Église, *s'il y a une ou deux natures, une ou deux personnes dans l'Homme-Dieu ; si son corps est contenu dans l'eucharistie par transsubstantiation ou par impanation,* etc., où est donc le *despotisme* qui dit *oui* ou *non* sur ces questions ? Le concile qui les déciderait n'imposerait-il pas, comme le Pape, *un joug sur la pensée ?* L'indépendance se plaindra toujours de l'un comme de l'autre. Tous les appels aux conciles ne sont que des inventions de l'esprit de révolte, qui ne cesse d'invoquer le concile contre le Pape, pour se moquer ensuite du concile dès qu'il aura parlé comme le Pape (1).

Tout nous ramène aux grandes vérités établies. Il ne peut y avoir de société humaine sans gouvernement, ni de gouvernement sans souveraineté, ni de souveraineté sans infaillibilité ; et ce dernier privilège est si absolument nécessaire, qu'on est forcé de supposer l'infaillibilité, même dans les souverainetés temporelles (où elle n'est pas), sous peine de voir l'association se dissoudre. L'Église ne demande rien de plus que les autres souverainetés, quoiqu'elle ait

---

1. « Nous croyons qu'il est permis d'appeler du Pape au futur concile, non-« obstant les bulles de Pie II et de Jules II, qui l'ont défendu ; mais ces appel-« lations doivent être très rares et pour des causes TRÈS GRAVES. » (Fleury, *Nouv. Opusc.*, p. 52.) Voilà d'abord un *Nous* dont l'Église catholique doit très peu s'embarrasser ; et d'ailleurs, qu'est-ce qu'une occasion *très grave ?* Quel tribunal en jugera ? et, en attendant, que faudra-t-il faire ou croire ? Les conciles devront être établis comme un *tribunal réglé et ordinaire, au-dessus du Pape,* contre ce que dit le même Fleury, à la même page. C'est une chose bien étrange que de voir sur un point de cette importance, Fleury réfuté par Mosheim (*sup.,* p. 19), comme nous avons vu un Bossuet sur le point d'être mis dans la droite route par les *centuriateurs de Magdebourg* (*sup.,* p. 94) Voilà où l'on est conduit par l'envie de dire *Nous.* Ce prénom **est terrible en** théologie.

au-dessus d'elles une immense supériorité, puisque
l'infaillibilité est d'un côté *humainement supposée*,
et de l'autre *divinement promise*. Cette suprématie
indispensable ne peut être exercée que par un organe
unique ; la diviser, c'est la détruire. Quand ces
vérités seraient moins incontestables, il le serait toujours que toute décision dogmatique du Saint-Père
doit faire loi, jusqu'à ce qu'il y ait opposition de la
part de l'Église. Quand ce phénomène se montrera,
nous verrons ce qu'il faudra faire ; en attendant, on
devra s'en tenir au jugement de Rome. Cette nécessité est invincible, parce qu'elle tient à la nature des
choses et à l'essence même de la souveraineté.
L'Église gallicane a présenté plus d'un exemple précieux dans ce genre. Amenée quelquefois par de
fausses théories et par certaines circonstances locales
à se mettre dans une attitude d'opposition apparente
avec le Saint-Siège, bientôt la force des choses la
ramenait dans les sentiers antiques. Naguère encore,
quelques-uns de ses chefs, dont je fais profession de
respecter infiniment les noms, la doctrine, les vertus
et les nobles souffrances, firent retentir l'Europe de
leurs plaintes contre le pilote qu'ils accusaient
d'avoir manœuvré dans un coup de vent, sans leur
demander conseil. Un instant ils purent effrayer le
timide fidèle,

Res est solliciti plena timoris amor :

mais lorsqu'on est venu enfin à prendre un parti
décisif, l'esprit immortel de cette grande Église sur-
vivant, suivant l'ordre, à la dissolution du corps, a
plané sur la tête de ces illustres mécontents, et tout
a fini par le silence et la soumission.

CHAPITRE XX

Dernière explication sur la discipline, et digression
sur la langue latine.

J'ai dit qu'aucune nation catholique n'avait à craindre pour ses usages particuliers et légitimes de cette
suprématie présentée sous d'aussi fausses couleurs.
Mais si les Papes doivent une condescendance paternelle à ces usages marqués du sceau de la vénérable
antiquité, les nations à leur tour doivent se souvenir
que les différences locales sont presque toujours plus
ou moins mauvaises toutes les fois qu'elles ne sont
pas rigoureusement nécessaires, parce qu'elles tiennent au cantonnement et à l'esprit particulier, deux
choses insupportables dans notre système. Comme
la démarche, les gestes, le langage, et jusqu'aux
habits d'un homme sage, annoncent son caractère, il
faut aussi que l'extérieur de l'Église catholique
annonce son caractère d'éternelle invariabilité. Et
qui donc lui imprimera ce caractère, si elle n'obéit
pas à la main d'un chef souverain, et si chaque
Église peut se livrer à ses caprices particuliers ?
N'est-ce pas à l'influence *unique* de ce chef que
l'Église doit ce caractère *unique* qui frappe les yeux
les moins clairvoyants ? et n'est-ce pas à lui surtout
qu'elle doit cette langue catholique, la même que tous
les hommes de la même croyance ? Je me souviens
que, dans son livre *sur l'importance des opinions
religieuses*, M. Necker disait qu'*il est enfin temps de
demander à l'Église romaine pourquoi elle s'obstine
à se servir d'une langue inconnue*, etc. IL EST ENFIN
TEMPS, au contraire, de ne plus lui en parler, ou de
ne lui en parler que pour reconnaître et vanter sa
profonde sagesse. Quelle idée sublime que celle
d'une langue universelle ! D'un pôle à l'autre, le

catholique qui entre dans une église de son rite, est chez lui, et rien n'est étranger à ses yeux. En arrivant, il entend ce qu'il entendit toute sa vie; il peut mêler sa voix à celle de ses frères. Il les comprend, il en est compris; il peut s'écrier :

Rome est toute en ces lieux, elle est toute où je suis.

La fraternité qui résulte d'une langue commune est un lien mystérieux d'une force immense. Dans le IX⁰ siècle, Jean VIII, pontife trop facile, avait accordé aux Slaves la permission de célébrer l'office divin dans leur langue; ce qui peut surprendre celui qui a lu la lettre CXCV de ce Pape, où il reconnaît les inconvénients de cette tolérance. Grégoire VII retira cette permission; mais il ne fut plus temps à l'égard des Russes, et l'on sait qu'il en a coûté à ce grand peuple. Si la langue latine se fût assise à Kief, à Novogorod, à Moscou, jamais elle n'eût été détrônée; jamais les illustres Slaves, parents de Rome par la langue, n'eussent été jetés dans les bras de ces Grecs dégradés du Bas-Empire, dont l'histoire fait pitié quand elle ne fait pas horreur.

Rien n'égale la dignité de la langue latine. Elle fut parlée par le *peuple-roi*, qui lui imprima ce caractère de grandeur unique dans l'histoire du langage humain, et que les langues mêmes les plus parfaites n'ont jamais pu saisir. Le terme de *majesté* appartient au latin. La Grèce l'ignore; et c'est par la *majesté* seule qu'elle demeurera au-dessous de Rome, dans les lettres comme dans les camps (1). Née pour commander, cette langue commande encore dans les livres de ceux qui la parlèrent. C'est la langue des conquérants romains et celle des missionnaires de

1. *Fatale id Græciæ videtur, et quum* MAJESTATIS *ignoraret nomen, sola hac quemadmodum in castris, ita in poesi cæderetur. Quod quid sit, ac quanti, nec intelligunt qui alia non pauca sciunt, nec ignorant qui Græcorum scripta cum judicio legerunt.* (Dan. Heinsii. Ded. ad filium, *à la tête du Virgile d'Elzevir*, in-16, 1636.)

l'Église romaine. Ces hommes ne diffèrent que par le
but et le résultat de leur action. Pour les premiers,
il s'agissait d'asservir, d'humilier, de ravager le
genre humain ; les seconds venaient l'éclairer, le
rassainir et le sauver, mais toujours il s'agissait de
vaincre et de conquérir, et de part et d'autre c'est la
même puissance :

> . . . . . Ultra Garamantas et Indos
> Proferet imperium. . . . .

Trajan, qui fut le dernier effort de la puissance
romaine, ne put cependant porter sa langue que jusqu'à l'Euphrate. Le Pontife romain l'a fait entendre
aux Indes, à la Chine et au Japon.

C'est la langue de la civilisation. Mêlée à celle de
nos pères les Barbares, elle sut raffiner, assouplir,
et, pour ainsi dire, *spiritualiser* ces idiomes grossiers
qui sont devenus ce que nous voyons. Armés de cette
langue, les envoyés du Pontife romain allèrent eux-
mêmes chercher ces peuples qui ne venaient plus à
eux. Ceux-ci l'entendirent parler le jour de leur
baptême, et depuis ils ne l'ont plus oubliée. Qu'on
jette les yeux sur une mappemonde, qu'on trace la
ligne où *cette langue universelle se tut :* là sont les
bornes de la civilisation et de la fraternité euro-
péennes ; au delà vous ne trouverez que la parenté
humaine, qui se trouve heureusement partout. Le
signe européen, c'est la langue latine. Les médailles,
les monnaies, les trophées, les tombeaux, les annales
primitives, les lois, les canons, tous les monuments
parlent latin : faut-il donc les effacer, ou ne plus les
entendre ? Le dernier siècle, qui s'acharna sur tout
ce qu'il y a de sacré ou de vénérable, ne manqua pas
de déclarer la guerre au latin. Les Français, qui donnent le ton, oublièrent eux-mêmes jusqu'à la faire
disparaître de leur monnaie, et ne paraissent point
encore s'apercevoir de ce délit commis tout à la fois
contre le bon sens européen, contre le goût et contre

la religion. Les Anglais mêmes, quoique sagement obstinés dans leurs usages, commencent aussi à imiter la France ; ce qui leur arrive plus souvent qu'on ne le croit et qu'ils ne le croient même, si je ne me trompe. Contemplez les piédestaux de leurs statues modernes : vous n'y trouverez plus le goût sévère qui grava les épitaphes de Newton et de Christophe Wren. Au lieu de ce noble laconisme, vous lirez des histoires en langue vulgaire. Le marbre, condamné à bavarder, pleure la langue dont il tenait ce beau style qui avait un nom entre tous les autres styles, et qui, de la pierre où il s'était établi, s'élançait dans la mémoire de tous les hommes.

Après avoir été l'instrument de la civilisation, il ne manquait plus au latin qu'un genre de gloire, qu'il s'acquit en devenant, lorsqu'il en fut temps, la langue de la science. Les génies créateurs l'adoptèrent pour communiquer au monde leurs grandes pensées. Copernic, Keppler, Descartes, Newton, et cent autres très importants encore, quoique moins célèbres, ont écrit en latin. Une foule innombrable d'historiens, de publicistes, de théologiens, de médecins, d'antiquaires, etc., inondèrent l'Europe d'ouvrages latins de tous les genres. De charmants poètes, des littérateurs du premier ordre, rendirent à la langue de Rome ses formes antiques, et la reportèrent à un degré de perfection qui ne cesse d'étonner les hommes faits pour comparer les nouveaux écrivains à leurs modèles. Toutes les autres langues, quoique cultivées et comprises, se taisent cependant dans les monuments antiques, et très probablement pour toujours.

Seule entre toutes les langues mortes, celle de Rome est véritablement ressuscitée ; et, semblable à celui qu'elle célèbre depuis vingt siècles, *une fois ressuscitée, elle ne mourra plus* (1).

1, *Christus, resurgens mortuis, jam non moritur.* (Rom., VI, 9.)

Contre ces brillants privilèges, que signifie l'objection vulgaire et tant répétée, d'*une langue inconnue au peuple* ? Les protestants ont beaucoup répété cette objection, sans réfléchir que cette partie du culte qui nous est commune avec eux est en langue vulgaire de part et d'autre. Chez eux, la partie principale, et, pour ainsi dire, l'âme du culte, est la prédication, qui, par sa nature et dans tous les cultes, ne se fait qu'en langue vulgaire. Chez nous, c'est le *sacrifice* qui est le véritable *culte* ; tout le reste est accessoire. Et qu'importe au peuple que ces paroles sacramentelles, qui ne se prononcent qu'à voix basse, soient récitées en français, en allemand, etc., ou en hébreu ?

On fait d'ailleurs sur la liturgie le même sophisme que sur l'Écriture sainte. On ne cesse de nous parler de *langue inconnue*, comme s'il s'agissait de la langue chinoise ou sanscritaine. Celui qui n'entend pas l'Écriture et l'office est bien le maître d'apprendre le latin. A l'égard des dames mêmes, Fénelon disait qu'*il aimerait bien autant leur faire apprendre le latin pour entendre l'office divin, que l'italien pour lire des poésies amoureuses* (1). Mais le préjugé n'entend jamais raison ; et depuis trois siècles il nous accuse sérieusement de *cacher* l'Écriture sainte et les prières publiques, tandis que nous les présentons dans une langue connue de tout homme qui peut s'appeler, je ne dis pas *savant*, mais *instruit*, et que l'ignorant qui s'ennuie de l'être peut apprendre en quelques mois.

On a pourvu d'ailleurs à tout par des traductions de toutes les prières de l'Église. Les unes en représentent les mots, et les autres le sens. Ces livres, en nombre infini, s'adaptent à tous les âges, à toutes les intelligences, à tous les caractères. Certains mots

---

1. Fénelon, dans le livre de l'*Éducation des filles*. Ce grand homme semble ne pas craindre que la femme, parvenue à comprendre le latin de la liturgie, ne soit tentée de s'élever jusqu'à celui d'Ovide.

marquants dans la langue originale, et connus de toutes les oreilles ; certaines cérémonies, certains mouvements, certains bruits même avertissent l'assistant le moins lettré de ce qui se fait et de ce qui se dit. Toujours il se trouve en harmonie parfaite avec le prêtre ; et s'il est distrait, c'est sa faute.

Quant au peuple proprement dit, s'il n'entend pas les mots, c'est tant mieux. Le respect y gagne, et l'intelligence n'y perd rien. Celui qui ne comprend point comprend mieux que celui qui comprend mal. Comment d'ailleurs aurait-il à se plaindre d'une religion qui fait tout pour lui ? C'est l'ignorance, c'est la pauvreté, c'est l'humilité qu'elle instruit, qu'elle console, qu'elle aime par-dessus tout. Quant à la science, pourquoi ne lui dirait-elle pas en latin la seule chose qu'elle ait à lui dire, qu'*il n'y a point de salut pour l'orgueil ?*

Enfin, toute langue changeante convient peu à une religion immuable. Le mouvement naturel des choses attaque constamment les langues vivantes ; et sans parler de ces grands changements qui les dénaturent absolument, il en est d'autres qui ne semblent pas importants, et qui le sont beaucoup. La corruption du siècle s'empare tous les jours de certains mots, et les gâte pour se divertir. Si l'Église parlait notre langue, il pourrait dépendre d'un bel esprit effronté de rendre le mot le plus sacré de la liturgie ou ridicule ou indécent. Sous tous les rapports imaginables, la langue religieuse doit être mise hors du domaine de l'homme.

LIVRE DEUXIÈME

———

CHAPITRE PREMIER

Quelques mots sur la souveraineté.

L'homme, en sa qualité d'être à la fois moral et corrompu, juste dans son intelligence et pervers dans sa volonté, doit nécessairement être gouverné ; autrement il serait à la fois sociable et insociable, et la société serait à la fois nécessaire et impossible.

On voit dans les tribunaux la nécessité absolue de la souveraineté ; car l'homme doit être gouverné précisément comme il doit être jugé, et par la même raison, c'est-à-dire, parce que partout où il n'y a pas *sentence* il y a *combat*.

Sur ce point, comme sur tant d'autres, l'homme ne saurait imaginer rien de mieux que ce qui existe, c'est-à-dire une puissance qui mène les hommes par des règles générales, faites non pour un tel cas, ou pour un tel homme, mais pour tous les cas, pour tous les temps et pour tous les hommes.

L'homme étant juste, au moins dans son intention, toutes les fois qu'il ne s'agit pas de lui-même, c'est ce qui rend la souveraineté et par conséquent la société possibles. Car les cas où la souveraineté est exposée à mal faire volontairement sont toujours, par la nature des choses, beaucoup plus rares que les autres, précisément, pour suivre encore la même analogie, comme, dans l'administration de la justice, **les cas où les juges sont tentés de prévariquer sont**

nécessairement rares par rapport aux autres. S'il en
était autrement, l'administration de justice serait
impossible comme la souveraineté.

Le prince le plus dissolu n'empêche pas qu'on
poursuive les scandales publics dans ses tribunaux,
pourvu qu'il ne s'agisse pas de ce qui le touche per-
sonnellement. Mais comme il est seul au-dessus de la
justice, quand même il donnerait malheureusement
chez lui les exemples les plus dangereux, les lois
générales pourraient toujours être exécutées.

L'homme étant donc nécessairement associé et
nécessairement gouverné, sa volonté n'est pour rien
dans l'établissement du gouvernement, car dès que
les peuples n'ont pas le choix et que la souveraineté
résulte directement de la nature humaine, les souverains n'existent plus *par la grâce des peuples*; la
souveraineté n'étant pas plus le résultat de leur
volonté que la société même.

On a souvent demandé si le roi était fait pour le
peuple, ou celui-ci pour le premier. Cette question
suppose, ce me semble, bien peu de réflexion. Les
deux propositions sont fausses prises séparément,
et vraies prises ensemble. Le peuple est fait pour le
souverain, et le souverain est fait pour le peuple; et
l'un et l'autre sont faits pour qu'il y ait une souveraineté.

Le grand ressort, dans la montre, n'est point fait
pour le balancier, ni celui-ci pour le premier; mais
chacun d'eux pour l'autre, et l'un et l'autre pour
montrer l'heure.

Point de souverain sans nation, comme point de
nation sans souverain. Celle-ci doit plus au souverain
que le souverain à la nation; car elle lui doit l'existence sociale et tous les biens qui en résultent; tandis
que le prince ne doit à la souveraineté qu'un vain
éclat qui n'a rien de commun avec le bonheur et qui
l'exclut même presque toujours.

CHAPITRE II

Inconvénients de la souveraineté.

Quoique la souveraineté n'ait pas d'intérêt plus grand et plus général que celui d'être juste, et quoique les cas où elle est tentée de ne l'être pas soient sans comparaison moins nombreux que les autres, cependant ils le sont malheureusement beaucoup ; et le caractère particulier de certains souverains peut augmenter ces inconvénients, au point que, pour les trouver supportables, il n'y a guère d'autre moyen que de les comparer à ceux qui auraient lieu si le souverain n'existait pas.

Il était donc impossible que les hommes ne fissent pas de temps en temps quelques efforts pour se mettre à l'abri des excès de cette énorme prérogative; mais sur ce point l'univers s'est partagé en deux systèmes d'une diversité tranchante.

La race audacieuse de Japhet n'a cessé, s'il est permis de s'exprimer ainsi, *de graviter* vers ce qu'on appelle *la liberté*, c'est-à-dire vers cet état ou le gouvernant est aussi peu gouvernant, et le gouverné aussi peu gouverné qu'il est possible. Toujours en garde contre ses maîtres, tantôt l'Européen les a chassés, et tantôt il leur a opposé des lois. Il a tout tenté, il a épuisé toutes les formes imaginables de gouvernement, pour se passer de maîtres, ou pour restreindre leur puissance.

L'immense postérité de Sem et de Cham a pris une autre route. Depuis les temps primitifs jusqu'à ceux que nous voyons, toujours elle a dit à un homme : *Faites tout ce que vous voudrez , et lorsque nous serons las, nous vous égorgerons.*

Du reste, elle n'a jamais pu ni voulu comprendre ce que c'est qu'une république ; elle n'entend rien à

la balance des pouvoirs, à tous ces privilèges, à
toutes ces fois fondamentales dont nous sommes si
fiers. Chez elle, l'homme le plus riche et le plus
maître de ses actions, le possesseur d'une immense
fortune mobilière, absolument libre de la transporter
où il voudrait, sûr d'ailleurs d'une protection parfaite
sur le sol européen, et voyant déjà arriver à lui le
cordon ou le poignard, les préfère cependant au
malheur de mourir d'ennui au milieu de nous.

Personne sans doute n'imaginera de conseiller à
l'Europe le droit public, si court et si clair, de l'Asie
et de l'Afrique ; mais puisque le pouvoir chez elle est
toujours criant, discuté, attaqué ou transporté, puisqu'il n'y a rien de si insupportable à notre orgueil que
le gouvernement despotique, le plus grand problème
européen est donc de savoir *comment on peut restreindre le pouvoir souverain sans le détruire.*

On a bientôt dit : *Il faut des lois fondamentales ; il
faut une constitution.* Mais qui les établira ces lois
fondamentales, et qui les fera exécuter ? Le corps où
l'individu qui en aurait la force serait souverain,
puisqu'il serait plus fort que le souverain ; de sorte
que, par l'acte même de l'établissement, il le détrô-
nerait. Si la loi constitutionnelle est une concession
du souverain, la question recommence. Qui empêchera un de ses successeurs de la violer ? Il faut que
le droit de résistance soit attribué à un corps ou à un
individu ; autrement il ne peut être exercé que par la
révolte, remède terrible, pire que tous les maux.

D'ailleurs, on ne voit pas que les nombreuses tentatives faites pour restreindre le pouvoir souverain
aient jamais réussi d'une manière propre à donner
l'envie de les imiter. L'Angleterre seule, favorisée
par l'Océan qui l'entoure et par un caractère national
qui se prête à ces expériences, a pu faire quelque
chose de ce genre ; mais sa constitution n'a point
encore subi l'épreuve du temps ; et déjà même cet
édifice fameux qui nous fait lire dans le fronton,

M. DCLXXXVIII, semble chanceler sur ses fondements
encore humides. Les lois civiles et criminelles de
cette nation ne sont point supérieures à celles des
autres. Le droit de se taxer elle-même, acheté par des
flots de sang, ne lui a valu que le privilège d'être la
nation la plus imposée de l'univers. Un certain esprit
soldatesque, qui est la gangrène de la liberté, menace
assez visiblement la constitution anglaise ; je passe
volontiers sous silence d'autres symptômes. Qu'arri-
vera-t-il ? Je l'ignore ; mais quand les choses tourne-
raient comme je le désire, un exemple isolé de l'histoire prouverait peu en faveur des monarchies cons-
titutionnelles ; d'autant que l'expérience universelle
est contraire à cet exemple unique.

Une grande et puissante nation vient de faire sous
nos yeux le plus grand effort vers la liberté qui ait
jamais été fait dans le monde : qu'a-t-elle obtenu ?
Elle s'est couverte de ridicule et de honte pour mettre
enfin sur le trône un *b* italique à la place d'un B
majuscule, et chez le peuple, la servitude à la place
de l'obéissance. Elle est tombée ensuite dans l'abîme
de l'humiliation, et, n'ayant échappé à l'anéantissement politique que par un miracle qu'elle n'avait pas
droit d'attendre, elle s'amuse, sous le joug des étrangers (1), à lire sa charte qui ne fait honneur qu'à son
roi, et sur laquelle d'ailleurs le temps n'a pu s'expliquer.

Le dogme catholique, comme tout le monde sait,
proscrit toute espèce de révolte sans distinction ; et
pour défendre ce dogme, nos docteurs disent d'assez
bonnes raisons philosophiques même, et politiques.

Le protestantisme, au contraire, partant de la souveraineté du peuple, dogme qu'il a transporté de la
religion dans la politique, ne voit dans le système de
la *non-résistance* que le dernier avilissement de
l'homme. Le docteur Beattie peut être cité comme un

---

1. Je rappelle au lecteur que j'écrivais ceci en 1817.

représentant de tout son parti. Il appelle le système catholique de la *non-résistance* une *doctrine détestable*. Il avance que l'homme, lorsqu'il s'agit de résister à la souveraineté, doit se déterminer *par les sentiments intérieurs d'un certain instinct moral dont il a la conscience en lui-même, et qu'on a tort de confondre avec la chaleur du sang et des esprits vitaux* (1). Il reproche à son fameux compatriote, le docteur Barkeley, d'avoir méconnu cette puissance intérieure, et d'avoir cru que *l'homme, en sa qualité d'être raisonnable, doit se laisser diriger par les préceptes d'une sage et impartiale raison* (2).

J'admire fort ces belles maximes ; mais elles ont le défaut de ne fournir aucune lumière à l'esprit pour se décider dans les occasions difficiles, où les théories sont absolument inutiles. Lorsqu'on a décidé (je l'accorde par supposition) qu'on a droit de résister à la puissance souveraine, et de la faire rentrer dans ses limites, on n'a rien fait encore, puisqu'il reste à savoir *quand* on peut exercer ce droit, et *quels* hommes ont celui de l'exercer.

Les plus ardents fauteurs du droit de résistance conviennent (et qui pourrait en douter ?) qu'il ne saurait être justifié que par la tyrannie. Mais qu'est-ce que la tyrannie ? Un seul acte, s'il est atroce, peut-il porter ce nom ? S'il en faut plus d'un, combien en faut-il, et de quel genre ? Quel pouvoir dans l'État a le droit de décider que *le cas de résistance est arrivé ?* Si le tribunal préexiste, il était donc déjà portion de la souveraineté, et en agissant sur l'autre portion, il l'anéantit. S'il ne préexiste pas, par quel

1. *Those instinctive sentiments of morality were of men are consciou ascribing them blood and spirits, or to education and habit.* (Beattie, ou Truth. Part. II, ch. xii, p. 408. London, in-8.) Je n'ai jamais vu tant de mots employés pour exprimer l'orgueil.

2. En effet, c'est un grand blasphème. *Asserting that the conduct of rational beings is to be directed not by those instinctive sentiments but by the dictates of sober and impartial reason.* (Beattie, ibid.) On voit ici bien clairement *cette chaleur de sang,* que l'orgueil appelle *instinct moral,* etc.

tribunal ce tribunal sera-t-il établi? Peut-on d'ailleurs
exercer un droit, même juste, même incontestable,
sans mettre dans la balance les inconvénients qui
peuvent en résulter ? L'histoire n'a qu'un cri pour
nous apprendre que les révolutions commencées par
les hommes les plus sages sont toujours terminées par
les fous ; que les auteurs en sont toujours les victimes, et que les efforts des peuples pour créer ou
accroître leur liberté finissent presque toujours par
leur donner des fers. On ne voit qu'abîmes de tous
côtés.

Mais, dira-t-on, voulez-vous donc démuseler le
tigre, et vous réduire à l'obéissance passive? Eh bien !
voici ce que fera le roi : « Il prendra vos enfants pour
« conduire ses chariots, et s'en fera des gens de
« cheval, et les fera conduire devant son char ; il en
« fera des officiers et des soldats ; il prendra les uns
« pour labourer ses champs et recueillir ses blés, et
« les autres pour lui fabriquer des armes. Il fera de
« vos filles des parfumeuses, des cuisinières et des
« boulangères à son usage ; il prendra pour lui et
« les siens ce qu'il y a de meilleur dans vos champs,
« dans vos vignes et dans vos vergers, et se fera payer
« la dîme de vos blés et de vos raisins pour avoir de
« quoi récompenser ses eunuques et ses domestiques.
« Il prendra vos serviteurs, vos servantes, vos jeunes
« gens les plus robustes et vos bêtes de somme, pour
« les faire travailler ensemble à son profit ; il prendra
« aussi la dîme de vos troupeaux, et vous serez ses
« esclaves (1). »

Je n'ai jamais dit que le pouvoir absolu n'entraîne
de grands inconvénients sous quelque forme qu'il
existe dans le monde : je le reconnais au contraire
expressément, et ne pense nullement à les atténuer ;
je dis seulement qu'on se trouve placé entre deux
abîmes.

1. L. Reg. vm, 11-17.

CHAPITRE III

Idées antiques sur le grand problème.

Il n'est pas au pouvoir de l'homme de créer une loi qui n'ait besoin d'aucune exception. L'impossibilité sur ce point résulte également et de la faiblesse humaine, qui ne saurait tout prévoir, et de la nature même des choses, dont les unes varient au point de sortir par leur propre mouvement du cercle de la loi, et dont les autres, disposées par gradations insensibles sous des genres communs, ne peuvent être saisies par un nom général qui ne soit pas faux dans les nuances.

De là résulte dans toute législation la nécessité d'une puissance dispensante ; car partout où il n'y a pas dispense, il y a violation.

Mais toute violation de la loi est dangereuse ou mortelle pour la loi, au lieu que toute dispense la fortifie ; car l'on ne peut demander d'en être dispensé sans lui rendre hommage, et sans avouer que de soi-même on n'a point de force contre elle.

La loi qui prescrit l'obéissance envers les souverains est une loi générale comme toutes les autres ; elle est bonne, juste et nécessaire *en général*. Mais si Néron est sur le trône, elle peut *paraître* un défaut.

Pourquoi donc n'y aurait-il pas dans ces cas dispense de la loi générale, fondée sur des circonstances absolument imprévues ? Ne vaut-il pas mieux agir avec connaissance de cause et au nom de l'autorité, que de se précipiter sur le tyran avec une impétuosité aveugle qui a tous les symptômes du crime ?

Mais à qui s'adresser pour cette dispense ? La souveraineté étant pour nous une chose sacrée, une émanation de la puissance divine, que les nations de tous les temps ont toujours mise sous la garde de la **religion, mais** que le christianisme surtout a prise

sous sa protection particulière en nous prescrivant
de voir dans le souverain un représentant et une
image de Dieu même, il n'était pas absurde de penser
que, pour être délié du serment de fidélité, il n'y avait
pas d'autre autorité compétente que celle de ce haut
pouvoir spirituel,unique sur la terre,et dont les prérogatives sublimes forment une portion de la révélation.

Le serment de fidélité sans restriction exposant les
hommes à toutes les horreurs de la tyrannie, et la
résistance sans règles les exposant à toutes celles de
l'anarchie, la dispense de ce serment, prononcée par
la souveraineté spirituelle, pouvait très bien se présenter à la pensée humaine comme l'unique moyen
de contenir l'autorité temporelle, sans effacer son
caractère.

Ce serait, au reste, une erreur de croire que la dispense du serment se trouverait, dans cette hypothèse, en contradiction avec l'origine divine de la
souveraineté. La contradiction existerait d'autant
moins que le pouvoir dispensant étant supposé éminemment divin, rien n'empêcherait qu'à certains
égards, et dans des circonstances extraordinaires, un
autre pouvoir lui fût subordonné.

Les formes de la souveraineté, d'ailleurs, ne sont
point les mêmes partout : elles sont fixées par les lois
fondamentales, dont les véritables bases ne sont
jamais écrites. Pascal a fort bien dit « qu'il aurait
autant d'horreur de détruire la liberté où Dieu l'a
mise que de l'introduire où elle n'est pas. » Car il ne
s'agit pas de monarchie dans cette question, mais de
souveraineté, ce qui est tout différent.

Cette observation est essentielle pour échapper au
sophisme qui se présente si naturellement : *la souve-*
raineté est limitée ici ou là ; donc elle part du peuple.

En premier lieu, si l'on veut s'exprimer exactement, il n'y a point de souveraineté limitée ; toutes
sont absolues et infaillibles, puisque nulle part il
n'est permis de dire qu'elles se sont trompées.

Quand je dis que *nulle souveraineté n'est limitée,*
j'entends *dans son exercice légitime,* et c'est ce qu'il
faut bien soigneusement remarquer. Car on peut dire
également, sous deux points de vue différents, que
toute souveraineté est limitée, et que *nulle souveraineté n'est limitée.* Elle est limitée, en ce que nulle
souveraineté ne peut tout ; elle ne l'est pas, en ce que,
dans son cercle de légitimité, tracé par les lois fondamentales de chaque pays, elle est toujours et partout
absolue, sans que personne ait le droit de lui dire
qu'elle est injuste ou trompée. La légitimité ne consiste donc pas à se conduire de telle ou telle manière
dans son cercle, mais à n'en pas sortir.

C'est ce à quoi on ne fait pas toujours assez attention. On dira, par exemple : En Angleterre *la souveraineté est limitée.* Rien n'est plus faux ; c'est la
royauté qui est limitée dans cette contrée célèbre :
or, la royauté n'est pas toute la souveraineté, du
moins en théorie. Mais lorsque les trois pouvoirs qui,
en Angleterre, constituent la souveraineté, sont
d'acord, que peuvent-ils ? Il faut répondre avec
Blackston : Tout. Et que peut-on contre eux légalement ? Rien.

Ainsi la question de l'origine divine peut se traiter
à Londres comme à Madrid ou ailleurs, et partout
elle présente le même problème, quoique les formes
de la souveraineté varient suivant les pays.

En second lieu, le maintien des formes, suivant les
lois fondamentales, n'altère ni l'essence ni les droits
de la souveraineté. Des juges supérieurs qui, pour
cause de sévices intolérables, priveraient un père de
famille du droit d'élever ses enfants, seraient-ils
censés attenter à l'autorité paternelle et déclarer
qu'elle n'est pas divine ? En retenant une puissance
dans les bornes, le tribunal n'en conteste ni la légitimité, ni le caractère, ni l'étendue légale ; il les professe au contraire solennellement.

Le Souverain Pontife, de même, en déliant les

sujets du serment de fidélité, ne ferait rien contre le droit divin. Il professerait seulement que la souveraineté est une autorité divine et sacrée qui ne peut être contrôlée que par une autorité divine aussi, mais d'un ordre supérieur, et spécialement revêtue de ce pouvoir en certains cas extraordinaires.

Ce serait un paralogisme de conclure ainsi : Dieu est auteur de la souveraineté ; donc elle est *incontrôlable*. Si Dieu l'a créée et maintenue telle, je l'accorde : dans le cas contraire, je le nie. Dieu est le maître sans doute de créer une souveraineté restreinte dans son principe même, ou postérieurement par un pouvoir qu'il aurait établi à l'époque marquée par ses décrets ; et sous cette forme, elle serait divine.

La France, avant la révolution, avait bien, je crois, des lois fondamentales, auxquelles par conséquent le roi ne pouvait toucher ; cependant toute la théologie française repoussait justement le système de la souveraineté du peuple comme un dogme antichrétien : donc telle ou telle restriction, humaine même, n'a rien de commun avec l'origine divine ; car il serait singulier vraiment qu'au despotisme seul appartînt cette prérogative sublime.

Et, par une conséquence bien plus sensible et plus décisive encore, un pouvoir divin, solennellement et directement établi par la Divinité, n'altérerait l'essence d'aucune œuvre divine qu'il pourrait modifier.

Ces idées flottaient dans la tête de nos aïeux, qui n'étaient pas en état de se rendre raison de cette théorie, et de lui donner une forme systématique. Ils laissèrent seulement entrer dans leur esprit l'idée vague que *la souveraineté temporelle pouvait être contrôlée par ce haut pouvoir spirituel qui avait le droit, dans certains cas, de révoquer le serment de sujet.*

CHAPITRE IV

Autres considérations sur le même sujet.

Je ne suis point obligé du tout de répondre aux objections qu'on pourrait élever contre les idées que je viens d'exposer ; car je n'entends nullement prêcher *le droit indirect* des Papes. Je dis seulement que ces idées n'ont rien d'absurde. J'argumente *ad hominem*, ou, pour mieux dire, *ad homines*. Je prends la liberté de dire à mon siècle qu'il y a contradiction manifeste entre son enthousiasme constitutionnel et son déchaînement contre les Papes ; je lui prouve, et rien n'est plus aisé, que, sur ce point important, il en sait moins ou n'en sait pas plus que le moyen âge.

Cessons de divaguer, et prenons enfin notre parti de bonne foi sur la grande question de l'obéissance passive ou de la non-résistance. Veut-on poser en principe « que pour une raison imaginable (1), il n'est « permis de résister à l'autorité ; qu'il faut remercier « Dieu des bons princes, et souffrir patiemment les « mauvais, en attendant que le grand réparateur des « torts, le temps, en fasse justice ; qu'il y a toujours « plus de danger à résister qu'à souffrir, etc. ? » J'y consens, et je suis prêt à signer pour l'avenir.

Mais s'il fallait absolument en venir à poser des bornes légales à la puissance souveraine, j'opinerais de tout mon cœur pour que les intérêts de l'humanité fussent confiés au Souverain Pontife.

Les défenseurs du droit de résistance sont trop souvent dispensés de poser la question de bonne foi. En

---

1. Quand je dis *aucune raison imaginable*, il va bien sans dire que j'exclus toujours le cas où le souverain commanderait le crime. Je ne serais pas même éloigné de croire qu'il est des circonstances plus nombreuses peut-être qu'on ne le croit, où le mot de *résistance* n'est pas synonyme de celui de *révolte ;* mais je ne puis et je n'aime pas même m'appesantir sur certains détails, d'autant plus que les principes généraux suffisent au but de cet ouvrage.

effet, il ne s'agit nullement de savoir *si*, mais *quand* et *comment*, il est permis de résister. Le problème est tout pratique, et, posé de cette manière, il fait trembler. Mais si le droit de résister se changeait en droit d'empêcher, et qu'au lieu de résider dans le sujet, il appartînt à une puissance d'un autre ordre, l'inconvénient ne serait plus le même, parce que cette hypothèse admet la résistance sans révolution et sans aucune violation de la souveraineté (1).

De plus, ce droit d'opposition reposant sur une tête connue et unique, il pourrait être soumis à des règles, et exercé avec toute la prudence et avec toutes les nuances imaginables ; au lieu que, dans la résistance intérieure, il ne peut être exercé que par les sujets, par la foule, par le peuple en un mot, et, par conséquent, par la voie seule de l'insurrection.

Ce n'est pas tout : le *veto* du Pape pourrait être exercé contre tous les souverains, et s'adapterait à toutes les constitutions et à tous les caractères nationaux. Ce mot de monarchie limitée est bientôt prononcé : en théorie, rien n'est plus aisé ; mais quand on en vient à la pratique et à l'expérience, on ne trouve qu'un exemple équivoque par sa durée, et que le jugement de Tacite a proscrit d'avance (2), sans parler d'une foule de circonstances qui permettent et forcent même de regarder ce gouvernement comme un phénomène purement local, et peut-être passager.

La puissance pontificale, au contraire, est par essence la moins sujette aux caprices de la politique. Celui qui l'exerce est de plus toujours vieux, célibataire et prêtre ; ce qui exclut les quatre-vingt-dix-neuf centièmes des erreurs et des passions qui troublent les États. Enfin, comme il est éloigné, que sa

---

1. La déposition absolue et sans retour d'un prince temporel, cas i.... iment rare dans la supposition actuelle, ne serait pas plus une révolution que la mort de ce même souverain.

2. *De lecta ex his et consiituta reipublicæ form   laudari facilius quam evenire, ve si evenerit haud diuturna esse potest.* (Tacite, *Ann.*, III, 83.)

puissance est d'une autre nature que celle des souverains temporels, et qu'il ne demande jamais rien pour lui, on pourrait croire assez légitimement que si tous les inconvénients ne sont pas levés, ce qui est impossible, il en resterait du moins aussi peu qu'il est permis de l'espérer, *la nature humaine étant donnée ;* ce qui est pour tout homme sensé le point de perfection.

Il paraît donc que, pour retenir les souverainetés dans leurs bornes légitimes, c'est-à-dire pour empêcher de violer les lois fondamentales de l'État, dont la Religion est la première, l'intervention plus ou moins puissante, plus ou moins active de la suprématie spirituelle, serait un moyen pour le moins aussi plausible que tout autre.

On pourrait aller plus loin, et soutenir, avec une égale assurance, que ce moyen serait encore le plus agréable ou le moins choquant pour les souverains. Si le prince est libre d'accepter ou de refuser des entraves, certainement il n'en acceptera point ; car ni le pouvoir ni la liberté n'ont jamais su dire : *C'est assez.* Mais à supposer que la souveraineté se vît irrémissiblement forcée à recevoir un frein, et qu'il ne s'agît plus que de le choisir, je ne serais point étonné qu'elle préférât le Pape à un sénat colégislatif, à une assemblée nationale, etc. ; car les Souverains Pontifes demandent peu aux princes, et les énormités seules attireraient leur animadversion (1).

1. Si les états généraux de France avaient adressé à Louis XIV une prière semblable à celle que les communes d'Angleterre adressèrent, vers la fin du quatorzième siècle, au roi Edouard III (*Hum. Ed. III*, 1577, chap. xvi, in-4, p. 332), je suis persuadé que sa hauteur en eût été choquée beaucoup plus que d'une bulle donnée *sous l'anneau du pêcheur*, et dirigée à la même fin.

CHAPITRE V

Caractère distinctif du pouvoir exercé par les Papes.

Les Papes ont lutté quelquefois avec des souverains, jamais avec la souveraineté. L'acte même par lequel ils déliaient les sujets du serment de fidélité déclarait la souveraineté inviolable. Les Papes avertissaient les peuples que nul pouvoir humain ne pouvait atteindre le souverain dont l'autorité n'était suspendue que par une puissance toute divine, de manière que leurs anathèmes, loin de jamais déroger à la rigueur des maximes catholiques sur l'inviolabilité des souverains, ne servaient, au contraire qu'à leur donner une nouvelle sanction aux yeux des peuples.

Si quelques personnes regardaient comme une subtilité cette distinction de souverain et de souveraineté, je leur sacrifierais volontiers ces expressions dont je n'ai nul besoin. Je dirai tout simplement que les coups frappés par le Saint-Siège sur un petit nombre de souverains, presque toujours odieux, et quelquefois même insupportables par leurs crimes, purent les arrêter ou les effrayer, sans altérer dans l'esprit des peuples l'idée haute et sublime qu'ils devaient avoir de leurs maîtres. Les Papes étaient universellement reconnus comme délégués de la Divinité, de laquelle émane la souveraineté. Les plus grands princes recherchaient dans le sacre la sanction, et, pour ainsi dire, le complément de leur droit. Le premier de ces souverains dans les idées anciennes, l'empereur allemand, devait être sacré par les mains mêmes du Pape. Il était censé tenir de lui son caractère auguste, et n'être véritablement empereur que par le sacre. On verra plus bas tout le détail de ce droit public, tel qu'il n en a jamais existé de plus général, de plus incontestablement reconnu. Les peuples qui voyaient excommunier un roi se disaient : *Il faut que cette puissance soit bien haute, bien sublime, bien au-dessus de tout jugement humain, puisqu'elle ne peut être contrôlée que par le Vicaire de Jésus-Christ.*

En réfléchissant sur cet objet, nous sommes sujets à une grande illusion. Trompés par les criailleries philosophiques, nous croyons que les Papes passaient leur temps à déposer les rois ; et parce que ces faits se touchent dans les brochures *in-douze* que nous lisons, nous croyons qu'ils se sont touchés de même dans la durée. Combien compte-t-on de souverains *héréditaires* effectivement déposés par les Papes ? Tout se réduisait à des menaces et à des transactions. Quant aux princes *électifs*, c'étaient des créatures humaines qu'on pouvait bien défaire, puisqu'on les avait faites ; et cependant tout se réduit encore à deux ou trois princes forcenés, qui, pour le bonheur du genre humain, trouvèrent un frein (faible même et très suffisant) dans la puissance spirituelle des Papes. Au reste, tout se passait à l'ordinaire dans le monde politique. Chaque roi était tranquille chez lui de la part de l'Eglise ; les Papes ne pensaient point à se mêler de leur administration ; et jusqu'à ce qu'il leur prît fantaisie de dépouiller le sacerdoce, de renvoyer leurs femmes ou d'en avoir deux à la fois, ils n'avaient rien à craindre de ce côté.

A cette solide théorie l'expérience vient ajouter sa démonstration. Quel a été le résultat de ces grandes secousses dont on fait tant de bruit ? L'origine divine de la souveraineté, ce dogme conservateur des Etats, se trouva universellement établi en Europe. Il forma en quelque sorte notre droit public, et domina dans toutes nos écoles jusqu'à la funeste scission du XVIᵉ siècle.

L'expérience se trouve donc parfaitement d'accord avec le raisonnement. Les excommunications des Papes n'ont fait tort à la souveraineté dans l'esprit

des peuples ; au contraire, en la réprimant sur certains points, en la rendant moins féroce et moins
écrasante, en l'effrayant pour son propre bien qu'elle
ignorait, ils l'ont rendue plus vénérable ; ils ont fait
disparaître de son front l'antique caractère de la bête
pour y substituer celui de la régénération ; ils l'ont
rendue sainte pour la rendre inviolable : nouvelle et
grande preuve, entre mille, que le pouvoir pontifical
a toujours été un pouvoir conservateur. Tout le
monde, je crois, peut s'en concaincre ; mais c'est un
devoir particulier pour tout enfant de l'Église, de
reconnaître que l'esprit divin qui l'anime, *et magno
se corpore miscet*, ne saurait enfanter rien de mal en
résultat, malgré le mélange humain qui se fait trop
et trop souvent apercevoir au milieu des tempêtes
politiques.

A ceux qui s'arrêtent aux faits particuliers, au:.
torts accidentels, aux erreurs de tel ou tel homme,
qui s'appesantissent sur certaines phrases, qui décou-
pent chaque ligne de l'histoire pour la considérer à
part, il n'y a qu'une chose à dire : *Du point où il faut
s'élever pour embrasser l'ensemble, on ne voit plus
rien de ce que vous voyez, partant, il n'y a pas moyen
de vous répondre*, à moins que vous ne vouliez prendre *ceci pour une réponse.*

On peut observer que les philosophes modernes
ont suivi, à l'égard des souverains, une route diamé-
tralement opposée à celle que les Papes avaient
tracée. Ceux-ci avaient consacré le caractère en
frappant sur les personnes ; les autres, au contraire,
ont flatté souvent, même assez bassement, la personne qui donne les emplois et les pensions ; et ils
ont détruit, autant qu'il était en eux, le caractère, en
rendant la souveraineté odieuse ou ridicule, en la
faisant délivrer du peuple, en cherchant toujours à la
restreindre par le peuple.

Il y a tant d'analogie, tant de fraternité, tant de dépendance entre le pouvoir pontifical et celui des rois,

que jamais on n'a ébranlé le premier sans toucher au
second, et que les novateurs de notre siècle n'ont
cessé de montrer aux rois le plus grand ennemi de
l'autorité royale dans le sacerdoce, incroyable contradiction, phénomène inouï, qui serait unique s'il
n'y avait pas quelque chose de plus extraordinaire
encore, c'est qu'ils aient pu se faire croire par les
peuples et par les rois.

Le chef des réformateurs a fait en peu de lignes sa
profession de foi sur les souverains :

« Les princes, dit-il, sont communément les plus
« grands fous et les plus fieffés coquins de la terre ;
« on n'en saurait attendre rien de bon ; ils ne sont
« dans ce monde que les bourreaux de Dieu, dont il
« se sert pour nous châtier (1). »

Les glaces du scepicisme ont calmé la fièvre du
xvi⁰ siècle, et le style s'est adouci avec les mœurs ;
mais les principes sont toujours les mêmes. La secte
qui abhorre le Souverain Pontife va réciter ses
dogmes.

        Que l'univers se taise et l'écoute parler !

« De quelle manière que le prince soit revêtu de
« son autorité, il la tient toujours uniquement du
« peuple, et le peuple ne dépend jamais d'aucun
« homme mortel qu'en vertu de son propre consen
« tement (2). »

« Du peuple dépendent le bien-être, la sécurité et
« la permanence de tout gouvernement légal. Dans
« le peuple doit résider nécessairement l'essence de
« tout pouvoir ; et tous ceux dont les connaissances
« ou la capacité ont engagé le peuple à leur accorder

---

1. Luther, dans ses œuvres, in-fol., tome II, p. 182, cité dans le livre allemand très remarquable et très connu, intitulé : *Der Triumph der Philosophie
in Achtznten Jahrhunderte*, in-8, tom. I, p. 52. Luther s'était même fait, à cet
égard, une sorte de proverbe qui disait : *Principem esse et non esse latronem
vix possibile est;* c'est-à-dire: Etre prince et n'être pas brigand, c'est ce qui
me paraît à peine possible. (*Ibid.*)

2. Noodt, sur le *Pouvoir des souverains.* — *Recueil de discours sur diverses
matières importantes*, traduites ou composées par Jean Barbeyrac. T. I, p. 41.

« une confiance quelquefois sage et quelquefois
« imprudente, sont responsables envers lui de
« l'usage qu'ils ont fait du pouvoir qui leur a été
« confié pour un temps (1). »

Aujourd'hui, c'est aux princes à faire leurs réflexions. On leur a fait peur de cette puissance qui
gêna quelquefois leurs devanciers il y a mille ans,
mais qui avait divinisé le caractère souverain. Ils se
sont laissé ramener sur la terre. — Ils ne sont plus
que des hommes.

CHAPITRE VI

**Pouvoir temporel des Papes. Guerres qu'ils ont soutenues
comme princes temporels.**

C'est une chose extrêmement remarquable, mais
nullement ou pas assez remarquée, que jamais les
Papes ne se sont servis de l'immense pouvoir dont ils
sont en possession pour agrandir leur État. Qu'y
avait-il de plus naturel, par exemple, et de plus ten-
tatif pour la nature humaine, que de se réserver une
portion des provinces conquises par les Sarrasins,
et qu'ils donnaient au premier occupant pour repousser le Croissant qui ne cessait de s'avancer ? Cependant jamais ils ne l'ont fait, pas même à l'égard des
terres qui les touchaient, comme le royaume des
Deux-Siciles, sur lequel ils avaient des droits incons-
testables, au moins selon les idées d'alors, et pour
lequel, néanmoins, ils se contentèrent d'une vaine
suzeraineté, qui finit bientôt par la *haquenée*, tribut
léger et purement nominal, que le mauvais goût du
siècle leur dispute encore.

Les Papes ont pu faire trop valoir, dans le temps,

----

1. Opinion du chevalier William Jones. *Memoirs of the life of sir William
Jones, by lord Trignmouth.* London, 1806, in-4, p. 200.

cette suzeraineté universelle, qu'une opinion non
moins universelle ne leur disputait point. Ils ont pu
exiger des hommages, imposer des taxes trop arbi-
trairement, si l'on veut ; je n'ai nul intérêt d'examiner
ici ces différents points. Mais toujours il demeurera
vrai qu'ils n'ont jamais cherché ni saisi l'occasion
d'augmenter leurs États aux dépens de la justice,
tandis . qu'aucune autre souveraineté temporelle
n'échappa à cet anathème, et que, dans ce moment
même, avec toute notre philosophie, notre civilisation
et nos beaux livres, il n'y a peut-être pas une puissance européenne en état de justifier toutes ses possessions devant Dieu et la raison.

Je lis, dans les *Lettres sur l'Histoire*, que les Papes
ont *quelquefois* profité de leur *puissance temporelle*
pour augmenter *leurs propriétés* (1).

Mais le terme de *quelquefois* est vague ; celui de
puissance temporelle l'est aussi, et celui de *propriété*
encore davantage ; j'attends donc qu'il me soit expliqué *quand* et *comment* les Papes ont employé leur
puissance spirituelle ou leurs moyens politiques pour
étendre leurs États aux dépens d'un propriétaire
légitime.

En attendant que ce propriétaire dépouillé se présente, nous n'observons point sans admiration que
parmi tous les Papes qui ont régné, dans le temps de
leur influence, il n'y ait pas eu un usurpateur, et
qu'alors même qu'ils faisaient valoir leur suzeraineté
sur tel ou tel État, ils s'en soient toujours prévalus
pour le donner, non pour le retenir.

Considérés même comme simples souverains, les
Papes sont encore remarquables sous ce point de vue.
Jules II, par exemple, fit sans doute une guerre mortelle aux Vénitiens ; mais c'était pour avoir les villes
usurpées par la république.

Ce point est un de ceux sur lesquels j'invoquerai
avec confiance ce coup d'œil général qui doit déter-

---

1. *Esprit de l'histoire*, lettre XL. Paris, Nyon, 1803. in-8, t. II, p. 399.

miner le jugement des hommes sensés. Les Papes
règnent depuis le ix⁰ siècle au moins : or, à compter
de ce temps, on ne trouvera dans aucune dynastie
souveraine plus de respect pour le territoire d'autrui,
et moins d'envie d'augmenter le sien.

Comme princes temporels les Papes égalent ou
surpassent en puissance plusieurs têtes couronnées
d'Europe. Qu'on examine les histoires des différents
pays, on verra en général une politique toute différente de celle des Papes. Pourquoi ceux-ci n'auraient-ils pas agi *politiquement* comme les autres ?
Cependant on ne voit point de leur côté cette tendance à s'agrandir qui forme le caractère distinctif
et général de toute souveraineté.

Jules II, que je citais tout à l'heure, est, si ma
mémoire ne me trompe point, le seul Pape qui ait
acquis un territoire par les règles ordinaires du droit
public, en vertu d'un traité qui terminait une guerre.
Il se fit céder ainsi le duché de Parme ; mais cette
acquisition, quoique non coupable, choquait cependant
le caractère pontifical : elle échappa bientôt au Saint-
Siège. A lui seul est réservé l'honneur de ne posséder aujourd'hui que ce qu'il possédait il y a dix
siècles. On ne trouve ici ni traités, ni combats, ni
intrigues, ni usurpations ; en remontant on arrive
toujours à une donation. Pépin, Charlemagne, Louis,
Lothaire, Henri Otton, la comtesse Mathilde, for-
mèrent cet État temporel des Papes si précieux pour
le christianisme ; mais la force des choses l'avait
commencé, et cette opération cachée est un des spectacles les plus curieux de l'histoire.

Il n'y a pas en Europe de souveraineté plus justi-
fiable, s'il est permis de s'exprimer ainsi, que celle
des Souverains Pontifes. Elle est comme la loi divine,
justificata in semetipsa. Mais ce qu'il y a de véritablement étonnant, c'est de voir les Papes devenir
souverains sans s'en apercevoir, et même, à parler
exactement, malgré eux. Une loi invisible élevait le

siège de Rome, et l'on peut dire que le Chef de l'Eglise universelle naquit souverain. De l'échafaud des martyrs, il monta sur un trône qu'on n'apercevait pas d'abord, mais qui se consolidait insensiblement comme toutes les grandes choses, et qui s'annonçait dès son premier âge par je ne sais quelle atmosphère de grandeur qui l'environnait, sans aucune cause humaine assignable. Le Pontife romain avait besoin de richesses, et les richesses affluaient ; il avait besoin d'éclat, et je ne sais quelle splendeur extraordinaire parlait du trône de saint Pierre, au point que déjà dans le IIIe siècle, l'un des plus grands seigneurs de Rome, préfet de la ville, disait en se jouant, au rapport de saint Jérôme : « Permettez-moi de me faire évêque « de Rome, et tout de suite je me ferai chrétien (1). » Celui qui parlerait ici *d'avidité religieuse, d'avarice, d'influence sacerdotale*, prouverait qu'il est au niveau de son siècle, mais tout à fait au-dessous du sujet. Comment peut-on concevoir une souveraineté sans richesses ? Ces deux idées sont une contradiction manifeste. Les richesses de l'Église romaine étant donc le signe de sa dignité et l'instrument nécessaire de son action légitime, elles furent l'œuvre de la Providence qui les marqua dès l'origine du sceau de la légitimité. On les voit et on ne sait d'où elles viennent ; on les voit et personne ne se plaint. C'est le respect, c'est l'amour, c'est la piété, c'est la foi, qui les ont accumulées. De là ces vastes *patrimoines* qui ont tant exercé la plume des savants. Saint Grégoire, à la fin du IVe siècle, en possédait vingt-trois en Italie, et dans les îles de la Méditerranée, en Illyrie, en Dalmatie, en Allemagne et dans les Gaules (2). La

---

1. Zaccaria, *Anti-Febronius Vindic.*, t. IV. dissert. IX, cap. III, p. 33.
2. Voyez la Dissertation de l'abbé Cenni à la fin du livre du cardinal Orsi : *Della Origine del Dominio e della Sovranita de' rom. Pontefici sovra gli stati loro temporalmente soggetti.* Roma, Pagliarini, in-12, 1754, p. 306 et 309. Le patrimoine appelé des *Alpes Cottiennes* était immense ; il contenait Gênes et toute la côte maritime jusqu'aux frontières de France, :\ vy· les autorités *ibid.*)

juridiction des Papes sur ces patrimoines porte **un**
caractère singulier qu'on ne saisit pas aisément à travers les ténèbres de cette histoire, mais qui s'élève
néanmoins visiblement au-dessus de la simple propriété. On voit les Papes envoyer des officiers, donner
des ordres et se faire obéir au loin, sans qu'il soit possible de donner un nom à cette suprématie dont en effet
la Providence n'avait point encore prononcé le nom.

Dans Rome encore païenne, le Pontife romain
gênait déjà les Césars. Il n'était que leur sujet ; ils
avaient tout pouvoir contre lui, il n'en avait pas le
moindre contre eux : cependant ils ne pouvaient tenir
à côté de lui. On lisait sur son front le caractère *d'un*
sacerdoce si éminent, que l'empereur, qui portait
parmi ses titres celui de Souverain Pontife, le
souffrait dans Rome avec plus d'impatience qu'il ne
souffrait dans les armées un César qui lui disputait
l'empire (1). Une main cachée les chassait de *la ville*
éternelle pour la donner au chef de l'*Église éternelle*.
Peut-être que, dans l'esprit de Constantin, un commencement de foi et de respect se mêla à la gêne dont
je vous parle ; mais je ne doute pas un instant que ce
sentiment n'ait influé sur la détermination qu'il prit
de transporter le siège de l'empire, beaucoup plus
que tous les motifs politiques qu'on lui prête : *ainsi*
s'accomplissait le décret du Très-Haut (2). La même
enceinte ne pouvait renfermer l'empereur et le Pontife : Constantin céda Rome au Pape. La conscience
du genre humain, qui est infaillible, ne l'entendit pas
autrement, et de là naquit la *fable* de la donation, qui
est *très vraie*. L'antiquité, qui aime assez voir et toucher tout, fit bientôt de l'*abandon* (qu'elle n'aurait
pas même su nommer) une *donation* dans les formes. Elle la vit écrite sur le parchemin et déposée
sur l'autel de saint Pierre. Les modernes crient à la

1. Bossuet, *Lettre pastorale sur la Communion pascale*, nº IV, *ex Cyp.*
Epist. LI, ad Ant.
2. *Iliade*, I, 5.

fausseté, et c'est l'innocence même qui racontait ainsi ses pensées (1). Il n'y a donc rien de si vrai que la donation de Constantin. De ce moment on sent que les empereurs ne sont plus chez eux à Rome. Ils ressemblent à des étrangers qui de temps en temps viennent y loger avec permission. Mais voici qui est plus étonnant encore : Odoacre avec ses Hérules vient mettre fin à l'empire d'Occident, en 475 ; bientôt après, les Hérules disparaissent devant les Goths, et ceux-ci à leur tour cèdent la place aux Lombards, qui s'emparent du royaume d'Italie. Quelle force, pendant plus de trois siècles, empêchait tous les princes de fixer d'une manière stable leur trône à Rome? Quel bras les repoussait à Milan, à Pavie, à Ravenne, etc.? C'était la *donation* qui agissait sans cesse, et qui partait de trop haut pour n'être pas exécutée.

C'est un point qui ne saurait être contesté, que les Papes ne cessèrent de travailler pour maintenir aux empereurs grecs ce qui leur restait de l'Italie, contre les Goths, les Hérules, et les Lombards. Ils ne négligeaient rien pour inspirer le courage aux exarques et la fidélité aux peuples ; ils conjuraient sans cesse les empereurs grecs de venir au secours de l'Italie ; mais que pouvait-on obtenir de ces misérables princes ? Non seulement ils ne pouvaient rien faire pour l'Italie, mais ils la trahissaient systématiquement, parce qu'ayant des traités avec les Barbares qui les menaçaient du côté de Constantinople, ils n'osaient pas les inquiéter en Italie. L'état de ces belles contrées ne peut se décrire et fait encore pitié dans l'histoire. Désolée par les Barbares, abandonnée par ses souverains, l'Italie ne savait plus à qui elle appartenait, et ses peuples étaient réduits au désespoir. Au

---

1. Ne voyait-elle pas aussi un ange qu'effrayait Attila devant saint Léon ? Nous n'y voyons, nous autres modernes, que l'*ascendant* du Pontife ; mais comment peindre un *ascendant*? Sans la langue pittoresque des hommes du cinquième siècle, c'en était fait d'un chef-d'œuvre de Raphaël. Au reste, nous sommes tous d'accord sur le prodige. Un *ascendant* qui arrête Attila est bien aussi surnaturel qu'un ange, et qui sait même si ce sont deux choses ?

milieu de ces grandes calamités, les Papes étaient le
refuge unique des malheureux ; sans le vouloir et par
la force seule des circonstances, les Papes étaient
substitués à l'empereur, et tous les yeux se tournaient
de leur côté. Italiens, Hérules, Lombards, Français,
tous étaient d'accord sur ce point. Saint Grégoire
disait déjà de son temps : *Quiconque arrive à la place
que j'occupe est accablé par les affaires, au point de
douter souvent s'il est prince ou Pontife* (1).

En plusieurs endroits de ses lettres, on le voit faire
le rôle d'un administrateur souverain. Il envoie, par
exemple, un gouverneur à Népi, avec injonction au
peuple de lui obéir comme au Souverain Pontife lui-
même ; ailleurs il dépêche un tribun à Naples, chargé
de la garde de cette grande ville (2). On pourrait citer
un grand nombre d'exemples pareils. De tous côtés
on s'adressait au Pape ; toutes les affaires lui étaient
portées : insensiblement enfin, et sans savoir comment, il était devenu en Italie, par rapport à l'empereur grec, ce que le maire du palais était en France à
l'égard du roi titulaire.

Et cependant les idées d'usurpation étaient si
étrangères aux papes, qu'une année seulement avant
l'arrivée de Pépin en Italie, Étienne II conjurait
encore le plus misérable de ces princes (Léon l'Isaurien) de prêter l'oreille aux remontrances qu'il n'avait
cessé de lui adresser pour l'engager à venir au
secours de l'Italie (3).

On est assez comunément porté à croire que les
Papes passèrent subitement de l'état particulier à
celui de souverain, et qu'ils durent tout aux Carlovingiens. Rien cependant ne serait plus faux que

---

1. *Hoc in loco quisquis pastor dicitur, curis exterioribus graviter occupa-
tur, ita ut sæpe inæertum sit utrum pastoris officium an terreni proceris agat.*
(Lib. I, Epist. xxv, ad Joh. episc. C. P. et cæt. orient. Patr. — Orsi, dans le
livre cité, préf., p. xix.

2. Lib. II, Epist. xi, al. 8 *ad Nep.*, ibid. p. xx.

3. *Deprecans imperialem clementiam ut, juxta id quod et sæpius scripso-
rat, cum exercitu ad tuendas has Italiæ partes modis omnibus adveniret, etc.*
,Anast. le Biblioth., cité dans ,la Dissert. de Cenni, ibid., p. 202.)

cette idée. Avant ces fameuses donations qui hono-
rèrent la France plus que le Saint-Siège, quoique
peut-être elle n'en soit pas assez persuadée, les Papes
étaient souverains de fait, et le titre seul leur manquait.

Grégoire II écrivait à l'empereur Léon : « *L'Occi-
« dent a les yeux tournés sur notre humilité..... Il
« nous regarde comme l'arbitre et le modérateur de
« la tranquillité publique..... Si vous osiez en faire
« l'essai, vous le trouveriez prêt à se porter même où
« vous êtes pour y venger les injures de vos sujets
« d'Orient.* »

Zacharie, qui occupa le siège pontifical de 741 à
752, envoie une ambassade à Rachis, roi des Lombards, et stipule avec lui une paix de vingt ans, *en
vertu de laquelle toute l'Italie fut tranquille.*

Grégoire II, en 726, envoie des ambassadeurs à
Charles-Martel, et traite avec lui de prince à
prince (1).

Lorsque le pape Étienne se rendit en France,
Pépin vint à sa rencontre avec toute sa famille, et lui
rendit les honneurs souverains ; les fils du roi se
prosternèrent devant le Pontife. Quel évêque, quel
patriarche de la chrétienté aurait osé prétendre à de
telles distinctions ? En un mot, les Papes étaient maîtres absolus, souverains de fait, ou, pour s'exprimer exactement, souverains forcés, avant toutes les
libéralités carlovingiennes ; et, pendant ce temps
même, ils ne cessaient encore, jusqu'à Constantin
Copronyme, de dater leurs diplômes par les années
des empereurs, les exhortant sans relâche à défendre
l'Italie, à respecter l'opinion des peuples, à laisser
les consciences en paix ; mais les empereurs n'écou-
taient rien, et la dernière heure était arrivée. Les
peuples d'Italie, poussés au désespoir, ne prirent
conseil que d'eux-mêmes. Abandonnés par leurs

On peut voir tous ces faits détaillés dans l'ouvrage du cardinal Orsi, qui a
épuisé la matière. Je ne puis insister que sur les vérités générales et sur les
traits les plus marquants.

maîtres, déchirés par les Barbares, ils se choisirent
des chefs et se donnèrent des lois. Les Papes, devenus ducs de Rome par le fait et par le droit, ne pouvant plus résister aux peuples qui se jetaient dans
leurs bras, et ne sachant plus comment les défendre
contre les Barbares, tournèrent enfin les yeux sur
les princes français.

Tout le reste est connu. Que dire après Baronius,
Pagi, le Cointe, Marca, Thomassin, Muratori, Orsi,
et tant d'autres qui n'ont rien oublié pour mettre
cette grande époque de l'histoire dans tout son jour ?
J'observerai seulement deux choses, suivant le plan
que je me suis tracé :

1° L'idée de la souveraineté pontificale antérieure
aux donations carlovingiennes était si universelle et
si incontestable, que Pépin, avant d'attaquer Astol-
phe, lui envoya plusieurs ambassadeurs pour l'en·
gager à rétablir la paix et à RESTITUER *les propriétés
de la sainte Église de Dieu et de la république
romaine ;* et le Pape, de son côté, conjurait le roi
lombard, par ses ambassadeurs, de RESTITUER *de
bonne volonté et sans effusion de sang les propriétés
de la sainte Église de Dieu et la république des
Romains* (1) ; et, dans la fameuse charte *Ego Ludo-
vicus,* Louis le Débonnaire énonce que *P épin et Charlemagne avaient, depuis longtemps, par un acte de
donation,* RESTITUÉ *l'exarchat au bienheureux Apôtre et aux Papes* (2).

Imagine-t-on un oubli plus complet des empereurs
grecs, une confession plus claire et plus explicite de
la souveraineté romaine ?

Lorsque les armes françaises eurent ensuite écrasé

---

1. *Ut pacifice sine ulla sanguinis uffusione, propia S. Dei Ecclesiæ et
reipublicæ Rom.* REDDANT JURA. Et plus haut, RESTITUENDA JURA. (Orsi, lib. I,
cap. VII, p. 94, d'après Anasthase le Bibliothécaire.)

2. *Exarchatum quem... Pepinus rex... et genitor noster Carolus, impera-
tor, P. Petro et prædecessoribus vestris jam dudum, per donationis paginam*
RESTITUERUNT. Cette pièce est imprimée tout au long dans la nouvelle édition
des *Annales* du cardinal Baronius, t. XIII, p. 627. (Orsi, *ibid.*, cap x, p. 204.)

les Lombards et rétabli le Pape dans tous ses droits,
on vit arriver en France les ambassadeurs de l'empereur grec qui venaient se plaindre, et, « *d'un air*
« *incivil*, proposer à Pépin de rendre ses con-
« quêtes. » La cour de France se moqua d'eux, et
avec grande raison. Le cardinal Orsi accumule ici les
autorités les plus graves pour établir que les Papes
se conduisirent dans cette occasion selon toutes les
règles de la morale et du droit public. Je ne répéterai
point ce qui a été dit par ce docte écrivain, qu'on est
libre de consulter (1). Il ne paraît pas, d'ailleurs,
qu'il y ait des doutes sur ce point.

2° Les savants que j'ai cités plus haut ont employé
beaucoup d'érudition et de dialectique pour caractériser avec exactitude le genre de souveraineté que
les empereurs français établirent à Rome après
l'expulsion des Grecs et des Lombards. Les monuments semblent assez souvent se contrarier, et cela
doit être. Tantôt c'est le Pape qui commande à Rome,
et tantôt c'est l'empereur. C'est que la souveraineté
conservait beaucoup de cette mine ambiguë que nous
lui avons reconnue avant l'arrivée des Carlovingiens.
L'empereur de Constantinople la possédait de droit ;
les Papes, loin de la leur disputer, les exhortaient à
la défendre. Ils prêchaient de la meilleure foi
l'obéissance aux peuples, et cependant ils faisaient
tout. Après le grand établissement opéré par les
Français, le Pape et les Romains, accoutumés à cette
espèce de gouvernement qui avait précédé, laissaient
aller volontiers les affaires sur le même pied. Ils se
prêtaient même d'autant plus aisément à cette forme
d'administration, qu'elle était soutenue par la reconnaissance, par l'attachement et par la saine politique. Au milieu du bouleversement général qui marque cette triste mais intéressante époque de l'histoire,
l'immense quantité de brigands que suppose un tel
ordre de choses, le danger des Barbares, toujours

1. Orsi, lib. I, cap. vii, p. 104 et sqq.

aux portes de Rome, l'esprit républicain qui com-
mençait à s'emparer des têtes italiennes ; toutes ces
causes réunies, dis-je, rendaient l'intervention des
empereurs absolument indispensable dans le gouvernement des Papes. Mais, à travers cette espèce d'on-
dulation qui semble balancer le pouvoir en sens contraire, il est aisé, néanmoins, de reconnaître la souveraineté des Papes, qui est souvent protégée, quelquefois partagée de fait, mais jamais effacée. Ils font
la guerre, ils font la paix ; ils rendent la justice, ils
punissent les crimes, ils frappent monnaie, ils
reçoivent et envoient des ambassades : le fait même
qu'on a voulu tourner contre eux dépose en leur
faveur ; je veux parler de cette dignité de *patrice*
qu'ils avaient conférée à Charlemagne, à Pépin, et
peut-être même à Charles-Martel ; ce titre n'exprimait certainement alors *que la plus haute dignité
dont un homme peut jouir* SOUS UN MAÎTRE (1).

Je crains de me laisser entraîner ; cependant je ne
dis pas ce qui est rigoureusement nécessaire pour
mettre dans tout son jour un point des plus intéres-
sants de l'histoire. La souveraineté, de sa nature,
ressemble au Nil ; elle cache sa tête. Celle des Papes
seule déroge à la loi universelle. Tous les éléments
en ont été mis à découvert, afin qu'elle soit visible à
tous les yeux, *et vincat cum judicatur*. Il n'y a rien
de si évidemment juste dans son origine que cette
souveraineté extraordinaire. L'incapacité, la bas-
sesse, la férocité des souverains qui la précédèrent,
l'insupportable tyrannie exercée sur les biens, les
personnes et la conscience des peuples, l'abandon
formel de ces mêmes peuples livrés sans défense à
d'impitoyables Barbares ; le cri de l'Occident qui

---

1. *Patricii dicti illo sæculo et superioribus, qui provincias cum summa
auctoritate, sub principum imperio, administrabant.* (Marca, *de Concord.
sacerd. et imp.*, lib. XII.) Marca donne ici la formule du serment que prêtait le
patrice, et le cardinal Orsi l'a copiée (cap. II, p. 23). Il est remarquable qu'à la
suite de cette cérémonie, le patrice recevait le manteau **royal et le** diadème
Mantum... et aureum circulum in capite (Ibid., p. 27).

abdique l'ancien maître ; la nouvelle souveraineté qui s'élève, s'avance et se substitue à l'ancienne sans secousse, sans révolte, sans effusion de sang, poussée par une force cachée, inexplicable, invincible, et jurant foi et fidélité jusqu'au dernier instant à la faible et méprisable puissance qu'elle allait remplacer ; le droit de conquête, enfin, obtenu et solennellement cédé par l'un des plus grands hommes qui ait existé, par un homme si grand que la grandeur a pénétré son nom, et que la voix du genre humain l'a proclamé *grandeur*, au lieu de *grand* : tels sont les titres des Papes, et l'histoire ne présente rien de semblable.

Cette souveraineté se distingue donc de toutes les autres dans son principe et dans sa formation. Elle s'en distingue encore d'une manière éminente, en ce qu'elle ne présente point sa durée, comme je l'observais plus haut, cette soif inextinguible d'accroissement territorial qui caractérise toutes les autres. En effet, ni par la puissance spirituelle, dont elle fit jadis un si grand usage, ni par la puissance temporelle, dont elle a toujours pu se servir comme tout autre prince de la même force, on ne la voit jamais tendre à l'agrandissement de ses États par les moyens trop familiers à la politique ordinaire. De manière qu'après avoir tenu compte de toutes les faiblesses humaines, il n'en reste pas moins, dans l'esprit de tout sage observateur, l'idée d'une puissance évidemment assistée.

Sur les guerres soutenues par les Papes, il faut, avant tout, bien expliquer le mot de *puissance temporelle*. Il est équivoque, comme je l'ai dit plus haut : et, en effet, il exprime, chez les écrivains français, tantôt l'action exercée sur le temporel des princes en vertu du pouvoir spirituel, et tantôt le pouvoir temporel qui appartient au Pape comme souverain, et qui l'assimile parfaitement à tous les autres.

Je parlerai ailleurs des guerres que l'opinion a pu **mettre à la charge de la puissance spirituelle.** Quant

à celles que les Papes ont soutenues comme simples
souverains, il semble qu'on a tout dit en observant
qu'ils avaient précisément autant de droit de faire la
guerre que les autres princes ; car nul prince ne saurait avoir *droit* de la faire injustement, et tout prince
a droit de la faire justement. Il plut aux Vénitiens,
par exemple, d'enlever quelques villes au pape
Jules II, ou, du moins de les retenir contre toutes les
règles de la justice. Le Prince-Pontife, l'une des plus
grandes têtes qui aient régné, les en fit cruellement
repentir. Ce fut une guerre comme une autre, une
affaire temporelle de prince à prince, et parfaitement
étrangère à l'histoire ecclésiastique. D'où viendrait
donc au Pape le singulier privilège de ne pouvoir se
défendre ? Depuis quand un souverain doit-il se
laisser dépouiller de ses États sans opposer de résistance ? Ce serait une thèse toute nouvelle, et bien
propre surtout à donner des encouragements au brigandage, qui n'en a pas besoin.

Sans doute c'est un très grand mal que les Papes
soient forcés de faire la guerre ; sans doute encore,
Jules II, qui s'est trouvé sous ma plume, fut trop
guerrier ; cependant l'équité l'absout jusqu'à un
point qu'il n'est pas aisé de déterminer. « Jules, dit
« l'abbé de Feller, laissa échapper le sublime de sa
« place ; il ne vit pas ce que voient aujourd'hui ses
« sages successeurs, que le Pontife romain est le
« père commun, et qu'il doit être l'arbitre de la paix,
« non le flambeau de la guerre (1). »

Oui, lorsque la chose est possible ; mais, dans ces
sortes de cas, la modération du Pape dépend de celle
des autres puissances. S'il est attaqué, de quoi lui
sert sa qualité de *Père commun ?* Doit-il se borner à
bénir les canons pointés contre lui ? Lorsque Bonaparte envahit les États de l'Église, Pie VI lui opposa
une armée : *impar congressus Achilli !* Cependant il
maintint l'honneur de la souveraineté, et l'on vit

1. Feller, *Dict. hist.*, art. Jules II.

flotter ses drapeaux. Mais si d'autres princes avaient
eu le pouvoir et la volonté de joindre leurs armes à
celles du Saint-Père, le plus violent ennemi du Saint-
Siège eût-il osé blâmer cette guerre, et condamner,
chez les sujets du Pape, ces mêmes efforts qui auraient illustré tous les autres hommes de l'univers ?

Tous les sermons adressés aux Papes sur le rôle
pacifique qui convient à leur caractère sublime me
paraissaient donc hors de propos, à moins qu'il ne
fût question de guerres offensives et injustes, ce qui,
je crois, ne s'est pas vu, ou s'est vu, du moins, assez
rarement pour que mes propositions générales n'en
soient nullement ébranlées.

Le caractère, il faut encore le dire, ne saurait
jamais être totalement effacé chez les hommes. La
nature est bien la maîtresse de mettre dans la tête et
dans le cœur d'un Pape le génie et l'ascendant d'un
Gustave-Adolphe ou d'un Frédéric II. Que les chan-
ces de l'élection portent sur le trône pontifical un cardinal de Richelieu, difficilement il s'y tiendra tranquille. Il faudra qu'il s'agite, il faudra qu'il montre
ce qu'il est ; souvent il sera roi sans être Pontife, et
rarement même il obtiendra de lui d'être Pontife sans
être roi. Néanmoins, dans ces occasions mêmes, à
travers les élans de la souveraineté on pourra sentir
le Pontife. Prenons, par exemple, ce même Jules II,
celui de tous les Papes, si je ne me trompe, qui semble avoir donné le plus de prise à la critique sur
l'article de la guerre, et comparons-le avec Louis XII,
puisque l'histoire nous les présente dans une position absolument semblable, l'un au siège de la Miran-
dole, l'autre au siège de Peschiera, pendant la ligue
de Cambrai. « Le bon roi, le père du peuple, *honnête*
« *homme chez lui* (1), ne se piqua pas de faire usage,

_____

1. Voltaire, *Essai sur les mœurs*, etc., t. III, ch. cxii. Ce trait malicieux mérite attention. Je ne vante point la cuirasse de Jules II, quoique celle de
Ximenès ait mérité quelque louange ; mais je dis qu'avant de sévir contre la politique Jedules II, il faut bien examiner celle qu'il fut obligé de combattre. Les

« envers la garnison de Peschiera, de ses maximes
« sur la clémence (1). Tous les habitants furent
« passés au fil de l'épée ; le gouverneur André Riva
« et son fils furent pendus sur les murs (2). »

Voyez au contraire Jules II au siège de la Miran-
dole ; il accorda sans doute plusieurs choses à son
caractère moral, et son entrée par la brèche ne fut pas
extrêmement pontificale ; mais au moment où le
canon eut fait silence, il n'eut plus d'ennemis, et
l'historien anglais du pontificat de Léon X nous a
conservé quelques vers latins où le poète dit élégam-
ment à ce Pape guerrier : « A peine la guerre est
« déclarée que vous êtes vainqueur ; mais chez vous
« le pardon est aussi prompt que la victoire. Com-
« battre, vaincre et pardonner, pour vous c'est une
« même chose. Un jour nous donna la guerre ; le len-
« demain la vit finir, et votre colère ne dura pas plus
« que la guerre. Ce nom de Jules porte avec lui quel-
« que chose de divin ; il laisse douter si la valeur
« l'emporte sur la clémence (3). »

Bologne avait insulté Jules II à l'excès : elle était
allée jusqu'à fondre les statues de ce Pontife altier ;
et cependant, après qu'elle eut été obligée de se rendre à discrétion, il se contenta de menacer et d'exiger
quelques amendes ; et bientôt Léon X, alors cardinal,
ayant été nommé légat dans cette ville, tout demeura

puissances du second ordre font ce qu'elles peuvent. On les juge ensuite comme
si elles avaient fait ce qu'elles ont voulu. Il n'y a rien de si commun et de si
injuste.

1. *Hist. de la Ligue de Cambrai*, liv. I, ch. xxv.
2. *Life and Pontificate of Leo the tenth. by M. William Roscoe.* (London
M'Oreery, in-8, 1805. t. II, ch. viii, p. 68.)

3   Vix bellum indictum est quum vincis, nec citius vis
       Vincere quam parcas : hæc tria agis pariter.
    Una dedit bellum ; bellum lux sustulit una,
       Nec tibi quam bellum longior ira fuit.
    Hoc nomen divinum aliquid fert secum, et utrum sit
       Mitior anne idem fortior, ambigitur.

(Casanova, *post expugnationem Mirandulæ*, 21 juin 1511. — W. Roscoe,
ibid., p. 85.)

tranquille (1). Sous la main de Maximilien, et même
du *bon* Louis XII, Bologne n'en aurait pas été quitte
à si bon marché.

Qu'on lise l'histoire avec attention, comme sans
préjugés, et l'on sera frappé de cette différence,même
chez les Papes *les moins Papes*, s'il est permis de
s'exprimer ainsi. Du reste, tous ensemble, *comme
princes*, ont eu les mêmes droits que les autres princes, et il n'est pas permis de leur faire des reproches
sur leurs opérations politiques, quand même ils
auraient eu le malheur de ne pas faire mieux que
leurs augustes collègues. Mais si l'on remarque, au
sujet de la guerre en particulier, qu'ils l'ont faite
moins que les autres princes, qu'ils l'ont faite avec
plus d'humanité, qu'ils ne l'ont jamais recherchée ni
provoquée, et que du moment où les princes, par je
ne sais quelle convention tacite qui mérite quelque
attention, semblent s'être accordés à reconnaître la
neutralité des Papes, on n'a plus trouvé ceux-ci
mêlés dans les intrigues ou opérations guerrières ;
on ne saurait disconvenir que, même dans l'ordre
politique, ils n'aient maintenu la supériorité qu'on a
droit d'attendre de leur caractère religieux. En un
mot, *il est arrivé* quelquefois *aux Papes, considérés
comme princes temporels de ne pas se conduire
mieux que les autres.* C'est le seul reproche qu'on
puisse leur adresser justement ; le reste est calomnie.

Mais ce mot de *quelquefois* désigne des anomalies
qui ne doivent jamais être prises en considération.
Quand je dis, par exemple, que les Papes, comme
princes temporels, n'ont jamais provoqué la guerre,
je n'entends pas répondre de chaque fait de cette
longue histoire examinée ligne par ligne ; personne
n'a droit de l'exiger de moi. Je n'insiste, sans convenir inutilement de rien, je n'insiste, dis-je, que sur
le caractère général de la souveraineté pontificale.
Pour la juger sainement, il faut regarder d'en haut et

1. Roscoe, *Life and Pontificate*, etc., t. II, ch. ix, p. 128.

ne voir que l'ensemble. Les myopes ne doivent pas lire l'histoire : ils perdent leur temps.

Mais qu'il est difficile de juger les Papes sans préjugés ! Le xvie siècle alluma une haine mortelle contre le Pontife ; et l'incrédulité du nôtre, fille aînée de la réforme, ne pouvait manquer d'épouser toutes les passions de sa mère. De cette coalition terrible est née je ne sais quelle antipathie aveugle qui refuse même de se laisser instruire, et qui n'a pas encore cédé, à beaucoup près, au scepticisme universel. En feuilletant les papiers anglais, on demeure frappé d'étonnement à la vue des inconcevables erreurs qui occupent encore des têtes d'ailleurs très saines et très estimables.

A l'époque des fameux débats qui eurent lieu en l'année 1805, au parlement d'Angleterre, sur ce qu'on appelait l'*émancipation des Catholiques*, un membre de la Chambre haute s'exprimait ainsi dans une séance du mois de mai :

« Je pense, ET MÊME JE SUIS CERTAIN, que le Pape
« n'est *qu'une misérable marionnette* entre les mains
« de l'usurpateur du trône des Bourbons ; qu'il n'ose
« pas faire le moindre mouvement sans l'ordre de
« Napoléon ; et que si ce dernier lui demandait une
« bulle pour animer les prêtres irlandais à soulever
« leur troupeau contre le gouvernement, il ne la refu-
« serait point au despote (1). »

Mais l'encre qui nous transmit cette *certitude* curieuse était à peine sèche, que le Pape, sommé avec tout l'ascendant de la terreur de se prêter aux vues

---

1. *I thing, I am certain* that the Pope *is the miserable puppet of the usurper of the throne of the Bourbons theat he dare not move but by Napoleon's command ; and sould he order him to influence the Irish priests to rose their flocks to rebellion, he could not refuse to obey the despot.* (Parliamentary Debates, London, 1805, in-8, t. IV, col. 726). Ce ton colérique et insultant a lieu d'étonner dans la bouche d'un pair ; car c'est une règle générale, et que je recommande à l'attention particulière de tout véritable observateur, qu'en Angleterre la haine contre le Pape et le système catholique est en raison inverse de la dignité intrinsèque des personnes. Il y a des exceptions, sans doute, mais peu par rapport à la masse.

générales de Bonaparte contre les Anglais, répond *qu'étant le Père commun de tous les chrétiens, il ne peut avoir d'ennemis parmi eux* (1) ; et plutôt que de plier sur la demande d'une fédération d'abord directe, et ensuite indirecte contre l'Angleterre, il se laisse outrager, chasser, emprisonner ; il commence enfin ce long martyre qui l'a rendu si recommandable à l'univers entier.

Maintenant si j'avais l'honneur d'entretenir ce noble sénateur de la Grande-Bretagne, *qui pense et qui est même certain* que le Pape n'est qu'une misérable marionnette aux ordres des brigands qui veulent l'employer, je lui demanderais avec la franchise et les égards qu'on doit à un homme de sa sorte, je lui demanderais, dis-je, non pas ce qu'il pense du Pape, mais ce qu'il pense de lui-même en se rappelant ce discours.

CHAPITRE VII

Objets que se proposèrent les anciens Papes dans leurs contestations avec les Souverains.

Si l'on examine, sur la règle incontestable que nous avons établie, la conduite des Papes pendant la longue lutte qu'ils ont soutenue contre la puissance temporelle, on trouvera qu'ils se sont proposé trois buts, invariablement suivis avec toutes les forces dont ils ont pu disposer en leur double qualité : 1° inébranlable maintien des lois du mariage contre toutes les attaques du libertinage tout-puissant ; 2° conservation des droits de l'Église et des mœurs sacerdotales ; 3° liberté de l'Italie.

---

1. Voyez la note du cardinal secrétaire d'État, datée du palais Quirinal, le 19 avril 1808, en réponse à celle de M. Le Febvre, chargé des affaires de France.

ARTICLE PREMIER

Sainteté des mariages.

Un grand adversaire des Papes, qui s'est beaucoup plaint *du scandale des excommunications,* observe que *c'étaient toujours des mariages faits ou rompus qui ajoutaient ce nouveau scandale au premier* (1).

Ainsi un adultère public est un *scandale,* et l'acte destiné à le réprimer est un *scandale* aussi. Jamais deux choses plus différentes ne portèrent le même nom. Mais tenons-nous-en pour le moment à l'assertion incontestable *que les Souverains Pontifes employèrent principalement les armes spirituelles pour réprimer la licence anti-conjugale des princes.*

Or, jamais les Papes et l'Église, en général, ne rendirent de service plus signalé au monde que celui de réprimer chez les princes, par l'autorité des censures ecclésiastiques, les accès d'une passion terrible même chez les hommes doux, mais qui n'a plus de nom chez les hommes violents, et qui se jouera constamment des plus saintes lois du mariage partout où elle sera à l'aise. L'amour, lorsqu'il n'est pas apprivoisé jusqu'à un certain point par une extrême civilisation, est un animal féroce capable des plus horribles excès. Si l'on ne veut pas qu'il dévore tout, il faut qu'il soit enchaîné, et il ne peut l'être que par la terreur ; mais que fera-t-on craindre à celui qui ne craint rien sur la terre ? La sainteté des mariages,

---

1. *Lettres sur l'Histoire.* Paris, Nyon, 1805, t. II, lettre XLVII, p. 485. Les papiers publics m'apprennent que les talents et les services du magistrat français, auteur de ces *Lettres,* l'ont porté à la double illustration de la prairie et du ministère. Un gouvernement imitateur de l'Angleterre ne saurait l'imiter plus heureusement que dans les distinctions qu'elle accorde aux grandes magistratures. Je prie le respectable auteur de permettre que je le contredise de temps en temps, à mesure que ses idées s'opposeront aux miennes ; car nous sommes, lui et moi, une nouvelle preuve qu'avec des vues également droites de part et d'autre, on peut néanmoins se trouver opposé de front. Cette polémique innocente servira, je l'espère, la vérité, sans blesser la courtoisie.

base sacrée du bonheur public, est surtout de la plus
haute importance dans les familles royales, où les
désordres d'un certain genre ont des suites incalculables dont on est bien éloigné de se douter. Si, dans
la jeunesse des nations septentrionales, les Papes
n'avaient pas eu le moyen d'épouvanter les passions
souveraines, les princes, de caprice en caprice et
d'abus en abus, auraient fini par établir en loi le
divorce, et peut-être la polygamie ; et ce désordre se
répétant, comme il arrive toujours, jusque dans les
dernières classes de la société, aucun œil ne saurait
plus apercevoir les bornes où se serait arrêté un tel
débordement.

Luther, débarrassé de cette puissance incommode
qui, sur aucun point de la morale, n'est plus inflexible que sur celui du mariage, n'eut-il pas l'effronterie
d'écrire dans son commentaire sur la Genèse, publié
en 1525, que *sur la question de savoir si l'on peut
avoir plusieurs femmes, l'autorité des patriarches
nous laisse libres ; que la chose n'est ni permise ni
défendue, et que pour lui il ne décide rien* (1) : édifiante théorie, qui trouva bientôt son application dans
la maison du landgrave de Hesse-Cassel.

Qu'on eût laissé faire les princes indomptés du
moyen âge, et bientôt on eût vu les mœurs des
païens (2). L'Église même, malgré sa vigilance et
ses efforts infatigables, et malgré la force qu'elle
exerçait sur les esprits dans les siècles plus ou moins
reculés, n'obtenait cependant que des succès équivoques ou intermittents. Elle n'a vaincu qu'en ne
reculant jamais.

Le noble auteur que je citais tout à l'heure a fait
des réflexions bien sages sur la répudiation d'É-

---

1. Bellarmin, *De Controv. christ. fid.* Ingolst., 1601, in-fol., t. III, col. 1734.
2. « Les rois francs, Gontran, Caribert, Sigebert, Chilpéric, Dagobert, avaient
« eu plusieurs femmes à la fois sans qu'on eût murmuré ; et si c'était un scan-
« dale, il était sans trouble. » (Voltaire, *Essai sur l'Histoire générale*, t. I,
ch. xxx, p. 146.) Admettons le fait ; il prouve seulement combien de semblables
princes avaient besoin d'être réprimés.

léonore de Guienne : « Cette répudiation, dit-il, fit
« perdre à Louis VII les riches provinces qu'elle lui
« avait apportées..... Le mariage d'Éléonore arron-
« dissait le royaume et l'étendait jusqu'à la mer de
« Gascogne. C'était l'ouvrage du célèbre Suger, un
« des plus grands hommes qui aient existé, un des
« plus grands ministres, un des plus grands bien-
« faiteurs de la monarchie. Tant qu'il vécut, il
« s'opposa à une répudiation qui devait attirer sur la
« France tant de calamités ; mais, après sa mort,
« Louis VII n'écouta que les motifs de mécontente-
« ment personnels qu'il avait contre Éléonore. *Il*
« *devait songer que les mariages des rois sont autre*
« *chose que des actes de famille : ce sont,*ET C'ÉTAIENT
« SURTOUT ALORS, *des traités politiques qu'on ne peut*
« *changer sans donner les plus grandes secousses*
« *aux États dont ils ont réglé le sort* (1). »
    On ne saurait mieux dire ; mais tout à l'heure, lors-
qu'il s'agissait des mariages sur lesquels le Pape
avait cru devoir interposer son autorité, la chose
s'offrait à l'auteur sous une autre face, et l'action du
Souverain Pontife, pour empêcher un adultère
solennel, n'était plus qu'*un scandale ajouté à celui de
l'adultère.* Telle est, même sur les meilleurs esprits,
la force entraînante des préjugés de siècle, de nation
et de corps ; il était cependant très aisé de voir qu'un
grand homme capable d'arrêter un prince passionné,
et un prince passionné capable de se laisser mener
par un grand homme, sont deux phénomènes si rares
qu'il n'y a rien de si rare au monde, excepté l'heu
reuse rencontre d'un tel ministre et d'un tel prince.
    L'écrivain que j'ai cité dit fort bien, SURTOUT ALORS.
Sans doute, *surtout alors !* il fallait donc *alors* des
remèdes dont on peut se passer et qui seraient même
nuisibles *aujourd'hui.* L'extrême civilisation appri-
voise les passions ; en les rendant peut-être plus
abjectes et plus corruptives, elle leur ôte au moins

1. Voltaire, *Lettres sur l'Histoire*, lettre XLIV p. 479 à 481.

cette féroce impétuosité qui distingue la barbarie. Le christianisme, qui ne cesse de travailler sur l'homme, a surtout déployé ses forces dans la jeunesse des nations ; mais toute la puissance de l'Église serait nulle si elle n'était pas concentrée sur une seule tête étrangère et souveraine. Le prêtre sujet manque toujours de force, et peut-être même qu'il en doit manquer à l'égard de son souverain. La Providence peut susciter un Ambroise (*rara avis in terris !*) pour effrayer un Théodose ; mais, dans le cours ordinaire des choses, le bon exemple et les remontrances respectueuses sont tout ce qu'on doit attendre du sacerdoce. A Dieu ne plaise que je nie le mérite et l'efficacité réelle de ces moyens ! mais, pour le grand œuvre qui se préparait, il en fallait d'autres ; et pour l'accomplir, autant que notre faible nature le permet, les Papes furent choisis. Ils ont tout fait pour la gloire, pour la dignité, pour la *conservation* surtout des races souveraines. Quelle autre puissance pouvait se douter de l'importance des lois du mariage des races souveraines. Quelle autre puissance pouvait les faire exécuter *sur les trônes surtout ?* Notre siècle grossier a-t-il pu seulement s'occuper de l'un des plus profonds mystères du monde ? Il ne serait cependant pas difficile de découvrir certaines lois, ni même d'en montrer la sanction dans les événements connus, si le respect le permettait ; mais que dire à des hommes qui croient qu'ils peuvent faire des souverains ?

Ce livre n'étant pas une histoire, je ne veux point accumuler les citations. Il suffira d'observer en général que les Papes ont lutté et pouvaient seuls lutter sans relâche pour maintenir sur les trônes la pureté et l'indissolubilité du mariage, et que, pour cette raison seule, ils pourraient être placés à la tête des bienfaiteurs du genre humain. « Car les mariages des « princes, c'est Voltaire qui parle, font dans l'Eu- « rope le destin des peuples ; *et jamais il n'y a eu de*

« *cour entièrement livrée à la débauche, sans qu'il y*
« *ait eu des révolutions et même des séditions* (1). »

Il est vrai que ce même Voltaire, après avoir rendu
un témoignage si éclatant à la vérité, se déshonore
ailleurs par une contradiction frappante, qu'il appuie
d'une observation pitoyable :

« L'aventure de Lothaire, dit-il, fut le premier
« *scandale* touchant le mariage des têtes couronnées
« en Occident (2). » Voilà encore le mot de *scandale*
appliqué avec la même justesse que nous avons
admirée plus haut ; mais ce qui suit est exquis : « *Les*
« *anciens Romains et les Orientaux furent plus*
« *heureux sur ce point* (3). »

Quelle insigne déraison ! Les anciens Romains
n'avaient point de rois ; depuis, ils eurent des monstres. Les Orientaux ont la polygamie et tout ce
qu'elle a produit. Nous aurions aujourd'hui des
monstres, ou la polygamie, ou l'un et l'autre, sans les
Papes.

Lothaire ayant répudié sa femme Theutberge pour
épouser Waldrade, avait fait approuver son mariage
par deux conciles assemblés, l'un à Metz, l'autre à
Aix-la-Chapelle. Le Pape Nicolas Ier le cassa, et son
successeur, Adrien II, fit jurer au roi, en lui donnant
la communion, qu'il avait sincèrement quitté Waldrade (ce qui était cependant faux), et il exigea le
même serment de tous les seigneurs qui accompa-
gnaient Lothaire. Ceux-ci moururent presque tous
subitement, et le roi lui-même expira un mois juste
après son serment. Là-dessus, Voltaire *n'a pas manqué* de nous dire *que tous les historiens n'ont pas
manqué de crier au miracle* (4). Au fond, on est
étonné souvent de choses moins étonnantes ; mais il
ne s'agit point ici de miracles ; contentons-nous d'ob-

1. Voltaire, *Essai sur l'Histoire générale.* t. III, ch. ci, p. 518; ch. cii,
p. 520.
2. *Id., ibid.*, t. I, ch. xxx, p. 449.
3. *Id., ibid.*
4. *Id., ibid.*

server que ces grands et mémorables actes d'autorité
spirituelle sont dignes de l'éternelle reconnaissance
des hommes et n'ont jamais pu émaner que des Souverains Pontifes.

Et lorsque Philippe, roi de France, s'avisa, en 1092,
d'épouser une femme mariée, l'archevêque de Rouen,
l'évêque de Senlis et celui de Bayeux, n'eurent-ils pas
la bonté de bénir cet étrange mariage, malgré l'opposition d'Yves de Chartres ?

> Quand un roi veut le crime, il est trop obéi.

Le Pape seul pouvait donc y mettre opposition ; et
loin de déployer une sévérité exagérée, il finit par
se contenter d'une promesse mal exécutée.

Dans ces deux exemples on voit tous les autres.
L'opposition ne saurait être placée mieux que dans
une puissance étrangère et souveraine, même temporellement. Car les *Majestés*, en se contrariant, en
se balançant, en se choquant même, ne se LÈSENT
point, nul n'étant avili en combattant son égal ; au
lieu que si l'opposition est dans l'État même, chaque
acte de résistance, de quelque manière qu'il soit
formé, compromet la souveraineté.

Le temps est venu où, pour le bonheur de l'humanité, il serait bien à désirer que les Papes reprissent
une juridiction éclairée sur les mariages des princes,
non par un *veto* effrayant, mais par de simples refus,
qui devraient plaire à la raison européenne. De
funestes déchirements religieux ont divisé l'Europe
en trois grandes familles : la latine, la protestante et
celle qu'on nomme *grecque*. Cette scission a restreint
infiniment le cercle des mariages dans la famille
latine: chez les deux autres il y a moins de danger
sans doute, l'indifférence sur les dogmes se prêtant
sans difficulté à toute sorte d'arrangements ; mais
chez nous le danger est immense. Si l'on n'y prend
garde, incessamment toutes les races augustes mar-

cheront rapidement à leur destruction, et sans doute
il y aurait une faiblesse bien criminelle à cacher que
le mal a déjà commencé. Qu'on se hâte d'y réfléchir
pendant qu'il est temps. Toute dynastie nouvelle étant
une plante qui ne croît que dans le sang humain, le
mépris des principes les plus évidents expose de nouveau l'Europe, et par conséquent le monde, à d'interminables carnages. O princes, que nous aimons, que
nous vénérons, pour qui nous sommes prêts à verser
notre sang au premier appel, sauvez-nous des *guerres
de successions !* Nous avons épousé vos races ; con-
servez-les ! Vous avez succédé à vos pères, pourquoi
ne voulez-vous pas que vos fils vous succèdent ? Et
de quoi vous servira notre dévouement si vous le
rendez inutile ? Laissez donc arriver la vérité jusqu'à
vous ; et puisque les conseils les plus inconsidérés
ont réduit le Grand Prêtre à ne plus oser vous la dire,
permettez au moins que vos fidèles serviteurs l'intro-
duisent auprès de vous.

  Quelle loi dans la nature entière est plus évidente
que celle qui a statué que tout ce qui germe dans
l'univers désire un sol étranger ? La graine se développe à regret sur ce même sol qui porta la tige dont
elle descend : il faut semer sur la montagne le blé de
la plaine, et dans la plaine celui de la montagne ; de
tous côtés on appelle la semence lointaine. La loi
dans le règne animal devient plus frappante ; aussi
tous les législateurs lui rendirent hommage par des
prohibitions plus ou moins étendues. Chez les nations
dégénérées, qui s'oublièrent jusqu'à permettre le
mariage entre des frères et des sœurs, ces unions
infâmes produisirent des monstres. La loi chrétienne,
dont l'un des caractères les plus distinctifs est de
s'emparer de toutes les idées générales pour les
réunir et les perfectionner, étendit beaucoup les
prohibitions ; s'il y eut quelquefois de l'excès dans
ce genre, c'était l'excès du bien, et jamais les canons
n'égalèrent sous ce point la sévérité des lois chi-

noises (1). Dans l'ordre matériel, les animaux sont nos maîtres. Par quel aveuglement déplorable l'homme qui dépensera une somme énorme pour unir, par exemple, le cheval d'Arabie à la cavale normande, se donnera-t-il néanmoins sans la moindre difficulté une épouse de son sang ? Heureusement toutes nos fautes ne sont pas mortelles ; mais toutes-cependant sont des fautes, et toutes deviennent mortelles par la continuation et par la répétition. Chaque forme organique portant en elle-même un principe de destruction, si deux de ces principes viennent à s'unir, ils produiront une troisième forme incomparablement plus mauvaise ; car toutes les puissances qui s'unissent ne s'additionnent pas seulement, elles se multiplient. Le Souverain Pontife aurait-il par hasard le droit de dispenser des lois physiques ? Partisan sincère et systématique de ses prérogatives, j'avoue cependant que celle-là m'était inconnue. Rome moderne n'est-elle point surprise ou rêveuse, lorsque l'histoire lui apprend ce qu'on pensait, dans le siècle de Tibère et de Caligula, de certaines unions alors inouïes (2) ? et les vers accusateurs qui faisaient retentir la scène antique, répétés aujourd'hui par la voix des sages, ne rencontreraient-ils point quelque faible écho dans les murs de Saint-Pierre (3) ?

Sans doute que des circonstances extraordinaires exigent quelquefois, ou permettent au moins des dispositions extraordinaires ; mais il faut se ressouvenir aussi que toute exception à la loi, admise par la loi, ne demande plus qu'à devenir loi.

Quand même ma respectueuse voix pourrait s'élever jusqu'à ces hautes régions où les erreurs prolongées peuvent avoir de si funestes suites, elle ne saurait

---

1. Il n'y a que cent noms à la Chine, et le mariage y est prohibé entre toutes es personnes qui portent le même nom, quand même il n'y a plus de parenté.
2. Tacite, *Ann.*, XII, 5, 6, 7.
3. Senecæ Trag., *Octav.*, I, 138, 139.

y être prise pour celle de l'audace ou de l'imprudence.
Dieu donna à la franchise, à la fidélité, à la droiture,
un accent qui ne peut être ni contrefait ni méconnu.

ARTICLE II

Maintien des lois ecclésiastiques et des mœurs sacerdotales.

On peut dire, au pied de la lettre, en demandant
grâce pour une expression trop familière, que vers
le x⁵ siècle le genre humain, en Europe, *était devenu
fou*. Du mélange de la corruption romaine avec la
férocité des Barbares qui avaient inondé l'empire il
était enfin résulté un état de choses que, heureusement, peut-être on ne verra plus. *La férocité et la
débauche, l'anarchie et la pauvreté étaient dans tous
les États. Jamais l'ignorance ne fut plus universelle* (1). Pour défendre l'Église contre le débordement affreux de la corruption et de l'ignorance, il ne
fallait pas moins qu'une puissance d'un ordre supérieur, et tout à fait nouvelle dans le monde. Ce fut
celle des Papes. Eux-mêmes, dans ce malheureux
siècle, payèrent un tribut fatal et passager au désordre général. *La Chaire pontificale était opprimée,
déshonorée et sanglante* (2) ; mais bientôt elle reprit
son ancienne dignité ; et c'est aux Papes que l'on dut
le nouvel ordre qui s'établit (3).

Il serait permis sans doute de s'irriter de la mauvaise foi qui insiste avec tant d'aigreur sur les vices
de quelques Papes, sans dire un mot de l'effroyable
débordement qui régna de leur temps.

Je passe maintenant à la grande question qui a si
fort retenti dans le monde : je veux parler de celle
des investitures, agitée alors entre les deux puissan-

1. Voltaire, *Essai sur l'Histoire générale*, t. I, ch. xxxviii, p. 533.
2. *Id., ibid.*, ch. xxxiv, p. 416.
3. « On s'étonne que sous tant de Papes si scandaleux (X⁵ siècle) et si peu
« puissants, l'Église romaine ne perdit ni ses prérogatives ni ses prétentions. »
(*Id., ibid.*, ch. xxxv.) C'est fort bien dit de *s'étonner ;* car le phénomène est
humainement inexplicable.

ces avec une chaleur que les hommes,même passablement instruits, ont peine à comprendre de nos jours.

Certes, ce n'était pas une vaine querelle que celle des investitures. Le pouvoir temporel menaçait ouvertement d'éteindre la suprématie ecclésiastique. L'esprit féodal, qui dominait alors, allait faire de l'Église, en Allemagne et en Italie, un grand fief relevant de l'empereur. Les mots, toujours dangereux, l'étaient particulièrement sur ce point, en ce que celui de *bénéfice* appartenait à la langue féodale, et qu'il signifiait également le fief et le titre ecclésiastiques ; car le fief était le *bénéfice* ou le *bienfait* par excellence (1). Il fallut même des lois pour empêcher les prélats de donner en fief les biens ecclésiastiques, tout le monde voulant être vassal ou suzerain (2).

Henri V demandait, ou qu'on lui abandonnât les investitures, ou qu'on obligeât les évêques à renoncer à tous les grands biens et à tous les droits qu'ils tenaient de l'empire (3).

La confusion des idées est visible dans cette prétention. Le prince ne voyait que les possessions temporelles et le titre féodal. Le pape Calixte II lui fit proposer d'établir les choses sur le pied où elles étaient en France, où, quoique les investitures ne se prissent point par l'anneau et par la crosse, les évêques ne laissaient pas de s'acquitter parfaitement de leurs devoirs pour le temporel et les fiefs (4).

Au concile de Reims, tenu en 1119 par ce même Calixte II, les Français prouvèrent déjà à quel point ils avaient l'oreille juste. Car le Pape ayant dit : *Nous défendons absolument de recevoir de la main d'une personne laïque l'investiture des églises ni celle des biens ecclésiastiques,* toute l'assemblée se récria, parce que le canon semblait refuser aux princes le

---

1. *Sic progressum est ut ad filios deveniret* (feudum), *in quem scilicet dominus hoc vellet beneficium pertinere.* (Consuet. feud., lib. I, tit. I, § 1.)
2. *Episcopum vel abbatem feudum dare non posse.* (Ibid., lib. I, tit. VI.)
3. Maimbourg, *Hist. de la Décad. de l'emp.,* t. II, liv. IV, ann. 1109.
4. *Id., ibid.,* ann. 1119.

droit de donner les fiefs et les régales dépendant de leur couronne. Mais dès que le Pape eut changé l'expression et dit : *Nous défendons absolument de recevoir des laïques l'investiture des évéchés et des abbayes*, il n'y eut qu'une voix pour approuver tant le décret que la sentence d'excommunication. Il y avait à ce concile au moins quinze archevêques, deux cents évêques de France, d'Espagne, d'Angleterre et d'Allemagne même. Le roi de France était présent, et Suger approuvait.

Ce fameux ministre ne parle d'Henri V que comme d'un parricide dépourvu de tout sentiment d'humanité ; et le roi de France promit au Pape de l'assister de toutes ses forces contre l'empereur (1).

Ce n'est point ici un caprice du Pape ; c'est l'avis de toute l'Église, et c'est encore celui de la puissance temporelle la plus éclairée qu'il fût possible de citer alors.

Le pape Adrien IV donna un second exemple de l'extrême attention qui était indispensable alors pour distinguer des choses qui ne pouvaient ni différer davantage, ni se toucher de plus près. Ce Pape ayant avancé, peut-être sans y bien réfléchir, que *l'empereur* (Frédéric Ier) *tenait de lui le* BÉNÉFICE de la *couronne impériale*, ce prince crut devoir le contredire publiquement par une lettre circulaire ; sur quoi le Pape, voyant combien ce mot de *bénéfice* avait excité d'alarmes, prit le parti de s'expliquer, en déclarant que par *bénéfice* il avait entendu *bienfait* (2).

Cependant l'empereur d'Allemagne vendait publiquement les bénéfices ecclésiastiques. Les prêtres portaient les armes (3) ; un concubinage scandaleux

---

1. Maimbourg, *Hist. de la Décad. de l'emp.*, t. II, liv, IV, ann. 1119.
2. Il serait inutile de parler ici latin, puisque notre langue se prête à représenter exactement cette redoutable thèse de grammaire.
3. Maimbourg, *ibid.*, liv. III, ann. 1074. — « Frédéric ternit, par plusieurs « actes de tyrannie, l'éclat de ses belles qualités. Il se brouilla sans raison avec « différents Papes ; il saisit le revenu des bénéfices vacants, s'appropria la nomi- « nation aux évêchés, et fit ouvertement un trafic simoniaque de ce qui était sacré. » (*Vies des Saints*, trad. de l'anglais, in-8, t. III, p. 522, SAINT GULDIN, 18 avril.)

souillait l'ordre sacerdotal ; il ne fallait plus qu'une mauvaise tête pour anéantir le sacerdoce, en proposant le mariage des prêtres comme un remède à de plus grands maux. Le Saint-Siège seul put s'opposer au torrent, et mettre au moins l'Église en état d'attendre, sans une subversion totale, la réforme qui devait s'opérer dans les siècles suivants. Écoutons encore Voltaire, dont le bon sens naturel fait regretter que la passion l'en prive si souvent :

« Il résulte de toute l'histoire de ces temps-là que
« la société avait *peu de règles certaines* chez les
« nations occidentales ; que les États avaient *peu de*
« *lois*, et que l'Église voulait leur en donner (1). »

Mais, parmi tous les Pontifes appelés à ce grand œuvre, saint Grégoire VII s'élève majestueusement,

Quantum lenta solent inter viburna cupressi.

Les historiens de son temps, même ceux que leur naissance pouvait faire pencher du côté des empereurs, ont rendu pleine justice à ce grand homme. « C'était, dit l'un deux, un homme profondément « instruit dans les saintes lettres, et brillant de toutes « les sortes de vertus (2). » — « Il exprimait, dit un « autre, dans sa conduite toutes les vertus que sa « bouche enseignait aux hommes (3) ; » et Fleury, qui ne gâte pas les Papes, comme on sait, ne refuse point cependant de reconnaître que saint Grégoire VII « fut un homme vertueux, né avec un grand « courage, élevé dans la discipline monastique la « plus sévère, et plein d'un zèle ardent pour purger « l'Église des vices dont il la voyait infectée, parti- « culièrement de la simonie et de l'incontinence du « clergé (4). »

---

1. Voltaire, *Essai sur l'Hist. gén.*, t. I, ch. xxx, p. 50.
2. *Virum sacris litteris eruditissimum et omnium virtutum genere celeberrimum.* (Lambert de Schafnabourg, le plus fidèle des historiens de ce temps-là.) — Maimbourg, *Hist. de la Décad. de l'emp.*, ann. 1071 ad 1076.
3. *Quod verbo docuit exemplo declaravit.* (Othon de Frisingue, *ibid.* ann. 1073.) Le témoignage de cet annaliste n'est pas suspect.
4. *Disc. sur l'Hist. eccl.*, III, n° 17, et IV, n° 1.

Ce fut un superbe moment, et qui fournirait le sujet d'un très beau tableau, que celui de l'entrevue du Canossa près de Reggio, en 1077, lorsque ce Pape, tenant l'Eucharistie entre ses mains, se tourna du côté de l'empereur, et le somma de *jurer, comme il jurait lui-même, sur son salut éternel, de n'avoir jamais agi qu'avec une pureté parfaite d'intention pour la gloire de Dieu et le bonheur des peuples ;* sans que l'empereur, oppressé par sa conscience et par l'ascendant du Pontife, osât répéter la formule ni recevoir la communion.

. Grégoire ne présumait donc pas trop de lui-même, lorsqu'en s'attribuant, avec la conscience intime de sa force, la mission d'instituer la souveraineté européenne, jeune encore à cette époque et dans la fougue des passions, il écrivait ces paroles remarquables :
« Nous avons soin, avec l'assistance divine, de four-
« nir aux empereurs, aux rois et aux autres souve-
« rains, les armes spirituelles dont ils ont besoin
« pour apaiser chez eux les tempêtes fougueuses de
« l'orgueil. »

C'est-à-dire, je leur apprends qu'un roi n'est pas un tyran. — Et qui donc le leu · aurait appris sans lui (1) ?

Maimbourg se plaint sérieusement de ce que « l'humeur impérieuse et inflexible de Grégoire VII « ne put lui permettre d'accompagner son zèle de « cette belle modération qu'eurent ses cinq prédé- « cesseurs (2). »

Malheureusement, *la belle modération* de ces Pontifes ne corrigea rien, et toujours on se moqua d'eux.

---

1. *Imperatoribus et regibus, cæterisque principibus, ut elationes maris et superbiæ fluctus comprimere valeant arma humilitatis, Deo auctore, providere curamus.* C'est cependant de ce grand homme que Voltaire a osé dire : « L'Eglise l'a mis au nombre des saints, comme les peuples de l'antiquité déi- « fiaient leurs défenseurs ; et les sages l'ont mis au nombre des fous. » (T. III, ch. xlvi, p. 44.) — Grégoire VII un fou ! et fou *au jugement des sages, comme les anciens défenseurs des peuples ! ! !* En vérité, — mais on ne réfute pas un fou (ici l'expression est exacte) ; il suffit de le présenter et de le laisser dire.
2. *Hist. de la Décad. de l'emp.*, liv. III, ann. 1073.

Jamais la violence ne fut arrêtée par la modération. Jamais les puissances ne se balancent que par des efforts contraires. Les empereurs se portèrent contre les Papes à des excès inouïs dont on ne parle jamais : ceux-ci à leur tour peuvent quelquefois avoir passé envers les empereurs les bornes de la modération, et l'on fait grand bruit de ces actes un peu exagérés que l'on présente comme des forfaits. Mais les choses humaines ne sont point autrement. Jamais aucun amalgame politique n'a pu s'opérer autrement que par le mélange de différents éléments qui, s'étant d'abord choqués, ont fini par se pénétrer et se tranquilliser.

Les Papes ne disputaient point aux empereurs l'investiture *par le sceptre*, mais seulement l'investiture *par la crosse et l'anneau*. Ce n'était rien, dira-t-on. Au contraire, c'était tout. Et comment se serait-on si fort échauffé de part et d'autre, si la question n'avait pas été importante ? Les Papes ne disputaient pas même sur les élections, comme Maimbourg le prouve par l'exemple de Suger (1). Ils consentaient de plus à l'investiture *par le respect ;* c'est-à-dire qu'ils ne s'opposaient point à ce que les prélats, considérés comme vassaux, reçussent de leur seigneur suzerain, par l'investiture féodale, *ce mère et mixte empire* (pour parler le langage féodal), véritable essence du fief, qui suppose de la part du seigneur féodal une participation à la souveraineté, payée, envers le seigneur suzerain qui en est la source, par la dépendance politique et la loi militaire (2).

---

1. *Hist. de la Décad.*, etc., liv. III, ann. 1121.

2. Voltaire est exclusivement plaisant sur le gouvernement féodal. « On a « longtemps cherché, dit-il, l'origine de ce gouvernement ; il est à croire qu'i « n'en a point d'autre que l'ancienne coutume de toutes les nations d'imposer « un hommage et un tribut au plus faible. » (*Essai*, t. I, ch. xxxviii, p. 512.) Voilà ce que Voltaire savait sur ce gouvernement *qui fut*, comme l'a dit Montesquieu avec beaucoup de vérité, *un moment unique dans l'histoire*. Tous les ouvrages sérieux de Voltaire, s'il en a fait de sérieux, *étincellent* de traits semblables ; et il est utile de les faire remarquer, afin que chacun soit bien convaincu que nul degré d'esprit et de talent ne saurait donner à aucun homme je droit de parler de ce qu'il ne sait pas. « Les empereurs et les rois ne pré-

Mais ils ne voulaient point d'investiture *par la
crosse et par l'anneau*, de peur que le souverain temporel, en se servant de ces deux signes religieux pour
la cérémonie de l'investiture, n'eût l'air de conférer
lui-même le titre et la juridiction spirituelle, en changeant ainsi le bénéfice en fief ; et, sur ce point, l'empereur se vit à la fin obligé de céder (1). Mais,
dix ans après, Lothaire revenait encore à la charge et
tâchait d'obtenir du pape Innocent II le rétablissement des investitures *par la crosse et l'anneau* (1131),
tant cet objet *paraissait*, c'est-à-dire *était* important !

Grégoire VII alla sans doute sur ce point plus loin
que les autres Papes, puisqu'il se crut en droit de
contester au souverain le serment purement féodal
du prélat vassal. Ici on peut voir une de ces exagérations dont je parlais tout à l'heure ; mais il faut considérer l'excès que Grégoire avait en vue. Il craignait
le *fief* qui éclipsait le *bénéfice*. Il craignait les prêtres
guerriers. Il faut se mettre dans le véritable point de
vue, et l'on trouvera moins légère cette raison allé-
guée au concile de Châlons-sur-Saône (1073), pour
soustraire les ecclésiastiques au serment féodal, *que
les mains qui consacraient le corps de Jésus-Christ ne
devaient point se mettre entre des mains trop souvent
souillées par l'effusion du sang humain, peut-être
encore par des rapines ou d'autres crimes* (2). Chaque
siècle a ses préjugés et sa manière de voir d'après
laquelle il doit être jugé. C'est un insupportable
sophisme du nôtre de supposer constamment que ce
qui serait condamnable de nos jours l'était de même

« tendaient pas donner le Saint-Esprit, mais ils voulaient l'hommage du tem
« porel qu'ils auraient donné. On se battit pour une cérémonie indifférente.
(*Id.*, *ibid.*, ch. xlvi.) Voltaire n'y comprend rien.

1. *Hist. de la Décad.*, etc., liv. III, ann. 1121.

2. On sait que le vassal, en prêtant le serment qui précédait l'investiture,
enait ses mains jointes dans celles de son seigneur. *The council declared
execrable that pure hands which could* CREATE GOD, etc. (Hume'ls William
Rufus, ch. v.) Il faut remarquer en passant la belle expression *créer Dieu*.
Nous avons beau répéter que l'assertion *ce pain est Dieu* ne saurait appartenir
qu'à un insensé (Bossuet, *Hist. des Variat.*, liv. II, n° 3), les protestants fini-
ront peut-être eux-mêmes avant que finisse le reproche qu'ils nous adressent.

dans les temps passés, et que Grégoire VII devait en
agir avec Henri IV comme en agirait Pie VII envers
Sa Majesté l'empereur François II.

On accuse ce Pape d'avoir envoyé trop de légats ;
mais c'est uniquement parce qu'il ne pouvait se fier
aux conciles provinciaux ; et Fleury, qui n'est pas
suspect et qui préférait ces conciles aux légats (¹),con-
vient néanmoins que si les prélats allemands redou-
taient si fort l'arrivée des légats, *c'est qu'ils se sen-
taient coupables de simonie*, et qu'ils voyaient arriver
leurs juges (²).

En un mot, c'en était fait de l'Église, humainement
parlant ; elle n'avait plus de forme, plus de police, et
bientôt plus de nom, sans l'intervention extraordinaire des Papes, qui se substituèrent à des autorités
égarées ou corrompues, et gouvernèrent d'une
manière plus immédiate pour rétablir l'ordre.

C'en était fait aussi de la monarchie européenne, si
des souverains détestables n'avaient pas trouvé sur
leur route un obstacle terrible ; et, pour ne parler
dans ce moment que de Grégoire VII, je ne doute pas
que tout homme équitable ne souscrive au jugement
parfaitement désintéressé qu'en a porté l'historien
des révolutions d'Allemagne : « La simple exposition
« des faits, dit-il, démontre que la conduite de ce
« Pontife fut celle que tout homme d'un caractère
« ferme et éclairé aurait tenue dans les mêmes cir-
« constances (³). » On aura beau lutter contre la
vérité, il faudra enfin que tous les bons esprits en
reviennent à cette décision.

ARTICLE III

Liberté de l'Italie.

Le troisième but que les Papes poursuivirent sans
relâche, comme princes temporels, fut la liberté de

1. IV* *Disc.*, n° 11.
2. *Hist. eccl.*, LXII, n° 11.
3. *Rivoluzione della Germania*, di Carlo Denina, Firenze, Piatti, in-8, t. II,
cap. v, n. 49.

l'Italie, qu'ils voulaient absolument soustraire à la puissance allemande.

« Après les trois Othons, le combat de la domina-
« tion allemande et de la liberté italique resta long-
« temps dans les mêmes termes (1). Il me paraît sen-
« sible que le vrai fond de la querelle était que les
« Papes et les Romains ne voulaient point d'empe-
« reurs à Rome (2), » c'est-à-dire qu'ils ne voulaient
point de maîtres chez eux.

Voilà la vérité. La postérité de Charlemagne était
éteinte. L'Italie ni les Papes en particulier ne devaient
rien aux princes qui la remplacèrent en Allemagne.
« Ces princes tranchaient tout par le glaive (3). Les
« Italiens avaient, certes, un droit plus naturel à la
« liberté qu'un Allemand n'avait d'être leur maî-
« tre (4). Les Italiens n'obéissaient jamais que mal-
« gré eux au sang germanique, et cette liberté, dont
« les villes d'Italie étaient alors idolâtres, respectait
« peu la possession des Césars allemands (5). » Dans
« ces temps malheureux, la papauté était à l'encan
« ainsi que presque tous les évêchés ; si cette auto-
« rité des empereurs avait duré, les Papes n'eussent
« été que leurs chapelains, et l'Italie eût été es-
« clave (6). »

« L'imprudence du Pape Jean XII d'avoir appelé
« les Allemands à Rome fut la source de toutes les
« calamités dont Rome et l'Italie furent affligées
« pendant tant de siècles (7). » L'aveugle Pontife ne
vit pas quel genre de prétentions il allait déchaîner,
et la force incalculable d'un nom porté par un grand
homme. « Il ne paraît pas que l'Allemagne, sous
« Henri l'Oiseleur, prétendît être l'Empire ; il n'en

---

1. Voltaire, *Essai sur l'Hist. gén.*, t. I, ch. xxxvii, p. **526.**
2. *Id.*, *ibid.*, ch. xlvi.
3. *Id.*, *ibid.*, t. II, ch. xlvii, p. 37.
4. *Id.*, *ibid.*, p. 56.
5. *Id.*, *ibid.*, ch. lxi et lxii.
6. *Id.*, *ibid.*, t. I, ch. xxxiii, p. 329 à **431.**
7. *Id.*, *ibid.*, ch. xxxvi, p. 521.

« fut pas ainsi sous Othon le Grand (1). » Ce prince,
« qui sentait ses forces, se fit sacrer, et obligea le
« Pape à lui faire serment de fidélité (2). Les Alle-
« mands tenaient donc les Romains subjugués, et les
« Romains brisaient leurs fers dès qu'ils le pou-
« vaient (3). » Voilà tout le droit public de l'Italie
pendant ces temps déplorables, où les hommes man-
quaient absolument de principes pour se conduire.
« Le droit de succession même (ce palladium de la
« tranquillité publique) ne paraissait alors établi
« dans aucun État de l'Europe (4). Rome ne savait ni
« ce qu'elle était, ni à qui elle était (5). L'usage s'éta-
« blissait de donner les couronnes, non par le droit
« du sang, mais par le suffrage des seigneurs (6).
« Personne ne savait ce que c'était que l'Empire (7).
« Il n'y avait pas de lois en Europe (8). On n'y rencon-
« naissait ni le droit de naissance, ni le droit d'élec-
« tion ; l'Europe était un chaos dans lequel le plus
« fort s'élevait sur les ruines du plus faible, pour
« être ensuite précipité par d'autres. Toute l'histoire
« de ces temps n'est que celle de quelques capi-
« taines barbares qui disputaient avec des évêques la
« domination sur des serfs imbéciles (9).
    « Il n'y avait réellement plus d'Empire, ni de droit
« ni de fait. Les Romains, qui s'étaient donnés à
« Charlemagne par acclamation, ne voulurent plus
« reconnaître des bâtards, des étrangers à peine
« maîtres d'une partie de la Germanie. C'était un
« singulier Empire romain (10). Le corps germanique
« s'appelait *le saint Empire romain,* tandis que

1. Voltaire, *Essai sur l'Hist. gén.,* t. II, ch. xxxix, p. 513, 514.
2. *Id.,* ibid., t. I, ch. xxxvi, p. 521.
3. *Id.,* ibid., p. 522, 523.
4. *Id.,* ibid., t. I, ch. xl. p. 261.
5. *Id.,* ibid., ch. xxxvii, p. 527.
6. *Id.,* ibid.
7. *Id.,* ibid., t. II, ch. xlvii, p. 56 ; ch. lxiii, p. 223.
8. *Id.,* ibid., ch. xxiv.
9. *Id.,* ibid., ch. xxxiii. p. 508, 509, 510.
10. *Id.,* ibid., ch. lxvi, p. 267.

« réellement il n'était NI SAINT, NI EMPIRE, NI RO-
« MAIN (1). Il paraît évident que le grand dessein
« de Frédéric II était d'établir en Italie le trône des
« nouveaux Césars, et *il est bien sûr, au moins, qu'il*
« *voulait régner sur l'Italie sans borne et sans par-*
« *tage.* C'est le nœud secret de toutes les querelles
« qu'il eut avec les Papes ; il employa tour à tour la
« souplesse et la violence, et le Saint-Siège le com-
« battit avec les mêmes armes (2). Les Guelfes, ces
« partisans de la papauté, ET ENCORE PLUS DE LA
« LIBERTÉ, balancèrent toujours le pouvoir des Gibe-
« lins, partisans de l'Empire. Les divisions entre
« Frédéric et le Saint-Siège N'EURENT JAMAIS LA RELI-
« GION POUR OBJET (3). »

De quel front le même écrivain, oubliant ces aveux
solennels, s'avise-t-il de nous dire ailleurs : « Depuis
« Charlemagne jusqu'à nos jours, la guerre de l'Em-
« pire et du sacerdoce fut le principe de toutes les
« révolutions ; *c'est là le fil qui conduit dans ce*
« *labyrinthe de l'histoire moderne* (4). »

En quoi, d'abord, l'histoire moderne est-elle un
labyrinthe plutôt que l'histoire ancienne ?

J'avoue, pour mon compte, y voir plus clair, par
exemple, dans la dynastie des Capets que dans celle
des Pharaons ; mais passons sur cette fausse expression, bien moins fausse que le fond des choses.
Voltaire convenant formellement que la lutte sanglante des deux partis en Italie était absolument
étrangère à la religion, que veut-il dire avec son *fil ?*
Il est faux qu'il y ait eu une *guerre* proprement dite
entre l'Empire et le sacerdoce. On ne cesse de le
répéter pour rendre le sacerdoce responsable de tout
le sang versé pendant cette grande lutte ; mais, dans

1. Voltaire, *Essai sur l'Hist. gén.*
2. C'est-à-dire *avec l'épée et la politique.* Je voudrais bien savoir quelles
armes nouvelles on a inventées dès lors, et ce que devaient faire les Papes à
l'époque dont nous parlons. (Voltaire, t. II, ch. XLIII, p. 98.)
3. Voltaire, *Essai sur l'Hist. gén.*, t. II, ch. LII, p. 98.)
4. *Id., ibid.*, t. IV, ch. CXCV, p. 369.

le vrai, ce fut une guerre entre l'Allemagne et l'Italie, entre l'usurpation et la liberté, entre le maître qui apporte des chaînes et l'esclave qui les repousse, guerre dans laquelle les Papes firent leur devoir de princes italiens et de politiques sages en prenant parti pour l'Italie, puisqu'ils ne pouvaient ni favoriser les empereurs sans se déshonorer, ni essayer même la neutralité sans se perdre.

Henri VI, roi de Sicile et empereur, étant mort à Messine, en 1197, la guerre s'alluma en Allemagne pour la succession entre Philippe, duc de Souabe, et Othon, fils de Henri-Léon, duc de Saxe et de Bavière. Celui-ci descendait de la maison des princes d'*Este Guelfes*, et Philippe, des princes *Gibelins* (1). La rivalité de ces deux princes donna naissance aux deux factions trop fameuses qui désolèrent l'Italie pendant si longtemps ; mais rien n'est plus étranger au Pape et au sacerdoce. La guerre civile une fois allumée, il fallait bien prendre parti et se battre. Par leur caractère si respecté et par l'immense autorité dont ils jouissaient, les Papes se trouvèrent naturellement placés à la tête du noble parti des convenances, de la justice et de l'indépendance nationale. L'imagination s'accoutuma donc à ne voir que le Pape au lieu de l'Italie ; mais dans le fond, il s'agissait d'elle et *nullement de la religion*, ce qu'on ne saurait ni trop ni même assez répéter.

Le venin de ces deux factions avait pénétré si avant dans les cœurs italiens, qu'en se divisant, il finit par laisser échapper son acception primordiale, et que ces mots de *Guelfes* et de *Gibelins* ne signifièrent plus que des gens qui se haïssaient. Pendant cette fièvre

---

1. Muratori, *Antich. Ital.*, in-4°. Monaco, 1766, t. III, dissert. LI, p. 111. Il est remarquable que quoique ces deux factions fussent nées en Allemagne et venues depuis en Italie, pour ainsi dire *toutes faites*, cependant les princes Guelfes, avant de régner sur la Bavière et sur la Saxe, étaient Italiens ; en sorte que la faction de ce nom, en arrivant en Italie, sembla remonter à sa source. — *Trassero quelle due diaboliche fazioni la loro origine della Germania*, etc. (*Id., ibid.*)

épouvantable, le clergé fit ce qu'il fera toujours. Il
n'oublia rien de ce qui était en son pouvoir pour
rétablir la paix, et plus d'une fois on vit des évêques,
accompagnés de leur clergé, se jeter, avec les croix
et les reliques des saints, entre deux armées prêtes à
se charger, et les conjurer, au nom de la religion,
d'éviter l'effusion du sang humain. Ils firent beaucoup de bien sans pouvoir étouffer le mal (1).

« Il n'y a point de Pape, c'est encore l'aveu exprès
« d'un censeur sévère du Saint-Siège, il n'y a point
« de Pape qui ne doive craindre en Italie l'agrandis-
« sement des empereurs. Les anciennes préten-
« tions..... seront *bonnes* le jour où on les fera valoir
« avec avantage (2). »

Donc, *il n'y a point de Pape* qui ne dût s'y opposer.
Où est la charte qui avait donné l'Italie aux empereurs allemands ? Où a-t-on pris que le Pape ne doive
point agir comme prince temporel, qu'il doive être
purement passif, se laisser battre, dépouiller, etc. ?
Jamais on ne prouvera cela.

A l'époque de Rodolphe (en 1274), « les anciens
« droits de l'Empire étaient perdus... et la nouvelle
« maison ne pouvait les revendiquer sans injus-
« tice... ; rien n'est plus incohérent que de vouloir,
« pour soutenir les prétentions de l'Empire, raisonner
« d'après ce qu'il était sous Charlemagne (3). »

Donc les Papes, comme chefs naturels de l'association italienne, et protecteurs-nés des peuples qui
la composaient, avaient toutes les raisons imaginables de s'opposer de toutes les forces à la renais-
sance en Italie de ce pouvoir nominal, qui, malgré
les titres affichés à la tête de ses édits, n'était cependant ni *saint*, ni *empire*, ni *romain*.

Le sac de Milan, l'un des événements les plus horribles de l'histoire, *suffirait seul*, au jugement de Vol-

---

1. Muratori, *ibid.*, p. 110. — *Lettres sur l'Histoire*, t. III, lettre LXIII, p. 230.
2. *Lettres sur l'Histoire*, t. III, lett. LXII, p. 230. — Autres aveux du même
auteur, t. II, let. LXIII, p. 437 ; et let. XXXIV, p. 316.
3. *Lettres sur l'Histoire*, t. II, let. XXXIV, p. 516.

terre, *pour justifier tout ce que firent les Papes* (1).

Que dirons-nous d'Othon II et de son fameux repas de l'an 981 ? Il invite une grande quantité de seigneurs à un repas magnifique, pendant lequel un officier de l'empereur entre avec une liste de ceux que son maître a proscrits. On les conduit dans une chambre voisine, où ils sont égorgés. Tels étaient les princes à qui les Papes eurent affaire.

Et lorsque Frédéric, avec la plus abominable inhumanité, faisait pendre de sang-froid des parents du Pape, faits prisonniers dans une ville conquise (2), il était permis'apparemment de faire quelques efforts pour se soustraire à ce droit public.

Le plus grand malheur pour l'homme politique, c'est d'obéir à une puissance étrangère. Aucune humiliation, aucun tourment de cœur ne peut être comparé à celui-là. La nation sujette, à moins qu'elle ne soit protégée par quelque loi extraordinaire, ne croit point obéir au souverain, mais à la nation de ce souverain ; or, nulle nation ne veut obéir à une autre, par la raison toute simple qu'aucune nation ne sait commander à une autre. Observez les peuples les plus sages et les mieux gouvernés chez eux, vous les verrez perdre absolument cette sagesse et ne ressembler plus à eux-mêmes lorsqu'il s'agira d'en gouverner d'autres. La rage de la domination étant innée dans l'homme, la rage de la faire sentir n'est peut-être pas moins naturelle ; l'étranger qui vient commander chez une nation sujette au nom d'une souveraineté lointaine, au lieu de s'informer des idées nationales pour s'y conformer, ne semble trop sou-

---

1. C'était bien justifier les Papes que d'en user ainsi. (Voltaire, *Essai sur l'Hist. gén.*, t. II, ch. LXI, p. 156.)

2. En 1241. Maimbourg est bon à entendre sur ces gentillesses (*Ann.*, ann. 1250). « Les bonnes qualités de Frédéric furent obscurcies par plusieurs « autres très mauvaises, et surtout par son immoralité, par son désir insatiable « de vengeance et par sa cruauté, qui lui firent commettre de grands crimes, « que Dieu néanmoins, à ce qu'on peut croire, lui fit la grâce d'effacer dans « sa dernière maladie. » AM .

vent les étudier que pour les contrarier ; il se croit
plus maître à mesure qu'il appuie plus rudement la
main. Il prend la morgue pour la dignité, et semble
croire cette dignité mieux attestée par l'indignation
qu'il excite que par les bénédictions qu'il pourrait
obtenir.

Aussi, tous les peuples sont convenus de placer au
premier rang des grands hommes ces fortunés
citoyens qui eurent l'honneur d'arracher leur pays
au joug étranger : héros s'ils ont réussi, ou martyrs
s'ils ont échoué, leurs noms traverseront les siècles.
La stupidité moderne voudrait seulement excepter les
Papes de cette apothéose universelle, et les priver de
l'immortelle gloire qui leur est due comme princes
temporels, pour avoir travaillé sans relâche à l'affranchissement de leur patrie. Que certains écrivains
français refusent de rendre justice à saint Grégoire VII, cela se conçoit. Ayant sur les yeux des
préjugés protestants, philosophiques, jansénistes et
parlementaires, que peuvent-ils voir à travers ce qua-
druple bandeau ? Le despotisme parlementaire
pourra même s'élever jusqu'à défendre à la liturgie
nationale d'attacher une certaine célébrité à la fête
de saint Grégoire ; et le sacerdoce, pour éviter des
chocs dangereux, se verra forcé de plier (1), confes-
sant ainsi l'humiliante servitude de cette Église, dont
on nous vantait les fabuleuses libertés. Mais vous,
étrangers à tous ces préjugés, vous, habitants de ces
belles contrées que saint Grégoire voulait affranchir,
vous que la reconnaissance, au moins, devrait
éclairer.

1. On célébrait en France l'office de Grégoire VII, au *commun des confesseurs*, l'Église gallicane (si libre, comme on sait) n'ayant point osé lui décerner
un office PROPRE, de peur de se brouiller avec les parlements, qui avaient condamné la mémoire de ce Pape par arrêts du 20 juillet 1729 et du 23 février 1730.
(Zaccaria, *Anti-Frebonius vindicatus*, t. I, dissert. II, cap. v. p. 387, note 13.)
Observez que ces mêmes magistrats qui condamnent la mémoire d'un Pape
déclaré saint se plaindront fort bien *de la* MONSTRUEUSE *confession que tel ou
tel Pape a faite de l'usage des deux puissances.* (Lettres sur l'Hist., t. III,
let. LXII, p. 221.)

. . . . . . Vos ô
. Pompilius sanguis ! . .

Harmonieux héritiers de la Grèce, vous à qui il ne
. manque que l'unité et l'indépendance, élevez des
autels au sublime Pontife qui fit des prodiges pour
vous donner un nom !

_____

CHAPITRE VIII

Sur la nature du pouvoir exercé par les Papes.

Tout ce qu'on peut dire contre l'autorité temporelle
des Papes et contre l'usage qu'ils en ont fait se trouve
réuni et pour ainsi dire concentré dans ces deux
lignes violentes tombées de la plume d'un magistrat
français :

« Le délire de la toute-puissance temporelle des
« Papes inonda l'Europe de sang et de fanatisme (1). »

Or, avec sa permission, il n'est pas vrai que les
Papes aient jamais prétendu à *la toute-puissance temporelle ;* il n'est pas vrai que la puissance qu'ils ont
recherchée fût un *délire ;* et il n'est pas vrai que cette
prétention ait, *pendant près de quatre siècles, inondé
l'Europe de sang et de fanatisme.*

D'abord, si l'on retranche de la *prétention* attribuée
aux Papes la possession matérielle des terres et la
souveraineté sur ces mêmes pays, ce qui reste ne peut
pas certainement se nommer *toute-puissance temporelle.* Or, c'est précisément le cas où l'on se trouve ;
car jamais les Souverains Pontifes n'ont prétendu
accroître leurs domaines temporels au préjudice des
princes légitimes, ni gêner l'exercice de la souveraineté chez ces princes, ni moins encore s'en emparer.
Ils n'ont jamais prétendu que *le droit de. juger les
princes qui leur étaient soumis dans l'ordre spirituel,
lorsque ces princes s'étaient rendus coupables de
certains crimes.*

1. *Lettres sur l'Histoire,* t. II, let. XXVIII, p. 222. — *Ibid.,* let. XLI,

Ceci est bien différent ; et non seulement ce droit, s'il existe, ne saurait s'appeler *toute-puissance temporelle*, mais il s'appellerait beaucoup plus exactement *toute-puissance spirituelle*, puisque les Papes ne se sont jamais rien attribué qu'en vertu de la puissance spirituelle, et que la question se réduit absolument à la légitimité et à l'étendue de cette puissance.

Que si l'exercice de ce pouvoir, reconnu légitime, amène des conséquences temporelles, les Papes ne sauraient en répondre, puisque les conséquences d'un principe vrai ne peuvent être des torts.

Ils se sont chargés d'une grande responsabilité ces écrivains (français surtout) qui ont mis en question si le Souverain Pontife a le droit d'excommunier les souverains, et qui ont parlé en général du *scandale des excommunications*. Les sages ne demandent pas mieux que de laisser certaines questions dans une salutaire obscurité ; mais si l'on attaque les principes, la sagesse même est forcée de répondre ; et c'est un grand mal, quoique l'imprudence l'ait rendu nécessaire. Plus on avance dans la connaissance des choses, et plus on découvre qu'il est utile de ne pas discuter, surtout par écrit, ce qu'il est impossible de définir par des lois, parce que le principe seul peut être décidé, et que toute la difficulté gît dans l'application, qui se refuse à une décision écrite.

Fénelon a dit laconiquement, et dans un ouvrage qui n'était point destiné à la publicité : « L'Église « peut excommunier le prince, et le prince peut faire « mourir le pasteur. Chacun doit user de ce droit « seulement à toute extrémité ; mais c'est un vrai « droit (1). »

Voilà l'incontestable vérité ; mais qu'est-ce que *la dernière extrémité ?* C'est ce qu'il est impossible de définir. Il faut donc convenir du principe, et se taire sur les règles d'application.

1. *Hist. de Fénelon*, t. III, pièces justificatives du liv. VII, Mémoire, n° VII p. 479.

On s'est plaint justement de l'exagération qui voulait soustraire l'ordre sacerdotal à toute juridiction
temporelle ; on peut se plaindre avec autant de justice
de l'exagération contraire qui prétend soustraire le
pouvoir temporel à toute juridiction spirituelle.

En général, on nuit à l'autorité suprême en cherchant à l'affranchir de ces sortes d'entraves qui sont
établies moins par l'action délibérée des hommes que
par la force insensible des usages et des opinions ;
car les peuples, privés de leurs garanties antiques, se
trouvent ainsi portés à en chercher d'autres plus fortes
en apparence, mais toujours infiniment dangereuses,
parce qu'elles reposent entièrement sur des théories
et des raisonnements *à priori* qui n'ont cessé de tromper les hommes.

Il n'y a rien de moins exact, comme on voit, que
cette expression de *toute-puisance temporelle*, employée pour exprimer la puissance que les Papes
s'attribuaient sur les souverains. C'était, au contraire,
l'exercice d'un pouvoir purement et éminemment spirituel, en vertu duquel ils se croyaient en droit de
frapper d'excommunication des princes coupables
de certains crimes, sans aucune usurpation matérielle, sans aucune suspension de la souveraineté,
et sans aucune dérogation au dogme de son origine
divine.

Il ne reste donc plus de doute sur cette proposition,
que le pouvoir que s'attribuaient les Papes ne saurait
être nommé, sans un insigne abus de mots, *toute-puissance temporelle*. C'est encore un point sur lequel on
peut entendre Voltaire. Il s'étonne beaucoup de *cette
étrange puissance qui pouvait tout chez l'étranger et si
peu chez elle ; qui donnait des royaumes et qui était
gênée, suspendue, bravée à Rome, et réduite à faire
jouer toutes les machines de la politique pour retenir
ou recouvrer un village.* Il nous avertit avec raison
d'observer que *ces Papes, qui voulurent être trop*

puissants et donner des royaumes, furent tous persé-
cutés chez eux (1).

Qu'est-ce donc que cette *toute-puissance temporelle
qui n'a nulle force temporelle*, qui ne demande rien de
temporel ou de *territorial* chez les autres, qui anathé-
matise tout attentat sur la puissance *temporelle*, et
dont la puissance *temporelle* est si faible,que les bourgeois de Rome se sont souvent moqués d'elle ?

Je crois que la vérité ne se trouve que dans la proposition contraire, savoir, que *la puissance dont il
s'agit est purement spirituelle.* De décider ensuite
quelles sont les bornes précises de cette puissance,
c'est une autre question qui ne doit point être ap-
profondie ici. Prouvons seulement, comme je m'y
suis engagé, que la prétention à cette puissance
quelconque n'est point un *délire.*

CHAPITRE IX

Justification de ce pouvoir.

Les écrivains *du dernier âge* ont assez souvent une
manière tout à fait expéditive de juger les institutions.
Ils supposent un ordre de choses purement idéal, bon
suivant eux, et dont ils partent comme d'une donnée
pour juger les réalités.

Voltaire peut fournir, dans ce genre, un exemple
excessivement comique. Il est tiré de la *Henriade*, et
n'a pas été remarqué, que je sache :

> C'est un usage antique et sacré parmi nous :
> Quand la mort sur le trône étend ses rudes coups,
> Et que du sang des rois, si cher à la patrie,
> Dans ses derniers canaux la source s'est tarie,
> Le peuple au même instant rentre en ses premiers droits;
> Il peut choisir un maître, il peut changer ses lois.

1. **Voltaire,** *Essai,* etc., t. II, ch. ɪᴛᴠ.

> Les états assemblés, organe de la France,
> Nomment un souverain, limitent sa puissance.
> Ainsi de nos aïeux les augustes décrets
> Au rang de Charlemagne ont placé les Capets.
>
> (Chant VII.)

Charlatan ! où donc a-t-il vu toutes ces belles choses ? Dans quel livre a-t-il lu *les droits du peuple*, ou de quels faits les a-t-il dérivés ? On dirait que les dynasties changent en France dans une période réglée, comme les jeux olympiques. Deux mutations en treize cents ans, voilà certes un *usage* bien constant ! Et ce qu'il y a de plaisant, c'est qu'à l'une et à l'autre époque,

> La source de ce sang, si cher à la patrie,
> Dans ses derniers canaux ne s'était point tarie.

Il était, au contraire, en pleine circulation lorsqu'il fut exclu par un grand homme évidemment mûri à côté du trône pour y monter (1).

On raisonne sur les Papes comme Voltaire vient de raisonner. On pose en fait, expressément ou tacitement, que l'autorité du sacerdoce ne peut s'unir d'aucune manière à celle de l'Empire ; que dans le système de l'Église catholique, un souvrain ne peut être excommunié; que le temps n'apporte aucun changement aux constitutions politiques ; que tout devait aller autrefois comme de nos jours, etc. ; et sur ces belles maximes, prises pour des axiomes, on décide que les anciens Papes avaient perdu l'esprit.

Les plus simples lumières du bon sens enseignent cependant une marche toute différente : Voltaire lui-

---

1. Il est bon d'entendre Voltaire raisonner comme historien sur le même événement. « On sait, dit-il, comment Hugues Capet enleva la couronne à « l'oncle du dernier roi. *Si les suffrages eussent été libres,* Charles aurait été « élu roi de France. Ce ne fut point un parlement de la nation qui le priva du « droit de ses ancêtres, comme l'ont dit tant d'historiens, ce fut ce qui fait et « ce qui défait les rois, la force aidée de la prudence. » (Voltaire, *Essai,* etc., t. II, ch. xxxix.) Il n'y a point ici d'*augustes décrets,* comme on voit. Il écrit la marge : *Hugues Capet s'empara du royaume à force ouverte.*

même ne l'a-t-il pas dit ? *On a tant d'exemples, dans
l'histoire, de l'union du sacerdoce et de l'Empire dans
d'autres religions* (1) ! Or, il n'est pas nécessaire, je
pense, de prouver que cette union est infiniment plus
naturelle sous l'empire d'une religion vraie que sous
celui de toutes les autres, puisqu'elles sont *autres*.

Il faut partir d'ailleurs d'un principe général et incontestable, savoir, que *tout gouvernement est bon
lorsqu'il est établi et qu'il subsiste depuis longtemps
sans contestation.*

Les lois générales seules sont éternelles. Tout le
reste varie, et jamais un temps ne ressemble à l'autre.
Toujours, sans doute, l'homme sera gouverné, mais
jamais de la même manière. D'autres mœurs, d'autres
connaissances, d'autres croyances, amèneront nécessairement d'autres lois. Les noms aussi trompent sur
ce point comme sur tant d'autres, parce qu'ils sont
sujets à exprimer tantôt les ressemblances des choses
contemporaines, sans exprimer leurs différences, et
tantôt à représenter des choses que le temps a chan-
gées, tandis que les noms sont demeurés les mêmes.
Le mot de *monarchie*, par exemple, peut représenter
deux gouvernements ou contemporains ou séparés
par le temps, plus ou moins différents sous la même
dénomination ; en sorte qu'on ne pourra point affirmer de l'un tout ce qu'on affirme justement de l'autre.

« C'est donc une idée bien vaine, un travail bien in-
« grat, de vouloir tout rappeler aux usages antiques,
« et de vouloir fixer cette roue que le temps fait tour-
« ner d'un mouvement irrésistible. A quelle époque
« faudrait-il avoir recours ?... A quel siècle, à quelles
« lois faudrait-il remonter ? A quel usage s'en tenir ?
« Un bourgeois de Rome serait aussi bien fondé à
« demander au Pape des consuls, des tribuns, un
« sénat, des comices et le rétablissement entier de la
« république romaine ; et un bourgeois d'Athènes
« pourrait réclamer auprès du sultan l'ancien aréo-

« page et les assemblées du peuple, qui s'appelaient
« ÉGLISES (1). »

Voltaire a parfaitement raison ; mais lorsqu'il
s'agira de juger les Papes, vous le verrez oublier ses
propres maximes, et nous parler de Grégoire VII
comme on parlerait aujourd'hui de Pie VII, s'il entreprenait les mêmes choses.

Cependant, toutes les formes possibles de gouvernement se sont présentées dans le monde, et toutes
sont légitimes dès qu'elles sont établies, sans que
jamais il soit permis de raisonner d'après des hypo-
thèses entièrement séparées des faits.

Or, s'il est un fait incontestable attesté par tous les
monuments de l'histoire, c'est que les Papes, dans le
moyen âge et bien avant encore dans les derniers
siècles, ont exercé une grande puissance sur les souverains temporels ; qu'ils les ont jugés, excommuniés
dans quelques grandes occasions, et que souvent
même ils ont déclaré les sujets de ces princes déliés
envers eux du serment de fidélité.

Lorsqu'on parle de *despotisme* et de *gouvernement
absolu*, on sait rarement ce qu'on dit. Il n'y a point de
gouvernement qui puisse tout. En vertu d'une loi
divine, il y a toujours à côté de toute souveraineté une
force quelconque qui lui sert de frein. C'est une loi,
c'est une coutume, c'est la conscience, c'est une
tiare, c'est un poignard ; mais c'est toujours quelque
chose.

Louis XIV s'étant permis un jour de dire devant
quelques hommes de sa cour, qu'*il ne voyait pas de
plus beau gouvernement que celui du sophi ;* l'un
d'eux, c'était le maréchal d'Estrées, si je ne me
trompe, eut le noble courage de lui répondre : *Mais,
sire, j'en ai vu étrangler trois dans ma vie.*

Malheur aux princes s'ils pouvaient tout ! Pour leur

---

1. Voltaire, *Essai*, etc., t. III, ch. LXXXXI. C'est-à-dire que les assemblées du
peuple s'appelaient des *assemblées*. Toutes les œuvres philosophiques et historiques de Voltaire sont remplies de ces traits d'une érudition éblouissante.

bonheur et pour le nôtre, la toute-puissance réelle
n'est pas possible.

Or, l'autorité des Papes fut la puissance choisie et
constituée dans le moyen âge pour faire équilibre à la
souveraineté temporelle, et la rendre supportable aux
hommes.

Et ceci n'est encore qu'une de ces lois générales du
monde qu'on ne veut pas observer, et qui sont cependant d'une évidence incontestable.

Toutes les nations de l'univers ont accordé au sacerdoce plus ou moins d'influence dans les affaires politiques ; et il a été prouvé jusqu'à l'évidence que, *de
toutes les nations policées, il n'en est aucune qui ait
attribué moins de pouvoir et de privilèges à leurs prêtres que les juifs et les chrétiens* (1).

Jamais les nations barbares n'ont été mûries et civi-
lisées que par la religion, et toujours la religion s'est
occupée principalement de la souveraineté.

« L'intérêt du genre humain demande un frein qui
« retienne les souverains, et qui mette à couvert la vie
« des peuples : ce frein de la religion aurait pu être,
« par une convention universelle, dans la main des
« Papes. Ces premiers Pontifes, en ne se mêlant des
« querelles temporelles que pour les apaiser, en aver-
« tissant les rois et les peuples de leurs devoirs, en
« reprenant leurs crimes, en réservant les excommu-
« nications pour les grands attentats, auraient tou-
« jours été regardés comme des images de Dieu sur la
« terre. Mais les hommes sont réduits à n'avoir pour
« leur défense que les lois et les mœurs de leur pays :
« lois souvent méprisées, mœurs souvent corrom-
« pues (2). »

Je ne crois pas que jamais on ait mieux raisonné en
faveur des Papes. Les peuples, dans le moyen âge,
n'avaient *chez eux* que des lois nulles ou méprisées,

---

1. *Histoire de l'Académie des inscriptions et belles-lettres*, in-12, t. XV,
p. 143. — *Traité hist. et dogm. de la Relig.*, par l'abbé Bergier, t. IV, p. 120.
2. Voltaire, *Essai.* etc., t. II, ch. LX.

et *des mœurs corrompues* ; il fallait donc chercher ce
frein indispensable *hors de chez eux.* Ce *frein* se
trouva et ne pouvait se trouver que dans l'autorité
des Papes. Il n'arriva donc que ce qui devait arriver.

Et que veut dire ce grand raisonneur, en nous disant,
d'une manière conditionnelle, que ce *frein*, si nécessaire aux peuples, AURAIT PU ÊTRE, *par une convention universelle, dans la main du Pape ?* Il y fut en
effet, non par une convention expresse des peuples,
qui est impossible, mais par une convention tacite et
universelle, avouée par les princes mêmes comme par
les sujets, et qui a produit des avantages incalculables.

Si les Papes ont fait quelquefois plus ou moins que
Voltaire ne le désire de ce morceau cité, c'est que rien
d'humain n'est parfait, et qu'il n'existe pas de pouvoir
qui n'ait jamais abusé de ses forces. Mais si, comme
l'exigent la justice et la droite raison, on fait abstraction de ces anomalies inévitables, il se trouve que *les
Papes ont en effet réprimé les souverains, protégé les
peuples, apaisé les querelles temporelles par une sage
intervention, averti les rois et les peuples de leurs
devoirs, et frappé d'anathème les grands attentats
qu'ils n'avaient pu prévenir.*

On peut juger maintenant l'incroyable ridicule de
Voltaire qui nous dira gravement dans le même vo-
lume, et à quatre chapitres seulement de distance :
« Ces querelles (de l'Empire et du sacerdoce) sont la
« suite nécessaire de la forme de gouvernement la
« plus absurde à laquelle les hommes se soient jamais
« soumis : cette absurdité consiste à dépendre d'un
« *étranger* (1). »

Comment donc, Voltaire ! vous venez de vous réfuter d'avance et de soutenir précisément le contraire.
Vous avez dit que « cette puissance *étrangère* était
« réclamée hautement par l'intérêt du genre humain ;
« les peuples, privés d'un protecteur *étranger*, ne

1. Voltaire, *Essai*, etc., t. II, ch. LXV.

« trouvant chez eux, pour tout appui, que des mœurs
« souvent corrompues et des lois souvent méprisées. »

Ainsi, ce même pouvoir, qui est au chapitre soixan-
tième ce qu'on peut imaginer de plus désirable et de
plus précieux, devient au chapitre soixante-cinquième
ce qu'on a jamais vu de plus absurde.

Tel est Voltaire, le plus misérable des écrivains lorsqu'on ne le considère que sous le point de vue moral,
et, par cette raison même, le meilleur témoin pour la
vérité lorsqu'il lui rend hommage par distraction.

Il n'y a rien de plus raisonnable, il n'y a rien de plus
plausible qu'une influence modérée des Souverains
Pontifes sur les actes des princes. L'empereur d'Allemagne, *même sans État*, a pu jouir d'une juridiction
légitime sur tous les princes formant l'association germanique : pourquoi le Pape ne pourrait-il pas de
même avoir une certaine juridiction sur tous les princes de la chrétienté ? Il n'y a là certainement rien de
contraire à la nature des choses. Si cette puissance
n'est pas établie, je ne dis pas qu'on l'établisse, c'est
de quoi je proteste solennellement ; mais si elle est
établie, elle sera légitime comme toute autre, puisque
aucune puissance n'a d'autre fondement. La théorie
est donc pour le Pape ; et de plus, tous les faits sont
d'accord.

Permis à Voltaire d'appeler le Pape *un étranger*,
c'est une de ses *superficialités* ordinaires. Le Pape, en
sa qualité de prince temporel, est sans doute, comme
tous les autres, *étranger* hors de ses États ; mais
comme Souverain Pontife, il n'est *étranger* nulle part
dans l'Église catholique, pas plus que le roi de France
ne l'est à Lyon ou à Bordeaux.

*Il y avait des moments bien honorables pour la cour
de Rome,* c'est encore Voltaire qui parle. *Si les Papes
avaient toujours usé ainsi de leur autorité, ils eussent
été les législateurs de l'Europe* (1).

1. Voltaire, *Essai*, etc., t. II, ch. LX

Or, c'est un fait attesté par l'histoire entière de ces temps reculés, que les Papes ont usé sagement et justement de leur autorité, assez souvent pour être *les législateurs de l'Europe ;* et c'est tout ce qu'il faut.

Les abus ne signifient rien ; car, « malgré tous les « troubles et tous les scandales, il y eut toujours, dans « les rites de l'Église romaine, plus de décence, plus « de gravité qu'ailleurs ; l'on sentait que cette Église, « QUAND ELLE ÉTAIT LIBRE (1) et bien gouvernée, était « faite pour donner des leçons aux autres (2). Et dans « l'opinion des peuples, un évêque de Rome était « quelque chose de plus saint que tout autre évê- « que (3). »

Mais d'où venait donc cette opinion universelle qui avait fait du Pape un être plus qu'humain, dont le pouvoir purement spirituel faisait tout plier devant lui ? Il faut être absolument aveugle pour ne pas voir que l'établissement d'une telle puissance était nécessairement impossible ou divin.

Je ne terminerai point ce chapitre sans faire une observation sur laquelle il me semble qu'on n'a point assez insisté ; c'est que les plus grands actes de l'autorité qu'on puisse citer de la part des Papes, agissant sur le pouvoir temporel, attaquaient toujours une souveraineté élective, c'est-à-dire une demi-souveraineté à laquelle on avait sans doute le droit de demander compte, et que même on pouvait déposer s'il lui arrivait de malverser à un certain point.

Voltaire a fort bien remarqué que *l'élection suppose nécessairement un contrat entre le roi et la nation* (4), en sorte que le roi électif peut toujours être pris à

---

1. C'est un grand mot ? A certains princes qui se plaignaient de certains Papes, on aurait pu dire : *S'ils ne sont pas aussi bons qu'ils devraient l'être, c'est parce que vous les avez faits.*

2. Voltaire, *Essai*, etc. t. II, ch. XLV.

3. *Id.*, ch. *ibid.*, t. III, XXI.

Id. 4c. *ibid.*

partie et être jugé. Il manque toujours de ce caractère sacré qui est l'ouvrage du temps ; car l'homme ne respecte réellement rien de ce qu'il a fait lui-même. Il se rend justice en méprisant ses œuvres, jusqu'à ce que Dieu les ait sanctionnées par le temps. La souveraineté étant donc en général fort mal comprise et fort mal assurée dans le moyen âge, la souveraineté élective en particulier n'avait guère d'autre consistance que celle que lui donnaient les qualités personnelles du souverain : qu'on ne s'étonne donc point qu'elle ait été souvent attaquée, transportée ou renversée. Les ambassadeurs de saint Louis disaient franchement à l'empereur Frédéric II, en 1239 : « Nous croyons que « le roi de France, notre maître, qui ne doit le sceptre « des Français qu'à sa naissance, est au-dessus d'un « empereur quelconque qu'une élection libre a SEULE « porté sur le trône (1). »

Cette profession de foi est très raisonnable. Lors donc que nous voyons les empereurs aux prises avec les Papes et les électeurs, il ne faut pas nous en étonner ; ceux-ci usaient de leur droit, et renvoyaient les empereurs tout simplement *parce qu'ils n'en étaient pas contents.* Aussi tard que le commencement du xvᵉ siècle, ne voyons-nous pas encore l'empereur Venceslas légalement déposé comme *négligent, inutile, dissipateur, indigne* (2) ? Et même, si l'on fait abstraction de l'éligibilité qui donne, comme je l'observais tout à l'heure, plus de prise sur la souveraineté, on n'avait point encore mis en question alors si le souverain ne peut être jugé pour aucune cause. Le même siècle vit déposer solennellement, outre l'empereur Venceslas, deux rois d'Angleterre, Édouard II et

---

1. *Credimus dominum nostrum regem Galliæ, quem linea regii sanguinis provexit ad sceptra Francorum regenda, excellentiorem esse aliquo imperatore quem sola electio provehit voluntaria.* (Maimbourg, *ad ann.* 1239.)

2. Ces épithètes étaient faibles pour le bourreau de saint Jean Népomucène; mais si le Pape avait eu alors le pouvoir d'effrayer Venceslas, celui-ci serait mort sur son trône, et serait mort moins coupable.

Richard II, et le Pape Jean XXIII, tous quatre préjugés et condamnés avec les formaltiés juridiques, et la régente de Hongrie fut condamnée à mort (1).

Aucune puissance souveraine quelconque ne peut se soustraire à une certaine résistance. Ce pouvoir réprimant pourra changer de nom, d'attributions et de situation ; mais toujours il existera.

Que si cette résistance fait verser du sang, c'est un inconvénient semblable à celui des inondations et des incendies, qui ne prouvent nullement qu'il faille supprimer l'eau ni le feu.

A-t-on observé que le choc des deux puissances qu'on nomme si mal à propos la *guerre de l'Empire et du sacerdoce* n'a jamais franchi les bornes de l'Italie et de l'Allemagne, du moins quant à ses grands effets, je veux dire le renversement et le changement des souverainetés ? Plusieurs princes, sans doute, furent excommuniés jadis ; mais quels étaient en effet les résultats de ces grands jugements ? Le souverain entendait raison ou avait l'air de l'entendre ; il s'abstenait pour le moment d'une guerre criminelle ; il renvoyait sa maîtresse, pour la forme : quelquefois cependant la femme reprenait ses droits ; des puissances amies, des personnages importants et modérés s'interposaient ; et le Pape, à son tour, s'il avait été ou trop sévère ou trop hâtif, prêtait l'oreille aux remontrances de la sagesse. Où sont les rois de France, d'Espagne, d'Angleterre, de Suède, de Danemark, déposés *efficacement* par les Papes ? Tout se réduit à des menaces et à des traités ; et il serait aisé de citer des exemples où les Souverains Pontifes furent les dupes de leur facilité. La véritable lutte eut toujours lieu en Italie et en Allemagne. Pourquoi ? Parce que les circonstances politiques firent tout, et que la religion n'y entrait pour rien. Toutes les dissensions, tous les

<hr />

. Voltaire a   cette observation, *Essai sur les mœurs*, etc., t. II, ch. LXV, et LXXXV.

maux partaient d'une souveraineté mal constituée et
de l'ignorance de tous les principes. Le prince électif
jouit toujours en usufruitier. Il ne pense qu'à lui,
parce que l'Etat ne lui appartient que par les jouis-
sances du moment. Presque toujours il est étranger
au véritable esprit royal ; et le caractère sacré, *peint*
et non *gravé* sur son front, résiste peu aux moindres
frottements. Frédéric II avait fait décider par ses
jurisconsultes, et sous la présidence du fameux Bar-
thole, qu'il avait succédé, lui Frédéric, à tous les
droits des empereurs romains, et qu'en cette qualité il
était maître de tout le monde connu. Ce n'était pas le
compte de l'Italie ; et le Pape, quand on l'aurait considéré seulement comme premier électeur, avait bien
quelque droit de se mêler de cette étrange jurisprudence. Il ne s'agit pas, au reste, de savoir si les Papes
ont été des hommes, et s'ils ne se sont jamais trompés;
mais s'il y a eu, compensation faite, sur le trône qu'ils
ont occupé, plus de sagesse, plus de science et plus de
vertu que sur tout autre ; or, sur ce point, le doute
même n'est pas permis.

CHAPITRE X

**Exercice de la suprématie pontificale sur les souverains
temporels.**

La barbarie et des guerres interminables ayant
effacé tous les principes réduits à la souveraineté
d'Europe à un certain état de fluctuation qu'on n'a
jamais vu, et créé des déserts de toutes parts, il était
avantageux qu'une puissance supérieure eût une certaine influence sur cette souveraineté ; or, comme les
Papes étaient supérieurs par la sagesse et par la

science, et qu'ils commandaient d'ailleurs à toute la science qui existait dans ce temps-là. la force des choses les investit, d'elle-même et sans contradiction, de cette supériorité dont on ne pouvait se passer alors. Le principe très vrai que *la souveraineté vient de Dieu* renforçait d'ailleurs ces idées antiques, et il se forma enfin une opinion à peu près universelle, qui attribuait aux Papes une certaine compétence sur les questions de souveraineté. Cette idée était très sage, et valait mieux que tous nos sophismes. Les Papes ne se mêlaient nullement de gêner les princes sages dans l'exercice de leurs fonctions. encore moins de troubler l'ordre des successions souveraines, tant que les choses allaient suivant les règles ordinaires et connues ; c'est alors qu'il y avait grand abus, grand crime ou grand doute, que le Souverain Pontife interposait son autorité. Or, comment nous tirons-nous d'affaire en cas semblables, nous qui regardons nos pères en pitié? Par la révolte, les guerres civiles et tous les maux qui en résultent. En vérité, il n'y a pas de quoi se vanter. Si le Pape avait décidé le procès entre Henri IV et les ligueurs, il aurait adjugé le royaume de France à ce grand prince, *à la charge par lui d'aller à la messe ;* il aurait jugé comme la Providence a jugé ; mais les préliminaires eussent été un peu différents.

Et si la France d'aujourd'hui, pliant sous une autorité divine, avait reçu son excellent roi des mains du Souverain Pontife, croit-on qu'elle ne fût pas dans ce moment un peu plus contente d'elle-même et des autres ?

Le bon sens des siècles que nous appelons *barbares* en savait beaucoup plus que notre orgueil ne le croit communément. Il n'est point étonnant que les peuples nouveaux. obéissant pour ainsi dire au seul instinct, aient adopté des idées aussi simples et aussi plausibles; et il est bien important d'observer comment ces mêmes idées, qui entraînèrent jadis des peuples barbares, ont pu réunir dans ces derniers siècles l'assentiment de trois hommes tels que Bellarmin, Hobbes et Leibnitz (1).

« *Et peu importe ici que le Pape ait eu cette pri-* « *mauté de droit divin ou de droit humain*, pourvu « qu'il soit constant que, pendant plusieurs siècles, il « a exercé dans l'Occident, avec le consentement et « l'applaudissement universel, une puissance assuré- « ment très étendue. Il y a même plusieurs hommes « célèbres parmi les protestants qui ont cru qu'on « pouvait laisser ce droit au Pape, et qu'il était utile à « l'Église si l'on retranchait quelques abus (2). »

La théorie seule serait donc inébranlable. Mais que peut-on répondre aux faits, qui sont tout dans les questions de politique et de gouvernement ?

Personne ne doutait, et les souverains mêmes ne doutaient pas de cette puissance des Papes ; et Leibnitz observe avec beaucoup de vérité et de finesse, à son ordinaire, que l'empereur Frédéric, disant au Pape Alexandre III, *non pas à vous, mais à Pierre*, confessait la puissance des Pontifes sur les rois, et n'en contestait que l'abus (3).

Cette observation peut être généralisée. Les princes, frappés par l'anathème du Pape, n'en contestaient que la justice, de manière qu'ils étaient constamment prêts à s'en servir contre leurs ennemis, ce qu'ils ne pouvaient faire sans confesser manifestement la légitimité du pouvoir.

Voltaire, après avoir raconté à sa manière l'excommunication de Robert de France, remarque que *l'em-* *pereur Othon III assista lui-même au concile où l'ex-* *communication fut prononcée* (4). L'empereur con-

---

1. « *Les arguments de Bellarmin, qui, de la supposition que les Papes ont* « *la juridiction sur le spirituel, infère qu'ils ont une juridiction au moins* « *indirecte sur le temporel*, n'ont pas paru méprisables à Hobbes même. Effec- « tivement, il est certain, etc. » (Leibnitz, *Op.*, t. IV, part. III, p. 401, in-4. — *Pensées* de Leibnitz, in-8, t. II, p. 406.)

2. *Pensées* de Leibnitz, in-8, t. II, p. 401.

3. Leibnitz, *Oper.*, t. IV, part. III, p. 401.

4. Voltaire, *Essai*, etc., t. II, ch. xxxix.

fessait donc l'autorité du Pape ; et c'est une chose bien
singulière que les critiques modernes ne veuillent pas
s'apercevoir de la contradiction manifeste où ils tombent en observant tous d'une commune voix, que *ce
qu'il y avait de plus déplorable dans ces grands jugements, c'était l'aveuglement des princes, qui n'en contestaient pas la légitimité, et qui souvent les invo-
quaient eux-mêmes.*

Mais si les princes étaient d'accord, tout le monde
était donc d'accord, et il ne s'agira plus que des abus
qui se trouvent partout.

Philippe-Auguste, à qui le Pape venait de transférer
le royaume d'Angleterre en héritage perpétuel,.., ne
publia point alors qu'*il n'appartenait pas au Pape de
donner des couronnes....* « Lui-même avait été excom-
« munié quelques années auparavant... parce qu'il
« avait voulu changer de femme. Il avait déclaré alors
« les censures de Rome insolentes et abusives... Il
« pensa tout différemment lorsqu'il se vit l'exécuteur
« d'une bulle qui lui donnait l'Angleterre (1). »

C'est-à-dire que l'autorité des Papes sur les rois
n'était contestée que par celui qu'elle frappait. Il n'y
eut donc jamais d'autorité légitime, comme jamais il
n'y en eut de moins contestée.

La diète de Forcheim ayant déposé, en 1077, l'empereur Henri IV, et nommé à sa place Rodolphe, duc
de Souabe, le Pape assembla un concile à Rome pour
juger les prétentions des deux rivaux : ceux-ci jurè-
rent par la bouche de leurs ambassadeurs de s'en tenir
à la décision des légats (2), et l'élection de Rodolphe
fut confirmée. C'est alors que parut sur le diadème de
Rodolphe le vers célèbre :

La Pierre *a choisi Pierre, et Pierre t'a choisi* (3).

1. Voltaire, *Essai*, etc., t. II, ch. I.
2. Maimbourg, *ad ann.* 1077.
3. *Petra* (c'est Jésus-Christ) *dedit Petro, Petrus diadema Rodolpho.*

Henri V, après son couronnement comme roi d'Italie, fait en 1110 un traité avec le Pape, par lequel l'empereur abandonne ses prétentions sur les investitures, *à condition que le Pape, de son côté, lui céderait les duchés, les comtés, les marquisats, les terres, ainsi que les droits de justice, de monnaie, et autres, dont les évêques d'Allemagne étaient en possession.*

En 1109, Othon de Saxe s'étant jeté sur les terres du Saint-Siège, contre les lois les plus sacrées de la justice, et même contre ses engagements les plus solennels, il est excommunié. Le roi de France et toute l'Allemagne prennent parti contre lui : il est déposé en 1211 par les électeurs, qui nomment à sa place Frédéric II.

Et ce même Frédéric II ayant été déposé en 1228, saint Louis fait représenter au Pape, que *si l'empereur avait réellement mérité d'être déposé, il n'aurait dû l'être que dans un concile général*, c'est-à-dire, au fond, par le Pape mieux informé (1).

En 1245, Frédéric II est excommunié et déposé, au concile général de Lyon.

En 1335, l'empereur Louis de Bavière, excommunié par le Pape, envoie des ambassadeurs à Rome pour solliciter son absolution. Ils y retournèrent pour le même objet en 1338, accompagnés par ceux du roi de France.

En 1346, le Pape excommunie de nouveau Louis de Bavière, et, *de concert avec le roi de France*, il fait nommer Charles de Moravie, etc. (2).

Voltaire a fait un long chapitre pour établir que les

---

1. On voit déjà, dans la représentation de ce grand prince, le germe de l'esprit d'opposition qui s'est développé en France plus tôt qu'ailleurs. Philippe le Bel appela de même du décret de Boniface VIII au concile universel ; mais dans ces appels mêmes, ces princes confessaient que *l'Église universelle*, comme dit Leibnitz (*ubi sup.*). *avait reçu quelque autorité sur leur personne, autorité dont on abusait alors à leur égard.*

2. Tous ces faits sont universellement connus. On peut les vérifier sous les années qui leur appartiennent dans l'ouvrage de Maimbourg, qui est bien fait. *Histoire de la Décadence de l'Empire*, etc. ; dans les *Annales d'Italie*, de Muratori, et généralement dans tous les livres historiques relatifs à cette époque.

Papes ont donné tous les royaumes d'Europe avec le consentement des rois et des peuples. Il cite un roi de Danemark disant au Pape, en 1329 : *Le royaume de Danemark, comme vous le savez, Très-Saint-Père, ne dépend que de l'Église romaine, à laquelle il paye un tribut, et non de l'Empire* (1).

Voltaire continue ces mêmes détails dans le chapitre suivant, puis il écrit à la marge avec une profondeur étourdissante : *Grande preuve que les Papes donnaient des royaumes.*

Pour cette fois, je suis parfaitement de son avis. *Les Papes donnaient des royaumes*, donc *ils donnaient tous les royaumes.* C'est un des plus beaux raisonnements de Voltaire (2).

Lui-même encore a cité ailleurs le puissant Charles-Quint demandant au Pape une dispense pour joindre le titre de *roi de Naples* à celui d'empereur (3).

L'origine divine de la souveraineté, et la légitimité individuelle conférée et déclarée par le vicaire de Jésus Christ, étaient des idées si enracinées dans tous les esprits, que Livon, roi de la Petite-Arménie, envoya faire hommage à l'empereur et au Pape en 1242 ; et il fut couronné à Mayence par l'archevêque de cette ville (4).

Au commencement de ce même siècle, Joannice, roi des Bulgares, se soumet à l'Église romaine, envoie des ambassadeurs à Innocent III, pour lui prêter obéissance filiale et lui demander la couronne royale, *comme ses prédécesseurs l'avaient autrefois reçue du Saint-Siège* (5).

En 1275, Démétrius, chassé du trône de Russie, en appela au Pape comme au juge de tous les chrétiens (6).

1. Voltaire, *Essai*, etc., t. III, ch. LXIII.
2. *Id.*, *ibid.*, ch. LXIV.
3. *Id.*, *ibid.*, ch. CXXIII.
4. Maimbourg, *Hist. de la Décad.*, etc., A. 1242.
5. Id., *Hist. du Schisme des Grecs*, t. II, liv. IV, A. 1201.
6. Voltaire, *Ann. de l'Empire*, t. I, p. 178.

Et pour terminer par quelque chose de plus frappant peut-être, rappelons que dans le xvie siècle encore, Henri VII, roi d'Angleterre, prince passablement instruit de ses droits, demandait cependant la confirmation de son titre au Pape Innocent VII, qui la lui accordait par une bulle que Bacon a citée (1).

Il n'y a rien de si piquant que de voir les Papes justifiés par leurs accusateurs, qui ne s'en doutent pas. Écoutons encore Voltaire : « Tout prince, dit-il, qui
« voulait usurper ou recouvrer un domaine s'adressait
« au Pape, comme à son maître... Aucun nouveau
« prince n'osait se dire souverain,et ne pouvait être
« reconnu des autres princes sans la permission du
« Pape ; et le fondement de toute l'histoire du moyen
« âge est toujours que les Papes se croient seigneurs
« suzerains de tous les États, sans en excepter
« aucun (2). »

Je ne veux pas davantage ; la légitimité du pouvoir est démontrée.L'auteur des *Lettres sur l'Histoire*,plus animé peut-être contre les Papes que Voltaire même, dont toute la haine était pour ainsi dire superficielle, s'est vu conduit au même résultat, c'est-à-dire à justifier complètement les Papes, en croyant les accuser.

« Malheureusement, dit-il, presque tous les souve-
« rains, par un aveuglement inconcevable, travail-
« laient eux-mêmes à accréditer dans l'opinion publi-
« que une arme qui n'avait et qui ne pouvait avoir de
« force que par cette opinion. Quand elle attaquait un
« de leurs rivaux et de leurs ennemis, non seulement
« ils l'approuvaient, mais ils provoquaient quelque-
« fois l'excommunication ; et en se chargeant eux-
« mêmes d'exécuter la sentence qui dépouillait un
« souverain de ses États, ils soumettaient les leurs à
« cette juridiction usurpée (3). »

Il cite ailleurs un grand exemple de ce droit public,

---

1. Bacon, *Hist. de Henri VII*, p. 29 de la trad. franç.
2. Voltaire, *Essai*, etc., t. III, ch. LXIV.
3. *Lettres sur l'Histoire*, t. II, lett. XLI, p. 413, in-8.

et en l'attaquant, il achève de le justifier. « Il semblait
« réservé, dit-il, à ce funeste traité (la ligue de Cam-
« brai) de renfermer tous les vices. Le droit d'excom-
« munication, en matière temporelle, y fut reconnu
« par deux souverains ; et il fut stipulé que Jules ful-
« minerait un interdit sur Venise, si dans quarante
« jours elle ne rendait pas ses usurpations (1). »

« Voilà, dirait Montesquieu, l'ÉPONGE qu'il faut pas-
« ser sur toutes les objections faites contre les an-
« ciennes excommunications. » Combien le préjugé
est aveugle, même chez les hommes les plus clairvoyants ! C'est la première fois peut-être qu'on argumente de l'universalité d'un usage contre sa légitimité.
Et qu'y a-t-il donc de sûr parmi les hommes, si la coutume, non contredite surtout, n'est pas la mère de la
légitimité ? Le plus grand de tous les sophismes, c'est
celui de transporter un système moderne dans les
temps passés, et de juger sur cette règle les choses et
les hommes de ces époques plus ou moins reculées.
Avec ce principe on bouleverserait l'univers ; car il
n'y a pas d'institution établie qu'on ne pût renverser
par le même moyen, en la jugeant sur une théorie
abstraite. Dès que les peuples et les rois étaient
d'accord sur l'autorité des Papes, tous les raisonnements modernes tombent, d'autant plus que la théorie
la plus certaine vient à l'appui des usages anciens.

En portant un œil philosophique sur le pouvoir
jadis exercé par les Papes, on peut se demander pourquoi il s'est déployé si tard dans le monde. Il y a deux
réponses à cette question.

En premier lieu, le pouvoir pontifical, à raison de
son caractère et de son importance, était sujet plus
qu'un autre à la loi universelle du développement ; or,
si l'on réfléchit qu'il devait durer autant que la religion
même, on ne trouvera pas que sa maturité ait été retar-
dée. La plante est une image naturelle des pouvoirs
légitimes. Considérez l'arbre ; la durée de sa crois-

---

1. *Lettres sur l'Histoire*, t. III, lett. LXII, p. 238.

sance est toujours proportionnelle à sa force et à sa
durée totale. Tout pouvoir constitué immédiatement
dans toute la plénitude de ses forces et ses attributs
est, par cela même,faux, éphémère et ridicule. Autant
vaudrait imaginer un homme adulte-né.

En second lieu, il fallait que l'explosion de la puissance pontificale, s'il est permis de s'exprimer ainsi,
coïncidât avec la jeunesse des souverainetés euro-
péennes qu'elle devrait *christianiser*.

Je me résume. Nulle souveraineté n'est illimitée
dans toute la force du terme, et même nulle souveraineté ne peut l'être : toujours et partout elle a été restreinte de quelque manière (1). La plus naturelle est la
moins dangereuse, chez des nations surtout neuves et
féroces,c'était sans doute une intervention quelconque
de la puissance spirituelle. L'hypothèse de toutes les
souverainetés chrétiennes réunies par la fraternité
religieuse en une sorte de république universelle,
sous la suprématie mesurée du pouvoir spirituel suprême ; cette hypothèse, dis-je, n'avait rien de choquant,et pouvait même se présenter à la raison comme
supérieure à l'institution des Amphictyons. Je ne vois
pas que les temps modernes aient imaginé rien de
meilleur ni même d'aussi bon. Qui sait ce qui serait
arrivé si la théocratie,la politique et la science avaient
pu se mettre tranquillement en équilibre, comme il
arrive toujours lorsque les éléments sont abandonnés
à eux-mêmes, et qu'on laisse faire le temps ? Les plus
affreuses calamités, les guerres de religion, la révolu-

---

1. Ce qui doit s'entendre suivant l'explication que j'ai donnée plus haut
(liv. II, ch. III, p. 136); c'est-à-dire qu'il n'y a point de souveraineté qui, pour
le bonheur des hommes, et pour le sien surtout, ne soit bornée de quelque
manière ; mais, que, dans l'intérieur de ces bornes, placées comme il plaît à
Dieu, elle est toujours et partout absolue et tenue pour infaillible. Et quand je
parle de l'exercice légitime de la souveraineté, je n'entends point ou je ne dis
point l'exercice *juste*, ce qui produirait une amphibologie dangereuse, à moins
que, par ce dernier mot, on ne veuille dire que tout ce qu'elle opère dans son
cercle est juste ou tenu pour tel, ce qui est la vérité. C'est ainsi qu'un tribunal suprême, tant qu'il ne sort pas de ses attributions, est toujours juste ;
car c'est la même chose, *dans la pratique*, d'être infaillible ou de se tromper
sans appel.

tion française, etc., n'eussent pas été possibles dans
cet ordre de choses ; et telle encore que la puissance
pontificale a pu se déployer, et malgré l'épouvantable
alliage des erreurs, des vices et des passions qui ont
désolé l'humanité à des époques déplorables, elle n'en
a pas moins rendu les services les plus signalés à
l'humanité.

Les écrivains sans nombre qui n'ont pas aperçu ces
vérités dans l'histoire savaient écrire sans doute, ils ne
l'ont que trop prouvé; mais certainement aussi, jamais
ils n'ont su lire.

CHAPITRE XI

Application hypothétique des principes précédents.

*Très-humbles et très-respectueuses remontrances des
états généraux du royaume de ***, assemblés à ***, à
Notre-Saint-Père le Pape Pie VII.*

« Très-Saint-Père,

« Au sein de la plus amère affliction et de la plus
« cruelle anxiété que puissent éprouver de fidèles su-
« jets, et forcés de choisir entre la perte absolue d'une
« nation et les dernières mesures de rigueur contre
« une tête auguste, les états généraux n'imaginent
« rien de mieux que de se jeter dans les bras paternels
« de Votre Sainteté, et d'invoquer sa justice suprême
« pour sauver, s'il en est temps, un empire désolé.

« Le souverain qui nous gouverne, Très-Saint-Père,
« ne règne que pour nous perdre. Nous ne contestons
« point ses vertus ; mais elles nous sont inutiles, et ses
« erreurs sont telles que si Votre Sainteté ne nous
« tend la main, il n'y a plus pour nous aucun espoir
« de salut.

« Par une exaltation d'esprit qui n'eut jamais
« d'égale, ce prince s'est imaginé que nous vivions au
« xvi⁰ siècle, et qu'il était, lui, *Gustave-Adolphe*. Votre
« Sainteté peut se faire représenter les actes de la
« diète germanique ; elle y verra que notre souverain,
« en sa qualité de membre du corps germanique, a
« fait remettre au directoire plusieurs notes qui par-
« tent évidemment des deux suppositions que nous
« venons d'indiquer, et dont les conséquences nous
« écrasent. Transporté par un malheureux enthou-
« siasme militaire absolument séparé du talent, il veut
« faire la guerre ; il ne veut pas qu'on la fasse pour
« lui, et il ne sait pas la faire. Il compromet ses trou-
« pes, les humilie, et punit ensuite ses officiers des
« revers dont il est l'auteur. Contre les règles de la·
« prudence la plus commune, il s'obstine à soutenir la
« guerre, malgré sa nation, contre deux puissances
« colossales dont une seule suffirait pour nous
« anéantir dix fois. Livré aux fantômes de l'illumi-
« nisme, c'est dans l'Apocalypse qu'il étudie la poli-
« tique ; et il en est venu à croire qu'il est désigné
« dans ce livre comme le personnage extraordinaire
« destiné à renverser le géant qui ébranle aujourd'hui
« tous les trônes de l'Europe ; le nom qui le distingue
« parmi les rois est moins flatteur pour son oreille que
« celui qu'il accepta en s'affiliant aux sociétés se-
« crètes ; c'est ce dernier nom qui paraît au bas de ses
« actes, et les armes de son auguste famille ont fait
« place au burlesque écusson des *frères*. Aussi peu
« raisonnable dans l'intérieur de sa maison que dans
« ses conseils, il rejette aujourd'hui une compagne
« irréprochable, par des raisons que nos députés ont
« ordre d'expliquer de vive voix à Votre Sainteté. Et
« si elle n'arrête point ce projet par un décret salu-
« taire, nous ne doutons point que bientôt quelque
« choix inégal et bizarre ne vienne encore justifier
« notre recours. Enfin, Très-Saint-Père, il ne tient
« qu'à Votre Sainteté de se convaincre, par les preu-

« ves les plus incontestables, que la nation étant irré-
« vocablement aliénée de la dynastie qui nous
« gouverne, cette famille, proscrite par l'opinion uni-
« verselle, doit disparaître pour le salut public, qui
« marche avant tout.

« Cependant, Très-Saint-Père, à Dieu ne plaise que
« nous voulions en appeler à notre propre jugement,
« et nous déterminer par nous-mêmes dans cette
« grande occasion ! Nous savons que les rois n'ont
« point de juges temporels, surtout parmi leurs sujets,
« et que la majesté royale ne relève que de Dieu. C'est
« donc à vous, Très-Saint-Père, c'est à vous, comme
« représentant de son Fils sur la terre, que nous adres-
« sons nos supplications, pour que vous daigniez
« nous délier du serment de fidélité qui nous attachait
« à cette famille royale qui nous gouverne, et trans-
« férer à une autre famille des droits dont le posses-
« seur actuel ne saurait plus jouir que pour son
« malheur et pour le nôtre. »

Quelles seraient les suites de ce grand recours ? Le
Pape promettrait, avant tout, de prendre la chose en
profonde considération et de peser les griefs de la
nation dans la balance de la plus scrupuleuse justice,
ce qui eût suffi d'abord pour calmer les esprits ; car
l'homme est fait ainsi : c'est le déni de justice qui
l'irrite ; c'est l'impossibilité de l'obtenir qui le désespère. Du moment où il est sûr d'être entendu par un
tribunal légitime, il est tranquille.

Le Pape enverrait ensuite sur les lieux un homme
de sa confiance la plus intime, et fait pour traiter
d'aussi grands intérêts. Cet envoyé s'interposerait
entre la nation et son souverain. Il montrerait à l'une
la fausseté ou l'exagération visible de ses plaintes, le
mérite incontestable du souverain, et les moyens
d'éviter un immense scandale politique ; à l'autre, les
dangers de l'inflexibilité, la nécessité de traiter certains préjugés avec respect ; l'inutilité surtout des
appels au droit et à la justice, lorsqu'une fois l'aveugle

force est déchaînée ; il n'oublierait rien enfin pour éviter les dernières extrémités.

Mettons cependant la chose au pire, et supposons que le Souverain Pontife ait cru devoir délier les sujets du serment de fidélité ; il empêchera, du moins, toutes les mesures violentes. En sacrifiant le roi, il sauvera la majesté ; il ne négligerait aucun des adoucissements personnels que les circonstances permettent, mais surtout, et ceci mérite peut-être quelque légère attention, il tonnerait contre le projet de déposer une dynastie entière, même pour les *crimes*, et à plus forte raison, pour les fautes d'une seule tête. Il enseignerait au peuple *que c'est la famille qui règne ; que le cas qui vient de se présenter est tout semblable à celui d'une succession ordinaire, ouverte par la mort ou la maladie ; et il finirait par lancer l'anathème sur tout homme assez hardi pour mettre en question les droits de la maison régnante.*

Voilà ce que le Pape aurait fait, en supposant les lumières de notre siècle réunies au droit public du douzième.

Croit-on qu'il ne fût pas possible de faire plus de mal ?

Que nous sommes aveugles, en général ! Et, s'il est permis de le dire, que les princes en particulier sont trompés par les apparences! On leur parle vaguement des *excès* de Grégoire VII et de la supériorité de nos temps modernes ; mais comment le siècle des révoltes a-t-il le droit de se moquer de ceux des dispenses? Le Pape ne délie plus du serment de fidélité mais les peuples se délient eux-mêmes ; ils se révoltent ; ils déplacent les princes ; ils les poignardent ; ils les font monter sur l'échafaud. Ils font pire encore. — Oui ! ils font pire, je ne me rétracte point; ils leur disent : *Vous ne nous convenez plus, allez-vous-en !* Ils proclament hautement la souveraineté originelle des peuples et le droit qu'ils ont de se faire justice. Une fièvre constitutionnelle, on peut, je crois, s'exprimer ainsi, s'est emparée de toutes les têtes, et l'on ne sait encore ce qu'elle produira. Les esprits, privés de tout centre commun et divergeant de la manière la plus alarmante, ne s'accordent que dans un point, celui de limiter les souverainetés. Qu'est-ce donc que les souverains ont gagné à ces lumières tant vantées et toutes dirigées contre eux ? J'aime mieux le Pape.

Il nous reste à voir s'il est vrai que la prétention à la puissance que nous examinons ait *inondé l'Europe de sang et de fanatisme*.

CHAPITRE XII

Sur les prétendues guerres produ.tes par le choc des deux puissances.

C'est à l'année 1076 qu'il faut en fixer le commencement. Alors l'empereur Henri IV, cité à Rome pour cause de simonie, envoya des ambassadeurs que le Pape ne voulut point recevoir. L'empereur, irrité, assemble un concile à Worms, où il fait déposer le Pape ; celui-ci, à son tour (c'était le fameux Grégoire VII), dépose l'empereur, et déclare ses sujets déliés du serment de fidélité (1). Et, malgré la soumission de Henri, Grégoire, qui s'était borné à l'absolution pure et simple, mande aux princes d'Allemagne d'élire un autre empereur, s'ils ne sont pas contents de Henri. Ceux-ci appellent à l'empire Rodolphe de Souabe, et il en naît une guerre entre les deux concurrents. Bientôt Grégoire ordonne aux électeurs de tenir une nouvelle assemblée pour terminer leurs

---

1. *Risoluzione che quantunque non praticata da alcuno de' suoi predecessori, pure fu creduta giusta e necessaria in questa congiuntura* (Murator: *Ann. d'Italia,* t. VI, in-4, p. 246). Ajoutez ce qui est dit à la page précédente, *Fin qui avea il Pontefice Gregorio usate tutte le maniere più efficaci, maintieme dolci per impedir la rottura.* (Id., ibid., p. 245.)

différends, il excommunie **tous ceux qui** mettraient obstacle à cette assemblée.

Les partisans de Henri déposèrent de nouveau le Pape au concile de Bresse, en 1080 (1). Mais Rodolphe ayant été défait et tué dans la même année, les hostilités furent terminées.

Si l'on demande par qui avaient été établis les électeurs, Voltaire est là pour répondre que *les électeurs s'étaient institués eux-mêmes, et que c'est ainsi que tous les ordres s'établissent,* les lois et le temps faisant le reste (2) ; et il ajoutera avec la même raison que les princes qui avaient le droit d'élire l'empereur paraissent avoir eu aussi celui de le déposer (3).

Nul doute sur la vérité de cette proposition. Il ne faut point confondre les électeurs modernes, purs titulaires sans autorité, nommant, pour la forme, un prince héréditaire dans le fait ; il ne faut point, dis-je, les confondre avec les électeurs primitifs, véritables *électeurs,* dans toute la force du terme, qui avaient incontestablement le droit de demander à leur créature compte de sa conduite politique. Comment peut-on imaginer, d'ailleurs, un prince allemand électif, commandant à l'Italie sans être élu par l'Italie ? Pour moi, je me figure rien d'aussi monstrueux. Que si la force des circonstances avait naturellement concentré tout ce droit sur la tête du Pape, en sa double qualité de premier prince italien et de chef de l'Église catholique, qu'y avait-il encore de plus convenable que cet état de choses ? Le Pape, au reste, dans tout ce qu'on vient de voir, ne troublait point le droit public de l'Empire ; il ordonnait aux électeurs de délibérer et d'élire ; il leur ordonnait de prendre les mesures convenables pour étouffer tous les différends. C'est tout

---

1. On entend souvent demander si les Papes avaient droit de déposer les empereurs ; mais de savoir *si les empereurs avaient droit de déposer les Papes* c'est une petite question dont on ne s'inquiète guère.

2. Voltaire, *Essai,* etc., t. IV, ch. ᴄxᴄv.

3. *Id., ibid.,* t. III, ch. xʟvɪ.

ce qu'il devait faire. On a bientôt prononcé les mots *faire et défaire les empereurs ;* mais rien n'est moins exact, car le prince excommunié était bien le maître de se réconcilier. Que s'il s'obstinait, c'était lui qui se *défaisait ;* et si, par hasard, le Pape avait agi injustement, il en résultait seulement que, *dans ce cas*, il s'était servi injustement d'une autorité juste, malheur auquel toute autorité humaine est nécessairement exposée. Dans le cas où les électeurs ne savaient pas s'accorder, et commettaient l'insigne folie de se donner deux empereurs, c'était se donner la guerre dans l'instant même ; et, la guerre étant déclarée, que pouvaient encore faire les Papes ? La neutralité était impossible, puisque le sacre était réputé indispensable, et qu'il était demandé ou par les deux concurrents, ou par le nouvel élu. Les Papes devaient donc se déclarer pour le parti où ils croyaient voir la justice. A l'époque dont il s'agit ici, une foule de princes et d'évêques (qui étaient aussi des princes), tant d'Allemagne que d'Italie, se déclarèrent contre *Henri*, *pour se délivrer enfin d'un roi né seulement pour le malheur de ses sujets* (1).

En l'année 1078, le Pape envoya des légats en Allemagne, pour examiner sur les lieux de quel côté se trouvait le bon droit, et, deux ans après, il en envoya d'autres encore pour mettre fin à la guerre, s'il était possible ; mais il n'y eut pas moyen de calmer la tempête, et trois batailles sanglantes marquèrent cette année si malheureuse pour l'Allemagne.

1. *Passarono a liberar se stessi da a un principe nato solamente per rendere infelici i suoi sudditi.* (Muratori, *Ann.,* t. VI, p. 248.) Toute l'histoire nous dit ce qu'était Henri, comme prince ; son fils et sa femme nous ont appris ce qu'il était dans son intérieur. Qu'on se représente la malheureuse Praxède arrachée de sa prison par les soins de la sage Mathilde, et conduite par le désespoir à confesser, au milieu d'un concile, d'abominables horreurs. Jamais la Providence ne permet au génie du mal de déchaîner un de ces animaux féroces sans leur opposer l'invincible génie de quelque grand homme, et ce grand homme fut Grégoire VII. Les écrivains de notre siècle sont d'un autre avis: ils ne cessent de nous parler du *fougueux*, de l'*impitoyable* Grégoire. Henri au contraire, jouit de toute leur faveur ; c'est toujours le *malheureux*, *l'infortuné* Henri ' — Ils n'ont d'entrailles que pour le crime.

C'est abuser étrangement des termes que d'appeler
cela une *guerre entre le sacerdoce et l'Empire.* C'était
un schisme dans l'Empire, une guerre entre deux princes rivaux, dont l'un était favorisé par l'approbation,
et quelquefois par la concurrence forcée du Souverain Pontife. Une guerre est toujours censée se faire
entre deux parties principales, qui poursuivent exclusivement le même objet. Tout ce qui se trouve emporté
par le tourbillon ne répond de rien. Qui jamais s'est
avisé de reprocher la guerre de la succession à la
Hollande ou au Portugal ?

On connaît les querelles de Frédéric avec le Pape
Adrien IV. Après la mort de cet excellent Pontife (1),
arrivée en 1150, l'empereur fit nommer un antipape,
et le soutint de toutes ses forces avec une obstination
qui déchira misérablement l'Église. Il s'était permis
de tenir un concile et de mander le Pape à Pavie, sans
compliment, pour en faire ce qu'il aurait jugé à propos; et dans sa lettre il l'appelait simplement *Rolland,*
nom de maison du Pontife. Celui-ci se garda bien de
se rendre à une invitation également dangereuse et
indécente. Sur ce refus, quelques évêques séduits,
payés ou effrayés par l'empereur, osèrent reconnaître
Octavien (ou Victor) comme Pape légitime, et déposer
Alexandre III après l'avoir excommunié. Ce fut alors
que le Pape, poussé aux dernières extrémités, excommunia lui-même l'empereur et déclara ses sujets
déliés du serment de fidélité (2). Ce schisme dura dix-
sept ans, jusqu'à l'absolution de Frédéric, qui lui fut

---

1. *Lascio dopo di sè gran l lode di pietà, di prudenza e di zelo, molte
opere della sua pia e principessa liberalita.* (Muratori, **Ann.** *d'Ital.*, t. IV
p. 538, ann. 1159.)

2. Telle est la vérité. Voulez-vous savoir ensuite ce qu'on a osé écrire en
France? Ouvrez les *Tablettes chronologiques* de l'abbé Lenglet-Dufresnoy, vous
y lirez, sur l'année 1159 : *Le Pape* (Adrien IV), *n'ayant pu porter les Milanais
à se révolter contre l'empereur, excommunia ce prince.* Et l'empereur fut
excommunié l'année suivante 1160, à la messe du jeudi saint, par le successeu
d'Adrien IV, ce dernier étant mort le 1er septembre 1159, et l'on a vu pourquoi
Frédéric fut excommunié ! Mais voilà ce qu'on raconte, et malheureusemen.
voilà ce qu'on croit.

accordée dans l'entrevue si fameuse de Venise,
en 1177.

On sait que le Pape eut à souffrir durant ce long in-
tervalle et de la violence de Frédéric et des manœuvres de l'antipape. L'empereur poussa l'emportement
au point de vouloir faire pendre les ambassadeurs du
Pape à Crème, où ils se présentèrent à lui. On ne sait
même ce qu'il en serait arrivé sans l'intervention des
deux princes, Guelfe et Henri de Léon. Pendant ce
temps, l'Italie était en feu ; les factions la dévoraient.
Chaque ville était devenue un foyer d'opposition contre l'ambition insatiable des empereurs. Sans doute
que ces grands efforts ne furent pas assez purs pour
mériter le succès ; mais qui ne s'indignerait contre
l'insupportable ignorance qui ose les nommer révoltes ? Qui ne déplorerait le sort de Milan ? Ce qu'il
importe seulement d'observer ici, c'est que les Papes
ne furent point la cause de ces guerres désastreuses ;
qu'ils en furent au contraire presque toujours les victimes, nommément dans cette occasion. Ils n'avaient
pas même la puissance de faire la guerre, quand ils
en auraient eu la volonté, puisque, indépendamment
de l'immense infériorité de forces, leurs terres étaient
presque toujours envahies, et que jamais ils n'étaient
tranquillement maîtres chez eux, pas même à Rome,
où l'esprit républicain était aussi fort qu'ailleurs, sans
avoir les mêmes excuses. Alexandre III, dont il s'agit
ici, ne trouvant nulle part un lieu de sûreté en Italie,
fut obligé enfin de se retirer en France, *asile ordinaire
des Papes persécutés* (1). Il avait résisté à l'Empereur
et fait justice suivant sa conscience. Il n'avait point

---

1. *Prese la risoluzione di passare nel regno di Francia, usato rifugio de
Papi perseguitati.* (Muratori, *Ann.*, t. VI, p. 549, ann. 1661.) Il est remarquable que, dans l'éclipse que la gloire française vient de subir, les oppres-
seurs de la nation lui avaient fait précisément changer de rôle ; ils allèrent
chercher le Pontife pour l'exterminer. Il est permis de croire que le *supplice*
auquel la France est condamnée en ce moment est la peine du crime qui fut
commis en son nom. Jamais elle ne reprendra sa place sans reprendre ses
fonctions. (J'écrivais cette note au mois d'août 1807.)

allumé la guerre ; il ne l'avait point faite ; il ne pouvait la faire ; il en était la victime. Voilà donc encore une époque qui se soustrait tout entière *à cette lutte sanglante du sacerdoce et de l'Empire* (1).

En l'année 1198, nouveau schisme dans l'Empire. Les électeurs s'étant divisés, les uns élurent Philippe de Souabe, et les autres, Othon de Saxe, ce qui amena une guerre de dix ans. Pendant ce temps, Innocent III, qui s'était déclaré pour Othon, profita des circonstances pour se faire restituer la Romagne, le duché de Spolette et le patrimoine de la comtesse Mathilde, que les empereurs avaient injustement inféodés à quelques petits princes. En tout cela, pas l'ombre de spiritualité ni de puissance ecclésiastique. Le Pape agissait en bon prince, suivant les règles de la politique commune. Absolument forcé de se décider, devait-il donc protéger la postérité de Barberousse contre les prétentions non moins légitimes d'un prince appartenant à une maison qui avait bien mérité du Saint-Siège, et beaucoup souffert pour lui? Devait-il se laisser dépouiller tranquillement, *de peur de faire du bruit?* En vérité, on condamne ces malheureux Pontifes à une singulière apathie !

En 1210, Othon IV, au mépris de toutes les lois de la prudence et contre la foi de ses propres serments, usurpe les terres du Pape et celles du roi de Sicile, allié et vassal du Saint-Siège. Le Pape Innocent III l'excommunie et le prive de l'empire. On élit Frédéric. Il arrive ce qui arrivait toujours : les princes et les peuples se divisent. Othon continue contre Frédéric, empereur, la guerre commencée contre ce même Fré-

---

1. Dans l'abrégé chronologique que je citais tout à l'heure, on lit sur l'année 1167 : *L'Empereur Frédéric défait plus de douze mille Romains, et s'empare de Rome* ; *le pape Alexandre est obligé de prendre la fuite.* Qui ne croirait que le pape faisait la guerre à l'empereur, tandis que les Romains la faisaient malgré le pape, qui ne pouvait l'empêcher? *Ancorche si opponess a tal risoluzione il prudentissimo Papa Alessandro III* (Muratori, *Ann.*, t. IV, p. 575.) Depuis trois siècles, l'histoire entière semble n'être qu'une grande conjuration contre la vérité.

deric, roi de Sicile.Rien ne change : on se battit ; mais tous les torts étaient du côté d'Othon, dont l'injustice et l'ingratitude ne sauraient être excusées. Il le reconnut lui-même lorsque, sur le point de mourir, en 1218, il demanda et obtint l'absolution avec de grands sentiments de piété et de repentance.

Frédéric II, son successeur, s'était engagé, par serment et *sous peine d'excommunication*, à porter ses armes dans la Palestine (1) ; mais, au lieu de remplir ses engagements, il ne pensait qu'à grossir son trésor, aux dépens même de l'Église, pour opprimer la Lombardie. Enfin, il fut excommunié en 1227 et 1228. Frédéric s'était enfin rendu en Terre-Sainte, et pendant ce temps le Pape s'était emparé d'une partie de la Pouille (2) ; mais bientôt l'empereur reparut et prit tout ce qui lui avait été enlevé. Grégoire IX, qui mettait avec grande raison les croisades au premier rang des affaires politiques et religieuses, et qui était excessivement mécontent de l'empereur, à cause de la trêve qu'il avait faite avec le Soudan, excommunia de nouveau ce prince. Réconcilié en 1230, il n'en continua pas moins la guerre, et la fit avec une cruauté inouïe (2).

Il sévit surtout contre les prêtres et contre les églises d'une manière si horrible, que le Pape l'excommunia de nouveau. Il serait inutile de rappeler l'accusation d'impiété et le fameux livre *des Trois Imposteurs* ; ce sont des choses connues universellement. On a accusé, je le sais, Grégoire IX de s'être laissé emporter par la colère, et d'avoir mis trop de précipitation dans sa conduite envers Frédéric. Muratori a dit d'une manière, à Rome on a dit d'une autre ;

---

1. *Al che egli si obligo con solenne giuramento sotto pena della scomunica·* (Muratori, *Ann. d'Ital.*, t. VII, ann. 1223.)

2. Mais pour en investir Jean de Brienne, beau-père de ce même Frédéric, ce qui mérite d'être remarqué. En général, l'esprit d'usurpation fut toujours étranger aux Papes ; on ne l'a pas même observé.

3. On le vit, par exemple, au siège de Rome, faire fendre la tête en quatre aux prisonniers de guerre, ou leur brûler le front avec un fer taillé en croix.

cette discussion, qui exigerait beaucoup de temps et de peine est étrangère à un ouvrage où il ne s'agit pas du tout de savoir si les Papes n'ont jamais eu de torts. Supposons, si l'on veut, que Grégoire IX se soit montré trop inflexible, que dirons-nous d'Innocent IV qui avait été l'ami de Frédéric avant d'occuper le Saint-Siège, et qui n'oublia rien pour rétablir la paix ? Il ne fut pas plus heureux que Grégoire ; et il finit par déposer solennellement l'empereur dans le concile général de Lyon, en 1245 (1).

Le nouveau schisme de l'Empire, qui eut lieu en 1257, fut étranger au Pape, et ne produisit aucun événement relatif au Saint-Siège. Il en faut dire autant de la déposition d'Adolphe de Nassau, en 1298, et de sa lutte avec Albert d'Autriche.

En 1314, les électeurs commettent de nouveau l'énorme faute de se diviser ; et tout de suite il en résulte une guerre de huit ans entre Louis de Bavière et Frédéric d'Autriche, guerre de même entièrement étrangère au Saint-Siège.

A cette époque, les Papes avaient disparu de cette malheureuse Italie où les empereurs ne s'étaient pas montrés depuis soixante ans, et que les deux factions ensanglantaient d'une extrémité à l'autre, *sans plus guère se soucier des intérêts des Papes, ni de ceux des empereurs* (2).

La guerre entre Louis et Frédéric produisit les deux batailles sanglantes d'Eslingen en 1315, et de Muldorff en 1322.

Le Pape Jean XXII avait cassé les vicaires de l'Empire en 1317, et mandé les deux concurrents pour discuter leurs droits. S'ils avaient obéi, on aurait évité au moins la bataille de Muldorff. Au reste, si les préten-

---

1. Plusieurs écrivains ont remarqué que cette fameuse excommunication fut prononcée *en présence*, mais non *avec l'approbation* du concile. Cette différence est à peine sensible dès que le concile ne protesta pas ; et s'il ne protesta pas, c'est qu'il crut qu'il s'agissait d'un point de droit public qui n'exigeait pas même de discussion. C'est ce qu'on n'observe pas assez.

2. Maimbourg, *Hist. de la Décad.*, etc., ann. 1308.

tions du Pape étaient exagérées, celles des empereurs
ne l'étaient pas moins. Nous voyons Louis de Bavière
traiter le Pape, dans une ordonnance du 23 avril 1328,
absolument comme un sujet impérial. *Il lui ordonna
la résidence, lui défendit de s'éloigner de Rome pour
plus de trois mois, et à plus de deux journées de chemin sans la permission du clergé et du peuple romain.
Que si le Pape résistait à trois sommations, il cessait
de l'être* ipso facto.

Louis termina par condamner à mort Jean XXII (1).

Voilà ce que les empereurs voulaient faire des
Papes ! et voilà ce que seraient aujourd'hui les Souverains Pontifes, si les premiers étaient demeurés
maîtres.

On connaît les tentatives de Louis de Bavière, faites
à différentes reprises, pour être réconcilié ; et il paraît
même que le Pape y aurait donné les mains sans
l'opposition formelle des rois de France, de Naples,
de Bohême et de Pologne (2). Mais l'empereur Louis
se conduisit d'une manière si insupportable, qu'il fut
nouvellement excommunié en 1346. Son extravagante
tyrannie fut portée, en Italie, au point de proposer
la vente des États et des villes de ce pays à ceux qui
lui en offraient un plus haut prix (3).

L'époque célèbre de 1349 mit fin à toutes les querelles. Charles IV plia en Allemagne et en Italie. Alors
on se moqua de lui, parce que les esprits étaient accoutumés aux exagérations. Cependant il régna fort bien
en Allemagne, et l'Europe lui dut la bulle d'or qui fixa
le droit public de l'Empire. Dès lors rien n'a changé,

---

1. Maimbourg, *Hist. de la Décad.*, etc., ann. 1328.

2. Il ne faut jamais perdre de vue cette grande et incontestable vérité historique, que *tous les souverains regardaient le Pape comme leur supérieur,
même temporel, mais surtout comme le suzerain des empereurs électifs*. Les
Papes étaient censés, dans l'opinion universelle, donner l'Empire en couronnant
l'empereur. Celui-ci recevait d'eux le droit de se nommer un successeur. Les
électeurs allemands recevaient de lui celui de nommer un *roi des Teutons*, qui
était ainsi destiné à l'Empire. L'Empereur élu lui prêtait serment, etc. Les
prétentions des Papes ne sauraient donc paraître étranges qu'à ceux qui refusent absolument de se transporter dans ces temps reculés.

3. Maimbourg, *Hist. de la Décad.*, etc., ann. 1328 et 1329.

ce qui fait voir qu'il eut parfaitement raison, et que
c'était là le point fixé par la Providence.

Le coup d'œil rapide jeté sur cette fameuse querelle
apprend ce qu'il faut croire de ces *quatre siècles de
sang et de fanatisme.* Mais pour donner au tableau
tout le sombre nécessaire, et surtout pour jeter tout
l'odieux sur les Papes, on emploie d'innocents artifices qu'il est utile de rapprocher.

Le commencement de la grande querelle ne peut
être fixé plus haut que l'année 1076, et la fin ne peut
être portée plus bas que l'époque de la bulle d'or, en
1349. Total, 273. Mais comme les nombres ronds sont
plus agréables, il est bon de dire *quatre siècles*, ou
tout au moins près de *quatre siècles.*

Et comme on se battit en Allemagne et en Italie
pendant cette époque, il est entendu qu'on se battit
pendant toute *cette époque.*

Et comme on se battit en Allemagne et en Italie, et
que ces deux États sont une partie considérable de
l'Europe, il est entendu encore qu'on se battit *dans
toute l'Europe.* C'est une petite *synecdoque* qui ne
souffre pas la moindre difficulté.

Et comme la querelle des investitures et les excommunications firent grand bruit pendant ces quatre
siècles, et purent donner lieu à quelques mouvements
militaires, il est prouvé de plus que *toutes* les guerres
d'Europe, durant cette époque, n'eurent pas d'autre
cause, et *toujours* par la faute des Papes.

En sorte que *les Papes, pendant près de quatre
siècles, ont inondé l'Europe de sang et de fanatisme* (1).

L'habitude et le préjugé ont tant d'empire sur
l'homme, que des écrivains, d'ailleurs très sages, sont
assez sujets, en traitant ce point d'histoire, à dire le
pour et le contre sans s'en apercevoir.

---

1. « Pendant quatre ou cinq siècles. » (*Lettres sur l'Histoire*, Paris, Nyon,
1803, t. II, lett. XXVIII, p. 220, note.) « Pendant près de quatre siècles. »
(*Ibid.*, lett. XLI, p. 406.) Je m'en tiens à la moyenne de quatre siècles.

Maimbourg, par exemple, qu'on a trop déprécié, et qui me paraît, en général, assez sage et impartial dans son *Histoire de la décadence de l'Empire*, etc., nous dit, en parlant de Grégoire VII : « S'il avait pu s'aviser « de faire quelque bon concordat avec l'empereur, « semblable à ceux qu'on a faits depuis fort utilement, « il aurait épargné le sang de *tant de millions* « d'hommes qui périrent *dans la querelle des investi-* « *tures* (1). »

Rien n'égale la folie de ce passage. Certes, il est aisé de dire dans le xvie siècle comment il aurait fallu faire un concordat dans le xie avec des princes sans modération, sans foi et sans humanité.

Et que dire de ces *tant de millions* d'hommes sacri-fiés à la querelle des investitures, qui ne dura que cinquante ans, et pour laquelle je ne crois pas qu'on ait versé une goutte de sang (2) ?

Mais si le préjugé national vient à sommeiller un instant chez le même auteur, la vérité lui échappera, et il nous dira sans détour, dans le même ouvrage :

« Il ne faut pas croire que les deux factions se « fissent la guerre *pour la religion....* Ce n'étaient que « la haine et l'ambition qui les animaient les unes « contre les autres pour s'entre-détruire (3). »

Les lecteurs qui n'ont lu que les livres bleus ne sau-raient s'arracher de la tête le préjugé que les guerres de cette époque eurent lieu *à cause des excommuni-cations*, et que sans les excommunications on ne se serait pas battu. C'est la plus grande de toutes les erreurs. Je l'ai dit plus haut, *on se battait avant, on se battait après.* La paix n'est pas possible partout où la souveraineté n'est pas assurée. Or, elle ne l'était point

---

1. Maimbourg, ann. 1085.

2. La dispute commença avec Henri sur la simonie, l'empereur voulant mettre les bénéfices ecclésiastiques à l'encan, et faire de l'Eglise un fief relevant de sa couronne, et Grégoire VII voulant le contraire. Quant aux investitures on voit d'un côté la violence et de l'autre une résistance pastorale plus ou moins malheureuse. Jamais le sang n'a coulé pour cet objet.

3. Maimbourg, *Hist. de la Décad.*, ann. 1317.

alors. Nulle part elle ne durait assez pour se faire respecter. L'Empire même, étant électif, n'inspirait point
cette sorte de respect qui n'appartient qu'à l'hérédité.
Les changements, les usurpations, *les vœux outrés,*
les projets vastes, devaient être les idées à la mode, et
réellement ces idées régnaient dans tous les esprits.
La vile et abominable politique de Machiavel est infectée de cet esprit de brigandage ; c'est la politique
des coupe-gorges qui, dans le xv⁰ siècle encore, occupait une foule de grandes têtes. Elle n'a guère qu'un
problème : *Comment un assassin pourra-t-il en pré-*
venir un autre ? Il n'y avait pas alors en Allemagne et
en Italie un seul souverain qui se crût propriétaire
sûr de ses États et qui ne convoitât ceux de son voisin.
Pour comble de malheur, la souveraineté morcelée
se livrait par lambeaux aux princes en état de l'ache-
ter. Il n'y avait pas un château qui ne recélât un brigand ou le fils d'un brigand. La haine était dans tous
les cœurs, et la triste habitude des grands crimes avait
fait de l'Italie entière un théâtre d'horreurs. Deux
grandes factions que les Papes n'avaient nullement
créées divisaient surtout ces belles contrées. « Les
« Guelfes, qui ne voulaient pas reconnaître l'Empire,
« se tenaient toujours du côté des Papes contre les
« empereurs (1). » Les Papes étaient donc nécessairement Guelfes, et les Guelfes étaient nécessairement
ennemis des antipapes, que les empereurs ne cessaient
d'opposer aux Papes. Il arrivait donc nécessairement
que ce parti était pris pour celui de l'orthodoxie ou du
papisme (s'il est permis d'employer dans son acception simple un mot gâté par les sectaires). Muratori
même, quoique très *impérial,* appelle souvent dans
ses *Annales d'Italie,* peut-être sans y faire attention,
les Guelfes et les Gibelins, des noms de *catholiques* et
de *schismatiques* (2) ; mais, on le répète encore, les

1. Maimbourg, *Hist. de la Décad.,* ann. 1317.
2. *La legge cattolica. — La parte cattolica. — La fazione de' scima-
tici,* etc , etc. (Muratori, *Ann. d'Ital.,* t. VI, p. 267, 269, 317, etc.)

Papes n'avaient point fait les Guelfes. Tout homme de bonne foi, versé dans l'histoire de ces temps malheureux, sait que, dans un tel état de choses, le repos était impossible. Il n'y a rien de si injuste et rien à la fois de si déraisonnable que d'attribuer aux Papes des tempêtes politiques absolument inévitables, et dont ils atténuèrent au contraire assez souvent les effets par l'ascendant de leur autorité.

Il serait bien difficile, pour ne pas dire impossible, d'assigner, dans l'histoire de ces temps malheureux, une seule guerre directement et exclusivement produite par une excommunication. Ce mal venait le plus souvent s'ajouter à un autre, lorsqu'au milieu d'une guerre allumée déjà par la politique, les Papes se croyaient par quelque raison obligés de sévir.

L'époque de Henri IV et celle de Frédéric II sont les deux époques où l'on pourrait dire avec plus de fondement que l'excommunication enfanta la guerre ; et cependant encore que de circonstances atténuantes tirées ou de l'inévitable force de circonstances, ou des plus insupportables provocations, ou de l'indispensable nécessité de défendre l'Église, ou des précautions dont ils s'environnaient pour diminuer le mal (1)! Qu'on retranche d'ailleurs de cette période que nous examinons, les temps où les Papes et les empereurs vécurent en bonne intelligence ; ceux où leurs querelles demeurèrent de simples querelles ; ceux où l'Empire se trouvait dépourvu de chefs dans ces interrègnes qui ne furent ni courts ni rares pendant cette époque ; ceux où les excommunications n'eurent

1. On voit, par exemple, que Grégoire VII ne se détermina contre Henri IV que lorsque le danger et les maux de l'Église lui parurent intolérables. On voit, de plus, qu'au lieu de le déclarer déchu, il se contenta de soumettre au jugement des électeurs allemands, et de leur mander de *nommer un autre empereur s'ils le jugeaient à propos*. En quoi, certes, il montrait de la modération, en partant des idées de ce siècle. Que si les électeurs venaient à se diviser et à produire une guerre, ce n'était point du tout ce que voulait le Pape. On dira : *Qui veut la cause veut l'effet.* Point du tout, si le premier moteur n'a pas le choix, et si l'effet dépend d'un agent libre qui fait mal en pouvant faire bien. Je consens, au surplus, que tout ceci ne soit considéré que comme moyen d'atténuation. Je n'aime pas mieux les raisonnements que les prétentions exagérées.

aucune suite politique ; ceux où le schisme de l'Empire n'ayant pris son origine que dans la volonté des
électeurs, sans aucune participation de la puissance
spirituelle, les guerres lui demeuraient parfaitement
étrangères ; ceux enfin où, n'ayant pu se dispenser de
résister, les Papes ne répondaient plus de rien, nulle
puissance ne devant répondre des suites coupables
d'un acte légitime, et l'on verra à quoi se réduisent *ces
quatre siècles de sang et de fanatisme* imperturbable-
ment cités à la charge des Souverains Pontifes.

CHAPITRE XIII

Continuation du même sujet. Réflexions sur ces guerres.

On déplairait certainement aux Papes si l'on soutenait que jamais ils n'ont eu le moindre tort. On ne leur
doit que la vérité, et ils n'ont besoin que de la vérité.
Mais si quelquefois il leur est arrivé de passer à
l'égard des empereurs les bornes d'une modération
parfaite, l'équité exige aussi qu'on tienne compte des
torts et des violences sans exemple qu'on se permit à
leur égard. J'ai beaucoup entendu demander dans ma
vie de quel droit les Papes déposaient les empereurs.
Il est aisé de répondre : Du droit sur lequel repose
toute autorité légitime. POSSESSION d'un côté, ASSENTI-
MENT de l'autre. Mais en supposant que la réponse se
trouvât plus difficile, il serait permis au moins de
rétorquer et de demander *de quel droit les empereurs
se permettaient d'emprisonner, d'exiler, d'outrager,
de maltraiter, de déposer enfin les Souverains
Pontifes.*
Je ferai observer de plus que les Papes qui ont régné dans ces temps difficiles, les Grégoire, les Adrien,

les Innocent, les Célestin, etc., ayant tous été des
hommes éminents en doctrine et en vertu, au point
d'arracher à leurs ennemis mêmes le témoignage dû à
leur caractère moral, il paraît bien juste que si, dans
ce long et noble combat qu'ils ont soutenu pour la religion et l'ordre social contre tous les vices couronnés,
il se trouve quelques obscurités que l'histoire n'a pas
parfaitement éclaircies, on leur fasse au moins
l'honneur de présumer que s'ils étaient là pour se
défendre, ils seraient en état de nous donner d'excel-
lentes raisons de leur conduite.

Mais dans notre siècle philosophique on a tenu une
route tout opposée. Pour lui, les empereurs sont tout,
et les Papes rien (1). Comment aurait-il pu haïr la religion sans haïr son auguste Chef ? Plût à Dieu que les
croyants fussent tous aussi persuadés que les infidèles
de ce grand axiome : *Que l'Église et le Pape c'est tout
un* (2) ! Ceux-ci ne s'y sont jamais trompés, et n'ont
cessé, en conséquence, de frapper sur cette base si
embarrassante pour eux. Ils ont été malheureusement
puissamment favorisés en France, c'est-à-dire en
Europe, par les parlements et par les jansénistes, deux
partis qui ne différaient guère que de nom ; et à force
d'attaques, de sophismes et de calomnies, tous les conjurés étaient parvenus à créer un préjugé fatal qui
avait déplacé le Pape dans l'opinion, du moins dans
l'opinion d'une foule d'hommes aveugles ou aveuglés,
et qui avaient fini par entraîner un assez grand nombre de caractères estimables. Je ne lis pas sans une
véritable frayeur le passage suivant des *Lettres sur
l'Histoire :*

« Louis le Débonnaire, détrôné par ses enfants, est
« jugé, condamné, absous par une assemblée d'évê-

---

1. Je veux dire les empereurs des temps passés, les empereurs païens, les empereurs persécuteurs, les empereurs ennemis de l'Église, qui voulaient la dominer, l'asservir et l'écraser, etc. Cela s'entend. Quant aux empereurs et rois
chrétiens, anciens et modernes, on sait comment la philosophie les protège.
Charlemagne même a très peu l'honneur de lui plaire.
2. Saint François de Sales, *sup.*, p. 59.

ques. « De la ce pouvoir impolitique que les évêques
« s'arrogent sur les souverains ; de la ces excommuni-
« cations sacrilèges ou séditieuses ; de la ces cri-
« mes de lèse-majesté fulminés à Saint-Pierre de
« Rome, où le successeur de saint Pierre déliait les
« peuples du serment de fidélité, où le successeur de
« celui qui a dit *que son royaume n'est pas de ce*
« *monde* distribuait les sceptres et les couronnes, où
« les ministres d'un Dieu de paix provoquaient au
« meurtre des nations entières (1). »

Pour trouver, même dans les ouvrages protestants,
un morceau écrit avec autant de colère, il faudrait
peut-être remonter jusqu'à Luther. Je supposerai
volontiers qu'il a été écrit avec toute la bonne foi,
possible ; mais si le préjugé parle comme la mauvaise foi, qu'importe au lecteur imprudent ou inatten-
tif qui avale le poison ? Le terme de *lèse-majesté* est
étrange, appliqué à une puissance souveraine qui en
choque une autre. Est-ce que le Pape serait par
hasard au-dessous d'un autre souverain ? Comme
prince temporel, il est l'égal de tous les autres en
dignité ; mais si l'on ajoute à ce titre celui de *Chef*
suprême du christianisme (2), il n'a plus d'égal, et
l'intérêt de l'Europe, je ne dis rien de trop, exige que
tout le monde en soit bien persuadé. Supposons qu'un
Pape ait excommunié quelque souverain, *sans raison*,
il se sera rendu coupable à peu près comme Louis XIV
le fut lorsque, contre les lois de la justice, de la
décence et de la religion, il fit insulter le Pape Innocent XIII (3) au milieu de Rome. On donnera à la
conduite de ce grand prince tous les noms qu'on
voudra, excepté celui de *lèse-majesté,* qui aurait pu

---

1. *Lettres sur l'Histoire*, t. II, lett. XXXV, p. 330.

2. C'est le titre remarquable que l'illustre Burke donna au Pape dans je ne
sais quel ouvrage ou discours parlementaire qui n'est plus sous ma main. Il
voulait dire, sans doute, *que le Pape est le chef des chrétiens même qui le*
renient. C'est une grande vérité confessée par un grand personnage.

3. *Bonus et pacificus Pontifex.* (Bossuet, *Gall. orthod.*, § 6.)

convenir seulement au marquis de Lavardin, s'il avait agi sans mandat (1).

Les *excommunications sacrilèges* ne sont pas moins amusantes, et n'exigent, ce me semble, après tout ce qui a été dit, aucune discussion. Je veux seulement citer à ce terrible ennemi des Papes une autorité que j'estime infiniment, et qu'il ne pourra, j'espère, récuser tout à fait.

« Dans le temps des croisades, la puissance des
« Papes était grande ; leurs anathèmes, leurs interdits
« étaient respectés, étaient redoutés. *Celui qui aurait*
« *été peut-être par inclination disposé à troubler les*
« *États d'un souverain occupé dans une croisade*
« *savait qu'il s'exposait à une excommunication qui*
« *pouvait lui faire perdre les siens.* Cette idée,
« d'ailleurs, était généralement répandue et adop
« tée (2). »

On pourrait, comme on voit, et je m'en chargerais volontiers, composer sur ce texte seul un livre très sensé, intitulé : *de l'Utilité des sacrilèges.* Mais pourquoi donc borner cette utilité au temps des croisades ? Une puissance réprimante n'est jamais jugée, si l'on ne fait entrer en considération tout le mal qu'elle empêche. C'est là le triomphe de l'autorité pontificale dans les temps dont nous parlons. Combien de crimes elle a empêchés, et qu'est-ce que ne lui doit pas le monde ? Pour une lutte plus ou moins heureuse qui se montre dans l'histoire, combien de pensées fatales, combien de désirs terribles étouffés dans les cœurs des princes ! Combien de souverains auront dit dans le secret de leur conscience : *Non, il ne faut pas s'exposer !* L'autorité des Papes fut pendant plusieurs

---

1. Il entra à Rome à la tête de huit cents hommes, en conquérant plutôt qu'en ambassadeur, venant au nom de son maître réclamer au pied de la lettre *le droit de protéger le crime.* Il eut pour sa cour l'attention délicate de communier publiquement dans sa chapelle, après avoir été excommunié par le Pape. C'est de ce marquis de Lavardin que madame de Sévigné a fait le singulier éloge qu'on peut lire dans sa lettre du 16 octobre 1675.

2. *Lettres sur l'Histoire,* lett. XLVII, p. 494.

siècles la véritable force constituante en Europe. C'est
elle qui *a fait la monarchie européenne*, merveille
d'un ordre surnaturel qu'on admire froidement comme
le soleil, parce qu'on le voit tous les jours.

Je ne dis rien de la logique qui argumente de ces
fameuses paroles, *mon royaume n'est pas de ce
monde*, pour établir que le Pape n'a jamais pu sans
crime exercer aucune juridiction sur les souverains.
C'est un lieu commun dont je trouverai peut-être
l'occasion de parler ailleurs ; mais ce qu'on ne saurait
lire sans un sentiment profond de tristesse, c'est
l'accusation intentée contre les Papes d'*avoir provoqué les nations au* MEURTRE. Il fallait au moins dire *à
la guerre ;* car il n'y a rien de plus essentiel que de
donner à chaque chose le nom qui lui convient. Je
savais bien que le soldat *tue*, mais j'ignorais qu'il fût
meurtrier. On parle beaucoup de la guerre sans savoir
qu'elle est nécessaire, et que c'est nous qui la rendons
telle. Mais sans nous enfoncer dans cette question, il
suffit de répéter que les Papes, comme princes temporels, ont autant de droit que les autres de faire la
guerre, et que s'ils l'ont faite (ce qui est incontestable), et plus rarement et plus justement, et plus
humainement que les autres, c'est tout ce qu'on a droit
d'exiger d'eux. Loin d'avoir *provoqué à la guerre*, ils
l'ont, au contraire, empêchée de tout leur pouvoir ;
toujours ils se sont présentés comme médiateurs,
lorsque les circonstances le permettaient ; et, plus
d'une fois, ils ont excommunié des princes ou les en
ont menacés pour éviter des guerres. Quant aux
excommunications, il n'est pas aisé de prouver, comme
nous l'avons vu, qu'elles aient réellement produit des
guerres. D'ailleurs le droit était incontestable, et les
abus purement humains ne doivent jamais être pris
en considération. Si les hommes se sont servis quelquefois des excommunications comme d'un motif pour
faire la guerre, alors même ils se battaient malgré les
Papes, qui jamais n'ont voulu ni pu vouloir la guerre.

Sans la puissance temporelle des Papes, le monde politique ne pouvait aller ; et plus cette puissance aura d'action, moins il y aura de guerres, puisqu'elle est la seule dont l'intérêt visible ne demande que la paix.

Quant aux guerres justes, saintes même et nécessaires, telles que les croisades, si les Papes les ont *provoquées* et soutenues de tout leur pouvoir, ils ont bien fait, et nous leur en devons d'immortelles actions de grâce. — Mais je n'écris pas sur les croisades.

Et si les Souverains Pontifes avaient toujours agi comme *médiateurs*, croit-on qu'ils auraient eu au moins l'extrême bonheur d'obtenir l'approbation de notre siècle ? Nullement. Le Pape lui déplaît de toutes les manières et sous tous les rapports, et nous pouvons encore entendre le même juge (1) se plaindre de ce que les envoyés du Pape étaient appelés à ces grands traités où l'on décidait du sort des nations, et se féliciter de ce que cet abus n'aurait plus lieu.

CHAPITRE XIV

De la Bulle d'Alexandre VI *Inter cætera*.

Un siècle avant celui qui vit le fameux traité de Westphalie, un Pape, qui forme une triste exception à cette longue suite de vertus qui ont honoré le Saint-

---

1. « Pendant longtemps, le centre politique de l'Europe avait été forcément établi à Rome. Il s'y était trouvé transporté par des circonstances, des considérations plus religieuses que politiques, et il avait dû commencer à s'en éloigner à mesure que l'on avait appris à séparer la politique de la religion (beau chef-d'œuvre vraiment!) et à éviter les maux que leur mélange avait trop souvent produits. » (*Lettres sur l'Histoire*, t. IV, lett. XCVI, p. 470.) J'oserais croire au contraire que le titre de *médiateur-né* (entre les princes chrétiens), accordé au Souverain Pontife, serait de tous les titres le plus naturel, le plus magnifique et le plus sacré. Je n'imagine rien de plus beau que ses envoyés, au milieu de tous ces grands congrès, demandant la paix sans avoir fait la guerre, n'ayant à prononcer ni le mot d'*acquisition*, ni celui de *restitution*, par rapport au Père commun, et ne parlant que pour la justice, l'humanité et la religion. *Fiat ! fiat !*

Siège, publia cette bulle célèbre qui partageait entre les Espagnols et les Portugais les terres que le génie aventureux des découvertes avait données ou pouvait donner aux deux nations, dans les Indes et dans l'Amérique. Le doigt du Pontife traçait une ligne sur le globe, et les deux nations consentaient à la prendre pour une limite sacrée que l'ambition respecterait de part et d'autre.

C'était sans doute un spectacle magnifique que celui de deux nations consentant à soumettre leurs dissensions actuelles, et même leurs dissensions possibles, au jugement désintéressé du Père commun de tous les fidèles, à mettre pour toujours l'arbitrage le plus imposant à la place des guerres interminables.

C'était un grand bonheur pour l'humanité que la puissance pontificale eût encore assez de force pour obtenir ce grand consentement, et le noble arbitrage était si digne d'un véritable successeur de saint Pierre, que la bulle *Inter cætera* devrait appartenir à un autre Pontife.

Ici du moins il me semble que notre siècle même devrait applaudir ; mais point du tout. Marmontel a décidé, en propres termes, que *de tous les crimes de Borgia, cette bulle fut le plus grand* (1). Cet inconcevable jugement ne doit pas surprendre de la part d'un élève de Voltaire ; mais nous allons voir qu'un sénateur français ne s'est montré ni plus raisonnable, ni plus indulgent. Je rapporterai tout au long son jugement très remarquable, surtout sous le point de vue astronomique.

« Rome, dit-il, qui, depuis plusieurs siècles, avait
« prétendu donner des sceptres et des royaumes pour
« son continent, ne voulut plus donner à son pouvoir
« d'autres limites que celles du monde. *L'équateur*
« *même fut soumis à la chimérique puissance de ses*
« *concessions* (2). »

1. Voyez *les Incas*, t. I, p. 12.
2. *Lettres sur l'Histoire* t III, lett. LVII, p. 157.

La ligne pacifique tracée sur le globe par le Pontife romain étant un méridien (1), et ces sortes de cercles ayant, comme tout le monde sait, la prétention invariable de courir d'un pôle à l'autre sans s'arrêter nulle part, s'ils viennent à rencontrer l'équateur sur leur route, ce qui peut arriver aisément, ils le couperont certainement à angles droits, mais sans le moindre inconvénient ni pour l'Église ni pour l'État. Il ne faut pas croire, au reste, qu'Alexandre VI se soit arrêté à l'équateur ou qu'il l'ait pris pour *la limite du monde.* Ce Pape, qui était bien ce qu'on appelait un *mauvais sujet*, mais qui avait beaucoup d'esprit et qui avait lu son *Sacro Bosco*, n'était pas homme à s'y tromper. J'avoue encore ne pas comprendre pourquoi on l'accuserait justement d'avoir attenté sur l'équateur *même*, pour s'être jeté comme arbitre entre deux princes dont les possessions étaient ou devaient être coupées par ce grand cercle *même.*

CHAPITRE XV

De la Bulle *In cæna Domini.*

Il n'y a pas d'homme peut-être en Europe qui n'ait entendu parler de la bulle *In cæna Domini ;* mais combien d'hommes en Europe ont pris la peine de la lire ? Je l'ignore. Ce qui me paraît certain, c'est qu'un homme très sage a pu en parler de la manière la moins mesurée sans l'avoir *lue.*

Elle est au nombre de *tant de monuments honteux dont il n'ose pas citer les expressions* (2) !

----

1. *Fabricando et construendo lineam a polo arctico ad polum antarcticum,* (Bulle *Inter cætera* d'Alexandre VI, 1493.)
2. *Lettres sur l'Histoire,* t. II, lett. XXXV, p. 225, note.

Il ne tiendrait qu'à nous de croire qu'il s'agit ici de *Jeanne d'Arc* ou de *l'Aloïse de Sigée*. Comme on lit peu les *in-folio* dans notre siècle, à moins qu'ils ne traitent d'Listoire et qu'ils ne soient ornés de belles estampes enluminées, je crois que je ne ferai point une chose inutile en présentant ici à la masse des lecteurs la substance de cette fameuse bulle. Lorsque les enfants s'épouvantent de quelque objet lointain, agrandi et défiguré par leur imagination, pour réfuter une *bonne* crédule qui leur dit : *C'est un ogre, un esprit, un revenant*, il faut les prendre doucement par la main, et les mener en chantant à l'objet même.

Analyse de la bulle *In cæna Domini*.

Le Pape excommunie...

Art. 1. *Tous les hérétiques* (1).

Art. 2. *Tous les appelants au futur concile* (2).

Art. 3. *Tous les pirates courant la mer sans lettres de marque.*

Art. 4. *Tout homme qui osera voler quelque chose dans un vaisseau naufragé* (3).

Art. 5. *Tous ceux qui établiront dans leurs terres de nouveaux impôts ou se permettront d'augmeuter les anciens, hors des cas portés par le droit, ou sans une permission expresse du Saint-Siège* (4).

1. J'espère que sur ce point il n'y a point de difficulté.

2. Quelque parti qu'on prenne sur la question des appels au futur concile, on ne saurait blâmer un Pape, surtout un Pape du quatorzième siècle, qui réprime sévèrement ces appels comme absolument subversifs de tout gouvernement ecclésiastique. Saint Augustin disait déjà de son temps à certains appelants : *Et qui êtes-vous donc, vous autres, pour remuer l'univers ?* Je ne doute pas que parmi les partisans les plus décidés de ces sortes d'appels, plusieurs ne conviennent de bonne foi que, de la part des particuliers au moins, ils ne soient ce qu'on peut imaginer de plus anticatholique, de plus indécent, de plus inadmissible sous tous les rapports. On pourrait imaginer telle supposition qui présenterait des apparences plausibles ; mais que dire d'un misérable sectaire qu'un Pape, aux grands applaudissements de l'Eglise, a solennellement condamné, et qui du haut de son galetas s'avise d'appeler au futur concile ? *La souveraineté est comme la nature, elle ne fait rien en vain.* Pourquoi un concile œcuménique quand le pilori suffît.

3. Peut-on imaginer un usage plus noble et plus touchant de la suprématie religieuse ?

4. En prenant dans chaque État l'impôt ordinaire comme un *établissement*

Art. 6. *Les falsificateurs de lettres apostoliques.*

Art. 7. *Les fournisseurs d'armes et munitions de guerre de toute espèce aux Turcs, aux Sarrasins et aux hérétiques.*

Art. 8. *Ceux qui arrêtent les provisions de bouche et autres quelconques qu'on porte à Rome pour l'usage du pape.*

Art. 9. *Ceux qui tuent, mutilent, dépouillent ou emprisonnent les personnes qui se rendent auprès du Pape ou qui en reviennent.*

Art. 10. *Ceux qui traiteraient de même les pèlerins que leur dévotion conduit à Rome.*

Art. 11. *Ceux encore qui se rendraient coupables des mêmes violences envers les cardinaux, patriarches, archevêques, évêques et légats du Saint-Siège* (1).

Art. 12. *Ceux qui frappent, spolient ou maltraitent quelqu'un à raison des causes qu'il poursuit en cour romaine* (2).

Art. 13. *Ceux qui, sous prétexte d'une appellation frivole, transportent les causes du tribunal ecclésiastique au séculier.*

Art. 14. *Ceux qui portent les causes bénéficiales et de dîmes aux cours laïques.*

Art. 15. *Ceux qui amènent des ecclésiastiques dans ces tribunaux.*

légal, le Pape décide qu'on ne pourra ni l'augmenter ni en établir de nouveaux, hors les cas prévus par *la loi nationale*, ou dans les cas imprévus et absolument extraordinaires en vertu d'une dispense du Saint-Siège. — Il faut, je le dis à ma grande confusion, qu'à force d'avoir lu ces *infamies,*

Je me sois fait un front qui ne rougit jamais,

car je les transcris sans le moindre mouvement de honte, et même, en vérité, il me semble que j'y prends plaisir.

1. Les quatre articles précédents peignent le siècle qui les rendit nécessaires Quel homme de nos jours imaginerait d'arrêter les provisions destinées au Pape? d'attendre au passage pour les dépouiller, les mutiler ou les tuer, des voyageurs qui se rendent auprès du Pape, des pèlerins, des cardinaux, ou enfin des légats du Saint-Siège, etc.? Mais, encore une fois, les actes des souverains ne doivent jamais être jugés sans égards aux temps et aux lieux auxquels ils se rapportent, et quand les Papes seraient allés trop loin dans ces différentes dispositions, il faudrait dire: *Ils allèrent trop loin,* et ce serait assez. Jamais il ne pourrait être question d'exclamations oratoires, ni surtout de *rougeur*.

2. D'un côté, on *frappe*, on *spolie*, on maltraite ceux qui vont plaider à Rome, et de l'autre, on excommunie ceux qui frappent, qui spolient ou qui maltraitent. Où est le tort, et qui doit être blâmé? Si tous les yeux ne se fermaient pas volontairement, tous les yeux verraient que, lorsqu'il y a des torts mutuels, le comble de l'injustice est de ne les voir que d'un côté; qu'il n'y a pas moyen d'éviter ces combats, et que la fermentation qui trouble le vin est un préliminaire indispensable à la clarification.

Art. 16. *Ceux qui dépouillent les prélats de leur juri-*
diction légitime.

Art. 17. *Ceux qui séquestrent les juridictions ou revenus*
appartenant légitimement au Pape.

Art. 18. *Ceux qui imposent sur l'Église de nouveaux*
tributs sans la permission du Saint-Siège.

Art. 19. *Ceux qui agissent criminellement contre les*
prêtres dans les causes capitales, sans la permission du
Saint-Siège.

Art. 20. *Ceux qui usurpent les pays, les terres de la*
souveraineté du Pape.

Le reste est sans importance.

La voilà donc cette fameuse bulle *In cæna Domini !*
Chacun est à même d'en juger ; et je ne doute pas que
tout lecteur équitable qui l'a entendu traiter de *monu-*
ment honteux dont on n'ose citer les expressions, ne
croie sans hésiter que l'auteur de ce jugement n'a pas
lu la bulle, et que c'est même la supposition la plus
favorable qu'il soit possible de faire à l'égard d'un
homme d'un aussi grand mérite.Plusieurs dispositions
de la bulle appartiennent à une sagesse supérieure, et
toutes ensemble auraient fait la police de l'Europe au
xive siècle. Les deux derniers Papes, Clément XIV et
Pie VI, ont cessé de la publier chaque année, suivant
l'usage antique. Puisqu'ils l'ont fait, ils ont bien fait.
Ils ont cru sans doute devoir accorder quelque chose
aux idées du siècle ; mais je ne vois pas que l'Europe
y ait rien gagné. Quoi qu'il en soit, il vaut la peine
d'observer que nos hardis novateurs ont fait couler
dès torrents de sang pour obtenir, mais sans succès,
des articles consacrés par la bulle, il y a plus de trois
siècles, et qu'il eût été souverainement déraisonnable
d'attendre de la concession des souverains.

CHAPITRE XVI

Digression sur la juridiction ecclésiastique.

Les derniers articles de la bulle *In cæna Domini* roulent presque entièrement, comme on vient de le voir, sur la juridiction ecclésiastique. On a mille et mille fois accusé cette puissance d'avoir empiété sur l'autre, et d'attirer *toutes les causes à elle*, par des sophismes appuyés sur le serment apposé aux contrats, etc. J'aurais parfaitement repoussé cette accusation, en observant que dans tous les pays et dans tous les gouvernements imaginables, la direction des affaires appartient naturellement à la science, que toute science est née dans les temples et sortie des temples ; que le mot de *clergie* étant devenu dans l'ancienne langue européenne synonyme de celui de *science*, il était tout à la fois juste et naturel que le clerc jugeât le laïque, c'est-à-dire que la science jugeât l'ignorance, jusqu'à ce que la diffusion des lumières rétablît l'équilibre ; que l'influence du clergé dans les affaires civiles et politiques fut un grand bonheur pour l'humanité, remarqué par tous les écrivains instruits et sincères ; que ceux qui ne rendent pas justice au droit canonique ne l'ont jamais lu ; que ce code a donné une forme à nos jugements, et corrigé ou aboli une foule de subtilités du droit romain qui ne nous convenaient plus, si jamais elles furent bonnes ; que le droit canonique fut conservé en Allemagne, malgré tous les efforts de Luther, par les docteurs protestants, qui l'ont enseigné, loué et même commenté ; que, dans le XIII° siècle, il avait été solennellement approuvé par un décret de la diète de l'Empire, rendu sous Frédéric II, honneur que n'obtint jamais le droit romain (1), etc.

1. Zalwein., *Princip. Juris eccl.*, t. II, p. 283 et suiv.

Mais je ne veux point user de tous mes avantages ; je n'insiste ici que sur l'injustice qui s'obstine à ne voir que les torts d'une puissance en fermant les yeux sur ceux de l'autre. On nous parle toujours des *usurpations* de la juridiction ecclésiastique ; pour mon compte, je n'adopte point ce mot sans explication. En effet, *jouir*, *prendre*, et *s'emparer* même, ne sont pas toujours des synonymes d'*usurper*. Mais quand il y aurait eu réellement *usurpation*, y en a-t-il donc de plus évidente et de plus injuste que celle de la juridiction temporelle sur sa sœur, qu'elle appelait si faussement son *ennemie ?* Qu'on se rappelle, par exemple, l'honnête stratagème que les tribunaux français avaient employé pour dépouiller l'Eglise de sa plus incontestable juridiction. Il est bon que ce tour de passe-passe soit connu de ceux mêmes à qui les lois sont le plus inconnues.

« Toute question où il s'agit de dîmes ou de béné-
« fices est de la juridiction ecclésiastique. — Sans
« doute, disaient les parlements, le principe est incon-
« testable, QUANT AU PÉTITOIRE, c'est-à-dire, s'il
« s'agit, par exemple, de décider à qui appartient
« réellement un bénéfice contesté ; mais s'il s'agit du
« POSSESSOIRE, c'est-à-dire de la question de savoir
« lequel des deux prétendants possède actuellement
« et doit être maintenu en attendant que le droit réel
« soit approfondi, c'est nous qui devons juger,
« attendu qu'il s'agit uniquement d'un acte de haute
« police, destiné à prévenir les querelles et les voies
« de fait (1). »

« Voilà donc qui est entendu, dirait le bon sens

---

1. *Ne partes ad arma veniant.* Maxime de la jurisprudence des temps où l'on s'égorgeait réellement en attendant la décision des juges. Ce qu'il y a de remarquable, c'est que ce fut le droit canon qui mit en grand honneur cette théorie du *possessoire* pour éviter les crimes et les voies de fait, comme on peut le voir entre autres dans le canon REINTEGRANDE, si fameux dans les tribunaux. On a tourné depuis contre l'Eglise l'arme qu'elle avait elle-même présentée aux tribunaux.

Non hos quæsitum munus in usus.

« ordinaire ; décidez vite sur la possession, afin qu'on
« puisse sans délai décider le fond de la question. —
« Oh ! *vous n'y entendez rien*, répondraient les magis-
« trats : il n'y a point de doute sur la juridiction de
« l'Église, *quant au pétitoire ;* mais nous avons décidé
« que le *pétitoire* ne peut être jugé avant le *posses-*
« *soire ;* et que celui-ci étant une fois décidé, il n'est
« plus permis d'examiner l'autre (1). »

Et c'est ainsi que l'Église a perdu une branche
immense de sa juridiction. Or, je le demande à tout
homme, à toute femme, à tout enfant de bon sens :
a-t-on jamais imaginé une chicane plus honteuse, une
usurpation plus révoltante ? L'Église gallicane, em-
maillottée par les parlements, conservait-elle un mouvement libre ? Elle vantait ses droits, ses privilèges,
ses libertés ; et les magistrats, avec leurs *cas royaux*,
leurs *possessoires* et leurs *appels comme d'abus*, ne
lui avaient laissé que le droit de faire le saint chrême
et l'eau bénite.

Je ne l'aurai jamais assez répété : je n'aime et je ne
soutiens aucune exagération. Je ne prétends point
ramener les usages et le droit public du XIIe siècle ;
mais je n'aurai de même jamais assez répété qu'en
confondant les temps, on confond les idées ; que les
magistrats français s'étaient rendus éminemment coupables en maintenant un véritable état de guerre entre
le Saint-Siège et la France qui répétait à l'Europe ces
maximes perverses ; et qu'il n'y a rien de si faux que
le jour sous lequel on représentait le clergé antique en
général, mais surtout les Souverains Pontifes, qui
furent très incontestablement les précepteurs des rois,
les conservateurs de la science et les instituteurs de
l'Europe.

---

1. L'ordonnance (royale) dit expressément « que pour le pétitoire on se pour-
« voira devant le juge ecclésiastique. » (Fleury, *Discours sur les libertés de
l'Église gallicane,* dans ses Opusc., p. 90.) C'est ainsi que pour étendre leur
juridiction les parlements violaient la loi royale. Il y en a d'autres exemples.

LIVRE TROISIÈME

**DU PAPE DANS SON RAPPORT AVEC LA CIVILISATION
ET LE BONHEUR DES PEUPLES.**

CHAPITRE PREMIER

Missions.

Pour connaître les services rendus au monde par les
Souverains Pontifes, il faudrait copier le livre anglais
du docteur Ryan, intitulé : *Bienfaits du christianisme;*
car ces bienfaits sont ceux des Papes, le christianisme
n'ayant d'action extérieure que par eux. Toutes les
Églises séparées du Pape se dirigent chez elles comme
elles l'entendent ; mais elles ne peuvent rien pour la
propagation de la lumière évangélique. Par elles
l'œuvre du christianisme n'avancera jamais. Justement stériles depuis leur divorce, elles ne reprendront
leur fécondité primitive qu'en se réunissant à l'époux.
A qui appartient l'œuvre des missions ? Au Pape et à
ses ministres. Voyez cette fameuse *Société biblique,*
faible et peut-être dangereuse émule de nos missions.
Chaque année elle nous apprend combien elle a lancé
dans le monde d'exemplaires de la Bible ; mais toujours elle oublie de nous dire combien elle y a enfanté
de nouveaux chrétiens (1). Si l'on donnait au Pape,

---

1. Les maux que peut causer cette société n'ont pas semblé douteux à l'Eglise
anglicane, qui s'en est montrée plus d'une fois effrayée. Si l'on vient à recher-
cher quelle sorte de bien elle est destinée à produire dans les vues de la Providence, on trouve d'abord que cette entreprise peut être une préparation évangélique d'un genre tout nouveau et tout divin. Elle pourrait d'ailleurs con-
tribuer puissamment à nous rendre l'E lise anglicane, qui certainement
n'échappera aux coups qu'on lui porte que par le principe universel

pour être consacré aux dépenses des missions, l'argent que cette société dépense en bibles, il aurait fait aujourd'hui plus de chrétiens que ces bibles n'ont de pages.

Les Eglises séparées, et la première de toutes surtout, ont fait différents essais de ce genre ; mais tous ces prétendus ouvriers évangéliques, séparés du chef de l'Eglise, ressemblent à ces animaux que l'art ins truit à marcher sur deux pieds et à contrefaire quelques attitudes humaines. Jusqu'à un certain point ils peuvent réussir : on les admire même à cause de la difficulté vaincue ; cependant on s'aperçoit que tout est forcé, et qu'ils ne demandent qu'à retomber sur leurs quatre pieds.

Quand de tels hommes n'auraient contre eux que leurs divisions, il n'en faudrait pas davantage pour les frapper d'impuissance. *Anglicans, Luthériens, Moraves, Méthodistes, Baptistes, Puritains, Quakers*, etc., c'est à ce peuple que les infidèles ont affaire. Il est écrit : *Comment entendront-ils, si on ne leur parle pas ?* On peut dire avec autant de vérité : *Comment les croira-t-on, s'ils ne s'entendent pas ?*

Un missionnaire anglais a bien senti l'anathème, et il s'est exprimé sur ce point avec une franchise, une délicatesse, une probité religieuse, qui le montrent digne de la mission qui lui manquait.

« Le missionnaire, dit-il, doit être fort éloigné d'une
« étroite bigoterie (1), et posséder un esprit vraiment
« catholique (2). Ce n'est point le calvinisme, ce n'est
« point l'arminianisme ; c'est le christianisme qu'il
« doit enseigner. Son but n'est point de propager la
« hié archie anglicane, ni les principes des dissen-

---

1. Le mot de *bigoterie* qui, selon son acception naturelle dans la langue anglaise, donne l'idée du *zèle aveugle*, du *préjugé* et de la *superstition*, s'applique aujourd'hui sous la plume *libérale* des écrivains anglais à tout homme qui prend la liberté de croire autrement que ces messieurs, et nous avons eu enfin le plaisir d'entendre les réviseurs d'Edimbourg accuser Bossuet de *bigoterie*, (*Edimb. Rev.*, octobre 1803, n° 5, p. 215.) Bossuet bigot ! l'univers n'en savait rien.

2. Honnête homme ! Il dit ce qu'il peut, et ses paroles sont remarquables.

« dents protestants ; son objet est de servir l'*Église*
« *universelle* (1). — Je voudrais que le missionnaire
« fût bien persuadé que le succès de son ministère ne
« repose nullement sur les points de séparation, mais
« sur ceux qui réunissent l'assentiment de tous les
« hommes religieux (2). »

Nous voici ramenés à l'éternelle et vaine distinction
des dogmes capitaux et non capitaux. Mille fois elle a
été réfutée ; il serait inutile d'y revenir. Tous les dogmes ont été niés par quelque dissident. De quel droit
l'un se préférerait-il à l'autre ? Celui qui en nie un seul
perd le droit d'en enseigner un seul. Comment,
d'ailleurs, pourrait-on croire que la puissance évangélique n'est pas divine, et que par conséquent elle peut
se trouver hors de l'Église ? La divinité de cette puissance est aussi visible que le soleil. « Il semble, dit
« Bossuet, que les Apôtres et leurs premiers disciples
« avaient travaillé sous terre pour établir tant d'Égli-
« ses en si peu de temps, sans que l'on sache com-
« ment (3). »

L'impératrice Catherine II, dans une lettre extrêmement curieuse que j'ai lue à Saint-Pétersbourg (4), dit
qu'elle avait souvent observé avec admiration l'influence des missions sur la civilisation et l'organisation politique des peuples : « A mesure, dit-elle, que la
« religion s'avance, on voit les villages paraître
« comme par enchantement, etc. » C'était l'Église
antique qui opérait ces miracles, parce qu'alors elle
était légitime : il ne tenait qu'à la souveraineté de comparer cette force et cette fécondité à la nullité absolue
de cette même Église détachée de la grande racine.

---

1. Il répète ici en anglais ce qu'il vient de dire en grec. *Catholiqué, universel !*
qu'importe ! on voit qu'il a besoin de l'*unité*, qui ne peut se trouver hors de
l'*universalité*.

2. Voyez *Letters of Missions addressed to the protestant ministers of the
British churches, by Melvil Horne, late chaplain of Sierra-Leone in Africa*
Bristol 1794.

3. *Hist. des Variat.*, liv. VII, n° XVI.

4. Elle était adressée à un Français M. de Meilhan, qui appartenait, si je ne
me trompe, à l'ancien parlement de Paris.

Le docte chevalier Jones a remarqué l'impuissance de la parole évangélique dans l'Inde (c'est-à-dire dans l'Inde anglaise). Il désespère absolument de vaincre les préjugés nationaux. Ce qu'il sait imaginer de mieux, c'est de traduire en persan et en sanscrit les textes les plus décisifs des Prophètes, et d'en essayer l'effet sur les indigènes (1). C'est toujours l'erreur protestante qui s'obstine à commencer par la science, tandis qu'il faut commencer par la prédication impérative, accompagnée de la musique, de la peinture, des rites solennels et de toutes les démonstrations de la foi sans dicussion ; mais faites comprendre cela à l'orgueil !

M. Claudius Buchanan, docteur en théologie anglicane, a publié, il y a peu d'années, sur l'état du christianisme dans l'Inde, un ouvrage où le plus étonnant fanatisme se montre joint à un nombre d'observations intéressantes (2). La nullité du prosélytisme protestant s'y trouve confessée à chaque page, ainsi que l'indifférence absolue du gouvernement anglais pour l'établissement religieux dans ce grand pays :

« Vingt régiments anglais, dit-il, n'ont pas en Asie
« un seul aumônier. Les soldats vivent et meurent
« sans aucun acte de religion (3). Les gouverneurs de
« Bengale et de Madras n'accordent aucune protection
« aux chrétiens du pays, ils accordent les emplois pré-
« férablement aux Indous et aux Mahométans (4).

1. « S'il y a un moyen humain d'opérer la conversion de ces hommes (les « Indiens), ce serait peut-être de transcrire en sanscrit ou en persan des mor- « ceaux choisis des anciens prophètes, de les accompagner d'une préface rai- « sonnée où l'on montrerait l'accomplissement parfait de ces prédictions, et de « répandre l'ouvrage parmi les natifs qui ont reçu une éducation distinguée. Si « ce moyen et le temps ne produisaient aucun effet salutaire, il ne resterait « qu'à déplorer la force des préjugés et la faiblesse de la RAISON TOUTE SEULE « (*unassisted reason*). » W. Jone's Works, *on the Gods of Greece Italy, and India*, t. I, in-4°, p. 279, 280. Il n'y a rien de si vrai ni de plus remarquable que ce que dit ici sir William sur la raison NON ASSISTÉE ; mais, pour lui comme pour tant d'autres, c'était une vérité stérile.

2. Voy. *Christian Researches in Asia, by the R. Claudius Buchanan D. D* in-8°, London, 1812, 9° édit.

3. Page 80.

4. Pages 89 et 90.

« A Saffers, tout le pays est au pouvoir (spirituel) des
« catholiques, qui en ont pris une possession tran-
« quille, vu l'indifférence des Anglais ; et le gouverne-
« ment d'Angleterre, préférant *justement* (1) la su-
« perstition catholique au culte de Bouddha, soutient à
« Ceylan la religion catholique (2). Un prêtre catho-
« lique lui disait : *Comment voulez-vous que votre*
« *nation s'occupe de la conversion au christianisme de*
« *ses sujets païens, tandis qu'elle refuse l'instruction*
« *chrétienne à ses propres sujets chrétiens* (3) ? Aussi
« M. Buchanan ne fut point surpris d'apprendre que
« chaque année *un grand nombre de protestants*
« *retournaient à l'idolâtrie* (4). Jamais peut-être la
« *religion du Christ* ne s'est vue, à aucune époque du
« christianisme, humiliée au point où elle l'a été dans
« l'île de Ceylan, par la *négligence officielle* que nous
« avons fait éprouver à l'Église protestante (5). L'in-
« différence anglaise est telle, que, s'il plaisait à Dieu
« d'ôter les Indes aux Anglais, il resterait à peine sur
« cette terre quelques preuves qu'elle a été gouvernée
« par une nation qui eût reçu la lumière évangéli-
« que (6). Dans toutes les stations militaires, on re-
« marque une extinction presque totale du christia-
« nisme. Des corps nombreux d'homme vieillissent
« loin de leur patrie, dans le plaisir et l'indépendance,
« sans voir le moindre signe de la religion de leur
« pays. Il y a tel Anglais qui pendant vingt ans n'a pas
« vu un service divin (7). C'est une chose bien étrange

1. Il est bien bon, comme on voit! il convient que le catholicisme vaut
mieux que la religion de Bouddha.
2. Page 92.
3. Le gouvernement n'a point de zèle, parce qu'il n'a point de foi. C'est sa
conscience qui lui ôte les forces, et c'est ce que l'aveugle ministre ne voit pas
ou ne veut pas voir.
4. Page 93.
5. C'est encore ici une délicatesse du gouvernement anglais, qui possède
assez de sagesse pour ne point essayer de planter *la religion du Christ* dans
un pays où règne celle de *Jésus-Christ;* mais qu'est-ce qu'un ecclésiastique
officiel peut comprendre à tout cela ?
6. Page 283, note.
7. Pages 285 et 287.

« qu'en échange du poivre que nous donne le malheu-
« reux Indien, l'Angleterre lui refuse jusqu'au Nou-
« veau Testament (1). Lorsque l'auteur réfléchit *au*
« *pouvoir immense* de l'Église romaine dans l'Inde, et
« à l'incapacité du clergé anglican pour contredire
« cette influence, il est d'avis que l'Église protestante
« ne ferait pas mal de chercher une alliée dans la
« syriaque, habitante des mêmes contrées, et qui a
« tout ce qu'il faut pour s'allier à une Église PURE,
« *puisqu'elle professe la doctrine de la Bible* et qu'elle
« rejette la suprématie du Pape (2). »

On vient d'entendre de la bouche la moins suspecte
les aveux les plus exprès sur la nullité des Églises
séparées ; non seulement l'esprit qui les divise les
annule toutes l'une après l'autre, mais il nous arrête
nous-mêmes et retarde nos succès. Voltaire a fait sur
ce point une remarque importante : « Le plus grand
« obstacle, dit-il, à nos succès religieux dans l'Inde,
« c'est la différence des opinions qui divisent nos mis-
« sionnaires. Le catholique y combat l'anglican qui
« combat le luthérien combattu par le calviniste. Ainsi
« tous contre tous, voulant annoncer chacun la vérité,
« et accusant les autres de mensonge, ils étonnent un
« peuple simple et paisible qui voit accourir chez lui,
« des extrémités occidentales de la terre, des hommes
« ardents pour se déchirer mutuellement sur les rives
« du Gange (3). »

Le mal n'est pas, à beaucoup près, aussi grand que
le dit Voltaire, qui prend son désir pour la réalité,
puisque notre supériorité sur les sectes est manifeste,
et solennellement avouée, comme on vient de le voir,
par nos ennemis même les plus acharnés. Cependant

---

1. Page 192.
2. Pages 285-287. Ne dirait-on pas que l'Eglise catholique *professe les doc-*
trines de l'Alcoran ? Que le clergé anglais **ne s'y trompe pas,** il s'en faut de
beaucoup que ces honteuses extravagances trouvent auprès des gens sensés de
son pays la même indulgence, la même compassion qu'elles rencontrent **auprès**
de nous.
3. Voltaire, *Essai sur les mœurs,* etc., t. I, ch. iv.

la division des chrétiens est un grand mal, et qui retarde au moins le grand œuvre, s'il ne l'arrête pas entièrement. Malheur donc aux sectes qui *ont déchiré la robe sans couture!* Sans elles l'univers serait chrétien.

Une autre raison qui annule ce faux ministère évangélique, c'est la conduite morale de ses organes. Ils ne s'élèvent jamais au-dessus de la *probité*, *faible* et misérable instrument pour tout effort qui exige la *sainteté*. Le missionnaire qui ne s'est pas refusé par un vœu sacré au plus vif des penchants, demeurera toujours au-dessous de ses fonctions, et finira par être ridicule ou coupable. On sait le résultat des missions anglaises à Tahiti ; chaque apôtre, devenu un libertin, n'a pas fait difficulté de l'avouer, et le scandale a retenti dans toute l'Europe (1).

Au milieu des nations barbares, loin de tout supérieur et de tout appui qu'il pourrait trouver dans l'opinion publique, seul avec son cœur et ses passions, que fera le missionnaire *humain ?* Ce que firent ses collègues à Tahiti. Le meilleur de cette classe est fait, après avoir reçu sa mission de l'autorité civile, pour aller habiter une maison commode avec sa femme et ses enfants, et pour prêcher philosophiquement *à des sujets*, sous le canon de son souverain. Quant aux véritables travaux apostoliques, jamais ils n'oseront y toucher du bout du doigt.

Il faut distinguer d'ailleurs entre les infidèles civilisés et les infidèles barbares. On peut dire à ceux-ci tout ce qu'on veut ; mais par bonheur l'erreur n'ose pas leur parler. Quant aux autres, il en est tout autrement, et déjà ils en savent assez pour nous discerner. Lorsque lord Macarteney dut partir pour sa célèbre

---

1. J'entends dire que depuis quelque temps les choses ont changé en mieux à Taïti. Sans discuter les faits, qui ne présentent peut-être que de vaines apparences, je n'ai qu'un mot à dire : *Que nous importent ces conquêtes équivoques du protestantisme dans queque île imperceptible de la mer du Sud, tandis qu'il détruit le chr's ianisme en Europe.*

ambassade. S. M. B. fit demander au Pape quelques
élèves de la Propagande pour la langue chinoise ; ce
que le Saint-Père s'empressa d'accorder. Le cardinal
Borgia, alors à la tête de la Propagande, pria à son tour
lord Macarteney de vouloir bien profiter de la circons-
tance pour recommander à Pékin les missions catholiques. L'ambassadeur le promit volontiers et s'ac-
quitta de sa commission en homme de sa sorte ; mais
quel fut son étonnement d'entendre le *collao* ou premier ministre lui répondre *que l'empereur s'étonnait
fort de voir les Anglais protéger au fond de l'Asie une
religion que leurs pères avaient abandonnée en
Europe !* Cette anecdote, que j'ai apprise à la source,
prouve que ces hommes sont instruits, plus que nous
ne le croyons, des choses mêmes auxquelles ils pourraient nous paraître totalement étrangers. Qu'un prédicateur anglais s'en aille donc à la Chine débiter à ses
auditeurs *que le christianisme est la plus belle chose
du monde, mais que cette religion divine fut malheureusement corrompue dans sa première jeunesse par
deux grandes apostasies, celle de Mahomet en Orient,
et celle du Pape en Occident ; que l'une et l'autre ayant
commencé ensemble et devant durer douze cent
soixante ans* (1), *l'une et l'autre doivent tomber ensemble et touchent à leur fin ; que le mahométisme et le
catholicisme sont deux corruptions parallèles et parfaitement du même genre, et qu'il n'y a pas dans l'univers un homme portant le nom de chrétien qui puisse
douter de la vérité de cette prophétie* (2). Assurément,

1. En effet, *les* NATIONS *devant fouler aux pieds la ville sainte pendant
42 mois (Apoc.,* XI, 2), il est clair que par les *nations* il faut entendre les
Mahométans. De plus, 42 mois font 1260 jours, de 30 jours chacun, ceci est
évident. Mais chaque jour signifie un an, donc 1260 jours valent 1260 ans ; or,
si l'on ajoute ces 1260 ans à 622, date de l'hégire, on a 1882 ans ; donc le mahométisme ne peut durer au delà de l'an 1882. Or, la corruption papale doit finir
avec la corruption mahométane; donc, etc. C'est le raisonnement de M. Buchanan que j'ai cité plus haut. (Pages 199 à 201.)

2. Quand on pense que ces inconcevables folies souillent encore au dix-neuvième siècle les ouvrages d'une foule de théologiens anglais, tels que les docteurs *Daubeney, Faber, Cuningham, Buchanan. Hartley, Fère,* etc., on ne
contemple point sans une religieuse terreur l'abîme d'égarement où le plus juste

le mandarin qui entendra ces belles assertions prendra
le prédicateur pour un fou et se moquera de lui. Dans
tous les pays infidèles, mais civilisés, s'il existe des
hommes capables de se rendre aux vérités du christianisme, ils ne nous auront pas entendus longtemps
avant de nous accorder l'avantage sur les sectaires.
Voltaire avait ses raisons pour nous regarder comme
une secte qui dispute avec les autres ; mais le bon sens
non prévenu s'apercevra d'abord que d'un côté est
l'Église une et invariable, et de l'autre l'hérésie aux
mille têtes. Longtemps avant de savoir son nom, ils la
connaissent elle-même et s'en défient.

Notre immense supériorité est si connue qu'elle a pu
alarmer la Compagnie des Indes. Quelques prêtres
français, portés dans ces contrées par le tourbillon
révolutionnaire, ont pu lui faire peur. Elle a craint
qu'en faisant des chrétiens ils ne fissent des Français.
(Je ne serai contredit par aucun Anglais instruit.) La
Compagnie des Indes dit sans doute comme nous :
Que votre royaume arrive, mais c'est toujours avec le
correctif : *Et que le nôtre subsiste.*

Que si notre supériorité est reconnue en Angleterre,
la nullité du clergé anglais, sous ce rapport, ne l'est
pas moins.

« Nous ne croyons pas, disaient, il y a peu d'années,
« d'estimables journalistes de ce pays, nous ne
« croyons pas que la société des missions soit l'œuvre
« de Dieu... car on nous persuadera difficilement que
« Dieu puisse être l'auteur de la confusion, et que les
« dogmes du christianisme doivent être successive-
« ment annoncés aux païens par des hommes *qui non*

<hr/>

des châtiments plonge la plus criminelle des révoltes. Le moderne Attila, moin
civilisé que le premier, renverse de son trône le Souverain Pontife, le fait pri-
sonnier et s'empare de ses États. Tout de suite la tête des écrivains s'enflamme,
ils croient que c'en est fait du Pape et que Dieu n'a plus de moyens pour se
tirer de là. Les voilà donc qui composent des *in-octavo* sur *l'accomplissement
des prophéties ;* mais pendant qu'on les imprime, la puissance et le vœu de
l'Europe reportent le Pape sur son trône : et, tranquille dans *la ville éternelle,*
il prie pour les auteurs de ces livres insensés.

« *seulement vont sans être envoyés* (1), mais qui
« diffèrent d'opinion entre eux d'une manière aussi
« étrange que des calvinistes et des arminiens, des
« épiscopaux et des presbytériens, des pédo-baptistes
« et des antipédo-baptistes. »

Les rédacteurs soufflent ensuite sur le frêle système
des *dogmes essentiels*, puis ils ajoutent : « Parmi des
« missionnaires aussi hérétogènes, les disputes sont
« inévitables, et leurs travaux, au lieu d'éclairer les
« gentils, ne sont propres qu'à éclairer leurs préjugés
« contre la foi, si jamais elle leur est *annoncée d'une*
« *manière plus régulière* (2). En un mot, *la société des*
« *missions ne peut faire aucun bien, et peut faire*
« *beaucoup de mal.*

« Nous croyons cependant que c'est un devoir de
« l'Église de prêcher l'Évangile aux infidèles (3). »

Ces aveux sont exprès et n'ont pas besoin de com-
mentaires. Quant aux Églises orientales et à toutes
celles qui en dépendent ou qui font cause commune
avec elles, il serait inutile de s'en occuper. Elles-
mêmes se rendent justice. Pénétrées de leur impuissance, elles ont fini par se faire de leur apathie une
espèce de devoir. Elles se croiraient ridicules si elles se
laissaient aborder par l'idée d'avancer les conquêtes

1. *Not only running* UNSENT, expression très remarquable. Le mot de *missionnaire* étant précisément synonyme de celui d'*envoyé*, tout missionnaire
agissant hors de l'unité est obligé de dire : *Je suis un envoyé non envoyé.* Quand
la société des missions serait approuvée par l'Église anglicane, la même difficulté subsisterait toujours ; car celle-ci n'étant pas *envoyée* n'a pas droit d'*envoyer.* UNSENT est le caractère général, flétrissant et indélébile de toute Église
séparée.

2. Que veulent donc dire les journalistes avec cette expression *d'une manière
plus régulière* ? Peut-il y avoir quelque chose de régulier hors de la règle ? On
peut sans doute être plus ou moins *près* d'une barque, mais plus ou moins
dedans, il n'y a pas moyen. L'Église d'Angleterre a même quelque désavan-
tage sur les autres Églises séparées ; car, comme elle est évidemment *seule*,
elle est évidemment *nulle.* (Vid. *Monthly political and litteray Censor or
anti jacobin.* March., 1803, t. XIV, n° 9, p. 280-281.) Mais peut-être que ces
mots *d'une manière plus régulière* cachent quelque mystère, comme j'en ai
observé souvent dans les ouvrages des écrivains anglais.

3. *Ibid.* Ceci est un grand mot. L'ÉGLISE *seule a le droit, et, par conséquent,
le devoir de prêcher l'Évangile aux infidèles.* Si les rédacteurs avaient souli-
gné le mot *Église*, ils auraient *prêché* une vérité très profonde aux *infidèles*

de l'Évangile, et par elles la civilisation des peuples.

L'Église a donc seule l'honneur, la puissance et le droit des missions ; et sans le Souverain Pontife, il n'y a point d'Église. N'est-ce pas lui qui a civilisé l'Europe et créé cet esprit général, ce génie fraternel qui nous distingue ? A peine le Saint-Siège est affermi, que la *sollicitude universelle* transporte les Souverains Pontifes. Déjà, dans le v\ siècle, ils envoient saint Séverin dans la Norique, et d'autres ouvriers apostoliques parcourent les Espagnes, comme on le voit par la fameuse lettre d'Innocent I\ à Décentius. Dans le même siècle, saint Pallade et saint Patrice paraissent en Irlande et dans le nord de l'Écosse. Au vi\, saint Grégoire le Grand envoie saint Augustin en Angleterre. Au vii\, saint Kilian prêche en Franconie, et saint Amand aux Flamands, aux Corinthiens, aux Esclavons, à tous les Barbares qui habitaient le long du Danube. Éluff de Verden se transporte en Saxe dans le viii\ siècle, saint Willbrod et saint Swidbert dans la Frise, et saint Boniface remplit l'Allemagne de ses travaux et de ses succès. Mais le ix\ siècle semble se distinguer de tous les autres, comme si la Providence avait voulu, par de grandes conquêtes, consoler l'Église des malheurs qui étaient sur le point de l'affliger. Durant ce siècle, saint Siffroi fut envoyé aux Suédois, Anchaire de Hambourg prêche à ces mêmes Suédois, aux Vandales et aux Esclavons, Rembert de Brême, les frères Cyrille et Methodius, aux Bulgares, aux Chazares ou Turcs du Danube, aux Moraves, aux Bohémiens, à l'immense famille des Slaves ; tous ces hommes apostoliques ensemble pouvaient dire à juste titre :

Hic tandem stetimus nobis ubi defuit orbis.

Mais lorsque l'univers s'agrandit par les mémorables entreprises des navigateurs modernes, les missionnaires du Pontife ne s'élancèrent-ils pas à la suite de ces hardis aventuriers ? N'allèrent-ils pas chercher le martyre comme l'avarice cherchait l'or et les dia-

mants? Leurs mains secourables n'étaient-elles pas
constamment étendues pour guérir les maux enfantés
par nos vices, et pour rendre les brigands européens
moins odieux à ces peuples lointains? Que n'a pas
fait saint Xavier (1)? Les jésuites *seuls n'ont-ils pas
guéri une des plus grandes plaies de l'humanité* (2)?
Tout a été dit sur les missions du Paraguay, de la
Chine, des Indes, et il serait superflu de revenir sur des
sujets aussi connus. Il suffit d'avertir que tout l'honneur doit en être acordé au Saint-Siège. « Voilà, disait
« le grand Leibnitz, avec un noble sentiment bien
« digne de lui ; voilà la Chine ouverte aux jésuites ;
« le Pape y envoie nombre de missionnaires. *Notre
« peu d'union ne nous permet pas d'entreprendre ces
« grandes conversions* (3). Sous le règne du roi
« Guillaume, il s'était formé une sorte de société en
« Angleterre qui avait pour objet la propagation de
« l'Évangile ; mais jusqu'à présent elle n'a pas eu de
« grand succès (4). »
Jamais elle n'en aura et jamais elle n'en pourra
avoir, sous quelque nom qu'elle agisse, hors de l'unité;
et non seulement elle ne réussira pas, mais *elle ne fera
que du mal*, comme nous l'avouait tout à l'heure une
bouche protestante.

« Les rois, disait Bacon, sont véritablement inexcu-

1. *A Paulo tertio Indiæ destinatus, multos passim toto Oriente christianos
ad meliorem frugem revocavit, et innumeros propemodum populos ignorantiæ
tenebris involutos ad Christi fidem adduxit. Nam præter Indos, Brachmanes,
et Malabaras, ipse primus Paravis, Malais, Jais, Acenis, Mindanais, Molu-
censibus et Japonibus, multis editis miraculis et exantelatis laboribus Evan-
gelii lucem intulit. Perlustrata tandem Japonia, ad Sinas profecturus, in
insula Sanciana obiit.* (Voyez son office dans le Bréviaire de Paris, 2 décembre.)
Les voyages de saint François Xavier sont détaillés à la fin de sa Vie écrite par
le père Bouhours, et méritent grande attention. Arrangés de suite, ils auraient
fait trois fois le tour du globe. Il mourut à quarante-six ans, et n'en employa
que dix à l'exécution de ses prodigieux travaux ; c'est le temps qu'employa
César pour asservir et dévaster les Gaules.

2. Montesquieu.

3. Lettre de Leibnitz, citée dans le *Journal historique, politique et littéraire*,
de l'abbé de Feller. Août 1774, p. 209.

4. *Leibnitzii Epist. ad Kortholtam*, dans ses œuvres in-4, p. 323. — *Pensées de Leibnitz*, in-8, t. I, p. 275.

« sables de ne point procurer, à la faveur de leurs
« armes et de leurs richesses, la propagation de la
« religion chrétienne (1). »

Sans doute ils le sont, et ils le sont d'autant plus (je
parle seulement des souverains catholiques), qu'aveuglés sur leurs plus chers intérêts par les préjugés
modernes, ils ne savent pas que tout prince qui emploie ses forces à la propagation du christianisme légitime en sera infailliblement récompensé par de grands
succès, par un long règne, par une immense réputation, ou par tous ces avantages réunis. Il n'y a point,
il n'y aura jamais, il ne peut y avoir d'exception sur ce
point. Constantin, Théodose, Alfred, Charlemagne,
saint Louis, Emmanuel de Portugal, Louis XIV, etc.,
tous les grands protecteurs ou propagateurs du christianisme légitime marquent dans l'histoire par tous les
caractères que je viens d'indiquer. Dès qu'un prince
s'allie à l'œuvre divine et l'avance suivant ses forces,
il pourra sans doute payer son tribut d'imperfections
et de malheurs à la triste humanité ; mais il n'importe,
son front sera marqué d'un certain signe que tous les
siècles révéreront :

> Illum aget penna metuente solvi
> Fama superstes.

Par la raison contraire, tout prince qui, né dans la
lumière, la méprisera ou s'efforcera de l'éteindre, et
qui surtout osera porter la main sur le Souverain Pontife ou l'affliger sans mesure, peut compter sur un châtiment temporel et visible. Règne court, désastres
humiliants, mort violente ou honteuse, mauvais renom
pendant sa vie et mémoire flétrie après sa mort, c'est
le sort qui l'attend en plus ou en moins. De Julien à
Philippe le Bel, les exemples anciens sont écrits partout, et quant aux exemples récents, l'homme sage,
avant de les exposer dans leur véritable jour, fera bien

---

1. Bacon, dans le dialogue *De Bello sacro*. (*Christianisme de Bacon*, t. II,
p 274.)

d'attendre que le temps les ait un peu enfoncés dans l'histoire.

CHAPITRE II

Liberté civile des hommes.

Nous avons vu que le Souverain Pontife est le chef naturel, le promoteur le plus puissant, le grand *Demiurge* de la civilisation universelle ; ses forces sur ce point n'ont de bornes que dans l'aveuglement ou la mauvaise volonté des princes. Les Papes n'ont pas moins mérité de l'humanité par l'extinction de la servitude, qu'ils ont combattue sans relâche et qu'ils éteindront infailliblement sans secousses, sans déchirements et sans danger, partout où on les laissera faire.

Ce fut un singulier ridicule du dernier siècle que celui de juger de tout d'après des règles abstraites, sans égard à l'expérience ; et ce ridicule est d'autant plus frappant, que ce même siècle ne cessa de hurler en même temps contre tous les philosophes qui ont commencé par les principes abstraits, au lieu de les chercher dans l'expérience.

Rousseau est exquis lorsqu'il commence son Contrat social par cette maxime retentissante : *L'homme est né libre, et partout il est dans les fers.*

Que veut-il dire ? il n'entend point parler du fait apparemment, puisque dans la même phrase il affirme que PARTOUT *l'homme est dans les fers* (1). Il s'agit donc du *droit ;* mais c'est ce qu'il fallait prouver *contre le fait.*

Le contraire de cette folle assertion, *l'homme est né libre,* est la vérité. Dans tous les temps et dans tous les

1. *Dans les fers !* Voyez le poète.

lieux, jusqu'à l'établissement du christianisme, et
même jusqu'à ce que cette religion eût pénétré suffisamment dans les cœurs, l'esclavage a toujours été
considéré comme une pièce nécessaire du gouvernement et de l'état politique des nations, dans les républiques comme dans les monarchies, sans que jamais
il soit tombé dans la tête d'aucun philosophe de condamner l'esclave, ni dans celle d'aucun législateur de
l'attaquer par des lois fondamentales ou de circonstances.

L'un des plus profonds philosophes de l'antiquité,
Aristote, est même allé, comme tout le monde le sait,
jusqu'à dire qu'il y avait des hommes *qui naissaient
esclaves*, et rien n'est plus vrai. Je sais que dans notre
siècle il a été blâmé pour cette assertion ; mais il eût
mieux valu le comprendre que de le critiquer. Sa position est fondée sur l'histoire entière, qui est la politique expérimentale, et sur la nature de l'homme, qui a
produit l'histoire.

Celui qui a suffisamment étudié cette triste nature
sait que *l'homme en général*, s'il est réduit à lui-
même, *est trop méchant pour être libre*.

Que chacun examine l'homme dans son propre
cœur, et il sentira que partout où la liberté civile ap-
partiendra à tout le monde, il n'y aura plus moyen,
sans quelque secours extraordinaire, de gouverner les
hommes en corps de nation.

De là vient que l'esclavage a constamment été l'état
naturel d'une très grande partie du genre humain, jusqu'à l'établissement du christianisme ; et comme le
bon sens universel sentait la nécessité de cet ordre de
choses, jamais il ne fut combattu par les lois ni par le
raisonnement.

Un grand poète latin a mis une maxime terrible dans
la bouche de César :

LE GENRE HUMAIN EST FAIT POUR QUELQUES HOMMES (1).

---

1. *Humanum paucis vivit genus.* (Lucan., *Phars*)

Cette maxime se présente sans doute, dans le sens que lui donne le poète, sous un aspect machiavélique et choquant ; mais, sous un autre point de vue, elle est très juste. Partout le très petit nombre a mené le grand ; car sans une aristocratie plus ou moins forte, la souveraineté ne l'est plus assez.

Le nombre des hommes libres dans l'antiquité était de beaucoup inférieur à celui des esclaves. Athènes avait quarante mille esclaves et vingt mille citoyens (1). A Rome, qui comptait, vers la fin de la république, environ un million deux cent mille habitants, il y avait à peine deux mille propriétaires (2), ce qui seul démontre l'immense quantité d'esclaves.Un seul individu en avait quelquefois plusieurs milliers à son service (3).On en vit une fois exécuter quatre cents d'une seule maison, en vertu de la loi épouvantable qui ordonnait à Rome que, lorsqu'un citoyen romain était tué chez lui, tous les esclaves qui habitaient sous le même toit fussent mis à mort (4).

Et lorsqu'il fut question de donner aux esclaves un habit particulier, le sénat s'y refusa, *de peur qu'ils ne vinssent à se compter* (5).

D'autres nations fourniraient à peu près les mêmes exemples, mais il faut abréger. Il serait d'ailleurs inutile de prouver longuement ce qui n'est ignoré de personne, que l'*univers, jusqu'à l'époque du christianisme, a toujours été couvert d'esclaves,* et que *jamais les sages n'ont blâmé cet usage.* Cette proposition est inébranlable.

Mais enfin la loi divine parut sur la terre. Tout de suite elle s'empara du cœur de l'homme, et le changea d'une manière faite pour exciter l'admiration éternelle

1. Larcher, sur Hérodote, liv. I, note 258.
2. *Vix esse duo millia hominum qui rem habeant.* (Cicér., *De Officiis,* II, 21.)
3. Juvén., *Sat.*, III, 140.
4. Tacite, *Ann.*, XIV, 43. Les discours tenus sur ce sujet dans le sénat sont extrêmement curieux.
5. *Adam's Roman Antiquities,* in-8, London. p. 35 et seq.

de tout véritable observateur. La religion commença surtout à travailler sans relâche à l'abolition de l'esclavage ; chose qu'aucune autre religion, aucun législateur, aucun philosophe n'avait jamais osé entreprendre ni même rêver. Le christianisme, qui agissait divinement, agissait par la même raison lentement ; car toutes les opérations légitimes, de quelque genre qu'elles soient, se font toujours d'une manière insensible. Partout où se trouvent le bruit, le fracas, l'impétuosité, les destructions, etc., on peut être sûr que c'est le crime ou la folie qui agit.

La Religion livra donc un combat continuel à l'esclavage, agissant tantôt ici et tantôt là, d'une manière ou d'une autre, mais sans jamais se lasser ; et les souverains sentant, sans être encore en état de s'en rendre raison, que le sacerdoce les soulageait d'une partie de leurs peines et de leurs craintes, lui cédèrent insensiblement et se prêtèrent à ses vues bienfaisantes.

« Enfin, en l'année 1167, le pape Alexandre III
« déclara au nom du concile que *tous les chrétiens*
« *devaient être exempts de la servitude.* Cette loi seule
« *doit rendre sa mémoire chère à tous les peuples*,
« ainsi que ses efforts pour soutenir la liberté de
« l'Italie doivent rendre son nom précieux aux Ita-
« liens. C'est en vertu de cette loi que, longtemps
« après, Louis le Hutin déclara que tous les serfs qui
« restaient encore en France devaient être affranchis...
« Cependant les hommes ne rentrèrent que par degrés
« et très difficilement dans leur *droit naturel* (1). »

Sans doute que *la mémoire du Pontife doit être chère à tous les peuples.* C'était bien à sa sublime qualité qu'appartenait légitimement l'initiative d'une telle déclaration ; mais observez qu'il ne prit la parole qu'au XIIe siècle, et même il déclara plutôt le droit à la

---

1. Voltaire, *Essai sur les mœurs*, etc., ch. LXXXIII. — On voit ici Voltaire, entiché des rêveries de son siècle, nous citer *le droit naturel de l'homme à la liberté.* Je serais curieux de savoir comment il aurait établi le droit contre les faits qui attestent invinciblement que *l'esclavage est l'état naturel d'une grande partie du genre humain jusqu'à l'affranchissement* SURNATUREL.

liberté que la liberté même. Il ne se permit ni violence ni menaces : rien de ce qui se fait bien ne se fait vite.

Partout où règne une autre religion que la nôtre, l'esclavage est de droit, et partout où cette religion s'affaiblit, la nation devient, en proportion précise, moins susceptible de la liberté générale.

Nous venons de voir l'état social ébranlé jusque dans ses fondements, parce qu'il y avait trop de liberté en Europe, et qu'il n'y avait plus assez de religion. Il y aura encore d'autres commotions, et le bon ordre ne sera solidement affermi que lorsque l'esclavage ou la religion sera rétablie.

Le gouvernement seul ne peut gouverner. C'est une maxime qui paraîtra d'autant plus incontestable qu'on la méditera davantage. Il a donc besoin, comme d'un ministre indispensable, ou de l'esclavage qui diminue le nombre des volontés agissantes dans l'État, ou de la force divine qui, par une espèce de *greffe* spirituelle, détruit l'âpreté naturelle de ces volontés, et les met en état d'agir ensemble sans se nuire.

Le nouveau monde a donné un exemple qui complète la démonstration. Que n'ont pas fait les missionnaires catholiques, c'est-à-dire les envoyés du Pape, pour éteindre la servitude, pour consoler, pour rassainir, pour ennoblir l'espèce humaine dans ces vastes contrées !

Partout où on laissera faire cette puissance, elle opérera les mêmes effets. Mais que les nations qui la méconnaissent ne s'avisent pas, fussent-elles même chrétiennes, d'abolir la servitude, si elle subsiste encore chez elles : une grande calamité politique serait infailliblement la suite de cette aveugle imprudence.

Mais que l'on ne s'imagine pas que l'Église, ou le Pape, *c'est tout un* (1), n'ait, dans la guerre déclarée à la servitude, d'autre vue que le perfectionnement politique de l'homme. Pour cette puissance, il y a quelque

. *Sup.*, liv. l, p. 39.

chose de plus haut, c'est le perfectionnement de la morale, dont le raffinement politique n'est qu'une simple dérivation. Partout où règne la servitude, il ne saurait y avoir de véritable morale, à cause de l'empire désordonné de l'homme sur la femme. Maîtresse de ses droits et de ses actions, elle n'est déjà que trop faible contre les séductions qui l'environnent de toutes parts. Que sera-ce lorsque sa volonté même ne peut la défendre ? L'idée même de la résistance s'évanouira ; le vice deviendra un devoir ; et l'homme, graduellement avili par la facilité des plaisirs, ne saura plus s'élever au-dessus des mœurs de l'Asie.

M. Buchanan, que je citais tout à l'heure, et de qui j'emprunte volontiers une nouvelle citation également juste et importante, a fort bien remarqué que, *dans tous les pays où le christianisme ne règne pas, on observe une certaine tendance à la dégradation des femmes* (1).

Rien n'est plus évidemment vrai : il est possible même d'assigner la raison de cette dégradation, qui ne peut être combattue que par un principe surnaturel. Partout où notre sexe peut commander le vice, il ne saurait y avoir ni véritable morale, ni véritable dignité de mœurs. La femme, qui peut tout sur le cœur de l'homme, lui rend toute la perversité qu'elle en reçoit, et les nations croupissent dans ce *cercle vicieux* dont il est radicalement impossible qu'elles sortent par leurs propres forces.

Par une opération toute contraire et tout aussi naturelle, le moyen le plus efficace de perfectionner l'homme, c'est d'ennoblir et d'exalter la femme. C'est ce à quoi le christianisme seul travaille sans relâche avec un succès infaillible, susceptible seulement de plus et de moins, suivant le genre et la multiplicité des obstacles qui peuvent contrarier son action. Mais ce

---

1. *Christian Researches in Asia*, etc., *by the R. Claudius Buchanan, DD* Londres, 1812, p. 56.

pouvoir immense et sacré du christianisme est nul,
dès qu'il n'est pas concentré dans une main unique
qui l'exerce et le fait valoir. Il en est du christianisme
disséminé sur le globe comme d'une nation qui n'a
d'existence, d'action, de pouvoir, de considération et
de nom même, qu'en vertu de la souveraineté qui la
représente et lui donne une personnalité morale parmi
les peuples.

La femme est plus que l'homme redevable au christianisme. C'est de lui qu'elle tient toute sa dignité. La
femme chrétienne est vraiment un être *surnaturel*,
puisqu'elle est soulevée et maintenue par lui jusqu'à
un état qui ne lui est pas *naturel*. Mais par quels services immenses elle paye cette espèce d'ennoblissement !

Ainsi le genre humain est *naturellement* en grande
partie serf, et ne peut être tiré de cet état que *surna-
turellement*. Avec la servitude, point de morale proprement dite ; sans le christianisme, point de liberté
générale ; et sans le Pape, point de véritable christianisme, c'est-à-dire point de christianisme opéra-
teur, puissant, convertissant, régénérant, conquérant,
perfectilisant. C'était donc au Souverain Pontife qu'il
appartenait de proclamer la liberté universelle : il l'a
fait, et sa voix a retenti dans tout l'univers. Lui seul
rendit cette liberté possible en sa qualité de chef unique de cette religion seule capable d'assouplir les
volontés, et qui ne pouvait déployer toute sa puissance que par lui. Aujourd'hui il faudrait être aveugle
pour ne pas voir que toutes les souverainetés s'affai-
blissent en Europe. Elles perdent de tous côtés la confiance et l'amour. Les sectes et l'esprit particulier se
multiplient d'une manière effrayante. Il faut purifier
les volontés ou les enchaîner ; il n'y a pas de milieu.
Les princes dissidents qui ont la servitude chez eux la
conserveront, ou périront. Les autres seront ramenés
à la servitude ou à l'unité...

Mais qui me répond que je vivrai demain ? Je veux

donc écrire aujourd'hui une pensée qui me vient au sujet de l'esclavage, dussé-je même sortir de mon sujet, ce que je ne crois pas cependant.

Qu'est-ce que l'état religieux dans les contrées catholiques ? C'est l'esclavage ennobli. A l'institution antique, utile en elle-même sous de nombreux rapports, cet état ajoute une foule d'avantages particuliers, et la sépare de tous les abus. Au lieu d'avilir l'homme, le vœu de religion le sanctifie. Au lieu de l'asservir aux vices d'autrui, il l'en affranchit. En le soumettant à une personne de choix, il le déclare libre envers les autres, avec qui il n'aura plus rien à démêler.

Toutes les fois qu'on peut amortir des volontés sans dégrader les sujets, on rend à la société un service sans prix, en déchargeant le gouvernement du soin de surveiller ces hommes, de les employer et surtout de les payer. Jamais il n'y eut d'idée plus heureuse que celle de réunir des citoyens pacifiques qui travaillent, prient, étudient, écrivent, font l'aumône, cultivent la terre, et ne demandent rien à l'autorité.

Cette vérité est particulièrement sensible dans ce moment, où de tous côtés tous les hommes tombent en foule sur les bras du gouvernement, qui ne sait qu'en faire.

Une jeunesse impétueuse, innombrable, libre pour son malheur, avide de distinctions et de richesses, se précipite par essaims dans la carrière des emplois. Toutes les professions imaginables ont quatre ou cinq fois plus de candidats qu'il ne leur en faudrait. Vous ne trouverez pas un bureau en Europe où le nombre des employés n'ait triplé ou quadruplé depuis cinquante ans. On dit que les affaires ont augmenté ; mais ce sont les hommes qui créent les affaires, et trop d'hommes s'en mêlent. Tous à la fois s'élancent vers le pouvoir et les fonctions ; ils forcent toutes les portes, et nécessitent la création de nouvelles places ; il y a trop de liberté, trop de mouvement, trop de volontés déchaînées dans le monde. *A quoi servent les reli-gieux ?* ont dit tant d'imbéciles. Comment donc ? Est-ce qu'on ne peut servir l'État sans être revêtu d'une charge ? et n'est-ce rien encore que le bienfait d'enchaîner les passions et de neutraliser les vices ? Si Robespierre, au lieu d'être avocat, eût été capucin, on eût dit aussi de lui en le voyant passer : *Bon Dieu ! à quoi sert cet homme ?* Cent et cent écrivains ont mis dans tout leur jour les nombreux services que l'état religieux rendait à la société ; mais je crois utile de le faire envisager sous son côté le moins aperçu, et qui certes n'était pas le moins important, comme maître et directeur d'une foule de volontés, comme supplé-teur inappréciable du gouvernement, dont le plus grand intérêt est de modérer le mouvement intestin de l'État, et d'augmenter le nombre des hommes qui ne leur demandent rien.

Aujourd'hui, grâce au système d'indépendance uni-verselle et à l'orgueil immense qui s'est emparé de toutes les classes, tout homme veut se battre, juger, écrire, administrer, gouverner. On se perd dans le tourbillon des affaires ; on gémit sous le poids acca-blant des écritures : la moitié du monde est employée à gouverner l'autre sans pouvoir y réussir.

———

CHAPITRE III

Institution du sacerdoce. — Célibat des prêtres.

§ Ier

Traditions antiques.

Il n'y a pas de dogme dans l'Église catholique, il n'y a pas même d'usage général appartenant à la brute discipline qui n'ait ses racines dans les dernières profondeurs de la nature humaine, et par conséquent dans quelque opinion universelle plus ou moins altérée çà et là, mais commune cependant, dans son principe, à tous les peuples de tous les temps.

Le développement de cette proposition fournirait le sujet d'un ouvrage intéressant. Je ne m'écarterai pas sensiblement de mon sujet en donnant un seul exemple de cet accord merveilleux ; je choisirai la confession, uniquement pour me faire mieux comprendre.

Qu'y a-t-il de plus naturel à l'homme que ce mouvement d'un cœur *qui se penche vers un autre pour y verser un secret* (1) ! Le malheureux déchiré par le remords ou par le chagrin a besoin d'un ami, d'un confident qui l'écoute, le console et quelquefois le dirige. L'estomac qui renferme un poison et qui entre de lui-même en convulsion pour le rejeter est l'image naturelle d'un cœur où le crime a versé ses poisons. Il souffre, il s'agite, il se contracte jusqu'à ce qu'il ait rencontré l'oreille de l'amitié ou du moins celle de la bienveillance.

Mais lorsque de la confidence nous passons à la confession et que l'aveu est fait à l'autorité, la conscience universelle reconnaît dans cette profession spontanée une force expiatrice et un mérite de grâce : il n'y a qu'un sentiment sur ce point, depuis la mère qui interroge son enfant sur une porcelaine cassée, ou sur une sucrerie mangée contre l'ordre, jusqu'au juge qui interroge du haut de son tribunal le voleur et l'assassin.

Souvent le coupable, pressé par sa conscience, refuse l'impunité que lui promettait le silence. Je ne sais quel instinct mystérieux, plus fort même que celui de la conversation, lui fait chercher la peine qu'il pourrait éviter. Même dans les cas où il ne peut craindre ni les témoins, ni la torture, il s'écrie : Oui, c'est moi ! et l'on pourrait citer des législations miséricor-

---

1. Expression admirable de Bossuet (Oraison funèbre d'Henriette d'Angleterre). La Harpe l'a justement vantée dans son *Lycée.*

dieuses qui confient, dans ces sortes de cas, à de hauts magistrats, le pouvoir de tempérer les châtiments, même sans recourir au souverain.

« On ne saurait se dispenser de reconnaître dans le « simple aveu de nos fautes, indépendamment de toute « idée surnaturelle, quelque chose qui sert infiniment « à établir dans l'homme la droiture de cœur et la « simplicité de conduite (1). » De plus, comme tout crime est de sa nature une raison pour en commettre une autre, tout aveu spontané est au contraire une raison pour se corriger ; il sauve également le coupable du désespoir et de l'endurcissement, le crime ne pouvant séjourner dans l'homme sans le conduire à l'un et à l'autre de ces deux abîmes.

« Savez-vous, disait Sénèque, pourquoi nous ca- « chons nos vices ? C'est que nous y sommes plongés; « dès que nous les *confesserons*, nous nous guéri- « rons (2). »

On croit entendre Salomon dire au coupable : « Celui qui cache ses crimes se perdra ; mais celui « qui les *confesse* et s'en retire obtiendra miséri- « corde (3). »

Tous les législateurs du monde ont reconnu ces vérités et les ont tournées au profit de l'humanité.

Moïse est à la tête. Il établit dans ses lois une *con- fession expresse* et même publique (4).

L'antique législateur des Indes a dit : « Plus « l'homme qui a commis un péché s'en *confesse* véri- « tablement et volontairement, et plus il se débarrasse « de ce péché, comme un serpent de sa vieille « peau (5). »

---

1. Berthier, *sur les Psaumes*, t. I, Ps. XXXI.
2. *Qua sua vitia nemo confitetur ? quia in illis etiamnumest ; vitia sua confiteri sanitatis indicium est.* (Sen., *Epist. mor.*, LIII.) — Je ne crois pas que dans nos livres de piété on trouve, pour le choix d'un directeur, de meilleurs conseils que ceux qu'on peut lire dans l'épître précédente de ce même Sénèque.
3. Prov., XXVIII, 13.
4. Lévit., V, 5, 15 et 18; VI, 6 ; Nomb., V, 6 et 7.
5. Il ajoute tout de suite : « Mais si le pécheur veut obtenir une pleine ré

Les mêmes idées ayant agi de tous côtés et dans tous les temps, on a trouvé la confession chez tous les peuples qui avaient reçu les mystères éleusiens. On l'a retrouvée au Pérou, chez les Brahmes, chez les Turcs, au Thibet et au Japon (1).

Sur ce point comme sur tous les autres, qu'a fait le christianisme ? Il a révélé l'homme à l'homme ; il s'est emparé de ses inclinations, de ses croyances éternelles et universelles ; il a mis à découvert ces fondements antiques ; il les a débarrassés de toute souillure, de tout mélange étranger, il les a honorés de l'empreinte divine ; et sur ces bases *naturelles* il a établi sa théorie *surnaturelle* de la pénitence et de la confession sacramentelle.

Ce que je dis de la pénitence, je pourrais le dire de tous les autres dogmes du christianisme catholique ; mais c'est assez d'un exemple ; et j'espère que, par cette espèce d'introduction, le lecteur se laissera conduire naturellement à ce qui va suivre.

C'est une opinion commune aux hommes de tous les temps, de tous les lieux et de toutes les religions, qu'*il y a dans la* CONTINENCE *quelque chose de céleste qui exalte l'homme et le rend agréable à la Divinité ; que, par une conséquence nécessaire, toute fonction sacerdotale, tout acte religieux, toute cérémonie sainte, s'accorde peu ou ne s'accorde point avec le mariage.*

Il n'y a point de législation dans le monde qui, sur ce point, n'ait gêné les prêtres de quelque manière, et qui même, à l'égard des autres hommes, n'ait accompagné les prières, les sacrifices, les cérémonies solennelles, de quelque abstinence de ce genre, et plus ou moins sévère.

Le prêtre hébreu ne pouvait pas épouser une femme répudiée, et le grand prêtre ne pouvait pas même

---

« mission de son péché, *qu'il évite surtout* la rechute !!! » (Lois de Menu, fils de Brahma, dans les Œuvres du chevalier W. Jones, in-4, t. III, ch. xi, n° 64 et 233.)

1. Carli, *Lettere americane*, t. I, lett. XIX. — Extrait des voyages d'Effremoff, dans le *Journal du Nord*, Saint-Pétersbourg, mai 1807, n° 18, p. 335. — Feller, *Catéch. philosoph.*, t. III, n° 501, etc.

épouser une veuve (1). Le Talmud ajoute qu'il ne pouvait épouser deux femmes, quoique la polygamie fût permise au reste de la nation (2) ; et tous devaient être *purs* pour entrer dans le sanctuaire.

Les prêtres égyptiens n'avaient de même qu'une femme (3). L'hiérophante, chez les Grecs, était obligé de garder le célibat et la plus rigoureuse continence (4).

Origène nous apprend de quel moyen se servait l'hiérophante pour se mettre en état de garder son vœu (5) : par où l'antiquité confessait expressément et l'importance capitale de la continence dans les fonctions sacerdotales, et l'impuissance de la nature humaine réduite à ses propres forces.

Les prêtres, en Éthiopie comme en Égypte, étaient reclus et gardaient le célibat (6).

Et Virgile fait briller dans les Champs Élysées

Le prêtre qui toujours garda la chasteté (7).

Les prêtresses de Cérès, à Athènes, où les lois leur accordaient la plus haute importance, étaient choisies par le peuple, nourries aux dépens du public, consacrées pour toute la vie au culte de la déesse, et obligées de vivre dans la plus austère continence (8).

---

1. Lévit., XXI, 7, 9, 13.

2. Talm., *In Massechet Joma.*

3. Phil., *apud. P. Cunæum, de Rep. Hebr.* Elzevir, in-16, p. 190.

4. *Potter's Greek Antiquities*, t. I, p. 183, 356. — *Lettres sur l'Histoire,* t. II, p. 571.

5. *Contra Celsum,* cap. vii, n° 48. — *Vid.* Diod., lib. IV, cap. lxxix; Plin., *Hist. nat.,* lib. XXXV, cap. xiii.

6. *Bryant's Mythology explained,* in-4, t. I, p. 281; t. III, p. 240, d'après Diodore de Sicile. — Porphyr., *de Abstin.,* lib. IV, p. 364.

7. *Quique sacerdotes casti dum vita manebat.* (Virg., *Æn.*, 661.) Heyne, qui sentait dans ce vers la condamnation formelle d'un dogme de Cœttingue, l'accompagna d'une note charmante. « Cela s'entend, dit-il, des prêtres qui se « sont acquités de leurs fonctions CASTE, PURE AC PIE (c'est-à-dire scrupuleuse- « ment) pendant leur vie. *Entendu de cette manière, Virgile n'est point répré- « hensible.* ITA NIHIL EST QUOD REPREHENDAS. » (Lond., 1793, in-8, t. II, p. 741.) Si donc on vient de dire *qu'un tel, cordonnier*, par exemple, *est chaste*, cela signifie, selon Heyne, qu'*il fait bien les souliers.* Ce qui soit dit sans manquer de respect à la mémoire de cet homme illustre.

8. *Lettres sur l'histoire,* à l'endroit cité, p. 577.

Voilà ce qu'on pensait dans tout le monde connu.
Les siècles s'écoulent, et nous retrouvons les mêmes
idées au Pérou (1).

Quels prix, quels honneurs tous les peuples de l'univers n'ont-ils pas accordés à la virginité ? Quoique le
mariage soit l'état naturel de l'homme en général, et
même un état saint, suivant une opinion tout aussi
générale, cependant on voit constamment percer de
tous côtés un certain respect pour la vierge : on la
regarde comme un être supérieur ; et lorsqu'elle perd
cette qualité, même légitimement, on dirait qu'elle se
dégrade. Les femmes fiancées en Grèce devaient un
sacrifice à Diane pour l'expiation de cette espèce de
profanation (2). La loi avait établi à Athènes des mystères particuliers relatifs à cette cérémonie religieuse (3). Les femmes y tenaient fortement, et crai-
gnaient la colère de la déesse si elles avaient négligé
de s'y conformer (4).

Les vierges consacrées à Dieu se trouvent partout et
à toutes les époques du genre humain. Qu'y a-t-il au
monde de plus célèbre que les vestales ? *Avec le culte
de Vesta brilla l'empire romain ; avec lui il tomba* (5).

Dans le temple de Minerve, à Athènes, le feu sacré
était conservé, comme à Rome, par des vierges.

On a retrouvé ces mêmes vestales chez d'autres
nations, nommément dans les Indes (6) et au Pérou,
enfin, où il est remarquable que la violation de son

1. *I sacerdoti nell settimana del loro serviziosi astenevano dalle mogli.*
(Carli, *Lett. amer.*, t. I, lett. XIX.)

2. Ἐπὶ ἀροσίωσι τῆς παρθένιας. (Voy. le scoliaste de Théocrite, sur le soixante-
sixième vers de la onzième idylle.)

3. Τὰ δὲ μυστήρια ταῦτα Ἀθηνῆσιν πολιτεύονται. (*Ibid.*)

4. Tout homme qui connaît les mœurs antiques ne se demandera pas sans
étonnement ce que c'était donc que ce sentiment qui avait établi de tels *mystères*, et qui avait eu la force d'en persuader l'importance. Il faut bien qu'elle
ait une racine ; mais où est-elle humainement ?

5. Ces paroles remarquables terminent le Mémoire sur les vestales qu'on lit
dans les *Mémoires de l'Académie des inscriptions et belles-lettres*, t. X, in-12,
par l'abbé Naudal.

6. *Voy.* l'Hérodote de Larcher, t. VI, p. 133 ; Carli, *Lett. americ.*, t. I,
lett. V et XXVI, p. 458 ; Procop., lib. II, *De Bello Pers.*

vœu était punie du même supplice qu'à Rome (1). La
virginité y était considérée comme un caractère sacré
également agréable à l'empereur et à la Divinité (2).

Dans l'Inde, la loi de Menou déclare que toutes les
cérémonies prescrites pour les mariages ne concernent que la vierge, celle qui ne l'est pas étant exclue
de toute cérémonie légale (3).

Le voluptueux législateur de l'Asie a cependant dit :
« Les disciples de Jésus gardèrent la virginité sans
« qu'elle leur eût été commandée, *à cause du désir*
« *qu'ils avaient de plaire à Dieu* (4). La fille de Josa-
« phat conserva sa virginité : Dieu inspira son esprit
« en elle : elle crut aux paroles de son Seigneur et aux
« Écritures. *Elle était au nombre de celles qui*
« *obéissent* (5). »

D'où vient donc ce sentiment universel ? Où Numa
avait-il pris que, pour rendre ses vestales *saintes et
vénérables*, il fallait leur prescrire la virginité (6) ?

Pourquoi Tacite, devançant le style de nos théologiens, nous parle-t-il de cette vénérable Occia qui
avait présidé le collège des vestales pendant cin-
quante-sept ans, *avec une éminente sainteté* (7) ?

Et d'où venait cette persuasion générale chez les
Romains, que « si une vestale usait de la permission
« que lui donnait la loi de se marier après trente ans
« d'exercice, *ces sortes de mariages n'étaient jamais*
« *heureux* (8) ? »

Si de Rome la pensée se transporte à la Chine, elle

1. Carli, *Lett. Amer.*, t. I, lett. VIII. — Le traducteur de Carli assure que la
punition des vestales à Rome n'était que fictive, et que pas une ne demeurait
dans le caveau. (T. I, lett. IX, p. 114, note.) Mais il ne cite aucune autorité.

2. Carli, *Ibid.*, t. I, lett. IX.

3. *Lois de Menou*, ch. VIII, n° 226 ; Œuvres du chev. Jones, t. III.

4. *Alcoran*, ch. LVII, v. 27.

5. *Ibid.*, ch. LXVI, v. 13 (12

6. *Virginitate aliisque cæremoniis venerabiles ac sanctas fecit.* (Tit.-Liv.,
I, 20.)

7. *Occia, quæ septem et quinquaginta per annos summa sanctimonia vesta-
libus sacris præsederat.* (Tac., *Ann.*, 11 6

8. *Etsi antiquitus observatum infaustas ere et parum lætabiles eas nuptias
fuisse.* (Just.-Lips. *Syntagma de Vest* cap. vi.) Il est bon d'observer que
Juste-Lips raconte ic sans douter.

y trouve des religieuses assujetties de même à la virginité. Leurs maisons sont ornées d'inscriptions
qu'elles tiennent de l'empereur lui-même, lequel n'accorde cette prérogative qu'à celles qui sont restées
vierges depuis quarante ans (1).

Il y a des religieux et des religieuses à la Chine, et
il y en a chez les Mexicains (2). Quel accord entre des
nations si différentes de mœurs, de caractère, de langue, de religion et de climat !

Après la virginité, c'est la viduité qui a joui partout
du respect des hommes, et ce qu'il y a de bien remarquable, c'est que, dans les nombreux éloges accordés
à cet état par toutes sortes d'écrivains, on ne trouve
pas qu'il soit jamais question de l'intérêt des enfants,
qui est néanmoins évident.

On connaît l'opinion générale des Hébreux sur l'importance du mariage, et sur l'ignominie attachée à la
stérilité ; on sait que, dans leurs idées, la première
bénédiction était celle de la perpétuité des familles.
Pourquoi donc, par exemple, ces grands éloges
accordés à Judith, *pour avoir joint la chasteté à la
force, et passé cent cinq ans dans la maison de
Manassé, son époux, sans lui avoir donné de successeur ?* Tout le peuple qu'elle a sauvé lui chante en
chœur : « Vous êtes la joie et l'honneur de notre
« nation ; car vous avez agi avec un courage mâle, et
« votre cœur s'est affermi, parce que vous avez aimé
« la chasteté, et qu'après avoir perdu votre mari, vous
« n'avez point voulu en épouser un autre (3). »

Quoi donc ! la femme qui se remarie pèche-t-elle
contre la chasteté ? Non, sans doute ; mais si elle préfère la viduité, elle en sera louée à tous les moments
de la durée et sur tous les points du globe, en dépit
de tous les préjugés contraires.

---

1. M. de Guignes, *Voyage à Pékin*, etc., in-8, t. II, p. 279.
2. *Id. ibid.*, p. 367, 368. — M. de Humboldt, *Vue des Cordilières*, etc. in-8,
Paris, 1816, t. I, p. 237, 238.
3. Judith, XV, 10, 11 ; XVI, 22.

La loi dans l'Inde exclut de la succession de ses collatéraux le fils issu du mariage d'une veuve. Chez les Hottentots, la femme qui se remarie est obligée de se couper un doigt.

Chez les Romains, même honneur à la viduité, même défaveur sur les secondes noces, après même que les anciennes mœurs avaient presque entièrement disparu. Nous voyons la veuve d'un empereur, recherchée par un autre, déclarer qu'*il serait sans exemple et sans excuse qu'une femme de son nom et de son rang essayât d'un second mariage* (1).

La Chine pense comme Rome. On y vénère l'honorable viduité, au point qu'on y rencontre une foule d'arcs de triomphe élevés pour conserver la mémoire des femmes qui étaient restées veuves (2).

L'estimable voyageur qui nous instruit de cet usage se répand ensuite en réflexions philosophiques sur ce qui lui paraît une grande contradiction de l'esprit humain : « Comment se fait-il (ce sont ses paroles) que « les Chinois, qui regardent comme un malheur de « mourir sans postérité, honorent en même temps « le célibat des femmes ? Comment concilier des « idées aussi incompatibles ? Mais tels sont les « hommes, etc. »

Hélas ! il nous récite les litanies du xviii° siècle ; difficilement on échappe à cette sorte de séduction. Il n'est pas du tout question ici des contradictions humaines, car il n'y en a point du tout. Les nations qui favorisent la population et qui honorent la continence sont parfaitement d'accord avec elles-mêmes et avec le bon sens.

Mais en faisant abstraction du problème de la popu-

---

1. Il s'agit ici de Valérie, veuve de Maximien, que Maxim voulait épouser. Elle répondit: *Nefas esse illius nominis ac loci feminam sine more, sine exemplo, maritum alterum experiri.* (Lact., *De Morte persec.*, cap..xxxix.) Il serait fort inutile de lire : *C'était un prétexte*, puisque le prétexte même eût été pris dans les mœurs et dans l'opinion. Or il s'agit précisément *des mœurs et de l'opinion.*

2. M. de Guignes, *Voyage à Pékin.* t. II, p. 183.

lation, qui a cessé d'être un problème, je reviens au dogme éternel du genre humain, que *rien n'est plus agréable à la Divinité que la continence ; et que non seulement toute fonction sacerdotale* comme nous avons vu, *mais tout sacrifice, toute prière, tout acte religieux exigeait des préparations plus ou moins conformes à cette vertu.* Telle était l'opinion universelle de l'ancien monde. Les navigateurs du xv⁵ siècle ayant doublé l'univers, s'il est permis de s'exprimer ainsi, nous trouvâmes les mêmes opinions sur le nouvel hémisphère. Une idée commune à des nations si différentes, et qui n'ont jamais eu aucun point de contact, n'est-elle pas naturelle ? n'appartient-elle pas nécessairement à l'essence spirituelle qui nous constitue ce que nous sommes? Où donc tous les hommes l'auraient-ils prise, si elle n'était pas innée (1) ?

Et cette théorie paraîtra d'autant plus divine dans son principe, qu'elle contraste d'une manière plus frappante avec la morale pratique de l'antiquité corrompue jusqu'à l'excès, et qui entraînait l'homme dans tous les genres de désordres, sans avoir jamais pu effacer de son esprit des lois écrites *en lettres divines* (2).

Un savant géographe anglais a dit, au sujet des mœurs orientales : *On fait peu de cas de la chasteté dans les pays des Orientaux* (3). Or ces mœurs orientales sont précisément les mœurs antiques, et seront éternellement les mœurs de tout pays non chrétien. Ceux qui les ont étudiées dans les auteurs classiques, et dans certains monuments de l'art qui nous restent, trouveront qu'il n'y a pas d'exagération dans cette assertion de Feller, qu'*un demi-siècle de paganisme présente infiniment plus d'excès énormes qu'on n'en*

----

1. Ou *révélée*. Note de l'éditeur.
Γράμμασι Θεοῦ. (Orig., *adv. Cels.*, lib. I, c. v.)
Pinkerson, t. V de la trad. fr., p. 5. L'auteur trace dans ce texte la grande démarcation entre l'Alcoran et l'Evangile.

*trouverait dans toutes les monarchies chrétiennes que
le christianisme règne sur la terre* (1).

Et cependant, au milieu de cette profonde et universelle corruption, on voit surnager une vérité non
moins universelle et tout à fait inexplicable avec un
tel système de mœurs.

A Rome, et sous les empereurs, de grands personnages, Pollion et Agrippa, se disputent l'honneur de
fournir une vestale à l'État. *La fille de Pollion est pré-
férée,* UNIQUEMENT *parce que sa mère n'avait jamais
appartenu qu'au même époux, au lieu qu'Agrippa
avait* ALTÉRÉ *sa maison par un divorce* (2).

A-t-on jamais entendu rien d'aussi extraordinaire ?
Où donc et comment les Romains de ce siècle avaient-
ils rencontré l'idée de l'intégrité du mariage, et celle
de l'alliance naturelle de la chasteté et de l'autel ? Où
avaient-ils pris qu'une vierge, fille d'un homme
divorcé, quoique née en légitime mariage et person-
nellement irréprochable, était cependant ALTÉRÉE
pour l'autel ? Il faut que ces idées tiennent à un principe naturel à l'homme, aussi ancien que l'homme, et
pour ainsi dire partie de l'homme.

§ II

Dignité du sacerdoce.

Ainsi donc, l'univers entier n'a cessé de rendre
témoignage à ces grandes vérités : 1° *mérite éminent
de la chasteté ;* 2° *alliance naturelle de la continence
avec toutes les fonctions religieuses, mais surtout avec
les fonctions sacerdotales.*

Le christianisme, en imposant aux prêtres la loi du
célibat, n'a donc fait que s'emparer d'une idée naturelle ; il l'a dégagée de toute erreur, il lui a donné une

1. *Catéch. philos.*, t. III, ch. vi, § 1.
2. *Prœlata est Pollionis filia,* non ob aliud *q~~uam~~ quod mater ejus in eodem
conjugio manebat. Nam Agrippa dissidio domum* imminuerat. (Tacit., *Ann.*
II, 86.)

sanction divine, et l'a convertie en loi de haute discipline. Mais contre cette loi divine la nature humaine
était trop forte, et ne pouvait être vaincue que par la
toute-puissance inflexible des Souverains Pontifes.
Dans les siècles barbares surtout, il ne fallait pas
moins que la main de saint Grégoire VII pour sauver
le sacerdoce. Sans cet homme extraordinaire, tout
était perdu humainement. On se plaint de l'immense
pouvoir qu'il exerça de son temps ; autant vaudrait-il
se plaindre à Dieu, qui lui donna la force sans laquelle
il ne pouvait agir. Le puissant *Demiurge* obtint tout ce
qu'il était possible d'une matière rebelle, et ses successeurs ont tenu la main au grand œuvre avec une telle
persévérance, qu'ils ont enfin assis le sacerdoce sur
des bases inébranlables.

Je suis fort éloigné de rien exagérer et de vouloir
présenter la loi du célibat comme un dogme proprement dit ; mais je dis qu'elle appartient à la plus
discipline, qu'elle est d'une importance sans égale,
et que nous ne saurions trop remercier le Souverain
Pontife à qui nous en devons le maintien.

Le prêtre qui appartient à une femme et à des
enfants n'appartient plus à son troupeau, ou ne lui
appartient pas assez. Il manque constamment d'un
pouvoir essentiel, celui de faire l'aumône, quelquefois
même sans trop penser à ses propres forces. En son-
geant à ses enfants, le prêtre marié n'ose pas se livrer
aux mouvements de son cœur ; sa bourse se resserre
devant l'indigence, qui n'attend jamais de lui que de
froides exhortations. De plus, la dignité de prêtre
serait mortellement blessée par certains ridicules. La
femme d'un magistrat supérieur qui oublierait ses
devoirs d'une manière visible ferait plus de tort à son
mari que celle de tout autre homme. Pourquoi ? parce
que les hautes magistratures possèdent une sorte de
dignité sainte et vénérable qui les a fait ressembler à
un sacerdoce. Qu'en sera-t-il donc du sacerdoce réel ?

Non seulement les vices de la femme réfléchissent

une grande défaveur sur le caractère du prêtre marié, mais celui-ci à son tour n'échappe point au danger commun à tous les hommes qui se trouvent dans le mariage, celui de vivre criminellement. La foule des raisonneurs qui ont traité cette grande question du célibat ecclésiastique part toujours de ce grand sophisme, que *le mariage est un état de pureté*, tandis qu'il n'est pur que pour les purs. Combien y a-t-il de mariages irréprochables devant Dieu ? Infiniment peu. L'homme irréprochable aux yeux du monde peut être infâme à l'autel. Si la faiblesse ou la perversité humaine établit une tolérance de convention à l'égard de certains abus, cette tolérance, qui est elle-même un abus, n'est jamais faite pour le prêtre, parce que la conscience universelle ne cesse de la comparer au type sacerdotal qu'elle contemple en elle-même ; de sorte qu'elle ne pardonne rien à la copie, pour peu qu'elle s'éloigne du modèle.

Il y a dans le christianisme des choses si hautes, si sublimes, il y a entre le prêtre et ses ouailles des relations si saintes, si délicates, qu'elles ne peuvent appartenir qu'à des hommes absolument supérieurs aux autres. La confession seule exige le célibat. Jamais les femmes, qu'il faut particulièrement considérer sur ce point, n'accorderont une confiance entière au prêtre marié ; mais il n'est pas aisé d'écrire sur ce sujet.

Les Églises si malheureusement séparées du centre n'ont pas manqué de conscience, mais de force, en permettant le mariage des prêtres. Elles s'accusent elles-mêmes, en exceptant les évêques, et en refusant de consacrer les prêtres avant qu'ils soient mariés.

Elles conviennent ainsi de la règle, que *nul prêtre ne peut se marier;* mais elles admettent que, par tolérance et faute de sujets, un laïque marié ne peut être ordonné. Par un sophisme qui ne choque plus l'habitude, au lieu d'ordonner un candidat, *quoique marié*, elles le marient *pour l'ordonner*, de manière qu'en

violant la règle antique, elles la confessent expressément.

Pour connaître les suites de cette fatale discipline, il
faut avoir été appelé à les examiner de près. L'abjec-
tion du sacerdoce, dans les contrées qu'elle régit, ne
peut être comprise par celui qui n'en a pas été témoin.
De Tott, dans ses *Mémoires*, n'a rien dit de trop sur ce
point. Qui pourrait croire que dans un pays où l'on
vous soutient gravement l'excellence du mariage des
prêtres, l'épithète de *fils de prêtre* est une injure formelle ? Des détails sur cet article piqueraient la curio-
sité, et seraient même utiles sous un certain rapport ;
mais il en coûte d'amuser la malice et d'affliger un
ordre malheureux, qui renferme, quoique tout soit
contre lui, des hommes très estimables, autant qu'il
est possible d'en juger à la distance où l'inexorable
opinion les tient de toute société distinguée.

Cherchant toujours, autant que je le puis, mes armes
dans les camps ennemis, je ne passerai point sous
silence le témoignage frappant du même prélat russe
que j'ai cité plus haut. On verra ce qu'il pensait de la
discipline de son Église sur le point du célibat. Son
livre, déjà recommandé par le nom de son auteur,
étant sorti des presses mêmes du *saint synode*, ce
témoignage a tout le poids qu'il est possible d'en
attendre.

Après avoir repoussé, dans le premier chapitre de
ses Prolégomènes, une attaque indécente de Mosheim
contre le célibat ecclésiastique, l'archevêque de Twer
continue en ces termes :

« Je crois donc que le mariage n'a jamais été per-
« mis aux docteurs de l'Église (les prêtres), excepté
« dans les cas de nécessité et de grande nécessité ;
« lorsque, par exemple, les sujets qui se présentent
« pour remplir ces fonctions, n'ayant pas la force de
« s'interdire le mariage qu'ils désirent, *on n'en trouve*
« *point de meilleurs et de plus dignes qu'eux* ; en sorte
« que l'Église, après que ces incontinents ont pris des

« femmes, les admet dans l'ordre sacré *par accident*
« plutôt que par choix (1) ? »

Qui ne serait frappé de la décision d'un homme si
bien placé pour voir les choses de près, et si ennemi
d'ailleurs du système catholique ?

Quoiqu'il m'en coûtât trop d'appuyer sur les suites
du système contraire, je ne puis cependant me dispenser d'insister sur l'absolue nullité de ce sacerdoce dans
son rapport avec la conscience de l'homme. Ce merveilleux ascendant qui arrêtait Théodose à la porte du
temple, Attila devant celle de Rome, et Louis XIV
devant la table sainte ; cette puissance, encore plus
merveilleuse, qui peut attendrir un cœur pétrifié et le
rendre à la vie ; qui va dans les palais arracher l'or à
l'opulent insensible ou distrait, pour le verser dans le
sein de l'indigence ; qui affronte tout, qui surmonte
tout, dès qu'il s'agit de consoler une âme, d'en éclairer
ou d'en sauver une autre ; qui s'insinue doucement
dans les consciences pour y saisir des secrets funestes, .
pour en arracher la racine des vices ; organe et gardienne infatigable des unions saintes ; ennemie non
moins active de toute licence ; douce sans faiblesse,
effrayante avec amour ; supplément inappréciable de
la raison, de la probité, de l'honneur, de toutes les
forces humaines au moment où elles se déclarent
impuissantes ; source précieuse et intarissable de
réconciliation, de réparations, de restitutions, de
repentirs efficaces, de tout ce que Dieu aime le plus
après l'innocence, debout à côté du berceau de
l'homme qu'elle bénit ; debout encore à côté de son lit

---

1. *Quo quidem cognito, non erit difficile intellectu, an et quomodo doctori-
bus Ecclesiæ permissa sint conjugia. Scilicet, mea quidem sententia, nox permissa* usquam, *præterquam si necessitas obvenerit, eaque magna; uti sicut ii*
(sic) *qui ad hoc munus præsto sunt ab usu matrimonii temperare sibi nequeans
atque hoc expetant, meliores vero dignioresque desint : ideoque Ecclesia tatel*
intemperantes, *postquam uxores duxerint, casu potius non delectu, sacro
ordini adsciscat.* (Met., arch. Twer. *Liber historicus*, etc., Prol.. c. I, p. 6.) Il
faut bien observer que l'archevêque parle toujours au présent, et qu'il a visiblement en vue les usages de son Église telle qu'il la voyait de son temps. Cet
oracle grec paraîtra sans doute ? Πολλῶν ἀηταζιος ἄλλων.

de mort, en lui disant, au milieu des exhortations les plus pathétiques et des plus tendres adieux...... Par-tez... ; cette puissance surnaturelle ne se trouve pas hors de l'unité. J'ai longtemps étudié le christianisme hors de cette enceinte divine. Là, le sacerdoce est im-puissant et tremble devant ceux qu'il devrait faire trembler. A celui qui vient lui dire : *J'ai volé*, il ne sait pas dire : *Restituez*. L'homme le plus abominable ne lui doit aucune promesse. Le prêtre est employé comme une machine. On dirait que ses paroles sont une espèce d'opération mécanique qui efface les péchés, comme le savon fait disparaître les souillures matérielles : c'est encore une chose qu'il faut avoir vue pour s'en former une idée juste. L'état moral de l'homme qui invoque le ministère du prêtre est si indifférent dans ces contrées, il y est si peu pris en considération, qu'il est très ordinaire de s'entendre demander en conversation: *Avez-vous fait vos pâques?* C'est une question comme une autre, à laquelle on répond *oui* ou *non*, comme s'il s'agissait d'une pro-menade ou d'une visite qui ne dépend que de celui qui la fait.

Les femmes, dans leurs rapports avec ce sacer-doce, sont un objet tout à fait digne d'exercer un œil observateur.

L'anathème est inévitable. Tout prêtre marié tom-bera toujours au-dessous de son caractère. La supé-riorité incontestable du clergé catholique tient unique-ment à la loi du célibat.

Les doctes auteurs de la *Bibliothèque Britannique* se sont permis sur ce point une assertion étonnante, qui mérite d'être citée et examinée :

« Si les ministres du culte catholique, disent-ils,
« avaient eu plus généralement l'esprit de leur état,
« dans le vrai sens du mot, les attaques contre la reli-
« gion n'auraient pas été aussi fructueuses... Heureu-
« sement pour la cause de la religion, des mœurs et
« du bonheur d'une population nombreuse, le clergé

« anglais, soit anglican, soit presbytérien, *est tout*
« *autrement respectable,* et il ne fournit aux ennemis
« du culte ni les mêmes raisons ni les mêmes pré-
« textes (1). »

Il faudrait parcourir mille volumes peut-être pour
rencontrer quelque chose d'aussi téméraire ; et c'est
une nouvelle preuve de l'empire terrible des préjugés
sur les meilleurs esprits et sur les hommes les plus
estimables.

En premier lieu, je ne sais sur quoi porte la comparaison : pour qu'elle eût une base, il faudrait qu'on pût
opposer sacerdoce à sacerdoce ; or, il n'y a plus de
sacerdoce dans les Églises protestantes ; le *prêtre* a
disparu avec le *sacrifice;* et c'est une chose bien remarquable que, partout où la réforme s'établit, la langue,
interprète toujours infaillible de la conscience, abolit
sur-le-champ le mot de *prêtre,* au point que, déjà du
temps de Bacon, ce mot était pris pour une espèce
d'injure (2). Lors donc qu'on parle du *clergé d'Angleterre,* d'Écosse, etc., on ne s'exprime point exactement ; car il n'y a plus de *clergé* là où il n'y a plus de
clercs, pas plus que d'état militaire sans militaires.
C'est donc tout comme si l'on avait comparé, par
exemple, les curés de France ou d'Italie aux avocats
ou aux médecins d'Angleterre et d'Écosse.

Mais en donnant à ce mot de *clergé* toute la latitude
possible, et l'entendant de tout corps de ministres d'un
culte chrétien, l'immense supériorité du clergé catholique, en mérite comme en considération, est aussi
évidente que la lumière du soleil.

On peut même observer que ces deux genres de supériorité se confondent ; car, pour un corps tel que le

---

1. *Biblioth. Britan.,* sur l'*Enquirer* de M. Godwin. Mars 1798, n° 53, p. 282.
2. « Je pense qu'on ne devrait point continuer de se servir d mot de *prêtre,*
« particulièrement dans les cas où les personnes s'en trouvent offensées. »
(Bacon, *Œuvres,* t. IV, p. 472. — *Christianisme de Bacon,* t. II, p. 2.) On
a suivi le conseil de Bacon. Dans la langue et dans la conversation anglaise, le
mot *priest* ne se trouve que dans *priestcraff.*

clergé catholique, une grande considération est inséparable d'un grand mérite, et c'est une chose bien
remarquable que cette considération l'accompagne
même chez les nations séparées; car c'est la conscience
qui l'accorde, et la conscience est un juge incor-
ruptible.

Les critiques mêmes qu'on adresse aux prêtres
catholiques prouvent leur supériorité. Voltaire l'a fort
bien dit : « La vie séculière a toujours été plus vicieuse
« que celle des prêtres, mais les désordres de ceux-ci
« ont toujours été plus remarquables par leur con-
« traste avec la règle (1). » On ne leur pardonne rien,
parce qu'on en attend tout.

La même règle a lieu depuis le Souverain Pontife
jusqu'au sacristain. Tout membre du clergé catholique
est continuellement confronté à son caractère idéal, et
par conséquent jugé sans miséricorde. Ses peccadilles
mêmes sont des forfaits; tandis que de l'autre côté les
crimes mêmes ne sont que des peccadilles, précisément comme parmi les gens du monde. Qu'est-ce qu'un
ministre du culte qui se nomme *réformé ?* c'est un
homme habillé de noir, qui monte tous les dimanches
en chaire pour y tenir des propos honnêtes. A ce métier, tout honnête homme peut réussir, et il n'exclut
aucune faiblesse de l'*honnête homme.* J'ai examiné de
très près cette classe d'hommes ; j'ai surtout interrogé
sur ces ministres évangéliques l'opinion qui les environne, et cette opinion même s'accorde avec la nôtre,
pour ne leur accorder aucune supériorité de caractère.

Ce qu'ils peuvent n'est rien ; ils sont ce que nous sommes,
    Véritablement hommes,
    Et *vivent* comme nous.

On ne leur demande que la probité. Mais qu'est-ce
donc que cette vertu humaine pour ce redoutable
ministère qui exige la *probité divinisée,* c'est-à-dire la

---

1. Voltaire, *Essai sur les mœurs,* etc., t. III, ch. cxii.

sainteté ? Je pourrais m'autoriser d'exemples fameux
et d'anecdotes piquantes ; mais c'est encore un point
sur lequel j'aime à passer comme sur des charbons
ardents. Un grand fait me suffit, parce qu'il est public
et ne souffre pas de réplique ; c'est la chute universelle du ministère évangélique protestant dans l'opinion publique. Le mal est ancien et remonte aux premiers temps de la réforme. Le célèbre Lesdiguières,
qui résida longtemps sur les frontières du duché de
Savoie, estimait beaucoup et voyait souvent saint
François de Sales, alors évêque de Genève. Les ministres protestants, choqués d'une telle liaison, résolu-
rent d'adresser une admonestation dans les formes au
noble guerrier, alors encore chef de leur parti. Si l'on
veut savoir ce qu'il en advint et ce qu'il fut dit à cette
occasion, on peut lire toute l'histoire dans un de nos
livres ascétiques assez répandu (1). Pour moi, je ne
copie point.

On cite l'Angleterre ; mais c'est en Angleterre surtout que la dégradation du ministère évangélique est le
plus sensible. Les biens du clergé sont à peu près
devenus le patrimoine des cadets de bonnes maisons,
qui s'amusent dans le monde comme des gens du
monde, laissant du reste

A des chantres gagés le soin de louer Dieu.

Le banc des évêques, dans la chambre des pairs, est
une espèce de hors-d'œuvre qu'on pourrait enlever
sans produire le moindre vide. A peine les prélats
osent-ils prendre la parole, même dans les affaires de
religion. Le clergé du second ordre est exclu de la
représentation nationale ; et pour l'en tenir à jamais
éloigné, on se sert d'une subtilité historique qu'un
souffle de la législature aurait écarté depuis longtemps, si l'opinion ne les repoussait pas, ce qui est

---

1. *Esprit de saint François de Sales*, recueilli des écrits de M. Le Camus,
évêque de Belley, in-8, part. III, ch. xxiii.

visible. Non seulement l'ordre a baissé dans l'estime
publique, mais lui-même se défie de lui-même. Souvent on a vu l'ecclésiastique anglais, embarrassé de
son état, effacer dans les écrits publics la lettre (1)
fatale qui précède son nom et constate son caractère ;
souvent encore on l'a vu, masqué sous un habit laïque,
quelquefois même sous un habit militaire, amuser les
salons étrangers avec sa burlesque épée.

À l'époque où l'on agita en Angleterre, avec tant de
fracas et de solennité, la question de l'*émancipation
des catholiques* (en 1805), on parla des ecclésiastiques,
dans le parlement, avec tant d'aigreur, avec tant de
dureté, avec une défiance si prononcée, que les étrangers en furent sans comparaison plus surpris que les
auditeurs (2).

Il faut dire aussi qu'il y a, dans le caractère même .
de cette milice *évangélique*, quelque chose qui défend
la confiance et qui appelle la défaveur. Il n'y a point
d'autorité, il n'y a point de règle, ni par conséquent
de croyance commune dans leurs Églises. Eux-mêmes
avouent, avec une candeur parfaite, « que l'ecclésias-
« tique protestant n'est obligé de souscrire une con-
« fession de foi quelconque, que pour le repos et la
« tranquillité publique, *sans autre but* que celui de
« maintenir, entre les membres d'une même commu-
« nion, l'union EXTÉRIEURE ; mais que, du reste,
« aucune de ces confessions ne saurait être regardée
« comme une règle de foi proprement dite. Les pro-
« testants n'en connaissent pas d'autre que l'Écriture
« sainte (3). »

Lors donc qu'un de ces prédicateurs prend la

1. *R.* Initiale de *Révérend.*

2. Un membre de la Chambre des communes observa cependant qu'il y avait
quelque chose d'étrange dans cette espèce de déchaînement général contre l'ordre
ecclésiastique. Si je ne me trompe, ce membre était M. Stephens; mais comme
je ne pris pas de note écrite sur ce point, je n'affirme rien, excepté que la remarque fut faite.

3. *Considérations sur les études nécessaires à ceux qui aspirent au saint
ministère*, par Cl. Ces. Chavanne, min. du S. Ev. et prof. en théol. à l'acad. de
Lausanne. Yverdun, 771 -8, p. 105 et 106.

parole, quels moyens a-t-il de prouver qu'il croit ce qu'il dit ? et quels moyens a-t-il encore de savoir qu'en bas on ne se moque pas de lui ? Il me semble entendre chacun de ses auditeurs lui dire, avec un sourire sceptique : EN VÉRITÉ, JE CROIS QU'IL CROIT QUE JE LE CROIS (1) !

L'un des fanatiques les plus endurcis qui aient jamais existé, Warburton, fonda en mourant une chaire pour prouver que le Pape est l'*Antechrist* (2). A la honte de notre malheureuse nature, cette chaire n'a pas encore vaqué ; on a pu lire même, dans les papiers publics anglais de cette année (1817), l'annonce d'un discours prononcé à l'acquit de la fondation. Je ne crois point du tout à la bonne foi de Warburton ; mais quand elle serait possible de la part d'un seul homme, le moyen d'imaginer de même comme possible une série d'extravagants ayant tous perdu l'esprit dans le même sens, et délirant de bonne foi ? Le bon sens se refuse absolument à cette supposition ; en sorte que, sans le moindre doute, plusieurs et peut-être tous auraient parlé pour de l'argent contre leur conscience. Qu'on imagine maintenant un Pitt, un Fox, un Burke, un Grey, un Granville, ou d'autres têtes de cette force, assistant à l'un de ces sermons. Non seulement le prédicateur sera perdu dans leur esprit, mais la défaveur rejaillira même sur l'ordre entier des prédicateurs.

Je traite ici un cas particulier ; mais il y a bien d'autres causes générales qui blessent le caractère de

---

1. *I' credo ch' ei credette ch'io credesse.* (Dante, *Infern.*, XIII, 25.)

2. Ce nom de *Warburton* me fait souvenir qu'au nombre de ses Œuvres se trouve une édition de Shakespeare avec une préface et un commentaire. Personne, sans doute, n'y verra rien de répréhensible de la part d'un homme de lettres ; mais que l'on se figure, si l'on peut, *Christophe de Beaumont*, par exemple, éditeur et commentateur de Corneille ou de Molière ; jamais on n'y réussira. Pourquoi ? Parce que c'est un homme d'un autre ordre que Warburton. Tous les deux portent la mitre. Cependant l'un est pontife et l'autre n'est qu'un *gentleman*. Le premier peut être ridiculisé ou flétri par ce qui ne fait nul tort à l'autre. On sait que lorsque *Télémaque* parut, Bossuet ne trouva pas l'ouvrage *assez sérieux pour un prêtre*. Je me garde bien de dire qu'il eut raison je dis seulement que Bossuet a dit cela.

l'ecclésiastique dissident, et le ravalent dans l'opinion.
Il est impossible que des hommes dont on se défie
constamment jouissent d'une grande considération ;
jamais on ne les regardera, dans leur parti même, que
comme des avocats payés pour soutenir une certaine
cause. On ne leur disputera ni le talent, ni la science,
ni l'exactitude dans leurs fonctions ; quant à la bonne
foi, c'est autre chose.

« La doctrine d'une Église réformée, a dit Gibbon,
« n'a rien de commun avec les lumières et la croyance
« de ceux qui en font partie, et c'est avec un sourire
« ou un soupir que le clergé moderne souscrit aux
« formes de l'orthodoxie et aux symboles établis...
« *Les prédictions des catholiques se trouvent accom-*
« *plies.* Les arminiens, les ariens, les sociniens, *dont*
« *il ne faut pas calculer le nombre d'après leurs con-*
« *grégations respectives,* ont brisé et rejeté l'enchaî-
« nement des mystères. »

Gibbon exprime ici l'opinion universelle des protestants éclairés sur leur clergé. Je m'en suis assuré par
mille et mille expériences. Il n'y a donc plus de milieu
pour le ministre réformé. S'il prêche le dogme, on
croit qu'il ment; s'il n'ose pas le prêcher, on croit qu'il
n'est rien.

Le caractère sacré étant absolument effacé sur le
front de ses ministres, les souverains n'ont plus vu
dans eux que des officiers civils qui devaient marcher
avec le reste du troupeau, sous la houlette commune.
On ne lira pas sans intérêt les plaintes touchantes
exhalées par un membre même de cet ordre malheureux, sur la manière dont l'autorité temporelle se sert
de leur ministère. Après avoir déclamé, comme un
homme vulgaire, contre la hiérarchie catholique, il
plane tout à coup au-dessus de tous préjugés, et il
prononce ces paroles solennelles :

« Le protestantisme n'a pas moins avili la dignité
« sacerdotale (1). Pour ne pas avoir l'air d'aspirer à la

1 Ainsi ce **caractère** est *avíli* des deux côtés ! Il faudrait bien **cependant**

« hiérarchie catholique, les *prêtres* protestants se sont
« défaits bien vite de toute apparence religieuse, et se
« sont tous mis très humblement aux pieds de l'auto-
« rité temporelle.... Parce que la vocation des *prêtres*
« protestants n'était nullement de gouverner l'État,
« il n'aurait pas fallu en conclure que c'était à l'État
« de gouverner l'Église (1).... Les récompenses que
« l'État accorde aux ecclésiastiques les ont rendus
« tout à fait séculiers.... Avec leurs habits sacerdo-
« taux, ils ont dépouillé le caractère spirituel... L'État
« a fait son métier, et tout le mal doit être mis sur le
« compte du clergé protestant. Il est devenu frivole....
« Les *prêtres* n'ont bientôt plus fait que leur devoir
« de citoyens.... L'État ne les prend plus que pour des
« officiers de police.... Il ne les estime guère, et ne les
« place que dans la dernière classe de ses officiers....
« Dès que la religion devient la servante de l'État, il
« est permis de la regarder, dans cet abaissement,
« comme l'ouvrage des hommes, et même comme
« une fourberie (2). C'est de nos jours seulement
« qu'on a pu voir l'industrie, la diète, la politique,
« l'économie rurale et la police entrer dans la
« chaire..... Le *prêtre* doit croire qu'il remplit sa des-
« tinée et tous ses devoirs en faisant lecture en chaire
« des ordonnances de la police. Il doit dans ses ser-
« mons publier des recettes contre les épizooties, mon-
« trer la nécessité de 'a vaccination, et prêcher sur la
« manière de prolonger la vie humaine. Comment

prendre un parti ; car si le sacerdoce est *avili* par la hiérarchie et par la suppression de la hiérarchie, il est clair que Dieu n'a pas su faire un sacerdoce,
ce qui me paraît un peu fort.

1 Nulle part l'État ne *gouverne* l'Église ; mais toujours et partout il gouvernera justement ceux qui, s'étant mis hors de l'*Église*, osent cependant s'appeler
l'*Église*. Il faut choisir entre la hiérarchie catholique et la suprématie civile,
il n'y a point de milieu. Et qui oserait blâmer des souverains qui établissent
l'unité civile partout où ils n'en trouvent pas d'autre ? Que ce clergé séparé, qui
ne se plaint que de lui-même, rentre donc dans l'unité légitime, et tout de
suite il remontera comme par enchantement à ce haut degré de dignité dont
ui-même se reconnaît déchu. Avec quelle bienveillance, avec quelle allégresse
nous l'y reporterions de nos propres mains ! Notre respect les attend.

2. Voilà précisément ce que je disais tout à l'heure ; et c'est un sujet inépuisable d'utiles réflexions.

« donc s'y prendra-t-il après cela pour détacher les
« hommes des choses temporelles et périssables, tan-
« dis qu'il s'efforce lui-même, avec la sanction du gou-
« vernement, d'attacher les hommes AUX GALÈRES DE
« LA VIE (1) ? »

En voilà plus que je n'aurais osé en dire d'après mes
propres observations ; car il m'en coûte beaucoup
d'écrire, même en récriminant, une seule ligne déso-
bligeante ; mais je crois que c'est un devoir de montrer l'opinion dans tout son jour. J'honore sincèrement
les ministres du saint Évangile, qui portent certainement un très beau titre. Je sais même qu'un *prêtre*
n'est rien s'il n'est pas *ministre du saint Évangile ;*
mais celui-ci à son tour n'est rien s'il n'est pas *prêtre.*
Qu'il écoute donc sans aigreur la vérité qui lui est dite
non pas seulement sans aigreur, mais avec amour :
*Tout corps enseignant, dès qu'il n'est plus permis de
croire à sa bonne foi, tombe nécessairement dans
l'opinion même de son propre parti ;* et le dédain, la
défiance, l'éloignement, augmentent en raison directe.
Si l'ecclésiastique protestant est plus considéré et
moins étranger à la société que le clergé des Églises
seulement schismatiques, c'est qu'il est *moins prêtre ;*
la dégradation étant toujours proportionnelle à
l'*intensité* du caractère sacerdotal.

Il ne s'agit donc pas de se louer vainement soi-
même, ou de se préférer encore plus vainement à
d'autres ; il faut entendre la vérité et lui rendre
hommage.

Rousseau n'écrivait-il pas à une dame française :
« J'aime naturellement votre clergé autant que je hais
« le nôtre. J'ai beaucoup d'amis parmi le clergé de
« France, etc. (2). »

Il est encore plus aimable dans ses *Lettres de la*

---

1. *Sur le vrai caractère du prêtre évangélique,* par le professeur Marheineke,
à Heidelberg, imprimé dans le *Musée patriotique* des Allemands, à Hambourg.
Je n'ai pu lire qu'une traduction française de cet ouvrage, en janvier 1812 ; mais
elle m'a été donnée pour très fidèle par un homme que je dois croire très fidèle.
2. *Lettres de J.-J. Rousseau,* in-8, t. II, p. 201.

Montagne, où il nous fait confidence « que les minis-
« tres ne savent plus ce qu'ils croient, ni ce qu'ils veu-
« lent, ni ce qu'ils disent ; qu'on ne sait pas même ce
« qu'ils font semblant de croire, et que l'intérêt décide
« seul de leur foi (1). »

Le célèbre helléniste, M. Fréd. Aug. Wolff, remarque avec une rare sagesse, dans ses Prolégomènes sur
Homère, « qu'un livre étant une fois consacré par
« l'usage public, la vénération nous empêche d'y voir
« des choses absurdes ou ridicules ; qu'on adoucit
« donc et qu'on embellit par des interprétations con-
« venables tout ce qui ne paraît pas supportable à la
« raison particulière ; que plus on met de finesse et de
« science dans ces sortes d'explications, et plus on est
« censé servir la religion ; que toujours on en a usé
« ainsi à l'égard des livres qui passent pour sacrés ;
« et que si l'on s'y détermine pour rendre le livre utile
« à la masse du peuple, on ne saurait voir rien de ré-
« préhensible *dans cette mesure* (2). »

Ce passage est un bon commentaire de celui de
Rousseau, et dévoile en plein le secret de l'enseignement protestant. On ferait un livre de ces sortes de
texte ; et, par une conséquence inévitable, on en ferait
un autre des témoignages de froideur ou de mépris
distribués à l'ordre ecclésiastique par les différents
souverains protestants.

L'un décide « qu'il a jugé à propos de faire compo-
« ser une nouvelle liturgie plus conforme à l'enseigne-
« ment pur de la religion, à l'édification publique et à
« l'esprit du siècle actuel, et que plusieurs motifs l'ont
« déterminé à ne point souffrir que les ecclésiastiques
« se mêlent aucunement de la rédaction de ces formu-
« les lithurgiques (3). »

1. J.-J. Rousseau, *Lettres écrites de la Montagne*, lettre IIe.
2. *Frid. Aug. Wolfi Prolegomena in Homerum.* — *Halis Saxonum*, 1795 t. I, n° 36, p. CLXIII.
3. *Journal de Paris*, mercredi 21 décembre 1808, n° 556, p. 2373. — Il faut l'avouer, c'est un singulier spectacle que celui de l'ordre ecclésiastique, déclaré incapable de se mêler des affaires ecclésiastiques.

Un autre défend à tous les ministres et prédicateurs de ses États d'employer la formule : *Que le Seigneur vous bénisse*, etc., « attendu, dit le prince, que les « ecclésiastiques ont besoin eux-mêmes de la bénédic-« tion divine, et qu'il y a de l'arrogance de la part d'un « mortel de vouloir parler au nom de la Provi-« dence (1). »

Quel *sacerdoce* et quelle opinion ! Je l'ai étudiée, cette opinion, dans les livres, dans les conversations, dans les actes de la souveraineté, et toujours je l'ai trouvée invariablement ennemie de l'ordre ecclésiastique. Je puis même ajouter (et Dieu sait que je dis la vérité) que mille et mille fois, en contemplant ces ministres, illégitimes sans doute et justement frappés, mais cependant moins rebelles eux-mêmes qu'enfants de rebelles, et victimes de ces préjugés tyranniques

> Que peut-être en nos cœurs Dieu seul peut effacer,

je voyais dans le mien un intérêt tendre, une tristesse fraternelle, une compassion pleine de délicatesse et de révérence, enfin je ne sais quel sentiment indéfinissable que je ne trouvais pas à beaucoup près chez leurs propres frères.

Si les écrivains que j'ai cités au commencement de cet article s'étaient contentés d'affirmer que *le clergé catholique aurait probablement évité de grands malheurs s'il avait été plus pénétré des devoirs de son état*, je doute qu'ils eussent trouvé des contradicteurs parmi ce clergé même ; car nul prêtre catholique ne se trouve au niveau de ses sublimes fonctions ; toujours il croira qu'il lui manque quelque chose : mais en passant condamnation sur quelques relâchements, fruits inévitables d'une longue paix, il n'en est pas moins vrai que le clergé catholique demeure sans com-

---

1. *Journal de l'Empire* du 17 octobre 1809, p. 4 (sous la rubrique de Francfort, du 11 octobre). Par la même raison, un père serait un *arrogant* s'il s'avisait de bénir son fils. Quelle force de raisonnement ! Mais tout cela n'est qu'une chicane faite au clergé, qu'on n'aime pas.

paraison hors de pair pour la conduite comme pour la considération qui en est la suite. Cette considération est même si frappante, qu'elle ne peut être mise en question que par un aveuglement volontaire.

Il est heureux sans doute que l'expérience la plus magnifique soit venue de nos jours à l'appui d'une théorie incontestable en elle-même, et qu'après avoir démontré ce qui doit être, je puisse encore montrer ce qui est. Le clergé français, dispersé chez toutes les nations étrangères, quel spectacle n'a-t-il pas donné au monde ? A l'aspect de ses vertus, que deviennent toutes les déclamations ennemies ? Le prêtre français, libre de toute autorité, environné de séductions, souvent dans toute la force de l'âge et des passions, poussé chez des nations étrangères à son austère discipline, et qui auraient applaudi à ce que nous aurions appelé des crimes, est cependant demeuré invariablement fidèle à ses vœux. Quelle force l'a donc soutenu, et comment s'est-il montré constamment au-dessus des faiblesses de l'humanité ? Il a conquis surtout l'estime de l'Angleterre, très juste appréciatrice des talents et des vertus, comme elle eût été l'inexorable délatrice des moindres faiblesses. L'homme qui se présente pour entrer dans une maison anglaise, à titre de médecin, de chirurgien, d'instituteur, etc., ne passe pas le seuil, s'il est célibataire. Une prudence ombrageuse se défie de tout homme dont les désirs n'ont pas d'objet fixe et légal. On dirait qu'elle ne croit pas à la résistance, tant elle redoute l'attaque. Le prêtre seul a pu échapper à cette soupçonneuse délicatesse : il est entré dans les maisons anglaises en vertu de ce même titre qui en aurait exclu d'autres hommes. Une opinion rancuneuse, âgée de trois siècles, n'a pu s'empêcher de croire à la sainteté du célibat religieux. La défiance s'est tranquillisée devant le caractère sacerdotal *si grand, si frappant, si parfaitement inimitable* (1),

---

1. **Expressions très connues de Rousseau, à propos des caractères de vérité qui brillent dans l'Évangile.**

comme celui de la vérité dont il émane ; et tel Anglais peut-être qui avait souvent parlé ou écrit d'après ses préjugés contre le célibat ecclésiastique, voyait sans crainte sa femme ou sa fille recevoir les leçons d'un prêtre catholique : tant la conscience est infaillible ! tant elle s'embarrasse peu de ce que l'esprit imagine ou de ce que la bouche dit !

Les femmes mêmes, vouées à ce même célibat, ont participé à la même gloire. Combien le philosophisme n'avait-il pas déclamé contre les vœux forcés et les *victimes du cloître* (1) *!* Et cependant, *lorsqu'une assemblée de fous qui faisaient ce qu'ils pouvaient pour être des coquins* (2), se donna le plaisir sacrilège de déclarer les vœux illégitimes et d'ouvrir les cloîtres, il fallut payer je ne sais quelle effrontée du peuple, pour venir à la barre de l'assemblée jouer la religieuse affranchie.

Les vestales françaises déployèrent l'intrépidité des prêtres dans les prisons et sur les échafauds; et celles que la tempête révolutionnaire avait dispersées chez les nations étrangères et jusqu'en Amérique, loin de céder aux séductions les plus dangereuses, ont fait admirer de tous côtés l'amour de leur état, le respect pour leurs vœux, et le libre exercice de toutes les vertus.

Elle a péri cette sainte, cette noble Église gallicane! elle a péri ; et nous en serions inconsolables, *si le Seigneur ne nous avait laissé un germe* (3).

La haute noblesse du clergé catholique est due tout

---

1. Ces folles déclamations se trouvent, comme on sait, réunies et pour ainsi dire *condensées* dans la *Mélanie* de la Harpe. En vain l'auteur, depuis son retour à la vérité, fit les plus vives instances pour que sa pièce fût ôtée du répertoire ; on s'y refusa obstinément et ce défaut de délicatesse fait tort à la nation française bien plus qu'elle ne le pense, *Ce n'est rien*, dit-elle. *C'est beaucoup.* Cet exemple se joint à la nouvelle édition de Voltaire, à la stéréotypie de *Jeanne d'Arc*, invariablement annoncée dans tous les catalogues, avec le *Discours sur l'Histoire universelle*, et les *Oraisons funèbres* de Bossuet, etc., etc.

2. Douces expressions de Burke, dans sa *lettre au D. D. B.*, en parlant de l'Assemblée nationale.

3. *Nisi Dominus...... reliquisset nobis semen.* (Isaïe, I, 9.)

entière au célibat ; et que cette institution sévère étant uniquement l'ouvrage des Papes secrètement animés et conduits par un esprit sur lequel la conscience ne saurait se tromper, toute la gloire remonte à eux ; et ils doivent être considérés, par tous les juges compétents, comme les véritables instituteurs du sacerdoce.

——§ III.

Considérations politiques.

L'erreur, redoublant toujours de force en raison de l'importance des vérités qu'elle attaque, s'est épuisée contre le célibat religieux, et après l'avoir attaqué sous le rapport des mœurs, elle n'a pas manqué de le citer au tribunal de la politique comme contraire à la population. On avait répondu à ces sophismes d'une manière victorieuse. Déjà Bacon, malgré les préjugés de temps et de secte, nous avait fait penser à quelques avantages signalés du célibat (1). Déjà les économistes avaient soutenu et assez bien prouvé que le législateur ne devait jamais s'occuper directement de la population, mais seulement des subsistances. Déjà plusieurs écrivains appartenant au clergé avaient fort bien repoussé les traits lancés contre leur ordre sous le rapport de la population. Mais c'est une singularité piquante, que cette force cachée qui *se joue dans l'univers* se soit servie d'une plume protestante pour nous présenter la démonstration rigoureuse d'une vérité tant et si mal à propos contestée.

Je veux parler de M. Malthus, dont le profond ouvrage sur le *Principe de la Population* est un de ces livres rares après lesquels tout le monde est dispensé de traiter le même sujet. Personne avant lui, je pense, n'avait ʻclairement et complètement prouvé cette grande loi temporelle de la Providence : *Que non seu-*

---

1. *Sermones fideles*, etc., CVIII. (*Op., t. X.*)

lement tout homme n'est pas né pour se marier, mais que dans tout État bien ordonné, il faut qu'il y ait une loi, un principe, une force quelconque qui s'oppose à la multiplication des mariages. M. Malthus observe que l'accroissement des moyens de subsistance, dans la supposition la plus favorable, étant inférieur à celui de la population dans l'énorme proportion respective des deux progressions, l'une arithmétique et l'autre géométrique, il s'ensuit que l'État, en vertu de cette disproportion, est tenu dans un danger continuel si la population est abandonnée à elle-même ; ce qui nécessite la force réprimante dont je viens de parler.

Mais le nombre des mariages ne peut être restreint dans l'État qu'en trois manières : par le vice, par la violence ou par la morale. Les deux premiers moyens ne pouvant se présenter à l'esprit d'un législateur, il ne reste donc que le troisième, c'est-à-dire qu'*il faut qu'il y ait dans l'État un principe moral qui tende constamment à restreindre le nombre des mariages.*

Et voilà le problème difficile que l'Église, c'est-à-dire le Souverain Pontife, a, par sa loi du célibat ecclésiastique, résolu avec toute la perfection que les choses humaines peuvent comporter, puisque la *restreinte catholique* est non seulement *morale*, mais *divine*, et que l'Église l'appuie sur des motifs si sublimes, sur des moyens si efficaces, sur des menaces si terribles, qu'il n'est pas au pouvoir de l'esprit humain d'imaginer rien d'égal ou d'approchant.

Salut et honneur éternel à saint Grégoire VII et à ses successeurs qui ont maintenu l'intégrité du sacerdoce contre tous les sophismes de la nature, de l'exemple et de l'hérésie !

———

CHAPITRE IV

Institution de la Monarchie européenne.

L'homme ne sait point admirer ce qu'il voit tous les jours : au lieu de célébrer notre monarchie qui est un miracle, nous l'appelons *despotisme*, et nous en parlons comme d'une chose ordinaire qui a toujours existé et qui ne mérite aucune attention particulière.

Les anciens opposaient le règne des lois à celui des rois comme ils auraient opposé la république au despotisme. « Quelques nations, dit Tacite, ennuyées de « leurs rois, préférèrent les lois (1). » Nous avons le bonheur de ne pas comprendre cette opposition, qui est cependant très réelle et le sera toujours hors du christianisme.

Jamais les nations antiques n'ont douté pas plus que les nations infidèles n'en doutent aujourd'hui, que le droit de vie et de mort n'appartînt directement aux souverains. Il est inutile de prouver cette vérité qui est écrite en lettres de sang sur toutes les pages de l'histoire. Les premiers rayons du christianisme ne détrompèrent pas même les hommes sur ce point, puisqu'en suivant la doctrine de saint Augustin lui-même, le soldat qui ne tue pas quand le prince légitime le lui ordonne n'est pas moins coupable que celui qui tue sans ordre (2) ; par où l'on voit que ce grand et bel esprit ne se formait pas encore l'idée d'un nouveau droit public qui ôterait aux rois le pouvoir de juger.

Mais le christianisme, pour ainsi dire disséminé sur la terre, ne pouvait que préparer les cœurs, et ses

---

1. *Quidam, regum pertæsi, leges maluerunt.* (Tacit.)
2. Saint August. *De Civit. Dei*, 1, 29. — Ailleurs, il dit encore : *Reum regem facit iniquitas imperandi, innocentem autem militem ostendit ordo serviendi.* (Idem, contra Faustum.)

grands effets politiques ne pouvaient avoir lieu que
lorsque l'autorité pontificale ayant acquis ses justes
dimensions, la puissance de cette religion se trouverait concentrée dans la main d'un seul homme, condition inséparable de l'exercice de cette puissance. Il
fallait, d'ailleurs, que l'empire romain disparût.
Putréfié jusque dans ses dernières fibres, il n'était
plus digne de recevoir la greffe divine. Mais le robuste
sauvageon du Nord s'avançait, et, tandis qu'il foule-
rait aux pieds l'ancienne domination, les Papes
devaient s'emparer de lui, et, sans jamais cesser de le
caresser ou de le combattre, en faire à la fin ce qu'on
n'avait jamais vu dans l'univers.

Du moment où les nouvelles souverainetés commencèrent à s'établir, l'Église, par la bouche des Papes,
ne cessa de faire entendre aux peuples ces paroles de
Dieu dans l'Écriture : *C'est par moi que les rois
règnent ;* et aux rois : *Ne jugez pas, afin que vous ne
soyez point jugés*, pour établir à la fois et l'origine
divine de la souveraineté et le droit *divin* des peuples.

« L'Église, dit très bien Pascal, défenr à ses en-
« fants, encore plus fortement que les lois civiles, de
« se faire justice eux-mêmes ; et c'est par son esprit
« que les rois chrétiens ne se la font pas dans les cri-
« mes mêmes de lèse-majesté au premier chef, et
« qu'ils remettent les criminels entre les mains des
« juges, pour les faire punir selon les lois et dans les
« formes de la justice (1). »

Ce n'est pas que l'Église ait jamais rien ordonné sur
ce point ; je ne sais même si elle l'aurait pu, car il est
des choses qu'il faut laisser dans une certaine obscurité respectable, sans prétendre les trop éclaircir par
des lois expresses. Les rois, sans doute, ont souvent et
trop souvent ordonné directement des peines ; mais
toujours l'esprit de l'Église s'avançait sourdement,
attirant à lui les opinions, et flétrissant ces actes de la

1. Dans les *Lettres provinciales*.

souveraineté comme des assassinats solennels, plus
vils et non moins criminels que ceux des grands
chemins.

Mais comment l'Église aurait-elle pu faire plier la
monarchie, si la monarchie elle-même n'avait été préparée, assouplie, je suis prêt à dire *édulcorée* par les
Papes ? Que pouvait chaque prélat, que pouvait même
chaque Église particulière contre son maître ? Rien. Il
fallait, pour opérer ce grand prodige, une puissance
non point humaine, physique, matérielle (car, dans ce
cas, elle aurait pu abuser temporellement), mais une
puissance spirituelle et morale qui ne régnât que dans
l'opinion : telle fut la puissance des Papes : Nul esprit
droit et pur ne refusera de reconnaître l'action de la
Providence dans cette opinion universelle qui envahit
l'Europe, et montra à tous ses habitants le Souverain
Pontife comme la source de la souveraineté européenne, parce que la même autorité, agissant partout,
effaçait les différences nationales autant que la chose
était possible, et que rien n'identifie les hommes
comme l'unité religieuse. La Providence avait confié
aux Papes l'éducation de la souveraineté européenne.
Mais comment *élever* sans punir ? De là tant de chocs,
tant d'attaques, quelquefois trop humaines, et tant de
résistances féroces ; mais le prince divin n'était pas
moins toujours présent, toujours agissant et toujours
reconnaissable ; il l'était surtout par ce merveilleux
caractère que j'ai déjà indiqué, mais qui ne saurait
être trop remarqué, savoir : *que toute action des*
Papes contre les souverains tournait au profit de la
souveraineté. N'agissant jamais que comme délégués
divins, même en luttant contre les monarques, ils ne
cessaient d'avertir le sujet qu'il ne pouvait rien contre
ses maîtres. Immortels bienfaiteurs du genre humain,
ils combattaient tout à la fois et pour le caractère divin
de la souveraineté, et pour la liberté légitime des
hommes. Le peuple, parfaitement étranger à toute
espèce de résistance, ne pouvait s'enorgueillir ni

s'émanciper, et les souverains, ne pliant que sous un pouvoir divin, conservaient toute leur dignité. Frédéric, sous le pied du Pontife, pouvait être un objet de terreur, de compassion peut-être, mais non de mépris, pas plus que David prosterné devant l'ange qui lui apportait les fléaux du Seigneur.

Les Papes ont élevé la jeunesse de la monarchie européenne ; ils l'ont *faite*, au pied de la lettre, comme Fénelon *fit* le duc de Bourgogne. Il s'agissait, de part et d'autre, d'extirper d'un grand caractère un élément féroce qui aurait tout gâté. Tout ce qui gêne l'homme le fortifie. Il ne peut obéir sans se perfectionner ; et, par cela seul qu'il se surmonte, il est meilleur. Tel homme pourra triompher de la plus violente passion à trente ans, parce qu'à cinq ou six on lui aura appris à se passer volontairement d'un joujou ou d'une sucrerie. Il est arrivé à la monarchie ce qui arrive à un individu bien élevé. L'effort continuel de l'Église, dirigé par le Souverain Pontife, en a fait ce qu'on n'avait jamais vu et ce qu'on ne verra jamais partout où cette autorité sera méconnue. Insensiblement, sans menaces, sans lois, sans combats, sans violence et sans résistance, la grande charte européenne fut proclamée, non sur le vil papier, non par la voix des crieurs publics, mais dans tous les cœurs européens. alors tous catholiques.

Les rois abdiquent le pouvoir de juger par eux-mêmes, et les peuples, en retour, déclarent les rois INFAILLIBLES ET INVIOLABLES.

Telle est la loi fondamentale de la monarchie européenne, et c'est l'ouvrage des Papes, merveille inouïe, contraire à la nature de l'homme *naturel*, contraire à tous les faits historiques, dont nul homme, dans les temps antiques, n'avait rêvé la possibilité, et dont le caractère divin le plus saillant est d'être devenu vulgaire.

Les peuples chrétiens qui n'ont pas senti ou assez senti la main du Souverain Pontife n'auront jamais

cette monarchie. C'est en vain qu'ils s'agiteront sous
une main arbitraire ; c'est en vain qu'ils s'élanceront
sur les traces des nations ennoblies, ignorant qu'avant
de faire des lois pour un peuple, il faut faire un peuple pour les lois. Tous les efforts seront non seulement vains, mais funestes ; nouveaux Ixions, ils irri-
teront Dieu, et n'embrasseront qu'un nuage. Pour être
admis au banquet européen, pour être rendus dignes
de ce spectre admirable qui n'a jamais suffi qu'aux
nations préparées, pour arriver, enfin, à ce but si ridi-
culement indiqué par une philosophie impuissante,
toutes les routes sont fausses, excepté celle qui nous a
conduits.

Quant aux nations qui sont demeurées sous la main
du Souverain Pontife assez pour recevoir l'impression
sainte, mais qui l'ont malheureusement abandonnée,
elles serviront encore de preuve à la grande vérité que
j'expose ; mais cette preuve sera d'un genre opposé.
Chez les premières, le peuple n'obtiendra jamais ses
droits ; chez les secondes, le souverain perdra les
siens, et de là naîtra le retour.

Les rois favorisèrent, il y a trois siècles, la grande
révolte pour voler l'Église (1). On les verra ramener
les peuples à l'unité pour affermir leurs trônes, mis
en l'air par les nouvelles doctrines.

L'union, à différents degrés et sous différentes formes, de l'empire et du sacerdoce fut toujours trop
générale dans le monde pour n'être pas divine. Il y a,
entre ces deux choses, une affinité naturelle. Il faut
qu'elles s'unissent ou qu'elles soutiennent. Si l'une
se retire, l'autre souffre.

> . . . . Alterius sic
> Altera poscit opem res et conjurat amice.

---

1. Hume, qui, ne croyant rien, ne se gênait pour rien, avoue sans compliment que « le véritable fondement de la réforme fut l'envie de VOLER l'argen.
« terie et tous les ornements des autels. » *A pretence for making spoil of the
lapte, vestures and rich ornaments belonging to the altars.* (*Hume's Hist. of
Eng. Elisabeth,* ch. XL, ann. 1568.)

Toute nation européenne soustraite à l'influence du Saint-Siège sera portée invinciblement vers la servitude ou vers la révolte. Le juste équilibre qui distingue la monarchie européenne ne peut être que l'effet de la cause supérieure que j'indique.

Cet équilibre miraculeux est tel, qu'il donne au prince toute la puissance qui ne suppose pas la tyrannie proprement dite, et au peuple toute la liberté qui n'exclut pas l'obéissance indispensable. Le pouvoir est immense sans être désordonné, et l'obéissance est parfaite sans être vile. C'est le seul gouvernement qui convienne aux hommes de tous les temps et de tous les lieux ; les autres ne sont que des exceptions. Partout où le souverain, n'infligeant aucune peine directement, n'est *amenable* lui-même dans aucun cas, et ne répond à personne, il y a assez de puissance et assez de liberté ; le reste est de peu d'importance (1).

On parle beaucoup du despotisme turc ; cependant ce despotisme se réduit au pouvoir de punir *directement*, c'est-à-dire au pouvoir d'*assassiner*, le seul dont l'opinion universelle prive le roi chrétien ; car il est bien important que nos princes soient persuadés d'une vérité dont ils se doutent peu, et qui est cependant incontestable : c'est qu'ils sont incomparablement plus puissants que les princes asiatiques. Le sultan peut être déposé légalement et mis à mort par un décret des mollahs et des ulhémas réunis (2). Il ne pourrait céder une province, une seule ville même, sans exposer sa tête, il ne peut se dispenser d'aller à la mosquée le vendredi ; on a vu des sultans malades faire un dernier effort pour monter à cheval, et tomber morts en s'y rendant ; il ne peut conserver un enfant

---

1. Le droit de s'imposer, par exemple, dont on fait beaucoup de bruit, ne signifie pas grand'chose. Les nations qui s'imposent elles-mêmes sont toujours les plus imposées. Il en est de même du droit colégislatif. Les lois seront pour le moins aussi bonnes partout où il n'y aura qu'un législateur unique.

2. Ces deux corps sont à peu près ce que seraient parmi nous le clergé et la magistrature.

mâle naissant dans sa maison, hors de la ligne directe
de la succession ; il ne peut casser la sentence d'un
cadi ; il ne peut toucher à un établissement religieux,
ni au bien offert à une mosquée, etc.

Si l'on offrait à l'un de nos princes le droit
sublime de faire pendre, à la charge de pouvoir
être mis en jugement, déposé ou mis à mort, je
doute qu'il acceptât ce parti ; et cependant on lui
offrirait ce que nous appelons la *toute-puissance* des
sultans.

Lorsque nous entendons parler des catastrophes
sanglantes qui ont coûté la vie à un si grand nombre
de ces princes, jugeant ces événements d'après nos
idées, nous y voyons des complots, des assassinats,
des révolutions ; rien n'est plus faux. Dans la dynastie
entière des Ottomans, un seul a péri illégalement par
une véritable insurrection ; mais ce crime est considéré à Constantinople comme nous considérons
l'assassinat de Charles Ier ou celui de Louis XVI. La
compagnie ou la *horta* des janissaires, qui s'en rendit
coupable, fut supprimée, et cependant son nom fut
conservé et voué à une éternelle ignominie. A chaque
revue elle est appelée à son tour, et, lorsque son nom
est prononcé, un officier public répond à haute voix :
Elle n'existe plus ! elle est maudite, etc., etc.

En général, ces exécutions, qui terminent une si
grande quantité de règnes, sont avouées par la loi.
Nous en avons vu un exemple mémorable dans la mort
de l'aimable Sélim, dernière victime de ce terrible
droit public. Las du pouvoir, il voulut le céder à son
oncle, qui lui dit : « Prenez garde à vous ; les factions
« vous fatiguent ; mais lorsque vous serez particulier,
« une autre faction pourra fort bien vous rappeler au
« trône, c'est-à-dire à la mort. » Sélim persista, et la
prophétie fut accomplie. Bientôt une faction puissante
ayant entrepris de le replacer sur le trône, un *fetfa* du
divan le fit étrangler. Le décret adressé au souverain,
dans ces sortes de cas, ressemble beaucoup à celui

que le sénat romain adressait aux **consuls dans les**
moments périlleux : *Videant consules*, **etc.**

Partout où le souverain exerce le droit de punir
directement, il faut qu'il puisse être jugé, déposé et
mis-à mort ; et, s'il n'y a pas un droit fixe sur ce point,
il faut que le meurtre d'un souverain n'effraye ni ne
révolte aucunement les imaginations ; il faut même
que les auteurs de ces terribles exécutions ne soient
point flétris dans l'opinion publique, et que des fils
organisés tout exprès consentent à porter les noms de
leur père. C'est ce qui a lieu, en effet, car tout ce qui
est nécessaire existe.

L'opinion est ce qu'elle doit être. Elle veut qu'on
puisse sans déshonneur porter la main, dans certaines
occasions, sur le prince qui est investi du droit de faire
mourir.

Par une raison toute contraire, l'opinion, autant que
la loi, doit écraser tout homme qui ose porter la main
sur le monarque déclaré inviolable. Le nom même de
régicide disparaît, étouffé sous le poids de l'infamie ;
ailleurs, la dignité de la victime semble quelquefois
ennoblir le meurtre.

CHAPITRE V

**Vie commune des Princes. — Alliance secrète
de la Religion et de la Souveraineté.**

Quand on lit l'histoire, on serait tenté de croire que
la mort violente est naturelle aux princes, et que pour
eux la mort naturelle est une exception.

Des trente empereurs qui régnèrent pendant deux
siècles et demi, depuis Auguste jusqu'à Valérien, six
seulement moururent de mort naturelle. En France,
de Clovis à Dagobert, dans un espace de cent cin-

quante ans, plus de quarante rois ou princes du sang royal périrent de mort violente (1).

Et n'est-ce pas une chose déplorable que dans ces derniers temps on ait pu dire encore : « Si, dans un « espace de *deux siècles, on trouve en France dix* « *monarques ou dauphins, trois sont assassinés, trois* « *meurent d'une mort secrètement préparée, et le* « *dernier périt sur l'échafaud* (2). »

L'historien que je viens de citer regarde comme certain que la vie commune des princes est plus courte que la vie commune, à cause du grand nombre de morts violentes qui terminent ces vies royales : « Soit, « ajoute-t-il, que cette brièveté générale de la vie des « rois vienne des embarras et des chagrins du trône, « ou de la facilité funeste qu'ont les rois et les princes « de satisfaire toutes leurs passions (3). »

Le premier coup d'œil est pour la vérité de cette observation ; cependant, en examinant la chose de très près, je me suis trouvé conduit à un résultat tout différent.

Il paraît que la vie commune de l'homme est à peu près de vingt-sept ans (4).

D'un autre côté, si l'on en croyait les calculs de Newton, les règnes communs des rois seraient de dix-huit à vingt ans ; et je pense qu'il n'y aurait pas de difficulté sur cette évaluation, si l'on ne faisait aucune distinction de siècles et de nations, c'est-à-dire de religions ; mais cette distinction doit être faite, comme l'a

1. Garnier, *Hist. de Charlemagne*, t. I, in-12, introd., ch. II, p. 219. Passage rappelé par M. Bernardi, dans son ouvrage *de l'Origine et des Progrès de la Législation française. (Journal des Débats*, 2 août 1816.)

2. On peut lire dans le *Journal de Paris*, juillet 1793, n° 183, l'effroyable diatribe dont cette citation est tirée. L'auteur paraît cependant être mort en pleine jouissance du bon sens. *Sit tibi terra levis!*

3. Garnier, *ibid.*, p. 227, 228.

4. D'Alembert, *Mélanges de littérature et de philosophie*, Amsterdam, 1767. *Calcul des probabilités*, p. 285. — Ce même d'Alembert observe cependant qu'il restait des doutes sur ces évaluations, et que les tables mortuaires *avaient besoin d'être dressées avec plus de soin et de précision. (Opusc. mathém.*, Paris, 1768, in-4, t. V, sur les Tables de mortalité, p. 231.) C'est ce qu'on a fait, je pense, depuis cette époque, avec beaucoup d'exactitude.

observé le chevalier William Jones : « En **examinant**,
« dit-il, les dynasties asiatiques, depuis la décadence
« du califat, je n'ai trouvé que dix à douze ans pour le
« règne commun (1). »

Un autre membre distingué de l'académie de Cal-
cutta prétend que, d'après les tables mortuaires, la vie
commune est de trente-deux à trentre-trois ans, « et
« que, par une longue succession de princes, on ne
« saurait accorder à chaque règne, l'un dans l'autre,
« plus de la moitié de cette dernière durée, soit dix-
« sept ans (2). »

Ce dernier calcul peut être vrai, si l'on fait entrer les
règnes asiatiques dans l'évaluation commune ; mais,
à l'égard de l'Europe, il serait certainement faux ; car
les règnes communs européens excèdent, même
depuis longtemps, le terme de vingt ans, et s'élèvent
dans plusieurs États catholiques jusqu'à vingt-
cinq ans.

Prenons un terme moyen, 30, entre les deux nombres 27 et 33 fixés pour la durée de la vie commune, et
le nombre 20, évidemment trop bas, comme chacun
peut s'en convaincre par soi-même, pour le règne
commun européen; je demande comment il est possible que les vies soient de 30 ans seulement, et les
règnes de 22 à 25, si les princes (j'entends les princes
chrétiens) n'avaient pas plus de vie commune que les
autres hommes ? Cette considération prouverait ce qui
m'a toujours paru infiniment probable, que les familles
véritablement royales sont naturelles et diffèrent des
autres, comme un arbre diffère d'un arbuste.

Rien n'arrive, rien n'existe sans raison suffisante :
une famille ne peut régner que parce qu'elle a plus de
vie, plus d'*esprit royal*, en un mot plus de ce qui rend
une famille plus faite pour régner.

---

1. *Sir William Jone's Works*, in-4, t. V, p. 354. (Préf. de sa *Description
de l'Asie.*)
2. M. Bentley, dans les *Recherch. asiat.* — Supplém. aux Œuvres citées
t. II, in-4, p. 1035.

On croit qu'une famille est royale parce qu'elle règne, au contraire, elle règne parce qu'elle est royale.

Dans nos jugements sur les souverains, nous sommes trop sujets à commettre une faute impardonnable en fixant nos regards sur quelques points tristes de leurs caractères ou de leurs vies. Nous disons en nous rengorgeant : *Voilà comment sont faits les rois !* il faudrait dire : *Qu'est-ce que je serais,moi,si quelque force révolutionnaire avait porté seulement mon troisième ou quatrième aïeul sur le trône ? Un furieux, un imbécile dont il faudrait se défaire à tout prix.*

Infortunés *stylites*, les rois sont condamnés par la Providence à passer leur vie sur le haut d'une colonne, sans pouvoir jamais en descendre. Ils ne peuvent donc voir aussi bien que nous ce qui se passe en bas; mais, en revanche, ils voient de plus loin. Ils ont un certain tact intérieur, un certain instinct qui les conduit souvent mieux que le raisonnement de ceux qui les entourent. Je suis si persuadé de cette vérité, que, dans toutes les choses douteuses, je me ferai toujours une difficulté, une *conscience* même, s'il faut parler clair, de contredire trop fortement, même de la manière permise, la volonté d'un souverain, Après qu'on leur a dit la vérité, comme on le doit, il ne faut plus que les laisser faire et les aider.

Nous comparons tous les jours un prince à un particulier ; quel sophisme ! Il y a des inconvénients qui tiennent à la position des souverains, et qui par conséquent doivent être tenus pour nuls. Il faut donc comparer une famille *régnante* à une famille particulière qui *régnerait*, et qui serait en conséquence soumise aux mêmes inconvénients. Or, dans cette supposition, il n'y a pas le moindre doute sur la supériorité de la première, ou, pour mieux dire, sur l'incapacité de la seconde ; car la famille non royale ne régnera jamais (1).

1. La souveraineté légitime peut être imitée pendant quelque temps : elle est susceptible aussi de plus ou de moins ; et ceux qui ont beaucoup réfléchi sur ce

Il ne faudrait donc pas s'étonner de trouver dans une famille royale plus de vie commune que dans toute autre. Mais ceci me conduit à l'exposition de l'un des plus grands oracles prononcés dans les saintes Écritures :

LES CRIMES DES HOMMES MULTIPLIENT LES PRINCES.
LA SAGESSE ET L'INTELLIGENCE DE LEURS SUJETS ALLONGENT
LES RÈGNES (1).

Il n'y a rien de si vrai, il n'y a rien de si profond, il n'y a rien de si terrible, et, par malheur, il n'y a rien de moins aperçu. La liaison de la religion et de la souveraineté ne doit jamais être perdue de vue. Je me rappelle avoir lu jadis le titre d'un sermon anglais intitulé : *Les péchés du gouvernement sont les péchés du peuple* (2).

J'y souscris sans l'avoir lu ; le titre seul vaut mieux que plusieurs livres.

En comparant les races souveraines d'Europe et d'Asie, le chevalier Jones observe que « la nature des « malheureux gouvernements asiatiques explique la « différence qui les distingue des nôtres, sous le rap- « port de la durée des races (3). » Sans doute ; mais il faut ajouter que c'est la religion qui différencie les

grand sujet ne seront point embarrassés de reconnaître dans ce genre les caractères du *plus* ou du *moins.* ou du *néant.* Si l'on ne sait rien de l'origine d'une souveraineté ; si elle a commencé pour ainsi dire d'elle-même, sans violence d'un côté, comme sans acceptation ni délibération de l'autre ; si, de plus, le roi est européen et catholique, il est, comme dit Homère, *très i oi* (Βασιλεύτατος). Plus il s'éloigne de ce modèle, et moins il est roi. Il faut particulièrement très peu compter sur les races produites au milieu des tempêtes, élevées par la force ou par la politique, et qui se montrent surtout environnées, flanquées, défendues, consacrées par de belles lois fondamentales, écrites sur de beau papier vélin, et *qui ont prévu tous les cas.* — Ces races ne peuvent durer. — Il y aurait bien d'autres choses à dire, si l'on voulait ou si l'on pouvait dire.

1. *Propter peccata terræ multi principes ejus ; et propter hominis sapientiam, et horum scientiam quæ dicuntur, vita ducis longior erit.* (Prov., XXVIII, 2.)

2. *Sins of government, sins of the nations. A discourse intended for the lale fast.* (London, *Chronicle,* 1793, n° 5747.) Il me paraît que ce titre et ce sujet n'ont pu être trouvés que par un esprit sage et lumineux.

3. *Sir William Jone's Works,* t. V, p. 533. (Dans la préface de la *Description de l'Asie.*)

gouvernements. Le mahométisme n'accorde que dix à douze ans aux souverains : *car les crimes des hommes multiplient les princes ;* et, dans tout le pays infidèle, il faut nécessairement qu'il y ait infiniment plus de crimes et infiniment moins de vertus que parmi nous, quel que soit le relâchement de nos mœurs, puisque, malgré ce relâchement, la vérité nous est néanmoins continuellement prêchée, *et que nous avons l'intelligence des choses qu'on nous dit.*

Les règnes pourront donc s'élever, dans les pays chrétiens, jusqu'à vingt-cinq ans. En France, le règne commun, calculé pendant trois cents ans, est de vingt-cinq ans. En Danemark, en Portugal, en Piémont, les règnes sont également de vingt-cinq ans. En Espagne, ils sont de vingt-deux ans ; et il y a, comme on voit, quelque différence entre les durées des différents gouvernements chrétiens ; mais *tous* les règnes chrétiens sont plus longs que *tous* les règnes non chrétiens, anciens et modernes.

Une considération importante sur la durée des règnes pourrait peut-être se tirer encore des souverainetés protestantes, comparées à elles-mêmes avant la réforme, et à celles qui n'ont point changé de foi.

Les règnes d'Angleterre, qui étaient de plus de vingt-trois ans avant la réforme, ne sont plus que de dix-sept ans depuis cette époque. Ceux de la Suède sont tombés de vingt-deux ans à ce même nombre de dix-sept. Il pourrait donc se faire que la loi incontestable à l'égard des nations infidèles ou primitivement étrangères à l'influence du Saint-Siège, que cette loi, dis-je, se manifestât encore chez les nations qui n'ont cessé d'être catholiques qu'après l'avoir été longtemps. Néanmoins, comme il peut y avoir des compensations inconnues, et que le Danemark, par exemple, en vertu de quelque raison cachée, mais certainement honorable pour la nation, ne paraît pas avoir subi la loi de l'accourcissement des règnes, il convient d'attendre encore avant de généraliser.

Cette loi, au reste, étant manifeste, il ne s'agit plus que d'en examiner l'étendue. On ne saurait trop approfondir *l'influence de la religion sur la durée des règnes et sur celle des dynasties.*

CHAPITRE VI

Observations particulières sur la Russie.

Un beau phénomène est celui de la Russie. Placée entre l'Europe et l'Asie, elle tient de l'une et de l'autre. L'élément asiatique qu'elle possède et qui saute aux yeux ne doit point l'humilier. On pourrait y avoir plutôt un titre de supériorité ; mais, sous le rapport de la religion, elle a de très grands désavantages, tels même que je ne sais pas trop si, aux yeux d'un véritable juge, elle est plus près de la vérité que les nations protestantes.

Le déplorable schisme des Grecs et l'invasion des Tartares empêchèrent les Russes de participer au grand mouvement de la civilisation européenne et légitime, qui partait de Rome. Cyrille et Méthode, apôtres des Slaves, avaient reçu leurs pouvoirs du Saint-Siège, et même ils étaient allés à Rome pour y rendre compte de leur mission (1). Mais la chaîne, à peine établie, fut coupée par les mains de ce Photius

---

1. Cyrille et Méthode traduisirent la liturgie en slavon, et firent célébrer la messe dans la langue que parlaient les peuples qu'ils avaient convertis. Il y eut à cet égard, de la part des Papes, de grandes résistances et de grandes restrictions, qui, malheureusement, n'eurent point d effet à l'égard des Russes. Nous avons une lettre du pape Jean VIII (c'est la CXCIV°), adressée au duc de Moravie, *Sfentopulk*, en l'année 859. Il dit à ce prince: « Nous approuvons les « lettres slavonnes inventées par le philosophe Constantin (c'est ce même Cy- « rille), et nous ordonnons que l'on chante les louanges de Dieu en langue sla- « vonne. » Voyez les *Vies des Saints*, trad. de l'angl ; Vies de saint Cyrille et saint Méthode, 14 février, in-8, t. II, p. 265.) Ce livre précieux est une excel- lente miniature des Bollandistes.

de funeste et odieuse mémoire, à qui l'humanité en général n'a pas moins de reproches à faire que la religion, envers laquelle il fut cependant si coupable.

La Russie ne reçut donc point l'influence générale,
et ne put être pénétrée par l'esprit *universel,* puisqu'elle eut à peine le temps de sentir la main des Souverains Pontifes. De là vient que sa religion est toute
en dehors, et ne s'enfonce point dans les cœurs. Il
faut bien prendre garde de confondre *la puissance
de la religion sur l'homme* avec *l'attachement de
l'homme à la religion,* deux choses qui n'ont rien de
commun. Tel qui volera toute sa vie, sans concevoir
seulement l'idée de la restitution, ou qui vivra dans
l'union la plus coupable en faisant régulièrement ses
dévotions, pourra fort bien défendre une image au
péril de sa vie, et mourir même plutôt que de manger
de la viande un jour prohibé. J'appelle *puissance de
la religion, celle qui change et exalte l'homme* (1), en
le rendant susceptible d'un plus haut degré de vertu,
de civilisation et de science. Ces trois choses sont
inséparables ; et toujours l'action intérieure du pouvoir légitime est manifestée extérieurement par la
prolongation des règnes.

Peu de voyageurs écrivains ont parlé des Russes
avec amour. Presque tous ont saisi les côtés faibles
pour amuser la malice des lecteurs. Quelques-uns
même, tels que le docteur Clarke, en ont parlé avec
une sévérité qui fait peur, et Gibbon ne s'est point

---

1. *Lex Domini immaculata* convertens anim/s. (Ps. XVIII, 8.) C'est une
expression remarquable. Un rabbin de Mantoue disait à un prêtre catholique
de ma connaissance, dans l'intimité d'un tête-à-tête : « Il faut l'avouer, il y a
réellement dans votre religion une force convertissante. » Voltaire a dit au
contraire:

   Dieu visita le monde et ne l'a pas chargé.

                    (*Poème sur le Désastre de Lisbonne.*)

   Le génie condamné à déraisonner pour crime d'infidélité à sa mission a toujours été pour moi un spectacle délicieux. Je suis sans pitié pour lui. Pourquoi
trahissait-il son maître? pourquoi violait-il *ses instructions?* Etait-il *envoyé
pour mentir ?*

fait difficulté de les appeler *les plus ignorants et les
plus superstitieux sectaires de la communion
grecque* (1).

Cependant ce peuple est éminemment brave, bienveillant, spirituel, hospitalier, entreprenant, heureux
imitateur, parleur élégant, et possesseur d'une langue
magnifique sans mélange d'aucun patois, même dans
les dernières classes.

Les taches qui déparent ce caractère tiennent ou à
son ancien gouvernement ou à sa civilisation qui est
fausse ; et non seulement elle est fausse parce qu'elle
est humaine, mais parce que, pour comble de malheur, elle a coïncidé avec l'époque de la plus grande
corruption de l'esprit humain, et que les circonstances
ont mis en contact, et pour ainsi dire amalgamé la
nation russe avec celle qui a été tout à la fois et le plus
terrible instrument et la plus déplorable victime de
cette corruption.

Toute civilisation commence par les prêtres, par les
cérémonies religieuses, par les miracles même, vrais
ou faux, n'importe. Il n'y a jamais eu, il n'y aura
jamais, il ne peut y avoir d'exception à cette règle.
Et les Russes aussi avaient commencé comme tous
les autres ; mais l'ouvrage, malheureusement brisé
par les causes que j'ai indiquées, fut repris au commencement du dix-huitième siècle sous les plus tristes
auspices.

C'est dans les boues de la régence que les germes
refroidis de la civilisation russe commencèrent à se
réchauffer, et les premières leçons que ce grand peuple entendit dans la nouvelle langue qui devint la
sienne furent des blasphèmes.

On peut remarquer aujourd'hui, je le sais, un mouvement contraire capable de consoler jusqu'à un certain point l'œil d'un observateur ami ; mais comment
effacer l'anathème primitif ? Quel dommage que la
plus puissante des familles slaves se soit soustraite,

---

1. *Hist. de la décad.*, etc., t. XIII, ch. LXVII, p. 10.

dans son ignorance, au grand sceptré constituant,
pour se jeter dans les bras de ces misérables Grecs du
Bas-Empire, détestables sophistes, prodiges d'orgueil et de nullité, dont l'histoire ne peut être lue que
par un homme exercé à vaincre les plus grands dégoûts, et qui a présenté enfin pendant mille ans le
spectacle hideux d'une monarchie chrétienne avilie
jusqu'à des règnes de onze ans.

Il ne faut pas avoir vécu longtemps en Russie pour
s'apercevoir de ce qui manque à ses habitants. C'est
quelque chose de profond qu'on sent profondément, et
que le Russe peut contempler lui-même dans le règne
commun de ses maîtres, qui n'excède pas treize ans,
tandis que le règne chrétien touche au double de ce
nombre, et l'atteindra bientôt ou le surpassera même
partout ou l'on sera sage. En vain le sang étranger,
porté sur le trône de Russie, pourrait se croire en
droit de concevoir des espérances plus élevées, en
vain les plus douces vertus viendraient contraster sur
ce trône avec l'âpreté antique, les règnes ne sont point
accourcis par *les fautes des souverains*, ce qui serait
visiblement injuste, *mais par celles du peuple* (1). En
vain les souverains feront les plus nobles efforts,
secondés par ceux d'un peuple généreux qui ne
compte jamais avec ses maîtres ; tous ces prodiges
de l'orgueil national le plus légitime seront nuls s'ils
ne sont pas funestes. Les siècles passés ne sont plus
au pouvoir du Russe. Le sceptre créateur, le sceptre
divin n'a pas assez reposé sur sa tête, et dans son
profond aveuglement, ce grand peuple s'en glorifie !
Cependant la loi qui le rabaisse vient de trop haut
pour qu'il soit possible de la détourner autrement
qu'en lui rendant hommage. Pour s'élever au niveau
de la civilisation et de la science européenne, il n'y a
qu'une voie pour lui, celle dont il est sorti.

Souvent le Russe entendit la voix de la calomnie, et
trop souvent encore celle de l'ingratitude. Il eut droit

1. *Sap.*, p. 294.

sans doute de se révolter contre les écrivains sans
délicatesse, qui payaient par des insultes la plus gé-
néreuse hospitalité ; mais qu'il ne refuse point sa
confiance à des sentiments directement opposés. Le
respect, l'attachement, la reconnaissance n'ont sûrement pas envie de le tromper.

CHAPITRE VII

Autres considérations particulières sur l'empire d'Orient.

Le Pape est revêtu de cinq caractères bien distincts,
car il est évêque de Rome, métropolitain des Eglises
suburbicaires, primat d'Italie, patriarche d'Occident,
et enfin Souverain Pontife. Le Pape n'a jamais exercé
sur les autres patriarcats que les pouvoirs résultant
de ce dernier ; de sorte qu'à moins de quelque affaire
d'une haute importance, de quelque abus frappant, ou
de quelque appel dans les causes majeures, les Souverains Pontifes se mêlaient peu de l'administration
ecclésiastique dans les Églises orientales ; et ce fut
un grand malheur non seulement pour elles, mais
pour tous les États où elles étaient établies. On peut
dire que l'Eglise grecque, dès son origine, a porté
dans son sein un germe de division qui ne s'est com-
plétement développé qu'au bout de douze siècles,
mais qui a toujours existé sous des formes moins
tranchantes, moins décisives, et par conséquent supportables (1).

Cette division religieuse s'enracinait encore dans

---

1. Saint Basile même parle quelque part de *l'orgueil occidental*, qu'il nomme
ΟΦΡΥΝ ΔΥΤΙΚΗΝ. (Si je ne me trompe, c'est dans l'ouvrage qu'il a écrit : *Sur
le parti qu'on peut tirer des lectures profanes pour le bien de la Religion.*)
Rien, et pas même la sainteté, ne pouvait éteindre tout à fait l'état naturel de
guerre qui divisait les deux États et les deux Églises, état qui dérivait de la
politique et qui remontait à Constantin.

l'opposition politique créée par l'empereur Constantin ; fortifiées l'une par l'autre, elles ne cessèrent
de repousser l'union qui eût été si nécessaire contre
les ennemis formidables qui s'avançaient de l'Orient
et du Nord. Écoutons encore sur ce point le respectable auteur des *Lettres sur l'Histoire.*

« Il est sûr, dit-il, que si les deux empereurs
« d'Orient et d'Occident eussent réuni leurs efforts,
« ils auraient inévitablement renvoyé dans les sables
« de l'Afrique ces peuples (les Sarrasins) qu'ils de-
« vaient craindre de voir établir au milieu d'eux ;
« mais il y avait entre les deux empires une jalousie
« que rien ne put détruire, et qui se manifesta bien
« plus pendant les croisades. Le schisme des Grecs
« leur donnait contre Rome une antipathie reli-
« gieuse, et celle-là se soutint toujours même contre
« leur propre intérêt (1). »

Ce morceau est d'une vérité frappante. Si les Papes
avaient eu sur l'empire d'Orient la même autorité
qu'ils avaient sur l'autre, non seulement ils auraient
chassé les Sarrasins, mais les Turcs encore. Tous les
maux que ces peuples nous ont faits n'auraient pas
eu lieu. Les Mahomet, les Soliman, les Amurat, etc.,
seraient des noms inconnus pour nous. Français, qui
vous laissez égarer par de vains sophismes, vous ré-
gneriez à Constantinople et dans la *Cité sainte.* Les
assises de Jérusalem, qui ne sont plus qu'un monument historique, seraient citées et observées au lieu
où elles furent écrites ; on parlerait français en Palestine. Les sciences, les arts, la civilisation, illustre-
raient ces fameuses contrées de l'Asie, jadis le jardin
de l'univers, aujourd'hui dépeuplées, livrées à l'ignorance, au despotisme, à la peste, à tous les genres
d'abrutissement.

Si l'aveugle orgueil de ces contrées n'avait pas résisté constamment aux Souverains Pontifes, s'ils
avaient pu dominer les vils empereurs de Byzance,

1. *Lettres sur l'Histoire,* t. II, lett. XLV.

ou du moins les tenir en respect, ils auraient sauvé
l'Asie comme ils ont sauvé l'Europe, qui leur doit
tout, quoiqu'elle semble l'oublier.

Longtemps déchirée par les barbares du Nord,
l'Europe se voyait menacée des plus grands maux.
Les redoutables Sarrasins fondaient sur elle, et déjà
ses plus belles provinces étaient attaquées, conquises
ou entamées. Déjà maîtres de la Syrie, de l'Égypte,
de la Tingitane, de la Numidie, ils avaient ajouté à
leurs conquêtes d'Asie et d'Afrique une partie considérable de la Grèce, l'Espagne, la Sardaigne, la
Corse, la Pouille, la Calabre et la Sicile en partie. Ils
avaient fait le siège de Rome, et brûlé ses faubourgs.
Enfin ils s'étaient jetés sur la France, et dès le huitième siècle, c'en était fait déjà de l'Europe, c'est-à-
dire du christianisme, des sciences et de la civilisation, sans le génie de Charles-Martel et de Charlemagne qui arrêtèrent le torrent. Le nouvel ennemi
ne ressemblait point aux autres : les nobles enfants
du Nord pouvaient s'accoutumer à nous, apprendre
nos langues, et s'unir à nous enfin par le triple lien
des lois, des mariages et de la religion. Mais le disciple de Mahomet ne nous appartient d'aucune manière : il est étranger, *inassociable*, *immiscible* à nous.
Voyez les Turcs ! spectateurs dédaigneux et hautains
de notre civilisation, de nos arts, de nos sciences,
ennemis mortels de notre culte, ils sont aujourd'hui
ce qu'ils étaient en 1454, un camp de Tartares, assis
sur une terre européenne. La guerre entre nous est
naturelle, et la paix forcée. Dès que le chrétien et le
musulman viennent à se toucher, l'un des deux doit
servir ou périr.

Entre ces ennemis il n'est point de traité.

Heureusement la tiare nous a sauvé du croissant.
Elle n'a cessé de lui résister, de le combattre, de lui
chercher des ennemis, de les réunir, de les animer, de

les soudoyer et de les diriger. Si nous sommes libres, savants et chrétiens, c'est à elle que nous le devons.

Parmi les moyens employés par les Papes pour repousser le mahométisme, il faut distinguer celui de donner les terres usurpées par les Sarrasins au premier qui pourrait les en chasser. Eh ! que pouvait-on faire de mieux dès que le maître ne se montrait pas ? Y avait-il un meilleur moyen de légitimer la naissance d'une souveraineté ? Et croit-on que cette institution ne valût pas un peu mieux que *la volonté du peuple*, c'est-à-dire d'une poignée de factieux dominés par un seul ? Mais lorsqu'il s'agit de *terres données* par les Papes, nos raisonnements modernes ne manquent jamais de transporter le droit public de l'Europe moderne au milieu des déserts, de l'anarchie, des invasions et des souverainetés flottantes du moyen âge ; ce qui nécessairement ne peut produire que d'étranges paralogismes.

Qu'on lise l'histoire avec des yeux purs et l'on verra que les Papes ont fait ce qu'ils ont pu dans tous ces temps malheureux. On verra surtout qu'ils se sont surpassés dans la guerre qu'ils ont faite au mahométisme.

« Déjà dans le neuvième siècle, lorsque l'armée for-
« midable des Sarrasins semblait devoir détruire
« l'Italie et faire une bourgade mahométane de la
« capitale du christianisme, le pape Léon IV, pre-
« nant dans ce danger une autorité que les géné-
« raux de l'empereur Lothaire semblaient aban-
« donner, se montra digne, en défendant Rome, d'y
« commander en souverain. Il fortifia Rome, il arma
« les milices ; il visita lui-même tous les postes.... Il
« était né Romain. Le courage des premiers âges de
« la république revivait en lui dans un âge de lâcheté
« et de corruption : tel qu'un beau monument de l'an-
« cienne Rome qu'on trouve quelquefois dans les
« ruines de la nouvelle (1). »

1. Voltaire, *Essai sur les mœurs*, etc., t. II, ch. xxviii.

Mais, à la fin, tout résistance eût été vaine, et l'ascendant de l'islamisme l'eût infailliblement emporté,
si nous n'avions été de nouveau sauvés par les Papes
et par les croisades dont ils furent les auteurs, les pro-
moteurs et les directeurs, hélas ! autant que le per-
mirent l'ignorance et les passions des hommes. Les
Papes découvrirent, avec des yeux d'Annibal, que
pour repousser ou briser sans retour une puissance
formidable et extravasée, il ne suffit pas du tout de
se défendre chez soi, mais il faut l'attaquer chez elle.
Les croisés, lancés par eux sur l'Asie, donnèrent bien
aux soudans d'autres idées que celle d'envahir ou seulement d'insulter l'Europe.

Ceux qui disent que les croisades ne furent pour les
Papes que des guerres de dévotion n'ont pas lu apparemment le discours d'Urbain II au concile de
Clermont. Jamais les Papes n'ont fermé les yeux sur
le mahométisme, jusqu'à ce qu'il se soit endormi lui-
même de ce sommeil léthargique qui nous a tran-
quillisés pour toujours. Mais il est bien remarquable
que le dernier coup, le coup décisif, lui fut porté par
la main d'un Pape. Le 7 octobre 1571, fut enfin
livré ce combat à jamais célèbre, « le plus furieux
« combat de mer qui se soit jamais livré. Cette
« journée glorieuse pour les chrétiens fut l'époque
« de la décadence des Turcs. Elle leur coûta plus
« que des hommes et des vaisseaux dont on répare
« la perte ; car ils y perdirent cette puissance d'opi-
« nion qui fait la principale puissance des peuples
« conquérants ; puissance qu'on acquiert une fois et
« qu'on ne recouvre jamais (1). Cette immortelle
« journée brisa l'orgueil ottoman, et détrompa
« l'univers, qui croyait les flottes turques invincibles (2). »

1. M. de Bonald, *Législation primitive*, t. III, p. 288 ; — *Disc. polit. sur
l'état de l'Europe*, § VIII.

2. Ces dernières expressions appartiennent au célèbre Cervantès, qui assista
à la bataille de Lépante et qui eut même l'honneur d'y être blessé. (*Don Quixote*,
part. I, ch. xxxix, Madrid, 1799, in-16, t. IV, p. 40.) Dans l'avant-propos

Mais cette bataille de Lépante, l'honneur éternel de
l'Europe, époque de la décadence du croissant, et que
l'ennemi mortel de la dignité humaine a pu seul tenter
de ravaler (1), à qui la chrétienté en fut-elle redevable ?
Au Saint-Siège. Le vainqueur de Lépante fut moins
don Juan d'Autriche que Pie V, dont Bacon a dit :
« Je m'étonne que l'Église romaine n'ait pas encore
« canonisé ce grand homme (2). » Lié avec le roi
d'Espagne et la république de Venise, il attaqua les
Ottomans ; il fut l'auteur et l'âme de cette glorieuse
entreprise qu'il aida de ses conseils, de son influence,
de ses trésors, et de ses armes même, qui se montrèrent à Lépante, d'une manière tout à fait digne du
Souverain Pontife.

RÉSUMÉ ET CONCLUSION DE CE LIVRE

La conscience éclairée et la bonne foi n'en sauraient
plus douter, c'est le christianisme qui a formé la monarchie européenne, merveille trop peu admirée.
Mais, sans le Pape, il n'y a point de véritable christianisme ; sans le Pape, l'institution divine perd sa
puissance, son caractère divin et sa force convertissante ; sans le Pape, ce n'est plus qu'un système,
une croyance humaine, incapable d'entrer dans les
cœurs et de les modifier pour rendre l'homme susceptible d'un plus haut degré de science, de morale et
de civilisation. Toute souveraineté dont le doigt efficace du grand Pontife n'a pas touché le front demeu-

de la deuxième partie, Cervantès revient encore à cette fameuse bataille qu'il
appelle *la mas alta occasion que vieron los siglos pasados, los presentes*, ni
esperan ver los venidores. (*Ibid.*, t. V, part. VIII, édition de don Pelicer.)
Celui qui voudra assister à cette bataille peut en lire la description dans l'ouvrage de Gratiani, *De Bello Cyprio*. (Rome, 1664, in-4.)
   1. « Quel fut le fruit de la bataille de Lépante ?... Il semblait que les Turcs
l'eussent gagnée. » (Voltaire, *Essai sur les mœurs*, etc., t. V, ch. CLXI.)
Comme il est ridicule !
   2. Dans le dialogue *De Bello sacro*.

rera toujours inférieure aux autres, tant dans la durée
de ses règnes que dans le caractère de sa dignité et
les formes de son gouvernement. Toute nation, même
chrétienne, qui n'a pas assez senti l'action constituante, demeurera de même éternellement au-dessous
des autres, toutes choses égales d'ailleurs ; et toute
nation séparée, après avoir reçu l'impression du sceau
universel, sentira enfin qu'il lui manque quelque
chose, et sera ramenée tôt ou tard par la raison ou
par le malheur. Il y a pour chaque peuple une liaison
mystérieuse, mais visible, entre la durée des règnes
et la perfection du principe religieux. Il n'y a point
de roi *de par le peuple*, puisque les princes chrétiens
ont plus de vie commune que les autres hommes,
malgré les accidents particuliers attachés à leur état ;
et ce phénomène deviendra plus frappant encore, à
mesure qu'ils protégeront davantage le culte vivi-
fiant ; car il peut y avoir plus ou moins de souveraineté, précisément comme il peut y avoir plus ou moins
de noblesse (1). Les fautes des Papes, infiniment

1. La noblesse n'étant qu'*un prolongement de la souveraineté*, MAGNUM JOVIS
INCREMENTUM, elle répète en diminutif tous les caractères de sa mère, et n'est
surtout ni plus ni moins humaine qu'elle ; car c'est une erreur de croire que, à
proprement parler, les souverains puissent anoblir; ils peuvent seulement sanc-
tionner les anoblissements naturels. La véritable noblesse est la gardienne naturelle de la religion; elle est parente du sacerdoce et ne cesse de le protéger.
Appius Claudius s'écriait dans le sénat romain : « *La religion appartient aux
patriciens*, AUSPICIA SUNT PATRUM. » Et Bourdaloue, quatorze siècles plus tard,
disait dans une chaire chrétienne : « La sainteté, pour être éminente, ne trouve
point de fond qui lui soit propre que la grandeur. » (*Serm. sur la Concep.*,
p. 11.) C'est la même idée revêtue de part et d'autre des couleurs du siècle.
Malheur au peuple chez qui les nobles abandonnent les dogmes nationaux !
La France, qui donna tous les grands exemples en bien et en mal, vient de le
prouver au monde : car cette bacchante qu'on appelle *révolution française*, et
qui n'a fait encore que changer d'habit, est une fille née du commerce impie
de la noblesse française avec le *philosophisme* dans le dix-huit'ème siècle. Les
disciples de l'Alcoran disent « qu'un des signes de la fin du monde sera l'avan-
« cement des personnes de basse condition aux dignités éminentes. » (Pococke
cité par Sale, *Obst. hist. et crit. sur le Mahom.*, ·ect. IV.) C'est une exagération orientale qu'une femme de beaucoup d'esprit a réduite à la mesure européenne. (Lady Mary Wortley, Montagne's Works, t. IV, p. 223, 224.) Ce qui
paraît sûr, c'est que pour la noblesse comme pour la souveraineté, il y a une
relation cachée entre la religion et la durée des familles. L'auteur anonyme
d'un roman anglais intitulé le *Forester*, dont je n'ai pu lire que des extraits,
a fait, sur la décadence des familles et les variations de la propriété en Angle-

exagérées ou mal représentées, et qui ont tourné en général au profit des hommes, ne sont d'ailleurs que l'alliage humain, inséparable de toute *mixtion* temporelle ; et quand on a tout bien examiné et pesé dans les balances de la plus froide et de la plus impartiale philosophie, il reste démontré *que les Papes furent les instituteurs, les tuteurs, les sauveurs, et les véritables génies constituants de l'Europe.*

Au reste, comme tout gouvernement imaginable a ses défauts, je ne nie point que le régime sacerdotal n'ait les siens dans l'ordre politique ; mais je propose sur ce point au bon sens européen deux réflexions qui m'ont toujours paru du plus grand poids.

La première est que ce gouvernement ne doit point être jugé en lui-même, mais dans son rapport avec le monde catholique. S'il est nécessaire, comme il l'est évidemment, pour maintenir l'ensemble et l'unité, pour faire, s'il est permis de s'exprimer ainsi, circuler le même sang dans les dernières veines d'un corps immense, toutes les imperfections qui résulteraient de cette espèce de théocratie romaine dans l'ordre politique ne doivent plus être considérées que comme l'humidité, par exemple, produite par une machine à vapeur dans le bâtiment qui la renferme.

La seconde réflexion, c'est que le gouvernement des Papes est une monarchie semblable à toutes les autres, si on ne la considère simplement que comme

terre, de singulières observations, que je rappelle sans avoir le droit de les juger. « Il faut bien, dit-il, qu'il y ait quelque chose de radicalement et « d'*alarmiquement* mauvais dans un système qui, en un siècle, a plus détruit « la succession héréditaire et les noms connus que toutes les dévastations « produites par les guerres civiles d'York et de Lancastre et du règne de « Charles Iᵉʳ ne l'avaient fait peut-être dans les trois siècles précédents pris « ensemble, etc. » (*Anti-Jacobin Rev. and Magazine*, nov. 1803, n° LVIII, p. 249.) Si les anciennes races anglaises avaient réellement péri depuis un siècle environ en nombre *alarmiquement* considérable (ce que je n'ose point affirmer sur un témoignage unique), ce ne serait que l'effet accéléré, et par conséquent plus visible d'un jugement dont l'exécution aurait néanmoins commencé d'abord après la faute. Pourquoi la noblesse ne serait-elle pas *moins conservée* après avoir renoncé à la religion conservatrice ? Pourquoi serait-elle traitée mieux que ses maîtres dont les règnes ont été abrégés ?

gouvernement d'un seul. Or, quels maux ne résultent pas de la monarchie la mieux constituée ? Tous les livres de morale regorgent de sarcasmes contre la cour et les courtisans. On ne tarit pas sur la duplicité, sur la perfidie, sur la corruption des gens de la cour, et Voltaire ne pensait sûrement pas aux Papes, lorsqu'il s'écriait avec tant de décence :

O sagesse du ciel ! je te crois très profonde,
Mais à quels plats tyrans as-tu livré le monde (1) ?

Cependant, lorsqu'on a épuisé tous les genres de critique, et qu'on a jeté, comme il est juste, dans l'autre bassin de la balance tous les avantages de la monarchie, quel est enfin le dernier résultat ? *C'est le meilleur, le plus durable des gouvernements, et le plus naturel à l'homme.* Jugeons de même la cour romaine. C'est une monarchie, la seule forme de gouvernement possible pour régir l'Église catholique ; et, quelle que soit la supériorité de cette monarchie sur les autres (2), il est impossible que les passions humaines ne s'agitent pas autour d'un foyer quelconque de puissance, et n'y laissent pas de preuves de leur action, qui n'empêchent point le gouvernement du Pape d'être la plus douce, la plus pacifique et la plus morale de toutes les monarchies, comme les maux bien plus grands, enfantés par la monarchie séculière, ne l'empêchent pas d'être le meilleur des gouvernements.

1. Il a dit, au contraire, en parlant de Rome moderne :

Les citoyens, en paix sagement gouvernés,
Ne sont plus conquérants et sont plus fortunés.

2. Le gouvernement du Pape est le seul dans l'univers qui n'ait jamais eu de modèle comme il ne doit jamais avoir d'imitation. C'est une monarchie élective dont le titulaire, toujours vieux et toujours célibataire, est élu par un petit nombre d'électeurs élus par ses prédécesseurs, tous célibataires comme lui, et choisis sans aucun égard nécessaire à la naissance, aux richesses, ni même à la patrie. Si l'on examine attentivement cette forme de gouvernement, on prouvera qu'elle exclut les inconvénients de la monarchie élective sans perdre les avantages de la monarchie héréditaire.

En terminant cette discussion, je déclare protester également contre toute espèce d'exagération. Que la puissance pontificale soit retenue dans ses justes bornes ; mais que ces bornes ne soient pas arrachées et déplacées au gré de la passion et de l'ignorance ; qu'on ne vienne pas surtout alarmer l'opinion par de vaines terreurs : loin qu'il faille craindre dans ce moment les excès de la puissance spirituelle, c'est tout le contraire qu'il'faut craindre, c'est-à-dire que les Papes manquent de la force nécessaire pour soulever le fardeau immense qui leur est imposé, et qu'à force de plier, ils ne perdent enfin la puissance comme l'habitude de résister. Qu'on leur accorde, de bonne foi, ce qui leur est dû ; de son côté, le Souverain Pontife sait ce qu'il doit à l'autorité temporelle, qui n'aura jamais de défenseur plus intrépide et plus puissant que lui. Mais il faut aussi qu'il sache défendre ses droits ; et si quelque prince, par un trait de sagesse égale à celle de ce fils de famille qui menaçait son père de se faire pendre pour le déshonorer, osait menacer le sien d'un schisme, pour extorquer de lui quelque faiblesse, le successeur de saint Pierre pourrait fort bien lui répondre ce qui est écrit déjà depuis longtemps :

« Voulez-vous m'abandonner ? Eh bien, partez !
« Suivez la passion qui vous entraîne ; n'attendez pas
« que, pour vous retenir auprès de moi, je descende
« jusqu'aux supplications. Partez ! pour me rendre
« l'honneur qui m'est dû, d'autres hommes me res-
« teront. MAIS SURTOUT, DIEU ME RESTERA (1). »
Le prince y penserait !

---

1. Φεῦγε μαλ', εἴ τοι θυμὸς ἐπέσσυται' οὐδέ σ'ἔγωγε
Λίσσομαι εἴνεκ' ἐμεῖο μένειν' παρ' ἔμοιγε καὶ ἄλλοι,
Οἵ κέ με τιμήσουσι' ΜΑΔΙΣΓΑ ΔΕ ΜΗΤΙΕΤΑ ΖΕΥΣ.

(Homère, *Iliade*, I. 173-175.)

LIVRE QUATRIÈME

CHAPITRE PREMIER

Que toute Église schismatique est protestante. — Affinité
des deux systèmes. — Témoignage de l'Église russe.

C'est une vérité fondamentale dans toutes les questions de religion, *que toute Église qui n'est pas catholique est protestante*. C'est en vain qu'on a voulu
mettre une distinction entre les Églises schismatiques et hérétiques. Je sais bien ce qu'on veut dire ;
mais, dans le fond, toute la différence ne tient qu'aux
mots, et tout chrétien qui rejette la communion du
Saint-Père est protestant ou le sera bientôt.

Qu'est-ce qu'un protestant ? C'est un homme qui
proteste ; or, qu'importe qu'il proteste contre un ou
plusieurs dogmes, contre celui-ci, ou contre celui-là ?
Il peut être plus ou moins *protestant*, mais toujours
il *proteste*.

Quel observateur n'a pas été frappé de l'extrême faveur dont le protestantisme jouit parmi le clergé
russe, quoique, si l'on tenait aux dogmes écrits, il dût
être haï sur la Néva comme sur le Tibre ? C'est que
toutes les sociétés séparées se réunissent dans la haine
de l'unité qui les écrase. Chacune d'elles a donc écrit
sur ses drapeaux :

Tout ennemi de Rome est mon ami.

Pierre Ier ayant fait imprimer pour ses sujets, au

commencement du siècle dernier, un catéchisme con-
tenant tous les dogmes qu'il approuvait, cette pièce
fut traduite en anglais (1), en l'année 1725, avec une
préface qui mérite d'être citée :

« Ce catéchisme, dit le traducteur, *respire le génie*
« *du grand homme par les ordres duquel il fut com-*
« *posé* (2). Ce prince a vaincu deux ennemis plus
« terribles que les Suédois et les Tartares ; je veux
« dire la superstition et l'ignorance favorisées encore
« par l'habitude la plus obstinée et la plus insatiable...
« Je me flatte que cette traduction rendra plus facile
« le rapprochement des évêques anglais et russes,
« afin que par leur réunion ils deviennent plus capa-
« bles de renverser *les desseins atroces et sangui-*
« *naires du clergé romain* (3)... Les Russes et les ré-
« formés s'accordent sur PLUSIEURS articles de foi,
« autant qu'ils diffèrent de l'Église romaine (4)... Les
« premiers nient le purgatoire (5).... ; et notre compa-
« triote *Covel*, docteur de Cambridge, a prouvé docte-
« ment, dans ses Mémoires sur l'Église grecque, com-
« *bien la transsubstantiation des Latins diffère de la*
« *cène grecque* (6). »

1. *The Russian Catechism, composed and published by the order of the*
CZAR; *to which is annexed a short account of the church-government and*
ceremonies of the Moscovites. (London, Meadows, 1725, in-8, by Jenkin. Thom.
Philipps, p. 4 et 66.)

2. Le traducteur parle ici d'un catéchisme comme il parlerait d'un ukase que
l'empereur aurait publié sur le droit ou la police. Cette opinion, qui est juste,
doit être remarquée.

3. On pourrait s'étonner qu'en 1725 on pût encore réimprimer en Angleterre
une extravagance de cette force. Je prendrai néanmoins l'engagement de montrer des passages encore plus merveilleux dans les ouvrages des premiers docteurs anglais de nos jours.

4. Sur ce point le traducteur a tort et il a raison. Il a tort, si l'on s'en tient
aux professions de foi écrites, qui sont les mêmes, à peu de chose près, pour les
Eglises latine et russe, et diffèrent également des confessions protestantes ; mais
si l'on en vient à la pratique et à la croyance intérieure, le traducteur a raison.
Chaque jour la foi dite *grecque* s'éloigne de Rome et s'approche de Wittemberg.

5. Je n'en sais rien, et je crois en ma conscience que le clergé russe ne le
sait pas mieux que moi.

6. On entend ici des théologiens anglicans affirmer que déjà, au commencement du dernier siècle, la foi de l'Eglise romaine et celle de l'Eglise russe sur
l'article de l'Eucharistie n'étaient plus les mêmes. On se plaindrait donc à tort
des préjugés catholiques sur cet article.

Quelle tendresse et quelle confiance ! La fraternité
est évidente. C'est ici que la puissance de la haine se
fait sentir d'une manière véritablement effrayante.
L'Église russe professe comme la nôtre la présence
réelle, la nécessité de la confession et de l'absolution
sacerdotale, le même nombre de sacrements, la
réalité du sacrifice eucharistique, l'invocation des
Saints, le culte des images, etc. ; le protestantisme,
au contraire, fait profession de rejeter et même
d'abhorrer ces dogmes et ces usages, néanmoins, s'il
les rencontre dans une Église séparée de Rome, il
n'en est plus choqué. Ce culte des images surtout,
si solennellement déclaré *idolâtrique*, perd tout son
venin, quand il serait même exagéré au point d'être
devenu à peu près toute la religion. Le Russe est
séparé du Saint-Siège ; c'en est assez pour le protestant ; celui-ci ne voit plus en lui qu'un frère, qu'un
autre protestant ; tous les dogmes sont nuls, excepté
la haine de Rome. Cette haine est le lien unique, mais
universel, de toutes les Églises séparées.

Un archevêque de Twer, mort il y a seulement deux
ou trois ans, publia en 1805 un ouvrage historique en
latin, sur les quatre premiers siècles du christianisme,
et dans ce livre que j'ai déjà cité sur le célibat, il
avance sans détour *qu'une grande partie du clergé
russe est calviniste* (1). Ce texte n'est pas équivoque.

Le clergé n'étudie dans tout le cours de son éducation ecclésiastique que des livres protestants ; une
habitude haineuse l'écarte des livres catholiques,
malgré l'extrême affinité des dogmes. *Bingham* sur-

1. Ou, si l'on veut s'exprimer mot à mot, « qu'une grande partie du clergé
« russe chérit et célèbre à l'excès le système calviniste. » — *Hæc sane est disci-
plina illa* (*Calvini*), *quem* PLURIMI DE NOSTRIS (sic) *tantopere laudant deamant-
que.* (Methodii, archiep. Twer, *Liber historicus de rebus in primitiva Eccl
christ.*, etc., in-4, Mosquæ 1805, typis sanctissimæ synodi, cap. VI, sect. 1,
§ 79, p. 168.) Tout homme qui a pu voir les choses de près ne doutera pas que
par ces mots PLURIMI DE NOSTRIS, il ne faille entendre tout prêtre de cette Église
qui sait le latin ou le français, à moins que dans le fond de son cœur, il ne
penche d'un côté tout opposé, ce qui n'est pas inouï parmi les gens instruits de
cet ordre.

tout est son oracle, et la chose est portée au point que
le prélat que je viens de citer en appelle très sérieusement à Bingham, pour établir que *l'Eglise russe
n'enseigne que la pure foi des Apôtres* (1).

C'est un spectacle bien extraordinaire et bien peu
connu dans le reste de l'Europe, que celui d'un évêque
russe qui, pour établir la parfaite orthodoxie de son
Église, en appelle au témoignage d'un docteur protestant.

Et lui-même, après avoir blâmé pour la forme ce
penchant au calvinisme, ne laisse pas d'appeler Calvin
UN GRAND HOMME (2) ; expression étrange dans la
bouche d'un évêque parlant d'un hérésiarque, et qui
ne lui est jamais échappée, dans tout son livre, à
l'égard d'un docteur catholique.

Ailleurs, il nous dit que, *pendant quinze siècles, la
doctrine de Calvin, fut* PRESQUE *inconnue dans
l'Eglise* (3). Cette modification paraîtra encore
curieuse ; mais dans le reste du livre il se gêne encore
moins ; il attaque ouvertement la doctrine des sacrements, et se montre tout à fait calviniste.

L'ouvrage, comme je l'ai déjà observé, étant sorti
des presses mêmes du synode, avec son approbation
expresse, nul doute qu'il ne représente la doctrine
générale du clergé, sauf les exceptions que j'honore.

Je pourrais citer d'autres témoignages non moins
décisifs ; mais il faut se borner. Je n'affirme pas seulement que l'Église dont il s'agit est protestante,
j'affirme de plus qu'elle l'est nécessairement, et que
Dieu ne serait pas Dieu si elle ne l'était pas. Le lien de
l'unité étant une fois rompu, il n'y a plus de tribunal

---

1. Methodius, *Liber historicus*, etc., sect. I, p. 206, note 2.
2. MAGNUM VIRUM, *ibid.*, p. 168.
3. *Doctrinam Calvini per M.-D. ann. in Ecclesia Christi* PENE *inauditam*
(Ibid.). L'archevêque de Twer a publié cet ouvrage en latin, sûr de n'être
critiqué ni par ses confrères, qui ne révéleraient jamais un secret de famille,
ni par les gens du monde, qui ne l'entendraient pas, et qui d'ailleurs ne s'em-
barrasseraient pas plus des opinions du prélat que de sa personne. On ne peut
se former une idée de l'indifférence russe pour ces sortes d'hommes et de choses
si l'on n'en a été témoin.

commun, ni par conséquent de règle de foi invariable.
Tout se réduit au jugement particulier et à la suprématie civile, qui constituent l'essence du protestantisme.

L'enseignement n'inspirant d'ailleurs aucune alarme
en Russie, et le même empire renfermant près de
trois millions de sujets protestants, les novateurs de
tous les genres ont su profiter de cet avantage pour
insinuer librement leurs opinions dans tous les ordres
de l'État, et tous sont d'accord, même sans le savoir ;
car tous *protestent* contre le Saint-Siège, ce qui suffit
à la fraternité commune.

CHAPITRE II

Sur la prétendue invariabilité du dogme chez les Églises séparées dans le douzième siècle.

Plusieurs catholiques, en déplorant notre funeste
séparation d'avec les Églises *photiennes*, leur font
cependant l'honneur de croire que, hors le petit
nombre de points contestés, elles ont conservé le
dépôt de la foi dans toute son intégrité. Elles-mêmes
s'en vantent, et parlent avec emphase de leur invariable *orthodoxie*.

Cette opinion mérite d'être examinée, parce qu'en
l'éclaircissant on se trouve conduit à de grandes vérités.

Toutes ces Églises séparées du Saint-Siège, au commencement du douzième siècle, peuvent être comparées à des cadavres gelés dont le froid a conservé
les formes. Ce froid est l'ignorance, qui devait durer
pour elles plus que pour nous ; car il a plu à Dieu,
pour des raisons qui méritent d'être approfondies, de
concentrer, jusqu'à nouvel ordre, toute la science
humaine dans nos régions occidentales.

Mais dès que le vent de la science, qui est chaud, viendra à souffler sur ces Églises, il arrivera ce qui doit arriver suivant les lois de la nature : les formes antiques se dissoudront, et il ne restera que de la poussière.

Je n'ai jamais habité la Grèce, ni aucune contrée de l'Asie, mais j'ai longtemps habité le monde, et j'ai le bonheur d'en connaître quelques lois. Un mathématicien serait bien malheureux s'il était obligé de calculer l'un après l'autre tous les termes d'une longue série ; pour ce cas et pour tant d'autres, il y a des formules qui expédient le travail. Je n'ai donc aucun besoin de savoir (quoique je n'avoue point que je ne le sais pas) ce qui se fait et ce qui se croit ici ou là. Je sais, et cela me suffit, que si la science y a fait son entrée, la foi en a disparu ; ce qui ne s'entend point, comme on le sent assez, d'un changement subit, mais graduel, suivant une autre loi de la nature qui n'admet point les *sauts*, comme dit l'école. — Voici donc la loi aussi sûre, aussi invariable que son auteur :

AUCUNE RELIGION, EXCEPTÉ UNE, NE PEUT SUPPORTER L'ÉPREUVE
DE LA SCIENCE.

Cet oracle est plus sûr que celui de Calchas.

La science est une espèce d'acide qui dissout tous les métaux, *excepté l'or*.

Où sont les professions de foi du seizième siècle ? — Dans les livres. Nous n'avons cessé de dire aux protestants : *Vous ne pouvez vous arrêter sur les flancs d'un précipice rapide, vous roulerez jusqu'au fond.* Les prédictions catholiques se trouvent aujourd'hui parfaitement justifiées. Que ceux qui n'ont fait encore que trois ou quatre pas sur cette même pente ne viennent point nous vanter leur prétendue immobilité : ils verront bientôt ce que c'est que le mouvement accéléré.

J'en jure par l'éternelle vérité, et nulle conscience

européenne ne me contredira, *la science et la foi ne
s'allieront jamais hors de l'unité.*

On sait ce que dit un jour le bon La Fontaine en rendant le Nouveau Testament à un ami qui l'avait
engagé à le lire : *J'ai lu votre Nouveau Testament,
c'est un assez bon livre.* C'est à cette confession, si
l'on y prend bien garde, que se réduit à peu près la
foi protestante ; à je ne sais quel sentiment vague et
confus qu'on exprimerait fort bien par ce peu de
mots :

*Il pourrait y avoir quelque chose de divin dans le
christianisme.*

Mais lorsqu'on en viendra à une profession de foi
détaillée, personne ne sera d'accord. Les anciennes
formules ecclésiastiques reposent dans les livres ; on
les signe aujourd'hui parce qu'on les signait hier ;
mais qu'est-ce que cela signifie pour la conscience ?

Ce qu'il est bien important d'observer, c'est que les
Églises *photiennes* sont plus éloignées de la vérité
que les autres Églises protestantes ; car celles-ci ont
parcouru le cercle de l'erreur, au lieu que les autres
commencent seulement à le parcourir, et doivent par
conséquent passer par le calvinisme, peut-être même
par le socinianisme, avant de remonter à l'unité. Tout
ami de cette unité doit donc désirer que l'antique
édifice achève de crouler incessamment chez ces peuples séparés, sous les coups de la science protestante,
afin que la place demeure vide pour la vérité.

Il y a cependant une grande chance en faveur des
Églises dites *schismatiques*, et qui peut extrêmement
accélérer leur retour ; c'est celui des protestants, qui
est déjà fort avancé, et qui peut être hâté plus que
nous ne le croyons par un désir ardent et pur, séparé
de tout esprit d'orgueil et de contention.

On ne saurait croire à quel point les Églises dites
simplement *schismatiques* s'appuient à la révolte et à
la science protestante. Ah ! si jamais la même foi parlait seulement anglais et français, en un clin d'œil

l'obstination contre cette foi deviendrait dans toute l'Europe un véritable ridicule, et pourquoi ne le dirais-je pas ? *un mauvais ton.*

J'ai dit pourquoi on ne devrait attacher aucun mérite à la conservation de la foi parmi les Églises *photiennes*, quand même elle serait réelle ; c'est parce qu'elles n'auraient point subi l'épreuve de la science : *le grand acide* ne les a pas touchées. D'ailleurs, que signifie ce mot de *foi*, et qu'a-t-il de commun avec les formes extérieures et les confessions écrites ? S'agit-il entre nous de savoir ce qui est écrit ?

———

CHAPITRE III

Autres considérations tirées de la position des Églises. — Remarques particulières sur les sectes d'Angleterre et de Russie.

Voici encore une autre loi de la nature : *Rien ne s'altère que par mixtion, et jamais il n'y a mixtion sans affinité.* Les Églises photiennes sont conservées au milieu du mahométisme comme un insecte est conservé dans l'ambre. Comment seraient-elles altérées, puisqu'elles ne sont touchées par rien de ce qui peut s'unir avec elles ? Entre le mahométisme et le christianisme, il ne peut y avoir de mélange. Mais si l'on exposait ces Églises à l'action du protestantisme ou du catholicisme avec un *feu de science* suffisant, elles disparaîtraient presque subitement.

Or, comme les nations peuvent aujourd'hui, au moyen des langues, se toucher à distance, bientôt nous serons témoins de la grande expérience déjà fort avancée en Russie. Nos langues atteindront ces nations qui nous vantent leur foi reliée en parchemin, et dans un clin d'œil nous les verrons boire à longs traits toutes les erreurs de l'Europe. — Mais alors

nous en serons dégoûtés, ce qui rendra probablement leur délire plus court.

Lorsque l'on considère les épreuves qu'a subies
l'Église romaine par les attaques de l'hérésie et par le
mélange des nations barbares qui s'est opéré dans
son sein, on demeure frappé d'admiration en voyant
qu'au milieu de ces épouvantables révolutions, tous
ses titres sont intacts et remontent aux apôtres. Si elle
a changé certaines choses dans les formes extérieures,
c'est une preuve qu'elle vit ; car tout ce qui vit dans
l'univers change, suivant les circonstances, en tout
ce qui ne tient point aux essences. Dieu, qui se les est
réservées, a livré les formes au temps pour en disposer suivant certaines règles. Cette variation dont
je parle est même le signe indispensable de la vie,
l'immobilité absolue n'appartenant qu'à la mort.

Soumettez un de ces peuples séparés à une révolution semblable à celle qui a désolé la France durant
vingt-cinq ans ; supposez qu'un pouvoir tyrannique
s'acharne sur l'Église, égorge, dépouille, disperse les
prêtres ; qu'il tolère surtout et favorise tous les cultes, excepté le culte national ; celui-ci disparaîtra
comme une fumée.

La France, après l'horrible révolution qu'elle a
soufferte, est demeurée catholique, c'est-à-dire que
tout ce qui n'est pas demeuré catholique n'est rien.
Telle est la force de la vérité soumise à une épreuve
terrible. L'*homme*, sans doute, a pu en être altéré ;
mais la *doctrine* nullement, parce qu'elle est inaltérable dans sa nature.

Le contraire arrive à toutes les religions fausses.
Dès que l'ignorance cesse de maintenir leurs formes,
et qu'elles sont attaquées par les doctrines philosophiques, elles entrent dans un état de véritable dissolution et marchent vers l'anéantissement absolu
par un mouvement sensiblement accéléré.

Et comme la putréfaction des grands corps organisés produit d'innombrables *sectes* de reptiles fan-

geux, les religions nationales qui se putréfient produisent de même une foule d'*insectes* religieux qui traînent sur le même sol les restes d'une vie divisée, imparfaite et dégoûtante.

C'est ce qu'on peut observer de tout côté ; et c'est par là que l'Angleterre et la Russie surtout peuvent s'expliquer à elles-mêmes le nombre et l'inépuisable fécondité des *sectes* qui pullulent dans leur vaste sein. Elles naissent de la putréfaction d'un grand corps : c'est l'ordre de la nature.

L'Eglise russe, en particulier, porte dans son sein plus d'ennemis que toute autre ; le protestantisme la pénètre de toutes parts. Le *rascolnisme* (1), qu'on pourrait appeler l'*illuminisme* des campagnes; se

1. On pourrait écrire un mémoire intéressant sur ces *rascolnics*. Renfermé dans les bornes étroites d'une note, je n'en dirai que ce qui est absolument indispensable pour me faire entendre. Le mot de *rascolnic*, dans la langue russe, signifie, au pied de la lettre, *schismatique*. La scission désignée par cette expression générique a pris naissance dans une ancienne traduction de la Bible, à laquelle les *rascolnics* tiennent infiniment, et qui contient des textes altérés, suivant eux, dans la version dont l'Eglise russe fait usage. C'est sur ce fondement qu'ils se nomment eux-mêmes (et qui pourrait les en empêcher ?) *hommes de l'antique foi, vieux croyants* (staroversi). Partout où le peuple, possédant pour son malheur l'Écriture sainte en langue vulgaire, s'avise de la lire et de l'interpréter, aucune aberration de l'esprit particulier ne doit étonner. Il serait trop long de détailler les nombreuses superstitions qui sont venues se joindre aux griefs primitifs de ces hommes égarés. Bientôt la secte originelle s'est divisée et subdivisée, comme il arrive toujours, au point que, dans ce moment, il y a peut-être en Russie quarante sectes de *rascolnics*. Toutes sont extravagantes, et quelques-unes abominables. Au surplus, les *rascolnics* en masse *protestent* contre l'Eglise russe, comme celle-ci proteste contre l'Eglise romaine. De part et d'autre c'est le même motif, le même raisonnement et le même droit ; de manière que toute plainte de la part de l'autorité dominante serait ridicule. Le *rascolnisme* n'alarme ni ne choque la nation en corps, pas plus que toute autre religion fausse ; les hautes classes ne s'en occupent que pour en rire. Quant au sacerdoce, il n'entreprend rien sur les dissidents, parce qu'il sent son impuissance, et que, d'ailleurs, l'esprit de prosélytisme doit lui manquer par essence. Le *rascolnisme* ne sort point de la classe du peuple ; mais le peuple est bien quelque chose, *ne fût-il même que de trente millions*. Des hommes qui se prétendent instruits portent déjà le nombre de ses sectaires au septième de ce nombre, à peu près, ce que je n'affirme point. Le gouvernement, qui seul sait à quoi s'en tenir, n'en dit rien, et fait bien. Il use, au reste, à l'égard des *rascolnics*, d'une prudence, d'une modération, d'une bonté sans égales, et, quand même il en résulterait des conséquences malheureuses, ce qu'à Dieu ne plaise : il pourrait toujours se consoler en pensant que la sévérité n'aurait pas mieux réussi.

renforce chaque jour : déjà ses enfants se comptent
par millions, et les lois n'oseraient plus se compro-
mettre avec lui. L'*illuminisme*, qui est le *rascolnisme*
des salons, s'attache aux chairs délicates que la main
grossière du rascòlnic ne saurait atteindre. D'autres
puissances encore plus dangereuses agissent de leur
côté, et toutes se multiplient aux dépens de la masse
qu'elles dévorent. Il y a certainement de grandes diffé
rences entre les sectes anglaises et les sectes russes ;
mais le principe est le même. C'est la religion nationale qui laisse échapper la vie, et les *insectes* s'en
emparent.

Pourquoi ne voyons-nous pas des sectes se former
en France, par exemple, en Italie, etc. ? Parce que la
religion y vit tout entière, et ne cède rien. On pourra
bien voir à côté d'elle l'incrédulité absolue, comme on
peut voir un cadavre à côté d'un homme vivant ; mais
jamais elle ne produira rien d'impur hors d'elle-
même, puisque toute sa vie lui appartient. Elle
pourra, au contraire, se propager et se multiplier en
d'autres hommes chez qui elle sera encore *elle-
même*, sans affaiblissement ni diminution, comme la
lumière d'un flambeau passe à mille autres.

CHAPITRE IV

Sur le nom de *photiennes*, appliqué aux Églises schismatiques.

Quelques lecteurs remarqueront peut-être avec une
certaine surprise l'épithète de *photiennes* dont je me
suis constamment servi pour désigner les Églises séparées de l'unité chrétienne par le schisme de *Photius*.
S'ils y voyaient la plus légère envie d'offenser, ou le
plus léger signe de mépris, ils se tromperaient fort
sur mes intentions. Il ne s'agit pour moi que de

donner aux choses un nom vrai, ce qui est un point de
la plus haute importance. J'ai dit plus haut, et rien
n'est plus évident, que toute Église séparée de Rome
est protestante. En effet, qu'elle *proteste* aujourd'hui
ou qu'elle ait *protesté* hier, qu'elle *proteste* sur un
dogme, sur deux ou sur dix, toujours est-il vrai qu'elle
proteste contre l'unité et contre l'autorité universelle.
Photius était né dans cette unité ; il reconnaissait si
bien l'autorité du Pape, que c'est au Pape qu'il
demanda avec tant d'instance le titre de *Patriarche
œcuménique*, absurde dès qu'il n'est pas unique. Il ne
rompit même avec le Souverain Pontife que parce
qu'il ne put en obtenir ce grand titre qu'il ambition-
nait. Car, il est bien essentiel de l'observer, jamais il
ne fut question de dogme entre nous au commencement de la grande et funeste scission. C'est après
qu'elle fut opérée, que, pour lui donner une base
plausible, on en vint aux disputes de dogme. L'addition du *Filioque*, faite au Symbole, ne nous avait nullement brouillés avec les Grecs. Les Églises latines,
établies en grand nombre à Constantinople, chan-
taient le Symbole sans exciter le moindre scandale.
Que veut-on de plus ? Deux conciles œcuméniques
furent tenus à Constantinople depuis l'addition du
Filioque, sans aucune plainte de la part des Orientaux (1). Ces faits ne doivent point être répétés pour

1. Puisqu'il s'agit du *Filioque*, on accordera peut-être quelque attention à
l'observation suivante. On reconnaît le rôle que joua le platonisme dans les
premiers siècles du christianisme. Or, l'école de Platon soutenait que *la seconde
personne* de sa fameuse trinité *procédait de la première, et la troisième de la
seconde*. Pour être bref, je supprime les autorités, qui sont incontestables.
Arius, qui avait beaucoup hanté les platoniciens, quoique, dans le fond, il fût,
sur la Divinité, moins orthodoxe qu'eux ; Arius, dis-je, s'accommodait fort de
cette idée ; car son intérêt était d'accorder tout au Fils, excepté la *consubstan-
tialité*. Les ariens devaient donc soutenir volontiers avec les platoniciens (quoique partant de principes différents) *que le Saint-Esprit procédait du fils*. Macédonius, dont l'hérésie n'était qu'une conséquence nécessaire de celle d'Arius,
vint ensuite, et se trouvait porté par son système à la même croyance. Abusant
du célèbre passage: *Tout a été fait par lui, et sans lui rien ne fut fait*, il en
concluait que le Saint-Esprit était une production du *Fils, qui avait tout fait*.
Cette opinion étant donc commune aux ariens de toutes les classes, aux macédoniens et à tous les amateurs du platonisme, c'est-à-dire, en réunissant ces

les théologiens qui ne peuvent les ignorer, mais pour
les gens du monde qui s'en doutent peu dans les pays
même où il serait si important de les savoir.

Photius *protesta* donc, comme l'ont fait depuis les
Églises du seizième siècle, de manière qu'il n'y a
entre toutes les Églises dissidentes d'autres différences que celles qui résultent du nombre des dogmes
en litige. Quant au principe, il est le même. C'est une
insurrection contre l'Église mère, qu'on accuse
d'erreur ou d'usurpation. Or, le principe étant le
même, les conséquences ne peuvent différer que par
les dates. Il faut que tous les dogmes disparaissent
l'un après l'autre, et que toutes ces Églises se trouvent à la fin sociniennes ; l'apostasie commençant
toujours et s'accomplissant d'abord dans le clergé,
ce que je recommande à l'attention des observateurs.

Quant à l'invariabilité des dogmes écrits, des formules nationales, des vêtements, des mitres, des
crosses, des génuflexions, des inclinations, des signes
de croix, etc., je n'ajouterai qu'un mot à ce que j'ai dit
plus haut. César et Cicéron, s'ils avaient pu vivre
jusqu'à nos jours, seraient vêtus comme nous : leurs
statues porteront éternellement la toge et le laticlave.

Toute Église séparée étant donc *protestante*, il est
juste de les renfermer toutes sous la même dénomination. De plus, comme les Églises protestantes
se distinguent entre elles par le nom de leur fondateur, par celui des nations qui reçurent la prétendue
réforme, en plus ou en moins, ou par quelque symptôme particulier de la maladie générale, de manière

---

différentes classes à une portion formidable des hommes instruits alors exis-
tants, le premier concile de Constantinople devait la condamner solennellement,
et c'est ce qu'il fit en déclarant la procession *ex Patre.* Quant à la procession
ex Filio, il n'en parla pas, parce qu'il n'en était pas question, parce que personne ne la niait ; et *parce que l'on ne le croyait que trop*, s'il est permis de
s'exprimer ainsi. Tel est le point de vue sous lequel il faut, ce me semble,
envisager la décision du concile, ce qui n'exclut aucun autre argument employé
dans cette question, décidée, d'ailleurs, avant toute discussion théologique,
par les arguments tirés de la plus solide ontologie.

que nous disons : *Il est calviniste, il est luthérien, il est anglican, il est méthodiste, il est baptiste*, etc., il faut aussi qu'une dénomination particulière distingue les Églises qui ont protesté dans le douzième siècle, et certes on ne trouvera pas de nom plus juste que celui qui se tire de l'auteur même du schisme. Il est de toute justice que ce funeste personnage donne son nom aux Églises qu'il a égarées. Elles sont donc *photiennes*, comme celle de Genève est *calviniste*, comme celle de Wittemberg est *luthérienne*. Je sais que ces dénominations particulières leur déplaisent (1), parce que la conscience leur dit que *toute religion qui porte le nom d'un homme ou d'un peuple est nécessairement fausse*. Or, que chaque Église séparée se donne chez elle les plus beaux noms possibles, c'est le privilège de l'orgueil national ou particulier : qui pourrait le lui disputer ?

 . . . . Orbis me sibilat, at mihi plaudo
Ipsa domi. . . . .

Mais toutes ces délicatesses de l'orgueil en souffrance nous sont étrangères, et ne doivent point être respectées par nous : c'est un devoir, au contraire, de tous les écrivains catholiques de ne jamais donner dans leurs écrits, aux Églises séparées par *Photius*, d'autre nom que celui de *photiennes ;* non par un esprit de haine et de ressentiment (Dieu nous préserve de pareilles bassesses !), mais, au contraire, par un esprit de justice, d'amour, de bienveillance universelle ; afin que ces Églises, continuellement rappelées à leur origine, y lisent constamment leur nullité.

1. *Quant au terme de* calviniste, *je sais qu'il en est parmi eux qui s'offen'sent quand on les appelle de ce nom.* (Perpétuité de la foi, XI, 2.) *Les* évangéliques, *que Tolland appelle* luthériens, *quoique plusieurs d'entre eux rejettent cette dénomination.* (Leibnitz, Œuvres, t. V, p. 142.) *On nomme préférablement* évangéliques, *en Allemagne, ceux que plusieurs appellent* luthériens **mal a propos.** (Le même, *Nouv. Essais sur l'entendement humain*, p. 461.) **Lisez très a propos.**

Le devoir dont je parle est surtout impérieusement prescrit aux écrivains français,

Quos penes arbitrium est et jus et norma loquendi,

l'éminente prérogative de *nommer les choses en Europe* leur étant visiblement confiée comme représentants de la nation dont ils sont les organes. Qu'ils se gardent bien de donner aux Églises *photiennes* les noms d'*Église grecque ou orientale :* il n'y a rien de si faux que ces dénominations. Elles étaient justes avant la scission, parce que alors elles ne signifiaient que les différences géographiques de plusieurs Églises réunies dans l'unité d'une même puissance suprême ; mais depuis que ces dénominations ont exprimé une existence indépendante, elles ne sont pas tolérables et ne doivent plus être mployées.

CHAPITRE V

Impossibilité de donner aux Églises séparées un nom commun qui exprime l'unité. — Principes de toute la discussion et prédilection de l'auteur.

Ceci me conduit au développement d'une vérité à laquelle on ne fait pas assez d'attention, quoiqu'elle en mérite beaucoup : c'est que toutes ces Églises ayant perdu l'unité, il est devenu impossible de les réunir sous un nom commun et *positif.* Les appellera-t-on *Église orientale ?* Il n'y a certainement rien de moins *oriental* que la Russie, qui forme cependant une portion *assez remarquable* de l'ensemble. Je dirais même que s'il fallait absolument mettre les noms et les choses en contradiction, j'aimerais mieux appeler *Église russe* tout cet assemblage d'Églises séparées. A la vérité, ce nom exclucrait la Grèce et le Levant ;

mais la puissance et la dignité de l'Empire couvri-
raient au moins le vice du langage, qui dans le fond
subsistera toujours. Dira-t-on, par exemple, *Église
grecque* au lieu d'*Église orientale ?* Le nom deviendra
encore plus faux. La Grèce est en Grèce, si je ne me
trompe.

Tant qu'on ne voyait dans le monde que Rome et
Constantinople, la division de l'Église suivait naturellement celle de l'Empire, et l'on disait l'*Église occi-
dentale* et l'*Église orientale*, comme on disait l'*empereur d'Occident* et l'*empereur d'Orient ;* et même
alors, il faut bien le remarquer, cette dénomination
eût été fausse et trompeuse si la même foi n'eût pas
réuni les deux Églises sous la suprématie d'un chef
commun, puisque, dans cette supposition, elles n'auraient point eu de nom commun, et qu'il ne s'agit
précisément que de ce nom, qui doit être catholique
et universel pour représenter l'unité totale.

Voilà pourquoi les Églises séparées de Rome n'ont
plus de nom commun et ne peuvent être désignées que
par un nom négatif qui déclare, non ce qu'elles sont,
mais ce qu'elles ne sont pas ; et, sous ce dernier rapport, le mot seul de *protestante* conviendra à toutes et
les renfermera toutes, parce qu'il embrasse très justement dans sa généralité toutes celles qui ont *protesté*
contre l'unité.

Que si l'on descend au détail, le titre de *photienne*
sera aussi juste que celui de *luthérienne, calviniste*, etc., tous ces noms désignant fort bien les différentes espèces de protestantisme réunies sous le genre
universel ; mais jamais on ne leur trouvera un nom
positif et général.

On sait que ces Églises se nomment elles-mêmes
orthodoxes, et c'est par la Russie que cette épithète
ambitieuse se fera lire en français dans l'Occident ;
car, jusqu'à nos jours, on s'est peu occupé parmi
nous de ces Églises *orthodoxes*, toute notre polémique
religieuse ne s'étant dirigée que contre les protes-

tants. Mais la Russie devenant tous les jours plus
européenne, et la langue universelle se trouvant absolument neutralisée dans ce grand empire, il est impossible que quelque plume russe, déterminée par une
de ces circonstances qu'on ne saurait prévoir, ne
dirige quelque attaque française sur l'Église romaine,
ce qui est fort à désirer, nul Russe ne pouvant écrire
contre cette Église sans prouver qu'il est *protestant.*

Alors, pour la première fois, nous entendrons
parler dans nos langues de l'*Église orthodoxe!* On
demandera de tout côté : Qu'est-ce que l'Église orthodoxe ? Et chaque chrétien de l'Occident, en disant :
C'est la mienne apparemment, se permettra de
tourner en ridicule l'erreur qui s'adresse à elle-même
un compliment qu'elle prend pour un nom.

Chacun étant libre de se donner le nom qui lui convient, *Laïs* en personne serait bien la maîtresse
d'écrire sur sa porte : *Hôtel d'Artémise.* Le grand
point est de forcer les autres à nous donner tel ou tel
nom, ce qui n'est pas tout à fait aussi aisé que de nous
en parer de notre propre autorité ; et cependant il
n'y a de vrai nom que le nom reconnu.

Ici se présente une observation importante. Comme
il est impossible de se donner un nom faux, il l'est
également de le donner à d'autres. Le parti protestant
n'a-t-il pas fait les plus grands efforts pour nous
donner celui de *papistes ?* Jamais, cependant, il n'a pu
y réussir, comme les Églises photiennes n'ont cessé
de se nommer *orthodoxes,* sans qu'un seul chrétien
étranger au schisme ait jamais consenti à les nommer
ainsi. Ce nom d'*orthodoxe* est demeuré ce qu'il sera
toujours, un compliment éminemment ridicule, puisqu'il n'est prononcé que par ceux qui se l'adressent à
eux-mêmes ; et celui de *papiste* est encore ce qu'il fut
toujours, une pure insulte, et une insulte de mauvais
ton, qui, chez les protestants mêmes, ne sort plus
d'une bouche distinguée.

Mais, pour terminer sur ce mot *orthodoxe,* quelle

Église ne se croit pas *orthodoxe*, et quelle Église accorde ce titre aux autres qui ne sont pas en communion avec elle ? Une grande et magnifique cité d'Europe se prête à une expérience intéressante que je propose à tous les penseurs. Un espace assez resserré y réunit des Églises de toutes les communions chrétiennes. On y voit une Église catholique, une Église russe, une Église arménienne, une Église calviniste, une Église luthérienne ; un peu plus loin se trouve l'Église anglicane ; il n'y manque, je crois, qu'une Église grecque. Dites donc au premier homme que vous rencontrerez sur votre route : *Montrez-moi l'Église* orthodoxe, chaque chrétien vous montrera la sienne, grande preuve déjà d'une *orthodoxie* commune. Mais si vous dites : *Montrez-moi l'Église* catholique, tous répondront : *La voilà !* et tous montreront la même. Grand et profond sujet de méditation ! *Elle seule a un nom* dont tout le monde convient, parce que ce nom devant exprimer l'unité qui ne se trouve que dans l'Église catholique, cette unité ne peut être ni méconnue où elle est, ni supposée où elle n'est pas. Amis et ennemis, tout le monde est d'accord sur ce point. Personne ne dispute sur le nom, qui est aussi évident que la chose. Depuis l'origine du christianisme, l'*Église* a porté le nom qu'elle porte aujourd'hui, et jamais son nom n'a varié ; aucune essence ne pouvant disparaître ou seulement s'altérer sans laisser échapper son nom. Si le protestantisme porte toujours le même, quoique sa foi ait immensément varié, c'est que son nom étant purement négatif et ne signifiant qu'une renonciation au catholicisme, moins il croira et plus il *protestera*, plus il sera lui-même. Son nom devenant donc tous les jours plus vrai, il doit subsister jusqu'au moment où il périra, comme l'ulcère périt avec le dernier atome de chair vivante qu'il a dévoré.

Le nom de *catholique* exprime, au contraire, une essence une réalité qui doit avoir un nom ; et comme hors de son cercle divin il ne peut y avoir d'unité religieuse, on pourra bien trouver hors de ce cercle des *Églises*, mais point du tout l'Église.

Jamais, jamais les Églises séparées ne pourront se donner un nom commun qui exprime l'unité, aucune puissance ne pouvant, j'espère, nommer le néant. Elles se donneront donc des noms nationaux ou des noms à prétention, qui ne manqueront jamais d'exprimer précisément la qualité qui manque à ces Églises. Elles se nommeront *réformée*, *évangélique*, *apostolique* (1), *anglicane*, *écossaise*, *orthodoxe*, etc., tous noms évidemment faux, et de plus accusateurs, parce qu'ils sont respectivement nouveaux, particuliers, et même ridicules pour toute oreille étrangère au parti qui se les attribue ; ce qui exclut toute idée d'unité, et par conséquent de vérité.

Règle générale. Toutes les sectes ont deux noms : l'un qu'elles se donnent, et l'autre qu'on leur donne. Ainsi les Églises photiennes, qui s'appellent elles-mêmes *orthodoxes*, sont nommées hors de chez elles *schismatiques*, *grecques* ou *orientales*, mots synonymes sans qu'on s'en doute. Les premiers réformateurs s'intitulèrent non moins courageusement *évangéliques*, et les seconds *réformés ;* mais tout ce qui n'est pas eux les nomme *luthériens* et *calvinistes*. Les anglicans, comme nous l'avons vu, essayent de s'appeler *apostoliques ;* mais toute l'Europe en rira et même une partie de l'Angleterre. Le rascolnic russe se donne le nom de *vieux croyant ;* mais, pour tout homme qui n'est pas rascolnic, il est *rascolnic ;* le catholique seul est appelé comme il s'appelle, et n'a qu'un nom pour tous les hommes.

---

1. L'Eglise anglicane, dont le bon sens et l'orgueil répugnent également à se voir en assez mauvaise compagnie, a imaginé depuis quelque temps de soutenir qu'elle n'est pas *protestante.* Quelques membres du clergé ont défendu ouvertement cette thèse ; et comme, dans cette supposition, ils se trouvaient *sans nom*, ils ont dit qu'ils étaient *apostoliques.* C'est un peu tard, comme on voit, pour se donner un nom, et l'Europe est devenue trop impertinente pour croire à cet ennoblissement. Le Parlement, au reste, laisse dire les *apostololiques*, et ne cesse de *protester* qu'il est *protestant.*

Celui qui n'accorderait aucune valeur à cette observation aurait peu médité le premier chapitre de la métaphysique première, celui des NOMS.

C'est une chose bien remarquable, que tout chrétien étant obligé de confesser, dans le Symbole, qu'*il croit à l'Église catholique*, néanmoins aucune Église dissidente n'a jamais osé se parer de ce titre et se nommer *catholique*, quoiqu'il n'y eût rien de si aisé que de dire : *C'est nous qui sommes catholiques, et que* la vérité d'ailleurs tienne évidemment à cette qualité de *catholique*. Mais dans cette occasion, comme dans mille autres, tous les calculs de l'ambition et de la politique cédaient à l'invincible conscience. Aucun novateur n'osa jamais usurper le nom de l'ÉGLISE ; soit qu'aucun d'eux n'ait réfléchi qu'il se condamnait en changeant de nom, soit que tous aient senti, quoique d'une manière obscure, l'absolue impossibilité d'une telle usurpation. Semblable à ce livre unique dont elle est la seule dépositaire et la seule interprète légitime, l'Église catholique est revêtue d'un caractère si *grand*, si *frappant*, si *parfaitement inimitable* (1), que personne ne songera jamais à lui disputer son nom, contre la conscience de l'univers.

Si donc un homme appartenant à l'une de ces Églises dissidentes prend la plume contre l'ÉGLISE, il doit être arrêté au titre même de son ouvrage. Il faut lui dire : *Qui êtes-vous ? comment vous appelez-vous ? d'où venez-vous ? pour qui parlez-vous ? — Pour l'Église, direz-vous. — Quelle Église ? celle de Constantinople, de Smyrne, de Bukharest, de Corfou, etc. ? Aucune Église ne peut être entendue contre l'*ÉGLISE, pas plus que le représentant d'une province particulière contre une assemblée nationale présidée par le souverain. Vous êtes justement condamné avant d'être entendu : vous avez tort sans aucun examen, parce que vous êtes isolé.* — « Je parle, dira-t-il peut-« être, pour toutes les Églises que vous nommez, et

1. On connaît ces expressions de Rousseau, à propos de l'Évangile.

« pour toutes celles qui suivent la même foi. » —
*Dans ce cas, montrez vos mandats. Si vous n'en avez
que de spéciaux, la même difficulté subsiste ; vous
représentez bien plusieurs Églises, mais non l'Église.
Vous parlez pour des provinces : l'État ne peut vous
entendre. Si vous prétendez agir sur toutes en vertu
d'un mandat d'unité, nommez cette unité ; faites-nous
connaître le point central qui la constitue, et dites son
nom, qui doit être tel que l'oreille du genre humain
le reconnaisse sans balancer. Si vous ne pouvez nommer ce point central, il ne vous reste pas même le
refuge de vous appeler* république chrétienne ; *car il
n'y a point de république qui n'ait un conseil commun,
un sénat, des chefs quelconques qui représentent et
gouvernent l'association* (1). *Rien de tout cela ne se
trouve chez vous, et par conséquent vous ne possédez
aucune espèce d'unité, de hiérarchie et d'association
commune ; aucun de vous n'a le droit de prendre la
parole au nom de tous. Vous croyez être un édifice,
vous n'êtes que des pierres.*

Nous sommes un peu loin, comme on voit, d'agiter
ensemble des questions de dogme ou de discipline. Il
s'agit avant tout. de la part de nos plus anciens adversaires, de se légitimer, et de nous dire ce qu'ils sont.
Tant qu'ils ne nous ont pas prouvé qu'ils sont l'Église,
ils ont tort avant d'avoir parlé : et pour nous prouver
qu'ils sont l'Église, il faut qu'ils montrent un centre
d'unité visible pour tous les yeux, et portant un nom à •
la fois positif et exclusif, admis par toutes les oreilles
et par tous les partis.

1. Ceci est de la plus haute importance. Mille fois on a pu entendre demander en certains pays : *Pourquoi l'Église ne pourrait-elle pas être presbytérienne
ou collégiale ?* J'accorde qu'elle puisse l'être, quoique le contraire soit démontré ;
il faut, au moins, nous la montrer telle avant de demander si elle est légitime
sous cette forme. Toute république possède l'unité souveraine, comme toute
autre forme de gouvernement. Que les Églises photiennes soient donc ce qu'elles
voudront, pourvu qu'elles soient quelque chose. Qu'elles nous indiquent une
hiérarchie générale, un synode, un conseil, un sénat, comme elles voudront,
dont elles déclarent relever *toutes ;* alors nous traiterons la question de savoir
si l'Église universelle peut être une république ou un collège. Jusqu'à cette
époque, elles sont nulles *dans le sens universel.*

Je résiste au mouvement qui m'entraînerait dans la polémique : les principes me suffisent ; les voici :

1° Le Souverain Pontife est la base nécessaire, unique et exclusive du christianisme. A lui appartiennent les promesses, avec lui disparaît l'unité, c'est-à-dire l'Église.

2° Toute Église qui n'est pas catholique est *protestante*. Le principe étant le même de tout côté, c'est-à-dire une *insurrection contre l'unité souveraine*, toutes les Églises dissidentes ne peuvent différer que par le nombre des dogmes rejetés.

3° La suprématie du Pape étant le dogme capital sans lequel le christianisme ne peut subsister, toutes les Églises qui rejettent ce dogme, dont elles se cachent l'importance, sont d'accord, même sans le savoir : tout le reste n'est qu'accessoire, et de là vient leur affinité, dont elles ignorent la cause.

4° Le premier symptôme de la nullité qui frappe ces Églises, c'est celui de perdre subitement et à la fois le pouvoir et le vouloir de convertir les hommes et d'avancer l'œuvre divine. Elles ne font plus de conquêtes, et mêmes elles affectent de les dédaigner. Elles sont stériles, et rien n'est plus juste : elles ont rejeté l'*époux* (1).

5° Aucune d'elles ne peut maintenir dans son inté grité le Symbole qu'elle possédait au moment de la scission. La *foi* ne leur appartient plus. L'habitude, l'orgueil, l'obstination, peuvent se mettre à sa place et tromper des yeux inexpérimentés ; le despotisme d'une puissance hétérogène qui préserve ces Églises de tout contact étranger, l'ignorance et la barbarie qui en sont la suite, peuvent encore pour quelque temps les maintenir dans un état de roideur qui repré sente au moins quelques formes de la vie ; mais, enfin, nos langues et nos sciences les pénétreront, et nous les verrons parcourir, avec un mouvement accéléré, toutes les phases de dissolution que le protestantisme

1. Nous les avons même entendues se vanter de cette stérilité.

calviniste et luthérien a déjà mises sous nos yeux (1).

6° Dans toute ces Églises, les grands changements que j'annonce commenceront par le clergé ; et celle qui sera la première à donner ce grand et intéressant spectacle, c'est l'Église russe, parce qu'elle est la plus exposée au *vent européen* (2).

Je n'écris point pour disputer ; je respecte tout ce qui est respectable, les souverains surtout et les nations. Je ne hais que la haine. Mais je dis ce qui est, je dis ce qui sera, je dis ce qui doit être ; et si les événements contrarient ce que j'avance, j'appelle de tout mon cœur sur ma mémoire les mépris et les risées de la postérité.

CHAPITRE VI

Faux raisonnement des Églises séparées, et réflexions sur les préjugés religieux et nationaux.

Les Églises séparées sentent bien que l'unité leur manque, qu'elles n'ont plus de gouvernement, de conseil, ni de lien commun. Une objection surtout se présente en première ligne et frappe tous les esprits. S'il s'élevait des difficultés dans l'Église, si quelque dogme était attaqué, où serait le tribunal qui déciderait la question, n'y ayant plus de chef commun pour ces Églises, ni de concile œcuménique possible, puisqu'il ne peut être convoqué, que je sache, ni par le sultan, ni par aucun évêque particulier ? On a pris, dans les pays soumis au schisme, le parti le plus

---

1. Tout ceci est dit sans prétendre affirmer que l'ouvrage n'est pas commencé, et même fort avancé. Je veux l'ignorer, et peu m'importe. Il me suffit de savoir que la chose ne peut aller autrement.

2. Parmi les Églises photiennes, aucune ne doit nous intéresser autant que l'Église russe, qui est devenue entièrement européenne depuis que la suprématie exclusive de son auguste chef l'a très heureusement séparée pour toujours des faubourgs de Constantinople.

extraordinaire qu'il soit possible d'imaginer : c'est de nier *qu'il puisse y avoir plus de sept conciles dans l'Église* ; de soutenir *que tout fut décidé par celles de ces assemblées générales qui précédèrent la scission, et qu'on ne doit plus en convoquer de nou velles* (1).

Si on leur objecte les maximes les plus évidentes de tout gouvernement imaginable ; si on leur demande quelle idée ils se forment d'une société humaine, d'une agrégation quelconque, sans chef, sans puissance législative commune, et sans assemblée nationale, ils divaguent pour en revenir ensuite, après quelques détours, à dire (je l'ai entendu mille fois) qu'*il ne faut plus de concile*, et que *tout est décidé*.

Ils citent même très sérieusement les conciles *qui ont décidé que tout était décidé*. Et parce que ces assemblées avaient sagement défendu de revenir sur des questions terminées, ils en concluent qu'on ne peut plus traiter ni décider d'autres, quand même le christianisme serait attaqué par de nouvelles hérésies.

D'où il suit qu'on eut tort dans l'Église de s'assembler pour condamner Macédonius, parce qu'on s'était assemblé auparavant pour condamner Arius, et qu'on eut tort encore de s'assembler à Trente pour condamner Luther et Calvin, *parce que tout était décidé par les premiers conciles.*

Ceci pourrait fort bien avoir l'air, auprès de plusieurs lecteurs, d'une relation faite à plaisir ; mais rien n'est plus rigoureusement vrai. Dans toutes les discussions qui intéressent l'orgueil, mais surtout l'orgueil national, s'il se trouve poussé à bout par les plus invincibles raisonnements, il dévorera les plus épouvantables absurdités plutôt que de reculer.

On nous dira très sérieusement que *le concile de*

---

1. Il va sans dire que le huitième concile est nul, parce qu'il condamna Photius ; s'il y en avait eu dix dans l'Église avant cette époque, il serait démontré que l'Eglise ne peut se passer de dix conciles. En général, l'Eglise est infaillible pour tout novateur jusqu'au moment où elle le condamne.

*Trente est nul et ne prouve rien, parce que les évêques
grecs n'y assistèrent pas* (1).

Beau raisonnement ! comme on voit, d'où il suit que
tout concile *grec* étant par la même raison nul pour
nous, parce que nous n'y serions pas appelés, et les
décisions d'un chef commun n'étant pas d'ailleurs re-
connues *en Grèce*, ou dans les pays qu'on appelle de
ce nom, l'Église n'a plus de gouvernement, plus d'assemblées générales, même possibles, plus de moyen
de traiter en corps de ses propres intérêts, en un mot,
plus d'unité morale.

Le principe étant une fois adopté par l'orgueil, les
conséquences les plus monstrueuses ne l'effrayent
point ; je viens de le dire, rien ne l'arrête.

Ce mot *d'orgueil* me rappelle deux vérités d'un
genre bien différent : l'une est triste, et l'autre est con-
solante.

L'un des plus habiles médecins d'Europe dans l'art
de traiter la plus humiliante de nos maladies, M. le
docteur Willis, a dit (ce que je ne répète cependant
que sur la foi de l'homme respectable de qui je le
tiens), qu'il avait trouvé deux genres de folie constamment rebelles à tous les efforts de son art, *la folie
d'orgueil et celle de religion.*

Hélas ! les préjugés, qui sont bien aussi une espèce
de démence, présentent précisément le même phénomène. Ceux qui tiennent à la religion sont terribles,
et tout observateur qui les a étudiés en est justement
effrayé. Un théologien anglais a posé, comme une
vérité générale, *que jamais homme n'avait été chassé
de sa religion par des arguments* (2). Il y a certainement des exceptions à cette règle fatale ; mais elles

---

1. Pourquoi donc les Grecs ? Il faudrait dire *tous les évêques photiens,* autrement on ne sait plus de qui on parle. Il est bon d'ailleurs d'observer en passant
qu'il n'a tenu qu'à ces évêques d'assister au concile de Trente.

2. *Never a man was reasoned out of his religion.* Ce texte, également remarquable par sa valeur intrinsèque et par un très heureux idiotisme de la langue anglaise, repose depuis longtemps dans ma mémoire. Il appartient, je
crois, à Sherlock.

ne sont qu'en faveur de la simplicité, du bon sens, de la pureté, de la prière surtout. Dieu ne fait rien pour l'orgueil, ni même pour la science, qui est aussi l'orgueil quand elle marche seule. Mais si la folie de l'orgueil vient se joindre encore à celle de la religion ; si l'erreur théologique se greffe sur un orgueil furieux, antique, national, immense et toujours humilié ; les deux anathèmes signalés par le médecin anglais venant alors à se réunir, toute puissance humaine est nulle pour ramener le malade. Que dis-je ? un tel changement serait le plus grand des miracles, car celui qu'on appelle *conversion* les surpasse tous, quand il s'agit des nations. Dieu l'opéra solennellement il y a dix-huit siècles, et quelquefois encore il l'a opéré depuis en faveur des nations qui n'avaient jamais connu la vérité ; mais en faveur de celles qui l'avaient abjurée, il n'a rien fait encore. Qui sait ce qu'il a décrété ? « *Créer* ce n'est que le *jeu ; convertir* c'est l'*effort* de sa puissance (1) ; » car le mal lui résiste plus que le néant.

CHAPITRE VII

De la Grèce et de son caractère. — Arts, sciences et puissance militaire.

Je crois qu'on peut dire de la Grèce en général ce que l'un des plus graves historiens de l'antiquité a dit d'Athènes en particulier, que « ses actions sont « grandes, à la vérité, mais cependant inférieures à « ce que la renommée nous en raconte (2) ».

1. *Deus qui humanæ substa..'iæ dignitatem mirabiliter constituisti et mirabilius reformasti.* (L'turgie de la messe.) — *Deus qui mirabiliter creasti hominem et* mirabilius *redemisti.* (Liturgie du Samedi saint, avant la messe.)
2. *Atheniensium res gestæ, sicut ego existimo, satis amplæ magnificæque fuere ; verum aliquanto minores quam fama feruntur.* (Sallust., *Cat.*, VIII.)

Un autre historien, et, si je ne me trompe, le premier de tous, a dit ce mot en parlant des Thermo-
pyles : « Lieu célèbre par la mort plutôt que par la
« résistance des Lacédémoniens (1). » Ce mot extrêmement fin se rapporte à l'observation générale que
j'ai faite.

La réputation militaire des Grecs proprement dits
fut acquise surtout aux dépens des peuples de l'Asie,
que les premiers ont déprimés dans les écrits qu'ils
nous ont laissés, au point de se déprimer eux-mêmes.
En lisant le détail de ces grandes victoires qui ont tant
exercé le pinceau des historiens grecs, on se rappelle
involontairement cette fameuse exclamation de César
sur le champ de bataille où le fils de Mithridate venait
de succomber : « O heureux Pompée ! quels ennemis
« tu as eu à combattre ! » Dès que la Grèce rencontra
le génie de Rome, elle se mit à genoux pour ne plus se
relever.

Les Grecs d'ailleurs célébraient les Grecs : aucune
nation contemporaine n'eut l'occasion, les moyens, ni
la volonté de les contredire ; mais lorsque les Romains prirent la plume, ils ne manquèrent pas de
tourner en ridicule « ce que les Grecs menteurs
« osèrent dans l'histoire (2) ».

Les Macédoniens seuls, parmi les familles grecques, purent s'honorer par une courte résistance à
l'ascendant de Rome. C'était une peuple à part, un
peuple monarchique ayant un dialecte à lui (que nulle
Muse n'a parlé) ; étranger à l'élégance, aux arts, au
génie poétique des Grecs proprement dits, et qui finit
par les soumettre, parce qu'il était fait autrement
qu'eux. Ce peuple cependant céda comme les autres.
Jamais il ne fut avantageux aux Grecs, en général,
de se mesurer militairement avec les nations occidentales. Dans un moment où l'empire grec jeta un cer-

---

1. *Lacedæmoniorum* morte *magis memorabilis quam* pugna (Liv. XXXVI.)
2. . . . . . . Et quidquid Græcia mendax
   Audet in historia
                                              (Juvén.)

tain éclat et possédait au moins un grand homme, il
en coûta cher cependant à l'empereur Justinien pour
avoir pris la liberté de s'intituler *Francique*. Les
Français, sous la conduite de Théodoret, vinrent en
Italie lui demander *compte* de cette vaniteuse licence ;
et si la mort ne l'eût heureusement débarrassé de
Théodebert, le véritable *Franc* serait probablement
rentré en France avec le surnom légitime de *By-
zantin*.

Il faut ajouter que la gloire militaire des Grecs ne
fut qu'un éclair. Iphicrate, Chabrias et Timothée fer-
ment la liste de leurs grands capitaines, ouverte par
Miltiade (1). De la bataille de Marathon à celle de
Leucade, on ne compte que cent quatorze ans. Qu'est-
ce qu'une telle nation, comparée à ces Romains qui
ne cessèrent de vaincre pendant mille ans, et qui pos-
sédèrent le monde connu ? Qu'est-elle même si on la
compare aux nations modernes qui ont gagné les batailles de Soissons et de Fontenoy, de Crécy et de
Waterloo, etc., et qui sont encore en possession de
leurs noms et de leurs territoires primitifs, sans avoir
jamais cessé de grandir en force, en lumières et en
renommée ?

Les lettres et les arts furent le triomphe de la
Grèce. Dans l'un et l'autre genre, elle a découvert le
beau ; elle en a fixé les caractères ; elle nous en a
transmis des modèles qui ne nous ont guère laissé que
le mérite de les imiter : il faut toujours faire comme
elle sous peine de mal faire.

Dans la philosophie, les Grecs ont déployé d'assez
grands talents ; cependant ce ne sont plus les mêmes
hommes, et il n'est plus permis de les louer sans mesure. Leur véritable mérite dans ce genre est d'avoir
été, s'il est permis de s'exprimer ainsi, les *courtiers*
de la science entre l'Asie et l'Europe. Je ne dis pas

---

1. *Neque post illorum obitum quisquam dux in illa urbe fuit dignus memoria.* (Corn. Nep. *In Timoth.*, IV.) Le reste de la Grèce ne fournit pas de dif
férence.

que ce mérite ne soit grand ; mais il n'a rien de commun avec le génie de l'invention, qui manqua totalement aux Grecs. Ils furent incontestablement le dernier peuple instruit ; et, comme l'a très bien dit Clément d'Alexandrie, « la philosophie ne parvint aux Grecs qu'après avoir fait le tour de l'univers (1). » Jamais ils n'ont su que ce qu'ils tenaient de leurs devanciers ; mais avec leur style, leur grâce et l'art de se faire valoir, ils ont *occupé nos oreilles*, pour employer un latinisme fort à propos.

Le docteur Long a remarqué que l'astronomie ne doit rien aux académiciens et aux péripatéticiens (2). C'est que ces deux sectes étaient exclusivement grecques, ou plutôt *attiques ;* en sorte qu'elles ne s'étaient nullement approchées, des sources orientales, où l'on savait sans disputer sur rien, au lieu de disputer sans rien savoir, comme en Grèce.

La philosophie antique est directement opposée à celle des Grecs, qui n'était au fond qu'une dispute éternelle. La Grèce était la patrie du syllogisme et de la déraison. On y passait le temps à produire de faux raisonnements, tout en montrant comment il fallait raisonner.

Le même Père grec que je viens de citer a dit encore avec beaucoup de vérité et de sagesse : « Le caractère « des premiers philosophes n'était pas d'ergoter ou de « douter, comme ces philosophes grecs qui ne cessent « d'argumenter et de disputer par une vanité vaine et « stérile ; qui ne s'occupent enfin que d'inutiles fa- « daises (3). »

C'est précisément ce que disait longtemps auparavant un philosophe indien : « Nous ne ressemblons « point du tout aux philosophes grecs, qui débitent « de grands discours sur les petites choses ; notre « coutume, à nous, est d'annoncer les grandes choses

1. *Strom.* I.
2. Maurice's, *the History of Indostan,* in-4, t. I, p. 169.
3. Clem. Alex. *Strom.* VIII.

« en peu de mots, afin que tout le monde s'en sou-
« vienne (1). »

C'est en effet ainsi que se distingue le pays des
dogmes de celui de l'argumentation. Tatien, dans son
fameux discours aux Grecs, leur disait déjà, avec un
certain mouvement d'impatience : « Finissez donc de
« nous donner des imitations pour des inven-
« tions (2). »

Lanzi, en Italie, et Gibbon, de l'autre côté des
Alpes, ont répété l'un et l'autre la même observation
sur le génie grec, dont ils ont reconnu tout à la fois
l'élégance et la stérilité (3).

Si quelque chose paraît appartenir en propre à la
Grèce, c'est la musique ; cependant tout dans ce genre
lui venait d'Orient. Strabon remarque que la *cithare*
avait été nommée l'*asiatique*, et que tous les instru-
ments de musique portaient en Grèce des noms étrangers, tels que la *nablie*, la *sambuque*, le *barbiton*, la
magade, etc. (4).

Les boues d'Alexandrie mêmes se montrèrent plus
favorables à la science que les terres classiques de
Tempé et de la Céramique. On a remarqué avec raison
que depuis la fondation de cette grande ville égyp-
tienne, il n'est aucun des astronomes grecs qui n'y
soit né ou qui n'y ait acquis ses connaissances et sa
réputation. Tels sont Timocharis, Denys l'astronome,
Erastothène, le fameux Hipparque, Possidonius,
Sosigène, Ptolémée enfin, le dernier et le plus grand
de tous (5).

1. Calamus. *Gymnosoph. apud Athæn.* Περὶ μηχα ημστῶν. Edit. Theven. fol. 2.
2. Παῖσαθι τας μίμησεις εὑρήσεις ἀποκαλυπτες. (Tat., *Orat. ad Græc.* Edit. Paris.
1615. in-12, vers init.)
3. *I Greci sempre più felici in perfezionare arti che in inventarle* (Saggio,
di Litteratura etrusca, etc., t. II, p. 189. — *L'esprit des Grecs, tout roma-
nesque qu'il était, a moins inventé qu'il n'a embelli.* (Gibbon, *Mémoires,* t. II,
p. 207, trad. franc.)
4. Huet, *Demonstr. evang.* Prop. IV, cap. IV, n° 2. — On appelle encore
aujourd'hui *ch'hi-tar* (kitar) une viole à six cordes fort en usage dans tout
l'Indoustan (*Rech. asiat.,* t. VII, in-4, p, 471). On retrouve dans *re* mot la *ci-
thara* des Grecs et des Latins, et notre *guitare.*
5. Observation de l'abbé Terrasson. (*Séthos.,* liv. II.

La même observation a lieu à l'égard des mathéma-
ticiens. Euclide, Pappus, Diophante, étaient d'Alexandrie ; et celui qui paraît les avoir tous surpassés,
Archimède, fut Italien.

Lisez Platon ; vous ferez à chaque page une distinction bien frappante. Toutes les fois qu'il est Grec, il
ennuie, et souvent il impatiente. Il n'est grand, sublime, pénétrant, que lorsqu'il est théologien, c'est-à-
dire lorsqu'il énonce des dogmes positifs et éternels,
séparés de toute chicane, et qui portent si clairement
le cachet oriental que, pour le méconnaître, il faut
n'avoir jamais entrevu l'Asie. Platon avait beaucoup
voyagé : il y a dans ses écrits mille preuves qu'il
s'était adressé aux véritables sources des véritables
traditions. Il y avait en lui un sophiste et un théologien, ou, si l'on veut, un Grec et un Chaldéen. On
n'entend pas ce philosophe si on ne le lit pas avec cette
idée toujours présente à l'esprit.

Sénèque, dans sa cent treizième épître, nous a
donné un singulier échantillon de la philosophie
grecque ; mais personne, à mon avis, ne l'a caracté-
risée avec tant de vérité et d'originalité que le philosophe chéri du xviiie siècle : « Avant les Grecs,
« dit-il, il y avait des hommes bien plus savants
« qu'eux, mais qui *fleurirent en silence*, et qui sont
« demeurés inconnus, parce qu'ils n'ont jamais été
« *cornés et trompetés* par les Grecs (1)... Les hommes
« de cette nation réunissent invariablement la préci-
« pitation du jugement à la rage d'endoctriner ;
« double défaut mortellement ennemi de la science et
« de la sagesse. Le prêtre égyptien eut grande raison
« de leur dire : *Vous autres Grecs, vous n'êtes que
« des enfants*. En effet, *ils ignoraient également et
« l'antiquité de la science, et la science de l'antiquité ;
« et leur philosophie porte les deux caractères essen-

---

1. *Sed tamen majores cum silentio fluoruerunt antequam in Græcorum
tubas ac fistulas adhuc incidissent.* (Bacon, *Nov. Org.*, IV, cxxii.)

« tiels de l'enfance : *elle jase beaucoup et n'engendre*
« *point* (1).'» Il serait difficile de mieux dire.

Si l'on excepte Lacédémone, qui fut un très beau
point dans un point du globe, on trouve les Grecs dans
la politique tels qu'ils étaient dans la.philosohpie, jamais d'accord avec les autres ni avec eux-mêmes.
Athènes, qui était pour ainsi dire le cœur de la Grèce,
et qui exerçait sur elle une véritable magistrature,
donne dans ce genre un spectacle unique. On ne conçoit rien à ces Athéniens légers comme des enfants et
féroces comme des hommes, espèces de moutons
enragés, toujours menés par la nature, et toujours
par nature dévorant leurs bergers. On sait de reste
que tout gouvernement suppose des abus : que dans
les démocraties surtout, et surtout dans les démocraties antiques, il faut s'attendre à quelque excès de la
démence populaire : mais qu'une république n'ait pu
pardonner à un seul de ses grands hommes ; qu'ils
aient été conduits, à force d'injustices, de persécutions, d'assassinats juridiques, *à ne se croire en sûreté*
qu'à mesure qu'ils étaient éloignés de ses murs (2) ;
qu'elle ait pu emprisonner, amender, accuser, dépouiller, bannir, mettre ou condamner à mort *Miltiade,*
Thémistocle, Aristide, Cimon, Timothée, Phocion et
Socrate, c'est ce qu'on n'a jamais pu voir qu'à Athènes.

Voltaire a beau s'écrier « que les Athéniens étaient
un peuple aimable » ; Bacon ne manquerait pas de
dire encore, « comme un enfant ». Mais qu'y aurait-il
donc de plus terrible qu'un *enfant* robuste, fût-il
même très aimable?

On a tant parlé des orateurs d'Athènes, qu'il est devenu presque ridicule d'en parler encore. La tribune
d'Athènes eût été la honte de l'espèce humaine, si Phocion et ses pareils, en y montant quelquefois avant de
boire de la ciguë ou de partir pour l'exil, n'avaient pas

---

1. *Nam verbosa videtur sapientia eorum, et operum sterilis. Impetus*
philosophici. (Bacon, *Op.* in-8, t. XI, p. 272. —·*Nov. Org.*, I, LXXI.)
2. Corn. Nep. *in Chabr.,* III.

fait un peu d'équilibre à tant de loquacité, d'extravagance et de cruauté.

———

CHAPITRE VIII

**Continuation du même sujet. — Caractère moral des Grecs. —
Haine contre les Occidentaux.**

Si l'on en vient ensuite à l'examen des qualités morales, les Grecs se présentent sous un aspect encore
moins favorable. C'est une chose bien remarquable
que Rome, qui ne refusait point de rendre hommage à
leur supériorité dans les arts et les sciences, ne cessa
néanmoins de les mépriser. Elle inventa le mot de
Græculus, qui figure chez tous ses écrivains, et dont
les Grecs ne purent jamais tirer de vengeance ; car il
n'y avait pas moyen de resserrer le nom Romain sous
la forme rétrécie d'un diminutif. A celui qui l'eût osé,
on eût dit : *Que voulez-vous dire ?* Le Romain demandait à la Grèce des médecins, des architectes, des
peintres, des musiciens, etc. Il les payait et se moquait
d'eux. Les Gaulois, les Germains, les Espagnols, etc.,
étaient bien *sujets,* comme les Grecs, mais nullement
méprisés. Rome se servait de leur épée et la respectait. Je ne connais pas une plaisanterie romaine faite
sur ces vigoureuses nations.

Le Tasse en disant : *La fede greca a chi non è pa-
lese?* exprime malheureusement une opinion ancienne
et nouvelle. Les hommes de tous les temps ont constamment été persuadés que du côté de la bonne foi et
de la religion pratique, qui en est la source, ils laissent beaucoup à désirer. Cicéron est curieux à entendre sur ce point ; c'est un élégant témoin de l'opinion
romaine (1).

———

1. *Orat. pro Flacco,* c. IV et seq.

« Vous avez entendu des témoins contre lui, disait-
« il aux juges de l'un de ses clients ; mais quels té-
« moins ? D'abord ce sont des Grecs, et c'est une ob-
« jection admise par l'opinion générale. Ce n'est pas
« que je veuille plus qu'un autre blesser l'honneur de
« cette nation ; car si quelque Romain en a jamais été
« l'ami et le partisan, je pense que c'est moi ; et je
« l'étais encore plus lorsque j'avais plus de loisir (1)...
« Mais enfin, voici ce que je dois dire des Grecs en
« général. Je ne leur dispute ni les lettres, ni les arts,
« ni l'élégance du langage, ni la finesse de l'esprit, ni
« l'éloquence ; et s'ils ont encore d'autres prétentions,
« je ne m'y oppose point ; mais *quant à la bonne foi et*
« *à la religion du serment, jamais cette nation n'y a*
« *rien compris ;* jamais elle n'a senti la force, l'auto-
« rité, le poids de ces choses saintes. D'où vient ce
« mot si connu : *Jure dans ma cause, je jurerai dans*
« *la tienne ?* Donne-t-on cette phrase aux Gaulois et
« aux Espagnols ? Non ; elle n'appartient qu'aux
« Grecs ; et si bien aux Grecs, que ceux mêmes qui ne
« savent pas le grec savent la répéter en grec (2).
« Contemplez un témoin de cette nation : en voyant
« seulement son attitude, vous jugerez de sa religion
« et de la conscience qui préside à son témoignage...
« Il ne pense qu'à la manière dont il s'exprimera,
« jamais à la vérité de ce qu'il dit... Vous venez d'en-
« tendre un Romain grièvement offensé par l'accusé.
« Il pouvait se venger ; mais la religion l'arrêtait ; il
« n'a pas dit un mot offensant ; et ce qu'il devait dire
« même, avec quelle réserve il l'a dit ! il tremblait, il
« pâlissait en parlant... Voyez nos Romains lorsqu'ils
« rendent un témoignage en jugement : comme ils se
« retiennent, comme ils pèsent tous leurs mots, comme
« ils craignent d'accorder quelque chose à la passion,

1. *Et magis etiam tum quum plus erat otii* (*Orat. pro Flacco*, IV), c'est-à-dire *que j'avais le temps d'aimer les Grecs.* Singulière expression !
2. Δανείσον μοι μαρτυρίαν. (Ulir. *ad locum pro Flacco*, IV *ex Lambino.*)

« de dire plus ou moins qu'il n'est rigoureusement né-
« cessaire ! Comparez-vous de tels hommes à ceux
« pour qui le serment n'est qu'un jeu? Je récuse en
« général tous les témoins produits dans cette cause ;
« je les récuse parce qu'ils sont Grecs et qu'ils appar-
« tiennent ainsi à la plus légère des nations, etc. »

Cicéron accorde cependant des éloges mérités à
deux villes fameuses. Athènes et Lacédémone. « Mais,
« dit-il, tous ceux qui ne sont pas entièrement dé-
« pourvus de connaissances dans ce genre savent que
« les véritables Grecs se réduisent à trois familles :
« l'athénienne, qui est une branche de l'ionienne,
« l'éolienne et la dorienne ; et cette Grèce *véritable*
« n'est qu'un point en Europe (1). »

Mais quant au Grecs orientaux, bien plus nombreux que les autres, Cicéron est sévère sans adoucis-
sement : « Je ne veux point, leur dit-il, citer les étran-
« gers sur votre compte ; je m'en tiens à votre propre
« jugement... L'Asie Mineure, si je ne me trompe, se
« compose de la Phrygie, de la Mysie, de la Carie, de
« la Lydie. Est-ce nous ou vous qui avez inventé l'an-
« cien proverbe : *On ne fait rien d'un Phrygien que*
« *par le fouet*? Que dirai-je de la Carie en général?
« N'est-ce pas vous encore qui avez dit : *Avez-vous*
« *envie de courir quelque danger? allez en Carie*?
« Qu'y a-t-il de plus trivial dans la langue grecque
« que cette phrase dont on se sert pour vouer un
« homme à l'excès du mépris : *Il est*, dit-on, *le dernier*
« *des Mysiens?*»Et quant à la Carie, je vous demande
« s'il y a une seule comédie grecque où le valet ne soit
« pas un Carien (2). Quel tort vous faisons-nous donc

1. *Quis ignorat, qui modo unquam mediocriter res istas scire curavit, quin tria Græcorum genera sint* VERE : *quorum uni sunt Athenienses, quæ gens Ionum habebatur : Æoles alteri; Dores tertii nominabantur 2 Atque hæc cuncta Græcia, quæ famâ, quæ gloriâ, quæ doctrinâ, quæ pluribus artibus, quæ etiam imperio et bellicâ laude floruit, parvum quemdam locum, ut scitis, Europæ tenet, semperque tenuit.* (Cicer., *Orat. pro Flacco*, XXVII.)

2. Passage remarquable où l'on voit ce qu'était la comédie, et comment elle était jugée par l'opinion romaine.

« en nous bornant à soutenir que sur vous on doit
« s'en rapporter à vous (1)? »

Je ne prétends point commenter ce long passage
d'une manière défavorable aux Grecs modernes. Veut-
on y voir l'exagération? J'y consens. Veut-on que ce
portrait n'ait rien de commun avec les Grecs d'aujour-
d'hui? J'y consens encore, et même je le désire de
tout mon cœur. Mais il n'en demeurera pas moins vrai
que si l'on excepte peut-être une courte époque,
jamais la Grèce en général n'eut de réputation morale
dans les temps antiques, et que par le caractère autant
que par les armes, les nations occidentales l'ont toujours surpassée sans mesure.

CHAPITRE XI

Sur un trait particulier du caractère grec. — Esprit de division.

Un caractère particulier de la Grèce, et qui la distingue, je crois, de toutes les nations du monde, c'est
l'inaptitude à toute grande association politique ou
morale. Les Grecs n'eurent jamais l'honneur d'être
un peuple. L'histoire ne nous montre chez eux que
de bourgades souveraines qui s'égorgent et que rien
ne put jamais amalgamer. Ils brillèrent sous cette
forme, parce qu'elle leur était naturelle et que jamais les nations ne se rendent célèbres que sous la
forme de gouvernement qui leur est propre. La différence des dialectes annonçait celle des caractères
ainsi que l'opposition des souverainetés, et ce même
esprit de division, ils le portèrent dans la philosophie,
qui se divisa en *sectes* comme la souveraineté s'était

---

1. Cicér. *Orat. pro Flacco*, XXVIII.

divisée en petites républiques indépendantes et ennemies. Ce mot de *secte* étant représenté dans la langue
grecque par celui d'*hérésie*, les Grecs transportèrent
ce nom dans la religion. Ils dirent l'*hérésie des ariens*,
comme ils avaient dit jadis l'*hérésie des stoïciens ;*
c'est ainsi qu'ils corrompirent ce mot, innocent de sa
nature. Ils furent *hérétiques*, c'est-à-dire *division-
naires* dans la religion, comme ils l'avaient été dans la
politique et dans la philosophie. Il serait superflu de
rappeler à quel point ils fatiguèrent l'Église dans les
premiers siècles. Possédés du démon de l'orgueil et de
celui de la dispute, ils ne laissent pas respirer le bon
sens ; chaque jour voit naître de nouvelles subtilités :
ils mêlent à tous nos dogmes je ne sais quelle métaphysique téméraire qui étouffe la simplicité évangélique. Voulant être à la fois philosophes et chrétiens,
ils ne sont ni l'un ni l'autre : ils mêlent à l'Évangile le
spiritualisme des platoniciens et les rêves de l'Orient.
Armés d'une dialectique insensée, ils veulent diviser
l'indivisible,pénétrer l'impénétrable; ils ne savent pas
supposer le vague divin de certaines expressions
qu'une docte humilité prend comme elles sont, et
qu'elle évite même de circonscrire, de peur de faire
naître l'idée du *dedans* et du *dehors.* Au lieu de croire
on dispute, au lieu de prier on argumente; les grandes
routes se couvrent d'évêques qui courent au concile ;
les relais de l'empire y suffisent à peine, la Grèce
entière est une espèce de Péloponèse théologique où
des atomes se battent pour des atomes. L'histoire
ecclésiastique devient, grâce à ces inconcevables sophistes, un livre dangereux. A la vue de tant de folie,
de ridicule et de fureur, la foi chancelle, le lecteur
s'écrie plein de dégoût et d'indignation : *Pene mœti
sunt pedes mei !*
　　Pour comble de malheur, Constantin transfère l'empire à Byzance. Il y trouve la langue, admirable sans
doute et la plus belle peut-être que les hommes aient
jamais parlée, mais par malheur extrêmement favora-

ble aux sophistes ; arme pénétrante qui n'aurait dû
jamais être maniée que par la sagesse, et qui, par une
déplorable fatalité, se trouva presque toujours sous
la main des insensés.

Byzance ferait croire au système des climats, ou à
quelques exhalaisons particulières à certaines terres,
qui influent d'une manière invariable sur le caractère
des habitants. La souveraineté romaine, en s'asseyant
sur ce trône, saisie tout à coup par je ne sais quelle influence magique, perdit la raison pour ne plus la recouvrer. Qu'on feuillette l'histoire universelle, on ne
trouvera pas une dynastie plus misérable. Ou faibles
ou furieux, ou l'un et l'autre à la fois, ces insupportables princes tournèrent surtout leur démence du
côté de la théologie, dont leur despotisme s'empara
pour la bouleverser. Les résultats sont connus. On
dirait que la langue française a voulu faire justice
de cet empire en le nommas *Bas*. Il périt comme il
avait vécu, en disputant. Mahomet brisait les portes
de la capitale pendant que les sophistes argumentaient
SUR LA GLOIRE DU MONT THABOR.

Cependant, la langue grecque étant celle de l'empire, on s'accoutume à dire l'*Église grecque*, comme
on disait l'*Empire grec*, quoique l'Église de Constantinople fût *grecque* précisément comme un Italien naturalisé à Boston serait Anglais ; mais la puissance des
mots n'a cessé d'exercer un très grand empire dans le
monde. Ne dit-on pas encore l'*Église grecque de Russie*, en dépit de la langue et de la suprématie civile ? Il
n'y a rien que l'habitude ne fasse dire.

CHAPITRE X

Éclaircissement d'un paralogisme photien. — Avantage prétendu
des Églises, tiré de l'antériorité chronologique.

L'esprit de division et d'opposition que les circonstances ont naturalisé en Grèce depuis tant de siècles
y a jeté de si profondes racines, que les peuples de
cette belle contrée ont fini par perdre jusqu'à l'idée
même de l'unité. Ils la voient où elle n'est pas ; ils ne
la voient pas où elle est ; souvent même leur vue se
trouble, et ils ne savent plus de quoi ils parlent. Ils
ont exporté en Russie un de leurs grands paralogismes, qui fait aujourd'hui un effet merveilleux dans
les cercles de ce grand pays. On y dit assez communément que l'*Église grecque est plus ancienne que la
romaine.* On ajoute même, en style métaphysique,
que *la première fut le berceau du christianisme.* Mais
que veulent-ils dire? Je sais que le Sauveur des
hommes est né à Bethléem, et si l'on veut que son berceau ait été celui du christianisme, il n'y a rien de si
rigoureusement vrai. On aura raison encore si l'on
voit le *berceau du christianisme* à Jérusalem, et dans
le *Cénacle,* d'où partit, le jour de la Pentecôte, ce feu
qui *éclaire,* qui *échauffe* et qui *purifie* (1). Dans ce
sens, l'Église de Jérusalem est incontestablement la
première, et saint Jacques, en sa qualité d'évêque, est
antérieur à saint Pierre de tout le temps nécessaire
pour parcourir la route qui sépare Jérusalem d'Antioche ou de Rome. Mais ce n'est pas de quoi il est
question du tout. Quand est-ce qu'on voudra
comprendre qu'il ne s'agit point entre nous *des
Églises,* mais DE L'ÉGLISE? On ne saurait comparer
deux Églises catholiques, puisqu'il ne saurait y en
avoir deux, et que l'une exclut l'autre logiquement.

---

1. Division du sermon de Bourdaloue sur la Pentecôte.

Que si l'on compare une *Église à l'Église,* on ne sait plus ce qu'on dit. Affirmer que l'Église de Jérusalem, par exemple, ou d'Antioche, est antérieure à l'établissement de l'Église catholique, c'est un *truïsme,* comme disent les Anglais ; c'est une vérité niaise qui ne signifie rien et ne prouve rien. Autant vaudrait remarquer qu'un homme qui est à Jérusalem ne saurait se trouver à Rome sans y aller. Imaginons un souverain qui vient prendre possession d'un pays nouvellement conquis par ses armes. Dans la première ville frontière, il établit un gouverneur et lui donne de grands privilèges ; il en établit d'autres sur sa route ; il arrive enfin dans la ville qu'il a choisie pour sa capitale ; il y fixe sa demeure, son trône, ses grands officiers, etc. Que dans la suite des temps la première ville s'honore d'avoir été la première qui salua du nom de roi le nouveau souverain ; qu'elle se compare même aux autres villes du gouvernement, et qu'elle fasse remarquer cette antériorité même sur celui de la capitale, rien ne serait plus juste ; comme personne n'empêche à Antioche de rappeler que le nom de *chrétien* naquit dans ses murs ; mais si CE *gouvernement* se prétendait antérieur au *gouvernement* ou à l'État, on lui dirait : *Vous avez raison si vous entendez prouver que le devoir d'obéissance naquit chez vous, et que vous êtes les premiers sujets. Que si vous avez des prétentions d'indépendance ou de supériorité, vous délirez, car jamais il ne peut être question d'antériorité contre l'État, puisqu'il n'y a qu'un État.*

La question théologique est absolument la même. Qu'importe que telle ou telle *Église* ait été constituée avant celle de Rome ? Encore une fois, ce n'est pas de quoi il s'agit. *Toutes les Églises* ne sont rien sans *l'Église,* c'est-à-dire sans l'Église universelle ou catholique qui, ne revendique à cet égard aucun privilège particulier, puisqu'il est impossible d'imaginer aucune association humaine sans un gouvernement ou centre d'unité de qui elle tient l'existence morale,

Ainsi les États-Unis d'Amérique ne seraient pas *un État* sans le *congrès* qui les *unit*. Faites disparaître cette assemblée avec son président, l'unité disparaîtra en même temps, et vous n'aurez plus que treize États indépendants, en dépit de la langue et des lois communes.

Ajoutons, quoique sans nécessité pour le fond de la question, que cette antériorité dont j'ai entendu parler tant de fois serait moins ridicule s'il s'agissait d'un espace de temps considérable, de deux siècles, par exemple, ou même d'un seul. Mais qu'y a-t-il donc d'antérieur dans le christianisme à saint Pierre qui fonda l'Église romaine, et à saint Paul qui adressa à cette Église une de ses admirables Épîtres ? Toutes les Églises apostoliques sont égales en date ; ce qui les distingue, c'est la durée ; car toutes ces Églises, une seule exceptée, ont disparu ; aucune n'est en état de remonter, sans interruption et par des évêques connus légitimes et orthodoxes, jusqu'à l'apôtre fondateur. Cette gloire n'appartient qu'à l'Église romaine.

Il faut ajouter encore que cette question d'antériorité, si futile et si sophistique en elle-même, est déplacée surtout dans la bouche de l'Église de Constantinople, la dernière en date parmi les Églises patriarcales, qui ne tient même son titre que de l'obstination des empereurs grecs et de la complaisance du premier siège, trop souvent obligé de choisir entre deux maux, jouet éternel de l'absurde tyrannie de ses princes, souillée par les plus terribles hérésies ; fléau permanent de l'Église, qu'elle n'a cessé de tourmenter pour la diviser ensuite et peut-être sans retour.

Mais il ne peut être question d'antériorité. J'ai fait voir que cette question n'a point de sens, et que ceux qui l'agitent ne s'entendent pas eux-mêmes. Les Églises photiennes ne veulent point s'apercevoir qu'au moment même de leur séparation, elles devinrent *protestantes*, c'est-à-dire séparées et *indépendantes*. Aussi pour se défendre elles sont obligées d'employer le *principe protestant*, c'est-à-dire qu'elles sont unies par la foi ; quoique l'identité de législation ne puisse constituer l'unité d'aucun gouvernement, laquelle ne peut exister partout où ne se trouve pas la hiérarchie d'autorité.

Ainsi, par exemple, toutes les provinces de France sont des parties de la France, parce qu'elles sont toutes réunies sous une autorité commune ; mais si quelques-unes rejetaient cette suprématie commune, elles deviendraient des États séparés et indépendants, et nul homme de sens ne tolérerait l'assertion qu'*elles font toujours portion du royaume de France, parce qu'elles ont conservé la même langue et la même législation.*

Les Églises photiennes ont précisément et identiquement la même prétention : elles veulent être portion du *royaume catholique*, après avoir abdiqué la puissance commune. Que si on les somme de nommer la puissance ou le tribunal commun qui constitue l'unité, elles répondent qu'*il n'y en a point ;* et si on les presse encore en leur demandant *comment il est possible qu'une puissance quelconque n'ait pas un tribunal commun pour toutes ses provinces*, elles répondent que *ce tribunal est inutile, parce qu'il a tout décidé dans ses six premières sessions*, et qu'*ainsi il ne doit plus s'assembler.* A ces prodiges de déraison elles en ajouteront d'autres, si votre logique continue à les harceler. Tel est l'orgueil, mais surtout tel est l'orgueil national ; jamais on ne le vit avoir honte ou seulement peur de lui-même.

Toutes ces Églises séparées se condamnent chaque jour en disant : *Je crois à l'Église une et universelle*, car il faut absolument qu'à cette profession *de droit* elles en substituent une autre *de fait*, qui dit : *Je crois* AUX *Églises* UNE *et* UNIVERSELLE. C'est le solécisme le plus révoltant dont l'oreille humaine ait jamais été affligée.

Et ce solécisme, il faut bien le remarquer, ne peut

nous être renvoyé. C'est en vain qu'on nous dirait : *Séparés de nous, ne prétendez-vous pas à l'unité? séparés de vous* ; *pourquoi n'aurions-nous pas la même prétention?* Il n'y a point de comparaison du tout ; car *l'unité* est chez nous : c'est un fait sur lequel personne ne dispute. Toute la question roule sur la légitimité, la puissance et l'étendue de cette unité. Chez les *photiens*, au contraire, comme chez les autres *protestants*, il n'y a point d'unité ; en sorte qu'il ne peut être question de savoir si nous devons nous assujettir à un tribunal qui n'existe pas. Ainsi l'argument ne tombe que sur ces Églises, et ne saurait être rétorqué.

La suprématie du Souverain Pontife est si claire, si incontestable, si universellement reconnue, qu'au temps de la grande scission, parmi ceux qui se révoltèrent contre sa puissance, nul n'osa l'usurper et pas même l'auteur du schisme. Ils nièrent bien que l'évêque de Rome fût le chef de l'Église, mais aucun d'eux ne fut assez hardi pour dire : *Je le suis* ; en sorte que chaque Église demeura seule et *acéphale*, ou, ce qui revient au même, hors de l'unité et du catholicisme.

Photius avait osé s'appeler *Patriarche œcuménique*, titre qui ne pouvait se montrer que dans la folle Byzance. L'Église vit-elle jamais les évêques d'un seul patriarcat s'assembler et se nommer concile œcuménique? ce délire cependant n'aurait pas différé de l'autre. Pour ne pas blesser la logique autant que les canons, Photius n'avait qu'à s'attribuer sur tous ses complices cette même juridiction qu'il osait disputer au Pontife légitime ; mais la conscience des hommes était plus forte que son ambition. Il s'en tint à la révolte, et n'osa ou ne put jamais s'élever jusqu'à l'usurpation.

CHAPITRE XI

Que faut-il attendre des Grecs ? — Conclusion de ce livre.

Plusieurs relations nous ont fait connaître vaguement une fermentation précieuse excitée dans la Grèce moderne. On nous parle d'un nouvel esprit, d'un enthousiasme ardent pour la gloire nationale, d'efforts remarquables faits pour le perfectionnement de la langue vulgaire, qu'on voudrait rapprocher de sa brillante origine. Le zèle étranger, s'alliant au zèle patriotique, est sur le point de montrer au monde une académie athénienne, etc.

Sur la foi de ces relations, on pourrait croire à la régénération d'une nation jadis si célèbre, quoique l'institution et la régénération des nations par le moyen des académies, et même en général par le moyen des sciences, soient incontestablement ce qu'on peut imaginer de plus contraire à toutes les lois divines. Cependant j'accepte l'augure avec transport, et tous mes vœux appellent le succès de si nobles efforts ; mais, je suis forcé de l'avouer, plusieurs considérations m'alarment encore et me font douter malgré moi. Souvent j'ai entretenu des hommes qui avaient vécu longtemps en Grèce, et qui en avaient particulièrement étudié les habitants. Je les ai trouvés tous d'accord sur ce point, c'est que jamais il ne sera possible d'établir une souveraineté grecque. Il y a dans le caractère grec quelque chose d'inexplicable qui s'oppose à toute grande association, à toute organisation indépendante, et c'est la première chose qu'un étranger voit s'il a des yeux. Je souhaite de tout mon cœur qu'on m'ait trompé, mais trop de raisons parlent pour la vérité de cette opinion. D'abord elle est fondée sur le caractère éternel de cette nation qui est *née divisée*, s'il est permis de s'exprimer ainsi. Cicéron, qui n'était

séparé que par trois ou quatre siècles des beaux jours
de la Grèce, ne lui accordait plus cependant que des
talents et de l'esprit : que pouvons-nous en attendre
aujourd'hui, que vingt siècles ont passé sur ce peuple infortuné sans lui laisser seulement apercevoir
le jour de la liberté ? L'effroyable servitude qui pèse
sur lui depuis quatre siècles n'a-t-elle pas éteint dans
l'âme des Grecs jusqu'à l'idée même de l'indépendance et de la souveraineté ? Qui ne connaît l'action
déplorable du despotisme sur le caractère d'une nation asservie ? Et quel despotisme encore ! Aucun
peuple peut-être n'en éprouva de semblable. Il n'y
a en Grèce aucun point de contact, aucun amalgame
possible entre le maître et l'esclave. Les Turcs sont
aujourd'hui ce qu'ils étaient au milieu du xv⁰ siècle,
des Tartares campés en Europe. Rien ne peut les
rapprocher du peuple subjugué, que rien ne peut rapprocher d'eux. Là, deux lois ennemies se contemplent
en rugissant ; elles pourraient se toucher pendant
l'éternité, sans pouvoir jamais s'aimer. Entre elles
point de traité, point d'accommodement, point de
transaction possibles. L'une ne peut rien accorder à
l'autre, et ce sentiment même qui rapproche tout ne
peut rien sur elles. De part et d'autre les deux sexes
n'osent se regarder, ou se regardent en tremblant,
comme des êtres d'une nature ennemie que le Créateur
a séparés pour jamais. Entre eux est le sacrilège et le
dernier supplice.On dirait que Mahomet II est entré
hier dans la Grèce et que le droit de conquête y sévit
encore dans sa rigueur primitive. Placé entre le cime-
terre et le bâton du pacha, le Grec ose à peine respirer : il n'est sûr de rien, pas même de la femme qu'il
vient d'épouser. Il cache son trésor, il cache ses
enfants, il cache jusqu'à la façade de sa maison, si
elle peut dire le secret de sa richesse. Il s'endurcit à
l'insulte et aux tourments. Il sait combien il peut supporter de coups sans déceler l'or qu'il a caché. Quel a
dû être le résultat de ce traitement sur le caractère

d'un peuple écrasé, chez qui l'enfant prononce à peine le nom de sa mère avant celui d'*avanie* ? De véritables observateurs protestent que si le sceptre de fer qui lui commande venait à se retirer subitement, ce serait le plus grand malheur pour la Grèce, qui entrerait aussitôt dans un accès de convulsion universelle, sans qu'il fût possible d'y trouver un remède ni d'en prévoir la fin. Où serait pour ce peuple, supposé affranchi, le point de réunion et le centre de l'unité politique, qu'il ne concevrait pas mieux qu'il ne conçoit depuis huit siècles l'unité religieuse ? Quelle province voudrait céder à l'autre ? Quelle race les dominerait ? D'ailleurs, rien ne présage cet affranchissement. Jadis notre faiblesse sauva le sceptre des sultans ; aujourd'hui c'est notre force qui le protège. De grandes jalousies s'observent et se balancent. Si toutes les apparences ne nous trompent pas, elles soutiendront encore et pour longtemps peut-être le trône ottoman, quoique miné de toutes parts.

Et quand même ce trône tomberait, la Grèce changerait de maître ; c'est tout ce qu'elle obtiendrait. Il pourrait se faire sans doute qu'elle y gagnât, mais toujours elle serait dominée. L'Égypte est sans contredit, et sous tous les rapports, le pays de l'univers le plus fait pour ne dépendre que de lui-même. Ezéchiel cependant lui déclara, il y a plus de deux mille ans, que *jamais l'Égypte n'obéirait à un sceptre égyptien* (1) ; et depuis Cambyse jusqu'aux Mameluks, la prophétie n'a cessé de s'accomplir. *Misraïm*, sans doute, expie encore sous nos yeux les crimes qui sortirent jadis des temples de Memphis et de Tentyra, dont les profondes et mystérieuses retraites versèrent l'erreur sur le genre humain. Pour ce long forfait, l'Égypte est condamnée au dernier des supplices des nations : l'ange de la souveraineté a quitté ces fameuses contrées, et peut-être pour n'y plus revenir.

1. Ézéchiel, XXIX, 13 ; XXX, 13.

Qui sait si la Grèce n'est pas soumise au même anathème? Aucun prophète ne l'a maudite, du moins
dans nos livres, mais on serait tenté de croire que
l'identité de la peine suppose celle des transgressions.
N'est-ce pas la Grèce qui fut l'*enchanteresse des
nations*? N'est-ce pas elle qui se chargea de trans-
mettre à l'Europe les superstitions de l'Égypte et de
l'Orient? Par elle ne sommes-nous pas encore païens?
Y a-t-il une fable, une folie, un vice qui n'ait un nom,
un emblème, un masque grec? et, pour tout dire,
n'est-ce pas la Grèce qui eut jadis l'horrible honneur
de nier Dieu la première et de prêter une voix téné-
raire à l'athéisme, qui n'avait point encore osé prendre
la parole à la face des hommes (1)?

Élien remarque avec raison que toutes les nations
nommées *barbares* par les Grecs reconnurent une Divinité suprême, et qu'il n'y eut jamais d'athées parmi
elles (2).

Je ne demande qu'à me tromper ; mais aucun œil
humain ne saurait apercevoir la fin du servage de la
Grèce, et s'il venait à cesser, qui sait ce qui arriverait?

Plus d'une fois, dans nos temps modernes, elle a
réglé ses espérances et ses projets politiques sur l'affinité des cultes ; mais, toujours destinée à se tromper,
elle a pu apprendre à ses dépens qu'elle ne tient plus à
rien. Combien lui faudra-t-il encore de siècles pour
comprendre qu'on a point de frères quand on n'a
pas une mère commune?

Une erreur fatale de la Grèce, et qui malheureusement n'a pas l'air de finir sitôt, c'est de s'appuyer sur
d'anciens souvenirs pour s'attribuer je ne sais quelle
existence imaginaire qui la trompe sans cesse. Il lui

---

1.   Primum Graius homo mortales tollere contra
        Est oculos ausus, etc.

                              (Lucret, lib, I, 67, 68.)

2. *Ælian Hist. Var.* lib. II, cap. xxxi. — Thomassin, *Manière d'étudier
et d'enseigner l'histoire*, t. I, liv. II, ch. v, p. 381. Paris, 1693, in-8.

arrive même de parler de *rivalité* à notre égard. Jadis
peut-être cette rivalité avait une base et un sens ; mais
que signifie aujourd'hui une rivalité où l'on trouve
d'un côté tout, et de l'autre rien? Est-ce la gloire des
armes ou celle des sciences que la Grèce voudrait nous
disputer? Elle se nomme elle-même l'*Orient*, tandis
que pour le véritable Orient elle n'est qu'un point de
l'Occident, et que pour nous elle est à peine visible. Je
sais qu'elle a écrit l'*Iliade*, qu'elle a bâti le Pœcile,
qu'elle a sculpté l'Apollon du Belvédère, qu'elle a
gagné la bataille de Platée ; mais tout cela est bien
ancien, et, franchement, un sommeil de vingt-cinq
siècles ressemble beaucoup à la mort. Puissent les
plus tristes augures n'être que des apparences trom-
peuses ! Désirons ardemment que cette nation ingénieuse recouvre son indépendance et s'en montre
digne ; désirons que le soleil se lève enfin pour elle, et
que les anciennes ténèbres se dissipent. Il n'appartient
point à un particulier de donner des avis à une
nation, mais le simple vœu est toujours permis. Puisse
la Grèce proprement dite, cette véritable Grèce si bien
circonscrite par Cicéron (1), se détacher à jamais de
cette fatale Byzance, jadis simple colonie grecque, et
dont la suprématie imaginaire repose tout entière sur
des titres qui n'existent plus ! On nous parle de Phocion, de Périclès, d'Épaminondas, de Socrate, de Platon, d'Agésilas, etc., etc. Eh bien ! traitons directement avec leurs descendants, sans nous embarrasser
des municipes. Il n'y a de notre côté ni haine, ni
aigreur ; nous n'avons point oublié, comme les Grecs,
la paix de Lyon et celle de Florence. Embrassons-
nous de nouveau et pour ne nous séparer jamais. Il
n'y a plus entre nous qu'un mur magique élevé par
l'orgueil, et qui ne tiendra pas un instant devant la
bonne foi et l'envie de se réunir. Que si l'anathème
dure toujours, tâchons au moins qu'aucun reproche ne

1. *Sup.*, ch. viii, p. 344.

puisse tomber sur nous. Un prélat de l'Église grecque
s'est plaint amèrement, j'en ai la certitude, que les
avances faites d'un certain côté avaient été reçues avec
une hauteur décourageante. Une telle dérogation aux
maximes connues de douceur et d'habileté, quelque
légère qu'on la veuille supposer, paraît bien peu vrai-
semblable. Quoi qu'il en soit, il faut désirer de toutes
nos forces que de nouvelles négociations aient un
succès plus heureux, et que l'amour ouvre de bonne
grâce ses immenses bras, qui étreignent les nations
comme les individus

CONCLUSION

———

I. Après l'horrible tempête qui vient de tourmenter l'Église, que ses enfants lui donnent au moins le spectacle consolant de la concorde ; qu'ils cessent, il en est temps, de l'affliger par leurs discussions insensées. C'est à nous d'abord, heureux enfants de l'unité, qu'il appartient de professer hautement des principes dont l'expérience la plus terrible vient de nous faire sentir l'importance. De tous les points du globe (heureusement il n'en est aucun où il ne se trouve des chrétiens légitimes), qu'une seule voix formée de toutes nos voix réunies répète, avec un religieux transport, le cri de ce grand homme que j'ai combattu sur quelques points importants avec tant de répugnance et de respect : *O sainte Église romaine, mère des Églises et de tous les fidèles ! Église choisie de Dieu pour unir ses enfants dans la même foi et dans la même charité ! nous tiendrons toujours à ton unité par le fond de nos entrailles* (1). Nous avons trop méconnu notre bonheur : égarés par les doctrines impies dont l'Europe a retenti dans le dernier siècle, égarés peut-être encore davantage par des exagérations insoutenables et par un esprit d'indépendance allumé dans le sein même de notre Église, nous avons presque brisé des liens dont nous ne pourrions, sans nous rendre absolument inexcusables, méconnaître aujourd'hui l'inestimable prix. Des souverainetés catholiques même, qu'il soit permis de le dire sans sortir des bornes du profond respect qui leur est dû ; des souverainetés catholiques

1. Bossuet, *Sermon sur l'Unité.*

ont paru quelquefois apostasier ; car c'est une apostasie que de méconnaître les fondements du christianisme, de les ébranler même en déclarant hautement la guerre au chef de cette religion, en l'accablant de dégoûts, d'amertumes, de chicanes honteuses, que des puissances protestantes se seraient peut-être interdites. Parmi ces princes, il en est qui seront inscrits un jour au rang des grands persécuteurs ; ils n'ont pas fait couler le sang, il est vrai ; mais la postérité demandera si les Dioclétien, les Galère et les Dèce, firent plus de mal au christianisme.

Il est temps d'abjurer des systèmes si coupables ; il est temps de revenir au Père commun, de nous jeter franchement dans ses bras, et de faire tomber enfin ce mur d'airain que l'impiété, l'erreur, le préjugé et la malveillance avaient élevé entre nous et lui.

II. Mais dans ce moment solennel où tout annonce que l'Europe touche à une révolution mémorable, dont celle que nous avons vue ne fut que le terrible et indispensable préliminaire, c'est aux [protestants que doivent s'adresser avant tout nos fraternelles remontrances et nos ferventes supplications. Qu'attendent-ils encore, et que cherchent-ils? Ils ont parcouru le cercle entier de l'erreur. A force d'attaquer, de ronger, pour ainsi dire, la foi, ils ont détruit, le christianisme chez eux, et grâce aux efforts de leur terrible science, qui n'a cessé de *protester*, la moitié de l'Europe se trouve enfin sans religion. L'ère des passions a passé ; nous pouvons nous parler sans nous haïr, même sans nous échauffer ; profitons de cette époque favorable ; que les princes surtout s'aperçoivent que le pouvoir leur échappe, et que la monarchie européenne n'a pu être constituée et ne peut être conservée que par la religion *une* et *unique* ; et que si cette alliée leur manque, il faut qu'ils tombent.

III. Tout ce qu'on a dit pour effrayer les puissances protestantes sur l'influence d'un pouvoir étranger est **une chimère**, un épouvantail élevé dans le xvie siècle, et qui ne signifie plus rien dans le nôtre. Que les Anglais surtout réfléchissent profondément sur ce point ; car le grand mouvement doit partir de chez eux : s'ils ne se hâtent pas de saisir la palme immortelle qui leur est offerte, un autre peuple la leur ravira. Les Anglais, dans leurs préjugés contre nous, ne se trompent que sur le temps ; leur déraison n'est qu'un anachronisme. Ils lisent dans quelque livre catholique *qu'on ne doit point obéir à un prince hérétique.* Tout de suite ils s'effrayent et crient au *papisme* ; mais tout ce feu s'éteindrait bientôt s'ils daignaient lire la date du livre, qui remonte infailliblement à la déplorable époque des guerres de religion et des changements de souveraineté. Les Anglais eux-mêmes n'ont-ils pas déclaré en plein parlement que, *si un roi d'Angleterre embrassait la religion catholique, il serait* PAR LE FAIT MÊME *privé de la couronne* (1)? Ils pensent donc que le crime de vouloir changer la religion du pays, ou d'en faire naître le soupçon légitime, justifie la révolte de la part des sujets, ou plutôt les autorise à détrôner le souverain sans devenir rebelles. Or, je serais curieux d'apprendre pourquoi et comment Élisabeth et Henri VIII avaient sur leurs sujets catholiques plus de droits que Georges III n'en aurait aujourd'hui sur ses sujets protestants ; et pourquoi les catholiques d'alors, fort de leurs privilèges naturels et d'une possession de seize siècles, n'étaient pas autorisés à regarder *leurs tyrans* comme déchus, PAR LE FAIT MÊME, de tout droit à la couronne? Pour moi, je ne dirai point qu'une nation en pareil cas *a droit* de résister à ses maîtres, de les juger et de les déposer, car il m'en coûterait infiniment de prononcer cette décision, dans toute supposition imaginable ; mais on m'accordera sans doute que si quelque chose peut justifier la résistance, c'est un attentat sur la religion nationale. Pendant longtemps le titre de *jacobite*

---

1. *Parliamentary debates*, vol. IV, London, 1805, in-8, p. 677.

annonça un ennemi déclaré de la maison régnante.
Celle-ci se défendait et levait la hache sur tout partisan
de la famille dépossédée ; c'est l'ordre politique. Mais
à quel moment précis le *jacobite* commença t-il d'être
réellement coupable ? C'est une question terrible qu'il
faut laisser au jugement de Dieu. Maintenant qu'il
s'est expliqué par le temps, le catholique se présente
au souverain de l'Angleterre, et lui dit : « Vous voyez
« nos principes : notre fidélité n'a ni bornes, ni excep-
« tions, ni conditions. Dieu nous a enseigné que la
« souveraineté est son ouvrage : il nous a prescrit de
« résister, au péril de notre vie, à la violence qui vou-
« drait la renverser ; et si cette violence est heureuse,
« nulle part il ne nous a révélé à quelle époque le
« succès peut la rendre légitime. Se trop presser peut
« être un crime ; mourir pour ses anciens maîtres n'en
« est jamais un. Tant qu'il y eut des Stuarts au monde,
« nous combattions pour eux, et sous la hache de vos
« bourreaux, notre dernier soupir fut pour ces
« princes malheureux : maintenant ils n'existent plus;
« Dieu a parlé, vous êtes souverains légitimes ; nous
« ne savons pas depuis quand, mais vous l'êtes.
« Agréez cette même fidélité religieuse, obstinée,
« inébranlable, que nous jurâmes jadis à cette race
« infortunée qui précéda la vôtre. Si jamais la rébel-
« lion vient à rugir autour de vous, aucune crainte,
« aucune séduction ne pourra nous détacher de votre
« cause. Eussiez-vous même à notre égard les torts
« les plus excusables, nous la défendrons jusqu'à
« notre dernier soupir. On nous trouvera autour de
« vos drapeaux, sur tous les champs de bataille où
« l'on combattra pour vous ; et si, pour attester notre
« foi, il faut encore monter sur les échafauds, vous
« nous y avez accoutumés ; nous les arroserons de
« notre sang, sans nous rappeler celui de nos pères,
« que vous fîtes couler pour ce même crime de fidé-
« lité. »

IV. Tout semble démontrer que les Anglais sont

destinés à donner le branle au grand mouvement religieux qui se prépare et qui sera une époque sacrée
dans les fastes du genre humain. Pour arriver les
premiers à la lumière parmi tous ceux qui l'ont
abjurée, ils ont deux avantages inappréciables et dont
ils se doutent peu : c'est que, par la plus heureuse
des contradictions, leur système religieux se trouve
à la fois, et le plus évidemment faux, et le plus évidemment près de la vérité.

Pour savoir que la religion anglicane est fausse, il
n'est besoin ni de recherches, ni d'argumentation. Elle
est jugée par intuition ; elle est fausse comme le soleil
est lumineux : il suffit de regarder. *La hiérarchie anglicane est isolée dans le christianisme : elle est donc
nulle.* Il n'y a rien de sensé à répliquer à cette simple
observation. Son épiscopat est également rejeté par
l'Église catholique et par la protestante : mais s'il
n'est ni catholique, ni protestant, qu'est-il donc ?
Rien. C'est un rétablissement civil et local, diamétra-
lement opposé à l'universalité, signe exclusif de la
vérité. Ou cette religion est fausse, ou Dieu s'est
incarné pour les Anglais : entre ces deux propositions, il n'y a point de milieu. — Souvent leurs
théologiens en appellent à l'ÉTABLISSEMENT, sans
s'apercevoir que ce mot seul annule leur religion,
puisqu'il suppose la nouveauté et l'action humaine,
deux grands anathèmes également visibles, décisifs
et ineffaçables. D'autres théologiens de cette école
et des prélats même, voulant échapper à ces anathèmes dont ils ont l'involontaire conviction, ont pris
l'étrange parti de soutenir *qu'ils n'étaient pas protestants ;* sur quoi il faut leur dire encore : *Qu'êtes-
vous donc ? — Apostoliques,* disent-ils (1). Mais ce
serait pour nous faire rire sans doute, si l'on pouvait
rire de choses aussi sérieuses et d'hommes aussi
estimables.

V. L'Église anglicane est d'ailleurs la seule asso-

1. *Sup.*, liv. IV ch. v, p. 326.

ciation du monde qui se soit déclarée nulle et ridicule dans l'acte même qui la constitue. Elle a proclamé solennellement dans cet acte TRENTE-NEUF
ARTICLES, ni plus ni moins, absolument nécessaires
au salut, et qu'il faut jurer pour appartenir à cette
Église. Mais l'un de ces articles (le XXVe) déclare
solennellement que Dieu, en constituant son Église,
n'a point laissé l'*infaillibilité* sur la terre ; que toutes
les Églises se sont trompées, à commencer par celle
de Rome ; qu'elles se sont trompées grossièrement,
même sur le dogme, même sur la morale ; en sorte
qu'aucune d'elles ne possède le droit de prescrire la
croyance, et que l'Écriture sainte est l'unique règle
du chrétien. L'Église anglicane déclare donc a ses
enfants qu'elle a bien le droit de leur commander,
mais qu'ils ont le droit de ne pas lui obéir. Dans le
même moment, avec la même plume, avec la même
encre, sur le même papier, elle déclare le dogme et
déclare qu'elle n'a pas le droit de le déclarer. J'espère
que dans l'interminable catalogue des folies humaines, celle-là tiendra toujours une des premières
places.

VI. Après cette déclaration solennelle de l'Église
anglicane qui s'annule elle-même, il manquait un témoignage de l'autorité civile qui ratifiât ce jugement ;
et ce témoignage, je le trouve dans les débats parlementaires de l'année 1805, au sujet de l'émancipation
des catholiques. Dans une des séances bruyantes qui
ne doivent servir qu'à préparer les esprits pour une
époque plus reculée et plus heureuse, le procureur
général de S. M. le roi de la Grande-Bretagne laissa
échapper une phrase qui n'a pas été remarquée, ce
me semble, mais qui n'en est pas moins une des
choses les plus curieuses qui aient été prononcées
en Europe depuis un siècle peut-être.

Souvenez-vous, disait à la Chambre des communes
ce magistrat important, revêtu du ministère public ;
souvenez-vous que c'est absolument la même chose

pour l'Angleterre, de révoquer les lois portées contre les catholiques, ou d'avoir sur-le-champ un parlement catholique et une religion catholique, au lieu de l'établissement *actuel* (1).

Le commentaire de cette inappréciable naïveté se présente de lui-même. C'est comme si le procureur général avait dit en propres termes : *Notre religion, comme vous le savez, n'est qu'un établissement purement civil, qui ne repose que sur la loi du pays et sur l'intérêt de chaque individu. Pourquoi sommes-nous anglicans?* Certes, *ce n'est pas la persuasion qui nous détermine, c'est la crainte de perdre des biens, des honneurs et des privilèges. Le mot de foi n'ayant donc point de sens dans notre langue, et la conscience anglaise étant catholique, nous lui obéirons du moment, où il ne devra plus rien nous en coûter. En un clin d'œil nous serons tous catholiques* (2).

VII. Mais si dans tout ce qu'il renferme de faux, il n'y a rien de si évidemment faux que le système anglican, en revanche, par combien de côtés ne se recommande-t-il pas à nous comme le plus voisin de la vérité ! Retenus par les mains de trois souverains terribles qui goûtaient peu les exagérations populaires, et retenus aussi, c'est un devoir de l'observer, par un bon sens supérieur, les Anglais purent, dans le XVIᵉ siècle, résister jusqu'à un point remarquable au torrent qui entraînait les autres nations, et conserver plusieurs éléments catholiques. De là, cette physionomie ambiguë qui distingue l'Église

1. *I tink that no alternative can exist between keeping the establishment we have, and putting a roman catholic establishment in its place.(Parliamentary debates*, etc. vol. IV, London, 1805, p. 943. — Disc. du procureur général.)

2. J'oserais croire cependant que le savant magistrat s'exagérait le malheur futur. *Tout le monde*, dit-il, *sera catholique*. Eh bien, dès que tout le monde serait d'accord, où serait le mal? Trois jours auparavant (séance du 10 mai, *Ibid.*, p. 761), un pair disait, en parlant sur la même question : « Jacques II « ne demandait pour les catholiques que l'égalité de privilèges; mais cette éga- « lité aurait amené la chute du protestantisme. » ET POURQUOI? C'est toujours le même aveu. *L'erreur, si elle n'est soutenue par des prescriptions, ne tiendra jamais contre la vérité.*

anglicane, et que tant d'écrivains ont fait observer.
« Elle n'est pas sans doute l'épouse légitime ; mais,
« c'est la maîtresse d'un roi ; et quoique fille évidente
« de Calvin, elle n'a point la mine effrontée de ses
« sœurs. Levant la tête d'un air majestueux, elle pro-
« nonce assez distinctement les noms de *Pères*, de
« *Conciles*, d'*Eglise* et de *Chefs de l'Eglise ;* sa main
« porte la crosse avec aisance ; elle parle sérieuse-
« ment de sa noblesse ; et, sous le masque d'une
« mitre isolée et rebelle, elle a su conserver on ne
« sait quel reste de grâce antique, vénérable débris
« d'une dignité qui n'est plus (1). »

Nobles Anglais ! vous fûtes jadis les premiers
ennemis de l'unité ; c'est à vous aujourd'hui qu'est
dévolu l'honneur de la ramener en Europe. L'erreur
n'y lève la tête que parce que nos deux langues sont
ennemies : si elles viennent à s'allier sur le premier
des objets, rien ne leur résistera. Il ne s'agit que de
saisir l'heureuse occasion que la politique vous présente en ce moment. Un seul acte de justice, et le
temps se chargera du reste.

VIII. Après trois siècles d'irritation et de dispute,
que nous reprochez-vous encore et de quoi vous
plaignez-vous ? Dites-vous toujours que nous avons
innové, que nous avons inventé des dogmes et
changé nos opinions humaines en symboles ? Mais si

1. . . . As the mistress of a monarch's bed,
Her front erect with majesty she bore,
The crosier wielded and the mitre wore:
Shew'd affectation of an ancient line
And Fathers. Councils, Churche and Churche's Head.
Were on her rev'rend Phylacteries read.

(Dryden's original poems., in-12, t. I, *The Hind and the Panther.* Part 1.)
— Je lis dans le *Magasin européen*, t. XVIII, août 1790, p. 115, un morceau
remarquable du docteur Burney sur le même sujet. Quelques dissidents modernes sont moins polis et plus tranchants : « L'Eglise de Rome, disent-ils, est
« une prostituée ; celle d'Ecosse, une entretenue, et celle d'Angleterre, une
« femme de moyenne vertu, entre l'une et l'autre. » *They* (the dissenters) *cal-
led the church of Rome a strumpet ; the kirk of Scotland a kept-mistress, and
the church of England an equivocal lady of easy virtue, between the one
and the other.* (*Journal du Parlement d'Angleterre*, Chambre des communes,
jeudi 2 mars 1790, discours du célèbre Burke.)

vous ne voulez pas en croire nos docteurs, qui protestent et qui prouvent qu'ils n'enseignent que la foi des apôtres, croyez-en au moins vos athées : ils vous diront *que les pouvoirs exercés par l'Église romaine sont en grande partie antérieurs à presque tous les établissements politiques de l'Europe* (1).

Croyez-en vos déistes : ils vous diront *qu'un homme instruit ne saurait résister au poids de l'évidence historique qui établit que dans toute la période des quatre premiers siècles de l'Église, les points principaux des doctrines papistes étaient déjà admis en théorie et en pratique* (2).

Croyez-en vos apostats : ils vous diront qu'ils avaient cédé d'abord à cet argument qui leur parut invincible : *qu'il faut qu'il y ait quelque part un juge infaillible, et que l'Église de Rome est la seule société chrétienne qui prétende et puisse prétendre à ce caractère* (3).

Croyez-en enfin vos propres docteurs, vos propres évêques anglicans : ils vous diront, dans leurs moments heureux de conscience ou de distraction, *que les germes du papisme furent semés dès le temps des apôtres* (4).

Tâchez de vous recueillir ; tâchez d'être maîtres de vous-mêmes et de vos préjugés, assez pour pouvoir contempler dans le calme de votre conscience de quel étrange système vous avez le malheur d'être

1. *Many of the powers indeed assumed by the church of Rome were very ancient and were prior to almost every political government established in Europe.* (Hume's *Hist. of England.* Henri VIII, ch. xxix, ann. 1521.) Hume, comme on voit, tâche de n.ɔ lifier légèrement sa proposition, mais ce n'est qu'une pure chicane qu'il fait à sa conscience.

2. Gibbon, *Mémoire*, t. I, ch. i de la trad. franç.

3. Cette décision est de Chillingworth, et Gibbon, qui la rapporte, ajoute *que le premier ne devait cet argument qu'à lui-même.* (Gibbon, au livre cité, ch. vi.) Dans cette supposition, il faut croire que ni Chillingworth ni Gibbon n'avaient beaucoup lu nos docteurs,

4. *The seeds of Popery were sown even in the apostles times.* (*Bishop Newton's dissertations on the profecies.* London, in-8, t. III, ch. x, p. 148.) L'honnête homme ! Encore un léger effort de franchise, et nous l'aurions entendu convenir, non indirectement, comme il le fait ici, mais en propres termes, *que les germes du papisme furent semés par Jésus-Christ*

encore les principaux défenseurs. Faut-il donc tant
d'arguments contre le protestantisme? Non, il suffit
de tracer exactement son portrait et de le lui montrer
sans colère.

IX. « En vertu d'un anathème terrible, inexpli-
« cable sans doute, mais cependant bien moins inex-
« plicable qu'incontestable, le genre humain avait
« perdu tous ses droits. Plongé dans de mortelles
« ténèbres, il ignorait tout, puisqu'il ignorait Dieu ;
« et puisqu'il l'ignorait il ne pouvait le prier ; en
« sorte qu'il était spirituellement mort sans pouvoir
« demander la vie. Parvenu par une dégradation
« rapide au dernier degré de l'abrutissement, il
« outrageait la nature par ses mœurs, par ses lois
« et par ses religions même. Il consacrait tous les
« vices ; il se roulait dans la fange, et son abrutisse-
« ment était tel, que l'histoire naïve de ces temps
« forme un tableau dangereux que tous les hommes
« ne doivent pas contempler. Dieu, cependant, *après*
« *avoir dissimulé quarante siècles*, se souvint de sa
« créature. Au moyen marqué et de tout temps
« annoncé, *il ne dédaigna pas le sein d'une vierge* ;
« il se revêtit de notre malheureuse nature et parut
« sur la terre : nous le vîmes, nous le touchâmes, il
« nous parla ; il vécut, il enseigna, il souffrit, il
« mourut pour nous. Sorti de son tombeau, suivant
« sa promesse, il reparut encore parmi nous pour
« assurer solennellement à son Église une assis-
« tance aussi durable que le monde. Mais, hélas !
« cet effort de l'amour tout puissant n'eut pas à beau-
« coup près tout le succès qu'il annonçait. Par défaut
« de science ou de force, ou par distraction peut-être,
« Dieu manqua son coup et ne put tenir sa parole.
« Moins avisé qu'un chimiste qui entreprendrait
« d'enfermer l'éther dans la toile ou le papier, il ne
« confia qu'à des hommes cette vérité, qu'il avait
« apportée sur la terre : elle s'échappa donc, comme
« on aurait bien pu le prévoir, par tous les pores

« humains : bientôt cette religion sainte, révélée à
« l'homme par l'Homme-Dieu, ne fut plus qu'une
« infâme idolâtrie qui durerait encore si le chris-
« tianisme, après seize siècles, n'eût été brusque-
« ment ramené à sa pureté originelle par deux mi-
« sérables. »

Voilà le protestantisme. Et que dira-t-on de lui et
de vous qui le défendez, lorsqu'il n'existera plus?
Aidez-nous plutôt à le faire disparaître. Pour rétablir une religion et une morale en Europe ; pour
donner à la vérité les forces qu'exigent les conquêtes
qu'elle médite ; pour raffermir surtout le trône des
souverains, et calmer doucement cette fermentation
générale des esprits qui nous menace des plus grands
malheurs, un préliminaire indispensable est d'effacer
du dictionnaire européen ce mot fatal, protestantisme.

X. Il est impossible que des considérations aussi
importantes ne se fassent pas jour enfin dans les cabinets protestants, et n'y demeurent en réserve pour
en descendre ensuite comme une eau bienfaisante
qui arrosera les vallées. Tout invite les protestants à
revenir à nous. Leur science qui n'est maintenant
qu'un épouvantable corrosif, perdra sa puissance
délétère en s'alliant à notre soumission, qui ne refusera point à son tour de s'éclairer par leur science.
Ce grand changement doit commencer par les
princes, et demeurer parfaitement étranger au ministère dit *évangélique*. Plusieurs signes manifestes
excluent ce ministère du grand œuvre. Adhérer à
l'erreur est toujours un grand mal ; mais l'enseigner
par état, et l'enseigner contre le cri de sa conscience,
c'est l'excès du malheur, et l'aveuglement absolu en
est la suite véritable. Un grand exemple de ce genre
vient de nous être présenté dans la capitale du protestantisme, où le corps des pasteurs a renoncé publiquement au christianisme en se déclarant arien, tandis que le bon sens laïque lui reproche son apostasie.

XI. Au milieu de la fermentation **générale des** esprits, les Français, et parmi eux l'ordre sacerdotal en particulier, doivent s'examiner soigneusement, et ne pas laisser échapper cette grande occasion de s'employer efficacement et en première ligne à la reconstruction du saint édifice. Ils ont sans doute de grands préjugés à vaincre ; mais, pour y parvenir, ils ont aussi de grands moyens, et, ce qui est très heureux, de puissants ennemis de moins. Les parlements n'existent plus, ou n'existent pas. Réunis en corps, ils auraient opposé une résistance peut-être invincible, et c'en était fait de l'Église gallicane. Aujourd'hui l'esprit parlementaire ne peut s'expliquer et agir que par des efforts individuels qui ne sauraient avoir un grand effet. On peut donc espérer que rien n'empêchera le sacerdoce de se rapprocher sincèrement du Saint-Siège, dont les circonstances l'avaient éloigné plus qu'il ne croyait peut-être. Il n'y a pas d'autres moyens de rétablir la religion sur ses antiques bases. Les ennemis de cette religion, qui ne l'ignoraient pas, tâchent de leur côté d'établir l'opinion contraire, savoir : *que c'est le Pape qui s'oppose à la réunion des chrétiens.* Un évêque grec a déclaré naguère qu'*il ne voyait plus entre les deux Églises d'autre mur de séparation* QUE *la suprématie du Pape* (1) ; et cette assertion toute simple de la part de son auteur, je l'ai entendu citer en pays catholique, pour établir encore la nécessité de restreindre davantage la suprême puissance spirituelle. Pontifes et lévites français, gardez-vous du piège qu'on vous tend ; pour abolir le protestantisme sous toutes les formes, on vous propose de vous faire protestants. C'est au contraire en rétablissant la suprématie pontificale que vous replacerez l'Église gallicane sur ses

---

1. Ce prélat est M. Élie Méniate, évêque de Larissa. Son livre, intitulé *La Pierre d'achoppement*, a été traduit en allemand par M. Jacob Kemper. Vienne, in-8, 1787. On lit à la page 93 : *Ich halte den streit uber die obergewalt des Pabstes fur den hanptpunek* ; *denn dieses ist die schied-maner welche die zwey kirchenn trennt.*

véritables bases, et que vous lui rendrez son ancien éclat. Reprenez votre place : l'Église universelle a besoin de vous pour célébrer dignement l'époque fa · meuse, et que la postérité n'envisagera jamais sans une profonde admiration ; l'époque, dis-je, où le Souverain pontife s'est vu reporter sur son trône par des événements dont les causes sortent visiblement du cercle étroit des moyens humains.

XII. Nulle institution humaine n'a duré dix-huit siècles. Ce prodige, qui serait frappant partout, l'est plus particulièrement au sein de la mobile Europe. Le repos est le supplice de l'Européen, et ce caractère contraste merveilleusement avec l'immobilité orientale. Il faut qu'il agisse, il faut qu'il entreprenne, il faut qu'il innove et qu'il change tout ce qu'il peut atteindre. La politique surtout n'a cessé d'exercer le génie innovateur *des enfants audacieux de Japhet.* Dans l'inquiète défiance qui les tient sans cesse en garde contre la souveraineté, il y a beaucoup d'orgueil sans doute, mais il y a aussi une juste conscience de leur dignité : Dieu seul connaît les quantités respectives de ces deux éléments. Il suffit ici de faire observer le caractère qui est un fait incontestable, et de se demander quelle force cachée a donc pu maintenir le trône pontifical au milieu de tant de ruines et contre toutes les règles de la probabilité. A peine le christianisme s'est établi dans le monde, et déjà d'impitoyables tyrans lui déclarent une guerre féroce. Ils baignent la nouvelle religion dans le sang de ses enfants. Les hérétiques l'attaquent de leur côté dans tous ses dogmes successivement. A leur tête éclate Arius, qui épouvante le monde et *le fait douter s'il est chrétien.* Julien, avec sa puissance, son astuce, sa science et ses philosophes complices, porte au christianisme des coups mortels pour tout ce qui eût été mortel. Bientôt le Nord verse ses peuples barbares sur l'empire romain ! ils viennent venger les martyrs, et l'on pour-

rait croire qu'ils viennent étouffer la religion pour
laquelle ces victimes moururent ; mais c'est le contraire qui arrive. Eux-mêmes sont apprivoisés par ce
culte divin qui préside à leur civilisation, et, se
mêlant à toutes leurs institutions, enfante la grande
famille européenne et sa monarchie, dont l'univers
n'avait nulle idée. Les ténèbres de l'ignorance suivent cependant l'invasion des Barbares ; mais le
flambeau de la foi étincelle d'une manière plus visible sur ce fond obscur, et la science même, concentrée dans l'Église, ne cesse de produire des hommes
éminents pour leur siècle. La noble simplicité de ces
temps illustrés par de hauts caractères valait bien
mieux que la demi-science de leurs successeurs im-
médiats. Ce fut de leur temps que naquit ce funeste
schisme qui réduisit l'Église à chercher son chef
visible pendant quarante ans. Ce fléau des contemporains est un trésor pour nous dans l'histoire. Il
sert à prouver que le trône de saint Pierre est inébranlable. Quel établissement humain résisterait à
cette épreuve, qui cependant n'était rien, comparée
à celle qu'allait subir l'Église !

XIII. *Luther paraît, Calvin le suit.* Dans un accès
de frénésie dont le genre humain n'avait pas vu un
exemple, et dont la suite immédiate fut un carnage de
trente ans, ces deux hommes de néant, avec l'orgueil
des sectaires, l'acrimonie plébéienne et le fanatisme
des cabarets (1), publièrent *la réforme de l'Église,* et
en effet ils la *réformèrent,* mais sans savoir ce qu'ils
disaient, ni ce qu'ils faisaient. Lorsque des hommes
sans mission osent entreprendre de *réformer*
l'Église, ils *déforment* leur parti, et ne *réforment*
réellement que la véritable Église, qui est obligée de
se défendre et de veiller sur elle-même. C'est préci-

---

1. DANS LES CABARETS, *on citait à l'envi des anecdotes plaisantes sur l'avarice des prêtres; on y tournait en ridicule les clefs, la puissance des
Papes, etc.* (Lettre de Luther au Pape, datée du jour de la Trinité, 1518, citée
par M. Roscoe. *Hist. de Léon X,* in-8, t. III. *Appendix,* n° 149, p. 152.) On
peut s'en fier à Luther sur les premières *chaires* de la réforme.

sément ce qui est arrivé, car il n'y a de véritable
réforme que l'immense chapitre de la *réforme* qu'on
lit dans le concile de Trente ; tandis que la prétendue
réforme est demeurée hors de l'Église, sans règle,
sans autorité, et bientôt sans foi, telle que nous la
voyons aujourd'hui. Mais par quelles effroyables
convulsions n'est-elle pas arrivée à cette nullité dont
nous sommes les témoins? Qui peut se rappeler sans
frémir le fanatisme du XVIᵉ siècle, et les scènes
épouvantables qu'il donna au monde? Quelle fureur
surtout contre le Saint-Siège ! Nous rougissons
encore pour la nature humaine, en lisant dans les
écrits du temps les sacrilèges injures vomies par ces
grossiers novateurs contre la hiérarchie romaine.
Aucun ennemi de la foi ne s'est jamais trompé : tous
frappent vainement, puisqu'ils se battent contre
Dieu ; mais tous savent où il faut frapper. Ce qu'il y
a d'extrêmement remarquable, c'est qu'à mesure que
les siècles s'écoulent, les attaques sur l'édifice catholiques deviennent *toujours* plus fortes; en sorte qu'en
disant *toujours*, « il n'y a rien au delà, » on se
trompe *toujours*. Après les tragédies épouvantables
du XVIᵉ siècle, on eût dit sans doute que la tiare avait
subi sa plus grande épreuve ; cependant celle-ci
n'avait fait qu'en préparer une autre. Le XVIᵉ et le
XVIIᵉ siècles pourraient être nommés les *prémisses*
du XVIIIᵉ, qui ne fut en effet que la *conclusion* des deux
précédents. L'esprit humain n'aurait pu subitement
s'élever au degré d'audace dont nous avons été les
témoins. Il fallait, pour déclarer la guerre au ciel,
mettre encore *Ossa sur Pélion*. Le philosophisme ne
pouvait s'élever que sur la vaste base de la réforme.

XIV. Toute attaque sur le catholicisme portant
nécessairement sur le christianisme même, ceux que
notre siècle a nommés *philosophes* ne firent que
saisir les armes que leur avait préparées le protestantisme, et ils les tournèrent contre l'Église en se
moquant de leur allié, qui ne valait pas la peine d'une

attaque, ou qui peut-être l'attendait. Qu'on se rappelle tous les livres impies écrits pendant le XVIIIe siècle. Tous sont dirigés contre Rome, comme s'il n'y avait pas de véritables chrétiens hors de l'enceinte romaine ; ce qui est très vrai si l'on veut s'exprimer rigoureusement. On ne l'aura jamais assez répété, il n'y a rien de si infaillible que l'instinct de l'impiété. Voyez ce qu'elle hait, ce qui la met en colère, et ce qu'elle attaque toujours, partout et avec fureur ; c'est la vérité. Dans la séance infernale de la Convention nationale (qui frappera la postérité bien plus qu'elle n'a frappé nos légers contemporains), où l'on célébra, s'il est permis de s'exprimer ainsi, l'abnégation du culte, Robespierre, après son *immortel* discours, se fit-il apporter les livres, les habits, les coupes du culte protestant pour les profaner ? Appela-t-il à la barre, chercha-t-il à séduire ou à effrayer quelque ministre de ce culte pour en obtenir un serment d'apostasie ? Se servit-il au moins pour cette horrible scène des scélérats de cet ordre, comme il avait employé ceux de l'ordre catholique ? Il n'y pensa seulement pas. Rien ne le gênait, rien ne l'irritait, rien ne lui faisait ombrage de ce côté; aucun ennemi de Rome ne pouvait être odieux à un autre, quelles que soient leurs différences sous d'autres rapports. C'est par ce principe que s'explique l'affinité, différemment inexplicable, des Églises protestantes avec les Églises photienne, nestorienne, etc., plus anciennement séparées. Partout où elles se rencontrent, elles s'embrassent et se complimentent avec une tendresse qui surprend au premier coup d'œil, puisque leurs dogmes capitaux sont directement contraires ; mais bientôt on a deviné leur secret. Tous les ennemis de Rome sont amis, et comme il ne peut y avoir de *foi* proprement dite hors de l'Église catholique, passé cet acte de chaleur fiévreuse qui accompagne la naissance de toutes les sectes, on cesse de se brouiller pour des dogmes auxquels on ne tient

plus qu'extérieurement, et que chacun voit s'échapper
l'un après l'autre du symbole national, à mesure qu'il
plaît à ce juge capricieux, qu'on appelle *raison particulière*, de les citer à son tribunal pour les déclarer
nuls.

XV. Un fanatique anglais, au commencement du
dernier siècle, fit écrire sur le fronton d'un temple
qui ornait ses jardins ces deux vers de Corneille :

> Je rends grâces aux dieux de n'être plus Romain,
> Pour conserver encore quelque chose d'humain.

Et nous avons entendu un fou du dernier siècle
s'écrier dans un livre tout à fait digne de lui : O
Rome ! que je te hais (1) ! Il parlait pour tous les
ennemis du christianisme, mais surtout pour tous
ceux de son siècle ; car jamais la haine de Rome ne
fut plus universelle et plus marquée que dans ce
siècle où les grands conjurés eurent l'art de s'élever
jusqu'à l'oreille de la souveraineté orthodoxe, et d'y
faire couler des poisons qu'elle a chèrement payés.
La persécution du xvııı° siècle surpasse infiniment
toutes les autres, parce qu'elle y a beaucoup ajouté.
et ne ressemble aux persécutions anciennes que par
les torrents de sang qu'elle a versés en finissant. Mais
combien ses commencements furent plus dangereux !
L'arche sainte fut soumise de nos jours à deux
attaques inconnues jusqu'alors : elle essuya à la fois
les coups de la science et ceux du ridicule. La chronologie, l'histoire naturelle, l'astronomie, la physique, furent, pour ainsi dire, *ameutées* contre la religion. Une honteuse coalition réunit contre elle tous
les talents, toutes les connaissances, toutes les forces
de l'esprit humain. L'impiété monta sur le théâtre.
Elle y fit voir les pontifes, les prêtres, les vierges

---

1. Mercier, dans l'ouvrage intitulé *l'An 2240*, ouvrage qui, sous un point de
vue. mérite d'être lu, parce qu'il contient tout ce que ces misérables dési-
raient, et tout ce qui devait en effet arriver. Ils se trompaient *seulement* en prenant une phase passagère du mal pour un état durable qui devait le débarrasser
pou toujours de leur plus grande ennemie.

saintes sous leurs costumes distinctifs, et les fit parler comme elle pensait. Les femmes, qui peuvent tout
pour le mal comme pour le bien, lui prêtèrent leur
influence ; et tandis que les talents et les passions se
réunissaient pour faire en sa faveur le plus grand
effort imaginable, une puissance d'un nouvel ordre
s'armait contre la foi antique : c'était le ridicule. Un
homme unique à qui l'enfer avait remis ses pouvoirs
se présenta dans cette nouvelle arène et combla les
vœux de l'impiété. Jamais l'arme de la plaisanterie
n'avait été maniée d'une manière aussi redoutable,
et jamais on ne l'employa contre la vérité avec autant
d'effronterie et de succès. Jusqu'à lui, le blasphème,
circonscrit par le dégoût, ne tuait que le blasphéma-
teur ; dans la bouche du plus coupable des hommes
il devint contagieux en devenant *charmant.* Encore
aujourd'hui l'homme sage qui parcourt les écrits de
ce bouffon sacrilège pleure souvent d'avoir ri. Une
vie d'un siècle lui fut donnée, afin que l'Église sortît
victorieuse des trois épreuves auxquelles nulle institution fausse ne résistera jamais : le syllogisme,
l'échafaud et l'épigramme.

XVI. Les coups désespérés portés, dans les dernières années du dernier siècle, contre le sacerdoce
catholique et contre le chef suprême de la religion,
avaient ranimé les espérances des ennemis de la
chaire éternelle. On sait qu'une maladie du protestantisme, aussi ancienne que lui, fut la manie de prédire
la chute de la puissance pontificale. Les erreurs, les
bévues les plus énormes, le ridicule le plus solennel,
rien n'a pu le corriger : toujours il est revenu à la
charge ; mais jamais ses prophètes n'ont été plus
hardis à prédire la chute du Saint-Siège que lorsqu'ils ont cru voir qu'elle était arrivée.

Les docteurs anglais se sont distingués dans ce
genre de délire par des livres fort utiles, précisément
parce qu'ils sont la honte de l'esprit humain, et qu'ils
doivent nécessairement faire rentrer en eux-mêmes

tous les esprits qu'un ministère coupable n'a pas condamnés à un aveuglement final. A l'aspect du Souverain Pontife chassé, exilé, emprisonné, outragé,
privé de ses États par une puissance prépondérante
et presque surnaturelle devant qui la *terre se taisait*,
il n'était pas malaisé à ces *prophètes* de prédire que
c'en était fait de la suprématie spirituelle et de la
souveraineté temporelle du Pape. Plongés dans les
plus profondes ténèbres, et justement condamnés au
double châtiment de voir dans les saintes Écritures
ce qui n'y est pas, et de n'y pas voir ce qu'elles con-
tiennent de plus clair, ils entreprirent de nous
prouver, par ces mêmes Écritures, que cette suprématie à qui il a été divinement et littéralement prédit
qu'elle durerait autant que le monde était sur le point
de disparaître pour toujours, Ils trouvaient l'heure
et la minute dans l'*Apocalypse* ; car ce livre est fatal
pour les docteurs protestants ; et sans excepter même
le grand Newton, ils ne s'en occupent guère sans perdre l'esprit. Nous n'avons, contre les sophismes les
plus grossiers, d'autres armes que le raisonnement ;
mais Dieu, lorsque sa sagesse l'exige, les réfute par
des miracles. Pendant que les faux prophètes parlaient avec le plus d'assurance, et qu'une foule,
comme eux ivre d'erreur, leur prêtait l'oreille, un
prodige visible de la Toute-Puissance, manifesté par
l'inexplicable accord des pouvoirs les plus discordants, reportait le Pontife au Vatican ; et sa main,
qui ne s'étend que pour bénir, appelait déjà la miséricorde et les lumières célestes sur les auteurs de
ces livres insensés.

XVII. Qu'attendent donc nos frères, si malheureusement séparés, pour marcher au Capitole en nous
donnant la main ? Et qu'entendent-ils par *miracle*,
s'ils ne veulent pas reconnaître le plus grand, le plus
manifeste, le plus incontestable de tous dans la conservation, et de nos jours surtout, dans la résurrection, qu'on me permette ce mot, dans la résurrection

du trône pontifical, opérée contre toutes les lois de la probabilité humaine ? Pendant quelques siècles, on put croire dans le monde que l'unité politique favorisait l'unité religieuse ; mais depuis longtemps, c'est la supposition contraire qui a lieu. Des débris de l'empire romain se sont formés une foule d'empires, tous de mœurs, de langages, de préjugés différents. De nouvelles terres découvertes ont multiplié sans mesure cette foule de peuples indépendants les uns à l'égard des autres. Quelle main, si elle n'est divine, pourrait les retenir sous le même sceptre spirituel ? C'est cependant ce qui est arrivé, et c'est ce qui est mis sous nos yeux. L'édifice catholique, composé de pièces politiquement disparates et même ennemies, attaqué de plus par tout ce que le pouvoir humain, aidé par le temps, peut inventer de plus méchant, de plus profond et de plus formidable, au moment même où il paraissait s'écrouler pour toujours, se raffermit sur ses bases plus assurées que jamais, et le Souverain Pontife des chrétiens, échappé à la plus impitoyable persécution, consolé par de nouveaux amis, par des conversions illustres, par les plus douces espérances, relève sa tête auguste au milieu de l'Europe étonnée. Ses vertus, sans doute, étaient dignes de ce triomphe ; mais dans ce moment ne contemplons que le *siège*. Mille et mille fois ses ennemis nous ont reproché les faiblesses, les vices même de ceux qui l'ont occupé. Ils ne faisaient pas attention que toute souveraineté doit être considérée comme un seul individu ayant possédé toutes les bonnes et les mauvaises qualités qui ont appartenu à la dynastie entière, et que la succession des Papes, ainsi envisagée sous le rapport du mérite général, l'emporte sur toutes les autres, sans difficulté et sans comparaison. Ils ne faisaient pas attention, de plus, qu'en insistant avec plus de complaisance sur certaines taches, ils argumentaient puissamment en faveur de l'indéfectibilité de l'Église. Car si, par

exemple, il avait plu à Dieu d'en confier le gouvernement à une intelligence d'un ordre supérieur, nous
devrions admirer un tel ordre de choses bien moins
que celui dont nous sommes témoins : en effet, aucun
homme instruit ne doute qu'il n'y ait dans l'univers
d'autres intelligences que l'homme, et très supérieures à l'homme. Ainsi l'existence d'un chef de
l'Église supérieur à l'homme ne nous apprendrait
rien sur ce point. Que si Dieu avait rendu de plus
cette intelligence visible à des êtres de notre nature,
en l'unissant à un corps, cette merveille n'aurait rien
de supérieur à celle que présente l'union de notre
âme et de notre corps, qui est le plus vulgaire de tous
les faits, et qui n'en demeuré pas moins une énigme
insoluble à jamais. Or, il est clair que dans l'hypothèse de cette intelligence supérieure, la conservation
de l'Église n'aurait plus rien d'extraordinaire. Le
miracle que nous voyons surpasse donc infiniment
celui que j'ai supposé. Dieu nous a promis de fonder
sur une suite d'hommes semblables à nous une
Église éternelle et indéfectible. Il l'a fait, puisqu'il
l'a dit, et ce prodige, qui devient chaque jour plus
éblouissant, est déjà incontestable pour nous qui
sommes placés à dix-huit siècles de la promesse.
Jamais le caractère moral des Papes n'eut d'influence
sur la foi. Libère et Honorius, l'un et l'autre d'une
éminente piété, ont eu cependant besoin d'apologie
sur le dogme ; le bullaire d'Alexandre VI est irréprochable. Encore une fois, qu'attendons-nous donc
pour reconnaître ce prodige et nous réunir tous à ce
centre d'unité hors duquel il n'y a plus de christianisme ? L'expérience a convaincu les peuples séparés ; il ne leur manque plus rien pour reconnaître
la vérité ; mais nous sommes bien plus coupables
qu'eux, nous qui, nés et élevés dans cette sainte
unité, osons cependant la blesser et l'attrister par des
systèmes déplorables, vains enfants de l'orgueil,
qui ne serait plus l'orgueil s'il savait obéir.

XVIII. « O sainte Église romaine ! » s'écriait
jadis le grand évêque de Meaux, devant les hommes
qui l'entendirent sans l'écouter ; « ô sainte Église de
« Rome ! si je t'oublie, puissé-je m'oublier moi-
« même ! que ma langue se sèche et demeure immo-
« bile dans ma bouche ! »

« O sainte Église romaine! » **s'écriait à son tour**
Fénelon, dans ce mémorable mandement où il se
recommandait au respect de tous les siècles, en sous-
crivant humblement à la condamnation de son livre ;
« ô sainte Église de Rome ! si je t'oublie, puissé-je
« m'oublier moi-même ! que ma langue se sèche et
« demeure immobile dans ma bouche ! »

Les mêmes expressions tirées de l'Écriture sainte
se présentaient à ces deux génies supérieurs, pour
exprimer leur foi et leur soumission à la grande
Église. C'est à nous, heureux enfants de cette
Église, mère de toutes les autres, qu'il appartient
aujourd'hui de répéter les paroles de ces deux
hommes fameux, et de professer hautement une
croyance que les plus grands malheurs ont dû nous
rendre encore plus chère.

Qui pourrait aujourd'hui n'être pas ravi du spectacle superbe que la Providence donne aux hommes
et de tout ce qu'elle promet encore à l'œil d'un véritable observateur ?

O sainte Église de Rome ! tant que la parole me
sera conservée, je l'emploierai pour te célébrer. Je
te salue, mère immortelle de la science et de la sainteté ! SALVE, MAGNA PARENS ! C'est toi qui répandis la
lumière jusqu'aux extrémités de la terre, partout où
les aveugles souverainetés n'arrêtèrent pas ton
influence, et souvent même en dépit d'elles. C'est toi
qui fis cesser les sacrifices humains, les coutumes
barbares ou infâmes, les préjugés funestes, la nuit
de l'ignorance ; et partout où les envoyés ne purent
pénétrer, il manque quelque chose à la civilisation.
Les grands hommes t'appartiennent : MAGNA VIRUM !

Tes doctrines purifient la science de ce venin d'orgueil et d'indépendance qui la rend toujours dangereuse et souvent funeste. Les Pontifes seront bientôt universellement proclamés agents suprêmes de la civilisation, créateurs de la monarchie et de l'unité européenne, conservateurs de la science et des arts, fondateurs, protecteurs nés de la liberté civile, destructeurs de l'esclavage, ennemis du despotisme, infatigables soutiens de la souveraineté, bienfaiteurs du genre humain. Si quelquefois ils ont prouvé qu'ils étaient des hommes : SI QUID ILLIS HUMANITUS ACCIDERIT, ces moments furent courts ; *un vaisseau qui fend les eaux laisse moins de traces de son passage*, et nul trône de l'univers ne porta jamais autant de sagesse, de science et de vertu. Au milieu de tous les bouleversements imaginables, Dieu a constamment veillé sur toi, ô VILLE ÉTERNELLE ! Tout ce qui pouvait t'anéantir s'est réuni contre toi, et tu es debout ; et comme tu fus jadis le centre de l'erreur, tu es depuis dix-huit siècles le centre de la vérité. La puissance romaine avait fait de toi la citadelle du paganisme qui semblait invincible dans la capitale du monde connu. Toutes les erreurs de l'univers convergeaient vers toi, et le premier de tes empereurs, les rassemblant en un seul point resplendissant, les consacra toutes dans le PANTHÉON. Le temple de TOUS LES DIEUX s'éleva dans tes murs, et seul de tous ces grands monuments, il subsiste dans toute son intégrité. Toute la puissance des empereurs chrétiens, tout le zèle, tout l'enthousiasme, et, si l'on veut même, tout le ressentiment des chrétiens, se déchaînèrent contre les temples. Théodose ayant donné le signal, tous ces magnifiques édifices disparurent. En vain les plus sublimes beautés de l'architecture semblaient demander grâce pour ces étonnantes constructions ; en vain leur solidité lassait les bras des destructeurs ; pour détruire les temples d'Apamée et d'Alexandrie, **il fallut appeler les moyens que la guerre employait** dans les sièges. Mais rien ne put résister à la proscription générale. Le *Panthéon* seul fut préservé. Un grand ennemi de la foi, en rapportant ces faits, déclare qu'*il ignore par quel concours de circonstances heureuses le Panthéon fut conservé* jusqu'au moment où, dans les premières années du VIIᵉ siècle, un Souverain Pontife le consacra A TOUS LES SAINTS (1). Ah ! sans doute *il l'ignorait ;* mais nous, comment pourrions-nous l'ignorer ? La capitale du paganisme était destinée à devenir celle du christianisme ; et le temple qui, dans cette capitale, concentrait *toutes* les forces de l'idolâtrie, devait réunir *toutes* les lumières de la foi. TOUS LES SAINTS à la place de TOUS LES DIEUX ! quel sujet intarissable de profondes méditations philosophiques et religieuses ! C'est dans le *Panthéon* que le paganisme est rectifié et ramené au système primitif dont il n'était qu'une corruption visible. Le nom de DIEU, sans doute, est exclusif et incommunicable ; cependant *il y a plusieurs* DIEUX *dans le ciel et sur la terre* (2). Il y a des intelligences, *des natures meilleures*, des hommes divinisés. *Les dieux* du christianisme sont LES SAINTS. Autour de DIEU se rassemblent TOUS LES DIEUX, pour le servir à la place et dans l'ordre qui leur sont assignés.

O spectacle merveilleux, digne de celui qui nous l'a préparé, et fait seulement pour ceux qui savent le contempler !

PIERRE, avec ses clefs expressives, éclipse celles du vieux JANUS (3). Il est le premier partout, *tous les saints* n'entrent qu'à sa suite. *Le dieu de l'iniquité* (4). PLUTUS, cède la place au plus grand des thauma-

---

1. Gibbon, *Histoire de la décadence*, etc., t. VII, ch. XXVIII, note 34, in-8, p. 368.

2. Saint Paul aux Corinth., I, VIII, 5, 6. — Aux Thessalon., II, II, 4.

> Præsideo foribus cœlestis janitor aulæ,
> Et, clavem ostendens : Hæc, ait, arma gero.

(Ovid., *Fast.*, I, 125, 139, 254.)

> Mammona iniquitatis,

(Luc, XVI, 9.)

turges, à l'humble François, dont l'ascendant inouï
créa la pauvreté volontaire, pour faire équilibre aux
crimes de la richesse. Le miraculeux Xavier chasse
devant lui le fabuleux conquérant de l'Inde. Pour se
faire suivre par des millions d'hommes, il n'appela
point à son aide l'ivresse et la licence ; il ne s'entoura
point de bacchantes impures : il ne montra qu'une
croix : il ne prêcha que la vertu, la pénitence, le
martyre des sens. Jean de Dieu, Jean de Matha, Vin-
cent de Paul (que toute langue, que tout âge les bé-
nissent !) reçoivent l'encens qui fumait en l'honneur
de l'homicide Mars, de la vindicative Junon. *La
Vierge immaculée*, la plux excellente de toutes les
créatures dans l'ordre de la grâce et de la sainteté (1),
*discernée entre tous les saints, comme le soleil entre
tous les astres* (2) ; *la première de la nature humaine
qui prononça le nom de* salut (3) ; *celle qui connut
dans ce monde la félicité des anges, et les ravisse-
ments du ciel sur la route du tombeau* (4) ; *celle dont
l'Éternel bénit les entrailles en soufflant son Esprit
en elle, et lui donnant un Fils qui est le miracle de
l'univers* (5) ; *celle à qui fut donné d'enfanter son
Créateur* (6) ; qui ne voit que Dieu au-dessus
d'elle (7), et que tous les siècles proclameront heu-

Gratia plena Dominus tecum. (Luc, I, 28.)

2. Saint François de Sales, *Traité de l'amour de Dieu*, III, 8.

3. Le même. *Lettres*, liv. VIII, ép. xvii. — *Et exaltavit spiritus meus in
Deo salutari meo.*

4. . . . . *Die Wonne der Engel erlebt, die Entzückung der Himmel
auf dem wege zum grabe.*(Klopstock, *der Messias, XII.*)

5. Alcoran, ch. xxi, 91, *Des Prophètes.*

6.
>Tu se' colci che l'umana natura
>Nobilitasti si, che'l suo fattore
>Non si sdegnó di farsi tua fattura.
>
>(Dante, *Paradiso*, XXXIII et seq.)
>Du hast. . . . .,
>Einen ewigen sohn (ihn schuf kein Schæpfer) gebohren.
>
>(Klopstock, *1er Messias*, XI, 36.)

7.
>Cunctis cælitibus celsior una,
>Solo facta minor Virgo Tonanti.
>
>(Hymne de l'Église de Paris. *Assomption.*)

reuse (1) ; la divine Marie monte sur l'autel de Vénus pandémique. Je vois le Christ entrer dans le *Panthéon*, suivi de ses évangélistes, de ses apôtres, de ses docteurs, de ses martyrs, de ses confesseurs, comme un roi triomphateur entre, suivi des grands de son empire, dans la capitale de son ennemi vaincu et détruit. A son aspect, tous ces *dieux hommes* disparaissent devant l'Homme-Dieu. Il sanctifie le *Panthéon* par sa présence, et l'inonde de sa majesté. C'en est fait : *toutes* les vertus ont pris la place de *tous* les vices. L'erreur aux cent têtes a fui devant l'indivisible Vérité : Dieu règne dans le *Panthéon*, comme il règne dans le ciel au milieu de tous les saints.

Quinze siècles avaient passé sur la ville sainte, lorsque le génie chrétien, jusqu'à la fin vainqueur du paganisme, osa porter le *Panthéon*, dans les airs (2). pour n'en faire que la couronne de son temple fameux, le centre de l'unité catholique, le chef-d'œuvre de l'art humain, et la plus belle demeure terrestre de celui qui a bien voulu demeurer avec nous, plein d'amour et de vérité (2).

---

1. *Ecce enim ex hoc beatam me dicent omnes generationes.* (Luc, 4)
2. Allusion au fameux mot de Michel-Ange; *Je le mettrai en l'air.*
3. *Et habitavit in nobis... plenum gratiæ et veritatis.* (Joan., 9)

TABLE

LIVRE DEUXIÈME

Du Pape dans son rapport avec les Souverainetés temporelles.

LIVRE TROISIÈME

Du Pape dans son rapport avec la civilisation et le bonheur des peuples.

LIVRE QUATRIÈME

Du Pape dans son rapport avec les Églises nommées schismatiques.